“二十五史”发于上古，止于清末，所载文献横越千年，是中国史学的宝贵典籍。其中《二十四史》是乾隆皇帝钦定的“正史”，与《清史稿》合称“二十五史”。

⊙最佳彩色读本　理想家庭藏书⊙

二十五史故事

廖　敏　主编

中国華僑出版社

图书在版编目（CIP）数据

二十五史故事 / 廖敏主编. —北京：中国华侨出版社，2013.5
ISBN 978-7-5113-3567-8

I.①二… Ⅱ.①廖… Ⅲ.①历史故事—作品集—中国 Ⅳ.①I247.8

中国版本图书馆CIP数据核字（2013）第094342号

二十五史故事

主　　编：廖　敏
责任编辑：晓　涛
封面设计：王明贵
版式设计：韩立强
文字编辑：张　鹏
美术编辑：张　诚
图片提供：孔　群　郝勤建
经　　销：新华书店
开　　本：720mm×1020mm　1/16　印张：27.5　字数：736千字
印　　刷：鑫海达（天津）印务有限公司
版　　次：2013年8月第1版　2021年1月第7次印刷
书　　号：ISBN 978-7-5113-3567-8
定　　价：29.80元

中国华侨出版社　北京市朝阳区西坝河东里77号楼底商5号　邮编：100028
法律顾问：陈鹰律师事务所
发 行 部：（010）58815874　　传　　真：（010）58815857
网　　址：www.oveaschin.com　　E-mail：oveaschin@sina.com

前 言

历史，记载着一个国家、民族产生和发展的全过程，蕴含着一个国家、民族的精神财富和智慧，昭示着国家和民族兴衰更替的客观规律。在祖先留给我们的精神财富中，史学典籍浩如烟海，我国可说是世界上最重视历史的国家之一。中华民族有着忠实记载历史的优良传统，这种传统使我国在数千年文明发展过程中能够保存下大量的历史资料，史料之丰富是世界上任何一个国家都不能媲美的。从《史记》开始,《汉书》《后汉书》《三国志》《晋书》《宋书》《南齐书》《梁书》《陈书》《魏书》《北齐书》《周书》《南史》《北史》《隋书》《旧唐书》《新唐书》《旧五代史》《新五代史》《宋史》《辽史》《金史》《元史》《明史》，再加上《清史稿》，这25部史书如沧海明珠独放异彩。

《史记》是我国第一部纪传体通史，共130卷，记录了从传说中的黄帝到汉武帝太初年间共3000年左右的事，为西汉司马迁所著。《汉书》我国第一部纪传体断代史，共120卷，起自汉高祖元年（公元前206年），终于王莽地皇四年（公元23年），为东汉班固所著。《后汉书》为纪传体东汉史，纪、传90卷，南朝宋范晔撰，志30卷，晋司马彪撰，共120卷，记载了东汉光武帝到汉献帝的历史。《三国志》共65卷，晋陈寿撰，南朝宋裴松之注，是记述三国鼎立时期比较完整的史书。《晋书》共130卷，记载从晋武帝泰始元年到恭帝元熙二年（公元265 ~ 420年）共156年的史事，始修于唐太宗贞观年间，由宰相房玄龄领导，撰者会集当时著名学者文士。《宋书》100卷，南朝梁沈约撰，叙事始于宋武帝永初元年（公元420年），止于宋顺帝明三年（公元479年），共记刘宋60多年的史事。《南齐书》原为60卷，今存59卷，为南朝梁萧子显撰，记述了南朝齐共24年的史事。《梁书》共56卷，为唐姚思廉撰，记叙了梁武帝天监元年至梁敬帝太平二年（公元502 ~ 557年），共56年的史事。《陈书》共36卷，为唐姚思廉撰，记载了陈武帝永定元年到后主祯明三年（公元557 ~ 589年），共33年的史事。《魏书》124卷，包括子卷共130卷，北齐魏收撰，记载北魏从道武帝拓跋珪到东、西魏相继灭亡，共计170多年的史事。《北齐书》共50卷，为唐李百药撰，记叙了公元534年前后，北魏分裂、东魏建立、北齐代东魏到公元577年北齐灭亡为止，共40多年的史事。《周书》共50卷，为唐令狐德棻所撰，记载北周20多年的史事。《南史》共80卷，为唐李延寿撰，起自南朝宋武帝永初元年（公元420年），止于陈后主祯明三年(公元589年），记载了南朝宋、齐、梁、陈四代170年的史事。《北史》共100卷，为唐李延寿所撰，记载起自北魏道武帝登国元年（公元386年），止于隋恭帝义宁二年（公元618年），包括北魏、北齐（包括东魏）、北周（包括西魏）和隋朝共233年的史事。《隋书》

共85卷，为唐魏徵等撰，记载了隋朝37年的史事。《旧唐书》共200卷，为后晋刘昫等撰，记述了唐代290年的史事，是现存最早的系统记录唐代历史的一部史书。《新唐书》共225卷，为北宋欧阳修、宋祁等撰，与《旧唐书》相比，《新唐书》事增文省，搜罗了不少新史料填充其中。《旧五代史》原本150卷，为北宋薛居正等撰，以五代各自为书，后散佚，我们现在读到的《旧五代史》为清朝邵晋涵等所辑。《新五代史》原名《五代史记》,共74卷,为北宋欧阳修模仿《春秋》笔法将五代融而为一所撰，为唐以后唯一的私修史书，与《旧五代史》同为研究五代十国历史的主要资料。《宋史》共496卷，撰者署名为元脱脱，其实翰林学士欧阳玄出力最多，包括本纪47卷、志162卷、表32卷、列传255卷，是二十五史中最庞大的一部官修史书。《辽史》共116卷，署名元脱脱所撰，记载了辽国200多年的史事，也兼叙了辽建国前契丹族和耶律大石所建西辽的历史。《金史》共135卷，署名元脱脱撰，全书记载了自金太祖完颜阿骨打到金朝灭亡约120年的史事。《元史》共210卷，为明宋濂等撰，记载了元朝自元太祖至元顺帝14朝的历史。《明史》共332卷，加上目录4卷，共336卷，为清张廷玉等撰，编纂时间之久在二十五史中占第一位，但明朝历史颇为复杂，很多问题并非《明史》所能包括。《清史稿》共529卷，修于1914 ~ 1927年，因未经当时官府的承认，又是初稿，编撰者并未视其为成书，因此只称为《清史稿》

这25部史书大多采用统一的纪传体体裁，完整、系统地记录了我国从远古至清朝末年数千年的历史流传，全面展示了历代王朝的兴衰轨迹，涵盖了中国各个历史时期的政治、经济、科技、军事、艺术、外交等多方面的内容，是当之无愧的中华文明百科全书。然而这些史学巨著文字浩繁，加上古文艰深，普通读者穷一生精力也很难读完，鉴于此，我们推出了这部《二十五史故事》。

在本书中，我们力求在真实性、趣味性和启发性等方面达到一个全新的高度，通过科学的体例与创新的形式，全方位、新视角、多层面地向读者展现中华文明的史学巨著。全书按照史书顺序，共分二十五个篇章，精彩扼要地勾勒出中国历史演进的基本脉络和发展历程。

此外，本书还精选了数百幅内容涵盖面广、表现形式丰富的图片，包括出土文物、历史遗迹、战争示意图、名人画像等，与文字内容互为补充与诠释，使读者更加直观地了解历史，获得更多的视觉感受和想象空间。

精练简洁的文字、多元的视觉元素、全新的视角、科学的体例和创新的版式设计有机结合，帮助读者从全新的角度和崭新的层面去考察历史、感受历史、思考历史。

目录

史记

汉书

后汉书

三国志

晋书

宋　书

南齐书

梁　书

陈　书

魏　书

北齐书

周　书

南　史

北　史

隋　书

旧唐书

新唐书

旧五代史

新五代史

宋史

辽史

金史

元史

明史

清史稿

史记

《史记》为西汉司马迁所著，共130卷。记事起于传说中的黄帝，止于汉武帝太初年间，共3000年左右，是我国第一部纪传体通史。《史记》开创了以人物传记为中心的纪传体史书的编纂方法，成为历代封建王朝所修正史的典范。

中国大事记

公元前3000年左右，黄帝部落打败炎帝和蚩尤二部落，黄帝当了中原部落联盟的首领。

传说中的君王

中国古代出现了很多贤王，传说中他们都是天下的主人，而且个个非常贤明，都是圣人。

相传第一个君王是黄帝，他一生下来就非常聪明，是一个天才。黄帝姓公孙，名叫轩辕，后人将黄帝奉为中华民族的祖先，“轩辕”就成了中华民族的代称之一。当时统治天下的是神农氏，但权威已经衰落下去了。各地诸侯缺少约束，纷纷自相残杀，虐待百姓，而神农氏拿他们一点办法都没有。黄帝就训练军队，打造武器，去征讨那些暴虐的诸侯，很多诸侯归附了黄帝。只有蚩尤部族最残暴，因为他们兵力强大，所以暂时没有征讨他们。神农氏炎帝见自己失势，就想用武力解决，但当时的诸侯们大多心归黄帝，不听炎帝号令了。黄帝率领各种猛兽和诸侯在阪泉和炎帝展开大战，一连打了3个大仗，把炎帝杀得大败。炎帝见打不过黄帝，于是和他握手言和。黄帝征服炎帝后，把矛头对准了蚩尤，双方在涿鹿展开了大战，黄帝大胜，活捉了蚩尤，将其斩首。诸侯们纷纷奉黄帝为天子，让他取代了神农氏的地位。当时天下还有很多诸侯不服从黄帝的统治，黄帝就一个接一个地征讨，一直都没有休息过。

黄帝去了很多地方，到各地宣传教化，并任命官吏帮助自己治理天下。黄帝和炎帝两人后来关系变得很好，他们俩一起把中国治理得非常好。后来的中国人自认为是他们的后代，所以自称“炎黄子孙”。

黄帝战蚩尤图

黄帝死后，他的曾孙高阳继承了王位，被称为颛顼。颛顼也是个很聪明的君王，在他的领导下，中国的疆土又扩大了不少。颛顼死后，他的堂兄弟高辛继承了天子之位。高辛也是个伟大的君王。

高辛有两个儿子，他死后立了挚，但挚并不是个好天子。他死后由弟弟放勋继承了王位，放勋就是尧帝。

尧简直是神的化身，他的仁德可以和天相比，和神仙一样博学多才。当时的百姓在他的统治下过着非常幸福的生活，诸侯们对他很忠心。据说尧制定了一年的天数，还规定了东西南北的方向等等，为农业作出了很大贡献。尧逐渐老了，他问大臣们：“我死后谁能继承我的位置呢？”一个叫放齐的人说：“您的儿子丹朱是个合适的人选。”尧说：“丹朱这个人又顽劣又凶恶，不行的。”他继续问谁能继承，驩兜说：“共工很聪明，应该不错。”尧说：“共工这个人能言善辩，但做事情并不像他说的那样。他表面上很恭谨，但骨子里却是另外一套。这种人不能继承天子之位。”这事就搁置了下来。

过了几年，突然发起了大水，这次洪水来势迅猛，很多百姓都流离失所。尧看到百姓们遭殃，心里非常难过，他把大臣们召集起来，问道：“你们觉得谁适合去治水呢？”大家一致推荐鲧。尧觉得鲧不太适合这个职务，不想让他去。四岳说：“没有比鲧更好的人了，让他试试也没有什么关系。”尧就命令鲧去治水，但9年过去了，洪水依旧泛滥。

尧叹息道：“我当了70年天子了，四岳啊，你们能不能继位呢？”四岳说：“我们的品德当不了天子。”尧说：“那大家推举合适人选吧。”大家都推荐一个叫舜的人。尧说：“不错，这个人的名字我也听说过。他到底是个什么样的人呢？”四岳回答道：“他父亲是个瞎子，又是个顽固的老头。听说他现在的母亲是继母，对他很不好，弟弟是继母生的，一向高傲。舜在这种环境中还能孝顺父亲，维护家庭的团结，可见是个贤人。”尧说：“让我先观察

历史关注 | 黄帝被后世尊为华夏族的“人文初祖”。

一下吧。”于是他就把两个女儿嫁给了舜，看看舜到底是不是真的像传说中那样贤明。舜娶了尧的女儿后还是和以前一样谦恭行善，尧很满意，就委派他制定典礼。舜把尧交给他的任务都完成得很好，尧觉得他是个很合适的继承人，没过几年就把王位禅让给了他。当年尧拒绝让共工继位，结果共工果然就表现出种种恶行，最后被流放。尧去世后，天下人都像死了父母一样悲伤。尧知道儿子丹朱品行不好，所以没有把王位传给他，尧说过：“我不会为了让我儿子一个人得好处而损害天下人的利益。”他死后，舜想把王位让给丹朱，但天下诸侯都不肯承认丹朱是天子，还是跑来朝见舜。舜认为这是天意，最后接受了天子的宝座。

孝顺谦让的舜

舜名叫重华，是黄帝的后裔。他父亲名叫瞽叟，舜的母亲早年去世，瞽叟另娶了个女子，生了个叫象的儿子。瞽叟是个老糊涂，喜欢后妻和象，在他们的挑拨下甚至还起过杀害舜的念头。舜不敢反抗，父亲要杀他时就躲起来，等父亲心情好了再出来认错。舜有了小过失就自觉接受父亲的惩罚，从来不敢违抗和隐瞒。舜在这种环境下长大，可他还能恭谨地侍奉父亲、继母和弟弟，从来不敢有任何懈怠。

舜才20岁的时候就以孝顺而闻名天下了，他30岁那年，尧向大臣们询问合适的继承人，四岳都推荐了舜。尧为了考验他，把自己的两个女儿嫁给了舜，想看看他在家里是不是真的那么孝顺。还派了9个儿子去服侍他，想知道他的行为是不是像传说中那样。舜娶了尧的女儿后地位大大提高，但他从来不以自己的身份去欺压别人，反而比以前更加恭谨了。尧的女儿也不敢以自己高贵的身份去对待舜的亲戚们，很守妇道，尧的儿子们也受舜的影响，变得很贤明。舜在历山耕种的时候，当地人在他的影响下都不敢互相争吵，雷泽地方的人纷纷把土地让给舜耕种。舜的仁义吸引了很多追随他的人，所以他在一个地方待一年，那个地方就能聚集很多人，待两年那个地方就成为小城市，待三年的话，那个地方就变成大城市了。尧为了奖励舜的贡献，赐给他很多东西。

象对舜的好运羡慕得不得了，他更羡慕舜能够娶到尧的两个漂亮女儿，于是起了坏心。他在父母面前说舜的坏话，让瞽叟重新下了杀舜的决心。他们把舜找来，让他去修理屋顶。舜就爬上了房顶，老老实实地干起活来。瞽叟等人见舜上了房，赶紧把梯子抽掉，放火烧房子。舜一看势头不对，梯子也没了，很着急。他突然想起身上带了两个斗笠，于是抓起斗笠从房子上跳了下来。由于斗笠很大，起了翅膀的作用，舜居然像鸟儿一样飘到了地上，丝毫没有摔伤，并顺势跑掉了，只剩下瞽叟几个目瞪口呆地站在那里。

瞽叟等人一次失败还不甘心，又策划了一条毒计。他们让舜打井，舜同意了。但他知道父亲他们没安好心，打到一定时候就在旁边挖了一个通道出来，以防不测。果然不出他所料，他刚打好通道，父亲等人就在上面扔石头土块，一直把井填满才高高兴兴地回去了，心想就算砸不死舜，也该闷死他了。舜躲在旁边的通道里面，等外面没什么动静了再挖开通道跑了出

尧舜禅位图

中国大事记

公元前2070年左右，禹在涂山举行诸侯大会，有许多诸侯国带礼物前来朝贺，行臣服礼。

去。瞽叟和象回到家后非常高兴，象说："这都是我的好主意啊！"全家人聚在一起讨论如何瓜分舜的财产，象迫不及待地说："我只要舜的两个老婆和他的琴，他的其他财产都给父亲和母亲！"象倒是聪明，他很清楚父母一死，那些财产还是他的。可漂亮的老婆他才等不了那么久呢。象兴冲冲地赶到舜家中，舜的妻子们早就躲了起来。象没有找到她们，不过他认为嫂嫂们逃不出他的手掌心，得意地坐下来弹起了舜的琴。正当他弹得高兴的时候，舜从外面走了进来。象见到舜后非常尴尬，只能干笑着说："哥哥啊，我正在想你呢！"舜回答道："是啊，我也想你啊。"从此以后舜侍奉他们更加恭谨了。尧听说舜的行为后就让他制定典礼之法，舜圆满地完成了任务。

舜的仁德让尧觉得他有资格接受天子之位，就让他代理天子。尧去世后，舜想把王位让给丹朱，但人们都跑来归顺舜。当时天下有很多贤人，但他们之间的分工并不明确，造成很大浪费。舜上台后任命他们做擅长的事，很快就达到了天下大治的境界。

当时高阳氏有8个才子，被称为"八恺"，高辛氏也有8个才子，被称为"八元"。这16个人在尧统治时期没有得到重用，而舜却重用了他们，给天下百姓带来了很多好处。当时还有4个恶人，尧也没有能够及时处罚他们。舜掌握权力后就把他们流放了，社会治安好了很多。舜在尧死后当了42年的天子，在他生命的最后一年，他去南方巡游，死在了苍梧。舜当了天子后，在瞽叟面前还是行儿子的礼节，他不计旧嫌，把象封为诸侯。和尧一样，舜的儿子也品行不佳，所以他把王位传给了有治水之功的禹。

大禹治水

尧统治时期洪水泛滥，尧命令鲧去治理。鲧虽然很有才干，但他对治水一窍不通，9年过去了，洪水一点减退的意思都没有。本来尧还打算如果鲧治水有成果，就把王位让给他，但看他这么不争气，于是就选择了舜。舜登基后，见鲧把水治得一塌糊涂，就把鲧杀了，人们都认为杀得好。舜任命鲧的儿子禹继续鲧的治水事业。

禹也是一个很贤明的人，他的一举一动都成为别人效仿的对象，为人做事最讲信义。虽然他父亲因为治水失败而被处死，但他并没有被困难吓倒，更没有因为父亲的死而仇恨舜。当然，他对于父亲的死感到很伤心，不过他把更多的精力放在吸取父亲的教训上面了。禹采用了疏导的方法，把洪水引向大海。禹以身作则，宁可吃差点穿少点，也要把精力用在治水上面。禹为了治水跑遍了天下的名山大川，亲自和百姓们一起挖土挑土，脚掌上全是老茧，小腿上的毛都被磨光了。在外面辛辛苦苦待了13年，甚至好几次经过家门而不敢进去，生怕耽误了治水的时间。就连他儿子启生下来的时候也没顾得上回家看一眼。

禹在治理洪水的时候走遍了全国，他为了方便治理，把全国分为9个州，分别是冀州、青州、徐州、兖州、扬州、荆州、豫州、梁州和雍州。他划分了各个州的地理位置，调查土壤情况和土特产。九州的划分对统一全国有莫大的好处，从此"九州"就成为中国的代名词。禹还开凿了九大山脉的道路，疏通了9条河流，彻底将洪水治理好，天下重新回到太平时代。由于灾害被清除干净，舜的教化重新推行全国，禹也树立了自己的威望。舜特地赏赐给他黑色的圭玉，并昭告天下洪水终于

夏禹王像

禹，传说中夏朝的第一个王，鲧之子。因禹治水有功，舜让位于他。在他死后，子启即位，从此开始了王位的世袭制度。

历史关注

中国历史上的“家天下”就是从夏朝的建立开始的。

禹王治水　版画

被治理好了。

当时负责法令的官员名叫皋陶，他和禹还有伯夷都是舜身边的贤臣。有一次三人在舜面前讨论，皋陶说：“如果能够以道德来达到信义，那么就能有高明的政策，辅佐的大臣也能和谐相处。”禹和他讨论了很久关于治理天下的问题，禹用自己治水的行为为例，证明自己是兢兢业业为天下做事。舜告诫他说：“你不要像丹朱那样狂妄放纵，成天只知道玩，在家里淫乱。所以我取消了他的继承权。”禹说：“我结婚刚4天就离家治水了，儿子出生的时候都没回家去看，更没有抚养教育他，所以才能完成治水的大业。我还建立了五服制度来治理天下，现在天下各国都能尽忠职守，只有三苗还不肯服从，一定要注意他们的动向。”舜说：“替我推行德政和教导人民，这都是你的功劳。”通过这一番讨论后，皋陶更加尊重禹的德行了，命令百姓们都要向禹学习。对于那些不遵守命令的，就严厉地处罚他们。在这些贤臣的悉心辅佐下，舜的天下越来越太平，连鸟兽都在一起跳舞，大臣们更是团结一心。

禹的功劳实在太大了，所以人们都称他为“大禹”，感谢他把人民从洪水当中解救出来。禹不但没有骄傲，反而更加谦虚谨慎起来，把全部精力都投入为百姓造福上面了。舜觉得禹的确是个贤人，而且又立了那么大的功劳，就想把王位传给他。舜自己有个叫商均的儿子，但这个儿子和丹朱一样，是个不肖之子。舜不放心把天下交给他，思考了很久，最后还是决定立禹为继承人。舜死后，禹辞掉了继承人之位，把天下让给商均。但天下诸侯和百姓纷纷背叛商均而去投奔禹，禹没办法，只好即天子之位，定国号为夏。

禹也学尧、舜，登基后立皋陶为继承人，并把一部分政权交给他。但皋陶死得早，后来他又选择伯益为继承人。10年后，禹在会稽山去世。禹死前虽然把权力给了伯益，但伯益辅佐禹的时间还很短，功绩也不多，所以诸侯们都抛弃他去朝见启。启就登上了天子宝座，建立了中国第一个王朝——夏朝。至此，禅让制被世袭制取代，中国进入了一个全新的时代。

残暴无道的纣王

商朝最后一个天子是纣王。他是前一个天子的幼子，他哥哥微子启出生时母亲还未成为妃，虽然贤明，但没有资格继承王位。而纣王出生时母亲是正宫王后，所以他能够继承王位。

纣王是一个非常聪明的人，又很有见识，而且他力大无比，能徒手和猛兽搏斗，大家都相信他能够让商朝进入又一个繁荣时期。但纣王的才能并没有用在正道上面，他丰富的知识被用来拒绝别人的进谏，他的口才被他用来掩盖自己的过失，不管什么没有道理的事，经他一说，总能扯出道理。纣王为自己的才能感到沾沾自喜，认为满朝文武的才学都不如自己，所以骄傲起来。纣王继承了商朝国王的传统，爱喝酒，又好女色。他最喜欢一个叫妲己的妃子，妲己说什么他就做什么。为了享乐，他命令乐师写了淫荡的乐曲，还编了一套放荡的舞蹈，成天沉溺在酒色之中。他还造了一座鹿

中国大事记 约公元前1300年，盘庚将都城迁到殷，在殷墟出土的甲骨文是我国最早的文字。

台，为搜刮钱财，纣王多次增加赋税，把钱都用来购买玩乐的东西。最可恶的是他造了酒池肉林，让少男少女裸身在里面互相追逐，场面淫乱不堪。

纣王的胡作非为引起了百姓和诸侯的不满，他为了堵住大家的嘴，发明了一种炮烙之刑。所谓炮烙，就是烧红铜柱，把犯人绑在上面，或者让犯人在上面走，把人活活烤死，是一种非常残忍的刑罚。当时朝廷的三公是由西伯姬昌、九侯和鄂侯这3个大诸侯担任。九侯有个很漂亮的女儿，纣王看上了她，就把她弄进了宫。

九侯的女儿和纣王不一样，是个很贤淑的女子，不喜欢纣王淫乱的那一套，终于惹怒了纣王。纣王把她杀了，然后又迁怒于九侯，将他剁成了肉酱。鄂侯看不下去了，为九侯争辩，纣王把他做成了肉干。姬昌听说后叹了口气，崇侯虎知道后就去打姬昌的小报告，纣王把姬昌关进了羑里。姬昌的臣子们赶紧到处搜罗美女珠宝献给纣王，好不容易才把姬昌救了出来。姬昌出狱后把一部分土地献给纣王，请求他废除炮烙之刑，纣王同意了。纣王还让奸臣费中执政，闹得民怨沸腾，他还宠幸一个叫恶来的臣子，恶来虽然力大无比，但特别喜欢说人坏话，诸侯们渐渐地生了叛心。

姬昌对纣王的残暴非常失望，回去后开始悄悄地行善积德，诸侯们大多来依附他。姬昌的势力越来越大，纣王的权力受到了一定的影响。王子比干多次进谏，但纣王都不听。老臣商容是一个贤人，深受百姓爱戴，但纣王却罢了他的官。姬昌灭掉饥国，商朝大臣祖伊听说这事后赶紧跑来劝谏纣王不要违背天命，纣王却回答："我的命不是由天掌握的么？"祖伊干脆跑掉了，说："纣王这个人是不能劝谏的。"姬昌死后，姬发继承了王位，自封周武王，在孟津会合天下诸侯，背叛商朝而来归附周的诸侯有800之多。大家都说可以讨伐纣王了，周武王却说时机没到，就回去了。

纣王越来越淫乱了，哥哥微子启劝谏了很多次都没用，于是就和太师、少师商量逃跑。比干说："做人臣的，不能不以死相争。"他再次进谏，纣王生气了，说："我听说圣人的心有七窍，你不是圣人么？我想看看是不是这样。"他下令把比干杀了，挖出他的心来看。箕子吓坏了，干脆装疯当奴隶去了，但纣王还是把他关了起来。太师和少师抱着祭祀用的乐器逃到了周国。周武王认为时机到了，就率领诸侯讨伐纣王。双方在牧野打了一仗，纣王被打得大败。纣王见大势已去，众叛亲离，只好一个人逃走。但京城已经被周军包围，他已经无路可走了。纣王只好登上他心爱的鹿台，穿上自己最喜欢的衣服，怀抱着商朝的传世宝玉，自焚而死。这个暴君死了还要带着宝贝殉葬，但实际上又能带走什么呢？商朝军队见纣王已死，纷纷放下武器投降，京城朝歌很快就被周军攻破了。周军冲到鹿台将火扑灭，纣王的尸体还没有被烧烂掉。他们把纣王的尸体拖了出来，让周武王将他脑袋砍了下来，悬挂在白旗上示众。然后把帮助纣王作恶的妲己杀掉，将箕子放了出来，把比干的墓重新修饰了一番。为了笼络人心，周武王把纣王的儿子武庚禄父

·甲骨文·

甲骨文是商朝后期王室用于占卜记事而刻在龟甲和兽骨上的文字，又叫甲骨卜辞。它是一种比较成熟的文字，以象形、假借、形声为主要造字方法，已经具备后代汉字结构的基本形式，今天的汉字仍然是以象形字为基础的形符文字。甲骨文所记载的内容涉及商代社会的各个领域，包括国家和阶级的构成，帝王及大臣的名字，战争、祭祀和狩猎的事迹，农业生产的情况，以及各种大事发生的时间和地点。它还记录了我国最古老的日月食和各种气候现象。从19世纪到目前为止，已经发现了16万片以上有字的甲骨，分别藏于中国、日本、美国、英国、加拿大等国。甲骨文是研究商代历史的重要史料，对于它的研究已经形成了专门的学问。

历史关注 | 西周的爵制分公、侯、伯、子、男五等。

封在原来商朝的首都，为殷侯。周武王则成为天子，建立了周王朝。

牧野之战

在姬昌的励精图治之下，周开始强大起来。但姬昌还是不太满意，他手下贤人虽多，但缺少带兵打仗的帅才，所以他很留心寻找这方面的人才。

有一天，姬昌想出门打猎，让人占卜。占卜的人告诉他："今天打猎所得的不是什么野兽，而是霸王的助手。"姬昌很高兴，就出发了。走了不久，他遇到了一个钓鱼的老头，和他聊了一会儿，觉得这个人就是他一直苦苦寻求的军事人才，高兴地说："我的爷爷曾经对我说，一定会有圣人来帮助我振兴周，你就是那个人。我爷爷期望你很久了！"那个人名叫吕尚，姓姜，姬昌称他为"太公望"，所以民间又称他姜太公。

太公望帮助姬昌训练军队，研究战术，很快就把周军训练得非常强大，一连灭了好几个反对周的诸侯国。姬昌的威望也越来越高，他和纣王不一样，他的德行是一般人难以比拟的。人们都觉得他处事很公平，诸侯之间发生纠纷都来找他决断。有一次虞国和芮国发生了纠纷，就一起去周国。刚走进周国的边界，他们看到耕种的农民把和别人接壤的耕地让给对方，民间的风俗也是尊敬老人。两个国家的人还没见到姬昌就觉得很羞愧，说："我们争的是周人觉得可耻的东西，我们还跑去干吗？只是自取其辱而已。"说完就回去了。诸侯们听说这事后都认为姬昌是上天任命的君王。

姬昌没有等到讨伐纣王就去世了，周武王继承了他的位子。周武王继续重用太公望、周公旦、召公奭和毕公高等贤臣，把周国治理得更加强大了。9年后，周武王到孟津检阅军队，前来会合的诸侯有800多。大军浩浩荡荡地开赴孟津，渡河的时候有条白鱼从水中跳进周武王的坐船里。他们认为这是吉兆，就把那条鱼用来祭祀上天。到达孟津后，诸侯们都说："可以讨伐纣王了。"周武王说："你们还不知道天命，现在还不是讨伐他的时候。"不久就回去了。

两年后，纣王越来越暴虐了，杀害了比干，将箕子囚禁了起来，连商朝的太师和少师都跑来归顺了周。周武王觉得时机已经成熟，遍告各位诸侯说："殷朝有大罪，不能不讨伐它。"于是率领战车300乘，虎贲武士3000人，步兵4.5万人，宣布讨伐纣王。不久再次在孟津和800诸侯会师，以周武王为首的诸侯们休整了几天后就誓师出征。

周军兵力强大，沿途商朝守军望风而降，很快就打到商朝首都朝歌附近的牧野。胜利就在前方，为了鼓舞士气，周武王再次誓师。当时各地诸侯派来的军队很多，光战车就有4000乘，在牧野摆开阵势，随时准备发动进攻。

正在花天酒地的纣王听说周军已经打到城下了，赶紧发动了70万人出城迎战。纣王军队数量远远超过周军，但周武王一点也不害怕，他从容地命令太公望率领军队出击，最精悍的士兵直冲纣王所在的中军。纣王军队虽然数量惊人，但大多是奴隶，还有很多从东夷抓来的战俘，根本不想为纣王卖命，反而希望周武王获胜。开战没多久，那些人就掉过头来进攻纣

周文王访贤　版画

中国大事记 | 公元前1046年，周武王姬发灭商后建立周朝，定都镐京（今陕西省西安市西部）。

王，军中顿时大乱。周武王抓住战机，率领军队发起总攻，将纣王杀得大败，商朝军队纷纷倒戈。纣王没办法，只好一个人逃走。这就是著名的“牧野之战”。

纣王走投无路，最后在鹿台自焚而死。周武王手持大白旗指挥诸侯攻入了朝歌，诸侯们纷纷跟从。商朝百姓早就忍受不住纣王的暴虐了，周军的到来让他们高兴不已，纷纷跑出来迎接周军，参拜周武王。周武王进城后派出使者四处传告，宣布周军是来解救他们的，让百姓们不要惊慌。走进王宫后，人们把纣王的尸体拖了出来，周武王象征性地射了3箭，表示亲手除掉了这个祸害。射完后下车，用剑砍了几下。最后用黄斧头砍下了纣王的脑袋，把它悬挂在大白旗之上。纣王的两个宠妃上吊自杀，周武王为了表示对她们的惩罚，也射了她们尸体3箭，用黑斧头砍下她们的脑袋，挂在小白旗之上，然后回到了军中。

牧野之战是中国历史上一次以少胜多的经典战例，战后周武王建立了西周。

周公辅成王

周武王建立西周后没当多久天子，两年后就去世了。他的儿子周成王才13岁，根本没有治国能力。而且当时天下刚平定不久，人心未定，西周面临很大的危机。周武王的弟弟周公旦毅然挑起了这副重担，摄政辅佐周成王。

周公本来被封在鲁国，因为要摄政，所以让儿子伯禽代替自己去鲁国。伯禽向周公辞行的时候，周公对他说：“我是文王的儿子、武王的弟弟、成王的叔叔，我的地位总不能算低贱了吧。但是我听说有人才来找我的时候，即使当时我在洗头，我都会把头发挽起来去接见，往往一连好几次；即使我在吃饭的时候有人才来找我，我都会来不及把饭咽下，而是吐出来，马上跑出去见他。我这么谦恭地对待人才还怕失去他们，你到鲁国后，切记不可以自己的身份而看不起别人啊！”

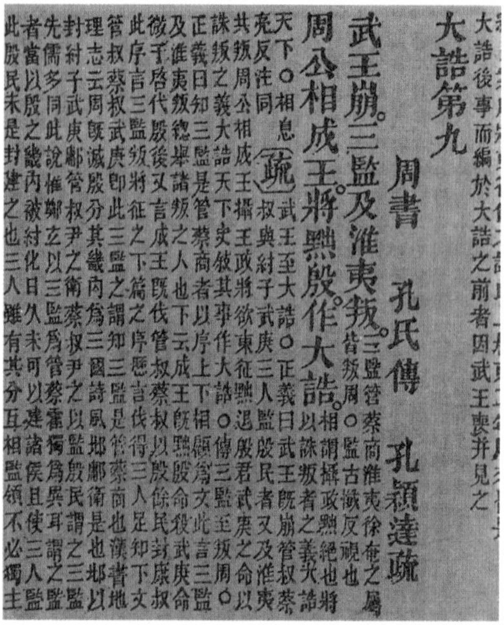
大誥第九　周書　孔氏傳　孔穎達疏
武王崩。三監及淮夷叛。周公相成王。將黜殷。作大誥。

《尚书·大诰》内页

《尚书·大诰》中记载着周成王和周公的事迹。

当时权力全部掌握在周公一个人手上，很多人难免会怀疑他的动机。对周公摄政感到最不满的恰恰是他的3个兄弟。

原来商朝灭亡后，周武王把纣王的儿子武庚封在了殷，但怕他谋反，就派了3个弟弟管叔、蔡叔和霍叔去监视武庚。周武王在的时候，3个人还能老老实实地履行职务，等他一死，他们就蠢蠢欲动了，其中动静最大的就是管叔。管叔是周公的哥哥，他觉得周公摄政一定没安好心，对他很不满。狡猾的武庚看出了3个人的不满，于是在中间挑拨离间，说了很多坏话。后来干脆联合他们3个，还有别的一些部落发动了叛乱。

这些谣言传到成王耳朵里，他也对周公产生了疑心，连一向信任周公的召公也有点怀疑了。周公见召公也对他产生了怀疑，心里很痛苦，找到召公表白了很久，好容易才打消了他的怀疑。周公奉成王之命讨伐叛军，很快就平定了叛乱，杀掉了管叔和武庚，将蔡叔流放，霍叔也受到了一定的惩罚。周公知道商朝的遗

历史关注　中国于公元前776年记载的“十月之交”“日有食之”，是世界上最早的日食记录。

民还很多，如果控制不好，可能还会发生同样的事。所以他把遗民都集中起来，封给小弟弟卫康叔。另外他还把商的贤人微子启找来，把他封在宋国，以笼络遗民。

成王20岁那年，周公见成王已经长大成人，就把权力交还给成王，自己当了一个普通的大臣。

当年武王得病的时候，周公向天祈祷用自己的命去换武王的健康，祈祷完毕后将祝词封在盒子里，嘱咐史官不要把这事泄露出去。后来成王得病的时候，周公偷偷地向天祈祷：“成王年幼无知，犯错的人是我，请上天把灾祸降到我身上，不要怪罪成王。”同样把祝词藏在盒子里封存起来，不久成王的病就好了。等成王亲政了，有人就在他耳边说周公的坏话。周公听说这件事后很害怕，就逃到楚国去了。不久天下大旱，成王很着急，于是就去找史官，检查是不是有人祈祷了什么不好的东西而导致旱灾。成王把封存的祝词拿来看，最后看到了周公的祝词。成王感动不已，大呼：“我知道闹旱灾的缘故了，就是因为上天看不惯我怀疑周公啊！”说着说着就哭了起来，于是派人把周公接了回来，再也没有怀疑过他。

周公回来后，见成王年少力壮，怕他会陷入淫欲之中，就写了很多诗歌规劝他。周公在世的时候一直辅佐成王，把国家治理得很好。

商代战车（模型）

先秦时期，战车一般为独辕两轮，初为两马牵拉，后来演进为一车四马。

再好的人都免不了一死，周公也是一样。不久他就生了重病，在临死的时候他对前来探病的成王说：“请把我葬在京城附近，以表示我不敢远离您。”周公死后，成王把他葬在了毕这个地方，以文王的规格举行了葬礼，表示自己不敢以对待大臣的礼节去对待周公。

周公死的那年，还没来得及收割庄稼就降了暴雨，全国上下一片惊恐，成王再次检查祝词，这次又看到周公祈祷用自己的命换武王命的祝词。成王大惊，赶紧去问史官，史官说：

·王·

王最早出现于殷周时期，是对天子的称呼，如商纣王、周穆王。《六书·故疑》言：“王，有天下曰王。帝与王一也。”关于“王”的字形含义，《说文解字》解释：“三画而连其中谓之王。三者，天、地、人也；而参通之者，王也。”春秋战国时期，周王室衰微，本来称呼为公（如秦穆公、齐桓公）的诸侯们纷纷称王。秦统一全国后，天子称作皇帝，也不再封王。汉代，汉高祖刘邦封赐异姓功臣为王，王自此成为封建社会的最高封爵。后异姓王发动叛乱，刘邦将之尽行剿灭后，封赐宗室子弟为王，并规定后世非同姓不得封王。此规矩为后来历代统治者所遵循，异姓臣子功劳再大最多封侯（但也有统治者对拥兵自雄的武人无力剿灭而被迫对其封王的情况，如清代的三藩王）。西汉时，发生了同姓王叛乱的“七国之乱”，西晋也发生了同姓王叛乱的“八王之乱”。此后的历代统治者均认识到同姓王也不可靠，因此对同姓封王时只是赐其爵号，不再封地。自此，王成为封赐宗室的最高爵位，直至清亡。

中国大事记	公元前771年，申侯与缯、西戎攻周，杀周幽王于骊山，西周亡，平王迁都洛邑，东周开始。

“是有这么回事，但周公不让我说。”成王拿着那份祝词哭着说：“当年周公对我们如此忠诚，但我却不知道。今天上天动怒来宣扬周公的德行，我应该赎罪啊！”成王下令鲁国可以有祭祀文王的资格，也就是说让鲁国拥有演奏天子音乐的权利，这全是为了表彰周公的德行，此外，周公的后代世世代代在周朝担任周公一职，世袭罔替。

国人暴动

西周传到周厉王手上时已经衰落了，周厉王的父亲周夷王为人软弱，被人当作话柄，连王位都被人抢走过一段时间。周厉王吸取了父亲的教训，决心不再软弱下去。

不过周厉王改得太厉害，他不但不软弱，反而很残暴。他是个很贪财的人，当时有个叫荣夷公的大臣很会理财，但为人不太好，周厉王却很喜欢他。大夫芮良夫感叹道：“王室快要衰落了吗？荣夷公这个人喜欢财物但不知道大难将至。财物是万物所生，天地所载，而一心想一个人拥有，那就有很多害处了。天地万物都要取的东西怎么可以一个人拥有呢？惹怒了太多人，又不防备大难，用这种东西来辅佐大王，能保持长久吗？匹夫贪心还说他是盗贼，大王这样去做会失去民心的。如果任用荣夷公的话，周必然会败落的。”周厉王哪里听得进这些话？照样重用了荣夷公。

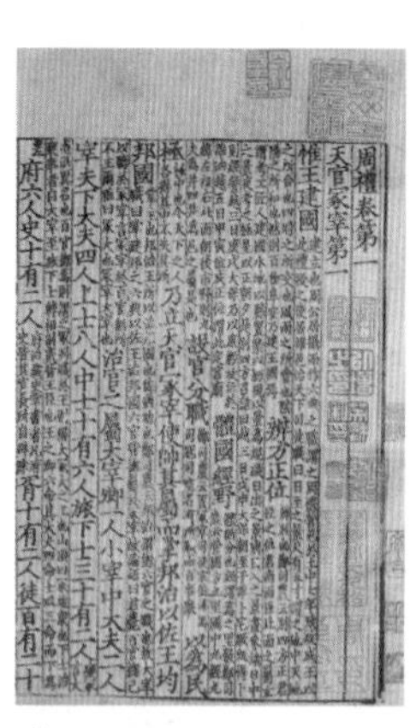
周禮卷第一
天官冢宰第一
惟王建國 辨方正位 體國經野 設官分職 以為民
極 乃立天官冢宰使帥其屬而掌邦治以佐王均
邦國 治官之屬大宰卿一人小宰中大夫二人
宰夫下大夫四人上士八人中士十有六人旅下士三十有二人
府六人史十有二人 胥十有二人徒百有二十

《周礼》书影

所谓周礼有两层意思：一是周代的礼法、政法制度，其中包括分封制、宗法制及与其相对应的政法、礼法制度，它们有力地维护了周的统治；另一层意思是礼俗，包括周代的各种文化制度、风俗，后代各种礼法制度的制定多参照周礼。

当时周朝的平民分两种人，居住在郊外的称为野人，住在城里的是国人。国人是周朝统治的基础，历代周王对他们都很好，不敢随便得罪他们。但周厉王的暴虐让国人叫苦连天，召公虎进谏道：“百姓们都快活不下去了。”

周厉王大怒，找了个卫国的巫师，让他去监视那些诽谤朝廷的人。那个巫师吹牛说自己能听到别人的诽谤，找了一批流氓到处敲诈勒索，如果谁得罪了他们，就会诬告他诽谤朝廷，抓起来杀掉，很快民间就没什么人敢说话了。

几年后，周厉王这个政策越来越严厉，国人都不敢说话了，走在路上碰见熟人也只敢交流一下眼神。周厉王很高兴，对召公虎说：“怎么样，我制止诽谤够厉害吧？现在没人敢说我坏话了。”召公虎说：“这就错大了！堵住人民的嘴比堵住洪水危害还大。洪水积累到一定程度就会崩溃，淹死很多人，老百姓也是一样的道理。所以治水要用疏导的方法，治人也是一样。一定要让他们说出自己想说的话，这样才有地方发泄。如果把嘴堵上，他们没处发泄，积累到一定程度就麻烦了。”周厉王听不进不同意见，从此再也没有人敢说话了。

3年后，国人们再也忍不住内心的愤怒了，他们举行了一场前所未有的大暴动，向王宫发动了进攻，要杀周厉王。周厉王见势头不对，逃走了。

国人们好不容易攻进了王宫，到处找也找不到周厉王，愤怒的情绪无处发泄，正在这个时候，有人说周厉王的太子姬静躲到召公虎家里了。大家觉得杀不了周厉王，杀他儿子也行，于是气势汹汹地去找召公虎。国人们对召公虎说：“我们知道你是贤臣，不会找你麻烦。但是太子在你家，我们是不会放过他的。最好快点把太子交出来，不要逼我们动手！”

召公虎见事态紧急，正急得团团转，突然想起自己的儿子和太子年龄相仿，左思右想，忍痛决定牺牲自己的儿子。他说：“当初我多次劝谏大王，但大王都没有听我的，导致了这场灾难。今天如果把太子交出去的话，大王会

历史关注

西周共和元年（公元前841年）是我国历史有确切纪年的开始。

认为我是因为私仇而迁怒于太子。服侍国君之人，遇到危险不应该有仇怨，有怨恨也不该生气，更何况侍奉的是大王！”他让儿子穿上太子的衣服，把他赶出了门。国人不认识太子，看到这个穿着华贵的少年，就以为他是太子，群情激愤，竟然把他活活打死了。而真正的太子却活了下来，一直冒充召公虎的儿子等待风声过去。

国人出了一口恶气后就回去了。召公虎等事情平息下来后和大臣们商量迎接周厉王的事。他们认为周厉王已经犯了众怒，如果他回来的话国人很可能再次暴动，所以干脆让周厉王就在外地，不要回来。国内的事情交给召公虎和周公去办，由他们俩担任相国处理政事。可怜的周厉王只能在外地躲着，一直过了 14 年的痛苦日子才去世。他死了后，召公虎等人觉得事情已经过去，就把一直躲着的太子请出来，立之为王，这就是周宣王。召公虎和周公两人辅佐周宣王治理国家，恢复了西周的国力和威望。周宣王成为西周的中兴之主。

·周礼·

周代的社会道德规范统称为“礼”，在举行礼仪活动时，常常歌舞相伴。相传西周的礼乐是由周公制定的。周公对以前的礼乐进行了加工和改造，就成为“周礼”。周礼分为五礼：吉礼，用于各种祭祀活动；凶礼，用于丧葬和哀吊各种灾祸；宾礼，用于诸侯朝见天子；军礼，用于军事和相关的领域；嘉礼，用于各种吉庆的活动，包括饮食、婚冠、宴享、贺庆等。在《仪礼》中记载的具体的礼仪，则有士冠礼、士婚礼、乡饮酒礼、燕礼、聘礼、士丧礼等，名目极为繁细。周代的礼乐主要通行于士和士以上的贵族阶层，天子用以约束贵族的行为，明确他们之间的尊卑关系。对于下层人民而言，则以刑罚治之，礼乐是不适用的，所以说“刑不上大夫，礼不下庶人”。

掘地见母

春秋时期有个叫郑的诸侯国，它的国君郑武公娶了申国国君的女儿武姜为妻。武姜生了两个儿子，生大儿子的时候遇到难产，小孩脚先出来，把武姜疼得要死。好不容易才把他生下来，可武姜也只剩半条命了。所以武姜不喜欢这个孩子，给他取名叫寤生，就是难产的意思。后来武姜又生了个小孩，这次武姜没有受到什么痛苦，所以很喜欢这个孩子，给他取名叔段。

叔段出生后不久，郑武公就去世了。当他病重的时候，武姜请求立叔段为太子。但当时寤生已经 17 岁了，叔段才是个婴儿，再说寤生又是长子，不论从哪个角度来讲都不可能废寤生而立叔段。所以郑武公没有答应武姜。郑武公死后，寤生顺理成章地登上了国君的宝座，他就是郑庄公。

郑庄公刚即位，武姜就要他封个大城市给叔段，郑庄公没有办法，只好把京封给了叔段，从此叔段就被称为太叔。大臣祭仲进谏道：“京这个城池比国都还大，按理是不能封给庶子的。”郑庄公很无奈地说：“母亲非要我这样做，我有什么办法？”叔段在京城生活了 20 多年，渐渐长成一个文武双全的青年。他知道母亲疼爱自己，武姜也经常唆使他篡位，叔段本来也不是什么老实人，很快就起了歹心。

叔段在京城招兵买马，修整武器，图谋不轨，武姜在国都里面不停地和他传递情报，准备一有机会就发兵篡位。不久，郑庄公去朝见周天子，叔段认为这是个好机会，于是带领人马直扑国都，武姜在里面做内应。谁知道这是郑庄公设下的圈套，他早就知道叔段不安好心，但又没有理由消灭他，于是就设计让他主动造反，自己好有出兵借口，他早就在附近埋伏好一支部队，等叔段上钩。

叔段发兵后不久，郑庄公布置好的军队迎头赶上，双方展开大战。叔段毕竟是造反，师出无名，很多部下都不愿意为他作战。郑庄公

中国大事记 公元前741年，楚国熊通杀侄自立，自号武王，开启春秋时期诸侯称王的序幕。

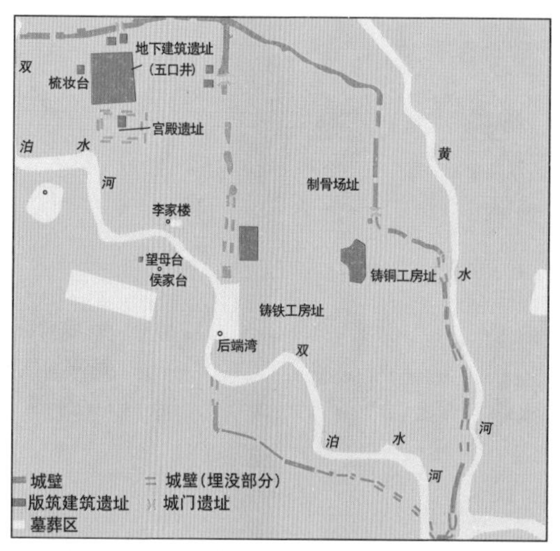

郑都城平面图

的军队很快就把叔段打败了，叔段好不容易才从乱军中杀出一条血路，匆忙逃跑。郑庄公乘胜追击，一直打到了京城。京城的百姓见叔段大势已去，再加上很痛恨他为了一己私欲而发动战争，纷纷背叛了他，主动开城门投降。叔段赶紧逃到鄢这个小城躲避，可这个小城怎么能抵挡得住郑庄公的大军呢？很快鄢就被攻破了。叔段像条丧家之犬一样到处乱逃，最后逃到共城，不久被杀。

郑庄公平定叔段叛乱后，追究责任，发现一切都是母亲唆使的。他非常生气，搞不懂母亲怎么能这么偏心，一气之下就把武姜迁到颍城居住。他还发誓说："不到黄泉，我绝不和母亲相见！"可见他当时的火气有多大。

可过了一年多以后，郑庄公后悔了。他对武姜感情还是很深的，当时只是一时冲动而已。他想起母亲虽然不喜欢自己，但在没有叔段的时候还是对自己不错的，再说母亲是冒着生命危险把自己生下来的，一想到这些郑庄公就忍不住流泪。可是自己已经以一国之君的身份发过誓，怎么能食言呢？他很矛盾，但对母亲的思念一天比一天深。

颍考叔是个很聪明的人，他看出了郑庄公的意思，不过也不好明说。一天颍考叔把贡品交给郑庄公，郑庄公正好心情不错，就留颍考叔吃饭。颍考叔把酒席上最好的食物都偷偷放在自己兜里。郑庄公觉得很奇怪，问他为什么要这么做。颍考叔回答道："我的老母还在家里，今天有这么多好食物，我想拿回去给母亲吃。"郑庄公很感动，说："你有母亲可以孝敬，多好啊！"颍考叔装作一副奇怪的样子问道："国君不是有母亲吗？为什么不能像我这样呢？"郑庄公叹了一口气说道："唉，你又不是不知道我那个糊涂母亲，做什么不好，偏偏帮我弟弟造反。我一气之下就发了毒誓，说不到黄泉永不相见。现在我想孝敬母亲，可又怕违背誓言遭报应。你看怎么办？"颍考叔笑笑说："这还不简单，挖个很深的地道，一直挖出泉水。然后把你母亲带到里面，你再进去见她。这不就是在黄泉里面相见吗？"郑庄公茅塞顿开，马上照他的话去做，最后终于在地道里见到了母亲。武姜早就过够了被软禁的生活，她也对自己的行为感到后悔。这次见郑庄公这么孝顺，母子二人和好如初。

名医扁鹊

扁鹊原名秦越人，少年时期在客舍工作。相传，有个叫长桑君的人在客舍里居住，扁鹊认为他是个奇人，服侍他很恭敬。十几年过去了，长桑君让扁鹊来见他，对他说："我有秘方想传授给你，你不要告诉别人。"扁鹊答应了他。长桑君就给了他一包药，对他说："用上池之水服用这种药，30天后就能明白事物了。"然后把自己的秘方全部给了扁鹊。扁鹊照他的话去做后，能够隔着墙看东西，给别人看病，能通过五脏六腑了解人的病症。从此他就成了名医。

扁鹊在经过虢国的时候，听说虢国太子死了。他跑到虢国宫殿里去，问一个喜欢医术的中庶子说："太子得的什么病？"中庶子说："太子是血气不能按时运行，阴阳交错而不能泄出，突然就暴发在体外，实际上是由体内的伤害引起的。精神不能制止邪气，邪气郁积而泄不出去，所以阳脉缓而阴脉急，才会突然昏倒而死。"

历史关注

扁鹊是中国传统医学的鼻祖，中医理论的奠基人，创立了四诊法。

扁鹊像

扁鹊问道："什么时候死的？"回答："今天鸡叫的时候。"又问："收殓了吗？"回答："还没有，死了还不到半天呢。"扁鹊说："我是渤海人秦越人，还未仰望过贵国国君的风采。听说太子不幸去世，我能让他活过来。"中庶子不相信，说："先生不是在开玩笑吧？你凭什么说太子能活过来呢？我听说以前有个叫俞跗的名医，他医术高超，掀开病人衣服观察就能知道疾病的位置。还能割开皮肤疏通血管、清洗肠胃。先生的医术如果能达到这种境界，还有可能让太子活过来。不能像他那样而想救活太子，那简直连刚学会说话的小孩子都骗不了的。"扁鹊仰天长叹道："你说的那些方法好像是用管子来看天空，从缝隙中看斑纹一样。我不用望闻问切之类的方法就能知道病人得的什么病，可以判断病情的方法太多了，不能停留在一个角度去看。如果你觉得我说的不可靠，你可以去看太子，一定能听到他耳部有响声，而且鼻子还在张动。你顺着双腿一直摸到阴部，还有些体温。"中庶子听了这些话后目瞪口呆，马上跑去把扁鹊的话告诉了国君。

国君听了之后大惊，出来接见扁鹊，说："我很早就听说您的名声了，但是没有去拜见过。先生到我们这个小国来行医是我们的荣幸。有先生的话我的儿子才能活，否则就死定了。"国君话还没有说完就泣不成声，连脸色都变了。扁鹊说："太子的这种病就是所谓的假死。由于阴气破坏，阳气断绝，所以脉象好像就没有了，给人以死去的假象。但其实并没有死。高明的医生能够救活他，而庸医是不行的。"

扁鹊让学生准备好针石，针灸太子的百会穴，过了一会儿太子就醒了过来。然后又拿了些药给太子吃，很快就痊愈了。当时天下人都说扁鹊能起死回生，扁鹊却说："我哪里有这个本事，我只是让应该活的人活过来而已。"

扁鹊去蔡国游历，桓公把他当客人招待。扁鹊参见桓公时对他说："您有病在皮肤的纹路里面，不治的话会变重的。"桓公说："我没有病啊。"扁鹊走后，桓公对左右说："医生都是贪财的人，就爱治一些根本没有病的人，以此来邀功。"5天后，扁鹊又来参见，对桓公说："您的病已经到血脉里面了，不治的话会更麻烦的。"桓公还是说自己没病，而且还很不高兴的样子。又过了5天，扁鹊说："您的病到肠胃了，不治就更深了。"桓公不理他。5天后扁鹊远远看见桓公，转身就走。桓公派人问扁鹊为什么要这样，扁鹊说："当初病在皮肤的时候，热敷一下就没事了；病在血脉的时候，针灸也能治好；就算在肠胃里了，药酒也能治；等病发展到骨髓里面的时候，神仙都没办法了。

·望闻问切·

望闻问切，是中医传统的四种基本诊察方法，合称"四诊"，相传最早为扁鹊总结发明。成书于汉代、托名为扁鹊所著的《难经》记载："望而知之谓之神，闻而知之谓之圣，问而知之谓之工，切脉而知之谓之巧。"又解释说："望而知之者，望见其五色，以知其病；闻而知之者，闻其五音，以别其病；问而知之者，问其所欲五味，以知其病所起所在也；切脉而知之者，诊其寸口，视其虚实，以知其病，病在何脏腑也。经言，以外知之曰圣，以内知之曰神，此之谓也。"望、闻、问、切的诊察方法在中医学中具有统领性的地位，明代徐春甫在《古今医统大全》中说："望闻问切四字，诚为医之纲领。"

中国大事记

公元前722年，由孔子编定的《春秋》记事自本年开始，为鲁隐公元年。《春秋》是中国第一部编年体史书。

现在他的病就是到骨髓了，所以我没有必要见他了。”后来桓公果然发病，赶紧派人去找扁鹊，可扁鹊早就逃走了。没过多久，桓公就死了。

扁鹊声名远播，直到现在，很多治病的方法都是从扁鹊那里传下来的。

管仲与齐桓公

管仲年轻的时候和鲍叔牙是好朋友，鲍叔牙知道他是个贤才。管仲很穷，经常拿鲍叔牙的钱来花，但鲍叔牙对他一直很好，没有怪罪他。

齐国发生内乱，国君齐襄公被杀。他有两个弟弟，一个叫公子纠，一个叫公子小白。二人同时流亡在外，得知襄公去世的消息后，都准备回国继承君位。管仲是公子纠的老师，他害怕公子小白提前回国，这样公子纠就不能当上国君了。于是管仲带领手下人半路伏击公子小白。公子小白中了管仲的埋伏，知道大事不妙，一面组织抵抗，一面想办法逃走。管仲在混乱之中发现公子小白想逃走，赶紧拉弓搭箭，瞄准公子小白便射，只见公子小白大叫一声，口吐鲜血倒下。管仲以为射死了公子小白，就放心地回去了。

谁知道那一箭正好射在公子小白的衣带上，公子小白急中生智，赶紧咬破舌尖，将血吐出，装成被射死的样子。管仲离开后，他赶紧加快速度赶回齐国，抢先即位，公子小白就是历史上有名的齐桓公。

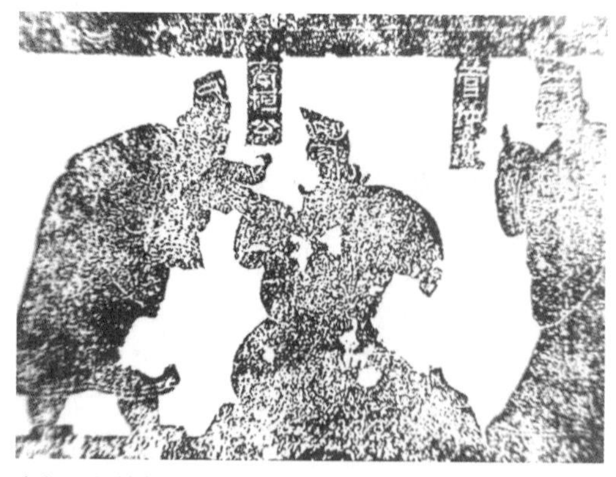

齐桓公与管仲画像砖

出土于山东嘉祥，反映了法家思想在春秋战国时期受到当政者的推崇与重视。

齐桓公即位后，马上下令杀死公子纠，并将管仲捉拿归案，押回齐国准备处死。齐桓公的老师鲍叔牙深知管仲是治国奇才，杀之可惜。于是在齐桓公面前恳请免管仲一死。齐桓公大怒：“你忘了当初管仲射我那箭了？要是那箭再准一点，今天站在这里的人就不是我了！我和管仲有深仇大恨，非要扒了他的皮不可！”鲍叔牙再三强调管仲当时是各为其主，并不是和齐桓公有什么私仇，为人君者器量不应该如此狭窄。况且管仲是治国的奇才，除非不想称霸，否则一定得重用管仲。再说管仲以必死之身而被赦免，必然会对齐桓公感恩戴德，拼死为齐国霸业效力的。

齐桓公不愧一代人杰，气消了后经过仔细考虑，决定不杀管仲，反而要拜管仲为相国，掌握齐国行政大权，协助自己治理齐国。

管仲本来以为自己已经死到临头，谁知道不但不会被处死，反而被提拔成为一人之下、万人之上的相国。他对齐桓公的不杀之恩感激不尽，又万分钦佩齐桓公的器量。于是，管仲一上任就改革齐国的朝政，提出修好近邻、先内后外、待时而动的治国求霸的政策。先在国内发展经济，齐国靠海，管仲在齐国大力发展煮盐业，很快就让齐国富了起来。另外管仲还规定可以用兵器和盔甲赎罪，为国家发展军备开辟了道路。还开了当时诸侯大国有三军的先例，而且不准人民迁移，以保证军队兵员的来源。此外，由于同一部队的士兵都是来自一个地方，可以说大家都认识，这样在战斗中可以互相帮助，提高部队的战斗力和士气。就这样，管仲为齐国建立了一支能征善战的军队。

虽然齐国国力强大了，但齐桓公并没有急于攻打他国，而是等待时机，以“尊王攘夷”为口号，名义上以周天子为共主，在道义上占了主动。另外，针对中原各诸侯国害怕少数民族入侵的心理，齐国联合了许多中原国家，北征山戎，南攻楚国。在此过程中，齐国作为盟

历史关注	春秋会盟之地随季节而有变化，春季会于东门，夏季会于南门，秋季会于西门，冬季会于北门。

《管子》书影

主，取得了霸主的地位。一时间，天下唯齐国独尊。齐国也成为春秋时期第一个称霸的国家，齐桓公被称为“春秋五霸”之首。

齐桓公自己也很清楚，他能取得这些成就和管仲的努力是分不开的。他有生之年都非常尊敬管仲，称管仲为“仲父”，就是仅次于父亲的意思。

管仲当了40余年齐国的相国，齐国在他为相期间发展成为当时最强大、最富有的国家。管仲不光自己能治国，他还举荐了许多贤才，例如宁戚、隰朋、宾须无等。这三人和管仲还有鲍叔牙合称为“齐国五杰”。齐桓公就是在这些贤才的帮助下，用了20多年的时间，励精图治，最终成就霸业的。其中管仲无疑是功劳最大的一个。

管仲死后，齐桓公没有听取管仲临死时的警告，任命小人执政，最终引起内乱，他的儿子们纷纷争位，以至于齐桓公死后，遗体都没人去管。国内为争位夺权爆发战争，最后战乱被宋国平定，齐国虽然仍然保持着大国的地位，但国力已经完全衰落，就此退出了争霸的舞台。

晋惠公忘恩负义

晋献公因宠爱骊姬，将太子废掉，改立她的儿子奚齐为太子。奚齐登基后，很多人不服，不久里克等人发动政变，杀了奚齐。当时晋献公的几个儿子都流亡在他国。

里克等人想立重耳为国君。但重耳觉得国内局势还不容乐观，拒绝了。大臣们商量了一下，觉得夷吾也不错，就派人去找夷吾。当时夷吾在梁国避难，听说让他回去做国君，高兴坏了。他的心腹对他说：“国内又不是没有公子，他们跑到这里来找你，不太可靠。我们觉得最好去找秦国帮忙，借助他们的兵威回国，这样就不会有危险了。”夷吾就派人拿着重礼去秦国，并约定：“只要一进晋国，就把河西一带的土地割让给秦国。”夷吾还给里克写信说：“如果我能当上国君的话，就把汾阳封给你。”秦穆公发兵送夷吾回国。当时的盟主齐桓公听说晋国发生内乱，也带着军队来平乱。最后立夷吾为晋国国君，就是晋惠公。

晋惠公当了国君后又舍不得河西的土地了，他派邳郑出使秦国，说：“开始的时候国君用河西一带的土地来酬谢秦国，现在侥幸为君，大臣们都说：‘土地是祖先留下来的，国君在外面流亡，怎么能随便许诺给别人呢？’国君和他们争执了好久，但没能成功，所以现在来向秦国表示歉意。”事先答应给里克的土地也不给了，反而削除了他的权力。不久，晋惠公对里克说：“不是你的话我也当不了国君。但是你也杀了两个国君和一个大夫，当你的国君也太难了吧。”里克悲愤万分，自刎而死。

邳郑在秦国听说里克遇害，就对秦穆公说：“吕省、郤称、冀芮实际上并不忠心于晋惠公。如果重重地贿赂他们，就能把晋惠公赶走，把重耳接回来。”秦穆公对晋惠公的忘恩负义也很气愤，就同意了。邳郑回国后对吕省等人行贿，他们说：“这么多贿赂和好听的话，一定是邳郑在秦国把我们出卖了。”于是怂恿晋惠公杀掉了邳郑和很多大臣。邳郑的儿子邳豹逃到了秦国，请求发兵伐晋，但秦穆公没有同意。

晋惠公的行为激起了国人的不满，不久周朝的召公出使晋国，晋惠公很没礼貌，受到了召公的嘲笑。

几年后，晋国爆发了饥荒，晋惠公急得没有办法，只好厚着脸皮向秦国借粮食。秦穆公问百里奚该怎么办，百里奚说：“天灾哪个国家都

中国大事记 公元前689年，楚文王元年，迁都于郢（今湖北江陵县纪城南）。后楚成为江汉流域的强国。

·礼崩乐坏·

春秋时期，随着宗族政治的日趋解体，传统的礼乐制度也难以继续维持，出现了“礼崩乐坏”的局面。在各国的政治斗争中，以下犯上的夺权事件层出不穷，不遵循旧有礼制的现象也经常发生。一些从诸侯手中夺取了政权的卿大夫，不仅僭用诸侯之礼，甚至也僭用天子的礼制。有鉴于此，孔子继周公之后对于礼乐制度进行了再次加工和改造，努力要将社会重新纳入礼乐的规范，但是他的理想并没有实现。历史进入了战国时代，社会变革的加速使传统的礼乐制度被彻底破坏。各国纷纷进行变法运动，法律制度普遍建立，从而取代了礼乐的地位，成为维护新的政治秩序的工具。此时残存的礼乐，已经流于形式，名存实亡了。

会有，抚恤邻居这是为国之道。所以还是借的好。”邳豹念念不忘杀父之仇，他说：“晋国不讲信义,应该趁这个好机会讨伐他们！”秦穆公说：“他们的国家是可恶，可百姓们又有什么罪呢？”于是借了很多粮食给晋国。

第二年，秦国爆发了饥荒，而晋国却获得丰收。秦国就找晋国借粮，晋惠公和大臣们商量。大夫庆郑说：“国君是靠秦国才得立的，以前已经违背约定了。去年我们闹灾他们帮助了我们，现在秦国闹灾向我们求助，给他们就是了，还商量什么！”虢射却说：“去年上天把晋国交到秦国手上，是秦国不要。现在上天把秦国交到我们手上，我们能违背天意吗？再说他们闹饥荒，讨伐他们可以事半功倍。”狼心狗肺的晋惠公居然听从了虢射的话，不但不给秦国粮食，还发兵准备攻打秦国。秦穆公听说后气得两眼冒火，大臣们也义愤填膺，决定饿着肚子也要发兵抵抗。

秦国先下手为强，率领大军进攻晋国。由于晋国背信弃义，秦军将士全都上下一心，士气高涨。晋惠公害怕了，问庆郑：“秦国已经打进来了，怎么办？”庆郑说：“秦国帮助你当了国君，你背叛他们。晋国饥荒秦国给我们粮食，秦国饥荒晋国却要打他们。现在秦国打进来不是很正常的吗？”

晋国占卜哪个大夫当晋惠公的御右比较好，占卜结果是让庆郑当最吉利。但晋惠公说：“庆郑这个人出言不逊。”于是让步阳驾车，家仆徒御右。不久和秦国大军在韩原交战。晋惠公急功近利，驾车的马摔了个跟头，被秦军包围了。晋惠公很着急，让庆郑来救他。庆郑说：“你不遵守占卜的结果，失败是正常的事。”就没有救他。最后晋惠公被俘虏了。

当时秦穆公率领部分人马追击晋惠公，由于冲得太厉害反而被晋军所包围，秦穆公还受了轻伤。这时候突然杀出300多人，把秦穆公救了出来。原来当初秦穆公丢了好马，后来发现是让这300多人偷去吃掉了。官吏把他们抓了起来，想处罚他们。秦穆公说：“君子不应该把马看得比人还重要。我听说吃好马的肉不喝酒的话对身体不好。”于是他反而赐给那些人酒喝，然后把他们放了。这次他们听说秦国和晋国打仗，争先恐后地加入秦军，救出了秦穆公，报了他的恩德。由于晋惠公被俘，晋国大败，这个忘恩负义的人终于付出了惨重的代价。

宋襄公“称霸”

宋桓公时期，齐桓公开始称霸。宋桓公病重的时候，太子认为公子目夷比自己强，于是请求父亲立他为国君。宋桓公认为太子很讲仁义，就没有听他的。宋桓公死后，太子即位，就是宋襄公。宋襄公一即位就任命公子目夷为相国，两人齐心协力将宋国治理得很好。

齐桓公生前很看重宋襄公,他有很多儿子，几乎每个儿子都有当国君的野心。他立公子昭为太子，但公子昭恰恰是公子里面势力最弱小的一个。所以齐桓公就嘱咐宋襄公日后要多多照顾公子昭。

齐桓公一死，他的儿子们就开始争位了。公子昭争不过他们，为了保命只好逃往宋国。

历史关注 我国最早的关税是从春秋时的宋国开始征收的。

宋襄公见公子昭来找他哭诉，也很气愤。于是他邀请了几个小国诸侯一起出兵护送公子昭回国。当时篡位成功的是公子无诡，但他不得人心，齐国人听说宋国派兵护送太子回国，就发动政变把公子无诡杀掉了。宋襄公把太子送回国后，觉得再没有什么事，就带兵回去了。公子昭还没来得及高兴，另外 4 个公子就发兵把他赶跑了。公子昭没有办法，只好再次逃往宋国。宋襄公再次率兵回来和 4 个公子作战，不久打败了他们，立公子昭为新国君，就是齐孝公。

宋襄公平定了齐国的内乱，自认为立了大功。毕竟齐国曾经是霸主，而宋国帮助齐国解决了那么大的问题，自然也有资格继任霸主之位了。可宋襄公没有想到宋国毕竟是个小国，而谁当霸主是由实力决定的，并不是功劳。他想会集诸侯召开大会，和诸侯结盟，自己凭借盟主的身份登上霸主的宝座。但是宋国是个小国，没有那么大的号召力，派人送请柬去，很多国家都推三阻四，最后只有几个小国家同意前往。

这种情况让宋襄公觉得很头疼，在只有几个小国参加的大会上自称霸主，岂不让天下诸侯笑掉大牙？他想了个馊主意，既然那些国家不给自己面子，那总会给大国面子吧。当时最大的国家就是楚国了，他想借楚国的声望来开办大会。楚国自从和齐桓公结盟后就很少踏足中原，这次收到宋襄公的邀请，高兴坏了，急忙同意在本国召开诸侯大会。公子目夷目光比宋襄公看得远得多，他对宋襄公说："小国去争盟主，这是祸患啊！"但昏了头的宋襄公执意不听，最后还是去了。果然不出公子目夷所料，在大会上宋襄公和楚王抢着当盟主，诸侯们显然支持楚王，宋襄公气得说不出话来。会议结束后，宋襄公被楚王扣留下来，当了俘虏。楚国以宋襄公为人质，带着他讨伐宋国。宋国军民在公子目夷的率领下拼死抵抗，居然没让楚国人占到半点便宜。楚王也没打算灭掉宋国，干脆做个顺水人情，把宋襄公放了。

全国上下都为宋襄公的归来而感到高兴，认为虽然吃了亏，至少国家和国君保住了，也算不幸中的万幸了。可公子目夷不这样认为，他说："祸事还没完呢，倒霉的还在后面。"但他的话没有引起别人重视。

当初宋襄公被俘时，郑国幸灾乐祸，让宋襄公很不高兴，不久他就发动了对郑国的战争。公子目夷说："我说的祸事就在这里啊。"郑国是楚国的被保护国，楚国也不来救郑国，而是率领大军直接进攻宋国。宋襄公只好退兵，决定和楚国大战一场。公子目夷说："上天抛弃商朝已经很久了，不能打（宋国是商朝的后裔）。"不久宋襄公和楚王在泓这个地方交战。当时楚军正在乱糟糟地渡河，公子目夷说："现在是进攻的好机会啊，趁敌人渡河的时候发动进攻，一定能取胜！"宋襄公说："趁敌人渡河发动进攻是不仁义的行为，等敌人摆好阵势再堂堂正正地和敌人打一仗。"楚军好不容易渡过黄河，正在排列阵势。公子目夷又建议发起进攻，但宋襄公以同样的理由拒绝了。楚军很快排列好阵势，杀气腾腾地向宋军发起了进攻。宋军根本不是楚军的对手，被杀得大败。宋襄公的大腿也受了重伤，幸好宋襄公平时爱护士卒，大家都拼死作战，好不容易才把他救出来。但这一仗让宋军死伤惨重，全国上下一片抱怨声。宋襄公还嘴硬，说："君子不应该乘人之危，不应该在敌人还没有排列好阵势的时候发动进攻。"公子目夷生气地说：

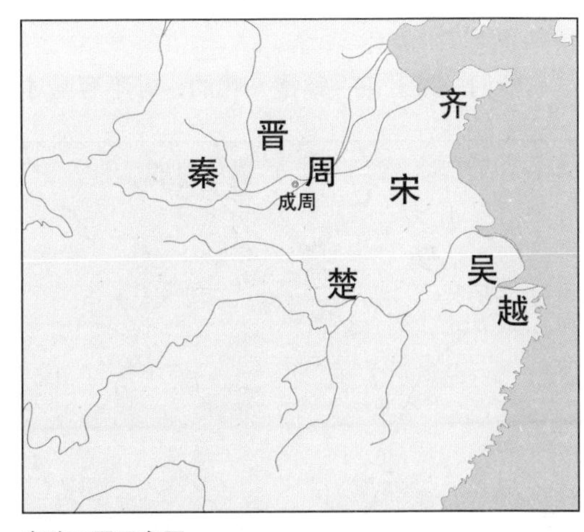

春秋五霸示意图

中国大事记 公元前656年，楚国修建了最早的长城，做防御之用。此后，各国相继兴建长城。

“打仗就是为了赢，讲什么仁义道德！如果像国君那样说的话，不如投降算了，还打个什么劲儿！”

宋襄公伤得很重，一直没有治好，一年后就死了。他不但没有称霸成功，反而落下一个大笑柄。

晋文公终成霸业

当年晋献公死后，重耳和夷吾是最有希望登上国君宝座的人，夷吾即位后担心重耳对他不利，就派人去刺杀他。重耳当时和几十个跟随他的臣子在狄国避难，还娶了当地的女子为妻，已经待了12年了。这次他听说弟弟派人来刺杀他，就和赵衰等人商量：“我当年之所以跑到狄国来，并不是认为它能帮助我复兴，而是因为比较近，适合休整而已。现在已经休整得差不多了，应该搬到大国去。我听说齐桓公喜欢做善事，想称霸。还听说管仲等人死了，他想找贤能的大臣，要不去齐国？”大家都同意了。

他们一行人先到了卫国，但卫文公不理他们，只好离开。走到五鹿这个地方的时候，饿得受不了了，向路边的农民要饭吃。那些农民见这些衣冠楚楚的人居然也来要饭，乐得哈哈大笑，有个人捡了一块土扔给了他们。重耳大怒，赵衰劝阻道：“土就是土地啊，这是吉兆，请拜受之。”

他们一路上饥一顿饱一顿的，好不容易才走到齐国。齐桓公早就听说重耳是个很贤明的人，对他非常好，还把自己宗族的一个女子嫁给了他，送了他十二乘马车，重耳很满意，从此过上了舒适的生活。重耳在齐国待了两年后，齐桓公去世，齐国爆发内乱，过了几年之后才平定。重耳两耳不闻窗外事，一心和妻子作乐，他很喜欢这个妻子，根本没有离开齐国的想法。赵衰和狐偃等人在桑林里面策划让重耳赶快离开，不然意志就全部被消磨掉了。正好重耳妻子的侍女在采桑叶，他们说的话全给听见了。侍女回去告诉了主人，重耳妻子怕风声传出去，就把侍女杀了。她是个深明大义的女人，当天晚上就劝重耳还是快走。重耳说：“人生只要安逸快乐就行了，管不了那么多。我反正是要死在这里的，哪儿都不去。”妻子说：“你是堂堂大国的公子，不得已才来这里。你的那些手下都是豪杰，把性命都托付给你了。你不赶快回国，报答你的那些手下，而想着和女人作乐，我都为你感到害臊。再说不去追求哪里来的收获？”但重耳没有听进去。妻子和赵衰等人暗中商量好，把重耳灌醉，然后放在小车上，让他们走了。走了很远重耳才醒，他非常生气，还要杀狐偃。狐偃说：“杀了我如果能让你达成心愿，这是我的愿望。”重耳说：“大事不能成功的话，我要吃你的肉！”狐偃说：“大事不能成功，我的肉早臭了，给你你都不吃。”重耳知道手下是为了他好，也就算了。

走到曹国的时候，曹共公很没礼貌，他本来不想招待重耳等人的，但听说重耳的肋骨是长在一起的，很好奇，想看看。曹国大夫僖负羁劝阻道：“重耳是个贤人，和我们又是同姓（曹国和晋国都是姬姓），他落魄的时候来见我们，怎么能这么无礼呢？”曹共公不听他的，趁重耳洗澡的时候跑去偷看，把重耳气得要死。曹国招待他们的食物只是一些白饭，正当重耳等人生气的时候，僖负羁私下送来食物给他们吃，还在饭盆下面放了玉璧，做他们的路费。重耳很感激他，吃了那些食物，但把玉璧还给了他。

路过宋国的时候，宋襄公对重耳非常好，

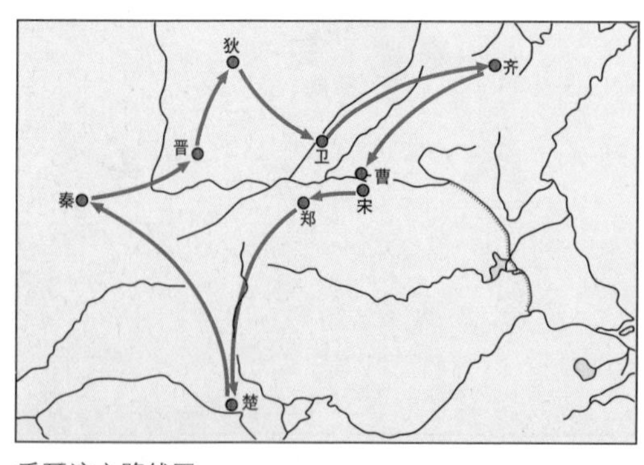

重耳流亡路线图

历史关注 | 祭酒是古代最高学府太学的主持官。

但是由于刚刚败给了楚国，没有能力送他回国，就让他走了。在郑国的时候，郑文公也不打算招待他。最后他到了楚国，楚国对他也很好，但是楚国离晋国远，不方便送他回去，就让他去秦国试试看。

晋惠公死后，晋怀公继承了国君之位。晋怀公本来在秦国当人质，但后来不辞而别，逃回了晋国。这在当时是一种很失礼的行为，所以秦穆公很生气。本来秦国当初就很想立重耳，但被重耳拒绝。这次秦国又起了立重耳的念头，晋怀公也知道秦国的心思，所以即位不久就下令国内所有跟随重耳的人在规定时间内回国，如果超过规定时期，那么留在晋国的家人就会全部被杀。老大夫狐突的两个儿子狐毛和狐偃都陪同重耳在国外流亡，而狐突不肯召他们回来。晋怀公大怒，把狐突抓了起来。狐突说："我的儿子侍奉重耳很多年了，如果召他们回来的话，是让他们背叛主人，我怎么能这么教儿子呢？"晋怀公就把狐突杀了。秦穆公发兵送重耳回国，晋国百姓对晋怀公的残忍颇为不满，纷纷欢迎重耳回来，最后重耳顺利登上了国君宝座，那时候他已经62岁了。

晋文公上台后励精图治，很快就成为天下霸主，是春秋时期有名的贤君。

秦穆公重用人才

秦穆公是秦德公的小儿子，他哥哥秦成公死后没有把国君之位传给儿子，而是传给了他。秦穆公一心想让秦国强大起来，所以他非常重视人才。

不久晋国灭掉了虞国，俘虏了虞国国君和大夫百里奚。百里奚是天下奇才，但他痛恨晋国灭亡自己的祖国，所以誓死不肯为晋国效力。当时秦穆公正好要娶晋献公的女儿为妻，晋献公见百里奚不肯投降，就想侮辱他，把他当作女儿的陪嫁奴隶送往秦国。走到半路上百里奚逃跑了，被楚国人抓了起来。秦穆公在清点陪嫁的时候发现少了一个奴隶，一问才知道是百里奚。有人向他推荐百里奚是个难得的人才，秦穆公就想用重金礼聘他。但是又害怕楚国人知道百里奚是个人才就不肯给秦国了，于是派人对楚国人说："我有个名叫百里奚的奴隶逃到你们那了，想用五张羊皮把他赎回去。"当时一个奴隶差不多能换五张羊皮，楚国人觉得价格很合适，就同意了。当时百里奚已经70多岁了，他被当作奴隶送回秦国后，秦穆公下令给他松绑，和他商量国家大事。百里奚推辞道："我是个亡国之臣，哪里有资格让国君来问我？"秦穆公说："虞国国君不用你是他的失误，不是你的过失。"坚持要问他，两人说得很投机，不知不觉聊了三天三夜。百里奚的才能让秦穆公非常高兴，就让百里奚执掌朝政。秦国的老百姓都开玩笑称他为五张羊皮换来的大夫。百里奚仍然推辞道："我这点才能远远比不上我的朋友蹇叔，世人根本不知道他的贤能。我曾经落魄，在齐国要过饭，蹇叔见我不同于常人，收留了我。当时我想去投奔齐国的公孙无知，蹇叔把我劝住了，结果后来公孙无知被杀，我逃过一劫。后来我去周，周王子子颓喜欢牛，我就帮他养牛。子颓见我牛养得好，就想重用我。蹇叔又把我劝住了，结果没有送命。我去侍奉虞国国君的时候，蹇叔让我不要去。我知道虞国国君不会重用我，

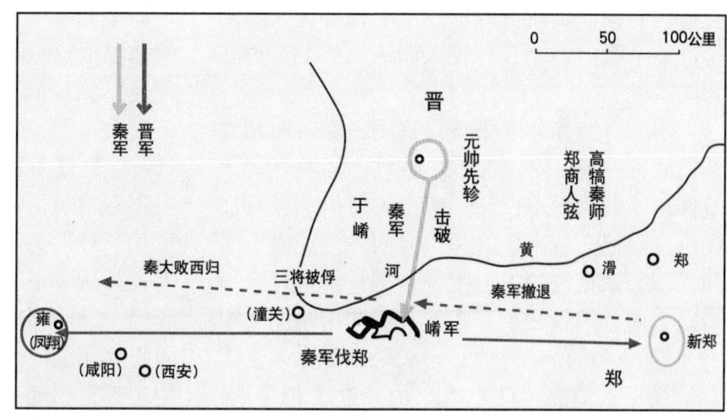

秦晋崤之战示意图

中国大事记 公元前643年，春秋五霸之一齐桓公去世，自此齐国国势日渐衰落。

只是贪图地位和俸禄才去了。结果虞国被灭，我也当了阶下囚。这些事说明蹇叔有先见之明，是个非常贤能的人。”秦穆公求贤若渴，听说有比百里奚还能干的人，高兴还来不及，赶紧派人带着重礼去聘请蹇叔，任命他为上大夫。

秦国在百里奚和蹇叔的治理下变得越来越强大，很快就有了问鼎中原的实力，多次干涉晋国内政，帮助晋文公当上了国君。秦穆公的贤明之名传遍了大江南北。

在这些成绩面前，秦穆公开始骄傲起来。晋文公死后，秦穆公想趁晋国国力衰弱的时候偷袭郑国。他问百里奚和蹇叔这个主意如何，他们回答道：“中间越过好几个国家而奔赴千里去偷袭别人，很少有能成功的。况且有人把郑国的情报给我们，就没有人把我们的情报给郑国让他们做好准备的吗？所以不能打。”秦穆公自以为是地说：“你们不懂，我已经决定了。”他让百里奚的儿子孟明视、蹇叔的儿子西乞术和白乙丙率领大军攻打郑国，结果失败。

由于没能打下郑国，秦军为了不白白出兵，就把晋国的一个叫滑的小城打了下来。当时晋文公还没有下葬，继位的晋襄公知道后大怒，发兵在崤山伏击秦军，3个将领都当了俘虏。他们被释放回国后，秦穆公没有怪罪他们打了败仗，而是穿上丧服亲自到城外去迎接他们，哭着说：“我当初没有听百里奚和蹇叔的话，导致你们受辱。你们有什么罪？你们专心练兵，准备雪耻就行了。”说完恢复了他们的官爵，对他们反而更好了。孟明视等3人感动得流下了眼泪，全身心投入训练士兵上，决心为国雪耻。

不久，秦穆公下令攻打晋国，在彭衙和晋军大战了一场，秦国又吃了败仗。孟明视等人羞愧得不敢去见秦穆公，但秦穆公仍然没有怪他们，对他们越来越好。当时西方的戎族本来和秦国关系很好的，但听说秦国打了败仗，纷纷跑去向晋国献媚了。戎族有个叫由余的人很有才能，秦穆公觉得他是个威胁，就命人送美女给戎王，消磨他的意志。由余劝了很多次，戎王都不听。秦国一方面给由余送礼，一方面派人在戎王面前说由余的坏话，很快就迫使由余跑来投靠了秦国。

几年后，孟明视等人经过精心准备，再次出兵伐晋。这次秦军憋了一肚子气，渡过河后就把船烧了，以示不成功便成仁。晋国打了几个胜仗后就产生了骄傲情绪，没有想到秦军的战斗力很强，很快就被打得大败。秦军乘胜追击，打下了晋国几个大城，晋国人只好紧闭城门，不敢应战。秦穆公渡过黄河，祭祀那些战死的将士。当时的臣子们都感动得流泪，认为秦穆公能获胜，完全就是信任人才的缘故。不久，秦穆公在由余的帮助下打败了戎族，成为西方的霸主。

楚庄王一鸣惊人

楚国本来是南方的一个小国，爵位也仅仅是子爵。但楚国历代国君励精图治，灭掉了周围很多国家，逐渐发展成为大国。后来根本不把周天子放在眼里，干脆自称为王，成为春秋时期举足轻重的强国。

楚庄王即位后过了三年花天酒地的生活，也不处理政事，成天躲在后宫里鬼混。大臣们都很痛心，纷纷进谏。楚庄王被他们弄得很烦，干脆下了道命令：“敢进谏的人杀无赦！”很多人都吓得不敢多说话，但还是有人不怕死。

大夫伍举入宫进谏。当时楚庄王左手抱着郑国来的美女，右手抱着越国来的美女，坐在乐器中间，听着淫靡的音乐，开心得不得了。伍举说：“我想请大王猜个谜语。”楚庄王来了兴趣，急忙问是什么谜语。伍举说：“楚国有一只大鸟，一连三年不飞也不叫。请问是什么鸟？”楚庄王说：“三年不飞，但一飞就能冲天；三年不鸣叫，一鸣惊人。你下去吧，我知道了。”可几个月过去了，楚庄王反而比以前更堕落了。大夫苏从看不下去了，跑去进谏。楚庄王板着脸说：“你不知道我的禁令吗？”苏从说：“如果我的死能换来大王的醒悟，这是我的愿望！”楚庄王很感动，于是改掉了以前的坏毛病，开始上朝听政。他把那些小人抓起来，杀掉了好

历史关注

春秋晚期，孔子率先打破“学在官府”的陈规，提出“有教无类”，实行开门授徒。

几百人，并提拔了几百个贤臣。由于伍举和苏从当初劝谏过他，他知道这两人一定忠心，所以把朝政交给他们。很快楚国就恢复了以前的国力，百姓们都很高兴。

楚庄王抓紧训练军队，并发动对外战争，取得了一系列胜利。不久他讨伐陆浑戎，路过洛阳的时候在当地阅兵。洛阳是东周的首都，楚国在此阅兵是一种示威。挂名的周天子吓坏了，急忙派王孙满前去慰劳。楚庄王笑嘻嘻地问东周的九鼎大小轻重。九鼎是天子的象征，他这么问表示了自己的野心。王孙满是个很聪明的人，他告诉楚庄王：“国家强盛的关键在于道德而不是鼎。”楚庄王说：“你别阻碍我看九鼎。把楚国的鱼钩的尖头搜集起来就足够铸造九鼎了。”王孙满说：“你怎么忘了？当年舜和禹统治时期，远方的部落前来归附，献上了九块铜，禹用那些铜铸造了九个鼎，从此就作为传国之宝。夏桀没有德行，九鼎就搬到了殷商，让商朝延续了600年之久。纣王暴虐，九鼎就归了周。只要有道德，鼎即使很小也必然重；如果没有道德，再大的鼎也很轻。当年周成王占卜的时候，占卜到周能传30世，延续700年，这是天命。现在周虽然衰落了，但天命没有改变。所以鼎的轻重不是你能问的。”楚庄王顿时语塞，于是就带兵回去了。

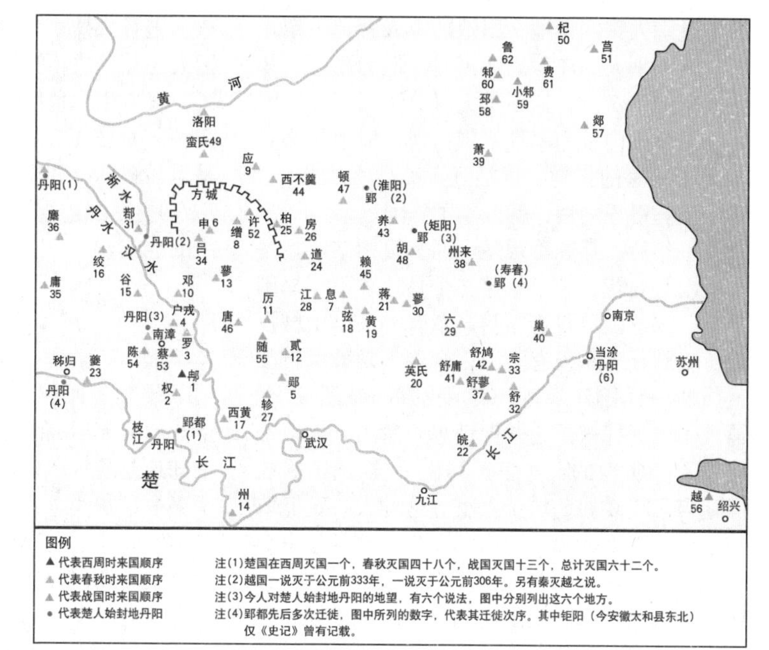

楚灭诸国示意图

陈国发生内乱，楚庄王前去平乱，杀死了作乱的大臣。叛乱平定后楚庄王却把陈国灭掉，纳入自己的地盘。这种不讲道义的行为引起了申叔时的反感，大家都庆贺，但他却没有表示。楚庄王问他为什么不庆贺，他说：“俗话说牵

·弭兵之会·

春秋时期，旷日持久的争霸战争带来普遍的灾难。对于夹在大国之间的中小国家来说，灾难最为严重，因此他们不遗余力地倡导“弭兵”。春秋时共有两次“弭兵之会”，都是宋国倡导的。公元前579年，宋国大夫华元倡导的第一次弭兵运动促成了晋、楚两国暂时休兵罢战。3年之后鄢陵之战爆发，宋国大夫向戌第二次倡导弭兵，得到晋、楚的赞同。公元前546年，“弭兵之会”在宋国都城商丘召开，晋、楚、齐、秦、鲁、卫、郑、宋、陈、蔡、许、曹、邾、滕一共14个国家参加会议，会议规定，晋的盟国朝楚，楚的盟国朝晋，双方的盟国同时承认晋、楚两国的霸主地位，齐、秦两国则与晋、楚平起平坐。这样，延续了100多年的春秋中期的大国争霸战争，暂时以休战而结束。

中国大事记 公元前620年，秦晋令狐之战，晋元帅赵盾大败秦国。

着牛过别人家的田地，田地的主人就把牛牵走了。践踏别人的庄稼固然不对，但为了惩罚却把人家的牛牵走，这不是太过分了吗？大王因为陈国爆发内乱而率领诸侯讨伐，以道义为名却贪图人家的土地，以后还怎么号令天下？”楚庄王觉得很惭愧，就恢复了陈国。

一年后，郑国背叛楚国而和晋国结盟。楚庄王出兵讨伐，打了整整3个月才攻下了郑国都城。郑国国君打着赤膊，牵着一头羊出城投降（赤膊是表示没有防卫，牵着羊是表示自己就像羊一样任其宰割，表示投降的诚意）。他请求不要灭掉郑国，并保证忠于楚国。大臣都建议不要听他的，楚庄王却说：“郑国国君能够让自己受委屈，居于人下。这种人一定能取信于民，怎么能灭亡他呢？”楚庄王于是下令退兵三十里，和郑国结盟。刚订盟约不久，晋国来救援的军队就到了，双方大战了一场，晋军大败。这是几十年来楚国第一次战胜晋国，从此树立自己的霸主地位。

不久楚国出使齐国的使者经过宋国的时候被杀，楚庄王下令攻打宋国以报仇。宋国人据城死守，守了5个月之久。城里的粮食都吃光了，老百姓都只能互相交换孩子，吃别人的小孩，把骨头搜集起来当柴烧。但就是这样，宋国人还是坚决不投降。宋国大臣华元看不下去了，冒着生命危险出城向楚庄王求情，汇报了实情。楚庄王感叹道：“你真是个君子！”于是退兵解围，和宋国结盟。

楚庄王经过多年战争，终于确立了楚国霸主的地位。

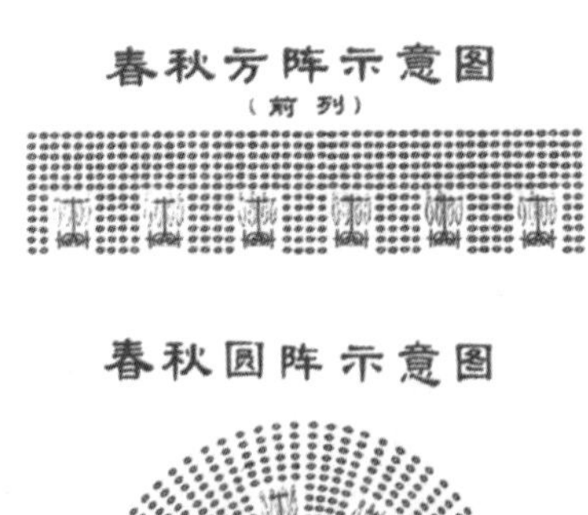

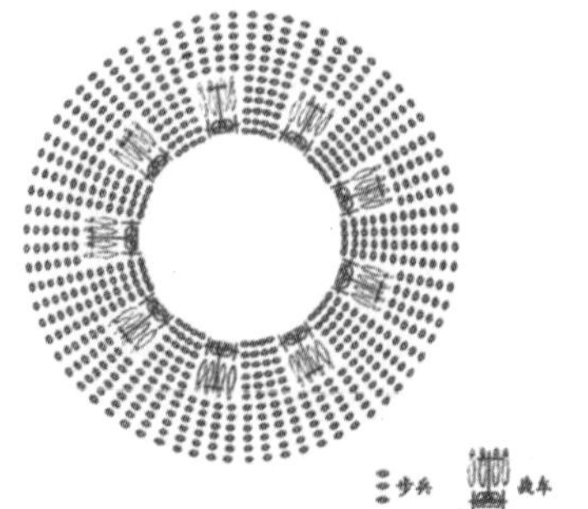

春秋兵阵示意图

忠臣赵盾

晋文公死后，赵衰担任了晋国的执政大臣。赵衰死后，他儿子赵盾接替了父亲的职务。谁知道赵盾执政的第二年，晋襄公就死了，太子夷皋还很小，人们觉得应该立个岁数大的当国君。赵盾说：“襄公的弟弟公子雍年长好善，而且他在秦国居住，秦国以前和我们关系不错。所以立他为好。”贾季则推荐公子乐，被赵盾拒绝了。贾季不服气，偷偷派人去接公子乐。赵盾已经派士会去秦国接公子雍了，所以把贾季废掉。但晋襄公的夫人却跑到朝堂上大哭大闹，赵盾没有办法，只好立了夷皋，就是晋灵公。而秦国已经派兵送公子雍回国，赵盾只好派兵袭击秦军，将公子雍杀死。这下晋国和秦国的关系更差了，不久士会逃到了秦国。

秦国和晋国打了好几仗，最后在士会的调解下两国重新和好，士会也回到了晋国。赵盾和士会一起执政，将晋国治理得井井有条。

晋灵公长大后变得非常贪玩，他甚至还用弹弓弹人，看人们躲避以取乐。有一次厨师做的熊掌没有煮熟，晋灵公居然把厨师杀掉了。赵盾和士会多次劝谏，但晋灵公根本不听他们的。晋灵公觉得赵盾很烦人，派了一个刺客去刺杀赵盾。刺客到赵盾家的时候，天还没亮，他看见赵盾一大早就起来穿上朝服端正地坐着，举止有度，感到赵盾是个忠臣，他叹息道：“杀害忠臣和背叛国君，罪过都是一样的。”说完他就撞树而死。

赵盾曾经有一次去首山，在一棵桑树下看见一个快要饿死的人。赵盾很可怜他，就给了他一些食物。那个人吃了一半，把另一半揣在

历史关注 元代作家纪君祥根据春秋时代晋国史实编写了元杂剧《赵氏孤儿》。

怀里。赵盾问他为什么不吃光，他说："我离家3年了，不知道母亲还在不在，想把这些食物留给母亲吃。"赵盾很感动，又给了他一些食物。不久那个饿人当了国君的厨师，但赵盾早把这事忘了。

晋灵公见一计不成，又生一计。他养了一条恶狗，日夜训练。不久他请赵盾喝酒，埋伏了一些士兵准备杀他。饿人知道了这件事，怕赵盾喝醉了等会跑不了，就对赵盾说："国君赐酒给臣子，喝3杯就够了，请不要再喝了。"赵盾也觉得不太对劲，就走了。当时埋伏的士兵还没有到齐，晋灵公就先把那条恶狗放出来去咬赵盾。饿人冲上去和恶狗搏斗，杀掉了那条狗。赵盾说："不用人却用狗，再凶猛又有什么用？"但他不知道饿人为什么要救他。正在这时候，埋伏的士兵赶到了，冲出来追杀赵盾。饿人回过头来挡住那些士兵，好不容易才让赵盾逃掉。饿人也跑了出来，赵盾问他为什么要救自己，他说："我就是那个饿倒在桑树下的人。"赵盾问他叫什么名字，他不肯说，自顾自地走了。

赵盾知道晋灵公不会放过自己，准备逃到别的国家去。还没有走出晋国边境，他弟弟赵穿就在桃园把晋灵公杀掉了，赵盾知道后就回来了。赵盾威望一直很高，很得民心，而晋灵公骄奢淫逸，名声很差，所以赵穿能够轻松杀死他，人们也没有怪罪他。晋国太史董狐书写这段历史的时候写下了5个字："赵盾弑其君。"并在朝廷上公布了这句话。赵盾觉得很冤枉，找到董狐辩解道："杀灵公的人是赵穿，我是没有罪的。"董狐义正词严地说："你是国家重臣，逃亡的时候没有逃出国境，回来的时候又不诛杀凶手。弑杀国君的人不是你是谁？"日后孔子听说这段史实后赞叹道："董狐是古代优秀的史家啊，他记录历史毫不回避。赵盾也是晋国优秀的大臣，为了国法而蒙受恶名。真可惜啊，要是他逃出国境就没事了。"赵盾终究没有怪罪董狐。

晋国没有了国君，赵盾着急了，他和大臣们商量了一下，觉得晋襄公的弟弟公子黑臀比较贤明，于是让赵穿去迎接他回国为君。当然，这也有让赵穿戴罪立功的意思。公子黑臀就是晋成公，赵盾很受晋成公信任，他儿子赵朔娶了成公的姐姐为妻。

晋成公死后，儿子晋景公即位，不久赵盾就去世了。

赵氏孤儿

赵氏在晋国的势力越来越大，虽然赵盾和赵穿等人在晋景公时期已经死了，但赵氏子弟仍然掌握了晋国大权。

大夫屠岸贾非常嫉妒赵氏的地位，他善于谄媚，和晋景公关系非常好。他想害赵氏，好让自己掌权。他抓住当年赵盾对晋灵公的死负有责任这事大肆宣扬，把各位将军找来，对他们说："当年灵公遇害，赵盾虽然当时并不知情，但他是首犯这一点是肯定的。臣子弑杀国君，而凶手的子孙却还在朝廷中掌权，这样怎么能惩罚罪恶？我觉得应该诛杀赵氏。"韩阙是个很正直的人，他说："灵公遇刺的时候赵盾已经不在城里了，成公都认为赵盾没有罪，所以没有加以诛杀。现在你们要诛杀他的后人，这是违背成公的意思而乱杀人，乱杀人就是作乱。而且这种大事不让国君知道，是目无国君的表现。"屠岸贾不听他的，仍然一意孤行。韩阙把这事告诉了赵朔，让他赶快逃亡。赵朔不肯走，他说："你如果能保护我们赵氏的最后一点骨血，不让赵氏断绝，我就是死了也没有遗憾了。"韩阙答应了他，回去后自称生病，再也不肯出来。屠岸贾没有征得晋景公的允许就擅自带领一批对赵氏不满的将领攻打赵氏，杀掉了赵朔、赵同、赵括、赵婴齐等人，把赵氏全族诛灭，共杀了300多人。

赵朔的妻子是晋成公的姐姐，晋景公的姑姑，她当时已经怀孕。大难临头的时候她逃到宫里面躲了起来。赵朔有个叫公孙杵臼的门客，他对赵朔的朋友程婴说："你为什么不去死呢？"程婴说："赵朔的妻子怀孕了，如果生的是个儿子，我就冒死抚养，如果是女儿，

中国大事记 公元前594年，鲁国实行“初税亩”，按地征税。

那时候再死也不迟。”不久，赵朔的妻子生了一个儿子。屠岸贾听说后带人去搜查，他们虽然不敢拿她怎么样，但赵氏的小孩是不会放过的。赵夫人急中生智，把孩子放在自己的裤子里面，默默祷告道：“赵氏如果命中注定要断绝，你就哭吧。如果不会断绝的话，就不要出声。”等他们来搜查的时候，小孩果然没有哭，他们不敢搜查夫人的裤子，也不会想到孩子会藏在那个地方，见没有搜到就走了。程婴对公孙杵臼说：“现在搜了一次没有搜到，以后肯定还会来搜，到那时候怎么办？”公孙杵臼沉思了一会儿，问道：“抚养孤儿和死比起来，哪个更难？”程婴说：“当然死容易了，抚养孤儿是很难的。”公孙杵臼说：“赵氏对你不薄，那难的事情就交给你来完成吧。我去做简单的事，就让我先死好了。”程婴流着眼泪答应了。两人从别的地方找了个婴孩，给他裹上贵重的衣服，让公孙杵臼抱着他躲到深山里去。程婴却去找那些杀害赵氏的将领，对他们说：“我这个人不行，不能抚养赵氏孤儿，辜负了赵氏对我的厚恩。谁能给我一千两黄金，我就告诉他孤儿在哪儿。”那些将领都知道程婴和赵氏的关系，以为他真的叛变了，很高兴，答应了他。

程婴带着前去搜捕的人找到公孙杵臼，公孙杵臼大骂：“程婴你这个小人！当初赵氏灭族的时候你不去死，和我说好了一起抚养赵氏孤儿，现在又出卖我！你不能抚养就算了，居然忍心拿他去换钱！”他抱着婴孩大哭：“天哪，赵氏孤儿有什么罪？让他活下来吧，杀我一个人好了！”那些人根本不听他的，把两人都杀了。他们以为赵氏孤儿真的死了，都很高兴，于是就不去监视赵夫人了。程婴趁机把真正的孤儿抱了出来，一起躲在了深山里。

15年后，晋景公生了重病，请人来占卜，占卜结果是有冤枉的人作祟。晋景公问韩阙，韩阙是知道赵氏孤儿还活着的，就说：“立了大功而被灭族的不就是赵氏吗？赵氏自从赵叔带来到晋国开始，一直到成公时期，世世代代都为晋国立过功。而国君却灭了他们的族，全国人都为他们感到悲伤。希望国君好好想想吧。”晋景公说：“那赵氏现在还有子孙吗？”韩阙就把实情告诉了他。晋景公从此就和韩阙一起谋划复兴赵氏的事，把赵氏孤儿找来藏在宫里面。那些杀害赵氏的将领入宫探望晋景公，晋景公让韩阙带领士兵胁迫他们去见赵氏孤儿赵武。那些人吓坏了，只好说：“当初是屠岸贾假传君命让我们去做的，不然谁敢乱来？即使国君没有生病，我们也要请求重立赵氏之后。现在既然下了命令，我们就更没意见了。”于是他们和赵武、程婴一起杀掉了屠岸贾，灭了他的族，恢复了赵氏的地位。

·《国语》·

《国语》也叫《春秋外传》。是杂记西周、春秋时周、鲁、齐、晋、郑、楚、吴、越八国人物、事迹、言论的国别史。据说为春秋晚期鲁国人左丘明所作，与《左传》同为解说《春秋》的姊妹篇。近代学者研究证实，春秋战国时有称为瞽蒙的盲史官，专门记诵、讲述西周历史。左丘明即是著名瞽蒙之一，他比孔子略早一些，其讲史曾得到孔子的赞赏。瞽蒙讲述的史事被后人笔录成书，称为《语》，按国家名称区分为《周语》《鲁语》等，总称为《国语》。西晋时曾在魏襄王墓中发现很多写在竹简上的古书，其中有《国语》3篇，言楚、晋之事。这表明战国时该书已流传于世。今本《国语》应该就是这些残存记录的总集。由于是口耳相传的零散原始记录，所以很多内容是言辞，在国别和年代上也很不平衡。全书21卷中，《晋语》9卷，《楚语》2卷，《齐语》只有1卷。《周语》从穆公开始，还属西周早期；《郑语》仅记桓公谋议东迁之事，应在春秋之前；《晋语》记到智伯被杀的事，已属战国之初。《国语》分国别记言，开创了史料编纂学上的国别体。

历史关注 | 世界上关于陨石的最早记录见于《春秋・僖公十六年》。

赵武成年后，程婴向大家告辞，对赵武说："当年你家有难的时候，大家都死了。不是我不能死，而是要保赵氏之后。现在你已经长大了，我得去地下通知赵氏和公孙杵臼一声了。"赵武哭着叩头让他打消这个念头，说："我愿意用一生的时间来报答您的大恩，您难道还愿意舍弃我去死吗？"程婴说："不行。公孙杵臼认为我能完成使命，所以先我而死。现在我不去告诉他的话，他会认为我没有完成使命的。"说完后就自杀了。赵武为他服了3年丧，从此每年都祭祀他，世世代代没有断绝。

晏婴治齐

齐景公统治时期，齐国出了个贤臣名叫晏婴，他从齐灵公统治时期就开始为官，凭借自己的节俭廉洁而深受齐国百姓的爱戴，很快就成为齐国的重要大臣。

齐庄公是个昏君，朝政大权都掌握在相国崔杼和太宰庆封手中。大夫棠公去世，留下个漂亮妻子，崔杼看上了她，就把她娶了过来。谁知道齐庄公也看上了那个女子，想办法和她勾搭上，从此经常往崔杼家跑。崔杼虽然很生气，但觉得惹不起国君，只好睁只眼闭只眼。齐庄公越来越过分，不但把崔杼家当成自己家，还把崔杼的帽子随便赐给别人。这下子全国上下都知道崔杼的妻子和齐庄公的关系，把崔杼羞得不敢出门见人。齐庄公有一次打了身边一个叫贾举的小宦官，他很生气，就和崔杼拉上关系，共同商量对付齐庄公。

不久崔杼假装生病，齐庄公以探病为名去崔家，实际上是去幽会。崔杼的妻子早就和崔杼商量好了，等齐庄公一进卧室，就把门反锁上。齐庄公急得大喊大叫，贾举过来把门撞开，带着齐庄公逃走，实际上是把他引入埋伏圈。崔杼的家丁拿着武器冲了上来。齐庄公害怕了，爬到台子上请求放过他，但没有得到允许，又请求和崔杼结盟，永不加害他，也不行。齐庄公快急疯了，干脆请求让他在宗庙里自杀，还是没用。齐庄公想翻墙逃走，被一箭射中大腿，掉了下来，最后被乱刀砍死。

晏婴听说发生变故后马上赶到崔杼家，但崔家不给他开门。晏婴大呼："国君为社稷死的话我也会陪着他死，为了社稷而逃亡我也会陪他一起逃。如果是为了一己私利的话，你们把他藏起来算怎么回事？"一会儿门就开了，晏婴扑在齐庄公的尸体上痛哭。有人对崔杼说："应该把这个人杀了。"崔杼说："这个人素有名望，放走他反而能得到民心。"

崔杼杀了齐庄公，立齐庄公的弟弟杵臼为齐景公，自立为右相国，庆封为左相国，两人掌握了朝政。他们怕有人反对，就召集国人结盟说："不和崔杼、庆封一条心的人不得好死！"轮到晏婴发誓的时候，他仰天长叹道："我只和忠于国君社稷的人一条心！"他不肯结盟。庆封想杀了他，崔杼阻止道："他是忠臣，放过他吧。"齐国太史写下5个大字："崔杼弑其君。"崔杼要他改，他不改，被杀害了。太史的弟弟继续写，仍然是这5个大字，崔杼又把他杀了。最后是太史最小的弟弟写，他还是写的这5个字。崔杼心都紧了，只好放过了他。

不久崔杼和庆封发生矛盾，两人都死在内乱当中。晏婴当了齐国的相国，他协助齐景公把齐国治理得非常好。晏婴虽然贵为相国，但一顿饭只吃一个荤菜，家里的女子只穿麻布衣服，非常节俭。国君犯错他必然会劝谏，由于方法得当，一般都能被接受。

齐国有个叫越石父的贤人，但他却要被关进监狱。晏婴出门的时候遇见了他，就用自己车子左边的马把他赎了出来，并送他回自己家，到家后没有跟他打招呼就进了卧室。不久，越石父就请求让自己离开。晏婴很奇怪，问他："我虽然不是什么仁德的人，但好歹也救过你，为什么这么快就要走呢？"越石父说："不是的。我听说君子是因为有人不了解自己而受委屈，因为有人了解自己而得到快乐。当时我被抓起来的时候，别人是不了解我的。您既然出于感动醒悟而毅然把我赎了出来，这就是了解我。但是您了解我而不以礼相待，还不如把我关起来。"晏婴很后悔，于是马上请他进来，将其

中国大事记　公元前589年，晋国、鲁国、卫国联军讨伐齐国，在鞍地会战之后，齐国大败而归。

·《晏子春秋》·

《晏子春秋》是一部记叙春秋时代齐国晏婴的思想、言行、事迹的书，也是我国最早的一部短篇言行集。《晏子春秋》共八卷，二百一十五章，分内、外篇。其语言简练，情节生动，人物形象栩栩如生。书中寓言多以晏子为中心人物，情节完整，主题集中，讽喻性强，对后人做人处事及外交口才方面有较大的影响与启迪。“橘生淮南则为橘，生于淮北则为枳”即来自《晏子春秋》。

奉为上宾。

晏婴当上相国后，经常乘坐马车出门。有一次他出门的时候，马夫的妻子从门缝里偷看自己的丈夫。她的丈夫替晏婴驾车，顶着大车盖，鞭打那4匹拉车的马，非常神气，一副得意洋洋的样子，显得很满足。等马夫回家后，妻子请求让自己离开。

丈夫急了，问到底出了什么事，他妻子说：“晏婴身高不到六尺，身为齐国的相国，在各个诸侯国都很有名望，可以说是非常高贵的人了。今天我看你们出门的时候，晏婴一副深思熟虑的样子，表现得很谦虚谨慎。你身高八尺，只是个给人驾车的马夫，但看你的样子呢？一副很满足的神情，骄傲万分。我觉得很羞耻，所以请求让我走。”马夫很后悔，发誓一定要改正。以后出门的时候他总是表现得很谦虚，晏婴发现他变了，很奇怪地问他原因。马夫老实说了，晏婴觉得这个马夫知错能改，是个很不错的人，于是推荐他当了大夫。

晏婴当了几十年的相国，齐国百姓在他的治理下过了几十年的太平日子。人们把他和管仲并列，称之为历史上少有的贤臣。

大学者孔子

孔子的父亲是鲁国的一个小贵族，他刚生下来父亲就去世了。孔子小时候就喜欢模仿祭祀的游戏，是个很聪明的小孩。孔子出身并不高贵，当初鲁国大贵族季氏招待士族，孔子也去了，季氏的家臣阳虎骂他：“季氏招待士族，你跑来干吗？”孔子只好退下。

孔子虽然很穷，但他担任任何职务都能干得很好。南宫敬叔向国君推荐了孔子，请他出使周。孔子到了东周后，在那里学到了很多知识，尤其他问道于老子更是留下一段佳话。孔子回到鲁国后继续收学生，学生数量越来越多。

孔子30岁那年，齐景公和晏婴来鲁国访问，齐景公问孔子：“当年秦穆公的国家那么小，地方又偏僻，为何还能称霸？”孔子说：“秦国虽然小，但志向大；地方偏僻，但行为端正。百里奚不过一个奴隶，秦穆公和他谈了3天就把国家交给他管理。像这样尊重人才，称王都没问题，称霸还算小的。”齐景公非常佩服这个年轻人的见解。

孔子最欣赏西周初期的礼仪制度，他一生的梦想就是恢复周公时期的礼仪，用“礼”来教化人心，从而实现天下太平，结束当时的战乱。

当时鲁国的大权是掌握在季、孟、叔三家大夫的手里，国君实际上没有实权。在孔子35岁那年，国君鲁昭公被三家大夫赶跑，孔子一怒之下跑到齐国，求见齐景公。他向齐景公谈了自己的政治主张，齐景公很敬佩孔子的才学，想用他。但齐国相国晏婴认为他的主张不切实际，齐景公就没有用他。孔子只好回到鲁国教书，他的学生越来越多，其中还有许多贵族子弟，他的名气也越来越大。

后来，孔子被任命为司空（掌管水利、营建之事）、司寇（掌刑狱、纠察之事），孔子在任期间把鲁国治理得很好。鲁国的强大引起齐国的不安，于是齐国给鲁定公送去80名歌女，从此鲁定公开始不理政事。孔子很失望，带着学生出走，开始周游列国。

孔子希望有个国家能够接受他的政治主张，可是当时的大国忙着兼并战争，小国又面临被吞并的危险，没有人理会孔子的主张。他先后到过很多国家，他们大多对孔子很客气，

历史关注

《论语》是研究孔子思想的主要资料，最初的文本有《古论》《鲁论》《齐论》三种。

但没有哪个肯重用他。

孔子在周游列国的过程中还多次遇到危险。他首先到的卫国，卫国国君一开始对他很客气，招待得也很好。但后来开始不信任他了，还派人监视孔子。孔子害怕被害，就逃往陈国。在路过匡地的时候，因为他长得很像当地人痛恨的阳虎，被他们当作阳虎而围困了5天之久，好容易解了围。孔子想去晋国，结果途中听说晋国内乱，只好返回卫国。谁知道因为拜见卫国国君夫人南子，引起许多猜疑，孔子只好又去了宋国。在那里他得罪了宋国司马桓魋，差点被杀害。后来他多次往返于陈国和蔡国之间，有一次楚王派人请他，陈、蔡二国害怕他到楚国后对他们不利，竟发兵将孔子师徒围困起来，孔子因此断了粮，差点饿死。好容易才等到楚国派兵来解了围。

孔子讲学图　清

此图表现了春秋时期孔子在杏坛讲学的情景。图中孔子端坐讲授，弟子们在周围恭敬地聆听。作品因是宫廷绘画，所以特别讲求用色和整体结构。

孔子为了实现自己的理想，克服了种种困难，甚至不惜冒生命危险。但由于他的政治主张不切实际，在外面奔波了七八年，还是没能让别人接受。在他68岁的那一年，他的一个学生冉有当了季康子的家臣，受到重用，出兵打败了齐国的军队。冉有劝说季康子将孔子迎回国，季康子就用很高的礼节请孔子回到了鲁国。

孔子岁数也很大了，他被鲁国人称为“国老”，很受尊敬。鲁国国君和季康子经常就一些国事来咨询孔子，但始终不重用他。孔子很失望，只好在家整理古代的文献资料，著书立说。孔子整理了《诗经》《尚书》《春秋》等多部文献，为保存我国历史资料做出了巨大贡献。这些书后来成为儒家的经典著作，是每个读书人必须研读的书目。

孔子还教育了许多优秀的学生，据说他的门徒多达3000人，出色的有72个。孔子晚年的时候，他最喜欢的学生颜回早逝、子路战死，极大地打击了孔子的精神。很快，在公元前479年，孔子走完了他的人生历程。

孔子死后，他的弟子们继续传播他的学说，形成了中国历史上最重要、影响也是最大的思想流派——儒家学派。孔子作为儒家学派的创始人，被公认为我国伟大的思想家、教育家。

外交家子贡

子贡名叫端木赐，是孔子弟子中口才最好的一个。

齐国贵族田常想作乱，但忌惮国内的几个大家族，所以想先打鲁国以巩固自己的势力。孔子听说后就问弟子们：“鲁国是我们的祖国，现在遇到了危难，谁能去拯救？”子路、子张和子石想去，但孔子都没同意。子贡请求让自己去，孔子同意了。

子贡先去见田常，对他说：“你要讨伐鲁国是错误的。鲁国城池不坚固、地方狭小、国君昏庸、大臣无用、人民又讨厌打仗，所以不

中国大事记

公元前510年，吴王阖闾率军伐越，吴越两国由此展开了数十年的战争过程。

能打鲁国。我觉得应该打吴国。吴国城墙坚固、地方广阔、兵精粮足、又有优秀的统帅，是最好打的了。”田常大怒：“你所说的难打的恰恰是好打的，好打的正好是难打的，你这样说是什么意思？”子贡不慌不忙地说：“我听说内部有忧患的应该打强大的敌人，外部有忧患的应该打弱小的敌人。现在你的忧患是在国内。你打下鲁国的话，只对你的君主和大臣们有好处，你有什么功劳？你取胜的结果是让国君骄傲、大臣狂妄，想成就大事，难啊！所以不如打吴国，死伤人民，大臣多数会死在战争中，这样你就没有竞争对手，人民死得差不多了，谁还敢反对你？”田常恍然大悟，说：“真是好主意啊！不过我的军队已经开赴鲁国了，再掉过头来打吴国，大臣们会怀疑我的。”子贡说：“你先按兵不动，我去吴国出使，让他出兵讨伐齐国，你就可以迎击了。”田常同意了。

子贡赶紧南下去见吴王，对他说：“现在齐国那么大的国家去打小小的鲁国，和吴国争夺霸权，我私下替大王感到担忧。援救鲁国可以显出大王的威名，讨伐齐国又能得到很多好处。打败齐国就能震慑晋国，利益太多了！名义上是救鲁国，实际上是削弱齐国，聪明的人都知道该怎么做的。”吴王说：“你说得很对，但是我曾经和越国打仗，现在越王想报仇，你等我打了越国再来听你的。”子贡说：“越国还不如鲁国强，吴国也不比齐国强，等大王打完越国回来，鲁国早被齐国踏平了。大王现在害怕齐国而去打越国，是不勇敢的行为。大王放过越国可以显示自己的仁慈，援救鲁国就能让诸侯们服从，霸业不就完成了吗？如果大王实在不喜欢越国的话，我去见越王，让他听大王的号令。”吴王很高兴，就让子贡去了。

越王听说子贡来了，赶紧出来迎接，子贡说：“我劝说吴王救鲁国，但他怕越国拖后腿，说要等到打了越国再说。这样的话，越国肯定完蛋了。”越王下拜说：“我当年不自量力，和吴国开战，遭受了极大的羞辱。现在我奋发图强，只想报仇，这是我的心愿。”子贡说：“吴王为人凶暴，大臣们都受不了了。吴国连年征战，民怨沸腾，伍子胥也死了，吴国的好日子不多了。现在大王只要对其卑躬屈膝，他肯定会讨伐齐国。如果打不过，那是大王的福气。如果胜了，他一定会去打晋国，我去找晋国国君，让他和齐国一起打吴国，吴国一定会被削弱的。到时候大王再进攻，吴国不就是大王您的了吗？”越王乐坏了，送了子贡很多礼物，但子贡不要，急忙赶赴吴国。

子贡对吴王说：“我把话带到了，越王吓坏了，连忙保证一定听大王的话。”几天后，越国大夫文种来见吴王，表示越国愿意臣服吴国，并发兵援助吴国伐齐。把吴王高兴坏了，马上举全国兵力讨伐齐国。

子贡又跑到晋国，对晋国国君说：“我听说不解决忧虑的事就不能应付突发事件，军队不搞清楚谁是敌人就打不了胜仗。现在齐国和吴国要打仗，吴国输了的话，越国肯定要来找他们麻烦，吴国赢了的话肯定会来打晋国的。”晋国国君很害怕，问：“那怎么办呢？”子贡说：“没事，好好整顿军队做好准备就行。”晋国国君答应了。

子贡回到鲁国不久，吴国果然和齐国打了起来，把齐国打得大败，然后移兵晋国，却被晋国打得大败。越王听说吴国战败，马上突袭吴国，最后吴国竟然灭亡了。子贡仅仅靠

·孔门四科·

“孔门四科”，意为孔子所传授的四门学科，指的是德行、言语、政事和文学，相关的记述见于《论语·先进第十一》：“子曰：‘从我于陈、蔡者，皆不及门也。德行：颜渊、闵子骞、冉伯牛、仲弓；言语：宰我、子贡；政事：冉有、季路；文学：子游、子夏。’”孔子在此分别举出了四个学科门类之下最为优秀的学生。唐代开始，“孔门四科”的提法逐渐受到学者的重视。明清时期，“孔门四科”演变为“儒学四门”——义理、辞章、经济和考据。

历史关注 春秋时期传统中医开始脱离巫术成为一门独立的学科，已有内科、外科、儿科、妇科、五官科的分别。

几句话就存活了鲁国、扰乱了齐国、灭掉了吴国、强大了晋国、让越国称霸，可见他的外交才能。

子贡除了外交才能之外，还精于从商，很快就成为一个著名的商人，积累了千金家产。

伍子胥复仇

伍子胥的祖先就是那位劝谏楚庄王的伍举，他们家世世代代在楚国为官。

当时楚国国王楚平王是个大昏君。他的儿子太子建有两个老师，一个是伍子胥的父亲伍奢，一个名叫费无忌，后者是个奸臣。太子建长大了，楚平王为他聘娶了秦国的公主。费无忌听说秦国公主长得很漂亮，就对楚平王说："秦国女子太漂亮了！大王可以留给自己，另外找个女子嫁给太子。"禽兽不如的楚平王真这样做了，费无忌从此就成了楚平王的宠臣，再也不用伺候太子了。他怕以后太子即位后对自己不利，就说太子的坏话，渐渐让楚平王讨厌起太子来。

费无忌日夜在楚平王面前说太子坏话，楚平王把伍奢召来询问。伍奢对太子忠心耿耿，极力为太子辩解。怎奈费无忌在一旁添油加醋，楚平王一怒之下把伍奢关了起来，并派人捉拿太子。去抓太子的人还有点良心，把太子放走了。

费无忌知道伍奢的两个儿子伍尚和伍子胥很有才干，想把他们都害死，于是唆使楚平王对伍奢说："你把你儿子叫来就可以活命，否则杀头。"伍奢说："伍尚仁慈，一定会来，伍子胥是不会来的。"楚平王派人去召二人说："你们来的话，伍奢就没事，否则就等着看你们的父亲人头落地吧。"伍尚马上就要出发，伍子胥劝阻道："这明明是个陷阱，我们去的话只是陪父亲死，都死了谁来报仇？不如逃到外国去借兵报仇。"伍尚说："我知道我去了也救不了父亲，但是我不忍心错过这最后一个救父亲的机会。"他对伍子胥说："你快走吧！你负责为父亲报仇，我就负责陪父亲死。"最后伍子胥跑掉了，准备去宋国找太子建。伍奢听说伍子胥跑掉后，说："楚国从此就要倒霉了。"伍尚到楚国国都后，果然和父亲一起被杀。

伍子胥刚到宋国不久，宋国发生内乱，他和太子建一起逃到了郑国。郑国国君对他们不错，但太子建受晋国人的挑拨，说如果能让晋国灭掉郑国的话，就把郑国封给他，这样他就有力量报仇了。太子建听信了晋国人的话，但消息泄露了出去，他被杀了。伍子胥赶紧带着太子建的儿子公子胜逃走，准备去吴国。好不容易走到江边的时候，追兵已经快赶上他们了。这时有个渔夫乘着船经过，见伍子胥很着急，就把他带上船渡到对岸。伍子胥很感激他，解下宝剑说："这把剑价值一百两黄金，送给你吧。"渔夫说："楚王为了抓到你，悬赏米粟5万石，还赐给大夫的爵位。我连那些东西都不贪，还在乎百两黄金吗？"说什么都不要。

伍子胥还没到吴国就生病了，只能一边走一边要饭，好不容易才到了吴国。当时吴王是吴王僚，伍子胥通过公子光的关系见到了吴王。

公子光做梦都想当吴王，伍子胥为了报仇，帮助公子光刺杀了吴王，登上了王位，公子光就是吴王阖闾。伍子胥当了吴国的大臣，参预谋划国事。不久楚王又杀害了大臣伯州犁，他的孙子伯嚭也逃到了吴国，吴国任命他为大夫，和伍子胥推荐的孙武一起训练军队。当年吴王僚派出的两个伐楚的将军已经投降楚国，楚国把他们封在舒这个地方。阖闾兴兵讨伐楚国，

伍子胥画像镜

中国大事记 公元前473年，越王勾践卧薪尝胆、励精图治，后大举灭掉吴国，吴王夫差被迫自杀。

把舒打了下来，那两个将军也被俘虏了。阖闾本想乘胜追击，孙武却说："人民已经很劳累了，不能打了，再等段时间吧。"于是就撤兵了。

由于吴国拥有孙武、伍子胥和伯嚭等优秀将领，在此后的诸侯争霸战争中屡战屡胜，尤其多次打败楚国，树立了吴军将士的自信心。当时楚平王已经死了，继任的楚昭王比较贤明，费无忌就是被他杀掉的，但楚国还有个名叫囊瓦的奸臣。

不久，阖闾问伍子胥等人："当年你们说不能攻打楚国国都，现在怎么样？"他们回答道："囊瓦是个贪婪的人，和楚国结盟的唐国和蔡国都很恨他。如果要大举进攻楚国的话，一定要先拉拢这两个国家。"阖闾采纳了他们的意见，和唐、蔡两国合兵讨伐楚国。阖闾的弟弟夫概是员猛将，他建议让自己带兵跟随出征，但阖闾没有同意。夫概私自带领属下5000人突袭楚将子常，将其打败。吴军乘胜追击，五战五胜，把楚国国都打了下来，楚昭王逃走了。

当年伍子胥和申包胥是好朋友，伍子胥逃走之前对申包胥说："我一定要灭了楚国！"申包胥说："我一定能复兴楚国！"吴国打下楚国后，伍子胥四处寻找楚昭王，但没有找到。他就把楚平王的墓挖开，狠狠地鞭打他的尸体，一口气打了300下才算完。当时申包胥已经逃到山里了，他派人对伍子胥说："你这样报仇也太过分了吧！你好歹以前也是他的臣子，现在鞭打他的尸体，就不怕老天生气吗？"伍子胥对来人说："你替我向申包胥道歉，说我就像是天快黑了，可路还很漫长的人，只能倒行逆施了。"申包胥逃到秦国求救，秦国国君不想出兵。申包胥在秦国朝堂上站着，一直哭了七天七夜。秦哀公被感动了，说："楚国虽然无道，但有这样的忠臣，不能让它灭亡。"于是发兵救楚，最后打败了吴国，楚国最后还是复兴了。

伍子胥前前后后熬了19年才得报大仇，申包胥为了楚国的利益知难而进，他们的精神都值得后人学习。

勾践卧薪尝胆

吴王阖闾虽然最后没有灭掉楚国，但已经向世人展示了吴军强大的实力。虽然孙武不久就走了，但国内还有伍子胥和伯嚭两位将才，力量还是很强大的。正好这个时候越王死了，阖闾就趁越国有难而发兵攻击。没想到新继任的勾践更厉害，他找了一批死士，让他们排成3行，一行一行地走到吴军阵前，大呼三声后拔剑自刎。吴国人都吓傻了，不知道发生了什么事。勾践趁机发起进攻，大败吴军，阖闾也受了伤，回国后不久就死了。他临死的时候告诫儿子夫差："你不要忘了越国的杀父之仇啊！"

两年后，勾践听说夫差日夜练兵，准备找越国报仇。他想先发制人，范蠡劝他不要先动兵，但勾践没听进去，仍然兴兵伐吴。夫差早就等着这一天，把平时精心训练的士兵全部派出去应战，将越军杀得大败。勾践带了残兵败将逃走，躲在了会稽山。夫差发兵把会稽山围了个水泄不通。

勾践对范蠡说："我没有听你的话，结果落到这个下场。"范蠡说："只能给夫差送厚礼了，如果还不行的话，就只好去当人质了。"勾践同意了，于是命令文种去和吴国谈判。文种卑躬屈膝地对夫差说："勾践让我来告诉大王，他愿意当你的臣子，他的妻子就是你的妾。"

越王勾践卧薪尝胆图

历史关注 空首布是春秋时期的金属货币，也是迄今发现最早的中国金属货币。

夫差想答应他，伍子胥说："上天把越国赐给吴国，不要答应他。"第一次谈判失败了，文种回到了越国。勾践想杀死妻子儿女，带领剩余的将士和吴军同归于尽。文种阻止了他，说："吴国的太宰伯嚭很贪心，可以想办法向他行贿，这样还有一线希望。"于是勾践就送了很多美女、珠宝给伯嚭。伯嚭收下礼物后让夫差再次接见文种，文种再次请求吴王接受越国的投降，不要灭掉越国，伯嚭也在一旁帮越国说好话，伍子胥却说："今天不灭越国，以后肯定后悔。勾践是个贤明的国君，范蠡和文种是能臣，如果让他们回去的话，一定会作乱的。"夫差听不进去，撤兵回国，将勾践带到吴国。

3年后，勾践好不容易才回到越国，下决心报仇。他怕舒适的生活消磨自己的意志，就在房间里挂上苦胆，不管什么时候都要尝尝，对自己说："你忘了会稽山的耻辱了吗？"勾践为了恢复生产，亲自下地劳动，让夫人织布，吃穿都很简单，并四处招揽贤人，救济国内的穷人。老百姓在他的带动下也都憋足一口气，努力劳动，想早日让越国强大起来，好报大仇。

几年后，越国已经强大了起来，勾践想兴兵伐吴。大夫逢同劝谏道："越国好不容易才强大起来，吴国肯定会害怕，害怕的话就会有防备。我们应该先对吴国示弱，让它放松警惕。现在吴国正在和齐国、晋国打仗，又战胜了楚国和我们越国，肯定会骄傲起来。我觉得最好和齐、楚、晋交好，再和吴国搞好关系，他们一定会轻敌。到时候3个国家会讨伐它，我们再乘虚而入，就能轻松战胜它了。"勾践同意了。

两年后，吴国想讨伐齐国，伍子胥不同意，但夫差不听他的，还是去打齐国。夫差打了胜仗后在伍子胥面前炫耀，伍子胥说："又不是什么好事。"夫差大怒。文种想试探吴国的态度，就向他们借粮，夫差想给他们，伍子胥不同意，但夫差还是给了。伯嚭经常在夫差面前说伍子胥的坏话，夫差开始的时候没有听伯嚭的话，但不久听说伍子胥在出使齐国的时候让齐国人照顾自己的儿子，大怒道："伍子胥果然欺骗了我！"命人赐剑给伍子胥，让他自杀。伍子胥大笑道："我让你父亲称霸，你也是我立的，当年你想分吴国的一半土地给我，我不要。现在反而听信谗言要杀我！"他对使者说："把我的眼睛挖出来放在都城东门上，我要看越兵打进来！"说完后就自杀了。

不久夫差带领全国精兵进军中原，勾践趁机进攻吴国，大败吴军。夫差赶紧回军，好不容易才和越国签订了合约。4年后，越国再次讨伐吴国，吴国最终被灭掉了。夫差自杀了，临死的时候把脸遮住，说："我没有脸面去见伍子胥。"勾践终于得报大仇，成为一时的霸主。

·吴越争霸·

春秋中期晋楚争霸时，吴的国力也日渐强大。吴王阖闾采纳楚国逃亡之臣伍子胥的建议，向楚国发动了连续的进攻，五战五胜。公元前496年，越王勾践即位，吴王阖闾攻打越国，结果大败，阖闾受伤而死。其子夫差继位，立志要为父复仇。公元前493年，吴国打败了越国，越国宣告投降。吴国乘胜北上征服中原诸国，俨然以霸主自居。越国降吴以后，越王勾践卧薪尝胆，进行了长期的复仇准备工作。公元前482年，吴国北上会盟，内部空虚，越国趁机大举伐吴，经过近10年的激烈战争，最终打败了吴国，吴王夫差自杀，越国也北上会盟诸侯，号称霸主。吴越争霸已经是春秋争霸的尾声，战国七雄混战的局面即将来临。

陶朱公深谋远虑

范蠡在帮助勾践灭掉吴国后就走了，他留给文种一封信，信上说："鸟儿打完了，弓箭就要收起来；兔子杀光了，接下来就要杀猎狗了。越王这个人可以和他共患难，但不能同富贵。你为什么不走呢？"文种读完信后深有同

中国大事记 | 公元前473年，越王称霸。勾践灭吴后，与齐、晋等国在徐州会盟，称霸诸侯。

范蠡像

感，但舍不得富贵，不久勾践送了一把剑给他，说："你曾经教我伐吴的七种方法，我只用了三种就灭掉了吴国。你那里还有四种，你去教我的父亲吧。"文种只好自杀。

范蠡离开越国后，从海上坐船到了齐国，在海边安了家。他和两个儿子白手起家，很快就积累了几十万家产。齐国人认为他很贤明，想请他当相国。范蠡叹息道："做生意积累千金家产，当官能当到卿相，这是平民的极点了，一直拥有尊名是不吉利的。"他谢绝了齐国人的好意，把家产都分给穷人，到别的地方去了。他在陶这个地方隐居了下来，化名陶朱公，继续做生意。

陶朱公在陶的时候生了个儿子，这样他就有三个儿子了。小儿子长大后不久，二儿子在楚国杀人，被关了起来。陶朱公听到这个消息后说："杀人偿命是应该的。但是我听说有千金家产的人不应该死在闹市上。"他让小儿子带上一千镒黄金去楚国营救二儿子。大儿子和二儿子感情很深，再加上认为自己是哥哥，有责任救弟弟，所以坚持要陶朱公派他去楚国，但陶朱公不听他的。大儿子生气了，认为父亲看不起自己，就想自杀。他母亲对陶朱公说："你派小儿子去，不一定能让二儿子活下来，但是大儿子就先死了，怎么办？"陶朱公没办法，只好让大儿子去了，还写了封信给在楚国居住的老朋友庄生，对大儿子说："你到了楚国就把钱送到庄生那里，随便他怎么做，千万不要和他争论，也不要自作主张。"大儿子就出发了，他怕钱不够，还私自带了几百两黄金。

到楚国后，他听从父亲的话先去找庄生。一进庄生家就呆住了，因为庄生家非常穷，住的房子破得不得了。大儿子虽然觉得奇怪，但还是照父亲的嘱咐把信和一千镒黄金交给了庄生。庄生说："你马上离开我家，千万不要停留！等你弟弟出来后，也不要问原因，走就是了。"大儿子走了后，觉得庄生不一定靠得住，就用自己私自带的黄金去贿赂楚国的其他权臣。

大儿子不知道庄生虽然很穷，但他廉洁正直的名声早就传遍了楚国，楚王以下的人都用弟子的礼节对待他，称他为老师。陶朱公送给他的黄金他其实并不想要，打算事情成功后再把钱还给陶朱公，把钱留下是为了表示自己一定会帮忙。但大儿子根本不知道庄生的用意，以为这些钱都白花了。

庄生挑了个时间去见楚王，对他说："最近天象有变，对楚国不利。"楚王一向很信任庄生，急忙问道："那怎么办呢？"庄生说："只能用积德来消除这种危害了。"楚王说："你不用说了，我知道该怎么办了。"马上让人准备大赦的事宜。大儿子贿赂的权贵听到这个消息后对他说："大王要宣布大赦，你弟弟没事了。"大儿子以为反正都要大赦了，弟弟肯定能出来，那一千镒黄金是白送给庄生了，觉得很可惜，他就去找庄生。庄生见他来了，大吃一惊，问道："你怎么还没走？"大儿子说："我为了救弟弟，所以一直都没走。现在听说要大赦了，弟弟肯定没事了，所以来向您告辞。"庄生知道他的意思就是想要回黄金，就对他说："黄金在屋子里，你自己去拿吧。"大儿子把钱拿走了，庆幸省下了一大笔钱。

庄生非常气愤，觉得自己被出卖了，就对楚王说："上次我说天象的事，大王想用大赦来修德。但今天我听见外面的人都说陶朱公的儿子因为杀人被关进了监狱，他们家花了很多钱来贿赂大王的亲信。他们都说大王不是为了楚国，而是为了陶朱公的钱才大赦的。"楚王大怒道："我虽然不才，但也不会因为陶朱公

历史关注 上海曾是楚国春申君的封地，所以上海又称“申城”。

的儿子而宣布大赦！”于是下令马上把二儿子拉出来处死，第二天再宣布大赦。大儿子只好把弟弟的棺材运回了家。

回家后家里人都很伤心，只有陶朱公笑着说：“我早就知道大儿子去的话，二儿子就没命了。他不是不疼爱弟弟，只是因为他从小就和我一起吃过苦，知道钱来之不易，所以比较吝啬。而小儿子从小在富贵中长大，认为钱来得容易，所以就不会吝惜。当初我要派小儿子去就是因为他不吝惜钱财。你们也不要伤心了，自从大儿子走后，我天天都在等二儿子的棺材回来啊！”

司马穰苴严厉治军

齐景公统治时期，晋国和燕国双双入侵，把齐军打得大败。齐景公成天愁眉苦脸的，晏婴推荐了司马穰苴，说：“司马穰苴虽然是田氏的后代，但这个人文才能让大家服从他，武学能震慑敌人，希望国君能给他个机会。”

齐景公把司马穰苴召来，和他探讨兵法，对他的军事才能感到很满意，就任命他为将军，让他去迎击晋国和燕国的军队。司马穰苴说：“我出身卑贱，国君一下子就把我提拔为将军，士兵们肯定不服我。这样吧，我希望国君能派个宠臣来当监军，我就能狐假虎威一把，让他们服从了。”齐景公觉得他说得很有道理，就让宠臣庄贾去了。司马穰苴和庄贾约好：“明天中午在军门集合。”

第二天司马穰苴早早地赶到军门，算好时间等庄贾。庄贾仗着齐景公的宠幸一直很骄横，认为自己是监军，根本不把司马穰苴放在眼里。他一觉睡到大天亮，亲戚朋友听说他要出征，都跑来给他饯行。司马穰苴一直等到中午，约定的时间都过了，庄贾还没来。司马穰苴就把军队召集起来，向他们申明了自己的法令，严肃军纪。庄贾一直喝到傍晚才醉醺醺地过来，司马穰苴问道：“怎么来得这么晚？”庄贾道歉道：“太多人来给我饯行了，所以晚了。”司马穰苴严肃地说：“为了国家就应该忘记自己的小家，在军队里就应该忘记亲戚朋友。现在敌人入侵，全国震动。士兵们在野外打仗，国君吃不好睡不好，日夜担心国事，国家和百姓的命运都掌握在你手里。你居然为了一点小事就迟到这么久！”他把执掌军法的军正官叫来，问道：“军法上对迟到者怎么处理？”军正官回答道：“应当斩首。”庄贾害怕了，马上叫人去向齐景公求救。司马穰苴没有等使者回来就当着全军将士的面把庄贾杀了，将士们都吓得发抖。过了很久，齐景公派来赦免庄贾的使者赶到，驾着车冲了进来。司马穰苴说：“将军在外用兵，国君的命令可以不接受！”他又问军正官：“在军队中奔驰该怎么处理？”回答道：“应该斩首。”使者顿时大惊，吓得晕了过去。司马穰苴说：“国君派来的使者不能杀。”他把使者的仆人、马夫和左边的马杀了，以警告三军将士。又派人把消息告诉齐景公，然后率领全军将士奔赴前线。

司马穰苴对将士们恩威并施，出军前的那次行动让将士们不敢违背他的命令，更不敢看不起他。但司马穰苴并没有因此而恶待将士，每行军到一个地方，他都要亲自视察将士的住

·军制·

春秋战国时期军制的变化：

1.周王室失去了对诸侯国的控制能力，“礼乐征伐自诸侯出”，“自大夫出”。

2.扩大了兵源与军赋，产生了以征发农民为主的郡县征兵制，军赋也由农民承担。

3.军事与行政编制相结合以利战争动员，军队建制由“师”发展到“军”。

4.战争区域由平原发展到山地和江河水乡地带。

5.步战代替车战成为主要作战形式，车兵之外又有步兵、骑兵和水兵。

6.文武分职，并产生了凭兵符发兵和奖励军功等制度。

7.军政一体化的国家体制转变为以国君为中心的高度集权化军事体制。

中国大事记

公元前458年，晋国四卿合谋灭范式、中行氏。晋国六卿由此变为四卿，斗争更加激烈。

处和饮食情况。如果有人生病，他还亲自去看望，为病人请医生抓药。3天后出发，病人们都争相请求随行，要为国效力。晋国军队听说齐军士气高涨，还没打就跑了。燕国军队不久也撤走了。司马穰苴率军追赶，把失地都收复了回来，很快凯旋。大军快要走到国都的时候，司马穰苴为了避嫌，命令士兵都脱下铠甲，把武器都收起来，和他们发誓绝不侵犯国都后才进去。齐景公和大臣们都到郊外来迎接他们，好好地犒赏了将士们一番。齐景公封他为大司马，掌握全国兵权。司马穰苴本来姓田，从此就改姓为司马。田氏本来在齐国的势力已经衰落了，因为司马穰苴立了大功，田氏也日益尊贵起来。

当时齐国地位最高的贵族是国氏和高氏，他们见司马穰苴劳苦功高，田氏也沾了不少光，担心自己的地位受到影响，就经常在齐景公面前说司马穰苴的坏话。齐景公听信了他们的谗言，免去了司马穰苴的职务。司马穰苴受到冤枉很不服气，越想越伤心，最后背上生了毒疮，没过多久就死了。从此田氏和国氏、高氏结下了怨仇。国、高两族虽然陷害了司马穰苴，但没办法抑制田氏在齐国的势力。后来田常把势力发展到极致，杀死了齐简公，并把国氏和高氏全族杀害，灭了他们的族，成为齐国实际上的统治者。从此以后田氏的地位就不可动摇了，田常的曾孙田和被周天子封为齐侯，从此齐国的统治者由姜氏变成了田氏。其后继者齐威王大行司马穰苴的法度，把齐国变成了一个强国。司马穰苴的用兵之法也得到了搜集整理，就是《司马穰苴兵法》。

豫让为主报仇

晋国到了后期，权力被六家大夫掌握，这六家分别是赵氏、韩氏、魏氏、范氏、中行氏和智氏。后来范氏和中行氏被另外四家灭掉，土地都被瓜分。这时候最强大的一家是智氏，智氏的族长智伯野心很大，联合魏氏和韩氏讨伐赵氏的赵襄子。赵襄子暗中和那两家联合起来把智氏灭掉了，还瓜分了智氏的土地。赵襄子对智伯瑶恨之入骨，把他的头砍了下来，用油漆漆好当酒杯用（也有种说法是当作尿壶）。

智伯手下有个名叫豫让的臣子，他早年侍奉过范氏和中行氏，但没有什么作为，所以不出名。范氏和中行氏被灭后，他去投靠智氏，智伯非常尊敬他，对他很好。智氏被灭后，豫让逃到了深山里，他说：“唉，勇士应当为知己而死，就像女人为了喜欢自己的人而打扮一样。智伯是我的知己，我一定要为他报了仇之后才死。这样，我的魂魄才会安心。”他改名换姓，装成一个受过刑罚的罪犯去赵襄子的宫里打扫厕所。他身上藏了把匕首，想刺杀赵襄子。有一天，赵襄子上厕所的时候突然觉得心慌意乱，就派人把打扫厕所的人抓起来。结果抓住了豫让，在他身上搜出了匕首。豫让说：“我要为智伯报仇！”左右的人都想杀了他，赵襄子说：“这是个讲义气的人，我以后好好躲着他就是了。再说智伯没有后代，而他的臣子还能为他报仇，这是贤人啊！”于是就把豫让放了。

豫让躲了一段时间后，在全身都涂上一层漆，让皮肤上长满疥疮，还吞下烧红的炭，让嗓子变哑，这样谁都认不出他了。他在集市上要饭，他的妻子都没有把他认出来。后来他一个朋友把他认出来了，问道：“你不是豫让吗？”豫让说：“对，我就是。”那个朋友伤心地哭了，说：“以你的才能，如果去侍奉赵襄子的话，赵襄子一定会宠幸你。你成了他亲信后要杀他还不容易？何必非要把自己弄成这个样子，而且就算这个样子也不一定能杀了他啊。”豫让说：“如果照你的话去做，那就是当了别人的臣子还要杀他，这是怀着异心去侍奉主人的行为。我知道我这样做很难杀得了他，但我之所以会这样做，就是为了让天下后世那些心怀不轨而去侍奉主人的人感到羞愧啊！”

不久赵襄子外出，豫让事先打听好他的行走路线，在他必然经过的桥下面埋伏好。赵襄子走到桥上的时候，突然他的马受惊了，赵襄

历史关注

商鞅是我国历史上提出刑罚平等的第一人。

子说："这肯定是豫让，他一定在附近。"他派人去找，果然是豫让。赵襄子也生气了，责备道："你以前难道没有侍奉过范氏和中行氏吗？当年他们都是被智氏灭掉的，而你却不为他们报仇，反而还去侍奉智伯。智伯是我杀的没错，但你为什么唯独为他报仇如此不遗余力？"

豫让说："我当年服侍范氏和中行氏的时候，他们是把我当作普通人来看待，所以我报答他们也是以普通人的身份和方式来报答。而智伯是把我当成国士来对待，所以我用国士的身份和方式来报答他。"

赵襄子感动得流下了眼泪，长叹道："豫让先生啊！你为智伯报仇的名声已经传出去了，也该够了。而我放了你几次了，也该够了。你自己打算吧，反正我不能再放你了。"说完下令手下的士兵把豫让团团围住。豫让说："我听说贤明的主人不会掩盖别人的优点，而忠臣有为了名节为死的义务。以前你已经放过我一次了，天下都称赞你的贤明。今天这件事我确实该被杀，但是我想你把外衣脱下来让我击刺，以表达我报仇的意思，然后就算是死也没有遗憾了。当然，我不敢指望你的同意，我只是表达我的心愿而已。"赵襄子佩服得五体投地，认为豫让实在是个深明大义之人，于是让人把自己的外衣拿给豫让。豫让拔出宝剑跳起来3次砍杀那件衣服，然后说："我可以去地下陪智伯，告诉他我已经替他报仇了。"说完之后伏剑自刎。他死的消息传出去后，有志之士都为他的忠义行为感到悲伤。

商鞅变法

商鞅本名公孙鞅，是卫国国君的远亲。他少年时期就喜欢刑名之学，后来当了魏国相国公叔痤的门客。公叔痤知道他很有才干，但一直没有机会提拔他。后来公叔痤生病，魏惠王来探病，说："你的病如果有个三长两短的话，魏国怎么办啊？"公叔痤说："我的门客公孙鞅虽然年轻，但是个奇才，希望大王能把国家托付给他。"魏惠王没有说话。要走的时候，

商鞅方升与铭文　战国

战国时代商业经济有了初步发展。由于各诸侯国独立为政，商业领域中最关键的商品流通手段——度量衡和货币标准不一，兑换混乱，制约了商业的发展。商鞅变法之后，统一了度量衡，使秦国经济有了长足发展，增强了国力。

公叔痤把周围的人赶走，悄悄对魏惠王说："大王即使不用公孙鞅，那也得把他杀了，不要让他离开魏国。"魏惠王答应了。

公叔痤把公孙鞅叫来，对他说："今天大王问谁能当相国，我推荐了你，但大王没有理我。我就对他说如果不用你的话就要把你杀了，他答应了，所以你得快走，不然就来不及了。"公孙鞅说："大王不能听你的话来任用我，又怎么会听你的话杀我呢？"所以他不走。魏惠王对周围人说："公叔痤病得太厉害了，真让人难过。他居然要我把国家托付给公孙鞅，这不是糊涂吗？"

公叔痤死后，公孙鞅听说秦孝公在求贤，就离开魏国到了秦国。他通过景监的关系见到了秦孝公。秦孝公和公孙鞅谈话，说了很久，秦孝公有几次差点睡着了。公孙鞅走后，秦孝公骂景监："你推荐的人是什么东西啊？怎么能用呢！"景监责备公孙鞅，公孙鞅说："我对他说成为帝王的方法，他听不进去。"几天后他再见秦孝公，这次秦孝公觉得谈话比上次还无聊。公孙鞅对景监说："我对他说成为王的方法，还是不行，请让我再试一次。"第三次秦孝公的兴趣来了，但没有接受他的意见。公孙鞅说："我对他说称霸的方法，看他的样子好像听得进去，请让我见最后一次。"最后一次秦孝公兴趣大增，听着听着就凑到公孙鞅面前了，一连说了好几天。景监问道："你怎

中国大事记

公元前403年，周威烈王册命韩、赵、魏三家为诸侯，战国七雄局面正式形成。

·李悝变法·

战国初期的魏文侯（公元前445～前396年）是位有作为的君主。他任用李悝（公元前445～前395年）为相，在国内推行变法。变法的主要措施有：一、鼓励农民勤谨耕作。李悝认为农民的劳作态度直接关系到土地的收成高低。二、实行“平籴法”，丰年由国家以平价购进粮食，灾年则平价出售，使粮价保持平衡。三、依据“食有劳而禄有功”的原则，授予有功劳的人以职位和爵禄，取消那些无功于国而又过着奢华生活的人的世袭特权。四、编集《法经》，分为盗、贼、囚、捕、杂、具6篇，目的是为了保护地主阶级的生命和财产安全，维护新兴封建国家的统治秩序。李悝变法巩固了地主阶级的政权，发展了封建经济，使魏国在战国初期首先强盛起来。

么让国君如此感兴趣的？”公孙鞅说：“我让他用帝王之道去建立尧舜禹的功业，他说：‘太遥远的事了，我可等不了那么久。我觉得贤君应该是在有生之年就能看到效果，怎么能等个几十年上百年来成为帝王呢？’所以我就用强国的方法来教导他，他就高兴了。”

秦孝公开始重用公孙鞅，公孙鞅得到了秦孝公的支持，被任命为左庶长，主持变法。他规定民间禁止私斗，一切赏罚和爵位都以军功为标准，奖励生产，如果因为懒惰或者经商而导致贫穷的，一律罚为奴隶，没有立功的人即使很富有也不能用豪华的东西。这些法令制定后没有马上公布，公孙鞅怕百姓不相信他，所以他在南门竖起三丈长的木头，宣布谁能把它搬到北门就赏赐十金。大家都觉得很奇怪，没有人去搬。公孙鞅以为赏赐太少，于是把赏金改成五十金。这时有个人站出来把木头搬走了，公孙鞅马上给了他五十金，表明自己说话算话。不久他就公布了新法令。

刚开始改革的时候，大家纷纷反对，很多人都说新法令不好。不久太子也犯了法，公孙鞅说：“法令之所以得不到贯彻，都是上面的人没有好好遵守。”他就要罚太子，当然，太子是不能被施刑的。所以太子的两个师傅就代替太子受刑，一个被打了一顿，另一个在脸上刺了字。从此秦国人都不敢犯法了。

10年后，全国上下都觉得新法令好得很。秦国治安大有好转，士兵的战斗力也提高了很多。当初那些说新法令不好的人现在却夸奖起来。公孙鞅说：“这些人都不是好人。”下令把他们迁到边境去，从此没有人敢议论新法令了。

公孙鞅很快被升为掌握兵权的大良造，开始带兵打仗，多次击败魏国，迫使魏国把都城迁到大梁。魏惠王叹息道：“我真后悔没有听公叔痤的话！”公孙鞅回来后，被秦孝公封在了商这个地方，从此人们就叫他商鞅了。

商鞅的改革得罪了不少秦国的权贵，有人劝他最好全身而退，免得被人陷害，但他没有听从。不久秦孝公死了，太子继位。那些反对商鞅的人就说他的坏话，诬陷他谋反。太子派人去抓商鞅，商鞅被迫逃亡。逃到关下的时候，他想在客店住宿，老板不认识他，说：“商鞅的法令规定客店留宿没有证件的客人要受惩罚。”商鞅叹息道：“我现在算是知道我的法令不好的地方了。”他好不容易逃到魏国，但魏国不肯接受他。商鞅想逃到别的国家去，魏国人说：“商鞅是秦国的通缉犯，秦国那么强，我们不能得罪秦国。”他们把商鞅送回秦国。商鞅最后被秦国人车裂而死，但他实行的法令保留了下来，秦国的国力日益增强。

苏秦佩六国相印

苏秦是东周洛阳人，在齐国上学，后来拜鬼谷子为师，学习纵横之术。他学成后到处游历，但没有国君肯接纳他。几年后穷得过不下去了，只好灰溜溜地回家。全家人都嘲

历史关注	春秋战国时期称为“役”的包括三种人：仆役、士卒和门人弟子。

笑他说：“我们周人的风俗就是做生意，去追逐利润。现在你却舍弃事业去用嘴巴谋生，你穷是活该。”苏秦听到家人这么说感到非常惭愧，从此闭门不出，把所有书都翻出来一本一本地看，说：“大丈夫已经学了这么多东西了，还不能用它们来获得地位财富，书再多又怎么样！”不久他得到了一本《阴符》，日夜埋头苦读。一年后他觉得学得差不多了，说：“这下子可以去游说当代的君王们了。”于是他求见周显王，而周显王周围的人都听说过苏秦的事，看不起他，所以没有成功。

苏秦去了秦国，他对秦惠王说：“秦国地势险要，乃天府之国。以秦国众多的百姓和军事力量，吞并天下都没有问题。”秦惠王刚刚杀了商鞅，本来就讨厌那些游说的人，就没有用他。

苏秦又去了赵国，也没有成功。后来在燕国待了一年多才见到燕王，他一番话很快打动了燕王。燕王给了他许多礼物，让他出使各国。苏秦凭借自己的口才把除了秦国之外的其他六国的君王全部说动了心。最后六国在苏秦的帮助下建立了盟约，苏秦为纵约长，当了六国的相国。苏秦路过洛阳的时候，声势浩大，身后跟了一大群六国派来服侍他的随从，比当国王的还威风。周显王吓坏了，赶紧把道路清扫干净，派人去慰劳苏秦。苏秦的家人也都跪在路边不敢抬头看他，苏秦笑着对他嫂子说：“怎么以前你们那么傲慢，现在又这么恭敬呢？”嫂嫂很不好意思，遮着脸说：“是因为弟弟你地位很高，又有很多钱的缘故。”苏秦长叹道：“同样的一个人，富贵的时候亲戚怕他，贫贱的时候亲戚却看不起他，更何况其他人呢？如果当初我能拥有洛阳的两顷土地的话，现在怎么能佩上六国的相印呢？”他取出千金分给亲戚朋友。当年苏秦去燕国的时候，问人借了一百钱当路费，现在富贵了，就给了当年借他钱的人百金。凡是当初对他有恩德的人苏秦都重重地回报了他们。但跟从他的人中有一个没有得到报酬，就上前询问。苏秦说：“我不是把你忘了。当年你和我一起去燕国，在易水上有好几次都想扔下我走掉。当时我很穷困，所以对这事耿耿于怀。我想最后一个报答你，现在你也有一份赏赐了。”

苏秦撮合六国合纵后就去了赵国，被封为武安君。由于六国团结了起来，秦国有 15 年都不敢出兵。后来秦国派人欺骗齐国和魏国，和他们一起讨伐赵国。结果赵王责备苏秦，他只好请求让自己去燕国想办法，他一走合纵就解散了。

不久齐国攻打燕国，燕王很不高兴，让苏秦想办法。苏秦只好跑到齐国游说齐王，他那三寸不烂之舌很快就把齐王骗得团团转，齐王当即答应停止攻打燕国，并把抢来的城池还给燕国。苏秦完成任务后回到燕国，燕王恢复了他的官职，对他更好了。不过苏秦人品不太好，他和燕王的母亲有奸情。燕王知道这件事后不但没有怪他，反而对他更好。苏秦担心自己被杀，就对燕王说：“我在燕国不能让燕国强大，而我在齐国的时候反而对燕国好处更多。”燕王说：“就听你的吧。”苏秦就假装得罪了燕王而逃到齐国，齐宣王任命他为客卿。

齐宣王死后，苏秦游说新齐王厚葬齐宣王以表示自己是个孝顺的孩子，又花了很多钱来修筑宫殿，实际上是想让齐国变穷，这样对燕

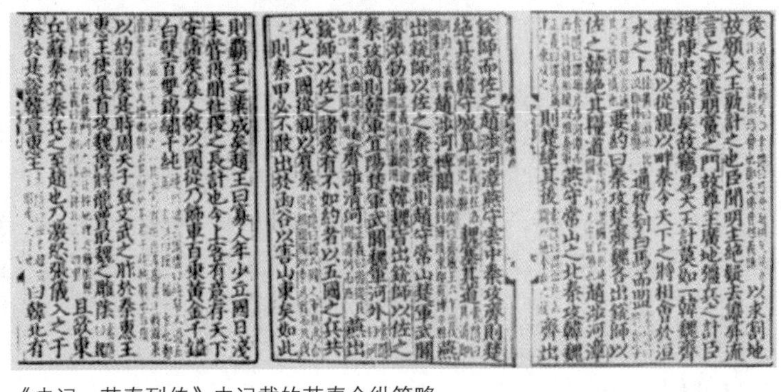
矣
故願大王孰計之也臣聞明主絕疑去讒屏流
言之迹塞朋黨之門故尊主廣地彊兵之計臣
得陳忠於前矣故竊為大王計莫如一韓魏齊
楚燕趙以從親以畔秦令天下之將相會於洹
水之上 通質刳白馬而盟 要約曰秦攻楚齊魏各出銳師以
佐之韓絕其糧道 趙涉河漳
燕守常山之北秦攻韓魏
則楚絕其後 齊出
銳師而佐之趙涉河漳燕守雲中秦攻齊則楚
絕其後韓守城皋 魏塞其道
趙涉河博關 燕
出銳師以佐之秦攻燕則趙守常山楚軍武關
齊涉勃海 韓魏皆出銳師以佐之
秦攻趙則韓軍宜陽楚軍武關魏軍河外
齊涉清河 燕出
銳師以佐之諸侯有不如約者以五國之兵共
伐之六國從親以賓秦
則秦甲必不敢出於函谷以害山東矣如此
則霸王之業成矣趙王曰寡人年少立國日淺
未嘗得聞社稷之長計也今上客有意存天下
安諸侯寡人敬以國從乃飾車百乘黃金千溢
白璧百雙錦繡千純
以約諸侯是時周天子致文武之胙於秦惠王
惠王使犀首攻魏禽將龍賈取魏之雕陰 且欲東
兵蘇秦恐秦兵之至趙也乃激怒張儀入之于
秦於是說韓宣王 曰韓北有

《史记·苏秦列传》中记载的苏秦合纵策略

中国大事记 | 公元前384年，秦国废除了用人殉葬的落后制度。

国就有好处。后来齐国大夫们和苏秦争宠，有人就派了刺客去刺杀苏秦。刺客刺中了苏秦就跑了，苏秦虽然受了重伤，但还没有死。齐王派人查访凶手，但总也找不到。苏秦快死的时候对齐王说："我死后大王要把我的尸体拉到集市上车裂，说我是为了燕国而来齐国捣乱的，这样杀我的人就会自己跑出来了。"齐王照他的话做了，不久凶手果然自己跑出来承认了，齐王就把他杀了为苏秦报仇。

苏秦虽然死了，但他开创了一个靠游说取得官职的时代。在他之后出现了很多纵横家，包括苏秦的弟弟苏代也是其中著名的人物之一，这些人的思想对中国影响很大。

礼贤下士的孟尝君

战国时期的齐国有个贵族名叫田婴，他有四十多个儿子，其中有个低贱的小妾生的儿子名叫田文。田文是五月初五生的，传说这一天生的孩子克父灭家。田婴对小妾说："不要养这个孩子。"但她还是悄悄地把田文养大了。后来田婴发现了这个秘密，大怒道："我让你丢掉这个孩子，你为什么不听？"田文帮母亲回答道："父亲不养五月初五生的孩子是什么原因呢？"田婴说："这一天生的孩子如果长到和门槛一样高的话，对他父母不利。"田文说："人命是由天决定的还是由门槛决定的？"田婴顿时语塞。田文又说："如果由天决定的，那怕什么？如果由门槛决定，那把门槛弄高就是了，达不到那个高度不就没事了？"田婴说："我知道了，你别说了。"

后来田文问父亲："儿子的儿子是什么？"田婴说："孙子呗。""那孙子的孙子呢？""玄孙啊。""玄孙的孙子呢？""不知道。"田文笑笑说："父亲在齐国当相国，已经经历3个国王了。齐国的地盘没有扩大，而父亲累积了不少财富，门下却没有一个贤人。我听说将门出将，相门出相。现在父亲家里的奴婢都能穿好衣服，而人才却连破衣服都穿不上；仆人都能吃肉，而人才只能吃糠。父亲积累这么多财富，不知道以后留给谁，我觉得很不可思议。"田婴由此开始重视田文，让他在家里接待宾客，很快就有很多人才来投奔。诸侯们都请田婴立田文为继承人，田婴同意了。田婴死后，田文继承了爵位，就是孟尝君。

孟尝君特别喜欢招揽宾客，天下的人才都乐意到他家去。他家有3000门客，不管什么身份都能和他平起平坐。那些来投奔孟尝君的人都能得到礼遇。孟尝君接待客人的时候，屏风后面总安排有人专门记录他们的对话，尤其是客人的家庭情况。等客人回到家后，孟尝君已经派人把礼物送到了。有一天晚上孟尝君和

士的崛起

战国时期，养士之风盛行，著名的"战国四公子"都有养士千人。

历史关注 | 战国时出现了九九乘法口诀。

客人吃饭，有个人背着火光，以为自己的饭不好，生气了，扔下筷子掉头就走。孟尝君赶紧起身，把自己碗里的饭菜给那人看，结果发现都是一样的。那人非常羞愧，自刎而死。

后来秦昭王请孟尝君去秦国当相国，孟尝君去了。有人对秦王说："孟尝君是个贤人，但他是齐国人，他来秦国当相国，肯定会把齐国的利益放在秦国之上，这样秦国就危险了。"秦王就把孟尝君关了起来，准备杀了他。孟尝君叫人向秦王的宠妃求情，宠妃说："我要孟尝君的那件白狐皮衣。"但孟尝君已经把那件皮衣送给秦王了，这事不好办。有个门客善于偷东西，当天晚上就装成狗偷偷跑到秦国的仓库里把皮衣偷了出来。宠妃得到皮衣后就替孟尝君说好话，秦王就把他放了。孟尝君一出狱就带领门客赶快逃走。不久秦王后悔了，又派人去追。孟尝君等人好不容易才逃到秦国的门户函谷关，但当时正是半夜，而法令规定鸡叫的时候才能开门。眼看追兵就快到了，这时候门客中有个善于学鸡叫的人叫了起来，于是门打开了，孟尝君才得以逃脱。当初这两个人当门客的时候，大家都觉得与他们为伍很羞耻，现在才知道他们的作用，对孟尝君佩服得五体投地。

回到齐国后，孟尝君被任命为相国。当时他手下有个名叫魏子的门客替他在封地上收税，去了3次而没有拿回来一文钱。孟尝君问他是怎么回事，魏子说："我看到有贤人就把钱给他们，所以没有拿回来。"孟尝君很生气，就把魏子辞退了。几年后，有人在齐王面前说孟尝君的坏话，诬陷他要造反。不久齐王差点被刺，怀疑是孟尝君指使人干的。孟尝君无法辩解，只好偷偷逃走。魏子和受了恩惠的贤人听说这事后就上书说孟尝君不会作乱，而且发誓用自己的性命担保，上书后不久，他们就在宫门口自刎而死，以表明孟尝君是被冤枉的。齐王大惊，赶紧重新调查，发现孟尝君确实没有造反，就想把他召回来。但孟尝君拒绝了，请求在自己的封地薛地养老。

孟尝君死后，他的儿子们争着要继承爵位，爆发了战争。齐国和魏国合兵平息了内乱，把他的儿子全部杀死，孟尝君就这样绝嗣了。

聪明机智的弄臣们

中国古代有一种弄臣，他们多数富有幽默感，用滑稽的话语来劝谏君王，往往能取得惊人的效果。

淳于髡是齐国一户人家的上门女婿，外貌并不出众，但非常滑稽，多次代表齐国出使各国，从来没有遭受过屈辱。

当时齐国国王是齐威王，有一年楚国入侵，齐威王派淳于髡去赵国搬救兵。吝啬的齐威王给了淳于髡一百斤黄金、十辆车马作为给赵国的见面礼。淳于髡哈哈大笑，帽子都笑掉了。齐威王说："先生是不是觉得东西太少？"淳于髡说："不敢不敢。"齐威王说："那你笑什么？"淳于髡说："今天我来的路上看见农民拿着一个羊蹄和一杯酒，在祈祷说，'让我满屋子都是金银财宝，庄稼大丰收'。我见他祭祀的东西那么少，但乞求的东西却很多，所以才笑。"齐威王

·坐、跪和长跪·

坐，是人体态势的一种，泛指将臀部依靠在可以支持身体重量的物体上，用臀部来代替两脚着力的姿势，当今一般指将臀部放在椅、凳之类的坐具上，古时因为没有椅子，人们坐的方式与现代有所不同，在正式的场合是席地而坐，两膝着地，臀部压在脚跟上，这种方式腿部受到的压迫很严重，日常生活中并不全都如此，只是因为其姿势较为美观，而成为一种表示庄重的正坐。跪的姿势是两膝着地或着席，直身，臀部不着脚跟，是一种对地位高者表示尊敬的姿势，古人席地而坐，在有急要之事或谢罪之时，也会采取跪的方式，有时单膝着地也称之为跪。长跪是跪的一种最为郑重的方式，特点是挺身直立，用膝盖和脚趾来支持身体，拜跪时习惯上以先下右膝为礼。

中国大事记 | 公元前307年，赵武灵王实施胡服骑射，使赵国军事实力明显增强。

于是给了他一千镒黄金、二十个白璧、一百辆车马，让他去见赵王。最后赵王发兵十万，战车千辆支援齐国。楚国人听说后，当天晚上就撤走了。

楚国退兵让齐威王非常高兴，在后宫设下酒宴，请淳于髡喝酒，问他："先生能喝多少酒？"淳于髡说："我喝一斗也醉，喝一石也醉。"齐威王搞不懂了，问道："先生既然喝一斗就醉，又怎么能喝一石呢？能解释一下吗？"淳于髡回答道："如果是大王赐酒，执法官在旁边监视，规规矩矩地喝酒的话，我只能吓得伏在地上小心地喝，这样喝一斗就醉了。如果和亲戚一起喝的话，当然不能太放纵，不过没那么严肃，喝两斗就醉了。如果是和朋友一起喝的话，大家很久没见了，突然相遇，心里很高兴，一起谈心饮酒，可以喝个五六斗。如果是参加宴会，男女杂坐，大家行酒令玩游戏，周围还有美女伺候，我心里暗暗高兴，可以喝八斗酒呢。如果是晚上一起喝酒，男女同席，随便得很，又吃又喝，主人送完客人后还把我留下来，让美女陪我睡觉，这种情况是我最喜欢的，所以能喝一石酒。但是酒喝多了人会乱性，乐极生悲，什么事都是这样的。说话也不能说得太绝，否则必然会衰败。"他用这种话来讽谏齐威王喜欢成天喝酒，经常一喝就是一晚上。齐威王说："你说得对。"从此就改掉了这个坏毛病，还让淳于髡日后经常陪在自己身边监督。

楚国有个叫优孟的人，他是楚国王宫里的一个演员。楚庄王有一匹爱马，享受的待遇非同一般，平时身披丝绸，住在豪华的房子里，吃的是枣子。后来这匹马死掉了，楚庄王下令所有大臣都要为它吊丧，还想以葬大夫的礼节埋葬它。大臣们纷纷反对，但没有用。楚庄王下令："再有人敢用这事来劝谏我的，一律杀头！"优孟听说后就跑到王宫里放声大哭。楚庄王急忙问他怎么了，优孟说："这匹马是大王心爱之物，以堂堂楚国这么大的国家，什么东西没有？用大夫的礼节埋葬它，太薄了，我希望用埋葬国君的礼节埋葬它。"楚庄王说："那是什么礼节呢？"优孟认真地说："我请求用玉来雕刻棺材，发动全国的老百姓为坟墓挑土，齐国和赵国的使臣站在前来吊丧的人前面，韩国和魏国的使臣站在后面。还把它的灵位放在太庙里，封它一万户的封地。诸侯们知道这事后，都知道大王把马看得重，而看轻人。"楚庄王大惊，说："我的过失有那么大吗？你说怎么办呢？"优孟说："这还不容易，请大王用埋葬牲畜的方法埋葬它。让厨师将它切好，用最好的调料和配菜作为祭品，放在火上，埋在人的肚子里面就行了。"楚庄王赶紧照他的话去做，免得事情闹大。

同样，秦国也有这样的弄臣，他名叫优旃。优旃是个侏儒，善于开玩笑，但说话都很有道理，深得秦始皇的宠爱。有一次秦始皇想扩大皇家动物园的规模，东至函谷关，西至雍和陈仓。实际上这是不可能办到的，但谁又敢劝谏残暴的秦始皇呢？优旃说话了："这可真是个好主意啊！动物园修好后要多放点野兽进去，等敌人从东方来的时候，让麋鹿用角去顶敌人，这样就足够了，还要军队干吗？"秦始皇听出了他的意思，于是这事就作罢了。

秦二世统治时期，秦二世突发奇想，想把整个咸阳城的城墙都用油漆漆一遍。优旃说："这个主意好得很！即使皇上不说，我也会提这个建议的。把城墙油漆一遍虽然会给百姓带来很多麻烦，但是好处太多了！城墙油漆后敌人就爬不上来了，一爬就粘在上面。不过刚油漆上的东西不能被雨水淋到，所以得造个大房子把咸阳城遮盖住才行。"秦二世虽然糊涂，但也知道这事是不对的，就算了。

这些弄臣用他们的幽默和智慧劝谏君王，给中国历史增加了幽默感，给后人留下了宝贵的精神财富。

胡服骑射的赵武灵王

战国七雄里面，赵国算是一个比较弱小的国家，总是受到邻国的欺负，由于经常陷入和邻国的战争中，赵国国力衰落得很快，就连中山那样的三流小国它都打不过。赵武灵王即位

历史关注　战国时代以虎符作为发兵、调兵的凭证。

后，被秦国和魏国打得大败，不得不割地求和，而林胡和楼烦等部落趁火打劫，频频派兵掠夺赵国边境，赵国连还手之力都没有。赵武灵王对于这种情况感到很不满意，他决心要改变赵国的地位。

当时中原各国打仗普遍使用步兵和战车，其中战车是作战的主要手段，战车虽然威力比较大，但是非常笨重，地形稍微坎坷点就无法行驶，而北方的胡人以骑兵为主，行动灵活方便。中原人习惯穿宽袖子的长袍，行动起来非常不方便，而胡人习惯穿窄袖子的短衣，脚蹬皮靴，不管打仗还是平时做事都非常方便。赵武灵王决定模仿胡人在赵国进行改革。

他对一名叫楼缓的大臣说："我们赵国被燕国、齐国、秦国、韩国、东胡、林胡和中山等国包围着，如果我们再不奋发图强的话，迟早会被别人灭掉。我想仿效胡人，学习他们骑马射箭的本领，并改穿他们的衣服，这样打仗的时候就方便多了，你看怎么样？"楼缓很赞成他的意见。

消息传出去后大家纷纷反对，赵武灵王于是找另一名大臣肥义商量："现在大家都反对我改革，可要是不改革我们迟早会亡国，你觉得我该怎么办？"

肥义说："要干大事就不能犹豫，犹豫的话是干不了大事的。我听说舜去有苗部落的地方时，就和他们一起跳舞，而大禹到习惯赤身裸体的部落去的时候也什么都不穿，他们都不顾及别人的看法，大王您还怕什么呢？"

赵武灵王说："我是决定要改革的，就是怕天下人笑话我。但是愚蠢的人笑话我又算得了什么？就算天下人都耻笑我，但我必定会通过改革征服中山和胡人的！"

赵武灵王知道公子成是反对得最激烈的人，于是找公子成谈话。苦口婆心地劝说了好久，才打动了公子成，并赐给他一套胡服。大臣们见公子成都穿上胡服了，只好都服从了命令。开始的时候还觉得怪怪的，后来习惯之后觉得胡服确实比以前的衣服方便了不少。为了训练骑兵，赵武灵王首先攻占了原阳（今内蒙古呼和浩特东南黑水河一带），那里地势平坦，有广阔的草原，非常适合养马和训练骑兵。于是，原阳便成了赵武灵王胡服骑射的试点地区。

很快，通过胡服骑射的改革，赵国训练出了一支强大的骑兵部队，公元前 305 年，赵武灵王亲自带兵攻打中山，获得了胜利。后来又接连打败了林胡和楼烦，把俘虏到的楼烦骑兵编入赵国军队。同时，为了防备胡人的入侵，他修筑了赵国的长城。赵国的领土扩张了不少，成为当时能和秦国抗衡的强大国家。

赵武灵王因为长期带兵打仗，国内的事就交给太子打理。公元前 299 年，赵武灵王干脆将王位传给太子赵何，就是赵惠文王，他自称为赵主父，就是国王父亲的意思。赵主父觉得秦国是赵国最大的威胁，于是打算袭击秦国。

赵主父是个有勇有谋的人，他为了刺探秦国的情报，将自己打扮成一个普通的使臣，混入赵国出使秦国的使团里，想观察秦国的地形和秦王的为人。到了秦国首都咸阳后，他见到了秦王，以使臣的身份向秦王递交了国书。

赵武灵王胡服骑射复原图

中国大事记　公元前279年，齐国田单以“火牛阵”发动反攻，收复齐国失地七十多城，史称“田单复国”。

秦王不知道他就是赵主父，只是觉得这个人相貌雄伟，看上去不像是个大臣。过了几天，赵主父带着人不告而别，秦王非常怀疑，派人去追赶，等追到边境的时候才知道赵主父已经离开好几天了。当时还留下了一个赵国人，秦王把他叫来一问才知道，那个使臣原来就是赵主父。

赵主父通过出使秦国，发现秦国确实不太容易攻打，现在攻打秦国的时机还没有成熟。他决定先攻打别的地方，等势力巩固了再做打算。于是他继续带兵四处打仗，又给赵国夺得了不少地盘。不久，他将中山国给灭掉了。

赵主父当初很喜欢小儿子赵何的母亲，于是他把太子赵章废掉，立赵何为太子。赵何即位后，赵主父又觉得赵章很可怜，于是想把赵国分成两份，两兄弟一人一份。正在这个时候，赵章叛变了。

政变很快就被镇压，赵章却捡了一条命。为了逃脱追杀，他跑到赵主父那里寻求保护。赵主父本来就很同情他，便收留了他。

追杀赵章的人却不给赵主父面子，攻破了赵主父居住的沙丘宫，将赵章拖出来杀掉了。那些人怕赵主父报复他们，于是把沙丘宫团团围住，并下令：“宫里的人最后出来的杀头。”里面的人争先恐后地跑了出来。赵主父没办法出去，只好一个人待在里面。待久了粮食都吃光了，只好掏麻雀窝里的小麻雀来吃。赵主父足足被困了3个月之久，最后活活饿死在沙丘宫里。一代伟大君王就这样辞世了。

·万里长城·

为了防御匈奴人南下，从公元前214年起，秦始皇下令在原秦、赵、燕三国长城的基础上，修建起新的万里长城。秦长城西起临洮，东至辽东，花费了十余年时间，耗费了无数人力物力。长城是当时世界上最巨大的工程，对保障内地人民的生产和生活起到了重要作用。

田单复国

齐滑王是个狂妄自大的君主，他在位期间几乎把诸侯国得罪完了。当时和齐国关系最差的国家是燕国，因为齐国曾经趁人之危，差点把燕国灭掉。燕昭王一直想报仇，不久就命令乐毅率领五国联军讨伐齐国。乐毅是著名军事家，不到半年时间就攻下齐国70多个城池，齐国差点就亡国了。当时齐国田氏贵族中有个远亲名叫田单，是临淄市场上的小吏，当燕军攻来的时候，他让家人把大车的轮轴砍短，在外面包上铁皮。不久燕军追了上来，大家都拼命赶着车逃跑，很多车的轮子因为相互碰撞而坏掉，最后没有跑掉。而田单全家因为轮子被保护得很好而全部跑掉了。最后他们到了即墨，当时齐国只剩下即墨和莒城了。

不久齐滑王被杀，但莒城一直没有被攻下来。燕国就把主力部队调过来攻打即墨，即墨的守将出战的时候不幸战死。大家就推举田单为首领，带领大家抗拒燕军。

燕昭王死后，燕惠王继承了王位，他在当太子的时候和乐毅有矛盾。田单最怕的人就是乐毅，他派人去燕国造谣，说：“齐王都死了，齐国只剩下了两个城池。乐毅怕被杀，所以不敢回来，他以讨伐齐国为名，实际上是想在齐国称王，但是齐国人还不服从他，他就故意放慢攻打即墨的速度来等待机会。齐国人怕的是别的人来攻打，换了是别人，即墨就完了。”燕惠王听信了谣言，派骑劫取代了乐毅。乐毅知道自己不受信任，就逃到赵国去了。乐毅很得军心，他的出走让将士们很不满。

田单听说乐毅走了，非常高兴，开始实施他的反攻计划。他下令城里的人吃饭的时候必须先在院子里祭祀祖先，由于那些食物的引诱，很多鸟都飞了过来。燕国人见每天都有那么多鸟往城里飞，觉得很奇怪。田单还宣布：“神会下凡来教导我的！”他对人们说：“会有神仙来当我老师的。”有一个小兵说：“我可以当你老师不？”说完后掉头就跑。田单马上站

历史关注 先秦时期我国居民五种主粮的泛称是五谷，即稻、黍、稷、麦、菽。

了起来，把他拉回来，让他坐下，自己拜他为师。那个小兵说："我骗你呢，我哪是什么神仙！"田单赶紧捂住他的嘴，说："你别多说话，听我的就是了。"从此称那个小兵为神师，成天带着他装神弄鬼，把燕军吓得够呛。田单还说："我只怕燕国人把俘虏的齐国人的鼻子割掉，让他们走在前面。用这种方法和我们打的话，即墨就完了。"燕国人听到这话后，还真这样做了。城里的齐国人见同胞们被割掉鼻子来打仗，一个个都气得火冒三丈，比以前更加拼命防守了，生怕被抓住后也被割掉鼻子。田单又让人告诉燕国人，说："我们齐国人就怕燕国人挖城外我们祖先的坟墓，把祖先的尸体拖出来糟蹋，齐国人看见这个，心都寒了，哪里还有心思打仗？"燕军就把即墨城外的所有墓都挖开，把里面的尸骨都拖出来烧掉。即墨人在城上看见祖先居然被这么侮辱，在城上痛哭不已，都要求出城和敌人决一死战，士气是平时的十倍。

田单把将士们的士气激励了起来，觉得可以和燕军决战了。他披挂整齐，把全家人都编入军队，所有财产都分给将士们。他命令士兵全部躲起来，让老弱病残守城，暗中派人佯称要投降，燕国人都高兴坏了。田单还把民间的金子搜集起来，一共有一千镒，命令即墨的富翁们把那些金子都送给燕国将军，和他们说好："即墨马上要投降了，到时候不要抢劫我们的家人。"燕国将军非常高兴，同意了。消息传出去后，燕国士兵认为反正即墨也要投降了，于是放松了警惕。

田单收集了1000多头牛，给它们披上五彩衣服，在身上画上龙纹，把匕首绑在牛角上，用浸满脂油的草绑在牛尾巴上，然后点燃。晚上的时候把牛放了出去，后面跟了5000名勇士。牛尾巴被烧热后，牛就往燕军大营奔去。燕军根本不知道来了什么东西，还以为来了怪物。牛角上的匕首触人便死，5000名勇士在后面见人就杀，城里的百姓也大喊大叫，就连老弱病残也敲打铜器，声音震天。燕军害怕极了，纷纷败逃，主将骑劫也死于乱军之中。齐军乘胜追击，一连收复好几个城池。田单的士兵越来越多，一口气把齐国丢失的70多个城池全部收了回来，然后立齐湣王的儿子为王，就是齐襄王。田单因功被封为安平君。

屈原自沉汨罗江

屈原是楚国贵族，担任了左徒一职。他博学多才，懂得很多知识，又善于和人交流，在朝内能参与国事，在朝外又能和各诸侯国搞好关系，楚怀王很信任他。

上官大夫勒尚和屈原是同僚，很妒忌他的才华。楚怀王让屈原起草新法令，屈原打好了草稿，还没有最后定稿。上官大夫想把稿子据为己有，但屈原不给，上官大夫就对楚怀王说："是大王让屈原制定法令，但大家都不知道。每次颁布新法令，屈原都把它看成是自己的功劳，说没有他就不行。"楚怀王很生气，从此就疏远了屈原。

屈原被楚怀王的糊涂和奸臣们的狡诈气坏了，他非常伤心，写下了流传千古的《离骚》。屈原被罢黜后不久，秦国想讨伐齐国，但齐国和楚国又是姻亲，秦王就让张仪出使楚国，想拆散两国的关系。张仪对楚怀王说："秦国很讨厌齐国，楚国如果能和齐国断交，秦国愿意

秭归屈原祠

中国大事记

公元前278年，秦将白起攻破楚国国都郢，楚被迫迁都于陈，屈原悲愤难抑，以身殉楚。

献上六百里土地。”楚怀王一时贪心，就答应了，派人和齐国绝了交，并让人去秦国接收土地。张仪见目的已经达到，就对使者说：“我和楚王说的是六里地，不是六百里啊。”楚国使者大怒而归，告诉了楚怀王。楚怀王生气了，发兵攻打秦国。可是又不是秦国的对手，不光死伤8万人，连汉中也被秦国抢走了。楚怀王还不服气，征发全国士兵再次对秦国发动进攻，在蓝田展开大战。魏国听说后就派兵攻打楚国，想占点便宜，楚国军队只好回国两线作战。而齐国正在生楚国的气，根本不肯发兵援救，楚国陷入了前所未有的巨大危机之中。

饮酒读《离骚》图　明　陈洪绶

《离骚》历来为忧愤之士所爱，图为一位士人坐于兽皮褥上正饮酒读《离骚》，一副激愤而又无可奈何之状，大有击碎唾壶一展悲吟之意。

第二年，秦国愿意把强占来的土地归还一部分给楚国，楚怀王说：“我不想要土地，只要能得到张仪就行了。”张仪对秦王说：“张仪一个人就能代替汉中全部土地，这是好事，我要去楚国。”不久他就来到了楚国，事先他送给奸臣靳尚很多礼物，并威逼利诱楚怀王的宠妃郑袖，让他们为自己求情。楚怀王受了他们蒙蔽，就把张仪放走了。这个时候屈原正在齐国出使，回来后问楚王为何不杀张仪，楚怀王后悔了，不过张仪早就逃走了。

不久秦王请楚怀王去秦国聚会，楚怀王打算去，屈原劝谏道：“秦国是虎狼之国，从来不讲信义，所以请您不要去。”公子子兰却说：“不要拒绝秦国的好意。”楚怀王就去了。结果被秦国扣留了下来，最后死在秦国。太子即位，就是楚顷襄王，公子子兰为令尹。

屈原对楚国的衰败感到万分痛心，即使被流放，他的心也始终停留在楚国上。他是多么希望国王能够醒悟过来，带领楚国人民奋发图强、洗雪国耻啊！他写了很多爱国诗篇抒发自己的感情，但终究得不到统治者的肯定，不能引起他们的重视。他觉得，历代君王不管是否贤明，都希望能够得到忠诚而能干的大臣的辅佐。但不是每个人都能分清楚谁忠谁不忠，楚怀王就是不知道如何分辨，所以被郑袖等人欺骗，最后竟然客死异乡。当君王的如果不能明辨是非的话，灾祸可就大了。

公子子兰听到这种言论后大怒，于是让上官大夫在楚顷襄王面前说屈原坏话，最后把他流放了。

屈原已经对楚国完全失望了，他到了汨罗江边，披着头发边走边吟诗，抒发心里的郁闷和悲愤。一个渔夫看见他这样，就问他：“你不是三闾大夫吗？怎么到这里来了？”屈原说：“全世界的人都混浊了，而我还是清澈的；所有人都喝醉了，只有我还保持清醒，所以我就被流放到这里了。”渔夫说：“所谓圣人，就

历史关注	战国时，楚国是最早铸造金币的诸侯国。

是能不拘泥于事物而随着世道的变化而变化的人。既然全世界都污浊了，那为什么不能随着它而变化呢？大家都喝醉了，为何不跟着他们一起喝酒吃肉呢？为什么非要坚守自己的操守而被流放呢？”屈原说：“我听说刚洗了头的人在戴帽子的时候一定会先把上面的灰尘弄干净，而刚洗了澡的人在穿衣服的时候也会把衣服抖几下，谁又能让自己洁净的身体去接触那些脏东西呢？我宁可投身到这滔滔江水中葬身鱼腹，也不愿让我的高洁品行受世俗的玷污。”

不久楚国被秦所灭，屈原写了一篇《怀沙》，然后抱着一块大石头跳进汨罗江自杀身亡。

范雎复仇

范雎是魏国人，他家里很穷，虽然满腹经纶，但只能在中大夫须贾门下当个普通的门客。

须贾有一次作为使者出使齐国，范雎作为随行人员也跟着去了。他们在齐国待了几个月，一直没有什么消息。齐襄王听说范雎口才很好，就派人送给他十斤黄金和一些食物，但范雎婉言谢绝了。须贾知道这事后很生气，以为范雎出卖了魏国情报才会得到这些礼物。回国后，须贾把这事告诉了相国魏齐，魏齐大怒，派人把范雎狠狠地打了一顿。可怜的范雎被打得奄奄一息，肋骨都断了，牙齿没剩下几个。范雎昏死了过去，魏齐命人用草席把范雎裹起来，放在厕所里面，让人把尿撒在范雎身上。魏齐这样做是为了警告别人不要卖国。范雎后来苏醒过来，对看守他的人说：“你能把我救出去的话，我一定重谢你。”那人就请求让他把厕所里的尸体弄出去丢掉。魏齐答应了，范雎这才逃脱一命，后来他在朋友郑安平的帮助下逃走了，改名为张禄。

这个时候秦昭王派使者王稽出使魏国，郑安平化装成一个士兵，向王稽推荐了范雎。不久，范雎就在王稽的帮助下逃出了魏国，来到了秦国。王稽向秦昭王推荐了范雎，说他是天下奇才。范雎拜见秦王时，提出了远交近攻之策，就是和远方的国家搞好关系，而对邻国采取蚕食政策，这样秦国就会越来越强大。范雎很快就当上了秦国相国，这时候他仍然叫张禄，所以魏国人都不知道秦国相国原来就是范雎。

魏齐听说秦国把战略重点放在邻国身上，而魏国是重点之一，于是派须贾出使秦国。范雎听说须贾来了，就换上破旧的衣服去见他。须贾看见范雎后大惊，问道：“范雎你还活着？过得还好吧？”范雎说：“还可以。”须贾笑道：“你游说秦国没有？”范雎说：“没有啊，以前得罪了魏国相国才逃到这里，哪里还敢耍嘴皮子了？”须贾问：“那你现在做什么呢？”范雎说：“给人家当佣人。”须贾很同情他，表情有点哀伤，把他留下来吃饭，对他说：“你都冷成这样了。”说完拿来件袍子披在范雎身上。须贾又问道：“秦国相国张禄你认识吗？我听说秦王很信任他，什么事都听他的。我这事也由他决定，你有没有朋友和他有交情的？”范雎说：“我主人认识他，所以我和他有点交情，让我把你引荐给他吧。”须贾说：“我的马病了，车也坏了，没办法出门。”范雎说：“我帮你借辆好车来。”

范雎回家取了一辆大车，他亲自驾车送须贾去相国府。路上人们见范雎驾车，纷纷躲避或行礼，须贾觉得很奇怪。到了相国府门口的时候，范雎对须贾说：“你在这儿等我，我先通报一声。”须贾等了好久也不见他出来，就问看门人：“范雎怎么这么久还不出来？”看门人说：“什么范雎？”须贾说：“就是带我进来的那个人啊。”看门人说：“那是我们相国张禄啊！”须贾吓坏了，赶紧脱掉上衣，跪着走路，去向范雎谢罪。范雎说：“你有多少罪？”须贾说：“我的罪比我的头发还多。”范雎说：“你有三条罪，当初你怀疑我和齐国有勾结，在魏齐面前说我坏话，这是第一条罪。当年魏齐侮辱我，你不替我说话，这是第二条罪。我躺在厕所里，你居然往我身上撒尿，这是第三条罪。不过我不会杀你，今天你送我那件袍子说明你还有点良心，还把我当老朋友，所以我会放了

中国大事记

公元前276年，魏王封公子无忌为信陵君，使各国诸侯“不敢加兵谋魏十余年”。

·战国七雄·

战国（公元前475～前221年）时期，各诸侯国之间的战争接连不断，呈现出天下大乱的形势。这一时期，北起长城，南达长江流域，先后出现了齐、楚、燕、韩、赵、魏、秦七个大国。这七个大国为了扩张自己的势力，一面在本国实行变法改革以图强，一面相互混战，互相兼并。首先是魏国独占中原。后来，魏国逐渐衰弱，齐国和秦国成为东西对峙的两个霸主。公元前298年，齐、韩、魏、赵、中山五国联军攻入函谷关。秦国被迫退还夺去的韩、魏的一些地方。齐国成为关东各国的盟主。公元前286年，秦国联合了燕、楚、韩、赵、魏等国共同伐齐，削弱了齐国，开始向东方大发展。从公元前231年开始，秦国开始了统一全国的战争，于公元前221年吞并六国，统一了中国。

你的。”须贾吓得不敢说话，赶紧退出去了。范雎把事情的原委告诉了秦王，让须贾回国了。

须贾走之前向范雎辞行，范雎设宴为他饯行，还请了很多人来。他唯独让须贾一个人坐在堂下，面前只摆了一盘豆子，让两个囚犯喂他吃。然后责备道：“你替我告诉魏王，快把魏齐的头拿来，否则我就带兵杀进大梁！”须贾回去后告诉了魏齐，魏齐就逃走了，躲在赵国平原君家里。

秦昭王听说魏齐在平原君家里，想为范雎报仇，于是把平原君骗到秦国，要他交出魏齐。但平原君宁可死也不肯出卖朋友。秦王写信给赵王，让他想办法解决。赵王只好发兵将平原君家围住，魏齐乘夜逃走了。赵国相国虞卿弃官跟随魏齐一起逃走，两人逃到魏国，请求信陵君帮忙。但信陵君害怕秦国，不肯出来见他们。后来门客说虞卿是个大贤人，信陵君很后悔，赶紧追了出去。可惜魏齐已经自杀了，他的头被送到了秦国。秦昭王就把平原君放了，而范雎的大仇终于得报。

信陵君窃符救赵

秦国在长平大败赵国后，将40万赵国士兵坑杀，然后乘胜追击，一直打到了赵国都城邯郸。赵国的精锐部队已经全部死在了长平，根本没有力量抵抗秦国的大军，眼看就要亡国了。赵国平原君的夫人是魏国信陵君的姐姐，她多次写信给魏王和信陵君，请求援助。

魏王派晋鄙率领10万人马去救赵国，秦王派人通知魏王：“赵国马上就要被打下来了，谁敢救赵国的话，打下赵国就马上去打谁！”魏王害怕了，通知晋鄙，让他按兵不动。平原君看到这种情况也急了，不停地派使者去魏国责备信陵君：“我之所以肯和你联姻，无非是仰慕公子的大义。现在赵国马上要灭亡了，而魏国却不来救，公子你的救人于危难中的品德哪里去了？再说你就算看不起我，让我投降秦国，难道你就不可怜下你的姐姐吗？”信陵君也很着急，多次请求魏王出兵，派了好多说客日夜游说魏王。但魏王怕秦国追究，始终不听他的话。信陵君没有办法，觉得不能让赵国灭亡了自己还独自活下去，于是把门客召集起来，组成一支100多辆战车的军队，准备开赴赵国，和赵国一起死。

信陵君有个很尊敬的人名叫侯嬴，信陵君临走的时候去见他，和他诀别。侯嬴说：“公子加油吧，我老了，就不跟你去了。”信陵君走了几里后觉得很不舒服，心想：“我对侯嬴可以算得上仁至义尽了，现在我要去死，他居然没有任何表示，是不是我有不对的地方？”于是他回去找侯嬴。侯嬴笑着说：“我就知道公子会回来的。公子现在去救赵国，犹如羊入虎口，白白送命而已，有什么用呢？而且公子对我那么好，你去送命我却没有任何表示，所以公子一定会回来责备我。”信陵君赶紧下拜，向侯嬴请教。侯嬴让周围人退下，悄悄地说：“我听说晋鄙的另一半兵符在大王卧室里，而如姬最受大王宠幸，她有偷到兵符的能力。当年如姬的父亲被人谋杀，是公

历史关注

战国四公子是齐国孟尝君田文、赵国平原君赵胜、魏国信陵君魏无忌、楚国春申君黄歇。

信陵君夷门访侯嬴图　清　吴历

子帮她报的仇，所以她一定会帮你。等拿到兵符后再去收编晋鄙的军队，事情不就成了吗？”信陵君恍然大悟，后来去找如姬帮忙，不久就得到了兵符。

信陵君走时，侯嬴来送行，对他说：“将在外，君命有所不受。公子就算把兵符拿给晋鄙看，他也有可能不把军队交给你，而要向大王请示，这样的话就麻烦了。我的朋友朱亥力大无穷，可以跟公子一起去。晋鄙听话的话当然好，不听话的话，让朱亥收拾他。”信陵君就去请朱亥，朱亥笑着说：“我是个屠夫，而公子多次来亲自拜访我，我之所以不感谢公子，是觉得小礼没有用。现在公子有急事，这就是我效命的时候了。”于是就和信陵君同行。侯嬴说：“我也应该去，但年纪大了。我会计算公子的行程，等公子到了晋鄙那儿，我会面向公子的方向自刎。”

信陵君赶到邺城，假称魏王的命令接替晋鄙。晋鄙虽然看到兵符是真的，但心里还是怀疑，不想把军队交给信陵君。朱亥在袖子里藏了柄40斤重的铁锤，这时拿出来将晋鄙砸死。信陵君就把军队接收了过来，传令道：“父子都在军中的，父亲可以回去。兄弟都在军中的，哥哥可以回去。是独生子的，回去赡养父母。”这样就精选了8万人出来。信陵君率领这8万人向秦军发起了进攻。秦军早已疲惫不堪，不是士气旺盛的魏军的对手，很快就被打败了。邯郸之围被信陵君顺利解开，赵国因此保存了下来。赵王和平原君出城迎接信陵君，平原君亲自为信陵君牵马拿武器，赵王下拜道：“从古到今没有哪个贤人像公子这样的。”当时一向自负的平原君也不敢再和信陵君相比了。正在这时，侯嬴自刎的消息也传到了信陵君耳朵里。

魏王对信陵君的这种行为很生气，信陵君也知道这一点。所以打败秦国之后，信陵君就派人把魏军带领回国，而他自己却留在了赵国。由于信陵君留在了赵国，所以秦国很长一段时间都不敢打赵国的主意，天下暂时太平了一段时间。

12岁当上卿的甘罗

甘罗是中国历史上有名的神童，他祖父是著名政治家甘茂，所以甘罗的才能和祖父的教导有关。甘茂死的时候，甘罗才12岁，在吕不韦家里当门客。

燕王把太子丹送到秦国充当人质，秦王政派将军张唐去燕国当相国，想和燕国联合起来讨伐赵国，把河间的土地抢过来。张唐私下对吕不韦说：“我以前替秦昭王讨伐过赵国，所以赵国人特别恨我，宣称‘谁能拿到张唐，就赏他一百里土地。’现在去燕国的话肯定会经过赵国，我可不敢去。”吕不韦很不高兴，但张唐的理由合情合理，所以他也不好强迫人家去。但这是国家大事，张唐不去的话，又没有合适的替代者，吕不韦于是发起愁来。

中国大事记

公元前 251 年，秦立异人为太子。异人得以被立为太子，靠的是大商人吕不韦的帮助。

甘罗见吕不韦心情不好，就问道："主公为何如此不高兴呢？"吕不韦说："我让燕国的太子丹送到我们秦国当了人质，但我让张唐去燕国当相国他却不肯去。"甘罗说："我请求您派我去。"吕不韦哪里把这个小孩子放在眼里？大怒道："我向大王请求让我自己去都不行，你这个小孩怎么能去？"甘罗不服气了，他说："项橐才 7 岁，孔子都能拜他为师。我好歹也有 12 岁了，您就试一次又怎么样？何必还要责骂我呢？"吕不韦觉得他很有口才，也就没有说什么了。

甘罗自己去找张唐，问道："您的功劳和白起比起来，谁更大？"张唐不假思索地回答："白起向南能打败强大的楚国，向北能震慑燕国和赵国，打的胜仗和攻下来的城池不计其数，我的功劳哪里敢和他相比！"甘罗又问道："当年范雎在秦国当相国，他的权力和所受的信任和吕不韦比起来，哪个更大？"张唐回答："范雎当然比不上吕不韦了。"甘罗再问："你确定不如吕不韦？"张唐回答："当然确定了。"甘罗说："范雎想攻打赵国，白起不同意，结果白起就被害得自杀身亡。现在吕不韦让你去燕国你却不去，我不知道你会死在哪个地方哦！"张唐赶紧下拜，说："我愿意跟你去。"于是下令打点行装，准备出发。

张唐走了一段时间后，甘罗对吕不韦说："希望丞相借我 5 辆车，让我去赵国替张唐说好话。"吕不韦派人对秦王政说："当年甘茂留下个孙子名叫甘罗，虽然很年轻，但毕竟是名门之后，诸侯们也都听说过他。前几天张唐称病不肯去燕国，甘罗去游说他，结果张唐就肯去了，说明他还是有点才能的。现在他请求让他去赵国出使，请大王派他去。"秦王政于是召见了甘罗，任命他为出使赵国的使者。

甘罗虽然只是个小孩子，但作为使者是代表秦国而来的，赵王也只能按照礼节到郊外迎接。甘罗对赵王说："大王知道燕国的太子丹到秦国当人质的事吗？"赵王说："听说了。"甘罗又问："知道张唐到燕国当相国了吧？"赵王说："当然知道了。"甘罗说："燕国派太子丹到秦国当人质，是表示燕国不会欺骗秦国；而秦国派张唐去燕国当相国，是表示秦国不会欺骗燕国。燕国和秦国互相都不欺骗了，那不就表示会打赵国的主意了吗？要是两国联合起来对付赵国，赵国能有好日子吗？秦国和燕国联合起来没有别的原因，无非是想得到赵国的土地以扩大河间地盘而已。大王不如把 5 座城池交给我，这样秦国河间的地盘就扩大了，就没有必要和燕国联盟了。秦国就会把太子丹送回燕国，而和赵国联合起来打燕国。"赵王一想，这样挺划算的，于是就割给秦国 5 座城池。秦国果然把太子丹送回了燕国，撕毁了盟约。赵国发兵攻打燕国，一口气打下了 30 座城池，把其中的 11 座送给了秦国。

甘罗临时改变国家政策，但是却带给秦国更大的好处，让秦王政和吕不韦非常高兴。甘罗回去后，秦王政将甘罗封为上卿，并把当年没收甘茂的住宅田地重新赐给了他。不过这么聪明的甘罗命却不长，当上上卿没多久他就死了，年仅 13 岁。

吕不韦谋国被诛

吕不韦本来是一个商人，通过低价买进高价卖出的方法积累了千金家产。他在邯郸经商的时候遇到了在赵国当人质的秦国王孙子楚。子楚是秦国太子安国君的儿子，但他并不受宠，所以赵国人对他并不好，处境很窘迫。

吕不韦看准子楚是他发迹的好机会，于是去拜访他，说："我能光大你的门楣。"子楚笑着说："你自己光大自家的门楣吧，怎么能光大我的？"吕不韦说："你不懂啊，我的门楣是靠你才能光大的。"子楚懂了他的意思，于是和他交谈起来。吕不韦说："秦王已经老了，安国君是太子。我听说安国君最宠爱华阳夫人，她虽然没有儿子，但立谁为嗣子是华阳夫人说了算。你有 20 多个兄弟，而且你既不是长子，又不受宠，还在外国当人质。秦王死后，安国君当了秦王，你如何能和其他兄弟争夺太子之位呢？"子楚说："那怎么办呢？"吕不韦说："你

历史关注

吕不韦令门下宾客博采众家学说编纂《吕氏春秋》，因"兼儒墨，合名法"，故有"杂家"之称。

很穷，没有钱结交宾客。我虽也不富裕，但我能拿出千金帮你去秦国打点，让你当上嗣子。"子楚下拜道："如果你的计策能成功的话，我愿和你分享秦国大权。"

吕不韦送给子楚五百金，让他结交宾客，自己用五百金买了很多珍玩，然后赶到秦国。他求见华阳夫人的姐姐，把那些珍玩送给她，对她说子楚贤明聪慧，又结交了很多朋友，经常说自己很尊敬华阳夫人。他让华阳夫人的姐姐对华阳夫人说："我听说凭借姿色侍奉别人的人，年老色衰后就不行了。现在夫人侍奉太子，虽然很受宠爱，但没有儿子。不如早点在太子的儿子中选择一个孝顺的，把他立为自己的儿子，这样就能巩固地位了。听说子楚很贤明，他愿意当夫人的儿子，夫人如果让他成为嗣子的话，就能永世在秦国安居了。"华阳夫人被说动了心，于是向安国君请求让子楚当自己的儿子。安国君同意了，让吕不韦带了很多礼物给子楚，子楚凭借这些钱财结交了很多宾客，逐渐出了名。

吕不韦找了个绝色美女和其同居，不久她就怀了孕。子楚见到那个美女后想把她据为己有。吕不韦很生气，但觉得自己已经在子楚身上下了那么大的赌注，不可半途而废，就把美女送给了子楚。子楚并不知道她已经怀孕了，等儿子生下来后他就把美女立为夫人。这个小孩就是日后的秦始皇。

后来吕不韦帮助子楚回到了秦国，安国君登基后立子楚为太子。安国君登基才几天就死了，子楚当上了秦王。为了报答吕不韦，他拜吕不韦为丞相，封其为文信侯，食邑十万户。

子楚当了3年秦王后去世，太子即位，封吕不韦为相国，尊称他为"仲父"。太后还很年轻，经常把吕不韦叫进宫与其私通。当时魏国有信陵君，楚国有春申君，赵国有平原君，齐国有孟尝君，他们都召集了很多门客，势力非常大。吕不韦认为秦国这么强大，而养门客方面却落后于他们，于是他也开始招揽门客，一口气养了3000人之多。他命令门客们写出自己的所见所闻，再集中起来编辑，一共写了20多万字，认为把万物的道理都说清楚了，把此书命名为《吕氏春秋》。吕不韦为了扩大影响，把这书放在咸阳城门口，在上面挂了千金，宣布谁能在上面增加或者删减一个字就能拿到千金。

秦王政年纪越来越大，而太后的欲望也越来越强烈。吕不韦担心事情败露，于是找了个性能力很强的嫪毐当门客，把嫪毐假扮成太监送进宫。太后和嫪毐私通，非常喜欢他。久而久之，太后竟然怀孕了。她害怕别人知道，于是找了个理由搬到雍去了。嫪毐侍奉太后很受宠，逐渐发展起自己的势力。

几年后，有人举报嫪毐是假太监，已经和太后生了两个儿子。他还和太后商量等秦始皇死了，让他们的儿子当王。秦王政大怒，下令追查此事，事情终于水落石出，而吕不韦也脱

·《吕氏春秋》·

《吕氏春秋》，又名《吕览》，约成书于公元前239年，是吕不韦组织门客编撰的一部先秦杂家著作。吕不韦，卫国濮阳（今河南濮阳西南）人，战国时期政治家，从政前本为商人，后来任秦相国。《吕氏春秋》共26卷，分8览、6论、12纪，开头附有《序意》1篇。《吕氏春秋》是适应当时历史趋势发展而作的，以道家思想为主，主张以"以礼治国"，但也兼并儒、法各家。《吕氏春秋》最大的特点就是"杂"，它兼取各家学说的长处，希望借此来指导秦国去兼并六国，建立封建统一王朝，同时也为秦统一六国，"取周而代之"寻找理论依据。另外，《吕氏春秋》中还记录了大量的史实、传说以及当时科学技术的状况。书中包含许多富有哲理的寓言，我们最熟悉的"刻舟求剑"就是出自此书。《吕氏春秋》对先秦思想"取其精华"，可以说是对先秦思想的总结，它对秦统一六国在理论上起到指导作用。同时，书中关于史实和传说的记载也有较高的史料价值。

中国大事记 公元前256年，秦国灭掉东周。自此，周朝彻底灭亡。

不了干系。不久秦王政下令诛嫪毐三族，并把那两个私生子杀死，将太后软禁起来。嫪毐的门客亲信都被抄家并迁到蜀地去。本来秦王政想杀掉吕不韦，但由于他功劳很大，加上他门客又多，就暂时放过了他。

第二年，秦王政免去了吕不韦相国之位，把他赶到自己封地上去了。又过了一年，各国使者纷纷去拜见吕不韦。秦王政担心会有麻烦，于是写信给吕不韦，说："你对秦国有什么功劳？秦国居然封给你10万户的食邑！你和秦国有什么关系，居然号称'仲父'！马上带着你的家人搬到蜀地去！"吕不韦知道自己势力已经不行了，于是喝毒酒而死。

李牧保卫赵国

战国时期有四大名将，分别是秦国的白起和王翦，赵国的廉颇和李牧。这4个人当中，李牧的命运是最悲惨、最值得别人同情的。

李牧在赵国北方边境为官，负责防备匈奴的入侵。他把集市的租税用来充当军费，日夜训练士兵。他每天都要杀几头牛来犒赏士兵，带领他们练习骑射，并向匈奴派去了很多间谍。他对将士们非常好，和他们约定："匈奴如果入侵的话，你们赶紧撤回来，有人敢抵抗的话就杀头！"每次匈奴入侵的时候，烽火台就会报信，士兵们看见信号后就把牲畜赶回城里，然后严密防守，从来不敢和匈奴交战。匈奴以骑兵为主，攻城并不是他们的长处，所以抢不到东西就乖乖回去了，几年下来赵国倒也没有什么损失。但是长期这样下去，匈奴人就以为李牧是个胆小鬼，即使是赵国士兵也认为李牧胆子小。赵王听说后很不高兴，责备了李牧，但李牧仍然我行我素，丝毫没有改变自己的行为。赵王大怒，把他召了回来，让别人接替了他的职务。

一年后，匈奴再次入侵。这次赵军不像以前那样死守，而是多次发动进攻。但由于战斗力不如匈奴骑兵，连战连败，牲畜也被匈奴抢走很多。边境上的人都不敢放牧了，纷纷请求让李牧回来。赵王去召李牧的时候，李牧称病不出。赵王急了，连续好几次强迫他回边境带兵。李牧说："大王一定要用我的话，我还是会像以前一样，请大王不要干涉。这样我才敢答应大王。"赵王同意了。

李牧回到边境后，和以前一样不许士兵出战。好几年过去了，匈奴什么东西都没有抢到，都认为李牧胆小如鼠。将士们经常获得赏赐但打不了仗，都愿意和匈奴决一死战。李牧见将士们求战欲望很强，认为时机来了。他精选出1300辆战车、1.3万名骑兵、步兵5万人、弓箭手10万人，日夜操练他们。不久他下令把所有牲畜和百姓都放出去，顿时整个草原都被牛羊覆盖。匈奴人已经好几年没有抢到东西了，一见有这么多牛羊，高兴坏了。匈奴先派了支小部队去试探，李牧派了几千人去应战，让他们假装失败，匈奴轻轻松松地就抢了很多牛羊回去。匈奴单于听说赵军如此不堪一击，干脆率领所有人马入侵赵国，想抢到更多的东西。李牧摆开阵势，让左、右翼突击，把匈奴人杀得大败，死伤十几万骑兵。李牧乘胜追击，匈奴单于只能抱头鼠窜，逃得远远的。此后十几年，匈奴都不敢再打赵国的主意了。

后来秦王政派桓齮攻打赵国，在武遂将赵军打败，斩杀赵将扈辄，歼灭10万赵军。赵国只好使出杀手锏，任命李牧为大将军，在宜安大败秦军，桓齮只身逃脱。赵王很高兴，封

·战国末期的兵器发展·

战国是一个争霸图强的时代，兵器的重要性尤其突出，决定着军队的战斗力。当时主要的兵器有青铜兵器和新兴的铁兵器。燕赵是铁兵器的最先使用者，韩国铁剑更是"当敌即斩"，此后铁兵器铸造技术相继为各国掌握。但当时铁兵器主要是刀、剑为主的短兵器。而当时的主流兵器矛、戟、戈等长兵器还多为青铜铸造。同时还出现许多新式的城防攻守用具。青铜长兵器用于较远距离的勾刺，是配合战车使用的最佳兵器。

历史关注 成语“图穷匕见”即来自荆轲刺秦王的故事。

李牧为武安君。3 年后，秦国再次攻打赵国，李牧又将其打败，一时间他成为秦国的克星。

几年后，秦国派大将王翦率兵攻赵，赵国派李牧和司马尚前去抵御。这是两大名将唯一一次面对面的交锋，但秦王政担心王翦不一定是李牧的对手，于是动起了歪心思。他派人送给赵国的权臣郭开很多黄金，让他在赵王面前说李牧的坏话，说李牧和司马尚企图造反。赵王居然听信了这种鬼话，派赵葱和颜聚去顶替二人的职务。李牧知道这两个人没有什么才能，不肯把军队交给他们。赵王派人暗中将李牧逮捕，杀害了他，司马尚也被废黜。3 个月后，王翦对赵军发起总攻，赵葱哪里是王翦的对手，被杀得大败，自己的小命也丢掉了。王翦乘胜追击，攻破了赵国都城，将赵王和颜聚俘虏到了秦国。赵国从此灭亡了。

荆轲刺秦王

燕国太子丹在秦国当人质的时候受尽侮辱，回国后秦国又多次欺负燕国。太子丹很愤怒，但又打不过秦国，于是决定派刺客刺杀秦王。

太子丹听说田光很有才能，就去请教他，田光向太子丹推荐了荆轲。太子丹把田光送到门口的时候特地嘱咐他：“今天说的事关系重大，希望先生不要泄露出去。”田光答应了。

荆轲是卫国人，喜欢读书习武，但剑术并不高明。他到燕国后和高渐离交好，两人经常一起饮酒作乐。别人都看不起他，只有田光看出他是个人才，对他很好。田光找到荆轲，请他帮助太子丹刺杀秦王。荆轲正在犹豫，田光说：“我听说长者的行为是不会让人产生疑心的，而太子丹多次嘱咐我不要把消息泄露出去，这是他对我不信任的表现。让别人不信任自己是不对的。”他想用自己的死来激励荆轲，对他说：“希望你去见太子，告诉他我已经死了，不会把秘密泄露出去。”说完自刎而死。

荆轲去见太子，告诉他田光已经死了，还把田光的话告诉了太子丹。太子丹痛哭道：“我

荆轲刺秦王画像图

之所以告诫田先生不要说出去，是考虑到事情实在太重要了。现在田先生以死明志，不是我的本意啊！”太子丹把荆轲留在家里，对他非常好。拜荆轲为上卿，给他最好的房子居住，每天都去拜访他，经常送珍贵的礼物给他。荆轲要什么给什么，太子丹从来没有怨言。

过了很久，荆轲还是没有出发的意思。这时候王翦已经灭掉了赵国，移兵燕国边境。太子丹害怕了，找到荆轲说：“秦兵马上就要打进来了，虽然我很想长期侍奉您，但已经不行了。”荆轲说：“即使太子不说我也要讲了。让我去刺杀秦王，如果不带上足够的礼物的话，秦王是不会接见我的。我听说樊於期被秦王悬赏千金取他的人头，如果能让我带上他的首级和督亢的地图的话，秦王肯定会召见我的。到时候我就能动手了。”太子丹说：“樊於期走投无路才来投奔我，我怎么忍心杀他呢？希望您改变主意。”

荆轲知道太子丹不忍心，于是私下去找樊於期，对他说：“你全家都被秦王杀害了，现在秦王又高价通缉你，你怎么办？”樊於期仰天长叹道：“我恨透了秦王，但不知道怎么报仇！”荆轲说：“如果能取得你的人头献给秦王的话，他一定会见我，到时候就能刺杀他了。”樊於期说：“只要能报仇，我的命算什么！”说完便自刎了。

太子丹听到樊於期的死讯后伏尸大哭，但也没有办法了，于是把他的头砍了下来装在盒子里。又找了把锋利的匕首，上面涂好毒药。然后派勇士秦舞阳充当荆轲的副手，一起出使秦国。太子丹在易水边为荆轲送行，高渐离击筑，荆轲放声唱道：“风萧萧兮易水寒，壮士

中国大事记 公元前221年，秦统一中国，将天下划分为36个郡，郡下设县。

一去兮不复还！”大家都流下了眼泪，荆轲唱完后掉头就走，再也没有回头。

秦王听说荆轲带来了督亢的地图和樊於期的人头，高兴坏了，亲自接见荆轲和秦舞阳。荆轲捧着装人头的盒子，秦舞阳捧着装地图的盒子，两人依次上殿拜见。秦舞阳非常紧张，脸都白了，人们都很奇怪。荆轲说：“他没见过世面，见大王如此威严，就害怕了。大王稍等一会儿好了。”秦王说：“你把秦舞阳的东西也拿上来吧。”荆轲在秦王面前将卷起来的地图一点点地展开，展开完毕之后，藏在地图里的匕首就露了出来。荆轲左手抓住秦王的袖子，右手抓起匕首就往秦王身上刺去。秦王大惊，顿时跳了起来，扯断了袖子逃跑。正想拔剑，但剑太长了，一时拔不出来。荆轲追了上去，秦王情急之下只好绕着柱子跑。大臣们都呆了，不知道该怎么办。这时御医夏无且急中生智，将药囊扔向荆轲，荆轲用匕首抵挡了一下。秦王抓住机会，从后面把剑拔了出来，一剑向荆轲砍去，砍断了他的左腿。荆轲失去了行动力，只好把匕首扔向秦王，可惜没有击中，击在柱子上了。荆轲知道自己完了，背靠着柱子笑道：“我之所以没有马上杀了你，是想挟持你和燕国结盟，以报答太子的厚恩！”左右冲上来将荆轲剁成了肉泥。秦王呆了很久，好容易才缓过劲来。

荆轲刺杀秦王失败后，导致秦国对燕国展开了血腥的报复行动，很快就把燕国灭了。

秦始皇统一六国

秦始皇13岁那年登基，当时秦国已经非常强大，统一天下只是时间问题而已。但秦始皇还是遇到了几次危机，一次是弟弟长安君谋反，一次是嫪毐作乱。秦始皇消灭了叛乱势力，独掌了大权。他觉得其他诸侯国的人对秦国不忠心，嫪毐、吕不韦等人就是其他诸侯国的人，而且召来的门客多数也是其他诸侯国的人，所以下了一道命令，限期让这些人搬走。李斯向秦始皇上书，说明了其他诸侯国的人对秦国的

阳陵铜虎符

此符是秦始皇调动军队的凭证，用青铜铸成卧虎状，可中分为二，虎的左、右颈背各有相同的错金篆书铭文12字：“甲兵之符，右在皇帝，左在阳陵。”意为此兵符，右半存皇帝处，左半存驻扎阳陵（今陕西省咸阳市东）的统兵将领处；调动军队时，由使臣持右半符验合，方能生效。

好处和贡献，才让他取消了这道命令。

大梁人尉缭来见秦始皇，对他说：“其他国家和秦国比也就是郡县而已，但我怕诸侯们联合起来对付秦国，这样就麻烦了。希望大王不要爱惜财物，多多贿赂那些国家的权臣，破坏各国之间的关系。这样不过花30万金，天下就可以统一了。”秦始皇非常高兴，对尉缭非常好，任命他为秦国国尉，而让李斯负责具体执行事宜。

当时最弱的国家是韩国，而且离秦国也最近，所以秦国没费什么劲就把它灭掉了。攻打赵国的时候花了一些工夫，毕竟赵国有名将李牧。秦始皇派人给赵国权臣郭开送去很多财物，让他说李牧的坏话。很快李牧就被赵王杀害了，这样秦军轻松打败赵军，灭掉了赵国。当年秦始皇在赵国的时候受人欺负，打下邯郸城后，就把当初欺负他的人全部坑杀。赵国公子嘉率领残部逃到代，自称代王，苟延残喘。

荆轲刺杀行动失败后，秦军大举进攻燕国，迫使燕王把太子丹的人头献给秦国，才缓解了秦军的攻势。一年后，王翦的儿子王贲攻打魏国。魏国都城大梁很坚固，一时攻不下来。王贲将河水引到城墙这里，很快就把城墙冲垮，迫使魏国投降。这样，三晋之地全部归秦国所有。

当时王翦已经告老还乡，秦国派李信为大将，率兵20万攻打楚国。但楚将项燕足智多谋，设下埋伏将李信打败。秦始皇知道国内的大将

历史关注 | **中国历史上第一次全国性的农民战争是秦朝末年的陈胜吴广起义。**

没有人比得上王翦，于是强迫他出山。王翦声称要灭楚国一定要给他60万人，秦始皇灭楚心切，同意了。王翦率领大军打败了项燕，很快就灭掉了楚国。项燕保护昌平君逃到荆地，立昌平君为荆王，继续抗秦。

一年后，王翦和蒙武率军打败楚国残余势力，昌平君战死，项燕也自杀了。南方平定后，秦国又对北方用兵。王贲率领大军攻打燕国，早已筋疲力尽的燕国根本无法抵挡，很快就灭亡了，燕王也当了俘虏。王贲一鼓作气向代地发动进攻，俘虏了代王。而在南方，王翦顺手牵羊把越国也灭掉了。

现在只剩下一个齐国了。齐国相国收了秦国很多贿赂，一直怂恿齐王不要救援别的国家，只和秦国搞好关系。所以别的国家向齐王求援的时候，齐王一律置之不理，以为这样就能保住自己的王位了。其他五国都被灭掉后，齐王也害怕了，但他还妄想秦国会放过他。可才过了一年时间，秦国大将王贲就率领几十万大军前来攻打齐国了。这下齐王慌了，赶紧调兵遣将在西面防守。而秦国军队则从南面进攻，早已缺乏训练的齐军根本抵挡不住，很快溃散，齐国也被秦国灭掉了。自此，六国全部被秦国灭掉，中国终于被秦国统一。

秦始皇对自己的功绩沾沾自喜，认为从古至今没有人比得上他，所以觉得“王”这个称号配不上自己，他命令大臣给他想个更好的称号出来。有的大臣认为古代有天皇、地皇和泰皇3种称号，而泰皇最为尊贵，所以建议秦始皇采用这个称号。秦始皇却觉得泰皇这个词不好，他想古代最好的君王是三皇五帝，那么干脆就叫“皇帝”好了。于是他自称皇帝，由于他是第一个皇帝，所以就叫“始皇帝”，从此人们就管他叫秦始皇了。

秦始皇废除了分封制，把天下分为36郡，奠定了郡县制的基础。他还统一了度量衡和文字，为中国文明的进步和国家统一做出了贡献。但秦始皇喜欢追求享乐，把人民大批征发起来为他修长城和阿房宫，还发动了对匈奴的战争，弄得民不聊生。而且秦国法律非常严酷，老百姓很快就忍受不了了，纷纷起来反抗。秦朝传到二世就灭亡了。

·皇 帝·

皇帝是封建王朝的最高统治者。皇，早期是上天、光明之意，“因给予万物生机谓之皇”；帝，则是生物之主，有生育繁衍之源的意思。在上古时期，“皇”与“帝”都是用来称呼最高统治者的称号，如“三皇五帝”。商周时期，最高统治者一般都称为王，比如商纣王、周文王。“皇帝”一词的出现始于秦始皇。秦虽二世而亡，但“皇帝”这一称号流传了下来，为后世历代沿用。有人专门统计过，自秦两千多年下来，中国正统王朝的皇帝总共有349位。

陈胜吴广起义

陈胜出身贫苦，少年时期他和别人一起给人家当雇工。中间休息的时候，陈胜把工具放在田垄上，叹息了很久，对伙伴们说：“以后谁要是富贵了的话，别忘了大家啊。”大家笑话他道：“都是给别人干活的苦力，哪来的富贵？”陈胜叹口气道：“唉，小麻雀哪里知道鸿鹄的志愿呢？”

秦二世登基后不久，征发了一批百姓去渔阳戍守，陈胜和吴广二人担任其中900人的队长。但在走到大泽乡的时候赶上天降暴雨，把道路都淹没了，根本没法走。他们只好停了下来，算算时间发现已经误期了。秦朝法律规定，误期者不管什么原因一律斩首。陈胜和吴广就偷偷商量：“现在逃跑也是死，起来反抗也是死。反正都是死，我们起来反抗怎么样？”陈胜说：“天下被秦压迫得已经够惨了。我听说二世是小儿子，本来不该继位的，应该继位的是太子扶苏，他因为多次进谏而被派到外地带兵去了。扶苏本来没罪，却被二世杀害。因为扶苏很贤明，百姓们都为他感到不平，还不知道他死了。项燕当年当楚国将军的时候立了不少功，对部

中国大事记 公元前207年，项羽率军破釜沉舟，于巨鹿大战秦军，秦军大败，自此秦朝名存实亡。

下很好，现在楚国人还很怀念他。有人说他死了，也有说他逃了。现在如果我们假称是扶苏和项燕起兵的话，响应的人一定不少。”吴广觉得他说得很对，于是去占卜。占卜的人知道他们的意思，说：“你们的事一定能成功，但是你们向神鬼占卜了吗？”陈胜和吴广都很高兴，听到这话都明白了，说：“这是教我们先用鬼神来吓唬大家啊。”于是用朱砂在帛上写下“陈胜王”的字样，把它放在鱼肚子里。士兵把鱼买回去，剖开肚子后发现了帛，都觉得很奇怪。吴广又跑到旁边的祠堂里点上篝火，学狐狸叫，边叫边说：“大楚兴，陈胜王。”大家都很害怕。第二天起床后大家都对着陈胜指指点点。

吴广和士兵们关系都很好，一天，统领他们的军官喝醉了。吴广对他们说要逃跑，想激怒他们来打自己，以激怒士兵。军官果然打了他，打了之后还欲拔剑杀他，吴广抢过剑来把军官杀了，陈胜也把另外一个军官给杀了。两人把大家召集起来，陈胜对他们说：“大家遇到这场雨，都已经误期了，误期要杀头的。即使不被杀头，去边境戍守的人十个要死六七个。壮士要么不死，死就要留下大名声，难道王侯将相都是天生的吗？”大家都吼道：“愿意听从吩咐！”于是陈胜、吴广诈称扶苏和项燕，命令属下将右胳膊露出来作为标记，自称大楚。搭了个祭台，用军官的头来祭祀。陈胜自称将军，吴广自称都尉，率领大家将大泽乡攻了下来，接着又打下了别的城池。陈胜命令葛婴率领部分军队攻打别的地方，很快就打下了很多城池。等打到陈这个地方的时候，陈胜已经拥有战车六七百辆，一千多骑兵和几万步兵了。攻打陈的时候，守将不在，很容易就攻了下来。几天后，陈胜召集地方上有威望的人开会，他们建议：“将军披坚执锐，讨伐无道，诛灭暴虐的秦朝，重新建立楚国的基业，功劳之大，可以称王。”陈胜就自立为王，国号“张楚”。

当时各个郡县忍受不了秦国虐待的人民纷纷杀死长官，响应陈胜。陈胜命令吴广为代理楚王，率领部将攻打荥阳，又命武臣、张耳和陈余攻打赵地，当时天下大乱，各地纷纷起义，但还是陈胜势力最大。

秦朝统治者很快派出大将章邯带兵镇压，陈胜的部队吃了不少败仗，不久吴广就被部将杀死。陈胜也王位不保，但他并没有吸取教训，反而让自己陷入更加孤立的境地。他称王后不久，当初和他一起被人雇佣的人就跑到陈来找他，以为他会履行当初的誓言。那人跑到宫门那大喊：“我要见陈胜！”看门的人想绑他，他急忙解释，看门人就放过他了，不过不肯为他通报。陈胜出来的时候，那人就站在路边叫他。陈胜听见后让他上车，一起进了宫。那人没见过世面，看到宫殿这么豪华，不由赞叹道：“哎呀，陈胜当王

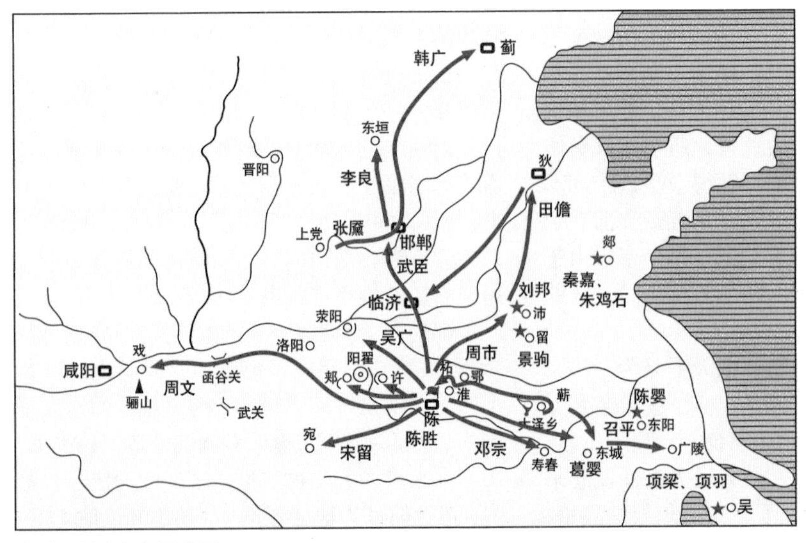

陈胜、吴广起义示意图

历史关注 | 秦朝修筑的长城西起临洮，东至辽东，史称万里长城。

可真舒服呀！”那人出来后见人就夸耀，还把陈胜当年的事拿出来说。有人对陈胜说：“那人根本不懂规矩，要是让他一直胡说下去，会损害大王的威名的。”陈胜就把那人杀了。从此他的故人们纷纷离去，身边再也没有亲信了。以致后来他被自己的车夫杀死，起义最终失败。但别的起义军却逐渐强大起来，最终推翻了秦朝的统治。

楚霸王破釜沉舟

项梁针对人民同情楚国的心理，找到楚怀王的孙子，立他为帝，称作义帝。实际上义帝是个傀儡，没有任何实权，只是名义上是领袖，便于团结各地起义军。

项梁由于轻敌中了埋伏，很快就战死了，项羽为了报仇，强烈要求亲自率军攻打秦国首都咸阳。但义帝等人害怕项羽力量太强不好控制，加上项羽比较残暴，不利于统治，所以派遣比较仁厚的刘邦去攻打咸阳。而项羽则被任命为宋义的副将，前去救援被章邯围攻的赵国巨鹿。

救援大军很快就赶到了安阳（今山东曹县东），主将宋义却下令按兵不动，他害怕秦军过于强大，想等秦军和赵军两败俱伤的时候再发动攻击。

项羽却忍不住了，找到宋义要求带兵出战，宋义拒绝了，说是要等待时机。这一等就是46天，他成天在大营里喝酒作乐，根本不提救援的事。

项羽急了，冲到营帐里对宋义说：“现在赵国情势危急，要是我们再不出兵，他们肯定顶不住的！”宋义冷笑一声，说道：“我就是要等他们打得两败俱伤啊，到时候咱们再进军，不就可以捡个大便宜了吗？要论冲锋陷阵，我不如你，可要是论出谋划策，将军可就不如我啦！”言下之意就是说项羽你也就是个莽夫，没什么了不起。项羽很生气，但宋义是大将，自己拿他没办法，只好气冲冲地回到自己营帐里。宋义随后下了道命令：“凡是猛如虎、狠如羊、贪如狼和不听命令的人，一律杀头。”这明显就是冲着项羽说的。

项羽哪儿忍得下这口气？正好当天宋义的儿子被任命为齐国的相国，宋义大摆宴席送他，当时天寒地冻，将士们冷得要死，而宋义父子却饮酒作乐。项羽实在忍不住了，冲进营帐把宋义给杀掉了，又派人追上宋义的儿子，把他也杀掉了。然后项羽召集全军将士，宣布自己代任大将，率领大家前去救援赵国。大家早就对宋义不满了，纷纷表示愿意跟随项羽。

项羽将部队开到漳河边，大家刚渡完河，项羽就下令全军将士只带3天的口粮，把做饭的锅都摔碎，把船都凿沉，帐篷什么的全给烧掉。大家都愣了，这不是断了自己的退路吗？项羽向大家解释道：“秦军强大，我们必须速战速决，把锅子摔碎可以轻装上阵，船和帐篷都毁掉就是为了断绝后路，这样我们就必须打赢，赢了就什么都有，输了的话，我们也不用回来了！”

这一招迫使士兵们意识到如果打不赢只能死路一条，于是士气大振，恨不得马上把秦军消灭掉。

项羽率军包围了秦军，一连冲锋了9次，楚军个个拼死奋战，以一当百，秦军从来没有见过这么不要命的军队，根本挡不住他们凌厉的攻势，节节败退。而楚军则越战越勇，杀声震天，很快就将秦军击溃，秦国大将苏角被杀死，王离被俘，章邯只好带着残兵败将杀出重围逃跑了。

当时来救援赵国的还有很多别的部队，但他们都畏缩不前，当项羽和秦军大战的时候，他们在附近偷看，发现楚军的战斗力如此之强，都怕得不得了。项羽赶走秦军后，请他们到自己这里来庆功，那些将军走到项羽帐前都不由自主地跪了下来，不敢抬起头来看项羽。从此以后，这些诸侯都奉项羽为领袖。

这一仗歼灭了秦军主力，项羽也成为起义军实际上的首领。接下来，就是要和另一个起义军首领刘邦争夺天下了。

中国大事记

公元前 206 年，刘邦进军灞上，秦王子婴出降，秦朝灭亡。

鸿门宴

当年楚怀王和诸将拟定了一个协议，谁打下咸阳就封他在关中为王。最后刘邦完成了这个使命，将秦朝灭掉。刘邦怕别人抢走功劳，就派了一支部队驻扎在函谷关，不许别人进入。

项羽打败章邯后，也向咸阳进发，但在函谷关被阻拦了下来。他听说刘邦已经进入咸阳，顿时大怒，发兵攻破函谷关，大摇大摆地进了关，把军队驻扎在戏这个地方。当时刘邦驻扎在灞上，只有 10 万人，而项羽有 40 万人，实力差距很大。刘邦的左司马曹无伤害怕了，偷偷派人告诉项羽：“刘邦想在关中称王，任命原秦王子婴为相，已经把珠宝全部占为己有了。”项羽发怒，下令说：“明天犒赏士兵，准备大败刘邦军队！”项羽的谋臣范增说：“刘邦在山东的时候，贪财好色，入关以后却一点财物都没有拿，也没有抢夺美女，可见这个人志向不小。我让人看过了，他有天子的福分，所以千万不要错过杀他的机会。”

项羽的叔父项伯是刘邦谋士张良的好朋友，他怕张良有事，赶紧跑去通知张良，要他逃跑。张良是个讲义气的人，他不但不跑，还把这事告诉了刘邦。张良问：“谁让你把守函谷关的？”刘邦说：“他们说把诸侯挡在外面我就能在关中称王了。”张良问：“大王的士兵打得过项羽吗？”刘邦想了很久，说：“打不过。现在怎么办？”张良说：“那去对项伯说吧，让他帮你说好话。”于是刘邦连夜找到项伯，向他解释了一番。项伯答应帮他说好话，但要刘邦明天一早去项羽军营请罪，刘邦答应了。项伯回去对项羽解释了一番，项羽答应不杀刘邦。

第二天早上，刘邦带了 100 多个骑兵来见项羽。走到鸿门的时候，项羽出来迎接，刘邦谢罪道：“我和将军一起出兵诛灭秦朝，将军在河北作战，我在河南作战，不小心就先入关灭掉了秦朝。现在有小人说我坏话，才让将军和我之间产生了裂痕。”项羽相信了他的话，说：“是你的左司马曹无伤说的，不然我怎么会这样做？”项羽邀请刘邦一起喝酒。入席后范增多次对项羽使眼神，并悄悄举起玉佩示意要杀刘邦，项羽装作没看见。范增离席，把项庄找来，对他说：“大王不忍心杀刘邦。等会儿你进去劝酒，请求表演舞剑，然后趁机杀死刘邦。不然的话我们都要当他的俘虏了。”项庄进去要求舞剑助兴，项羽答应了。于是项庄拔剑起舞，眼睛却一直看着刘邦。项伯见势头不对，也起来和项庄对舞，用身体挡住刘邦，项庄没办法下手。张良见情况不对，出来找樊哙。樊哙问道：“事情怎么样了？”张良说：“现在事态紧急，项庄正在舞剑，随时都有可能伤害大王。”樊哙说：“现在是关键时候，我先进去，生死都要和大王在一起。”樊哙带着剑要闯进去，卫士不让他进，樊哙用盾牌撞开卫士冲了进去。他怒睁双目瞪着项羽，头发都竖了起来，眼角都裂开了。项羽大惊，按剑问道：“你是谁？”樊哙说：“我是刘邦的马夫樊哙。”项羽夸道：“真是个壮士，赐酒！”左右把酒端了上来。樊哙拜谢，站着把酒喝光了。项羽又喊道：“赐给他一个猪蹄！”左右拿上了一个生猪蹄。樊哙把盾放在地上，猪蹄放在上面，用剑切开来吃了。项羽问道：“壮士，还能再喝吗？”樊哙说：“我死都不怕，酒算什么？当年秦王杀人不眨眼，伤害别人唯恐不够残忍，所以天下都背叛了他。当初怀王和大家约好了谁先进咸阳

鸿门宴遗址

位于今陕西临潼东。鸿门宴上，项羽因优柔寡断，放掉了刘邦这个夺取天下最大的竞争对手，最后自己吞下了失败的苦果。

历史关注　推拿疗法最早始于西汉。

谁就为王。现在刘邦先进咸阳，但他什么东西都不敢动，就等着大王来接收。派人守在函谷关是为了防备盗贼。这么大的功劳不但没有赏赐，大王反而听信谗言要杀了他。这是继承了秦王的暴虐，我私下觉得大王这样是不对的。”项羽没有回答，只是让他坐下，樊哙就在张良身边坐下了。过了一会儿，刘邦借上厕所为名走了出去，樊哙也跟了出去。

刘邦出去后，樊哙劝他赶紧离开，刘邦说：“刚刚出来的时候没有告辞，怎么办？”樊哙说：“都什么时候了，现在人家是刀，我们是案板上的鱼肉，还告什么辞！”刘邦就走了，临走时让张良向项羽告辞，并把带来的礼物托张良转交。张良回来对项羽说：“刘邦不胜酒力，不能告辞就走了。他让我给大王献上白璧一双，送范亚父一双玉斗。”项羽接过白璧放在桌子上，范增把玉斗放在地上用剑砍得粉碎，气呼呼地说：“唉，你这个小子不值得和你讨论大事。以后夺取天下的人一定是刘邦，我们都要当俘虏了！”刘邦回去后第一件事就是把曹无伤杀了。

韩信背水一战

韩信本来是刘邦手下的一个小官，后来经萧何三番五次推荐才被刘邦重用，授予了兵权。他的军事才能很高，为刘邦统一天下立下不少功劳。

刘邦起兵讨伐项羽的时候，赵王站在项羽一边，和刘邦作对。韩信和张耳一起带兵准备攻打赵国。赵王和心腹大将陈余听说汉军即将来袭，在重要关口井陉口屯下重兵，号称20万，以逸待劳，企图阻挡汉军的攻势。

赵王手下有个很有才能的将军李左车向陈余提建议：“韩信一口气打了好几个大胜仗，现在又和张耳合兵准备攻打我们赵国，士气很旺盛，兵锋锐不可当。我听说行军千里，士兵的肚子就很难吃饱，他们的军粮供应一定赶不上。井陉口的道路很窄，行军速度一定很慢，军粮也远远落在后面。请你给我3万人，我率兵从小路截断他们的粮道。将军在这里死守，不要和他们交战。他们向前不能打仗，想退后，我的兵马又挡住了他们，不出十天，韩信和张耳的人头就能送到将军帐下了。我希望将军能够听从我的意见，否则我们一定会被他们俘虏的。”陈余是个死读书的儒生，经常自称是仁义之师，从来不用诡诈计谋。他说：“兵法上说军队人数是对方的十倍就可以包围敌人了，如果是对方的两倍就能作战。现在韩信的兵力号称几万，实际上不过几千人。他长途跋涉跑了上千里路来打我们，已经到极限了。现在如果回避他们而不发动进攻的话，以后更大的敌人来了怎么办？而且诸侯们会认为我胆子小，以后会来打我们的。”没有听李左车的话。

韩信派去的间谍把这个消息带了回去，他听说李左车的建议没有被采纳，高兴得不得了。韩信率兵前进。还没走到离井陉口三十里的地方就命令全军扎营。半夜的时候把将士们叫醒，

·楚汉战争·

秦二世三年（公元前207年），刘邦、项羽相继率兵入关。刘邦先入咸阳，理应为关中王，但项羽自恃兵多企图消灭刘邦，刘邦卑辞求和。项羽自封为西楚霸王，又分封十八路诸侯王，刘邦被封为汉王。不久，田荣起兵反楚，自立为齐王。项羽调遣主力击齐。刘邦乘项羽无暇西顾之机，迅速平定三秦，接着领军东出，攻陷彭城。项羽亲率3万精兵回击，刘邦兵溃败走，退守荥阳、成皋一线。

刘邦一方面坚守荥阳、成皋一线，一方面袭击楚军的后方和侧翼。韩信接连平定魏、代、赵、燕，进军齐地，包围西楚。刘邦命彭越率兵渡过睢水，直逼彭城。项羽不得不亲自回援。刘邦乘机大破楚军，收复成皋，项羽被迫与刘邦议和，刘邦趁机追击楚军，围歼项羽。项羽被围于垓下，后在乌江自刎而死。历时4年的楚汉战争，最后以刘邦夺取天下、建立汉朝而告终。

中国大事记 | 公元前202年，汉军在垓下围攻楚军，项羽在乌江边自刎，刘邦称帝，建汉朝。

《萧何追韩信》五彩盘

韩信投奔刘邦后，并未立即受到重用，为此韩信愤然出走，萧何慧眼识英才，夜追韩信，并力谏刘邦拜其为大将。在后来的楚汉之争中，韩信成功地指挥了井陉、垓下战役，战功赫赫。汉初，为巩固中央集权，刘邦在萧何的协助下，先后收回了包括韩信在内的一些异姓王的兵权。韩信最后以谋反罪名被杀，“成也萧何，败也萧何”由此而来。

选出2000轻骑兵，每人手里拿一面红旗，从小路绕到赵军背后。韩信对他们说：“赵军见我们离开后一定会倾巢而出，你们就马上占领他们的营地，把赵军的旗帜换成你们手上的。”他命令左右传令全军：“今天歼灭赵军后请全军将士吃顿好的！”大家都不相信，但也只能表面上答应。韩信派出1万人为先锋，背对河水扎营。赵军看见后哈哈大笑，以为韩信不懂兵法。天亮后，韩信率领大军直扑井陉口，赵军开门应战，双方大战起来。打了很久，韩信和张耳假装撤退，把部队引到水边的大营。驻扎在水边的部队前来增援，和赵军展开又一次激战。赵军果然倾巢出动，和汉军处于胶着状态。这个时候韩信事先布置好的2000骑兵出其不意地杀入赵军大营，换上旗帜。赵军久攻不下，正要回营，发现大营已经插满了汉军的旗帜，顿时大乱，士兵纷纷逃散。赵国将军就算斩杀逃亡士兵也不能阻止大部队的溃散了。汉军前后夹击，大破赵军，陈余也糊里糊涂地掉了脑袋，赵王当了俘虏。

韩信下令不准伤害李左车，并发布命令，生擒李左车者赏千金。不久就有人绑着李左车来领赏了。韩信亲自为他松绑，很恭敬地对待他，拜他为师。

将领们纷纷献上敌人的首级和战利品报功，在庆功会上，有人问韩信：“兵法上说扎营列阵要背对山岭，面朝江河。而将军这次却背对江河列阵，还说今天就能破赵军。我们当时还都不服气，但居然还真赢了，是怎么回事呢？”韩信笑道：“这也是兵法上有的，只是你们没注意到而已。兵法上不是说‘陷入死亡的境地能杀出生路’吗？再说我一向不是很得士大夫的拥戴，这次的情况就好像是赶着老百姓打仗一样。在这种条件下，如果不把部队放在死亡的境地下，让他们为了自己的生存而战的话，那早就全部逃了，还能打赢吗？”大家听他一解释，全都说：“这不是我们能想到的。”

韩信善待李左车，在他的帮助下轻松灭掉了燕国。而韩信背水一战的故事也流传了下来。

名相萧何

萧何和刘邦是同乡，在县衙里当文书。刘邦当时是个小流氓，萧何经常保护他。刘邦当上亭长后，萧何经常和他来往。刘邦起义后，萧何就跟着他南征北战，替他掌管文书和财物。咸阳被攻下来后，大家都去争抢美女财宝，只有萧何默默地把秦朝的文书档案等东西收藏了起来。

后来咸阳被项羽一把火烧光，刘邦之所以能够知道天下的户口和地形等重要战略信息，全都是萧何把秦朝档案收藏起来的缘故。刘邦起兵反对项羽，萧何被留在巴蜀筹集军用物资。刘邦和项羽作战的时候，把太子留在了关中，萧何负责侍奉太子。他在关中建立了一系列规章制度，认真治理，取得了很大成果。刘邦多次被项羽击败，军队一次次被打散，萧何每次都能够从关中征发足够的军队支援刘邦，刘邦

历史关注 《汉书》是我国第一部纪传体断代史。

于是让萧何全权负责关中政事。

刘邦和项羽在京、索一带对峙的时候，多次派人慰劳萧何。一个姓鲍的人对萧何说："大王在外面风餐露宿，还多次派人来慰问你，是心里开始怀疑你了。我觉得你最好把家里能够打仗的人都派到军队里面，大王一定会信任你的。"萧何照他的话去做了，刘邦果然很高兴。

项羽被杀后，刘邦论功行赏。大家纷纷争功，都说自己功劳大，刘邦最后把头功给了萧何，给了他最多的赏赐。大家不服气，都说："我们为皇上出生入死，多的打了一百多仗，少的也有几十仗，皇上的江山都是我们一刀一枪拼出来的。萧何又没有上阵冲锋过，只是拿支笔在那写写算算，功劳反而在我们之上，为什么？"刘邦问道："你们知道打猎吧？"大家回答："知道啊。""那知道猎狗吗？""当然知道了。"刘邦说："打猎的时候，追杀猎物的是猎狗，而追踪猎物，指出猎物所在地的是人。你们只是能拿到猎物，是功狗。萧何是追踪猎物的，是功人。而且你们只是自己一个人侍奉我，最多不过两三人，而萧何全家几十口人都跟随我，功劳可不能忘啊！"大家这才不说话了。

功臣封完了，该排定座次了。大家都说："平阳侯曹参身上受了七十多处伤，打下的城池又最多，他应该排第一。"刘邦已经给萧何最多的赏赐了，所以排座的时候就想给曹参排第一。这时关内侯鄂君说话了："你们都错了。曹参虽然打下了很多城池，但这只是一时之事。当年皇上和楚军作战的时候，经常全军覆没，而萧何每次都能从关中征集军队过来补充。当年我们和楚军在荥阳相持了几年，粮食都快没了，萧何在关中筹集了足够的军粮，让将士们没有饿肚子。皇上多次在山东打败仗，萧何能把关中大后方死死守住，这是万世之功啊！现在即使少了一百个曹参这样的将军，对汉朝又有什么损失？怎么能把一时之功放在万世之功上面呢？所以萧何应该排第一，曹参排第二。"刘邦同意了他的意见，还命萧何上殿的时候可以佩剑穿鞋，给了他特殊的待遇。

韩信谋反后，吕后用萧何的计谋将韩信除掉。刘邦听说韩信被杀，派人任命萧何为相国，给他增加了5000户食邑，还派了500人充当他的卫队。大家都来祝贺萧何，只有召平表示哀悼，他说："你的大祸就从这里开始了。皇上在外面作战，你在国内守卫，这又不是什么危险的事，他却给了你这么多赏赐。加上韩信谋反，他是怀疑你了。皇上派人来护卫你，实际上是监视你。我劝你最好不要接受赏赐，而是把家产都捐给军队，这样皇上就会高兴了。"萧何照他的话做了，刘邦果然大喜。

萧何为巩固西汉江山作出了极大贡献，他和曹参关系不好，但当他病倒后，汉惠帝前来探病，问他："你要是去世了，谁能取代你？"萧何说："懂得臣下的莫过于皇上了。"汉惠帝说："曹参怎么样？"萧何说："如果皇帝能得到他的辅佐的话，我死也甘心了。"

争功图 汉

此图描绘汉初天下始定，各位将领争功的场面，最后叔孙通奏议立礼仪规范，使高祖体会到做皇帝的高贵。

中国大事记　公元前200年，西汉迁都长安。汉高祖北击匈奴，被围白登山，史称“白登之围”。

萧何买地买房子都在比较差的地方，他说：“我的后代贤明的话，就让他们学会节俭。如果不贤明，反正产业也不好，不会被别人抢走。”

运筹帷幄的张良

张良本来是战国时韩国的贵族子弟，国破家亡之后，他把所有的家产都用来交结宾客，想为国报仇。他交了一个大力士朋友，那人能使一百二十斤重的大锤。秦始皇巡游的时候，张良和大力士埋伏在博浪沙，用大锤子击打秦始皇的车，结果误中了副车。秦始皇大怒，在全国范围内搜捕刺客。张良只好隐姓埋名，在下邳躲了起来。

相传，张良有一次在下邳郊外游玩的时候碰到一个老人。那个老人走到张良跟前，把一只鞋子扔到桥下，对张良说：“你这个小子下去帮我把鞋子捡上来！”张良大怒，想揍他，但看在他岁数大的份上忍了下来，下去把鞋子捡了上来。老人把脚一伸，说：“给我穿上！”张良见已经帮他把鞋子捡上来了，好人做到底，就跪下替他把鞋穿上。老人等他穿好后大笑而去，张良大惊，愣在了原地。老人走了不远又回来，对他说：“你是个能教好的孩子，5天后的早上在这里等我。”张良觉得很奇怪，但还是答应了。5天后，张良一早就出发了，走到桥上后，老人已经站在那里了，生气地对他说：“你和老人约好时间却晚来，这怎么可以？”老人跟他说再过5天再来。5天后，鸡一叫张良就从床上爬起来，急匆匆地赶去。结果那老人又先到了，很生气地说：“你怎么又来这么晚？”于是又约好5天后见面。5天后，张良半夜就从床上爬起来，等他赶到的时候，老人没有来。等了一会儿老人才来，高兴地对他说：“就该这样嘛。”于是给了他一本书，说：“把这书上的东西学懂就能当帝王的老师了。10年后你能发达，13年后你来济北见我，谷城山下那块黄石头就是我。”说完就走了。天亮后张良一看书名，原来是《太公兵法》。张良觉得很神奇，于是日夜诵读。

陈胜起义后，张良也召集了100多人，当时景驹自立为楚假王，张良想去投奔他。路上遇到了刘邦，张良多次用《太公兵法》上的计谋来说服刘邦，刘邦觉得很好，经常听他的。而张良向其他人提意见，别人都不听，张良说：“刘邦是得天命的人。”就跟随了刘邦。

刘邦率领军队攻打咸阳的时候，张良也随军前往。打下武关后，刘邦和一支秦军对峙。张良说：“秦兵还很强，不能低估他们。我听说他们的将领是屠夫的儿子，做生意的容易被利益所引诱。我希望你先留下来，让别人先走，在山上多插旗帜，让敌人以为我们人很多。然后让人送很多钱给秦军将领，这样就好办了。”结果秦军将领果然叛变，想联合刘邦一起攻打咸阳。刘邦想同意，张良说：“这只是将领叛变，士兵不一定听他的。我觉得不如趁他们松懈的时候发动进攻。”刘邦于是带兵发动突袭，大败秦军，一口气打下了咸阳，灭亡了秦朝。

刘邦进入秦朝皇宫后，看见那么多金银珠宝和美女，开心得都不想出来了，樊哙劝了他好几次都没用。张良对刘邦说：“秦朝失去了道义，所以你才能到这

张良吹萧（箫）破楚兵　年画

这是杨柳青年画中关于楚汉战争的描绘。

历史关注

《公羊传》即《春秋公羊传》，是专门阐释《春秋》的儒学经典，战国时已流传，西汉初年成书。

里来。为天下除去暴秦应该节俭点，现在刚刚灭掉秦朝就安于享乐，这和暴秦有什么不同？再说忠言逆耳但对行为有帮助；药虽然苦，但能治病。所以希望你能听樊哙的话。”刘邦听了他的意见。

刘邦被项羽封为汉王，张良奉命去韩国，他临走时对刘邦说：“你进了巴蜀后就把栈道烧掉，表示没有出来的意思，这样项羽就不会怀疑你了。”刘邦果然把栈道烧了，使项羽打消了对他的怀疑。

刘邦起兵后，张良多次向他献计献策，虽然他没有当过大将，但他的计策让汉军打了很多胜仗。当初韩信灭掉齐国后想自封为齐王，刘邦听说后大怒，幸好张良在旁边劝阻了他，才稳住了韩信，没有让刘邦失去最优秀的大将。

汉朝建立，大封功臣的时候，张良并没有任何战功，但刘邦却因为他能出谋划策，想封给他 3 万户。张良婉言谢绝，请求把自己封在留就可以了，于是被封为留侯。

张良知道刘邦生性多疑，平定天下后必定会找他们这些功臣的麻烦，所以他借口身体有病，远离朝廷，去追求修炼成仙的方法，成天和一帮方士在一起。虽然偶尔还参与国家大事，但由于他的低调，在功臣中他惹的麻烦是最少的。后来，他到济北的时候，果然在谷城山下发现了一块黄石头，于是将其取走供奉起来。张良死后，那块黄石头也随他一起埋葬了。

周勃复兴汉室

刘邦临死的时候，把众大臣都召集起来，杀了一匹白马歃血为盟，和众臣约定：“不是刘氏子孙不能封王，没有功劳的人不能封侯。谁要是违反这个规定，全天下的人都可以讨伐他！”

刘邦死后，继位的汉惠帝软弱无能，朝政大权都掌握在吕后手中。汉惠帝对母亲的残忍非常不满，于是纵情酒色，很年轻的时候就去世了。汉惠帝没有留下儿子，吕后就从外面抱了个小孩，对外宣称是汉惠帝的儿子。汉惠帝一死，她就立了汉少帝，权力越来越大了。

不久，吕后想封自己的亲戚为王，于是就召集群臣商量此事。当时的右丞相王陵是个耿直的人，他当即就表示反对，并抬出刘邦的遗言。吕后非常生气，但一时也拿他没有办法，只好问左丞相陈平和太尉周勃。两人说：“当初是高祖掌权，当然应该封刘氏为王。现在是太后掌权，立自己的族人为王没有什么不对。”吕后这才开心地笑了。

退朝后王陵指责二人道：“当初歃血为盟的时候你们也发了誓，为什么今天出尔反尔？”陈平和周勃说：“今天在朝堂上争论，我们不如你。但日后光复刘氏，你就不如我们了。”吕后对王陵怀恨在心，于是将他升为太傅，实际上剥夺了他的权力。直肠子王陵很生气，于是称病不出，几年后就去世了。

吕后得到了大臣们的支持，于是大封吕氏，吕产被封为吕王，不久又迁为梁王，吕通被封为燕王，吕禄被封为赵王，其他吕氏子弟大多被封侯拜爵。吕后还排挤打击刘氏诸侯，害死了不少王侯，吕氏牢牢控制住了朝政。

不久吕后生了重病，她任命赵王吕禄为上将军，统率北军，吕产统率南军。这样吕氏就控制了京城的军事力量。吕后在临终时告诫吕禄和吕产：“高祖当年和大臣们有盟约，不是刘氏而被封王者，天下都可以讨伐他。现在吕氏封了那么多王，大臣们多数不服气。我死后，皇帝还小，恐怕有的大臣要作乱。你们一定要调兵把皇宫牢牢控制住，不要去送丧，免得被人挟持控制。”吕后死后，吕产出任相国，吕禄的女儿当了皇后，吕氏势力仍然没有被削弱。

但是吕氏的倒行逆施已经引起了宗室和大臣们的不满。朱虚侯刘章当时在长安，他的妻子是吕禄的女儿。吕氏想作乱，但对周勃和灌婴还有所畏惧，所以并没有付诸行动。但刘章的妻子已经把这事透露给了丈夫，刘章马上把这个消息通知了齐王。齐王得到消息后做好了充分的准备，但还没有发兵。

吕禄和吕产早就有谋反的想法，但因为朝

廷内外反对的人太多，所以一直犹豫不决。当时周勃已经被剥夺了兵权，但影响仍很大。郦商的儿子郦寄和吕禄是好朋友，周勃和陈平商议好，让郦寄唆使吕禄将北军兵权交还给周勃，以安定人心，吕禄居然答应了。

不久齐王等人想诛杀吕氏的消息泄露了出去，吕产被召进宫商议此事。周勃决定先发制人，他想办法混进了北军大营，对将士们说："愿意效忠吕氏的露出右胳膊，愿意效忠刘氏的露左胳膊。"大家全部都把左胳膊袒露了出来，周勃就控制了北军。

但南军还在吕氏的掌握之中，陈平把刘章找来，让他去帮助周勃。周勃命令刘章把守军门，下令不准让吕产进入殿门。吕产还不知道吕禄把北军交给了周勃，仍然按照原定计划前往皇宫想作乱。但把守殿门的人不让他进去，吕产不知道发生了什么事情，在那儿等了半天。周勃把刘章叫来，对他说："你马上去保护皇上！"刘章带了1000多人进了皇宫，正好看见吕产在殿门口站着，干脆就跑过去杀了他。

刘章杀掉吕产后，又杀掉了吕更始，回去向周勃汇报。周勃听说吕产已死，顿时大喜，下令派人分别搜捕吕氏族人，不分男女老少一律处死。吕氏在这场屠杀中死伤殆尽，刘氏的江山终于在周勃等人的帮助下收了回来。

错斩晁错

西汉王朝经过数十年休养生息之后，逐渐强大起来。但诸侯国和中央政权之间的矛盾也凸现了出来，很多诸侯国根本不把皇帝放在眼里。比如吴王刘濞就是个很跋扈的人，他在自己的地盘上煮海造盐，还私自铸造铜钱，俨然一个国中之国。这样下去，西汉迟早要出问题。这个时候，晁错出现了。

晁错精通《尚书》，被汉文帝任命为太子舍人，他经常和太子说起削弱诸侯国的事，博得了太子的好感，称他为"智囊"。晁错多次向汉文帝上书请求削弱诸侯，但汉文帝都不予理睬，不过对他的才能倒很赞赏，将他任命为中大夫。当时太子对晁错言听计从，所以袁盎等功臣对晁错很不满。

汉文帝死后，太子即位，是为汉景帝。汉景帝即位后，任命晁错为内史。晁错得以经常和皇帝单独讨论国事，是当时最受宠幸的大臣。丞相申屠嘉对他很不满，但又没有能力整他一把，只能暗中寻找机会。内史衙门在太上庙围墙的空地上，门在东边，进出很不方便。晁错于是在南边开了两个门，把太上庙的围墙凿穿了一截。申屠嘉听说这事后，想以此为理由弹劾晁错，好杀了他。晁错得到消息连夜去找皇帝，把这事说了。申屠嘉第二天上朝奏事，把晁错的过错揭发出来，请求把他抓到廷尉那里判处死罪。汉景帝有心包庇晁错，就回答道："他凿穿的是太上庙空地周围的围墙，又不是庙里面的围墙，所以没有犯法，这事就不要再提了。"申屠嘉只能赶紧谢罪。回去的路上，申屠嘉很生气地对长史说："我应该先把晁错杀了再上奏，结果让他先走一步，大错特错啊！"申屠嘉一下子气得生病，不久就死了。晁错从此更加得宠了。

晁错被任命为御史大夫后，多次揭发诸侯们的罪过，然后将他们的封地削掉一部分。有的诸侯被削掉一个郡，有的被削掉几个县。封地是诸侯的命根子，一下子被削掉那么多，骄横惯了的诸侯们谁都忍不下这口气，从此晁错成为诸侯最恨的人。晁错发布了30条命令，每条命令刚发布的时候，诸侯们都齐声起哄，恨之入骨。晁错的父亲听说儿子把诸侯几乎得罪光了，急匆匆地从颍川赶来，对儿子说："皇帝刚即位不久，你替他处理国事，动不动就把诸侯的封地给削除了。人家可是有血缘关系的亲戚，你这样是破坏人家骨肉亲情。大家都对你的做法表示不满呢！"晁错说："我知道会这样，但是不这样做的话，天子的尊严就得不到保证，祖宗的灵魂也不能安息。"老人家还不死心，又说道："他们刘家倒是好了，我们晁家就危险了！我得离开你了。"不久，他的父亲就服毒自尽了，临死的时候说："我不想亲眼看到儿子遭到祸事。"后来，吴国、楚国等7个

历史关注 汉朝为了对抗匈奴，大规模修缮、重筑长城，汉长城总长度约1万公里，是中国古代最长的长城。

诸侯国果然以诛杀“奸臣”晁错为名造反，史称“七国之乱”。袁盎等原先妒嫉晁错的人趁机宣称诸侯叛乱都是晁错逼出来的，只要把晁错杀了，叛乱自然平息。汉景帝竟然相信了这些鬼话，下令腰斩晁错。晁错当时正穿着官服办公，糊里糊涂地就被拖到刑场腰斩了。

晁错死后，将军邓公回朝汇报战情，汉景帝问道：“你刚从前线回来，现在晁错死了，叛军罢兵了吗？”邓公捶胸顿足地说：“吴王为了造反，暗中都准备几十年了！这次因为削地而反，名义上是为了诛杀晁错，实际上和他有什么关系？再说我有话要讲。”汉景帝说：“有什么事就说吧。”邓公说：“晁错当初是对诸侯们过于强大感到忧虑，怕有一天朝廷管不住他们。所以他才把诸侯的封地削减下来划给朝廷，这是万世功业啊！这事刚施行不久他就被杀了，内堵忠臣之口，外替那些诸侯报仇。我认为陛下做错了。”汉景帝沉默了很久才说：“你说得对，我现在觉得很遗憾啊。”

汉景帝见诸侯叛乱已成定局，怀柔的办法失效，于是决定来硬的了。他知道周亚夫是个人才，于是任命他为大将军。周亚夫确实很会打仗，没过多久就把七国之乱平定了。从此以后诸侯的势力大大受损，再也不敢藐视朝廷了。后来，汉武帝即位后又颁布“推恩令”，进一步打击了诸侯势力，西汉中央政权最终消除了来自诸侯们的威胁。

冒顿振兴匈奴

匈奴从战国时期开始一直是中原的威胁，秦始皇统一六国后，派蒙恬率领30万大军讨伐匈奴。当时的匈奴单于头曼不是秦朝的对手，被迫向北撤退。蒙恬死后，中原又爆发了农民起义，秦朝守边的将士纷纷被调了回去，匈奴去掉一个威胁，于是又嚣张起来，渐渐地向南迁移。

头曼的太子名叫冒顿，后来头曼喜欢上了别的女人，又生了个儿子，就想把冒顿废掉，改立幼子。当时月氏国比匈奴强，头曼就让冒顿去月氏当人质。冒顿刚到月氏不久，头曼就带兵攻打月氏。月氏想杀掉冒顿，结果让冒顿逃掉了。头曼觉得冒顿挺厉害的，就拨给他1万骑兵。冒顿做了一种射出去后能发出声音的箭矢，部下练习骑射的时候，他说：“我这箭射哪儿，你们也得射哪儿。如果有违命者，一律斩首。”大家去打猎的时候，没有跟着冒顿射的人全部被杀了。不久冒顿用这箭射他的爱马，左右有的人不敢射，结果冒顿当场就把没射的人杀掉了。又过了一段时间，冒顿用这箭射妻子，左右有人就傻了，不敢射，冒顿又把他们杀了。几天后，冒顿射头曼的马，左右纷纷搭箭射去，冒顿由此知道手下人都能任他使用了。不久冒顿带着他们跟随头曼一起打猎，冒顿突然搭上响箭向

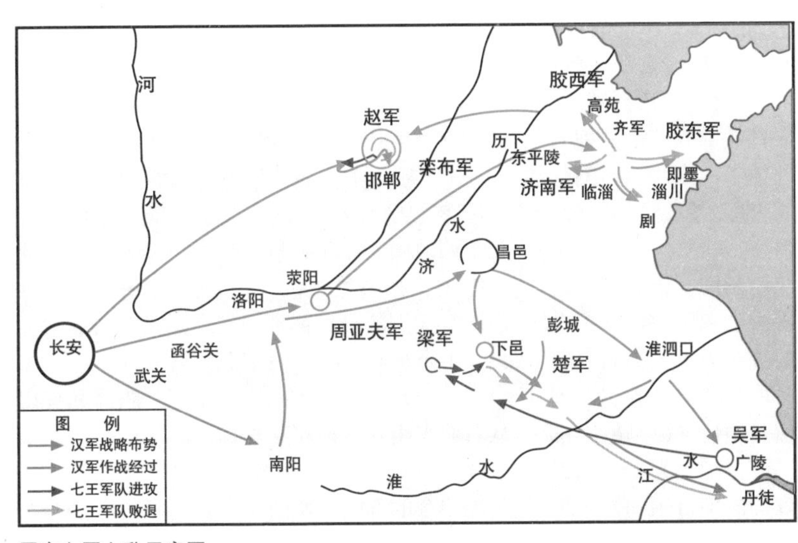

平定七国之乱示意图

中国大事记

公元前154年，汉景帝派周亚夫等率军平定七国之乱。周亚夫战略得当，仅数月即平乱。

头曼射去。手下们纷纷效仿，头曼就这样被射死了。冒顿杀死父亲后，把后母和弟弟还有不听话的大臣全部杀死，自立为单于。

冒顿虽然当上了单于，但匈奴的力量还不够强大，当时最强的是东胡。东胡人听说冒顿杀了父亲，就派使者去告诉冒顿，说东胡王想要头曼那匹千里马。冒顿把大臣召来商量此事，大臣都说："千里马是匈奴的宝贝，不能给东胡。"冒顿却说："怎么能把宝马看得比邻国还重要呢？"于是就把千里马给了东胡人。东胡以为冒顿怕他们，更加嚣张了，竟然派人让冒顿把他妻子送给东胡王。冒顿又把大臣召来商量，大臣们大怒，纷纷说："东胡太过分了！居然要单于的妻子，我们请求攻打东胡！"冒顿慢腾腾地说："哪有把一个女人看得比邻国还重要的？"于是把妻子交给了东胡使者。东胡王见冒顿连自己老婆都肯送来，以为冒顿软弱可欺，就开始向西侵略。当时东胡和匈奴领土之间有一块方圆千里的废弃了的荒地，东胡对冒顿说："那块荒地反正对匈奴也没什么用，干脆给我们吧。"冒顿把大臣召来商量，有人说："这是块废地，给他们也行，不给也行。"冒顿大怒："胡说八道！土地是国家的根本，怎么能随便让给别人？"下令将那些答应割地的人全部推出去斩首。冒顿骑上马，传令全国男子出征东胡，落后者斩。东胡一向看不起冒顿，所以没有防备。冒顿率领大军攻破东胡防线，一举灭掉了东胡。回来的时候又把月氏打败了，兼并了楼烦等少数民族。冒顿乘胜追击，把当年被蒙恬占去的土地全部抢了回来。当时刘邦正和项羽对峙，没有多余的兵力来对付冒顿，所以匈奴很快就强大了起来。

冒顿改革了匈奴的政治制度，设立左、右贤王等职位协助单于处理政事和统率军队，在他的治理下，匈奴军队的战斗力大大提高，很快就攻灭了很多小国家，成为北方的霸主。刘邦统一中原后，将韩王信迁到代，以马邑为都城。匈奴发兵攻打，将马邑包围了起来。韩王信被迫投降，他作为匈奴的向导带领匈奴进攻中原。刘邦见匈奴来袭，率领军队前去抵抗。当时北方正是冬天，很多士兵的手指都被冻掉了。冒顿假装败退，将汉军引诱过来。汉军不知是计，紧紧追赶。冒顿把精锐部队隐藏起来，只派出老弱残兵和汉军作战。刘邦以为匈奴不强，率领32万人贸然出击。为了抢速度，刘邦把步兵甩在了后面，等到达平城后，步兵已经被远远地抛在了后面。冒顿出动40万精锐骑兵将刘邦团团包围在白登山上，一连围了7天之久。刘邦没办法冲出去，只好派人贿赂单于的妻子，让她向冒顿说好话。当时冒顿和韩王信手下大将约好会师，但他们迟迟不到，冒顿怀疑他们有异心，于是就听了妻子的话，放刘邦等人走了。刘邦回国后，采纳了刘敬的意见，和匈奴和亲。至此，西汉对匈奴开始了长达百余年的和亲政策。

少年英雄霍去病

霍去病是西汉大将军卫青的外甥，他母亲是皇后卫子夫的姐姐，所以很得汉武帝的宠信。霍去病很年轻就当了侍中，武艺高强。他18岁那年，卫青出征匈奴，霍去病也加入了军队，被任命为校尉。他率领800名骑兵为先锋，夜袭匈奴军营，大胜而还。回来后审问俘虏才知道刚才偷袭的是匈奴的主营，俘虏的人当中有匈奴的相国、单于的叔叔，还有个单于爷爷一辈的王都被他们杀死了。整场战斗共杀死匈奴2000余人，取得了重大胜利。霍去病初次出征就立了大功，被封为冠军侯。

3年后，霍去病被任命为骠骑将军，率领1万骑兵从陇西出发攻打匈奴，顺带击败了好几个西域国家。杀死折兰王和卢胡王，将浑邪的王子、相国等8000多人执为俘虏，还把休屠国祭天用的金人都带了回来。汉武帝非常高兴，下令加封霍去病两千户食邑。

几个月后，霍去病再次出征，张骞和李广从右北平出兵，两路夹击匈奴。郎中令率领部下4000骑兵先到，匈奴左贤王率领几万骑兵将郎中令的部队团团围住，双方大战两天两夜，死伤过半。张骞好不容易才赶到，匈奴兵于是

历史关注 琴曲《凤求凰》是根据司马相如与卓文君的爱情故事创作而成的。

撤走。张骞误了日期，被废为庶人。霍去病率领大军从北地出发，已经深入敌后，他和合骑侯没有能够及时会合。但霍去病仍然大破匈奴，3万多匈奴人成为刀下鬼，还俘虏了大批匈奴的重臣。霍去病因为这次的功劳又被加封了5000户食邑。当然，霍去病能够取胜也有客观因素。当时汉朝最精锐的部队是任霍去病挑选的，不过他能够勇敢地孤军深入并大获全胜，这也是他的能力。别的将领却经常因为这样那样的原因错过战机，最终获罪。从此霍去病成为和卫青齐名的大将，深得汉武帝的喜爱。

又过了几个月，匈奴单于对浑邪王多次被汉军打败感到很气愤，想把浑邪王杀掉。浑邪王和休屠王商量了一下，决定投降汉朝。汉武帝知道后，怕这两个王是诈降，派霍去病带领人马去接应。霍去病渡过河水后和浑邪人遥遥相望，浑邪王麾下一些部将看见汉军后心生怯意，不想投降，很多人偷偷溜走了。霍去病带兵进入浑邪王的阵地，将那些偷偷逃走的人抓了回来，一口气杀了8000人，带领浑邪王等回到汉朝。因为浑邪王的投降，汉朝撤除了很多防线，让紧张的财政状况得到了缓解。

匈奴人第二年又来入侵，杀死了很多人。一年后，汉武帝决心对匈奴来一次清算。他命令卫青和霍去病各率领5万骑兵，再加上陆续来增援的步兵，一共几十万人，准备出击匈奴。这些人当中，作战勇猛、敢于深入敌后的人基本都集中在霍去病旗下。本来安排的是霍去病从定襄出发，抵挡单于的军队。而俘虏却说单于在另一个方向，于是霍去病改从代郡出发，卫青从定襄出发。

霍去病率领大军长途奔袭1000多里，大破匈奴左贤王的主力部队，一直追到狼居胥山，在当地举行祭祀仪式后班师。这次远征，汉军取得了决定性胜利，匈奴元气大伤，再也没有恢复过来。不过汉军也遭受了很大损失，14万匹战马出征，最后回来的不到3万匹。汉武帝专门设立了大司马这个职位，卫青和霍去病都担任了大司马。

霍去病不喜欢说话，但任侠尚勇。汉武帝

泉亭

相传霍去病大败匈奴后凯旋，汉武帝赐御酒一缸，霍去病倾酒于泉中，与众同饮，后人建此亭以纪念。

曾经想让他学习兵法，霍去病说：“战争情况千变万化，用不着学古人。”汉武帝为了表彰他的功劳，派人专门为他造了一栋住宅，让霍去病去看，想让他高兴一下。霍去病却说：“匈奴还没有灭亡，我哪里有心情安家？”汉武帝因此更加喜欢他了。

大概天妒英才吧，少年将军霍去病竟然不能长命。他没有死在战场上，而是死于疾病。一场暴病夺走了他的生命，死时年仅23岁。

大才子司马相如

蜀郡成都出了个大才子，名叫司马相如。他在汉景帝时期担任武骑常侍，但汉景帝对文学不感兴趣，所以司马相如就去当了梁王的门客，写了《子虚赋》。

梁王死后，司马相如回到了故乡，穷得没法过日子。临邛县令王吉和他关系不错，就把他接到临邛居住。临邛富人很多，其中卓王孙和程郑最富。有一天他们请王吉吃饭，中午的时候王吉让人去请司马相如。司马相如以生病为借口拒绝了，后来实在盛情难却，勉强过来赴宴。喝了一会儿酒后，王吉说：“听说司马相如琴弹得不错，希望今天表演一下。”司马相如再三推辞，最后还是答应了。当时卓王孙的女儿卓文君刚刚守寡，她很喜欢音乐。司马相如早就看上了她，借弹琴来挑逗她。这次弹

中国大事记 公元前147年，周亚夫因干预景帝废立太子而被免职，后以谋反罪入狱，绝食而死。

琴的时候，卓文君从窗户偷偷看，也喜欢上了司马相如。酒席散去后，司马相如让人偷偷贿赂卓文君的侍婢，向卓文君献殷勤。卓文君当天晚上就从家里跑出来，和司马相如私奔了。司马相如带着卓文君逃回了成都，过起了穷日子。卓王孙听说女儿私奔，大怒道："生个女儿竟然这样无耻，我不忍心杀她，但休想让我给她一文钱！"有人劝卓王孙，但根本没用。日子长了，卓文君不高兴了，对丈夫说："你应该回临邛去，做点生意也能过活，何必穷成这样！"司马相如于是带着她回到了临邛，把车马都卖了，买了一个小酒店，以卖酒为生。卓文君担任掌柜，司马相如和佣人们一起做低贱的工作。卓王孙听说后把这事当成耻辱，闭门不出。他的兄弟们劝他道："你已经有一个儿子两个女儿了，你欠缺的又不是钱。现在卓文君已经失身于司马相如了，司马相如虽然穷，但很有才气，再说他还曾经是你的客人，何必这样侮辱他们呢？"卓王孙没办法，只好给了司马相如夫妇100个佣人和100万钱等许多财物。卓文君就和司马相如一起回到成都，买田买房，过上了富裕的生活。

汉武帝当上了皇帝，他喜欢读《子虚赋》，以为是古人写的，于是叹息道："真可惜我不能和作者生于同一时代啊！"狗监杨得意是蜀人，正好在旁边伺候，他上奏道："我的同乡司马相如说这赋是他写的。"汉武帝大惊，马上下令将司马相如召进宫询问。司马相如回答道："这赋确实是我写的，不过这是以前在梁王府上写的，没什么可读的。我请求让我写天子游猎赋，写好后再请皇上看。"汉武帝同意了，让人拿来笔墨，让司马相如写。司马相如一挥而就，汉武帝看了之后很高兴，当场拜他为郎。

几年后，汉朝和西南的夜郎国建立了关系，在巴蜀地区征发了1000多士兵，还为漕运征发了1万多人。巴蜀地区的人民都很害怕，汉武帝让司马相如去安抚。司马相如圆满完成任务归来，受到重赏。当时陈皇后被打入冷宫，一直想重新得到汉武帝的宠爱。陈皇后和汉武帝是青梅竹马的恋人，很想让汉武帝回忆起当年的幸福生活。她听说汉武帝最爱读司马相如写的赋，于是出重金请司马相如写了一篇《长门赋》，想以此挽回皇帝的心。司马相如的文笔虽好，但汉武帝早就移情别恋，区区文章如何能挽回他的心？所以陈皇后最终还是失败了。

不久有人告发司马相如收受贿赂，汉武帝就罢了他的官，一年后又重新任命他为郎。司马相如虽然文章写得好，却是个口吃之人，还患有消渴之症。和卓文君结婚后，生活上是富裕了，仕途也比较顺利，但他不愿意参与国家大事，所以干脆称病闲居。他经常随从汉武帝打猎，当时汉武帝喜欢和猛兽搏斗，司马相如上书劝谏，最后让汉武帝放弃了这个危险的爱好。

司马相如消渴之症一直没有好，最后还是死了。他临死前，汉武帝对随从说："司马相如病得这么厉害，你马上去他家把他写的书拿来，不然失传了就不好了。"使者赶到他家时司马相如已经死了。使者问卓文君书在哪里，卓文君回答道："我丈夫没有留下什么书。他每次写了文章后没多久，别人就拿去了。他还没死的时候写了一卷书，说如果有使者来要的话就给他，除此以外没有别的书了。"原来那书上写的是封禅的事，汉武帝看了之后很奇怪。但八年后，汉武帝果然去泰山封禅了。

司马相如《子虚赋》书影

汉书

《汉书》共120卷，为东汉班固所著。起自汉高祖元年（公元前206年），止于王莽地皇四年（公元23年），为我国第一部纪传体断代史。《汉书》不但包举一代，文赡事详，还系统地叙述了西汉的经济制度、社会矛盾，为研究西汉历史提供了极其重要的资料。

中国大事记　公元前144年，匈奴侵入雁门，李广时为上郡太守，施巧计退敌。

霸王乌江自刎

公元前202年，刘邦率军将项羽围困在垓下，项羽的粮草很快就要吃光了。刘邦为了瓦解楚军的斗志，命令士兵大声唱楚地的民歌。项羽听到后，惊奇地说："难道楚地已经被刘邦夺走了吗？不然怎么会有那么多楚人啊？"于是叫爱妾虞姬陪他喝酒，项羽愁上心头，泪如雨下，周围的侍从都忍不住哭了。

项羽决定马上突围，他率领800多个骑兵，当天晚上就杀出重围向南逃去。天亮后汉军才发现项羽跑了，于是派灌婴率领5000骑兵追赶。项羽带领手下慌不择路地乱跑，很多人都走散了，等渡过淮水后，身边只剩下100多人了。项羽迷失了方向，于是向一个正在耕地的老头问路。那老头骗他说向左拐，项羽听信了他的话向左走了。谁知道左边是一片沼泽地，结果他们只好回头。时间就这样被耽搁了，最后他们被汉军追上了。

项羽率领部下边杀边退，走到东城的时候，身边只剩下28个人了。而汉军有数千追兵，项羽知道自己跑不掉了，对部下说："我起兵以来到现在已经8年了，前前后后打了70多仗，从来没有输过，所以才能称霸天下。现在落到这步田地，是上天要亡我，不是我打仗不行。今天肯定是要战死了，我愿意为各位速战一场，杀掉敌人的将领并把他们的旗帜砍倒，然后才能战死。我要让你们知道，不是我打仗无能，而是上天要灭亡我啊！"他把部下分成4队，摆成圆形阵势，面朝外面。汉军把他们围了好几层。项羽对手下的骑兵们说："我现在就为你们斩杀敌人的一个将领！"于是下令4队人从4个方向冲下山，约定在山的东面集合。项羽大声呼喊着冲下山，汉军纷纷败退。项羽很快就杀入敌阵砍死一个将领。当时杨喜是一个郎骑，他死死追赶项羽，项羽回过头来冲他大吼一声，杨喜和他的马都被吓住了，赶紧掉头逃命，一口气跑了好几里才敢停下来。项羽带着人马赶往山的东面和另外3队骑兵会合。汉军不知道项羽在哪一队里面，只好分出人马把他们围了起来。项羽冲进敌阵，又杀死了一个都尉和一些士兵。然后把人马集合起来，只损失了两个骑兵。他问手下："怎么样？"骑兵都佩服地说："确实像大王您说的那样。"

项羽接着往东跑，来到乌江岸边。乌江的亭长把船靠在岸边等着他，对项羽说："江东虽然地方小，但方圆也有千里，人口有几十万。希望大王赶快渡过去。现在只有我有船，汉军就算来了他们也过不去。这样大王还可以在江东称王，以后还可以回来争夺天下。"项羽仰天大笑："这是上天要灭亡我，渡过去又有什么用？再说当初我起兵的时候从江东带了8000子弟兵过来，现在只剩我一个人回去。就算江东的父老乡亲他们可怜我而让我做他们的王，我还有什么脸面去见他们？即使他们不说什么，我项羽难道心里不会有愧吗？！"接着他又说道："我知道您是个厚道的长者。这匹马我骑了5年了，骑着它所向无敌，一天能跑1000里路。我不忍心杀它，就把它送给您吧！"

项羽命令手下都把马放了，步行着手持短兵器冲向敌群。26个部下都战死了，项羽一个人杀了几百

霸王别姬　年画

这是杨柳青年画中表现项羽兵败、痛别虞姬的场面，可见"霸王别姬"的故事在民间流传之广。

历史关注 | 汉初，盛行楚声短歌，今传有项羽的《垓下歌》、刘邦的《大风歌》等。

个敌人，自己也受了十几处伤。正在这时候，他回头看见汉军骑兵司马吕马童，对他说："你不是我以前认识的人吗？"吕马童面朝项羽，对王翳说："这就是项羽大王。"项羽说道："我听说汉王刘邦用一千斤黄金和一万户的封地来买我的人头，我就让你去得这笔赏赐吧。"于是拔剑自刎了。王翳上前割了他的头，其他人都疯狂地冲上去抢夺项羽的尸体，为了抢到尸体还相互残杀了几十个人。最后杨喜、吕马童、郎中吕胜和杨武各抢到项羽的一截肢体。所以刘邦把那笔赏赐分成5部分，分别赏赐给了他们5个人，5个人都因此被封为列侯。

刘邦以鲁公的称号将项羽埋葬在谷城。项羽的亲戚一个都不杀掉，并且封项伯等4个人为列侯，赐他们姓刘。

贾谊英年早逝

贾谊是西汉有名的才子。他18岁的时候就因为精通诗书、文章写得漂亮而在家乡广受好评。当时的河南太守吴公听说贾谊很有才华，就把他召到自己门下。后来汉文帝当上皇帝，听说吴公政绩是全国第一，而且还是秦朝丞相李斯的同乡和学生，精通法律，所以把他调到京城当廷尉。吴公向汉文帝推荐贾谊，说他虽然很年轻，但对诸子百家的著作却非常精通，是个难得一见的奇才。汉文帝就召见了贾谊，让他做了博士官。

贾谊只有二十几岁，在所有博士当中他是最小的。每次皇帝颁布诏书，都让博士们发表意见，那些岁数大的博士还没开口说话，贾谊就从各方面发表了自己的意见，每个人都觉得他说出了自己的心里话，所以大家都公认他最有学问。汉文帝知道这个情况后非常高兴，于是破格提拔贾谊，当年就让他做了太中大夫。

贾谊起草了一套他认为合理的礼仪规定，并向皇帝上奏。汉文帝认为现在还不是实施的时候，但各种法令的变更以及列侯们到自己的封地就任这些规定，都是贾谊最早提出来的。汉文帝很喜欢贾谊，想让他担任公卿的职务，但周勃、灌婴、冯敬等人很嫉妒贾谊，他们在汉文帝面前说贾谊的坏话。久而久之，汉文帝也渐渐疏远了贾谊，不再听他的建议，让他做了长沙王的太傅，把他赶出了京城。

当时长沙还是比较荒凉的地方，贾谊心情非常压抑，他在渡湘水的时候，想起了屈原，于是写赋来凭吊屈原。贾谊觉得自己的命运和屈原相似，虽然写的赋是凭吊屈原的，但实际上是借以抒发自己的郁闷心情。

一年多以后，汉文帝想起了这个优秀的年轻人，把他召到京城。接见的时候汉文帝正在吃祭祀用过的肉，于是就向贾谊询问关于人和鬼神之间关系的问题。贾谊做了全面的回答，汉文帝越听越有兴趣，渐渐从宝座上坐到了贾谊的面前。贾谊走后，汉文帝感叹道："我很久没有见到贾谊了，以为自己已经超过了他，谁知道还是不如他啊！"梁王是汉文帝的小儿子，喜欢读书，汉文帝非常宠爱他，于是让贾谊当他的老师。

当时汉朝刚刚安定不久，制度还不够完善，淮南王和济北王都因为谋反被杀了。贾谊多次上书说要改革，认为应该提倡道德，不应该乱杀大臣和诸侯。当时周勃因为被人诬告谋反被抓，后来查明并无此事，于是恢复了他的爵位和封地。贾谊拿这事来比喻，说要让臣子们讲道德，讲礼节。从此以后，诸侯和大臣们有罪都让他们自杀，而不是让他们受死刑（古代刑不上大夫，一般不对高级官员处以刑罚，这是统治阶级的一种特权）。直到汉武帝的时候才恢复对诸侯和大臣处刑的制度。

贾谊像

贾谊写有《鹏鸟赋》，是早期汉赋的代表作。

中国大事记 公元前141年，汉景帝去世，太子刘彻即位，是为汉武帝。

汉文帝是以代王的身份当上皇帝的，代这个地方是他原先的封地，他当上皇帝后就把这个地方封给了他的儿子刘武，还把其他儿子都封了王，封给他们许多土地。贾谊向皇帝上书，建议在各个诸侯们之间搞平衡，让他们互相牵制，不要出现几个诸侯特别强大的情况，这样就不会重演战国时代的悲剧。皇帝采纳了他的建议。

后来汉文帝封因谋反而被贬到外地而死的淮南王的儿子为侯，贾谊担心皇帝会进而封他们为王，于是劝阻汉文帝，告诉他要是让他们发展起自己的势力，到时候万一有人要报仇的话，国家就麻烦了。但汉文帝没有理睬。

贾谊辅佐的梁王不久之后在一次打猎中不小心从马上摔下来死掉了。贾谊认为是自己没有尽到太傅的责任，非常自责，一年后也郁郁而终，死的时候才33岁。

周亚夫的细柳营

周亚夫是太尉周勃的儿子，周勃死后，大儿子周胜之继承了父亲的爵位，并娶公主为妻。因为和公主感情不太好，再加上犯了杀人罪，他死后封国和爵位就被废除了。过了一年时间，汉文帝觉得周勃立了那么大的功劳，他的后代没有爵位说不过去，于是选择封周勃儿子中比较贤能的周亚夫为列侯。

公元前158年，匈奴大举入侵，汉文帝派了3个将军驻守重要关口。宗正刘礼率军驻扎在灞上，祝兹侯徐厉驻扎在棘门，而周亚夫则驻扎在细柳。

有一天，汉文帝决定去慰问他们，他先到灞上，灞上的军队见到皇帝来了，高兴还来不及，纷纷跑出来迎接，皇帝的车马在营地里走来走去，根本没有人敢阻拦。刘礼还亲自下马迎送。汉文帝又去了棘门，得到了同样的待遇。

可到了细柳就不一样了。哨兵远远就看见有大队人马向细柳开过来，马上把情况通知下去。军官们都身着重重铠甲，士兵拿着锋利的武器，拉弓搭箭，弓弦拉得满满的，随时都可以射出去。为汉文帝开路的前驱部队先到，在细柳大营门口被守门的军官拦住不让进。前驱部队的将领说："天子马上就要到了！"军官说："在军队里面只听从将军的军令，将军没有下令，说什么都没用。即使皇上下诏书也不能放你们进去！"前驱部队的人一个个气得脸都紫了。不久，汉文帝的大队人马到了，仍然不让进。汉文帝也没有办法，只好派了一个使者拿着表示身份的符节去给周亚夫下诏令，告诉他，皇帝想进去慰劳军队。周亚夫这才下令打开大门让他们进来。车马刚进大门，守门的士兵告诉他们："将军有令：军营里车马不得奔驰。"汉文帝只好让车慢慢前进。好容易走到周亚夫所在的中营，周亚夫这时候全副武装，并没有跪下磕头，只是对汉文帝作了一个揖，他解释道："穿着盔甲的人不能下拜，所以我只能向皇上行军礼。"汉文帝很感动，扶着车前的横木弯了下腰，作为答礼，并派人去各军营宣诏："皇帝前来慰问将士们。"事情办完后就回去了。

出了细柳大营的军门后，大家都愤愤不平，认为周亚夫竟然对皇帝如此地不尊敬，实在匪夷所思。汉文帝却赞叹道："这才是真正的将军啊！刚才灞上和棘门的人和周亚夫比就像小孩子玩游戏一样，如果匈奴前来偷袭的话，他

周亚夫像

历史关注

金缕玉衣是汉代规格最高的丧葬殓服，大致出现在西汉文景时期。

·七国之乱·

刘邦在剪灭异姓王后，又大封同姓王，企图靠血缘关系来维护汉朝的统治。这些同姓王拥兵自重，势力强大，对中央政权构成了严重威胁。

汉景帝采纳御史大夫晁错的建议削藩，引起诸侯王们的不满，于是以吴王刘濞、楚王刘戊为首的吴、楚、赵、胶东、胶西、济南、淄川七国，打着“诛晁错，清君侧”的旗号，发动叛乱。景帝被迫杀了晁错，但七国之乱不但没有停止，反而愈演愈烈。景帝只好派太尉周亚夫、大将军窦婴率军平叛。

汉景帝的弟弟梁王坚守睢阳，遏制了叛军的攻势，周亚夫以坚壁固守的战术，多次挫败吴楚联军的进攻。叛军兵疲师劳、缺少粮草，只得退兵，周亚夫率军追击，大败之，刘濞逃窜，被东越人所杀，刘戊自杀，其他五国也很快被平定。

平定了七国之乱后，汉景帝借机削减诸侯国领土，并把诸侯任免官吏的权力收回，中央政权得以巩固。

们肯定会吃败仗而被俘虏的。至于周亚夫，如果想偷袭他，你们认为能办到吗？”汉文帝对周亚夫赞不绝口，就这个话题说了好久。

不久，匈奴撤走了，汉文帝就把那 3 支军队撤了回来，并拜周亚夫为中尉（负责京城治安的军事长官）。

汉文帝临死的时候告诫太子：“如果有紧急情况发生，周亚夫是可以真正统率军队的人，让他应付准错不了。”汉景帝牢牢记住了这话，即位后任命周亚夫为车骑将军。

又过了几年，吴国、楚国等 7 个诸侯国联合发动叛乱。汉景帝认为将重任交给周亚夫的时机已经到了，于是将他从中尉提拔成太尉，前去剿灭叛军。周亚夫向皇帝上书，认为叛军现在士气正旺，不能和他们直接交锋，所以先让他们攻占梁国，然后再找机会切断他们的粮道，这样就可以轻松获胜。汉景帝同意了他的请求。

周亚夫立刻率军出发，走到灞上的时候，一个叫赵涉的人拦住了他，向他献计，建议攻打洛阳，从偏路进攻叛军，杀他们一个出其不意。周亚夫听从了他的建议。

当时叛军正在攻打梁国，梁国快支持不住了，请求救援。周亚夫却按兵不动。梁王派人向周亚夫求救，周亚夫仍然不理会。梁王和汉景帝是亲兄弟，感情非常深厚，他向汉景帝上书，汉景帝心痛弟弟，生怕他有个三长两短，下令周亚夫前去支援，周亚夫还是坚守不出。他派人切断了叛军的粮道，叛军吃不饱肚子，想撤兵，但后路又被周亚夫堵住了。他们多次挑战，周亚夫就是不理会。有一次周亚夫军中突然惊乱了起来，自相残杀，都闹到周亚夫的帐下了。但周亚夫不为所动，仍然睡大觉。士兵们见主帅如此镇定，过了一会儿就平息下来了。叛军假装攻打汉军的东南，而周亚夫看出这是声东击西之计，于是派人去西北防守，叛军果然派遣精锐部队前来攻打西北，由于早有防备，叛军攻了很久都攻不下来。叛军粮食吃光了，只好撤退。周亚夫抓住这个机会，率军追赶，将叛军打得大败。不久，叛军首领吴王被杀，叛乱很快就平息了。

江充诬陷太子

江充是一个普通的老百姓，本名叫江齐，他有个妹妹善于弹琴和跳舞，被赵国太子刘丹看上，江齐得以攀龙附凤，成为赵王宫的座上客，再加上他善于溜须拍马，很快就获得了赵王的信任。

过了很久，刘丹怀疑江齐把自己的隐私告诉了父亲，于是和江齐闹翻了。他派人前去逮捕江齐，但江齐事先得到消息逃跑了。刘丹很生气，就把江齐的父亲和哥哥抓起来杀掉了。江齐改名为江充，跑到长安，向朝廷告发刘丹和同父异母的姐姐还有赵王后宫的女子有不正当男女关系，而且和各地的豪强地主也有勾结，四处为非作歹，官府根本不敢管。汉武帝接到

中国大事记 公元前138年，张骞第一次出使西域。汉武帝派张骞出使西域联络大月氏，以图夹击匈奴。

告发信后大怒，于是派人前去捉拿刘丹，然后把他关起来审讯，准备依法处死。

赵王是汉武帝同父异母的哥哥，他向汉武帝上书："江充是赵国逃亡的一个小臣，专门干坏事造谣，让陛下发怒，企图利用陛下来报他的私仇，即使以后他受到下油锅的惩罚，他都不会后悔。我愿意选取赵国的勇士，跟随大军前去征讨匈奴，一定会竭尽全力杀敌，来替我的儿子刘丹赎罪。"汉武帝正在气头上，没有答应他的请求，还是把刘丹杀掉了。

江充这个人身材魁梧，相貌堂堂，汉武帝第一次见他就对他印象很好，问他一些有关政治方面的事，他的回答也让汉武帝很满意。

江充曾出使匈奴，获得了成功。回来后被任命为专门查禁盗贼和越界行为的官员。当时贵族们有违反规定的行为，江充对他们举报弹劾，没收他们的车马，并让他们去禁卫军待命，随时准备去和匈奴作战。汉武帝对他的请求全部批准，江充前去捉拿那些人，又下令不准他们随便进出皇宫。消息传出后，那些人都惶恐不安，纷纷跑到汉武帝跟前求情，愿意用钱来赎罪。汉武帝同意了，前前后后共缴纳了数千万的罚金。汉武帝通过这件事认为江充刚正不阿，敢于和权贵作斗争，更加欣赏他了。

有一次，江充遇到太子的部下驾驶车马在道路上行驶，于是把车上的人抓了起来。太子知道这件事后派人向江充道歉："不是我舍不得那些车马，实在是不想让皇上知道这事，以为我平时管教下属不严格。您就宽恕一次吧。"江充根本不给太子面子，还是把这事报告给了汉武帝。汉武帝夸奖他说："作为臣子，就应该这样！"于是江充再次巩固了自己的地位，从此更加任意妄为，想抓谁就抓谁。不久他被提拔为水衡都尉，他的亲友们大多仰仗他的势力为非作歹，没过多久，江充因为犯法而被撤职。

正好这个时候，有名的大侠朱安世告发丞相公孙贺的儿子公孙敬声秘密从事巫蛊诅咒方面的勾当，并牵连了两个公主进来。公孙贺父子因为这件事而被处死。后来汉武帝得了场病，江充认为汉武帝可能活不了多久了，害怕太子即位后会报复他，于是趁机捣鬼。他向汉武帝上书，说汉武帝的病是因为有人在用巫蛊诅咒他，汉武帝命令江充追查这件事。江充就带着巫师到处搜查巫蛊诅咒用的木偶，把那些使用过巫术和晚上出来祭祀鬼神的人都抓了起来。他让巫师假装能看见鬼，故意把酒洒在某个想陷害的人的土地上，说是有人在这个地方施展巫术，然后就把那人抓起来，用烧红了的铁钳子烙在人身上，强迫他承认罪状，大搞严刑逼供。老百姓们也纷纷用巫蛊这个罪名互相诬告，当官的动不动就给人家安上大逆不道的罪名。结果因为巫蛊这种罪名被处死的前前后后多达数万人。

汉武帝岁数大了，总是怀疑周围的人要害他，所以被怀疑施巫蛊的人不管是不是被冤枉的，都没有人敢替他们鸣冤。江充充分了解到汉武帝的想法，上书说宫里面有人施蛊术，汉武帝下令他进宫调查。他先调查那些不受宠幸的妃子，接着就调查已经失宠的卫皇后。最后他跑到太子宫里面挖掘，居然挖出一个用桐木雕刻的木偶出来。太子根本没想到会有这东西，但这的确是从他宫里挖出来的，他跳进黄河都洗不清了。太子很清楚，自己的母亲卫皇后已经失宠，自己的地位本来就不稳固，皇帝肯定不会相信自己的。太子越想越气，把一腔怒火全部发泄到江充的身上。他决定铤而走险，亲自带兵去把江充抓了起来，大骂道："你这个赵国的奴才，你陷害了你们赵国国王父子还不够，现在又来陷害我们父子了！"说完就把江充杀掉了。

汉武帝以为太子要造反，暴跳如雷，下令把太子抓起来。太子见事情闹大了，只好逃走。后来躲到一户卖草鞋的人家里，不小心暴露了行踪，官兵赶来抓他。太子见不能逃走了，上吊自杀了，他的两个儿子也被杀死了。后来汉武帝知道了事情的真相，非常后悔和悲痛，就把江充的全家人都杀掉，并造了思子宫来怀念太子。就这样，一个小小的奸臣把国家未来的皇帝给害死了。

历史关注

汉武帝时置太学，立五经博士。

罢黜百家，独尊儒术

董仲舒从小就对《春秋》很有兴趣，汉景帝的时候他被任命为博士。他研究学问非常专心，以至于他家的后花园很多年都没有去看过。他的日常生活和一举一动都按照礼法的要求去做，所以很多学者都把他当作老师来尊敬。

汉武帝即位后，征召了一百多名学者为贤良文学，参加对策。其中董仲舒前后3次上书议论朝政，提倡用儒家思想统治天下，而排斥其他的思想。他的建议引起了汉武帝的重视。对策结束后他被任命为江都相，侍奉易王。易王是汉武帝的哥哥，向来很骄横，又喜欢武力，而董仲舒辅佐他期间用礼法和仁义的道理纠正他的错误，所以易王非常尊重他。

董仲舒认为上天和人之间是有感应的，所以他在治理国家期间，用《春秋》上论述灾害的变化来推论天地阴阳之间的道理，从来没有失败过。后来辽东高庙和长陵高园的宫殿失火，董仲舒在家里用天人感应的道理推论其中的原因，刚打好草稿，被前来拜访的主父偃瞧见了。他偷看了草稿后非常妒忌，把草稿偷走上奏给皇帝。汉武帝把儒生们召来让他们讨论。董仲舒的学生吕步舒不知道那是董仲舒的稿子，贸然发表意见说那上面的说法实在太愚蠢了。结果查出来是董仲舒写的，于是把他抓起来审讯，判了死罪。汉武帝觉得把董仲舒这么有才的人杀了太可惜了，所以下诏书把他赦免了。董仲舒逃过一死后，从此再也不敢随便讨论灾害怪异的原因了。

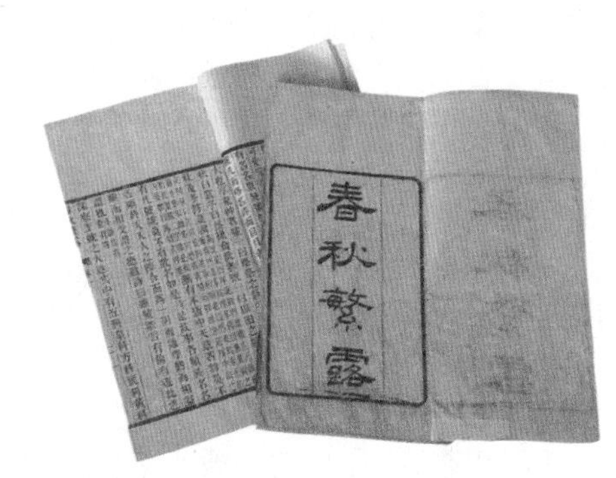

《春秋繁露》书影　西汉

董仲舒在《春秋繁露》中提出了“三纲五常”的封建道德规范。

董仲舒是个很廉洁正直的人，当时有个叫公孙弘的人也是个学者，但他对《春秋》的研究不如董仲舒。不过公孙弘办事比较圆滑，能迎合世俗，当了公卿一类的大官。董仲舒认为他是靠阿谀奉承才爬到高位的，很看不起他。公孙弘本来就很妒忌董仲舒，再加上董仲舒看不起他，所以两人关系很差。汉武帝的另一个哥哥胶西王也是个骄横跋扈的人，经常倚仗权势迫害那些太守一级的政府官员，汉武帝对他很头痛，但也拿哥哥没有办法。公孙弘对汉武帝说：“要教育胶西王，只有董仲舒才能办到。”他认为董仲舒的性格和胶西王肯定合不来，一定会受到羞辱。

结果董仲舒到了胶西王那儿后，胶西王知道他是个很伟大的学者，于是对他特别好，非

·察举制·

汉武帝初年，儒生董仲舒提出了让列侯郡守二千石各自选择自己管辖范围内的贤者，每年选择两名向朝廷推荐。到了元光元年（公元前134年），汉武帝向全国下令，各郡国举孝、廉各一人，郡国岁举孝廉的察举制度就这样建立起来了。一开始，各郡国对中央要求举孝廉并不重视，有的郡根本不举荐一人。汉武帝规定了严厉的惩罚措施：二千石如果不举孝，就是不奉行诏令，应当以不敬论罪；不举廉，就是不胜任，应当免官。从此，孝廉一科成为士大夫的主要仕进途径，被推举的孝廉多数在郎署供职，然后由郎迁为尚书、侍中、侍御史，或外任县令长丞尉，再迁为刺史、太守。武帝还令公卿、郡国不定期地举荐茂才、贤良方正、文学等，以从中选拔一些人才。

中国大事记	公元前130年，匈奴进攻上谷，汉武帝派卫青、公孙敖、李广、公孙贺等人率军出击，除卫青外，余皆失利。

常尊重他。但董仲舒知道胶西王本性难改，他怕时间长了还是会获罪，就称病辞职了。董仲舒一共辅佐过两个骄横的诸侯王，都得到了敬重，他始终先端正自己再领导下属，所以他治理的地方都井井有条。董仲舒回到老家后，从来也不过问家里的产业，而是把全部精力都投入写书和研究学问上。

虽然董仲舒已经辞官，但汉武帝并没有忘记他。每当朝廷有什么重大的争议，汉武帝都会派人和廷尉张汤一起去咨询他的意见，从他的回答中得出有益的结论。汉武帝刚即位的时候，窦婴和田蚡都很推崇儒家思想。到了董仲舒对策的时候，就把孔子摆到很高的位置，而罢黜其他诸子百家的思想。另外还确立专门管理学校教育的官员，让地方上推荐秀才和孝廉等等，这些措施都是董仲舒提出来的。董仲舒死后，他的儿孙都通过学习当了大官。

刘向认为董仲舒是难得的辅佐帝王的人才，就连伊尹和姜子牙都不能超过他，至于管仲和晏婴等人根本就不能和他比。而刘向的儿子则认为他父亲的话有问题，他认为伊尹和姜子牙是圣人，能和他们相比的只有孔子。董仲舒处在学术非常支离破碎的时代，他能够发奋钻研学问，成为当时学者的首领，确实已经很了不起了，但和孔子的得意门生子游和子夏等人比还有点差距，更不用说管仲等人了。不过他还是把董仲舒看成是一位伟大的学者。

从奴隶到将军

卫青是驸马平阳侯曹寿家里的奴婢卫媪和一个小吏郑季的私生子。卫媪很风流，先后和不同的男子生下了三子三女，由于是奴婢所生，所以卫青一生下来就是奴隶的身份。

卫青小时候由他父亲抚养，给家里放羊。郑季的老婆生的儿子都对卫青不好，把他当奴隶而不是当兄弟看待。曾经有个人给卫青相过面，说他是贵人，以后肯定可以封侯。卫青根本不相信，他说："我是奴婢的儿子，能吃饱饭，不成天挨打受骂就很满意了，哪儿还敢奢望封侯啊！"

卫青成年后回到曹寿家，当了一名骑马随从，专门扈从曹寿的妻子平阳公主。不久，卫青同母异父的姐姐卫子夫进了宫，受到汉武帝的宠幸。当时的皇后陈皇后没有生儿子，当她听说卫子夫怀孕后非常嫉妒，于是派人把卫青抓了起来，想让这个坏消息打击卫子夫，使其流产。当时卫青在建章宫当差，皇后要抓他跟掐死一只蚂蚁一样容易，卫青被不明不白地关了起来。卫青的好朋友公孙敖找了几个壮士跑到囚禁卫青的地方把他救了出来，这才捡回一条命。

汉武帝知道这件事后，就给卫青升了官，这样皇后就不敢拿他怎么样了。后来卫子夫越来越受宠，卫家从此飞黄腾达，卫青的几个兄弟姐妹都富贵了。再后来，卫子夫做了夫人，卫青也因这个关系被提拔为太中大夫。

不久，卫青被任命为车骑将军，带领一支部队和另外3个将军分四路进军攻打匈奴。其他3个将军都打了败仗，只有卫青避开了敌人的主力，偷袭敌人防守薄弱的龙城，打了胜仗，斩杀了数百个敌人。卫青的军事才能得到了汉武帝的欣赏，被封为关内侯。

卫子夫生了儿子之后被立为皇后，卫青的地位也更加稳固了。这一年他率领3万骑兵进攻匈奴，杀了数千敌人。第二年他又率军出击，俘虏数千人，还捕获了敌人100多万头牲畜，夺得了大片土地。汉武帝把这片土地立为朔方郡，并封卫青为长平侯。

卫青的地位越来越高，而他以前的主人曹寿却去世了，平阳公主决定再嫁。她问随从们："现在哪个侯最好？"大家都推荐卫青。公主笑着说："卫青是我家的人，以前是跟从我的骑马随从，我怎么能嫁给他呢？"大家都说："卫青现在尊贵了，再说他姐姐是皇后，他现在的身份是不会辱没公主的。"公主便同意了。她把改嫁卫青的想法告诉了皇后，皇后很赞成，对汉武帝进言。汉武帝也希望自己的姐姐生活幸福，于是下诏书命令卫青娶公主为妻，卫青就这样当上了驸马。

历史关注 汉武帝时，我国开始实行盐业专卖。

漠北之战绘画

公元前119年的漠北之战重创匈奴主力，使危害汉朝百余年的边患问题基本得到解决。

公元前124年，卫青又一次率领3万骑兵讨伐匈奴，打了个大胜仗，当时匈奴右贤王以为汉军不会来，天天饮酒作乐，醉得一塌糊涂。结果被汉军杀了个措手不及，右贤王赶紧带着一个爱妾和几百个贴身侍卫杀出重围逃了。右贤王的部队全部被歼灭，虽然让右贤王逃跑了，但俘虏了小王十多人和1.5万多匈奴人。

卫青带领军队刚刚回到边境，汉武帝就派使者捧着大将军的印，当场拜卫青为大将军。汉武帝为了表彰卫青的战功，给他增封了8700户的封邑，连他3个还在吃奶的儿子都被封侯。卫青坚决谢绝，他说："这次能取胜全靠陛下的福气还有将士们浴血奋战，陛下已经格外开恩奖赏了我。而我的儿子还在吃奶，半点功劳都没有，陛下却也给他们封侯。这不是我带兵打仗和激励将士们奋战的本意。我那3个儿子绝对不能领受封赐！"汉武帝很感动，他告诉卫青："我并没有忘记众将士的功劳，本来打算这事办好就封赏他们的。"于是封了卫青手下10个部将为侯。

由于对匈奴作战连连告捷，汉武帝树立了信心，决定对匈奴发动总攻，一举根除祸患。公元前119年，汉武帝派卫青和他的侄子霍去病各带5万精兵，两路夹击匈奴。卫青率军从定襄郡出发，行军1000多里，穿越沙漠，与匈奴单于的部队决战。当时匈奴以逸待劳，优势很大。卫青下令用武刚车围绕在四周防御，自己亲自率领5000骑兵前去交战。匈奴派出1万骑兵迎战。这个时候天阴了下来，又刮起了大风，风沙满天飞，双方根本看不到对方。卫青又调骑兵从两翼包抄，单于见汉军人数众多，战斗力强，怕打下去对自己不利，趁傍晚的时候乘坐骡车带领几百个骑兵向西北方向逃走。这个时候天已经黑了，双方摸黑厮杀，死伤大致相等。不久汉军俘虏了一个匈奴人，从他口中得知匈奴单于已经逃跑了，于是派骑兵连夜追赶，大军紧随其后。一直追到天亮，行军200多里，但还是让单于跑了。这一仗歼灭匈奴主力部队1万多人，汉军一直追到赵信城。

霍去病的部队也大败匈奴左贤王，汉军取得全胜。这是汉朝历史上规模最大、进军最远的一次征伐。从此以后，匈奴彻底丧失了大规模入侵汉朝的实力，卫青也因此成为人们敬仰的英雄。

卜式为国捐财

卜式是南方一个普通的农民，从事农牧业。他有个弟弟，等弟弟长大后，他和弟弟分了家，把全部土地、房子和钱财都分给了弟弟，自己只分走100多头羊。卜式在山里放羊为生，他很会养羊，10多年后，羊繁殖出了1000多头，而且他还用养羊得来的钱买了土地和房子。当时他那个弟弟已经破产了，卜式很心疼弟弟，于是连续好几次把自己的家产重新分配给弟弟。

卜式很爱国，他听说国家正在和匈奴打仗，于是向皇帝上书，表示愿意把自己一半财产捐给国家，用来支援前线作战的官兵。汉武

中国大事记 | 公元前104年，司马迁开始著述《史记》。

帝觉得很奇怪，派人来问他是不是想当官。卜式说："我只是个放羊的，只会放羊，既不会也不想当官。"使者问他："那你是不是有什么冤屈，打算上告？"卜式说："我从来不和别人争执，没钱的人我借钱给他，品行不好的人我教育他，他们都很顺从我，我哪儿来的冤屈啊？"使者觉得更奇怪了，于是问："那你到底想要什么呢？"卜式说："我听说国家和匈奴在打仗，我认为贤人就应该为了国家民族而献身，有钱的人就应该捐钱，只有这样才能把匈奴消灭。"使者很感动，回去把他的话传达给了汉武帝。汉武帝把这事跟丞相桑弘羊说了，桑弘羊说："这不是人的真实情感，可能不怀好意，不能为了教化百姓而扰乱法制，所以最好不要答应他。"所以汉武帝没有答复卜式，他捐财的事也不了了之。卜式回到故乡，重新养他的羊。

一年多以后，匈奴和浑邪等国纷纷投降，为了安置他们，政府财政支出巨大，老百姓为了给投降的人腾出土地而纷纷迁移，都要政府给他们提供给养，但政府实在没钱了。卜式听说后立刻拿出20万钱给太守，让他分给那些移民，在他的带动下，当地捐钱帮助移民的富人很多。太守将他们的名单向皇帝作了汇报。汉武帝发现了卜式的名字，说："这就是上次那个想捐出一半财产的人啊！"于是奖赏他每年12万钱，卜式把这笔钱又全部交给了地方政府。当时有钱人都隐瞒自己的财产，只有卜式愿意捐出来，所以皇帝认为他是个始终如一的人，就任命他为中郎，赐给他10顷土地和左庶长的爵位，并号召老百姓向他学习。

五铢钱　西汉

汉武帝时铸造，其重量、大小均适中，故此沿用至隋末，历时700余年。

卜式并不想当官，汉武帝说："那你去上林苑替我养羊吧。"卜式答应了。虽然他已经是中郎了，但他还是穿着布衣和草鞋放羊。一年以后，他养的羊长得又肥又壮，繁殖也很快。汉武帝知道后表扬了他，并问他怎么做到的。卜式说："其实治理百姓也是一样的道理，按时作息，去除不好的，不要让它们害了一个整体。"汉武帝对他的话感到很惊奇，想让他去治理老百姓试试，于是任命他当县令。结果当地的老百姓很顺从他，不久又把他迁到成皋当县令并兼管漕运，最后考核下来他的成绩是最优秀的。汉武帝认为他朴实忠厚，就让他做齐王的太傅，不久又任命他为齐国相国。

正好当时吕嘉造反，卜式向皇帝上书说："我听说君主忧愁，臣子就应该以死来谢罪。大臣们用生命来保卫国家，而才能低下的人应该献出财产来帮助军队，这样才是国家强大而别人不敢来侵犯的方法。我愿意和儿子还有临淄懂得射箭和博昌懂得驾船的人一起去从军，不惜牺牲性命来保卫国家。"皇帝认为他很贤明，下诏书说："我听说以德报德，以正直去报答怨恨。现在天下不幸有危难，天下的郡县诸侯没有一个挺身而出报效国家的。齐国相国卜式言行雅正，平时勤勤恳恳地耕种放牧。牲畜有多余的就分给兄弟，然后再重新繁殖，从不被利益所迷惑。以前北方有战争，他就上书要求把自己财产捐献给国家；西河一带收成不好，他又带领齐国的人积极捐献粮食。现在又第一个站出来要为国家效力，虽然还没有参战，但他的义气已经表现出来了。因此赐给卜式关内侯的爵位，黄金四十斤和十顷土地，并向天下宣告，让大家都知道这件事。"

过了几年后，汉武帝下令让卜式取代石庆的御史大夫职位。卜式上任后就说郡国并不经营盐铁业，但船又要收税，这种做法应该废除，反对汉武帝的盐铁专卖政策。这个建议让汉武

历史关注 《史记》是中国历史上第一部纪传体通史，被鲁迅誉为“史家之绝唱，无韵之《离骚》”。

帝很不高兴，从此就不喜欢他了。最后卜式享尽天年而终。

司马迁写《史记》

司马迁的父亲司马谈是汉朝的太史令，专门负责观察和记录天文星象。司马谈对历史很感兴趣，他的这个爱好深深影响了他的儿子司马迁。司马迁小时候在龙门山务农为生，10岁就开始学习古文。他20岁的时候出门周游全国，到过很多地方。后来他被任命为郎中，奉旨出使巴蜀以南，在那些地方了解了当地的风土人情。

就在这一年，汉武帝举行封禅大典，本来应该协助皇帝执行封禅大典仪式的司马谈却因为滞留在洛阳而没能参加。因为失去了这个百年不遇的盛会，司马谈很悲愤，很快就去世了。在临死时他嘱咐司马迁：“我们的祖先是周代的太史，后来衰落了。现在封禅大典我却没能赶上，是命不好啊！我死以后，你肯定会继承我的位子。自从孔子死后，历史就没人记录了，史书也因为战乱遗失了。我身为太史却没能把历史记录下来，你一定要完成我这个心愿啊！”司马迁流着眼泪答应了父亲。

司马迁就任太史令后，可以任意取阅国家图书馆收藏的图书，他惊喜地发现原来那里面有那么多好书，他如饥似渴地阅读，积累了不少材料。在公元前104年左右，他开始动笔撰写史记。

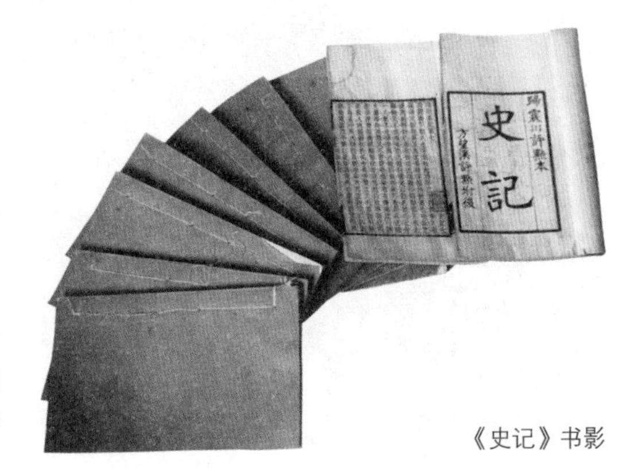

《史记》书影

公元前99年，汉武帝派贰师将军李广利率兵出击匈奴，结果被打了个落花流水，几乎全军覆没。当时有个叫李陵的都尉带领5000名步兵深入敌后，遭到匈奴骑兵的包围。李陵和手下的士兵拼死突围，前前后后杀了五六千匈奴骑兵，但由于寡不敌众，最后只有400多人逃回来，多数战死了。李陵被俘虏后被迫投降。

当时这件事轰动一时，汉武帝下令把李陵全家都抓起来，然后召集大臣开会，讨论如何给李陵定罪。许多大臣都认为李陵不该投降，要严惩他的家人。而司马迁的意见则不同。他和李陵是好朋友，很了解李陵，他认为李陵带了那么少的兵深入敌后，本身就是指挥官调度的失误，不能怪在李陵头上。况且以步兵对付占人数优势的骑兵居然还能杀死那么多人，已经很不容易了。再说李陵这个人一直很效忠汉朝，这次他投降一定有特别的理由，会找机会

·纪传体·

纪传体，是以人物传记为中心来反映历史情景的史书体裁，首创于司马迁的《史记》。司马迁将先秦时期的史书所具的各种体裁融于一书，分作“本纪”“表”“书”“世家”“列传”5个部分，其中“本纪”“世家”和“列传”构成书的主体，“本纪”以历代帝王为中心，是全书的总纲，“世家”记载的是诸侯和一部分虽然不是诸侯但在历史上有着特殊地位和特殊影响的人物（如孔子、陈胜），“列传”又分为专传和类传，记载历代名人、三教九流的事迹，并且涉及民族关系和中外关系方面的内容。班固作《汉书》，沿用了《史记》的体例，而又有所改造，将“本纪”改称为“纪”，取消“世家”，将“列传”改称为“传”，将“书”改称为“志”，于是形成了“纪”“传”“表”“志”为历代正史所遵循的史书体例。

中国大事记 公元前87年，汉武帝死，霍光遵照汉武帝遗诏，辅助刘弗陵（即汉昭帝）即位，从此，掌握汉朝政府的最高权力近20年之久。

司马迁祠

立功回来的。

汉武帝大怒，他认为司马迁是把罪名推到李广利头上，而李广利又是他最宠爱的妃子的哥哥，所以司马迁是在讽刺他，于是斥责司马迁："你为那种叛国的人辩护，可见你也是和他一伙的，应该抓起来！"

司马迁为朋友辩护，结果自己被抓进了大牢，汉武帝正在气头上，说什么也不肯饶了司马迁，给司马迁判了腐刑。腐刑就是阉割，对于男人来说这是最大的耻辱，很多人宁愿死也不愿受这种刑罚。司马迁受刑后也想到了死，但他想到《史记》还没写完，还不能死，于是忍辱负重地活了下来。

当时经过多年战乱，周朝的学说衰落了，而秦朝根本不用古文，把《诗》《书》都烧掉了，所以当时留下来的古代文献资料很少。汉朝兴起后，萧何把律法整理了出来，韩信把兵法整理了出来，张苍制定出了章程，叔孙通恢复了礼仪，于是逐渐恢复了文化，那些当年散失了的书籍又慢慢地流传了出来。曹参推荐盖公讲解黄老学说，贾谊和晁错阐述了申不害和韩非等人的法家理论，公孙弘靠研究儒家思想而得到富贵，100多年过去了，从前的历史资料慢慢集中了起来。

司马迁父子俩前仆后继地整理资料，编写史书。他把那些已经被遗忘了的往事搜集起来，将古代君王的事迹从民间挖掘出来，写出了十二本纪。由于很多事发生时间不是一起的，为了弄清楚年代，他写了十表。礼乐制度一直都在改变，律法和历法也都一直变化着，兵书、山川、鬼神以及天和人之间的关系也都随着朝代的不同而变化，司马迁为了表明这种变化，于是写了八书。历史上有很多诸侯辅佐帝王，为了纪念他们，司马迁写了三十世家。而历史上还有许多别的人物为历史做出了贡献，也留下了自己的赫赫威名，为他们写了七十列传。整部史记共130篇，52万多字。但是由于书中对当时的人有所褒贬，所以等到他死后才流传了出来一部分。汉宣帝时期，司马迁的外孙将整部书全部公布了出来，这个时候《史记》才流传开来。

汉昭帝明察秋毫

汉昭帝即位的时候只有8岁，汉武帝临死的时候任命霍光和上官桀等人辅佐他，其中霍光是主要的辅政大臣。

本来霍光和上官桀的关系还是挺不错的，霍光的大女儿是上官桀的儿媳妇，她有个女儿和汉昭帝差不多大，所以上官桀就通过盖长公主的关系把孙女送到后宫，不久就立为了皇后。而上官桀的儿子、霍光的大女婿上官安也被封了大官。霍光休假期间，就由上官桀代替他处理政事，两人合作一直很愉快，把西汉治理得很太平。

上官桀很感激盖长公主的帮忙，盖长公主的私生活不太检点，和丁外人私通。上官桀父子就想替丁外人求封爵，这样就可以符合列侯娶公主的惯例，让公主名正言顺地嫁给丁外人，以此来讨好公主。但霍光不同意这事，上官桀退了一步，想让丁外人担任光禄大夫，以此来接近皇帝，这样迟早也能封侯。霍光又反对，这事就没能办成。公主因为这事对霍光非常不满意，而上官桀父子因为连续被拒绝，也觉得很没有面子，心里想，汉武帝在位时期自己就是九卿，地位比霍光高，现在父子两人都是将军，自己还是皇后的亲祖父，霍光也只是外祖父，他凭什么一个人独掌朝政？燕王刘旦因为

历史关注 | 元宵节起源于西汉。

自己是昭帝的哥哥却没有登上皇位，心里很不舒服，认为是霍光从中作梗。而另一个辅政大臣桑弘羊因为想为亲戚求个官当而遭到霍光拒绝，也很恨他。这4个人就联合起来反对霍光，到处搜集霍光的短处。

他们打听到霍光在检阅羽林军的时候有越轨的行为，而且还把一个校尉调到大将军府，这些都是把柄。于是他就等霍光休假的时候，派了一个人冒充燕王的使者把那些材料上奏给皇帝。假称是燕王得到的消息，派人来检举揭发。上官桀打算从宫里把这事交给下面的人去办，桑弘羊负责和大臣们联合，共同逼迫霍光下台。但是揭发信交上去后汉昭帝并没有就此事发表意见，也没有让手下人去追查这件事。

第二天霍光得到了这个消息，他非常害怕，待在殿前西边的画室里面不敢进去。汉昭帝问："大将军人呢？"上官桀回答："大将军因为燕王告发了他的罪行，所以不敢进来。"汉昭帝下令叫霍光进殿。霍光战战兢兢地走进殿，脱掉帽子，跪在地上叩头谢罪。汉昭帝说："大将军把帽子戴上吧，我知道你没有罪，那信是别人伪造诬陷你的。"霍光很奇怪，问道："陛下怎么知道是伪造的呢？"

汉昭帝说："大将军去检阅羽林军是最近的事，把校尉调进将军府也不到10天。燕王离京城数千里路，他怎么可能这么快知道？就算他能知道，又怎么能这么快把告状信送到我这里来？所以我可以肯定那信是别人伪造的。再说了，就算大将军要谋反，调一个校尉又有什么用？"当时汉昭帝才14岁，大臣见这么年轻的皇帝居然脑子如此清楚，都感到非常惊讶。消息传出后，那个递交告状信的人马上就逃跑了。汉昭帝下令紧急追捕。上官桀他们很害怕，万一那人被抓到后把他们供出来就什么都完了。于是对汉昭帝说："这种小事不值得皇上派人穷追不舍。"汉昭帝不同意他们的意见，还是下令追查。

后来只要有人在汉昭帝面前说霍光坏话的，汉昭帝就发怒："大将军是忠臣，先帝特地委托他来辅佐我的，以后谁再敢诽谤他，就治谁的罪！"从此上官桀他们再也不敢说霍光的坏话了。

上官桀他们害怕这事迟早会败露，于是和盖长公主密谋造反。他们让盖长公主请霍光到她家里吃饭，事先埋伏好士兵，准备趁机杀掉霍光，然后再把汉昭帝废掉，立燕王为皇帝。结果这个消息传了出去，让霍光知道了。霍光把上官桀父子、桑弘羊和丁外人连同他们的家族全部抓起来杀掉了。燕王和盖长公主也只好自杀。

汉昭帝始终非常相信霍光，他成年后应该亲自执政了，可他还是委托霍光主持朝政。汉昭帝虽然非常聪明，但可惜的是他命不长，才21岁就病死了。

霍光废昌邑王

汉昭帝很年轻就死了，没有留下儿子。大臣们一起讨论该立谁为皇帝，从血缘关系上来看，首选显然应该是汉武帝的儿子，当时汉武帝的儿子里面还在世的只有广陵王刘胥，但广陵王品行不好，正是因为这样，当年汉武帝才没有把皇位传给他。

有一个郎官上书说："广陵王不守正道，不能立为皇帝。当年周太王舍弃太伯而立王季，周文王舍弃伯邑考而立武王，都只是看谁适合当君主。也就是说即使废除长子而立幼子也是可以的。"他的话让霍光听了很舒服，就把这个人的奏章拿给大臣们看。后来商量来商量去，觉得昌邑王刘贺是个合适的人选，于是奉皇太后的诏令，派人去迎接昌邑王刘贺为帝。

昌邑王刘贺是武帝的孙子，由于父亲死得早，从小缺少管教，所以养成了一身的坏毛

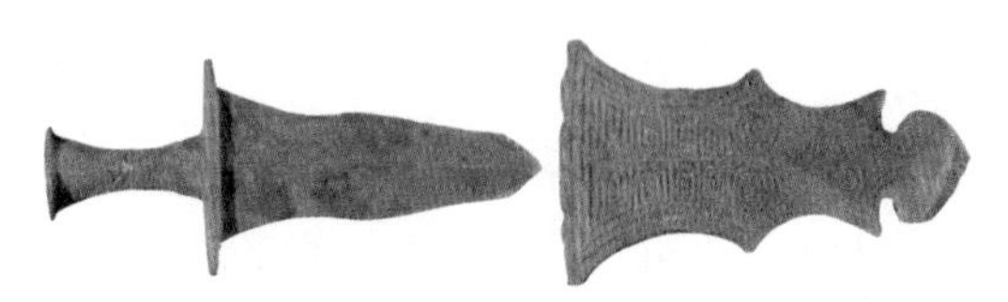

宽刃剑及鞘　西汉

宽脑曲刃，表面镀锡，鞘厚且重，为军事指挥权的象征。

中国大事记　公元前60年，匈奴日逐王降汉，汉朝设置西域都护府。

病。他当上皇帝后成天游手好闲，只知道和亲信们作乐，根本不理政事。霍光看见这种情况心里非常着急，去问田延年，现在应该怎么办。田延年说："大将军您是国家的支柱，现在既然知道现任皇帝不行，那为什么不去向太后说明情况，另立一个贤明的呢？"

霍光问："我确实想过这么做的，但不知道古代有没有这种先例？"田延年说："伊尹当年做商朝相国的时候，因为商王太甲昏庸，于是把他废掉，以安定社稷，后世都认为他办得对。如果大将军能够做这事的话，那您就是当代的伊尹啊！"霍光在田延年的官职上面又给他加了个给事中的职位，让他有进宫议事的资格。然后和车骑将军张安世策划好，召集大臣们到未央宫议事。霍光说："昌邑王行为淫乱，我怕他会给国家带来危害，现在应该怎么办？"大臣们大惊，谁都不敢说话。田延年站出来手扶着剑柄说："当年先帝把太子托付给大将军，就是为了能让汉室江山长久地保持下去。现在皇上昏庸无能，大将军也是为了江山社稷着想。如今大将军还在，还能够维持下去。今后大将军死了的话，汉室江山万一断送，我们拿什么脸面去见先帝呢？今天的讨论不能有耽搁，谁要是赞成得晚了些，我就请求让我杀了他！"霍光向大家谢罪道："你们对我的责备是对的，现在事情落到这步田地，完全是我的过失。"大臣们见事已至此，只好表示赞成霍光的提议。大家一起去见太后，向她控诉昌邑王的种种恶行。昌邑王在继承皇位后，不但不能做个明君，反而罪行累累，光是私底下派人征调违禁物品就有1127次之多，更别提那些荒淫无道的勾当了。太后听了之后非常生气，赶到未央宫，下令守门的士兵不准放昌邑王手下的人进来。昌邑王还不知情，像平常一样来朝见太后，他一进去，门就马上关上，他的亲信就被关在了外面。昌邑王问霍光是怎么回事，霍光解释说这是太后的命令。昌邑王很糊涂，没有放在心上。

霍光像

霍光派车骑将军张安世将昌邑王的亲信全部抓了起来，然后派专人看守昌邑王。而昌邑王到现在还不知道自己就要被废黜了，等到太后派人召见他时，他才感到有点害怕。尚书令当着太后和大臣的面公布了昌邑王的罪状，并代表大臣进言，要求废掉昌邑王。太后同意了。

昌邑王不甘心放弃皇位，他喊道："听说天子身边只要有敢于进言的大臣，即使天子无道，也不会丢掉天下！"霍光反驳道："太后已经下令把你废黜了，现在哪儿来的天子？！"于是走过去把他身上代表皇帝的饰物卸了下来，转交给太后。到了这个时候，昌邑王才彻底接受了现实。霍光把昌邑王送到他当诸侯王时在首都的住宅。

昌邑王被废后，霍光召集众大臣商议立谁为帝，讨论了半天，最终大家认为当年被汉武帝废掉并杀害的太子有个孙子流落民间，在民间口碑很好，决定立他为皇帝，他就是汉宣帝。汉宣帝没有辜负大臣们的期望，他带领西汉王朝进入了又一个繁荣富强的时期。而霍光为了国家利益，毅然废黜昏君的故事也流传了下来。

名将赵充国

赵充国是骑兵出身，补选为羽林卫士，他从小就学习兵法，并通晓四方少数民族的事情。后来他跟随李广利攻打匈奴，大军被匈奴人包围，汉军因为缺少粮食，死伤很多。赵充国带领100多个人拼死杀开一条血路，带领大军冲出了包围圈，他也因此身受20多处创伤。李广利向朝廷汇报了情况，汉武帝下令把赵充国带来，亲自查看了他的伤势，惊叹不已。于是汉武帝拜他为中郎，让他担任车骑将军长史一职。

汉宣帝即位后，赵充国被派到边疆驻守，

历史关注

西汉时，始兴卖官鬻爵之风。

“汉归义羌长”铜印

此为卧羊钮，阴刻篆文“汉归义羌长”5字，是汉政府发给羌族首领的官印。其中，“归义”是汉政府给予其统辖的边远少数民族首领的一种封号。

他在任期间，匈奴一直不敢前来骚扰。后来光禄大夫义渠安国出使羌族部落，羌族首领希望能渡过湟水到北岸汉族人不耕种的地方放牧。义渠安国把这事上报给了皇帝。赵充国认为此举不妥，弹劾义渠安国玩忽职守。后来羌族人强渡湟水，在北岸放牧，当地的官员无法禁止，羌族各部落首领还聚集在一起，解除仇约，相互结盟。汉宣帝听说这事后向赵充国询问，赵充国回答道：“羌族人之所以好控制，是因为他们各个部落之间不团结。30多年前，西羌叛乱时，也是像今天这样解除仇约，相互结盟，然后和朝廷对抗，朝廷花了五六年的时间才把叛乱平定下来。而且以前也发生过羌族和匈奴联合起来对抗朝廷的事。不久前我听说匈奴在西方碰了钉子，于是多次派人贿赂西域各国，想离间他们和汉朝的关系，但没有成功。我怀疑匈奴现在派使者到羌族部落里面，企图故伎重演。所以我担心羌族人还会有新动向，我们要在事情没发生之前做好防备。”一个多月后，羌族首领果然派人向匈奴借兵，准备攻打西域。朝廷派遣义渠安国再次出使羌族各部落，让他区分一下哪些部落企图反叛，哪些部落站在汉朝一边。而义渠安国把羌族首领30多人召集起来后，认为他们都特别凶狠狡猾，把他们全部杀掉了，又派兵攻打那些部落的百姓，杀了1000多人。这件事激怒了羌族人，许多本来已经归附汉朝的羌人认为汉朝不守信用，于是发动叛乱。义渠安国派兵与羌人交战，吃了败仗。

当时赵充国已经70多岁了，汉宣帝认为他已经老了，于是派人去询问谁可以率兵镇压叛乱。赵充国说：“没有人能超过我的了。”

赵充国抵达前线后，先出妙计渡过了黄河，然后又识破了敌人的诱兵之计。打仗的时候，他经常派出骑兵到远处去侦察，不做好作战的准备绝不行动。大军休息的时候，一定先把防御工事弄得足够坚固，而且特别爱惜士兵，将士们都特别敬服他。敌人多次挑战，他都坚守不出。后来抓到一个俘虏，那俘虏交代说羌人的首领们好几次都互相埋怨：“早就告诉你们不要造反，这下好了，皇上派赵将军前来镇压，听说他已经八九十岁了，特别善于用兵打仗。现在想和他决一死战，有这个可能吗？”

朝中大臣们反对赵充国的作战计划，汉宣帝也下诏责备他，赵充国上书辩解，他认为将领在外面领兵打仗，应该根据当时当地的形势和利弊来制订计划，而且应该坚守自己的主张，并再次陈述了自己的作战计划。不久皇帝同意了他的意见。

赵充国将军队开到先零羌的地盘上，先零羌防守很松懈，远远看到汉朝大军就丢弃辎重逃跑。由于道路狭窄，赵充国下令大军慢慢前进。有人建议加快行军速度，赵充国说：“穷寇莫追，现在我们缓慢前进，他们就会忙着逃走而不会掉过头来攻击我们，如果我们加快速度的话，他们看到没有逃走的希望，就会来攻打我们以求得一丝生机。”大家都同意他的看法。果然不出赵充国

西汉军戎服饰复原图

中国大事记	公元前33年，匈奴首领呼韩邪单于主动来汉朝，请求和亲，始有“昭君出塞”。

所料，敌人在渡河的时候因为过于慌乱而淹死了好几百人，投降和被杀的有500多人，汉军俘获牲畜10多万头，车辆4000多，取得了重大胜利。汉军乘胜进攻另一个部落，将其逼降。

就在这一年的秋天，赵充国病重，在病床上他还多次向皇帝上书，提出与少数民族和睦相处的政策主张，并建议实行屯田。后来皇帝向他咨询谁继承他的位置时，他指出众人推荐的辛汤不是合适的人选。后来辛汤还是担任了护羌校尉，结果因为酗酒得罪了羌人，导致羌人再次叛乱，最终应验了赵充国的话。

朱云折槛

西汉的时候出现了许多敢于进谏的直臣，其中最出名的就是朱云。

朱云身高八尺多，容貌雄壮，以勇敢力大而出名。朱云年轻的时候喜欢结交游侠，经常让朋友们替自己报仇。但是他40岁的时候突然改掉了那些习惯，开始跟随博士白子友学习《易经》，后来又向前将军萧望之学习《论语》，完成学业后，成为一个很有学问的人，人们都很尊敬他。

当时，西汉皇帝是汉元帝，贡禹是御史大夫。华阴县的县丞向皇帝推荐朱云，说他这个人忠心正直，而且有勇有谋，请皇帝试用他做御史大夫。皇帝召集大臣商议此事，太子太傅匡衡认为华阴县丞只是一个小官，居然敢推荐平民担任大臣，再说朱云以前经常触犯法律，虽然后来他改邪归正，但并没有什么突出的表现，而贡禹清正廉洁，很适合担任御史大夫，没有必要撤换他。华阴县丞胡乱称赞朱云，怀疑他不怀好意，所以匡衡建议追查一下华阴县丞。结果华阴县丞因此而获罪。

当时少府五鹿充宗很得汉元帝的宠爱，五鹿充宗是专门研究梁丘注的《易经》的，汉元帝也很喜欢这个版本。他想考察一下梁丘注和其他版本的异同，于是下令让五鹿充宗和《易经》的其他学派辩论。五鹿充宗深受皇帝的宠爱，又有口才，其他学派的学者都借口生病而不敢参加辩论。有人推荐朱云，于是就把他召了进来。结果朱云把五鹿充宗驳得哑口无言，赢得了大家的赞赏，朱云也因此获得了博士的官职。

不久，朱云担任了杜陵的县令，但因为故意放走犯人而差点被抓起来，幸好赶上了大赦才被赦免。他被推举为方正，担任了槐里县令。当时中书令石显掌握朝政，他和五鹿充宗是一伙的，所以人们都很怕他们，只有朱云的好朋友、御史中丞陈咸年轻而坚持正义，不和他们同流合污。朱云多次上书弹劾丞相韦玄成贪生怕死，只知道保住自己的位子。有关部门调查朱云，怀疑他指使属下杀人。元帝向韦玄成询问朱云治理地方政绩如何。韦玄成趁机泼他污水，说他残暴不仁。陈咸听到了这话，告诉了朱云。朱云向皇帝上书申诉，陈咸替朱云修改奏章，让他要求让御史中丞审理，也就是让自己来审理。结果这事被交给丞相审理了，丞相的手下调查说朱云确实指使属下杀人，朱云只好逃到长安和陈咸商议。韦玄成知道后，把这事上奏元帝。元帝把朱云和陈咸抓了起来，没有杀他们，罚他们担任修城墙的苦工。两人就这样被禁锢，一直到元帝死，都没有被起用。

汉成帝即位后，张禹以皇帝老师的资格当了丞相，非常受宠。朱云上书求见皇帝，当时大臣们也都在。朱云说：“现在的大臣上不能辅佐皇上，下不能安抚百姓，都是吃饱饭不干事的人。我请求陛下赐给我宝剑，我要杀一个奸臣来杀一儆百！”汉成帝问：“你到底要杀谁呀？”朱云说：“我要杀奸臣张禹！”汉成帝勃然大怒：“你一个芝麻大小的官居然敢诽谤上司，在朝廷上侮辱我的老师，罪该万死！”御史拉朱云下去，朱云抓住殿上的门槛，死也不下去。御史拼命地拖他，他死抓住不放，结果把门槛都拉断了。朱云大叫：“我能够在阴间跟从关龙逢和比干（都是因进谏而被杀的著名忠臣），就已经心满意足了，我只是担心我们大汉江山啊！”御史好容易才把他拉下去。左将军辛庆忌站出来向皇帝叩头，说：“朱云

历史关注 我国是最早对太阳黑子进行记载的国家，西汉时就有记载。

是出了名的狂妄直率。如果他说的是对的，那就不能杀他；如果他是错的，也应该宽容对待，我愿意以死相争！”辛庆忌说完后一直叩头，把头都叩破了。汉成帝火气也消下去了，就饶了朱云。后来有人建议把门槛给修好，汉成帝说：“算了，别修了，就放在那儿，来纪念和勉励忠直的臣子吧。”

经过这场风波后，朱云离开了官场，他把家搬到了乡下，有的时候也乘着牛车和学生们出来游玩。不管到哪个地方，人们都很敬重他。

朱云一直活到了70多岁，在家里去世。他病重之后就不再请医生也不吃药，临终时嘱咐，直接穿身上的衣服入殓，棺材只要够他躺进去就行了，而墓穴够把棺材放进去就可以了。他死后家里人按照他的嘱咐只造一个一丈五左右的小坟，把他埋在平陵的东郭之外。

尹翁归清正严明

尹翁归是平阳人，他少年时父母双亡，和叔叔一起生活。年轻的时候当过狱卒，很熟悉法律文书方面的事。他喜欢舞刀弄剑，武艺高强，没有人是他的对手。当时霍光执掌朝政，他对子弟管教不严，霍家子弟多住在平阳，家里的奴仆和门客拿着兵器在街上和人斗殴，官吏都不敢管。直到尹翁归担任管理街市的官员后，才没有人敢横行不法。尹翁归清正廉明，从来不接受贿赂，商人们都很敬畏他。

后来尹翁归辞掉了官职，回到家里。田延年为河东太守，他在巡视的时候到了平阳，把他过去手下的小吏们都召集了起来，共有五六十人，亲自接见。田延年命令他们当中习文的人站东边，习武的人站西边。大家都按照他的命令站好了，只有尹翁归跪在地上没有动。尹翁归告诉田延年：“我文武兼备，任凭您吩咐了。”田延年手下人认为这个人桀骜不驯，但田延年说：“这有什么关系呀。”把他叫到跟前问话，对他的回话感到非常惊奇，于是补选他为自己的手下。尹翁归处理案件都能一查到底，把事情的原委弄个清清楚楚。田延年很器重他，认为自己的才能不如他，于是提升他为督邮。当时河东郡下辖28个县，分为两个部分，尹翁归负责汾河以南。他揭发和检举官员都是依法办事，被他检举的人都是罪有应得，所以他管辖的地区官员即使因为他而受到惩处，也没有人怨恨他。不久他就因为清廉而节节高升，很快就担任了弘农都尉。

朝廷征召他为东海太守，他就任前向廷尉于定国辞行。于定国是东海人，他想委托尹翁归照顾同乡的两个孩子，就让那两个孩子在后堂等待引见。于定国在家里和尹翁归谈了一天，被他的气势所折服，一直不敢把那两个人引见给他。尹翁归走后，于定国对他们说：“尹翁归是个贤良的官员，你们又没有什么本事，我不能凭借私交求他照顾你们。”

尹翁归在东海郡担任太守期间，明察秋毫，东海一带的官吏百姓无论是好是坏，包括那些作奸犯科的人的名字他都知道得一清二楚。每个县的登记名册他都亲自处理，如果案子太急他会稍微缓一些。如果手下的官吏百姓稍微有所松懈，他就把他们的罪状披露出来。他每次出巡都会收捕些坏人，杀一儆百，官吏和百姓都服从他的管理，而且因为害怕他的威严而纷纷改过自新。东海有个大豪强地主名叫许仲孙，

官吏出行图壁画　西汉

这是绘于西汉墓葬前室的壁画，反映了墓主人生前出行的情形。

中国大事记　公元前16年，刘向著《新序》《说苑》《列女传》。

为人非常奸诈狡猾，公然违反法律，东海郡的人深受其害。每次来了新太守要逮捕他，他都倚仗势力，用狡猾的手段逃避法律的制裁，所以一直都没有受到惩罚。尹翁归到任后，派人将许仲孙抓了起来，在集市上将其斩首示众，整个东海郡的人都为之害怕折服，没有人敢违反他的禁令了，一时间东海郡被他治理得非常好。

尹翁归因为政绩优异而被调到右扶风（接近京城的地方）。他在任期间选拔清正廉明、疾恶如仇的人担任官吏，对他们以礼相待，和他们共同遵循同样的好恶。凡是背叛他的人，一定会受到严惩。尹翁归治理右扶风的办法和东海郡一样，那些作奸犯科者的名字，每个县都有详细记录。如果发现了盗贼，尹翁归就会召见当地的长官，告诉他主犯的名字，教给他们根据蛛丝马迹推理出盗贼所在地的方法，让他们找出盗贼的藏身之处，结果事情往往和他事先料想的一样，从来没有失败过。尹翁归在追查贫苦老百姓的时候比较宽松，而对那些地方豪强则非常严厉。地方豪强如果被治罪的话，就被送到掌畜官那里，让犯人铡草来赎罪，而且规定要按时到达，不准找别人来代替，如果发现有不合要求的，都要受到鞭打的惩罚，有的人因为被鞭打得过于疼痛，以至于无法忍受，甚至有用铡刀自杀的情况出现。京城的人因为畏惧他的威严，所以很少有人敢犯法，右扶风因为他而治理得非常好，惩治盗贼的政绩在京城三辅中常常排名第一。

尹翁归虽然喜好用刑罚，但他一向清廉自守，办公的时候从来不涉及私事，而且为人温良谦虚，从不因为自己的能力而看不起别人，在朝廷中的名声非常好。他任官几年后，因病去世，死后家中没有剩余的财产，皇帝亲自下诏书表彰他，称赞他是个难得的清官，对他的去世非常痛心，并赐给他儿子一百斤黄金，以表彰清官。

当初和尹翁归一起为田延年效力并被田延年提拔推荐的还有闳儒，也是个难得的好官，所以世人都称赞田延年善于识别人才。

盖宽饶不畏权贵

盖宽饶名字非常有趣，“宽饶”就是宽松仁厚的意思，但他这个人的性格和名字正好相反，从他的事迹中就可以清楚地看到这一点。

盖宽饶是魏郡人，他早期因为明经而被举为文学，又以孝廉而被举为郎。后来又举为方正，因为对策好而迁为谏大夫，专门负责检举不法之事。他弹劾过张安世的儿子张彭祖经过殿门而没有下车，并且连带弹劾张安世位居高位而对朝政没有补益之处。其实张彭祖当时已经下车了，盖宽饶于是就因为触犯了弹劾大臣而不符合事实的条令被降职为卫司马。

当时卫司马在部门里上班时，见了卫尉要行拜礼，而且常被差遣去买东西。盖宽饶就职以后，他只按照规定对卫尉和其属官行拜礼，但卫尉如果因为私事要他去帮忙办理的话，他就拿着有关法律条文找到官府要辞职。尚书因为这事而责问卫尉，卫官们从此以后再也不敢以私事而任意驱使属官们了，以前那个不合理的规矩就这样被纠正了过来。

盖宽饶刚开始被任命为卫司马的时候，还没有走出殿门，就用刀把自己的衣服割断，让它短到离开地面，然后戴上高帽子，腰佩长剑，亲自到卫士的住所去巡察，视察他们的饮食住所。有病的卫士他亲自抚恤慰问，帮忙请医生来看病送药，对待他们非常关爱。到了年终交接的时候，皇帝亲自设宴款待慰劳卫士，数千名卫士在席上叩头请求再服役一年，以报答盖宽饶的恩德。汉宣帝表示嘉许，并任命盖宽饶为太中大夫，派他到各地巡视当地风俗，使命完成得让汉宣帝很满意。不久就升为司隶校尉，

大司马印章　西汉

历史关注 西汉扬雄著的《方言》是我国最早的方言学著作。

他在任期间，追查检举从来不回避，不管事情大小他都会举报。他所弹劾的案件很多，廷尉依法办理，有一半采用也有一半没有采用。王公贵族以及各个郡国的官吏和使者来到京师，都因为害怕盖宽饶而不敢违犯禁令，京师因为这个清静了不少。

平恩侯许伯搬新家，朝廷大小官员包括丞相等人都赶去祝贺，只有盖宽饶不去。许伯派人请他，他才前往，从西面的台阶上去，面朝东面而坐。许伯亲自为他倒酒，说："盖先生来晚了哦。"盖宽饶告诉许伯："不要给我倒多了，我是酒疯子。"丞相魏侯笑道："次公（盖宽饶字次公）清醒的时候就是个疯子，何必要等到喝了酒才发疯呢？"当时在座的人都看着盖宽饶，有点看不起他。宴会举行到高潮的时候，大家都喝得挺开心，音乐声响起，长信宫少府檀长卿站起来跳舞，学猕猴和狗打架的样子，在座的人都哈哈大笑。盖宽饶却很不高兴，他仰视着屋子叹气："这屋子真漂亮啊！但是富贵无常，一会儿就会换主人，这房子就像旅馆一样，住过的人太多了。只有谦虚谨慎才能长久保存下来，侯爷您能不警戒吗？"说完站起身来走了。回去后马上弹劾檀长卿以列卿的身份而学猕猴跳舞，非常失礼，是对皇帝的不敬。汉宣帝想治檀长卿的罪，许伯替檀长卿向皇帝谢罪，苦苦哀求了很久，皇帝才没有追究下去。从这件事中可以看出盖宽饶不把权贵放在眼中，但从另一个方面来看，他确实也不通世故，为他以后的杀身之祸埋下了祸根。

盖宽饶为人刚直不阿，一门心思都在公家的事情上。他家里很穷，每个月的几千俸禄钱他都拿出一半来奖励给那些向他通风报信的人。他身为司隶校尉，儿子却连车都坐不起，经常要步行去北方边塞服役。但盖宽饶执法非常苛刻，朝中大臣们都很恨他。他上奏章的时候又喜欢在里面带上讽刺的语气，所以经常触犯皇帝。汉宣帝看在他是儒家学者的份上对他非常宽容，但他也没希望升官。当初和他一起提拔的同僚有的都已经升到九卿的位置了，盖宽饶自以为自己的品行才学都没话说，却被不如自己的平庸之人超越，心里非常不满，于是更加频繁地向皇帝上书进谏。

汉宣帝崇尚刑罚，很信任担任中尚书的宦官，盖宽饶不以为然，他上奏章反对这种做法，并在奏章里引用了禅让天下的典故。汉宣帝认为盖宽饶是在怨谤，于是把奏章交给有关部门，让他们给盖宽饶定罪。当时的执金吾认为盖宽饶是想让汉宣帝禅位，属于大逆不道。谏大夫郑昌很同情盖宽饶因为直谏而被小人陷害，于是向皇帝上书赞扬盖宽饶敢于奉公守法，不畏权贵，并反对有关部门给盖宽饶戴上大逆不道的帽子。汉宣帝正在气头上，没有听郑昌的话，还是把盖宽饶打入天牢，让狱吏处置他。盖宽饶在殿下听到这个消息后，不甘受辱，拔出佩剑自刎了，在场的人没有一个不表示怜悯他的。

王莽篡位

王莽是汉元帝的皇后王政君的侄子，王家的势力在西汉末年达到顶峰，几乎个个子弟都封侯拜相，整个朝政大权都掌握在王家人手中。王皇后对自己的兄弟们很好，所以他们骄横腐化，一个比一个堕落，成天只知道争权夺利，吃喝玩乐。而王莽的父亲死得早，还没有被封侯，所以王莽比较贫穷，他不和堂兄弟们攀比富贵，而是一门心思投入研读儒家经典上。虽

新莽"大泉五十"陶范

"大泉五十"是王莽第一次货币改革的新铸币之一，是王莽统治时期流行时间较长的一种币型。

中国大事记	公元5年，王莽在年终大祭上，用毒酒毒死汉平帝。

王莽像

然他家是外戚，但王莽在求学的时候非常勤奋，穿着和普通的学生没什么区别。王莽很孝顺母亲，平时在家里他尽心尽力地侍奉母亲和守寡的嫂嫂，把侄子当亲生儿子来抚养。同时，王莽还喜欢结交豪杰，朋友很多。王莽对叔叔伯伯们也十分尊敬，口碑非常好。后来他的伯父、掌握朝政大权的大将军王凤病了，王莽天天在他床前伺候，亲自给伯父尝药，忙得连脸都顾不上洗，一连几个月连衣服都顾不上换。王凤很受感动，在临死的时候把王莽托付给太后和皇帝，让他们好好照顾这个孝顺的年轻人。于是王莽被任命为黄门郎，不久升为射声校尉。

几年后，王莽的叔叔王商上书，请求将自己的封地分出一部分来赐给王莽。另外还有一批很有名望的人也替王莽说好话，皇帝见这么多人为王莽说好话，加上以前对他印象就不错，认为王莽是个难得的贤人。不久，王莽被封为新都侯，有1500户的食邑，后来又把他提拔为骑都尉兼光禄大夫侍中，王莽侍奉皇帝更加殷勤周到了，官当得越大，他就越谦虚谨慎。

其实王莽是个沽名钓誉的人，当时太后的外甥淳于长才能卓越，地位在王莽之上。王莽很妒忌他，于是暗中搜集淳于长的罪过，然后通过大司马王根上报给了皇帝，淳于长被处死。王根后来请求退休，将大司马一职交给王莽，王莽就任大司马后更加注重自己的名声，把自己得到的赏赐和收入全部用来招待士人，让他们为自己吹嘘。汉成帝去世后，汉哀帝继承了皇位。太后命令王莽把大司马的职位让给哀帝的外戚。王莽只好上书请求退休，但哀帝制止了他，王莽也就没有把大司马的职位交出来。

汉哀帝死后，由于没有继承人，王莽立9岁的平帝为新皇帝，自己独掌了朝政大权，并找借口把成帝和哀帝的皇后都逼死了。后来更是发展到顺王莽者昌，逆王莽者亡的地步。他每次想做什么事的时候，先会暗示党羽去启奏，然后自己再痛哭流涕地反对，这样既迷惑了太后，又让别人误以为他是真的淡泊名利。

汉平帝去世后，没有儿子，本来还有几十个合格人选的，但王莽嫌他们年龄太大，不好控制，就借口兄弟之间不能相互继位，选了个才两岁的孺子婴（真名为刘婴）为继承人。有人建议让王莽代理皇帝，但太后没有同意，那些趋炎附势的人好说歹说才让太后下了谕旨。

一个名叫哀章的人伪造了一个铜柜，在里面装了图和信，上面说王莽应该当皇帝。这下一向喜欢谦让的王莽却不谦让了，他马上拜受铜柜，下令改国号为“新”。他还假惺惺地对孺子婴说：“当年周公暂居王位，后来还是还给了周成王。我本来也想把帝位还给你的，但为天命所迫，竟然不能实现我这个心愿！”说完他还哀叹了好久。

王莽一上台就宣布改革，把全国的土地都划为国家所有，称为“王田”，严禁土地买卖；奴婢称“私属”，严禁买卖；土地多的人要把土地分给地少的人；废除旧钱，改用大钱。这些措施看上去好像挺不错的，实际上土地和奴婢买卖根本不可能禁止，很多有土地没权势的百姓只能眼睁睁地看着土地被别人抢走。至于所谓大钱，根本没有足够的货币价值，导致通货膨胀，百姓哭声遍野。王莽还派兵攻打四方少数民族，给人民带来很大痛苦。最后大家实在忍不下去了，发动了起义，王莽也落得个死无全尸的下场。

后汉书

《后汉书》为纪传体东汉史，纪、传90卷，南朝宋范晔撰，志30卷，晋司马彪撰，共120卷，记载了东汉光武帝到汉献帝的历史。《后汉书》在体例方面虽大都沿袭《史记》《汉书》，但也有不少改进，编次更加周密，重复、矛盾较少，且全书语言爱憎分明，多有独创之见。在范晔之前也有许多家叙述后汉的史书，范晔的《后汉书》一出，其余诸家都逐渐消沉，可见此书的过人之处。

中国大事记　公元8年，王莽称皇帝，定国号“新”。

昆阳大战

王莽的统治越来越不得人心，终于爆发了起义，全国出现了无数支农民起义军，其中势力最大的是绿林军。绿林军推举西汉皇室的支裔刘玄为首领，称为更始帝，而后来的汉光武帝刘秀当时只是这支起义军中一个普通的将领。

绿林军声势浩大，接连打败前来镇压的王莽部队，王莽决定孤注一掷。他从全国各地征召了一大批军队开赴战场。这支部队由王寻和王邑率领，共有43万人之多，王莽想借人数上的优势一举消灭起义军。

刘秀当时正带着士兵巡逻，看到这支军队后赶紧顺原路撤退，在昆阳城安顿下来。大家都被这么庞大的军队给吓住了，纷纷建议撤到后方。刘秀说：“现在我们兵少粮也少，如果合力抵抗的话，也许还有一点胜算，要是大家分散开的话，力量就更小了，很容易被消灭。况且昆阳是我们的门户，如果昆阳失守，后方也守不住。现在我们不齐心协力抵抗敌人，难道还要跑回去保护自己的妻子儿女以及金银财宝吗？”那些将军都怒了：“刘将军怎么能这样说话！”刘秀不和他们争辩，笑着走开了。过了一会儿，打探消息的人回来了，告诉他们王莽的军队已抵达城北。那些将军非常尴尬，只好商量着把刘秀请回来重新商讨对策。刘秀让他们死守城池，自己率领十几个骑兵从昆阳南门冲出，去外地调集救兵。刘秀赶到定陵等地，调动当地的军队前去救援。当地的将领都贪恋财物，向刘秀建议留下一部分人马防守。刘秀说：“如果能打败敌人，到时候得到的财宝是现在的千万倍。如果吃了败仗，命都没了，还要财物做什么？”那些人才听从他的话，把所有军队调往昆阳。

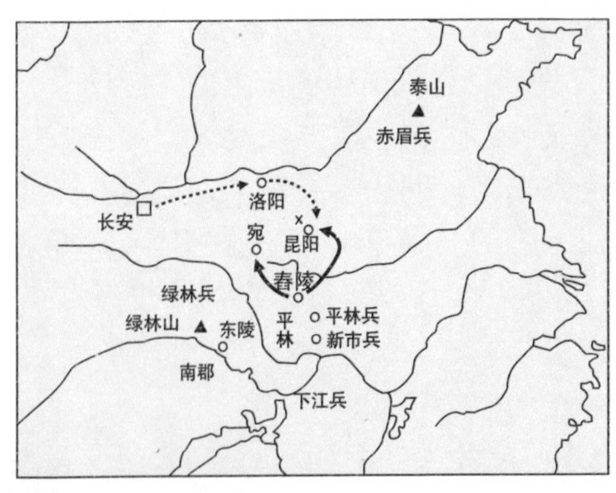

昆阳之战示意图

当时昆阳的形势非常危急，王莽的大军将它围了个水泄不通，设下了数十道防线，树起十多丈高的楼车，站在上面观察昆阳城内的情况。负责守城的主将王凤实在抵挡不住了，被迫向王寻投降，但好大喜功的王寻等人拒绝了他们投降的请求，认为攻下该城指日可待，用不着接受投降。

刘秀好容易才召集齐军队，自己率领1000多人打前锋，大军跟随其后。刘秀在离敌人四五里的地方摆下阵势。王寻等人派了几千人前来迎战，刘秀身先士卒，冲入敌阵，砍下几十个敌人的脑袋。将士都高兴地说：“刘将军平时见到小股敌人都害怕，今天却这么英勇，实在让人感到奇怪。让我们也去助刘将军一臂之力吧！”刘秀再次发动进攻，王莽的部队抵挡不住，纷纷后撤，起义军乘机发动攻击，杀死成百上千的敌人。王寻派来的几千人被杀得大败。起义军初战告捷，士气大振，于是继续进军。

当时刘秀并不知道他的哥哥已经攻下了宛城，但他故意派人装成宛城的使者带着假报宛城已经被攻下的书信前去通知昆阳的守军，然后让那人故意把书信弄丢。王莽的士兵捡到书信后交给了王寻他们，王莽的士兵们听说宛城被攻了下来，士气更加低落。刘秀亲自率领敢死队，从城西向王莽部队发动突袭，敢死队员们士气高涨，无一不是以一当百，王莽的部队抵挡不住，阵势大乱，中军被冲垮，王寻在乱军之中被杀死。这个时候昆阳的守军也杀出城来，王莽的部队被内外夹击，更是心惊胆战，纷纷溃逃。士兵们相互践踏，被自己人踩死的士兵不计其数。正好当天又下起了暴雨，电闪

> **历史关注** 成书于东汉前期的《九章算术》是我国古代第一部数学专著。

雷鸣，那些被拉来助威的猛兽也吓得撒腿乱跑。渡河的时候，河水暴涨，士兵们又抢着渡河，被推下水淹死的士兵数以万计，尸体把河水都堵住了。王邑等人只好丢下军队，骑上快马拼命逃跑，好容易才捡回了一条小命。王莽部队丢弃的军用物资不计其数，起义军搬了几个月都没能搬完，最后只好一把火把剩下的都烧掉了。

昆阳大战彻底歼灭了王莽军的主力，王莽最后的希望也破灭了。而刘秀则在这一仗脱颖而出，成为起义军中最有名望的将领，为他扫平天下，建立东汉王朝奠定了基础。

痛失天下的赤眉军

王莽篡位后，统治非常黑暗，各地官僚往往腐败透顶。当时在琅琊海曲县有个姓吕的人在县衙里当小吏，犯了点小过失，县官就把他杀了。他母亲非常怨恨县官，暗中召集各方豪杰，计划报仇。吕家一向很富裕，吕母拿出全部家产购买酒肉和刀剑，凡是年轻人来买酒的，一律赊给他们，如果有贫穷的，还借衣服给他们穿，前前后后不知道有多少人受了她的恩惠。几年后，钱财快用光了，那些年轻人纷纷找上门来要偿还。吕母哭着说："我之所以要厚待你们，不是想要什么好处。大家都知道，县官冤杀了我的儿子，我想为他报仇。你们能不能帮我这个忙呢？"那些年轻人很同情她，加上平时又受了她不少恩惠，就同意了。一共聚集了百余人，号称"猛虎"，推举吕母为首领，逃到海上招兵买马，很快就召集了数千人。吕母自称将军，带领手下攻破了海曲城，杀死了县官，然后带领众人又回到了海上。

几年后，有个叫樊崇的人在琅琊起义，当时正在闹饥荒，大家纷纷站出来当强盗。他们都认为樊崇作战勇敢，于是都去投奔，只一年工夫就聚集起了1万多人。樊崇的同乡也聚集了几万人的部队，和樊崇联合在一起，成为一支不可小视的军事力量，在和王莽军队的作战中取得了一些胜利。但是这支军队纪律性很差，也不知道建立根据地，只会一路抢掠，逐渐成为流寇。后来人马多了，才开始有了口头约定，不许随便乱杀人。王莽派了10多万人前去讨伐，樊崇害怕自己的部队和敌人混淆起来，下令部下都把眉毛涂成红色，从此号称赤眉军。赤眉军轻松战胜了前来讨伐的官兵，还没来得及整顿军纪，就又投入新的战斗中。在攻打东海的时候，赤眉军收编了吕母的部队，但并没有攻下东海郡，反而吃了败仗，于是带兵离开，又开始了流寇生涯。

这个时候更始帝在洛阳即位，派人劝降赤眉军，樊崇带领手下20多人前往洛阳归降，被封为列侯。但他们并没有封地，而留在原地的士兵又纷纷逃散，于是只好赶回去，带兵四处抢掠，一连打了好几个胜仗。但他们还是不懂得巩固地盘、保障后勤补给的重要性，虽然取得一系列战斗上的胜利，但士兵已经相当疲惫，厌战情绪很浓，逃跑的人越来越多。这个时候，樊崇决定攻打更始帝，两支农民起义军开始了内讧。

樊崇等人认为，天下是刘家的天下，所以他们要找个姓刘的人出来当他们的首领，于是在部队中找了个西汉皇室的远亲——一个叫刘盆子的放牛娃出来，拥立他为皇帝。政治上有

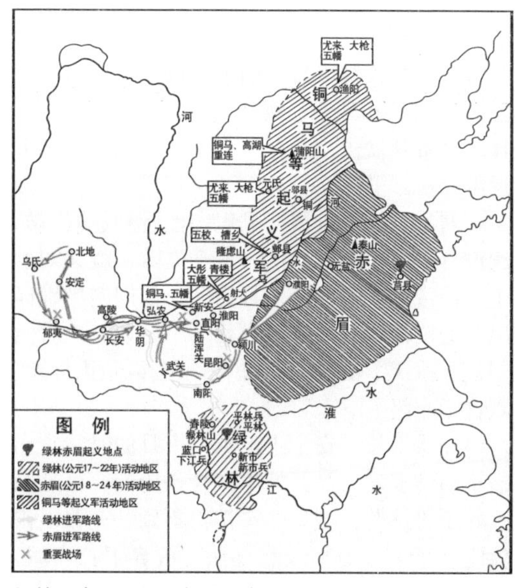

绿林、赤眉、铜马起义示意图

中国大事记　公元25年，刘秀即皇帝位。10月，定都洛阳，史称东汉。

玉虎队全出图　版画

这是一幅表现王莽年间，绿林、赤眉农民起义军传奇故事的版画。

了名分后，赤眉军士气大振，很快就攻下了长安，俘虏了更始帝。这个时候的赤眉军声势浩大，拥有雄兵数十万，成为当时军事力量最强大的一支势力。可以说不出意外的话，天下已经是赤眉军的天下了。

但是胜利冲昏了赤眉军将领们的头脑，他们攻下长安后，天天聚在一起饮酒作乐，还吹嘘各自的功劳，稍有不满就拔出剑砍柱子，内部矛盾很大。周围的官吏送贡品来，士兵们不但不迎接保护，反而私自抢掠，还抢老百姓的东西，很快就失去了百姓对他们的支持。一次在宫里设宴庆祝节日，因为一件小事而引发大乱，他们互相残杀，死了上百人才平息下来。挂名皇帝刘盆子一点办法也没有，只能和几个近臣躲在宫里哭泣。

刘盆子的哥哥很有见识，他看到赤眉军如此没有纪律，知道他们一定会失败，就让刘盆子归还帝位。第二年正月初一，他们向樊崇提出要退位让贤，樊崇等人死活不愿意，最后向刘盆子承认了错误，保证以后不会再骚扰百姓，刘盆子才留了下来。

好景不长，安宁了不到一个月的时间，赤眉军旧病复发，又开始出城烧杀抢掠，百姓们只好纷纷逃散，城里的军粮得不到补充，很快就吃光了。赤眉军没有办法，放弃了长安城，把抢掠来的财宝装上车，一把火把宫殿烧个精光，向西逃窜。此时的赤眉军兵强马壮，号称百万之众，前后又打了不少胜仗，把刘秀的爱将邓禹也打败了。

不久，赤眉军又回到了长安，以此为根据地与刘秀争夺天下。由于赤眉军没有屯积军粮的习惯，没粮食了只能去抢，正好当时长安附近闹饥荒，没有饿死的人都结成营寨，死守着不让赤眉军攻下。结果赤眉军很难补充到粮食，只好向东转移，这时候还剩20多万人。

第二年，赤眉军被冯异打得大败，刘秀也乘机率兵堵住了赤眉军的退路。被打得晕头转向的赤眉军这下慌了神，只好向刘秀投降。刘秀答应饶他们一死，于是赤眉军向刘秀放下了武器。

刘秀认为，赤眉军的将领们虽然到处抢掠，干了不少坏事，但还是有3个长处：第一是他们没有抛弃糟糠之妻；第二是他们能够拥立皇室后代为帝；第三是别人失败的时候往往都是砍下君主的脑袋为自己邀功，而他们却没有这样做，显得比别人有仁义。所以刘秀不但不杀他们，还赏给他们住宅田地。

不久，樊崇等人因为谋反被杀，而刘盆子一直受到刘秀的优待，得以善终。原本可以纵横天下的赤眉军就这样败在了自己手上。

性情宽厚的阴皇后和马皇后

阴皇后名叫阴丽华，是西汉末年有名的美女，她和汉光武帝刘秀是同乡，刘秀年轻的时候听说她是美女，很喜欢她。后来刘秀到了长安，看到执金吾出行的时候车马众多，十分威风。刘秀很羡慕，于是感叹道：“仕宦当做执金吾，娶妻当得阴丽华。”这句话也成了刘秀人生的奋斗目标。

刘秀参加了农民起义军，并担任了高级军职，这个时候他觉得自己能够配得上阴丽华了，

历史关注

东汉时曾铸造了作为鉴别良马标准的铜马模型。欧洲到18世纪才出现类似的铜马模型。

就向阴家提亲。刘秀本来就以性情仁厚而著称，再加上他是皇族出身，所以阴家欣然同意了这门婚事，就这样，19岁的阴丽华嫁给了刘秀，刘秀最初的人生目标顺利达到了。

刘秀当了司隶校尉，要常常领兵打仗，把妻子带在身边很不方便，就让阴丽华回到了家乡。后来刘秀又娶了郭家的女儿，但他始终没有忘记阴丽华。刘秀当了皇帝后，派人把阴丽华接到了身边。其实刘秀最爱的人还是她，而且阴丽华温柔贤淑，举止文雅，不像郭氏那么爱妒忌，所以想立她为皇后。但阴丽华因为郭氏生有皇子，而自己无子，说什么也不肯接受皇后的封号，刘秀很尊重她的意见，于是立郭氏为皇后。

阴丽华在跟随刘秀征讨彭宠的路上生了个儿子，这下刘秀就更加宠爱她了。又过了几年，阴丽华的母亲和弟弟被强盗杀死，刘秀又是伤心又是气愤，下令彻底追查此案，并追赠二人爵位和封号，而且赶紧将阴丽华的另一个弟弟封侯，以安抚阴丽华。

又过了8年，郭皇后的妒忌越来越厉害，她感到自己已经不太受宠幸了，经常口出怨言。刘秀很生气，干脆把她废黜了，改立和自己患难与共、性情宽厚、温柔体贴的阴丽华为皇后。阴皇后虽然执掌后宫，但她从来也不以骄色待人，还是和以前一样谦虚俭朴，不喜欢金银珠宝，也不喜欢开玩笑，性情仁爱孝顺，富有同情心。她父亲在她7岁那年去世，事隔几十年后，每次谈起父亲她都泪流不止，刘秀见了，又是叹息，又是敬佩。

阴皇后死后，她的儿子汉明帝经常思念母亲，有一天晚上梦到父母像活着的时候那么快乐，醒来后悲痛得睡不着觉，第二天就去祭祀父母。回来后查看母亲生前用过的梳妆匣子，看见里面的东西都很俭朴，十分感动。

马皇后是名将马援的小女儿，父母在她很小的时候就去世了，她哥哥也早死。当时她才10岁，但处理起家务来和成年人一样，别人都惊叹于她的聪明。因为马援死后被奸臣诬陷，马家的日子一直很不好过，所以马皇后只好进宫侍奉太子，她脾气很好，人又聪明，很得太子的宠爱和阴皇后的喜欢。汉明帝登基不久，有关官员请皇帝立皇后，皇帝还没说话，阴太后就提议立马皇后，这事就这么定了下来。

马皇后喜欢读书，不喜欢奢侈的东西，虽然贵为皇后，还是经常穿粗布衣服，也不在衣服上加花边，有人劝她稍微奢华点也没关系，但马皇后拒绝了。汉明帝喜欢到园林里游玩，马皇后担心他耽于游乐而误了国事，所以经常劝诫，话说得情深意切又很周到，一般都会被汉明帝接受。

后来楚地的犯罪率不知道什么原因一直居高不下，很多人都无辜入狱。马皇后担心抓人太多可能有很多被冤枉的，经常趁空闲的时候劝说汉明帝，汉明帝很感动，多次下令宽大囚犯。当时朝中如果有什么争议较大的事难以决断，明帝一般都会来问马皇后的看法，而马皇

约束外家

此图描绘的是东汉明德马太后训诫宗族亲戚不要骄横越礼的故事。马太后是东汉名将马援小女，明帝皇后。她曾以西京败亡之祸为戒劝阻章帝封爵诸舅，以防止外戚专权。

中国大事记 | 公元35年，公孙述使刺客刺杀来歙。

后都能找出问题的实质，分析得头头是道，经常对政事的不足提出弥补的意见，但从来没有为自己家的私事去干扰皇帝，所以汉明帝一直都非常尊敬和宠爱她。

明帝死后，章帝即位，马氏成为太后，章帝很想给马太后的兄弟们封爵位，但她一直反对。朝中上下都赞成封马家兄弟爵位，太后用前朝外戚干政的典故来教育章帝，坚决不同意封他们为侯。汉章帝虽然不是马太后亲生，但是马太后从小把他带大，章帝对马太后感情一直很深，他觉得不封舅舅们为侯心里实在过意不去，但不得不尊重马太后的意见。

马太后对自己娘家人要求很严格，如果谁勤俭朴素，她会很高兴地表扬嘉奖，而那些追求奢华的亲戚，她就打发他们回老家。后来天下太平，章帝决定封舅舅们为列侯，他们也都纷纷推辞，马太后鼓励了他们的这种行为，但圣旨已下，他们便在接受了封爵后辞官回乡。

马太后患了重病，她不相信求神和巫术能治好她的病，严令禁止在宫中给她做祈祷之类的活动，当她去世后，汉章帝将她和明帝合葬在一起。

乐羊子之妻

乐羊子年轻的时候不喜欢读书，生性自由散漫，经常出去游荡，他的妻子却很贤惠，平时都待在家里纺纱织布，赡养婆婆。

有一次，乐羊子像往常一样在外面游荡，突然看见路边有东西闪闪发光，他走过去一看，原来是一块黄金。乐羊子家境不太好，妻子为了贴补家用每天都很辛苦，乐羊子很爱妻子，很心疼她，所以看到那块黄金后非常高兴，把它捡起来带回家交给了妻子。乐羊子本以为妻子会很高兴，毕竟那块黄金值不少钱，可以让妻子不用那么辛苦了。可是他的妻子一点儿高兴的表情都没有，反而面带愁容地说：“我听说有志气的人不喝盗泉里的水（因为名字不好听，有污品行），而廉洁的人也不会吃嗟来之食（因为有损尊严），更何况是捡别人遗失在路边的东西，这样自己虽然得到了好处，但品行却从此蒙上了污点啊！”乐羊子非常惭愧，觉得妻子的话很有道理，于是拿着金子跑回去，把金子扔在捡到它的地方。乐羊子觉得妻子比自己有见识，自己也不能让妻子看不起，于是决心发愤学习，跑到外地找老师学习去了。

一年后，乐羊子实在想念妻子和母亲，再加上学习实在枯燥乏味，他坐不住了。于是偷偷地不辞而别，跑回了家。他妻子见他这么快就回来了，很奇怪，于是跪下问他这么快回来的原因。乐羊子不好意思地说：“其实也没有什么事，无非就是想家了，所以跑回来看看罢了。”他妻子很是失望，拿起一把小刀跑到织布机前，对乐羊子说：“这匹布是从蚕茧里抽出丝来，放在织布机上织出来的。它是由一根丝开始，慢慢地往上加，逐渐就会织成一寸，再从这一寸往上加，不断积累，总能织成一匹布。现在如果我把它砍断，那么我以前所做的努力就全部白费了，这匹布也就织不起来。而一个人学习知识，懂得道理，就应该每天都知

·《熹平石经》·

《熹平石经》是中国历史上最早的官定儒家经典刻石，它和魏正始年间所刻《正始石经》，以及唐文宗开成二年（公元837年）所刻《开成石经》并列为古代著名的三大石经。汉代独尊儒术之后，朝廷将儒家经文刻制成石头书籍，供学官们正定校勘，作为向太学生讲授的标准经本。熹平石经共刻《鲁诗》《尚书》《周易》《春秋》《公羊传》《仪礼》《论语》等7经，共64石，计200910字，刻制时间从东汉熹平四年至光和六年（公元175～183年），一共历时9年。制成后立于洛阳太学门前。熹平石经主要由蔡邕等人用隶书体写成，是中国书法史上著名碑刻。

历史关注

许慎所作的《说文解字》是我国第一部字典。

道自己缺少什么，需要什么，然后去追求它们，这样渐渐地就能接近完美的品行。现在你中途就跑回家，以前的学习岂不白费了？那和我现在把这根丝砍断又有什么区别呢？”乐羊子没有想到妻子居然这么深明大义，被她的话深深地打动了，毅然跑了回去，向老师道歉，继续他的学业。此后一连7年都不回家，一直埋头苦读，而妻子一直一个人照顾婆婆，还经常大老远地为乐羊子送饭，虽然更辛苦了，但她毫无怨言。

有一次，邻居家的鸡走到她家的菜园里，被她婆婆发现了，她婆婆就偷偷地把鸡抓住杀掉，炖了一锅鸡汤，一方面是想解解馋，另一方面也是想犒劳下辛勤伺候自己的儿媳妇。可鸡汤端上来后，乐羊子的妻子一口也不吃，反而对着碗哭了起来。婆婆感到非常奇怪，问她为什么哭。她回答：“我哭不是为了别的，只是为了自己家穷，却能吃到别人家的肉而伤心。”婆婆听了之后非常羞愧，觉得很对不起儿媳妇，自己也觉得那鲜美的鸡汤变了味道，一口也吃不下去，偷偷地把鸡汤倒掉了。

乐羊子的妻子长得很漂亮，附近有个强盗很喜欢她，知道乐羊子出门在外，家里只有母亲和妻子，于是跑到他们家里意图不轨。强盗劫持了她的婆婆，想用她当人质逼迫乐羊子的妻子顺从他。乐羊子的妻子见婆婆被强盗劫持，拿着一把刀冲了出去，想救下婆婆。强盗对她说：“你快把刀放下！只要你乖乖地顺从我，我保你全家无事；如果你胆敢反抗的话，我就杀了你婆婆！”她怕强盗伤害婆婆，但又不能顺从强盗的意愿，于是仰天长叹，举起刀子自刎了。强盗没想到她居然这么刚烈，又是害怕又是敬佩，也没有伤害她的婆婆，而是逃走了。

当地的太守知道这件事后非常惊奇，很佩服乐羊子妻子的气节。于是下令通缉那个强盗，把他缉拿归案，砍掉了脑袋，为她报了仇。太守为了表彰她，拿出一些丝绢等丝织品赏赐给乐羊子，让他按照礼数埋葬了妻子，并称乐羊子妻子为“贞义”。

从此以后，乐羊子妻子的事迹就流传开来，成为妇女的典范，虽然她的行为含有封建礼教的成分，但是她让丈夫浪子回头，规劝婆婆以及不畏强暴的品行和精神是值得人尊敬的。

来歙出师未捷身先死

汉光武帝刘秀能扫灭群雄，夺得天下，和他身边有一大群才能卓越的文臣武将是分不开的。他的儿子汉明帝为了纪念那些开国元勋的功劳，从中挑选了28个人，在南宫云台阁上画了他们的像，史称“云台二十八将”。另外有一些将领，因为和皇室有关系，虽然功劳也很大，却没有列入。其中刘秀的表兄来歙就是这些人当中的佼佼者。

来歙的母亲是刘秀父亲的姐妹，刘秀从小就很敬佩来歙的才干，两人交情一直很好。后来刘秀兄弟起兵反对王莽，因为来歙是他们的表亲，所以被朝廷通缉。来歙已经被抓了起来，幸好他手下人把他抢了回来，随后投靠了更始帝刘玄。来歙多次向刘玄提出宝贵意见，但都没有被采纳，他看出绿林军这些人不能成大事，于是称病辞官。他的妹妹是汉中王刘嘉的妻子，所以他就到汉中去了。更始帝失败后，来歙劝说刘嘉投靠刘秀，从此成了刘秀的部下。

刘秀见自己一直很尊敬的表兄前来依附，心里非常高兴，马上脱下自己的外套给来歙穿上，并任命他为太中大夫。这个时候中原已经基本上被刘秀平定，只有陕西的隗嚣和四川的公孙述还拥兵自立，成为刘秀的心腹大患。刘秀向来歙请教应该怎么办，来歙说：“我和隗嚣有过交情，他起兵是以拥立汉室为名，现在陛下您的威望那么高，我请求派我前去说服隗嚣，这样他肯定会投降。隗嚣投降后，公孙述也就不在话下了。”刘秀很高兴，于是命令他出使隗嚣。来歙在路上顺便收服了马援，将他送到刘秀面前，然后将印玺和文书送给了隗嚣，劝说隗嚣归汉。隗嚣同意归附东汉，把自己的儿子送到洛阳当人质。

刘秀见陕西基本平定，于是想向西接收隗嚣的部队，然后一起讨伐公孙述。他再次任命

中国大事记　公元36年，窦融入朝，被任命为冀州牧。

光武帝涉水图　明　仇英

来歙为使节，前去命令隗嚣发兵。隗嚣的部将王元不愿意做刘秀的部下，就去劝谏隗嚣，隗嚣本来也不太愿意寄人篱下，顾虑重重，一直没有明确表态。来歙知道这件事后责备隗嚣，越说越气，拔出刀来想杀掉他。隗嚣跑了出来，回去整顿军队想杀死来歙。由于来歙为人重信义，隗嚣手下多数人都很敬佩他，很多人在隗嚣面前替来歙说好话，隗嚣没有追杀来歙，让他回去了。

刘秀与隗嚣正式开战，来歙率军攻打略阳，抄小路抢先到达，攻下了略阳。隗嚣很惊异："怎么可能这么快就来了？"他惊恐万分，乱了方寸，出动所有部队围攻略阳，想尽一切办法攻城。来歙率领士兵们拼死守城，箭射光了就把房子拆掉，把木头卸下来锯断，作为武器砸攻城的敌人。隗嚣红了眼，出动全部精锐部队攻城，但来歙克服了一切困难死守不退，从春天守到秋天，把隗嚣的部队拖得疲惫不堪。刘秀乘机率领大军杀了过来，隗嚣的部队本来就很疲惫了，加上历时半年之久还攻不下区区几千人把守的城池，士气非常低落，一听到大军前来，早就吓坏了，象征性地抵挡了一下就四散溃逃，略阳之围解除了。刘秀进城后大摆宴席，慰劳来歙，把他的席位单独设在将领们的上首，以示对他的恩宠，并赐给来歙妻子绸缎1000匹，命令来歙留在长安监护所有将领。

来歙不肯留在后方，他向刘秀建议用钱粮招揽陕西军民，然后将陇西和天水攻下来，就能解除公孙述在西边的屏障。刘秀接受了他的意见，很快攻下了天水。第二年消灭了隗嚣的残余势力。

隗嚣曾笼络了许多羌人为自己所用，等隗嚣灭亡后，羌人开始四处抢掠，地方上拿他们没有办法。来歙率军攻打羌人，把他们杀得大败，缴获了大批物资和粮食。正好那个时候陇西刚被平定，正在闹饥荒，来歙就把缴获的和仓库里囤积的粮食全部运到地方上去，稳定了局面。

又过了几年，刘秀做了讨伐公孙述的充分准备，派来歙进攻，很快就攻下了河池和下辨两个重要城池。蜀人惊恐不已，但又打不过来歙的军队。公孙述孤注一掷，派刺客前去刺杀来歙，一刀命中要害，刺客见来歙活不了了，于是逃走。来歙并没有马上断气，派人紧急召见部将盖延。盖延一见到来歙这个样子，悲痛万分，伏在地上痛哭，头都抬不起来。来歙大怒，骂道："你怎么能这个样子！现在我被刺客刺中，眼看是活不了了，只恨从此不能报效朝廷，所以才叫你来，想把大事托付给你，谁知道你却像个小孩子和女人一样哭个没完！现在我虽然身受重伤，难道就不能忍着最后一口气叫军队来杀了你吗？"盖延这才擦掉眼泪，勉强站起身来。来歙忍住剧痛亲手书写奏章，奏章里说道："我在夜深人静的时候，不知道被什么人刺杀，受了重伤。我不敢怜惜自己，只恨自己没有尽到责任，成为朝廷的耻辱。治理国家以得到贤才为根本，太中大夫段襄耿直忠诚，可以任用，希望陛下好好观察一番。还有就是我的兄弟们没什么出息，恐怕总有一天会犯罪，希望陛下可怜他们，经常教育督导他们。"写完后把笔扔掉，拔出匕首，血流如注，气绝身亡。

消息传到刘秀那儿后，刘秀惊呆了，一边看来歙的奏章一边流泪。最后追封来歙中郎将的官职，征羌侯的爵位，谥号节侯，派人护送灵车回洛阳。灵车抵达洛阳后，刘秀穿着丧服亲自前去吊丧。为了纪念来歙平定羌人和陇西的功劳，刘秀下令把汝南的当乡县改名为征羌国。

历史关注　据史书记载，我国早在东汉末年已有砖石拱桥。

来歙虽然没有完成征蜀大业就遇刺身亡，但他对东汉王朝的贡献是有目共睹的。来歙有远见，诚实守信，打仗能攻能守，是一个不可多得的将才，为东汉的统一大业作出了卓越贡献。

强项令董宣

汉光武帝刘秀是依靠地方豪强的势力起家的，他夺得天下后对功臣赏赐也很多，形成了一股新兴豪强势力。这些新老豪强联合起来，在社会上影响很大，他们当中的多数人都骄横不法，为地方治安带来很大的麻烦。再加上东汉刚建立不久，各地行政机构还不完善，官员往往无力维持地方治安，导致很多人敢于公然触犯法律，给老百姓带来很大痛苦，也不利于东汉王朝的统治。不过还是有一批正直的官员敢于和这些恶势力作斗争，其中的代表董宣不但和地方豪强作斗争，就连皇室成员他也敢据理力争。

董宣最早是被司徒侯霸发掘的，侯霸推荐他做官，一直做到北海相一职。董宣到北海后，任命当地一个大族成员公孙丹为助手。公孙丹非常迷信，他新盖了栋房子，请人来占卜，占卜的人说这个地方肯定会死人。公孙丹相信了卜者的话，心里惶惶不安。他唆使儿子偷偷杀了个过路人，然后把尸体放到新房子里面，认为这样就算死过人，那么就不会再死人了，他为自己的这一招暗自得意。董宣知道这事后火冒三丈，自己的助手居然敢公开杀人，他决心要杀一儆百。于是派人把公孙丹父子抓了起来，然后处死。公孙丹家族是当地的大家族，平时嚣张惯了，这次被董宣抓了个正着，心里非常不满。有 30 多个家族成员拿着武器到官府喊冤闹事。董宣知道公孙丹曾经依附过王莽，怕他家里和海贼有勾结，这件事他担心海贼也牵涉在里面，于是把那 30 多个人全部抓了起来，然后命令手下的一个小吏水丘岑把他们全部杀掉。董宣的顶头上司青州刺史因为他杀人过多，上书控告这事，并把水丘岑抓起来拷问。董宣也被传讯到廷尉那里，被关进了监狱。

董宣和其他喊冤哭闹的犯人不同，他在监狱里一直安安静静的，从早到晚都安心读书，丝毫没有忧虑的神情。最后他被判了死刑，到了行刑那天，他过去的下属们安排了酒菜来送他。董宣严厉地说："我董宣这辈子从来没有吃过别人的饭菜，何况现在就要死了呢！"从容上了囚车被拉到刑场。

当时和他一起处刑的共有 9 人，依次处决，轮到董宣的时候，汉光武帝派来赦免董宣的使者及时赶到，救下了董宣，把他送回了监狱。汉光武帝派人责问董宣滥杀无辜的事，董宣把事实一五一十地告诉了使者，并说水丘岑是执行我的命令，不能怪他，有什么罪都由我来承担，我请求把我杀了，赦免水丘岑。使者把董宣的话带给了光武帝，光武帝敬佩董宣是条硬汉，于是只把他贬为怀县令，并下令青州不要追究水丘岑的罪责。水丘岑逃过一劫，日后一直升到司隶校尉一职。

后来江夏出现了一个叫夏喜的大盗，他在江夏一带到处抢掠，成为当地一害。朝廷知道董宣对付盗贼很有办法，就任命他为江夏太守。董宣刚上任就发布公告："朝廷因为我能够擒拿盗贼，所以让我来担任这个职务。现在我已经把兵带到郡内了，捕盗的檄文也发下去了，希望那些盗贼好好考虑下如何保全自己吧！"夏喜等人知道这消息后非常害怕，马上解散了手下投降官府。董宣将江夏治理得井井有条，但不久因为得罪了外戚阴氏在当地做官的人，无辜被免掉了官职。

铜车　汉

西汉时期，国家十分重视人才的征辟和任用，对各郡推荐的人才，政府派车接到都城考察任用，史称"公车"。

中国大事记

公元40年，听从马援的建议，继续使用五铢钱。

董宣虽然因为自己的刚正不阿而多次丢官，但他从来也没有向恶势力低过头。后来他被特别征召为洛阳令。洛阳是东汉的首都，皇亲国戚很多，他们一个个骄横跋扈，就连手下的佣人也横行不法。有一次，湖阳公主的仆人杀了人，逃到公主家里藏了起来，官府不敢冲进公主家抓人，这事只好拖着，董宣也没有办法，只能派人监视公主府。日子长了，公主认为这事已经过去了，于是在出行的时候把那个仆人也带上了。谁知道经过夏门亭的时候，董宣早已在那等候多时。董宣拦住公主的车队，拔出刀来划地，大声斥责公主的过失，并叱骂那个仆人下车，然后把他杀了。公主哪里忍得下这口气，马上赶去皇宫向光武帝哭诉。湖阳公主是光武帝的姐姐，很年轻就守了寡，是她把光武帝从小带大的。光武帝一直很尊敬她，即使知道她手下人经常犯法，也没有去管。这次听说姐姐受了气，顿时勃然大怒，马上派人把董宣叫来，要活活打死他给公主出气。董宣边叩头边说："请让我说一句话再让我死。"光武帝说："你还有什么可说的？"董宣说："陛下有圣贤的品德才能让天下重新兴盛起来，但是却纵容奴隶杀人，以后怎么治理天下？也不用陛下您派人打了，我请求自杀。"说完，董宣就一头向柱子撞去。光武帝也没真想杀他，见他真的自杀，赶紧叫小太监把他拉住。光武帝见不好下台，于是让董宣给公主叩个头，道个歉，给公主点面子也就算了。董宣认为自己没有错，说什么也不肯叩头。旁边的人按着他的头往下扳，董宣用手撑着地，死也不肯低头。公主说："陛下当年当老百姓的时候，藏匿逃亡和被判死罪的逃犯在家里，官府都不敢上门来搜查。现在当了皇帝了，怎么还不能把威势用在一个小小的县令身上？"光武帝笑着说："正因为当了皇帝，所以就不能像当老百姓那时候那样了啊。"于是下令让这个"硬脖子"的洛阳令出去，并赏给他30万钱。董宣把这些钱全部分给了手下人。从此以后，董宣惩治豪强就更大胆了，那些违法乱纪的豪强都很怕他，给他取了个"卧虎"的外号。

董宣在任洛阳令5年后去世，光武帝派人去他家查看慰问，发现董宣的尸体只是用布被子盖着，家里连仆人都没有，只有他的妻儿在哭，家里的财产只有一点大麦和一辆破车。光武帝知道后很感伤地说："董宣的廉洁，我在他死后才知道啊！"他下令以葬大夫的礼节埋葬了董宣，并提拔董宣的儿子为郎中，没有让忠臣的后代流离失所。

马援老当益壮

和来歙一样，马援也是因为是皇室亲戚而没有入选"云台二十八将"，但马援的功劳比起那28个人来是毫不逊色的。

马援是赵国名将赵奢的后代，因为赵奢被封为马服君，所以他的后代就改姓马。马援的曾祖父马通因为有功，曾被封为重合侯，但由于参与了谋反计划而被处死，所以马援的祖父辈地位都不显达。

马援12岁的时候父母就去世了，他从小就胸怀大志，曾经拜师学习过《齐诗》，但不久之后他就厌倦了学习经书上的学问，于是告别兄长们，准备跑到边疆饲养牲畜。正在这个时候他的哥哥死了，他在家服了一年的丧，期间恭敬地侍奉寡嫂。后来他当上了郡督邮，在押送犯人的途中，因为同情罪犯而放走了他们，自己也被迫逃到了北地。不久遇到大赦，他就留在当地放牧牲畜。他能够根据自然地理环境制订正确的经营方案，很快就把自己的财产增加到牲畜数千头，谷物几万石之多，但他又叹息道："赚钱的目的应该是帮助别人，否则和守财奴又有什么区别呢？"于是他把自己的财产都分给了兄弟和亲友们，自己穿上朴素的衣服从头开始。

后来各地起义军蜂拥而起，马援也坐不住了，他一开始投靠王莽，王莽失败后他投靠了隗嚣，出使到光武帝那儿，被光武帝的气质所折服，光武帝也很赏识他的才干，马援就投入了光武帝的麾下。

隗嚣被平定后，马援奉命征讨叛乱的羌人，

历史关注　崔寔所著的《四民月令》记载了十二个月的农事活动，这是我国最早的农家历。

很快就打败了先零羌。羌人的其他部落还有数万人，据守在重要关隘死守，将妻子儿女们转移走，并堵住道路阻止汉军追击。马援率领部队抄小路绕到羌人营地，发动突然袭击，羌人措手不及，大败而逃，马援乘胜追击。羌人逃到北山上，马援把主力在北山摆开阵势，派了几百名骑兵偷偷绕到羌人后方，到晚上时候放起大火，拼命擂鼓呐喊，假装大军来袭。羌人分不清真假，纷纷逃窜，这一仗砍下1000多羌人的脑袋，取得了大胜。马援带的人不多，所以不敢追得太远，就把羌人的牲畜物资都搬走，没有再追了。这一仗让光武帝很满意，特地赐给他几千头牛羊，马援全部分给了手下。

马援对待下属非常宽容，他把职权都交给下属官员，自己只处理大事要事，而且处事非常冷静。有一次，有人造谣说羌人造反，百姓和官吏们都惊慌不已，要马援关闭城门，出兵征讨。当时马援正在宴请宾客，听到这消息后哈哈大笑："羌人哪里还敢造反？快去通知大家，该干吗干吗去，如果怕的话，就躲到床下去好了！"结果果然没有事情发生，城里也慢慢平静下来，大家都很佩服马援。

马援曾经说过："男儿应当战死沙场，用马革裹尸而还，怎么能躺在床上，和儿女们一起消磨时光呢？"有一次，匈奴和乌桓入侵，马援率兵征讨，临行时对黄门侍郎梁松和窦固说："凡人富贵的时候，还应该能够过贫贱的生活。像你们那样身居高位却骄傲自负，不想再去过贫贱生活，这样是不对的。希望你们好好想想我的话。"梁松没有能够听进去，后来果然因为富贵太过而招来了灾祸，窦固也差点没能幸免。

建武二十四年（公元48年），五溪蛮夷造反，马援请求让他再次出征。当时他已经62岁了，光武帝见他年老，不忍心再让他长途跋涉，没有准许。马援知道光武帝的意思，再次请求道："我还不老，还可以穿戴盔甲上马！"光武帝让他试试，马援披挂整齐，飞身上马，雄赳赳气昂昂地跑了一圈回来，以示自己还能行军打仗。光武帝笑道："您真是个勇武的老头啊！"同意了马援的请求，派他率领4万人马前去征讨。马援在临行时对朋友说："我深负朝廷重恩，现在岁数大了，估计也活不了多久了，只担心不能为朝廷献身。现在我终于能够再次报效朝廷，就算是死也瞑目了。我唯一担心的就是那些权贵子弟在我身边捣乱，如果和他们共事，实在让人受不了！"

马援到五溪后一连打了好几个胜仗，五溪这个地方很荒凉，很多人都中了瘴气得病死了。马援毕竟岁数大了，也得了病，但他仍然拖着双脚出营观察地形和敌人的情况，周围的人都感动得落泪。因为先前马援和另一个人对作战计划的制订有分歧，朝廷采纳了马援的意见，但战事一直没有进展，有人就认为是马援的计划有误，于是光武帝就派梁松前来责问。梁松是马援朋友的儿子，年轻气盛，仗着自己是皇亲国戚一向横行无忌，马援多次批评过他。有一次，马援生病，梁松前来探望，在床下拜了很久，马援也没有回礼。梁松走后，马援的儿子们问道："梁松是皇帝的女婿，在朝廷里很

君车出行图　汉

中国大事记 公元64年，汉明帝遣使到天竺（今印度）求取佛道。

马援与沙盘

马援用米堆地形模型分析敌情，研究作战计划，这是中国历史上第一次使用沙盘作用的实例。

有地位，大臣们都让他三分。您为什么不对他以礼相待呢？”马援回答：“梁松的父亲是我的朋友，我是他的长辈，他虽然身份贵重，但长幼的次序怎么可以变？”梁松因为这件事对马援产生了怨恨。这次他逮到这个机会，就在报告中诬陷马援，正好马援刚刚病死，死无对证，光武帝听信了谗言，削了马援的爵位。

马援患有风湿病，他在交趾打仗的时候，听说当地有种叫薏苡仁的东西可以治风湿，吃了之后果然有效，于是他买了一车薏苡仁，想带回去做种子。很多人以为车里装的是金银珠宝，都很妒忌他。当时马援正受宠信，所以没有人敢告他，等他一死，就有人诬告当年那车里装的都是珍珠宝物，光武帝听了之后更生气了。马援的妻儿不敢把马援的尸体运回家埋葬，只好随便买了点地，草草埋葬了，他的亲友谁都不敢来给他吊丧。后来他的妻子前后6次上书阐述冤情，一个叫朱勃的人也为马援抱不平而多次上书，朝廷这才给马援平反昭雪，这位老当益壮的将军才没有抱恨黄泉。

不攀权贵的严子陵

严子陵是历史上有名的隐士，他不贪图富贵，也不攀附权贵，在历史上留下了美名。封建统治者的专横霸道是令人发指的，就因为汉明帝叫刘庄，他的名字里有个“庄”字，所以整个东汉王朝的人都得避讳“庄”这个字。很少有人知道严子陵其实应该叫庄子陵，就是因为要避讳，所以写书的人把他的姓给改了。可怜他一生不肯向皇权低头，最后却连姓氏都让皇权给霸占去了。不过为了叙述方便，还是暂且管他叫“严子陵”吧。

严子陵名叫严光，字子陵，年轻的时候名声就很好。光武帝在求学的时候和他是同学，两人关系不错。等到光武帝当上皇帝后，其他同学都跑去攀交情，想捞点好处。只有严子陵隐姓埋名，悄悄躲了起来，不去高攀富贵。光武帝一直很欣赏他的贤明，想让他出来辅佐自己，于是让人画好严子陵的像，派人到处查访他的下落。

齐国报告说：“有个男子披着羊皮衣服在大泽里面垂钓。”光武帝怀疑那个人就是严子陵，派人前去打探，果然就是他。光武帝很高兴，专门准备了舒适的车马和官服，派人去聘请他。请了一次又一次，严子陵实在躲不过去了，这才肯出来。他被安排在北军居住，光武帝赐给他床和被褥，还命令掌管百官饮食的人专门为他提供膳食。

司徒侯霸和严子陵是老朋友，他派人给严子陵送信。那个送信的人告诉严子陵：“司徒大人听说先生到了洛阳，他诚心诚意想亲自来拜访您。不过呢，司徒大人现在身居要职，如果前来的话很不方便，怕别人说闲话，况且公务也实在繁忙。所以想请您老人家晚上委屈一下，到司徒大人那儿说说话。”严子陵懒得理他，那封信他看都没看就扔还给他了，然后口述了回信：“足下现在已经权倾朝野，举足轻重。您怀着仁慈之心辅佐朝政，天下人都很高兴。但是您阿谀奉承、溜须拍马的功夫也达到了绝妙的境界啊！”侯霸得到回信后把信封好交给了光武帝。光武帝看了信后笑着说：“这就是那个狂妄之人的一贯脾性！”

汉光武帝当天就坐着车来到严子陵的住处看望他。严子陵知道光武帝来了，却躺在床上不起来。光武帝也没怪他，走到床边摸着他的肚子说：“你这个咄咄逼人的严子陵啊，你就不能出来帮助我治理天下吗？”严子陵闭上眼睛不说话，过了很久他才慢慢睁开眼睛，看

历史关注

河南白马寺创建于公元68年，是佛教传入中国后兴建的第一座寺院，有中国佛教的“祖庭”和“释源”之称。

富春山居图卷　元　黄公望

富春江因严子陵在此隐居而广为人知，后世许多文人墨客喜以富春为名吟诗作画，追思先贤。

了光武帝老半天，才开口说道：“以前唐尧德行那么高尚，他让许由、巢父出来做官辅佐他，他们听到这话后都去洗耳朵，嫌让他们出来做官的话弄脏了他们的耳朵。每个人的志向本来就不一样，大家都有自己的志向，你为什么非要来强迫我呢？”光武帝很失望，说：“子陵啊，我到最后也不能让你降服于我吗？”只好坐上车叹着气回去了。

后来光武帝叫人把严子陵带到皇宫里，两人一起聊天，谈论以前的老朋友们的事，两人面对面地坐着，一连聊了好几天。光武帝突然问道：“我和以前相比，有没有什么变化？”光武帝是想让严子陵夸他当了皇帝后气质和威严变了。可严子陵并不吃他那一套，而是回答：“陛下比以前稍微胖了一点。”光武帝于是就转换了话题。晚上两个人像求学时候那样睡在一起，严子陵睡熟后一个翻身，就把脚放在光武帝的肚子上了，光武帝也没有在意。第二天，主管观测天象的太史前来报告，说有客星侵犯帝星的征兆，而且非常急迫。光武帝笑着说：“哪有什么事啊，不过是昨天晚上我和老朋友严子陵睡在一起，他把脚放我肚子上了而已。”

光武帝想拜严子陵为谏议大夫，但严子陵没有接受。光武帝见实在没有办法让严子陵出山辅佐他，就放他回去了。严子陵回到富春江从事农业劳动，时不时地还去江边钓鱼，过着悠闲的生活。后来人们把严子陵钓鱼的地方称为严陵濑，现在那个地方被称作严子陵钓台，是一处风景名胜。

建武十七年（公元41年）的时候，光武帝又想起了严子陵，又一次请他出来做官，这一次严子陵还是没有同意。严子陵80岁那年死在家里，光武帝非常悲痛，感到很惋惜，于是下诏书给当地官府，赐给严子陵的后人100万钱和一千斗谷子，让他们给严子陵筹办丧事。

就这样，严子陵放弃了做官的前程，给中国古代知识分子留下了自己的尊严，后人一直把他看成是不向权贵低头、维护自身尊严的知识分子的典范。

梁鸿与孟光

东汉出了不少有名的隐士，严子陵只是其中最有名的一个，而梁鸿和孟光作为一对夫妻隐士，在历史上也很有名气。

梁鸿的父亲很早就死了，当时正好遇上动乱，来不及妥善安葬父亲，梁鸿只好用席子将父亲的尸体卷起来草草安葬了。梁鸿后来在太学里学习，他家里很穷，但他从来不因为自己穷而自卑，反而崇尚高尚的品德，为人正直，而且他喜欢读书，几乎没有他不懂的学问。但是他从来不写书，也不轻易发表议论，是一个很谨慎的学子。他结束在太学的学业后，就到

中国大事记 | 公元73年，班超奉命出使西域。

·汉 赋·

赋是汉代主要的文学样式。它直接从骚体演变而来，也受到战国诸子散文的影响。西汉初期贾谊等人的创作，处于骚体赋的阶段。汉景帝时枚乘创作《七发》，标志着汉大赋的成熟。汉武帝时，赋的创作最为兴盛，其中最为活跃的是司马相如，他把汉大赋的创作推向了不可逾越的顶峰，他的《子虚赋》《上林赋》是这个时期的代表作。汉大赋气势恢宏，词藻华丽，极尽铺陈之能事，表现了物质世界的丰富多彩，反映了西汉国家的盛大气象，是与那个盛世相应的“润色鸿业”的文学。东汉时期大赋的创作以班固和张衡最为有名。东汉后期，汉大赋的创作渐趋衰歇，各种篇幅较小的抒情小赋代之兴起。这类小赋基本摆脱了大赋铺张刻板的写法，具有新的生命力。

上林苑放牧。有一次，他不小心引起了火灾，把别人家的房屋给烧了，梁鸿找到那家人，打听他们的损失情况，把自己养的猪全部赔给人家。但那家人觉得还是太少，梁鸿没办法，只好说：“我没有别的财产了，只能到你家来当工人，用这个来赔偿吧。”那家人同意了。梁鸿到了那家后做事很勤快，从来都不偷懒，邻居们觉得他不是个普通人，把梁鸿看成是忠厚的长者，都谴责那家人不厚道，如此对待梁鸿。那家人也很后悔，开始尊敬起他来，把猪全部还给了他。梁鸿没有接受，而是离开了那儿，回老家去了。

当时梁鸿的名声已经传了出去，许多有权势的家族都很仰慕他，想把女儿嫁给他，但梁鸿都婉言谢绝了。他们县有一家姓孟的人家，家里有个女儿，长得又胖又丑，皮肤很黑，力气大得能够举起石臼，所以30岁了还嫁不出去，她自己也不愿意嫁人。父母很奇怪，问她是为什么，她说：“我想嫁给梁鸿那样贤能的人。”梁鸿听说这事后并没有觉得奇怪，而是出人意料地给孟家下了聘礼。孟家女儿请父母给自己做了几套布衣服和麻鞋，还弄了些放编织品的筐子和纺织用具，直到要出嫁的时候才肯打扮自己出门。

嫁给梁鸿整整7天了，梁鸿连话都不肯跟她说。她跪在床前问道：“我听说您是个高尚的人，已经谢绝了好几个好女子了，而我也拒绝过几个男子的求婚。现在您不喜欢我，那么请告诉我是为什么，我好向您请罪。”梁鸿回答：“我要娶的是能够穿生毛皮和粗布衣服的女人，这样她就可以和我一起隐居山林。现在你打扮得这么华丽富贵，这难道是我想要的吗？”妻子回答：“我这么做其实是想试探您，看您的志向到底如何。我当然准备了隐居穿的衣服。”于是她把发型改了，穿上早已准备好的布衣服走到梁鸿跟前。梁鸿看了之后非常高兴，说道：“这才是我梁鸿的妻子啊！这下你可以侍奉我了！”于是替她取名孟光，字德曜。

两人在一起住了一段时间后，孟光对梁鸿说：“我听说您一直都想隐居以躲避战乱，怎么到现在还没有行动呢？是不是向世俗低头了？”梁鸿说：“当然不是了，我们现在就隐居吧。”于是两人一起到了山中隐居下来，梁鸿种田，孟光织布，闲下来的时候就一起读《诗经》《尚书》，或者弹琴取乐，内心里非常景仰那些高洁的人，并为以前的24个隐士写了称颂的文章。

后来两人到了吴国，投奔名士皋伯通，平时靠替人舂谷物为生。每天回到家里，孟光都为梁鸿做好饭，在梁鸿面前低下头不敢看他，把饭放在小桌子上，举到和自己眉毛平行的高度，将饭菜送到梁鸿跟前。这就是“举案齐眉”成语的由来。皋伯通看到这种情况后，说：“这个人能让妻子如此地敬重他，肯定不是普通人。”于是把他们接到家里来住。梁鸿平时闭门在家写书，一共写了10多本书。后来梁鸿得了重病，在弥留的时候，他对皋伯通说：“过去季札把儿子埋在嬴和博这两个地方之间，而不把尸体运回故乡，所以千万不要让我的儿子把我的灵柩送回故乡。”不久梁鸿就去世了。皋伯通等人替他在要离墓边找了一块地将他安

历史关注

贾逵明确指出黄道和赤道有一交角，在我国首先利用黄道坐标系测定天体的位置。

葬。大家都说："要离是一个勇烈的人，而梁鸿则是一个品行高洁的人，所以可以把他们葬在一起。"梁鸿被安葬后，孟光就回到了故乡。

梁鸿和孟光夫妻二人品行高洁，双双隐居，过着恩爱而又遵守礼节的生活，千百年来一直为人所景仰，成为夫妻的典范。

由憨直到圆滑的郅恽

郅恽是东汉有名的儒生，生性憨直，但到了晚年，他却变得圆滑了起来，是一个性格转变巨大的典型例子。

郅恽是汝南人，12岁的时候母亲死了，他在守孝期间的哀伤超过了礼仪的规定。等长大后，他学习《韩诗》和《严氏春秋》，并精通天文历算。

王莽统治时期，郅恽到长安，向王莽上书，建议他退位。王莽勃然大怒，立刻下令把他逮捕，给他定了个大逆不道的罪名，想杀死他。但郅恽的建议是根据经书等当时很受推崇的东西推断出来的，所以王莽还很难找借口杀他，就让心腹去找郅恽，要他承认自己是得了疯病而胡言乱语。郅恽听了之后破口大骂："我所说的都是根据天象推断出来的，这不是疯子能编出来的！"王莽没办法，只好把他关押起来，等到冬天再处死他，结果赶上大赦，郅恽被放了出来，出狱后和同乡郑敬一起隐居起来。

汉光武帝建立东汉王朝后，将军傅俊听说了郅恽的名声，派人聘请他，把他聘为将兵长史，负责军政大事。郅恽当众宣誓，绝不滥杀无辜，严禁挖人坟墓。但傅俊的士兵还是有盗墓挖财宝的，郅恽劝谏傅俊，要他命令手下停止这种伤天害理的行为，傅俊听从了郅恽的意见，结果百姓很欢迎他，所过之处无不臣服。

傅俊得胜回朝后，向光武帝汇报了郅恽的功劳。但郅恽以因为军功而取得官位为耻辱，于是辞职回到家乡。当地的县令对他非常尊敬，要他做自己的帮手，他就在县衙当了个小吏。郅恽的朋友董子张的父亲被人杀害，董子张还没来得及报仇就得了重病。郅恽去看他的时候，董子张已经快死了，他看着郅恽，一直在抽泣，一句话也说不出来。郅恽说："我知道你不是为了要死而悲伤，而是因为不能替父报仇而哭。你活着的时候，我为你担心但不能帮你报仇。现在你要死了，我就可以动手而不必为你担心了。"董子张已经病得说不出话了，只能用眼睛看着他。郅恽站起身来，带领门客出去把那个仇人杀掉，然后把头颅带回来给董子张看，董子张看了仇人的头颅一眼就去世了。郅恽马上赶到县里投案自首，县令不想抓他，故意拖延了好久才出来见他，郅恽说："我为朋友报仇是我的私事，而秉公执法是您的责任。我为了自己能活命而让您的品行出现污点，这不是我做人的态度。"于是自己主动进了监狱。县令急得连鞋都来不及穿就追到监狱里，拔出刀对着自己，说："你今天如果不答应我从监狱里出去，我就马上死在你面前！"郅恽没有办法，只好出来了。

郅恽后来被任命为看守洛阳东城门的官员。有一次，光武帝外出打猎，很晚了才回来，郅恽吩咐把城门关严实，不准开门。光武帝让随从去找郅恽，郅恽说："天太晚了，城门不能开。"光武帝没有办法，只好从另一个门进了城。第二天，郅恽向光武帝上书，劝谏道："以前周文王不敢在外面随便打猎，是怕惊扰了百姓。而现在陛下却跑到远远的山林里面去打猎，从白天玩到晚上，把江山社稷，还有祖宗的宗庙放在什么位置上？这样鲁莽冒险，我很担心会有不测之灾发生啊！"光武帝看了奏章后觉得他说的很有道理，赏给他100匹布，并把昨天放自己进城的守门官员贬了职。

后来光武帝让郅恽做太子的老师，教授《韩诗》。郭皇后被废后，郅恽对光武帝说："我听说夫妻之间的事，连父亲都管不了儿子，何况大臣能管君王呢？这本来是我不敢进言的原因，但即使是这样，我仍然希望陛下能够考虑一下这样做是否适当，不要给天下人抓到话柄。"光武帝听了，说："郅恽善于以宽厚之心来体谅君主，他知道我不会被别人所左右而忘记天下的。"

中国大事记　公元91年，东汉复设西域都护，以班超为都护，驻节龟兹。

郭皇后正式被废后，太子觉得自己的地位不保，心里很害怕，这个时候郅恽却像变了个人似的，反而来劝解太子放弃储君之位。他说："太子之位其实是最容易受人怀疑的，你长久处于这个地位，对上不符合孝道，对下则面临危险。以前武丁是明君，而尹吉甫是贤人，他们俩还因为一些小事而把自己那么孝顺的儿子给放逐掉了呢。《春秋》也说过，母亲因儿子的地位而高贵，太子您应该引咎退位，把精力放在奉养母亲上面，不要违背自己的父亲。"太子就照着郅恽的话去做了，结果光武帝同意了太子的请求，另立了太子。这件事表明郅恽开始圆滑了起来。因为太子并没有犯什么过失，完全没有退位的必要。即使皇帝想废掉太子，按照郅恽以前的性格，他也应该极力保护太子的地位。不知道是什么原因，他反而教给太子这种明哲保身的方法，这不符合他以前做人的原则。看来，人到了晚年确实会发生一些变化的。

爱民如子的孔奋

孔奋是东汉有名的孝子，他少年时期跟随刘歆学习《春秋左传》，刘歆曾经称赞他说："我已经从孔奋那里学到了大道理。"王莽篡位后，孔奋带着老母亲和弟弟逃到河西地区避难。东汉建立后不久，窦融聘请孔奋到自己的官署来当助手，在姑臧县当县令。他工作很勤奋，把事情都处理得井井有条，3年后被赐爵关内侯。当时天下刚平定不久，各地还很混乱，只有河西地区还算安定，尤其孔奋负责的地区被别人称为富县。那里是和羌人还有胡人贸易的地方，一天有4次集市，要从中捞油水是非常容易的事。以前来到这里的县官，上任没几个月就能富裕起来。只有孔奋是个例外，他在这里当了4年县官，家里没有增加半点财产，可见他是个难得的清官。

孔奋侍奉母亲殷勤周到，对母亲可以说是百依百顺。他为官清廉，收入一直微薄，生活过得非常俭朴。但他却想尽一切办法让母亲吃上好东西，收入的一大部分都用来赡养母亲了，而他和妻子儿女吃的却是普通的饭菜。当时的士大夫普遍都不注重操守，贪污腐化问题很严重，而孔奋在有富县之称的姑臧当县令，却能清廉自守，反而被别人嘲笑他死板，有的人还说他身在富裕的地区，却不能让自己富裕起来，是自讨苦吃,看不起他。孔奋知道后也不去辩解，仍然坚持自己的原则。孔奋施政以教化仁义为基础，太守梁统很敬重他，平时孔奋前来拜见的时候也不以对待下属的礼节对待他，而是经常亲自到大门口迎接，还把他带到家里拜见自己的母亲。

隗嚣和公孙述被平定后，河西地区的太守和县令都被征召进京，其他官员的财物都装满了好多车辆。只有孔奋没有钱财，乘了一辆空车入京。姑臧的官员百姓还有羌人胡人在一起商量说："孔县令又清廉又讲仁义，对咱们那么好，全县人民都蒙受了他的恩惠。现在他要走了，我们难道还不报答他吗？"于是大家一起凑了许多财物，准备了牛马车辆，派人追了好几百里才追上孔奋，想把那些东西都送给他。孔奋见到这种情况只是拜谢而已，但那些东西他都没要。

孔奋到了洛阳后，被任命为武都郡丞。当时陇西地区残余的盗贼隗茂等人趁晚上攻进了官府，将太守杀掉了。那些人害怕孔奋前来追剿他们，就抓住了孔奋的妻子儿女，把他们作

耕地图　东汉

历史关注

张衡发明了浑天仪和地动仪，其中地动仪比欧洲创造的类似的地震仪早了1700多年。

为人质。孔奋当时已经50岁了，只有一个儿子，但是他只知道为国尽忠，丝毫不惧怕贼人会残害他的家人，仍然率领部下征讨。那些官员和百姓都被他的精神所感动，拼命地和贼人作战。当时武都境内居住着许多氐人，他们很熟悉山里的道路，首领齐钟留很受族人的敬爱。孔奋于是说服齐钟留帮助自己，命令他率领氐人把守要道阻击贼兵，而官兵在外面猛攻不舍。贼人受到内外夹击，形势非常窘迫，决定孤注一掷，打出最后的王牌，把孔奋的妻子儿女推到阵前，要孔奋退兵，否则就杀了他们。孔奋不为所动，反而率军攻打得更加猛烈了，终于把隗茂等人捉拿归案，贼人余党被一网打尽。但不幸的是，他的妻子儿女都被贼人杀掉了。光武帝因为这件事而专门下诏表彰了孔奋，并升任他为武都太守。

孔奋在担任郡丞的时候就已经深受军民的爱戴，担任太守后，全郡的人都以他为榜样，修身养性。孔奋施政善于明断，他表彰善行，对恶行深恶痛绝。他看到别人有美德，爱护他们如同自己的亲人一样，而那些没有操守的人和事，他都像痛恨仇人一样讨厌他们。在他的治理下，武都被治理得非常好，全郡人都称赞他廉洁公平。

孔奋有个叫孔奇的弟弟，以前在洛阳求过学，孔奋认为孔奇对儒家经典钻研得很透彻，比自己强，应该做官。于是自己就称病辞官，把官职让给弟弟做。他辞官后回到故乡，在家中去世。孔奋虽然为朝廷献出了自己的儿子，但好人有好报，晚年的孔奋又生了个儿子，取名孔嘉，后来成为有名的儒学学者。

·《九章算术》·

《九章算术》是汉代最重要的数学著作。该书的内容十分丰富，它从土地的测量与计算、粟米交换、比例分配、仓库体积等问题中，选出246个例题，按照解题的方法和应用的范围，把全书内容分为九章。书中应用了多种代数的计算方法，其中分数四则、正负数加减法运算和比例的算法居于当时世界的领先地位。负数的概念则是在世界数学史上的第一次提出。《九章算术》开启了中国数学史上的一个新的阶段，标志着中国古代以算筹为工具的数学体系的形成。

骄横跋扈的梁冀

东汉中后期，皇帝通常年龄都很小，所以权力一般都掌握在外戚手中。那些外戚普遍没什么本事，只是仗着是皇帝的亲戚而得以掌握大权，所以都干了不少坏事。梁冀的两个妹妹都是皇后，他权倾一时，成为历史上有名的大奸臣。

梁冀外表丑陋，也没有什么才学，但他出身高贵。他从小就和一帮狐朋狗友鬼混，当时公子哥儿当中流行的东西他无一不精，别的本事却一点都没有。长大后仗着家里的势力反而官运亨通，一直爬到了执金吾的高位。

后来他被任命为河南尹，在任上残暴贪虐，干了不少坏事。洛阳县令吕放是他父亲梁商的好朋友，看不惯梁冀胡作非为，在梁商面前说了不少梁冀的劣迹。梁商责备了梁冀，但他不但不知道悔改，反而对吕放怀恨在心，派人暗中刺杀了吕放。

梁商死后，梁冀被任命为大将军。汉顺帝去世，还是婴儿的汉冲帝即位，梁冀的妹妹梁太后临朝听政，命梁冀等人辅政。梁冀虽然表面上推辞，却更加横行霸道了。

冲帝很早就死了，梁冀为了独掌大权，故意扶立年仅8岁的汉质帝。但汉质帝虽然岁数小，人却很聪明，他很清楚梁冀的骄横。有一次在朝会上，他指着梁冀说："这是个跋扈将军。"梁冀非常生气，又不好当面发作，只好忍了下来。后来他命令心腹给汉质帝吃下掺有毒药的饼，把汉质帝毒死了。

梁冀随即又扶立汉桓帝，他害死了太尉李固和前任太尉杜乔，只手遮天，独揽大权，前前后后给自己封了多达3万户的封地。梁冀的仆人秦宫和他妻子孙寿私通，在梁家很有地位，

中国大事记 公元105年，宦官蔡伦改进造纸术。

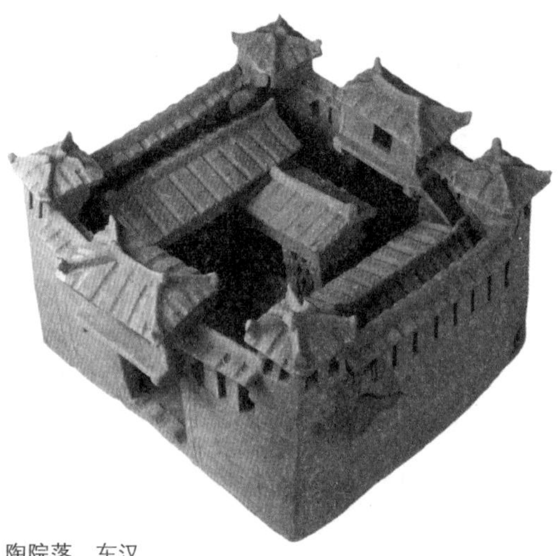

陶院落　东汉

这个院落把住宅和防御设施结合了起来，是东汉时期豪强地主武装力量的一种真实反映。

就连那些刺史、太守来京城，都要前来拜见秦宫，可见梁冀本人的权势有多大了。

梁冀怕老婆，孙寿要他多多提拔孙家的人，他就以显示自己谦让为理由，罢斥了梁家的许多人，转而提拔孙氏。那些人上台后别的都不会，贪污腐败却一个比一个狠。他们让心腹把有钱人的名单开出来，然后随便安个罪名逮捕那些人，关起来拷打，直到那些人出钱赎人为止。扶风郡有个叫士孙奋的人，非常有钱，但有点吝啬。梁冀想敲诈他，先送了一匹马给他，然后问他“借”5000万。士孙奋知道梁冀不可能还钱的，只给了3000万。这下可把梁冀激怒了，他硬说士孙奋的母亲是自己家掌管财物的奴隶，偷了钱逃跑了。于是把士孙奋兄弟抓起来活活打死，把他们家全部财产据为己有。全国各地进贡的物品，一向是先给梁冀最好的，次等的才送到宫里。梁冀搜刮钱财不遗余力，上他们家行贿送礼的官员络绎不绝，可见东汉王朝已经腐败到了什么地步。

梁冀喜欢兔子，专门在河南县修建了一个兔苑，然后从各地征调活兔，在它们身上做上标记，如果谁不小心触犯了兔子，就会被抓起来处死。曾经有个西域人不知道规矩，误杀了一只兔子，结果牵扯进了不少人，因为这件事而被杀的人竟然多达十余个。梁冀还到处抢掠良家子弟，强迫他们充当自己家的奴隶，称为“自卖人”。

有个叫吴树的人被任命为宛县令，临行前向梁冀辞行。梁冀在宛县有不少宾客，托他照顾。吴树是个很正直的人，他告诉梁冀：“那些小人人人都该杀，大将军位高权重，应该多多举荐贤良，宛县是个大县，贤才很多，但我从没有听说您举荐过谁。而您托付给我的都不是什么好人，所以很难办到。”梁冀听了之后很不高兴。吴树上任后杀了几十个鱼肉百姓的梁冀的宾客，梁冀恨透了他。后来吴树升任荆州刺史，又去向梁冀辞行。梁冀在他吃的东西里下毒，把吴树害死了。辽东太守侯猛只是因为初次上任没来拜见梁冀，就被梁冀找了个借口把他给腰斩了。

很多正直的人看不惯梁冀的跋扈，纷纷站出来指责，但都被梁冀害死了。而且梁冀还非常多疑，他的弟弟梁不疑喜欢读书，和士人关系很好，和哥哥性格完全不同。梁冀因此很妒嫉他，于是把梁不疑调任，让自己的儿子接任。梁不疑很生气，回到家里闭门自守，梁冀派人监视他。有几个人只是因为拜见过梁不疑，就被梁冀以别的罪名陷害致死。

汉桓帝渐渐长大了，看到梁家的人权力越来越大，而自己却没有什么实权，心里早就不满了。后来太史令说天象有变，责任在梁冀身上，梁冀不由分说，把太史令抓起来，活活打死在监狱里，这件事让汉桓帝极为震怒。梁冀越来越过分，甚至把魔爪伸向了汉桓帝的舅舅家。汉桓帝的愤怒终于爆发了，他和身边最受他信任的几个中常侍开始秘密策划除掉梁冀。

梁冀对皇帝的计划也有所耳闻，暗中做了防备。但他用人不当，他的内应很快就被抓了起来，汉桓帝抓住时机，派兵包围了梁冀的住宅，把梁冀的大将军印收了回来。梁冀见大势已去，被迫自杀。梁家和孙家的人不管年龄大小，全部斩首，被牵连进去的党羽被杀了数十个，加上罢黜的300多人，整个朝廷几乎都空

历史关注

谶纬之学对东汉政治、社会生活与思想学术均产生过十分重大的影响，在东汉末年渐衰。

掉了。百姓们知道梁冀被杀后，无不欢呼雀跃。梁冀的家产全部被收缴拍卖，前后共有 30 亿之多，相当于全国租税收入的一半，而梁家从此一蹶不振。外戚的权力被转移到了宦官的手中，东汉进入了另一个黑暗时期。

深受百姓爱戴的第五伦

第五是一个很少见的姓，但也不是没有，百家姓的最后一句就是“第五言福，百家姓终”，也就是说第五是百家姓中倒数第二个姓。而最给第五家族争光的，莫过于东汉清官第五伦了。

第五伦是战国时期齐国田氏的后代，田氏在西汉时期四处迁移，按照迁移的顺序来作为姓氏。第五伦年轻的时候就很耿直而且讲义气，在家族中有很高的声望。王莽末年，农民起义很多，其中也有不少盗贼，为了保护自己，第五家族的人争相依附第五伦。第五伦在险要的地方修筑堡垒，如果有强盗进犯，他就率领族人拿上武器躲进堡垒死守。前后有数十支部队前来骚扰，都没能突破堡垒。第五伦觉得这样也不是长久之计，他找到郡长官鲜于褒，鲜于褒很欣赏他，把他聘为自己的下属。后来鲜于褒因为失职而被降职，临行时握着第五伦的手说：“我只悔恨和你认识得太晚啊！”

第五伦由于鲜于褒的推荐，在长安担任管理市场的官员，他统一了度量衡，消除了市场上弄虚作假、欺骗顾客的现象，树立了自己的名声，百姓们也很高兴。后来他见到了汉光武帝，汉光武帝很欣赏他，向他咨询政事，一直谈到天黑，任命他为会稽太守。他虽然年俸有两千石，但还是亲自锄草喂马，让妻子下厨做饭。他领到俸禄后，只留下一个月的口粮，其余的都低价卖给贫苦百姓，百姓们很热爱他。后来第五伦因为犯法而被征召入京，会稽的百姓扶老携幼赶来送他，大家都攀着他的车子，拉住马，边哭边跟随其后，一天只能走几里路。第五伦怕误了进京的日期，只好暗中坐船走了。大家知道后，又来追赶，一直追到京城。第五伦被送到廷尉那里后，会稽人民赶到京城为他上书求情的多达千人。后来汉明帝巡查的时候发现了第五伦的案子，把他给放了。

几年后，第五伦被重新起用，升为蜀郡太守，蜀郡很富裕，一般的官员家里都很有钱，行贿受贿之风大盛。第五伦到任后，把家境富裕的官员都精简回家，提拔了一批贫穷而有操守的人，从此扭转了腐败的风气。第五伦因为政绩卓著，7 年后被调入朝廷担任司空。当时汉章帝因为马太后的缘故，很尊崇舅舅马廖等人，让他们做了大官。而马廖也喜欢和王公贵族交往，人们也争相依附他。第五伦认为太后家族势力太大不是好事，于是向皇帝上书，想让皇帝稍微削减一下他们的权力，但是皇帝因为感激马太后的养育之恩，没有采纳他的意见。

第五伦虽然是个很耿直的人，但他同时也讨厌一般官吏的苛刻，为政比较宽松，正好汉章帝也是一个忠厚之人，所以第五伦很赞成皇帝制定的一些良好的政策。第五伦还向汉章帝检举揭发了陈留县令刘豫和冠军县令驷协等对待百姓苛刻的官员，他们只知道用严刑峻法约束百姓，给百姓带来很大的痛苦，但往往这种人还被称为能干的官员。第五伦认为这上不符合天意，下不顺应人心，建议不光要处罚他们，还要将举荐他们的人连带责罚，这样才能断绝

·五铢钱·

汉初以来，币制混乱，货币的质量十分低劣，给国家带来了不小的财政困难。汉武帝恢复秦始皇时货币重如其文的制度，改铸三铢钱。元狩五年（公元前118年），国家又以五铢钱代替三铢钱。五铢钱继承了秦半两钱的形制，圆形方孔，钱重五铢，上有“五铢”两个篆字，分列在方孔左右。自汉武帝元狩五年至西汉末年，币制不复改变。此后，东汉光武帝、汉灵帝、三国两晋南北朝、隋都铸造五铢钱。到唐朝武德四年（公元621年）铸造开元通宝钱，废止五铢钱。五铢钱流通700余年，是中国历史上铸造数量最多、流通时间最长的钱币。

中国大事记　公元167年，汉桓帝下诏赦免党人，勒令党人二百余名皆归田里，禁锢终身，再不许入朝为官。此即历史上著名的“党锢之祸”。

那些苛刻的人的仕途，给百姓安定的生活。第五伦就是一直这样想百姓所想，急百姓所急。

第五伦在另一道上疏中提到外戚窦宪位高权重，虽然他为人谦虚又喜欢行善，但是他所交结的人多数品行都有问题。这些人集结在外戚门下，一呼百应，既破坏了朝廷的制度，又玷污了外戚的名声。所以他建议让窦宪闭门自守，不许他随便和士大夫来往，这样就可以避免以后发生祸乱，窦宪也可以长久地保持荣华富贵。但窦宪没有听从他的意见。

第五伦一心只为朝廷着想，所以他平时给皇帝提意见从来也不说违心的话，他的儿子们担心这样会招来祸端，都劝他不要这样了，他反而叱骂他们。他的下属向皇帝上奏章，经过他的手的时候，他从来不压着不上报，而是专门密封好交给上级，他的公正无私从这里可以清楚地看到。他天性就不喜欢装饰文采，是出了名的清官，受到百姓的爱戴。有人问过他：“您有没有私心？”第五伦回答：“以前有人送给我一匹千里马，我虽然没有接受，但每次三公选拔官员的时候我心里都不能忘记这件事。我侄子生病的时候，我一晚上去看望10次，但回来后却能安然入睡；而我自己的儿子生病，虽然我没有去看望，但整个晚上都担心得睡不着。从这些事可以看出，我这个人怎么会没有私心呢？”第五伦对自己的要求就是如此的严格。

后来第五伦觉得自己年纪大了，多次上书请求告老还乡，皇帝最终批准了，赐给他50万钱，让他终身享受一年两千石的俸禄，并送给他一栋住宅。第五伦几年后去世，享年80多岁。

东汉贤王刘苍

封建帝王通常会把自己家的直系亲属封为诸侯王，而这些人一般也没有什么本事，无非靠着亲戚关系而获取高贵的地位。他们当中的大多数人都昏庸无能，只会寻欢作乐，但汉光武帝的儿子刘苍却是个例外。

刘苍于建武十七年（公元41年）被封为东平王，他少年时期就喜欢钻研经书，有儒雅的风度。他哥哥汉明帝很喜欢他，汉明帝即位后，拜他为骠骑将军，地位在三公之上。刘苍没有辜负自己的显贵地位，他不但不像其他诸侯王那样不是胡作非为就是争权夺利，反而经常谏阻汉明帝的一些过失行为。

有一年春天，汉明帝打算去河内打猎，刘苍知道这件事后赶紧上书，认为现在正是春耕季节，如果稍不留神，就会践踏农民的庄稼，让别人知道的话，会说汉明帝是个昏君的。汉明帝看了奏章后醒悟过来，马上回到了宫中。

刘苍类似的行为还有很多，他辅佐皇帝多年，给皇帝提了不少好意见，威望也越来越高。刘苍不但不骄傲自满，反正更加谨慎，他觉得这么高的威望对他而言并不是什么好事，于是他请求汉明帝让他辞职，回到自己的封地上去。汉明帝见他这么谦虚谨慎，心里很高兴，专门下诏褒奖他，但不让他辞职。刘苍后来又多次上书，汉明帝见他决心已下，于是同意了他的请求，但不准他上交上将军的大印，还赐给他5000万钱和10万匹布，让他回到了封国。

第二年，汉明帝又把刘苍召了回来，阴太后去世后才让他回去，又送了他许多东西。

几年后，刘苍和其他诸侯王入京朝见汉明帝，住了一个多月后才回去。汉明帝送走刘苍后回到宫里，因为思念刘苍而心情不好，就写了诏书派人送给刘苍的太傅，以表示自己的思念之情。

汉章帝即位后，对刘苍更加尊敬了，其他诸侯王所受的待遇和刘苍根本没法比。刘苍仍然没有骄傲，还是和以前一样对皇帝提出正确的意见。有一次，汉章帝想在原陵和显节陵建立县邑，这两个地方分别是汉光武帝和汉明帝的陵墓。刘苍认为这样做不妥，赶紧上书说：“我听说皇上您想在原陵和显节陵设立县邑，我以前以为是别人的谣传，后来才知道您连诏书都发了。我以前看到过光武帝勤俭节约的做法，就丧葬制度而言，人死了为他修建陵园和墓地，应该和古代的制度相吻合。光武帝曾经发过诏书，告诫不要修筑山陵，不能堵住流水。明帝

历史关注

“医圣”张仲景生活在东汉末年，传世巨著《伤寒杂病论》是中国医学史上影响最大的著作之一。

宅院画像砖　东汉

这是东汉时期一个较为完整的豪强大族的院落图像。前堂后室，东厨北厕，是当时官吏豪富的居住建筑场所的标准规格。

充分贯彻了光武帝的旨意，所以为自己修筑陵墓的时候比光武帝本人还要节省，可见他的品德之美好。而且我认为陵园坟墓的兴起是从秦朝开始的，以前埋葬死者只造墓而不修坟，更何况为坟墓修筑陵园和设立城池呢？您现在违背了先皇的旨意，徒劳地耗费国家的财用，让百姓们辛苦劳动，这样做不但不能国泰民安，反而会招来灾祸。陛下虽然品德圣洁，但我担心别人会说您的不是，所以冒死进谏。”汉章帝听从了刘苍的意见，停止了错误的做法。刘苍客观上确实减轻了百姓的负担，节约了国家的财政支出。从此以后，朝廷每次遇到疑难的事，都会派人前去咨询刘苍的意见，而刘苍也都耐心回答，他的意见都会被汉章帝采纳。刘苍因为功劳很大，按照惯例给诸侯王的女儿封号的时候，应该封乡主，而刘苍的 5 个女儿都破例被封为县主。

后来遣送诸侯王回封国，汉章帝特地只留下刘苍一个人，以表示对他的宠爱和尊敬。但是这种做法并不符合规定，所以有关部门的官员上奏请求让刘苍回去。汉章帝没有办法，只好下诏书让刘苍回封国。他用车驾送刘苍，临行时痛哭流涕，依依话别。随后又赐给刘苍无数金银珠宝，价值数以亿万计。

刘苍回国后不久就得了重病，消息传到京城，汉章帝急忙派名医前去为他诊治。皇帝派去的宦官围在刘苍周围，以方便掌握病情，随时向皇帝通报，从京城到东平国的使者络绎不绝。皇帝还专门在中途设立了驿站，用来传达刘苍的病情和饮食起居。但已经无力回天，刘苍在第二年就去世了。

刘苍能得到这种超常的宠幸是靠他自己过人的品行和敢于向皇帝提出正确意见的胆识，他为东汉王朝的巩固作出了贡献，是历史上有名的贤王。

文武双全的虞诩

虞诩是东汉中期的名将，他是陈国武平人，12 岁的时候就能通读《尚书》。他很小的时候父母就去世了，他和奶奶相依为命，对奶奶非常孝顺，县里推举他为顺孙，表彰了他。陈国国相认为他是个能人，想任用他为吏，但他以奶奶年老、需要人奉养而推辞了。后来奶奶去世，他服丧期满后被征召到太尉府当郎中。

不久羌人发动叛乱，在并州和凉州一带烧杀抢掠，大将军认为现在钱粮供应不足，决定放弃凉州，把力量集中在对付北方的少数民族上面。虞诩坚决反对这种做法，他对太尉说：“先帝历经辛苦才取得了这块土地，现在却因为害怕耗费钱粮而放弃它，这是不对的。况且凉州是三辅的屏障，如果凉州丢失，那么祖宗的陵园就会暴露在外面，这是绝对不行的！凉州人骁勇善战，胡人之所以不敢来侵扰三辅，完全是因为凉州在他们背后。如果放弃凉州，那么那里的人民必然不肯迁移，反而会背叛，这样就很难抵挡了。所以我认为绝对不能放弃凉州！”太尉觉得他说得很有道理，但又没有计策可以保全凉州，于是向虞诩询问。虞诩回答：“现在凉州人心不安，可能会发生事变。我建议让朝中的王公大臣各自征召当地的豪杰之士，然后把当地官员的子弟授予官职，这表面上是一种奖励，实际上是把他们控制起来作为人质，这样就不会轻易叛变了。”大家都赞

中国大事记 | 公元177年，司徒杨赐等请求捕治太平道首领张角等。

同虞诩的意见，就照他的话去做了。

大将军因为虞诩反对他的意见，对他产生了不满，打算找机会陷害他。后来朝歌人宁季率领数千人造反，当地官府无力镇压，大将军任命虞诩为朝歌县长，让他前去镇压。虞诩的朋友们都为他感到担心，虞诩却笑笑说："立志不求容易达到的目标，做事也不回避难做的事，这才是我们做人臣子的责任啊！而且不遇到盘根错节，怎么能知道刀斧是否锋利呢？"于是轻松上任。他上任后请求上级允许他放开手脚去做，不要约束他，上级同意了。他四处招募勇士，制定了3个等级：抢劫行凶的，属于上等；打斗伤人、偷东西的属于中等；穿丧服而不管家事的属于下等。一共招募了这样的人100多个，把他们的罪行全部赦免，然后命令他们混在叛贼当中，把叛贼诱入埋伏圈，杀死数百人。还派会缝纫的人去给叛贼做衣服，在衣服上用彩线做好记号，等叛贼穿上那些衣服进城的时候就把他们抓起来。叛贼以为神灵在保护官府，全都吓跑了，朝歌从此安定了下来。

后来羌人到武都骚扰，太后知道虞诩有将帅之才，任命他为武都太守。羌人得到虞诩上任的消息后，派了几千人在半路上埋伏堵截。虞诩得知后，下令部队停止前进，宣称自己已经请到了援兵，等援兵到了再出发。羌人放了心，转到周围的县城抢劫去了。虞诩趁这个机会赶紧前进，走了一百多里才停下来。他让部下每人做两个灶，每天增加一倍，羌人于是不敢接近他们。有人问道："以前孙膑用的是减灶的计策，现在您却用增灶的计策，而且兵法上说每天行军不要超过三十里，好保持士兵的体力以防意外，而您却一天行军将近两百里，这是为什么呢？"虞诩回答："现在敌众我寡，走慢了万一被追上就麻烦了，走快的话，敌人就不知道我们的底细。至于增灶嘛，那是为了让敌人以为武都已经派来了援兵，这样敌人以为我们人多，走得又快，那么就不敢来追了。孙膑是故意示弱，而我是故意示强，这是因为形势不同而已。"羌人果然不敢来追赶，虞诩他们顺利抵达了武都。

到达武都后，一点兵，发现武都军队人数不到3000，而羌人却有1万多，已经围攻赤亭达数十日之久。虞诩下令，不准使用强弩，只能使用弱小的弩。羌人以为汉军的弩箭力量弱，射不远，于是发动猛攻。虞诩这才下令使用强弩，每20个弩射一个羌人，因此百发百中，羌人大惊，被迫后退。虞诩乘胜发动攻击，杀死敌人无数。第二天，他集合全部部队，命令他们从东门出城，再从北门入城，然后换衣服，往返循环多次。羌人以为援军源源不断，非常害怕。虞诩估计羌人会撤退，事先在河道上埋伏了500人，等羌人一撤军，伏兵杀出，把羌人杀得大败，解除了武都的危机。随后虞诩构筑了180个堡垒，把逃亡的百姓都召集起来，渐渐恢复了生产。

·东汉募兵制·

东汉时光武帝刘秀改革兵制，中央禁军多采取招募，地方郡县不设常备军，废除都试制度。遇到战事，临时招募士卒组成军队，将原来的西汉时期的征兵制改为募兵制。

募兵制是当有战事时，以雇佣的形式招募士卒的一种兵役制度，最早形成于战国时代，比如魏国的"武卒"。西汉时也曾招募一些身强力壮、武艺高强的勇士组成精锐部队，但是不带有普遍性。

东汉募兵的来源主要有农民、商人和少数民族。主要方法有使用钱财、免除赋役和强抓壮丁等。

由于募兵是临时招募的士兵，缺乏军事训练，战斗力很差，导致"每战常负，王旅不振"。

募兵制的盛行，加重了朝廷财政负担，使一批农民长期脱离土地，影响了农业生产。应募者对将领有严重的人身依附关系，逐渐演变为私人部队，造成地方势力膨胀，成为军阀割据的根源。

历史关注 华佗使用“麻沸散”在病人麻醉后施行剖腹手术，是世界医学史上应用全身麻醉进行手术治疗的最早记载。

后来虞诩担任了司隶校尉，刚上任几个月就接连弹劾了好多朝廷重臣，人们对他很不满，认为他太苛刻了。虞诩辩解说，自己是为了严肃法纪，并声明自己并不怕死，哪怕是尸谏也要和恶势力斗争到底。

当时中常侍张防滥用职权，贪污受贿，虞诩多次上书请求将其法办，都没能得到批准。虞诩十分愤怒，跑到廷尉的监狱把自己关了起来，向皇帝上书控诉。张防向皇帝哭诉，于是虞诩被判有罪。但张防没有放过他，他唆使别人多次拷打虞诩，狱吏看不下去了，劝虞诩自杀，但虞诩认为自己问心无愧，不肯死。宦官孙程、张贤等人知道虞诩被冤枉，在皇帝面前替他申诉，洗清了虞诩的冤情，把张防流放。皇帝对虞诩的忠诚很赞赏，重新征召他为议郎，又提拔他为尚书仆射。

虞诩上任后，废黜了许多盘剥百姓的陋规，并勇于和恶势力作斗争，获得了皇帝的信任。他敢于揭发不法，从来也不包庇，所以多次触犯权贵，9次被责备，3次遭受刑罚，但他刚正不阿的个性从来没有变过。他在临死的时候对儿子说：“我为官以来一心忠君爱民，没有可以惭愧的行为。唯一一件让我后悔的事是当初镇压朝歌叛贼的时候杀了几百人，其中怎么会没有被冤枉的呢？以后20多年来家里没有增加一个人，就是因为这事得罪了上天啊！”

黄昌夫妻团聚

东汉有很多酷吏，这些酷吏当中，黄昌是最滥杀的一个。但是世界上没有绝对的坏人，每个人都有他的闪光点，黄昌对已经失身的妻子能够毫不嫌弃，坦然接纳，这在封建社会是很难想象的。所以黄昌虽然有酷吏之名，这件事却让他在历史上留下了美名。

黄昌是会稽余姚人，他出身贫寒，但他的家在学宫附近，平时经常见到儒生在学宫里面学习，很是羡慕。于是他也对学问产生了兴趣，到处拜师请教，学习儒家经典。后来他因为熟悉法律条令，被征召到郡府里担任决曹。当时

陶仓　东汉

州刺史到各郡巡视，在余姚见到了黄昌，经过交谈后，发现他是个人才，很赏识他，辟他为自己的从事。

黄昌工作兢兢业业，颇有政绩，很快就升任为宛县令。他处理政事非常严厉凶狠，喜欢揭发坏人坏事，但处理手段却过于残酷。有一次有人偷了他的车盖，黄昌一开始的时候没有声张，等到偷车盖的人松懈下来，他才突然派亲信搜查，最后在他部下贼曹的家里搜到了丢失的车盖。按说这也不是什么大罪，顶多把贼曹革职，再打一顿板子也就完事了。但黄昌心确实狠，他居然下令把贼曹全家都抓了起来，然后全部处死。这件事让他的残忍出了名，当地的大家世族都吓得发抖，称黄昌为神明。

朝廷选拔有才干的官员，黄昌因为政绩卓著而被提升为蜀郡太守。他的前任李根岁数大了，很糊涂，所以当地不法之徒很猖獗，百姓们经常蒙受不白之冤，生活很悲惨。黄昌上任后，百姓们听说了他的名声，纷纷前来控诉冤情，前后有700多人。黄昌接到控诉后一一替他们申冤，每件案子都判得合情合理。有一次他暗中抓了一个盗贼首领，迫使那个人交代出蜀郡各县里面为人凶狠、残暴不仁、危害一方的人的姓名和住处，然后派人发动突然袭击，将这些人一网打尽，一个漏网的都没有。那些在蜀郡长年干坏事的人不得不逃到其他地方

中国大事记　公元 184 年，张角领导太平道信徒在巨鹿起义。因起义军都在头上包上黄色头巾，史称“黄巾大起义”。

去了。

当初黄昌在老家当州书佐的时候，他的妻子回娘家，在半路上遇到盗贼抢走了她。他妻子辗转流落到了蜀郡，最后嫁给了别人。黄昌担任蜀郡太守后，他妻子不知道太守就是自己以前的丈夫。后来她儿子犯了法，她跑去找黄昌，想替儿子求情。黄昌见这个女人不像是当地人，说话也带有自己家乡的口音，于是问她的身世。他妻子说：“我本来是会稽郡余姚县戴次公的女儿，我丈夫是州书佐黄昌。有一年我回娘家，在路上被强盗抢走，后来就流落到了这个地方。”黄昌非常吃惊，叫她上前，问道：“你知道怎样认出黄昌来吗？”她回答道：“黄昌的左脚脚心上有黑痣，他因为这个而常说自己命中注定能够当上两千石的太守。”黄昌这才相信面前这个女人就是他失散多年的妻子，于是他脱下鞋子，把脚伸给她看。妻子也认出了他，两人抱头痛哭。黄昌并没有嫌弃妻子失过身，而是把她接回了家里，仍然把她当成原配妻子看待，两人和以前一样和和美美地生活在了一起。至于她现在的丈夫，听到妻子原来是太守的原配后，吓得躲都躲不及，哪里还敢前来纠缠？在那个时代，黄昌这样做是很不容易的，可见他很重感情，不在乎世俗流言，是个难得的好丈夫。

黄昌当了 4 年的蜀郡太守，后来被征召，改任陈国国相。当地的彭氏是有名的土豪，平时一向行为放纵。他家修筑了一栋大房子，在路边盖了座高楼。黄昌每次巡视路过的时候，彭家的妇女都喜欢登上高楼看他。这是不符合当时的礼教规定的，黄昌很不高兴，下令把那些登上高楼看他的妇女全部抓了起来，投进监狱，然后给她们定下罪名，全部杀掉了。这件事平心而论，黄昌做得实在过分，虽然彭氏是土豪，但并没有触犯法律，妇女擅自抛头露面虽然不被允许，但也够不上死罪，黄昌对这件事的处理加重了他滥杀的名声。

黄昌的事迹并不多，后来历任河内太守和颍川太守，又升任为将作大匠和大司农。最后被贬为太中大夫，死在任上。但他和妻子的戏剧性重聚给历史留下了精彩的一笔。

·蔡伦改进造纸术·

在纸张发明以前，人们是用甲骨、竹简和绢帛来进行书写的。西汉时期，宫廷中开始使用一种丝质的纸。同时民间也开始使用一些用麻类纤维制成的纸张。但是丝绵质的纸张成本太高，麻类纸张质量不好，不能满足社会文化生活迅速发展的需要。东汉和帝时期，宦官蔡伦总结了前人造纸的实践经验，改进了造纸方法。他把树皮、麻头、破布、旧渔网等进行一系列的处理，捣成浆液，然后制成纸张。元兴元年（公元105年），他选出制作质量较好的纸张进献给汉和帝，得到皇帝的称赞，天下称这种纸张为“蔡侯纸”。以后到晋朝时，造纸术又有了很大进步，纸张完全取代了简帛，成为主要的书写材料。

十常侍之乱

汉桓帝很年轻就死了，即位的是汉灵帝，这是个更加荒淫无道的皇帝。他出了名的贪财，把朝廷的官职标上价码公开出售，即使是正常的升官，也得交钱，然后把那些钱都用来给自己修筑宫室园林。在他身边的宦官帮助他搜刮钱财，有 10 个人被升任为中常侍，于是人们把他们叫作十常侍。

十常侍不光替汉灵帝刮钱，他们也从中中饱私囊，只要向他们行贿，不管什么事情都能够办成，一时间朝廷上下乌烟瘴气，很快就激起了黄巾起义。很多正直的官员看不下去，郎中张钧上书弹劾十常侍，认为黄巾起义的根源就在于十常侍安置私人，残害百姓，所以才官逼民反。他建议皇帝把十常侍全部杀掉，向百姓谢罪，这样可以不用打仗就平息起义。

汉灵帝把张钧的奏章拿给十常侍看，十常侍看了之后吓得要死，赶紧脱掉帽子和鞋，跪在地上拼命叩头，请求让他们自己去洛阳的监

历史关注

华佗、董奉、张仲景并称为“建安三神医”。

骑射俑　东汉

马昂首奋蹄，骑俑跪于马背射击，展现了汉代骑马弩射的生动场景。

狱，并把财产拿出来作为军费，只求免自己一死。汉灵帝命令他们照常任职，然后对张钧发怒说：“你这个人太狂妄了！难道十常侍中间就没有一个好人？”张钧又一次上书弹劾，但这次皇帝根本不理睬他。

不久，汉灵帝下令廷尉搜捕加入太平道的人，十常侍暗中唆使御史诬陷张钧学太平道，把张钧抓进监狱活活打死。汉灵帝并没有从黄巾起义中吸取教训，反而变本加厉地搜刮起来。他本来出身侯爵，家里不算富裕，经常感叹汉桓帝不会积蓄钱财，等他当了皇帝后，就想尽各种办法捞钱，还在宦官那里寄存了几千万的钱。昏庸的汉灵帝还说：“张常侍（张让）是我爸爸，赵常侍（赵忠）是我妈妈。”可见他对十常侍的信任。而十常侍仗着皇帝的信任更加胡作非为起来，他们模仿皇宫给自己修筑了华丽的住宅。由于汉灵帝曾经登高望远，他们害怕皇帝看见他们的住处，于是唆使党羽向皇帝进谏：“天子不应该爬到很高的地方上去，天子登高，百姓就会离散。”汉灵帝相信了他们的鬼话，终其一生都再也没有登过高。

汉灵帝去世后，汉少帝即位。当时执掌军权的是大将军何进，何进其实也没有什么本事，无非仗着妹妹是汉灵帝的皇后而已。当时的中军校尉袁绍实在看不惯十常侍的跋扈，劝何进想办法除掉十常侍。何进说要问问太后的意见，而太后则不同意，这件事就被耽搁了下来。何进想调集地方上的军队进京剿灭十常侍，袁绍等人坚决反对：“大将军掌握兵权，要除掉几个宦官，还不是轻而易举的事？如果调集地方军队的话，万一走漏了风声，岂不是适得其反？”但何进没有能够听从，还是下令并州牧董卓带兵进京勤王。

结果消息泄露了出去，十常侍很害怕，决定先发制人。他们在宫里设好埋伏，趁何进进宫见太后的时候把何进杀死。何进死讯传出后，袁绍知道大事不妙，赶紧带兵前往皇宫，将赵忠等人杀死，并四处逮捕宦官，不管年纪大小，一律处决。有的人并不是宦官，只是因为没有长胡子，也被当作宦官杀掉了。

张让等人见事态紧急，赶紧带了几十个人挟持汉少帝和陈留王冲出皇宫，向黄河逃去。这个时候董卓的军队已经开到城外，见皇宫起火，知道事情有变，赶紧向城西进军追赶，很快就追上了张让他们。张让等人见已经无法逃脱，一个个痛哭不已。张让对少帝说：“臣等死后，天下就彻底乱了，希望陛下保重！”说完就投河自尽了。

董卓追上来后，向皇帝询问情况，汉少帝早吓糊涂了，一个字都说不出来，倒是陈留王很冷静，虽然年纪比少帝小，但说话头头是道。董卓觉得陈留王才适合做皇帝，于是在掌权后把少帝废掉了，拥立陈留王为皇帝，就是汉献帝。

十常侍之乱开启了东汉末年军阀混战的局面，在这次内乱中，外戚和宦官势力两败俱伤，而地方军阀势力控制了朝政，为日后三国鼎立奠定了基础。

大奸臣董卓

董卓年轻的时候曾经游历过羌人居住的地区，和羌人的首领们交往甚密，后来他回家后，

中国大事记 公元190年，董卓以山东打仗为由，欲迁都洛阳，群臣不悦但不敢言。

羌人来找他，他很慷慨地把家里的耕牛杀掉用来招待。羌人很感动，回去后送了上千头牲畜给他，从此董卓慷慨豪侠的名声就传了出去。后来他当了官，武艺高强，能够左右开弓，羌人很怕他。

汉桓帝末年，董卓担任军司马，参与讨伐叛乱羌人的战争，在战斗中立了功，朝廷升了他的官，还赏赐他9000匹布。他说："虽然立功的是我自己，但赏赐应该归将士们。"于是把赏赐的布全部分给了部下，自己一点都没有留，得到了军心。

汉灵帝末年，朝廷征调他为少府，他没有应征，朝廷因为不能控制他而感到担心。汉灵帝生病的时候下诏书升他为并州牧，并让他把军队交给皇甫嵩。董卓找理由推脱了，把军队带到河东一带，静观形势的变化。

十常侍之乱后，董卓进入了洛阳。他只带了3000人来，兵力太少，怕控制不了局势。于是隔几天就悄悄地把军队开到城外，第二天又大张旗鼓地把军队开进来，让别人以为他的援兵来了，把洛阳人都瞒了过去。不久他把何进和何苗的军队划到自己部下，又收买吕布杀死丁原，吞并了他的部队，这样，董卓的军事实力强盛了起来，开始具备能够左右朝政的实力了。

他先让朝廷免去司空刘弘的职务，自己取而代之，然后把少帝废掉，立了汉献帝。又诬陷何太后逼迫汉灵帝的母亲，犯了悖逆之罪，把何太后迁到永安宫，随后就把她杀了。

董卓自任太尉，控制了军政大权。为了收买人心，他主张为当年的党人平反，将当初受害者们的子孙提拔起来。然后以朝廷名义晋升他为相国，允许佩剑穿鞋子上殿，封他的母亲为池阳君，董卓家族势力兴盛起来。

当时洛阳城内富豪很多，董卓放纵士兵到处抢劫，随便进出别人家里抢走财物和奸淫妇女，称之为"搜牢"。安葬何太后的时候，董卓把汉灵帝的陵墓打开，把里面陪葬的宝物抢了个精光。他公然奸淫公主，把宫女抢到自己家里做姬妾。还任意使用残酷的刑罚，手下人只要犯一点小错就被处死，大臣们朝不保夕。董卓有一次派军队到阳城去，当时人们在社庙那里集会，董卓下令把那些人全部处死，然后驾上他们的车马，把抢来的妇女装在车上，人头挂在车辕上，一路高歌而还。董卓销毁废除了五铢钱，改铸小钱，把洛阳的铜器都搜集起来熔化掉做铸钱的材料，结果弄得货币贬值，民不聊生。

黄巾军的余部郭太等人拥兵十几万，攻破了河东郡，董卓派牛辅率兵镇压，却没有击退对方。而袁绍等地方军阀又联合起来兴兵讨伐他，董卓害怕了，想把都城迁到长安去，他把反对他的人杀掉，然后将汉献帝迁到了长安。

长安当年被赤眉军烧了个干净，一直没有恢复过来，那里只留下了汉高祖的庙和京兆尹

·太尉与大司马·

太尉曾是我国古代掌管全国军事的最高武官。秦朝时，太尉、丞相、御史大夫并称三公。对应于丞相掌管全国行政，太尉则掌管全国军事，地位与丞相相同。汉代基本上沿用了秦制，太尉一职也继承下来。汉武帝继位后，为加强对军队的控制，不再像过去那样封军功卓著的武将担任太尉，而是任命贵戚担任此职。此后太尉便只是个虚职，并无实权。后来汉武帝干脆废太尉一职，以大司马代之。大司马只是一种用于加封的荣誉称号，更无实权。汉大将军卫青、骠骑将军霍去病均因征匈奴的军功被加封为大司马。到东汉，光武帝又将大司马改为太尉。司徒、司空、太尉成为新的三公，太尉又重新成为全国军事统领，并参与政事，权位极重。东汉末，曹操自任丞相，废三公。此后魏晋南北朝期间，太尉与大司马均或置或废，比较随意。隋朝后，太尉与大司马均成为一种加赠的虚衔，宋代时太尉还一度成为对于高级武官的泛称。元代后，太尉与大司马均不再设置，另外，大司马常被当作兵部尚书的别称。

历史关注

《孔雀东南飞》是我国文学史上第一部长篇叙事诗，清沈归愚称其为“古今第一首长诗”。

的府衙，董卓临时把汉献帝安排在那里住下，后来才迁到未央宫。董卓把洛阳几百万人全部迁到长安居住，迁移过程中，他手下的军队任意践踏百姓，再加上饥饿和路上经常遇到强盗抢劫，一路全是尸体。离开洛阳后，董卓把皇宫、宗庙、官府和民房一把火烧掉，两百里内都没有人家。他又让吕布去挖掘历代皇帝的陵墓和大臣的坟，把金银财宝挖出来归为己有。

当时，长沙太守孙坚率领人马讨伐董卓，董卓派部将徐荣和李蒙前去抵挡，击败了孙坚，将俘虏的士兵用布包裹起来，倒插在地上，然后往上面浇热油，活活把人烫死。

董卓在长安城东建造堡垒供自己居住，还在郿县建造了一座坞堡，城墙高厚各七丈，称为“万岁坞”，就是一万年也攻不破的意思。他在里面储存了可以吃30年的粮食，认为万无一失，说：“大事如果能够成就，我就是天下的主人；即使不能成功，我也能在这里守一辈子。”他曾经前往郿坞，百官前去送行。他摆下宴席，然后把几百个被他诱降的在北地造反的人拉进来，当着百官的面把他们处死。先割下他们的舌头，然后砍掉手脚，挖掉眼睛，最后用锅来煮。那些人还没有断气，又把他们送到宴席上给大家轮流看。在场的人都吓得浑身发抖，连筷子都拿不住，只有董卓若无其事地又吃又喝。他手下的人言语稍微触犯了他，就会马上被杀。

王允除董卓

董卓干尽了坏事，朝中大臣人人痛恨他，许多人密谋暗杀他，都失败了。但司徒王允并没有放弃希望，他决心由自己来完成大业，拯救汉室。

王允知道董卓手下第一猛将吕布和董卓有矛盾。吕布本来是丁原的部将，后来被董卓收买杀死了丁原，董卓很信任吕布，认他为义子。董卓知道自己干了很多坏事，害怕别人对他不利，所以平时经常让吕布跟随左右保护自己。董卓脾气暴躁，有一次吕布因为一件小事惹怒了他，董卓不由分说就拿起手边的手戟朝吕布掷去。幸好吕布武艺高强，闪开了，于是赶紧向董卓道歉，这才没事。吕布曾经和董卓的婢女私通，怕董卓知道，心里一直很不安。他去找王允，想让王允帮他想办法。这个时候王允正在和别人商议刺杀董卓的事，见吕布来了，索性向他透露要杀董卓的事，要他当内应。吕布很犹豫，说道：“我和他有父子的名分呢。”王允劝道：“你姓吕，他姓董，本来就没有血缘关系。现在担心被他杀死还来不及，还管什么父子？再说当初他拿手戟掷你的时候，想到你们是父

王司徒巧使连环记　年画

此为《三国演义》中对王允计除董卓的故事的描绘。在《三国演义》中，罗贯中设计了一个名叫“貂蝉”的美女，她深明大义，周旋于董卓和吕布之间，最终促使吕布倒向王允，刺杀了董卓。

中国大事记 公元192年，王允诛杀董卓。同年，著名文学家蔡邕被杀。

子了吗？”这段话把吕布说动了，于是答应作为杀董卓的内应。

消息传了出去，但没有人敢告诉董卓。有人在布上写了个“吕”字，背着在街上走，边走边唱：“布啊！”有人把这事告诉了董卓，但董卓没有醒悟过来。

不久，汉献帝生了场病，痊愈后设下宴席请大臣来吃饭。董卓穿上朝服登上车准备前去，结果马突然受惊了，董卓摔倒在地上。他回去换了身衣服，他的小妾觉得这不是个好兆头，叫他不要去了，董卓不听，还是走了。但董卓毕竟心里有鬼，他下令在他家到皇宫的道路两边都站满士兵，层层保护他，又命令吕布等人紧随自己周围保护自己。王允和士孙瑞向汉献帝秘密递上诛杀董卓的奏章，让士孙瑞写诏书交给吕布，然后命令骑都尉李肃和吕布手下的心腹十余人穿上皇宫卫士的衣服，埋伏在北门，等候董卓。

董卓快要走到的时候，马又受惊了，董卓觉得很奇怪，想回去。吕布劝他还是先进宫，于是他就进了北门。早已埋伏好的李肃见董卓过来，抓起长戟便刺，董卓在外衣下面穿有铁甲，没有被刺入，但胳膊受了伤，人摔在车下面。董卓赶紧回头大叫：“吕布在哪里！”吕布接口道：“奉诏书讨伐贼臣！”董卓大骂：“你这条蠢狗竟然敢这么做！”吕布手持长矛向董卓刺去，催促士兵把董卓斩首。董卓的手下田仪（《三国志》作田景）和仓头向董卓的尸体跑去，吕布把他们杀了。然后派人带着皇帝的赦令，骑着马宣示皇宫内外。士兵们听见董卓被杀，全都高呼万岁。老百姓都跑到街上跳起舞来，城里的女子把珠宝和衣服卖掉来买酒肉庆祝。然后又派皇甫嵩率兵攻打郿坞，将董卓的母亲、妻子和女儿全部杀掉，灭了董卓全族。袁绍家的门生把董卓全族人的尸体都堆在一起，烧成灰，然后扔在道路上任人践踏。

但人们高兴得太早了，董卓虽然死了，他的残余势力还没有被消灭。董卓在遇刺前，把女婿牛辅派出去屯驻在陕县。牛辅派遣部将李傕等人率领数万人马到处抢劫。吕布派李肃奉诏命讨伐牛辅等人，结果李肃吃了败仗逃回来，吕布把他杀了。后来牛辅军营出了变故，牛辅害怕逃跑了，他身边带了许多金银珠宝，身边的人贪图那些财物，于是把他杀掉，将他的首级送到了长安。

李傕等人因为董卓遇害而痛恨并州人。当时他们的部队里有数百个并州人，全部被拉出来处死。牛辅死后，部下想逃散，李傕等人害怕了，派使者去长安请求赦免他们。王允认为一年之内不能赦免两次，于是拒绝了。当时贾诩是李傕部下，他向李傕建议杀进长安为董卓报仇，如果失败的话，再逃也不迟。李傕认为这是个好办法，于是孤注一掷，向长安发动进攻。王允听说叛军来袭，派兵迎战，结果被杀得大败，李傕一路上收拢散兵，开到长安的时候已经有10多万人了。他们和董卓的旧部联合夹击，将长安包围了起来。围困8天后，吕布部下中有人反叛，作了李傕的内应，城被攻破。叛军入城后大肆抢掠，遇害者多达数万。吕布抵挡不住，杀开一条血路逃跑了，王允保护汉献帝退到宣平门城楼上。李傕等人要求王允出来说明董卓到底犯了什么罪要诛杀他，王允无奈之下只好走了下来，几天后被处死。李傕等人把董卓埋在郿县，并把董卓族人的骨灰收集起来，放在一个棺材里埋了。结果在下葬那天，风雨大作，一道闪电劈在董卓的坟墓上，水流进墓穴，把棺材冲走了，大奸臣董卓最后还是落了个死无葬身之地的下场。

蔡文姬归汉

蔡文姬的父亲是东汉著名学者蔡邕，蔡邕的学问在当时是第一流的，但他和朝中的权贵不太合得来，所以他在汉灵帝统治时期就辞官归隐了。

董卓上台后，听说蔡邕很有学问，征召他出来做官，蔡邕知道董卓不会有好下场，于是称病推辞。董卓很生气，大骂：“我的威严能够让人灭族，蔡邕如此不给我面子，我让他立刻大祸临头！”严令当地官员推举蔡邕到他府

历史关注 蔡文姬的《悲愤诗》是中国诗歌史上第一首自传体的五言长篇叙事诗。

上做官。蔡邕见实在躲不过去，只好应征。董卓任命他为代理祭酒，见他确实很有才学，很敬重他。后来任命蔡邕为侍御史，又升任侍书御史和尚书。3天之内换了3个官署，也就是说，接连被提拔了3次。

董卓的爪牙们想让董卓和姜太公并列，也被称为尚父。董卓为这事向蔡邕请教。蔡邕说："姜太公辅佐周天子，灭掉了商朝，所以才有如此特别的名号。您现在的功劳和威望固然很高，但和他相比还有一定差距，应该等到关东平定下来，天子从长安迁回到洛阳，到那时候再说。"于是这事就搁了下来。

董卓被杀后，蔡邕到王允家做客，蔡邕无意中谈起这事，叹息不已。王允很生气，斥责他："董卓是国贼，差点颠覆了我们汉朝！你作为国家的大臣，不但不恨他，反而还对他的死表示遗憾，念念不忘他对你的私人恩情，你不是也和他一样犯了谋反之罪吗？"于是把蔡邕抓了起来，送到廷尉那儿治罪。蔡邕上书谢罪，请求刺面砍脚，把他的命留下好把《汉史》写完。由于蔡邕名望很高，朝中很多人都想办法营救他，但都没有用。太尉马日磾找到王允说："蔡邕是个奇才，他对汉朝的史实很熟悉，所以应该让他写完《汉史》。况且他一向以忠孝闻名，给他定罪也缺少证据，杀了他只怕会失去人心。"王允说："当初汉武帝不杀司马迁，结果让他写出诽谤的史书，一直流传到现在。现在朝廷正值危急关头，绝对不能让这种臣子在年轻的皇帝面前记录史实。这样既不利于

·蔡　邕·

字伯喈，陈留圉县（今河南杞县南）人，东汉文学家、书法家。他在汉灵帝时被召任郎中，后因弹劾宦官而遭到诬陷，流放朔方，遇赦后亡命江湖十余载。献帝时董卓专权，强令邕入都为侍御史，拜左中郎将，因此后人也称他"蔡中郎"。董卓遭诛后，他亦被捕，死于狱中。蔡邕精于篆、隶，他的字章法自然，笔力劲健，结字跌宕有致，整饬而不刻板，静穆而有生气，无求妍美之意，而具古朴天真之趣。他还受工匠用扫白粉的帚在墙上写字的启发，创造了千古称绝的"飞白书"。这种书体，笔画中丝丝露白，似用枯笔写成，为一种独特的书体。蔡邕还是汉代书法理论的集大成者，他的《篆势》《笔赋》《笔论》《九势》等在中国书论史上占有重要地位。传世作品有《熹平石经》，相传《曹娥碑》也是他写的。

《胡笳十八拍》图

中国大事记　公元197年，袁术于寿春称帝，国号"成"，最后被曹操及刘备所灭。

·《胡笳十八拍》·

《胡笳十八拍》原是一首琴歌，相传为汉魏时期著名的女诗人蔡文姬所作，是由18首歌曲组合的声乐套曲，由琴伴唱。"拍"在突厥语中即为"首"。"笳"则是中国古代北方民族的一种吹奏乐器，有点像笛子。起"胡笳"之名，想必是由于琴音融入了胡笳哀声的缘故。

今存曲谱有2种：一是明代《琴适》中与歌词配合的琴歌；二是清初《澄鉴堂琴谱》及其后各谱所载的独奏曲。后者影响尤大，全曲共18段，运用宫、徵、羽3种调式，音乐的对比与发展层次分明，前十来拍主要倾述作者对故乡的思念；后几拍则抒发作者惜别稚子的隐痛与悲怨。全曲始终萦绕着一种缠绵悱恻、凄婉哀怨的思念之情，让人听了不禁肝肠寸断。李颀的《听董大弹胡笳》诗中云："蔡女昔造胡笳声，一弹一十有八拍，胡人落泪沾边草，汉使断肠对归客。"形象地说明了此曲非同一般的艺术感染力。

对皇上品德的培养，也会让我们被他的史书讽刺。"太尉退出来后对别人说："王允可能活不久了。完美的人是朝廷的代表，经典的著作是朝廷的典籍守则，毁灭纲纪、废除经典的人难道还能长久活着吗？"结果蔡邕还是被杀了。蔡邕死后，王允也很后悔，但已经来不及了。

蔡邕有个女儿名叫蔡文姬，蔡邕很喜欢她，从小就教她读书写字。蔡文姬是个很聪明的人，很快就成为一个博学多才、琴棋书画无一不精的才女。后来她嫁给了河东人卫仲道，可惜丈夫没多久就死了，没有留下孩子，只好回到家里。蔡邕被杀后，蔡文姬流落民间，正值天下大乱，蔡文姬不幸被匈奴骑兵俘虏，把她献给了南匈奴的左贤王。左贤王很喜欢她，和她生了两个孩子。蔡文姬在胡地生活了12年，已经习惯了胡地的生活。这个时候，曹操已基本平定北方，想起了她。曹操和蔡邕交情不错，为蔡邕没有后代而感到难过。他听说蔡文姬流落胡地，就派使者去南匈奴，用金银珠宝把蔡文姬赎了回来。曹操见她一个人孤苦伶仃，于是把她嫁给了陈留人董祀。

董祀在做屯田都尉的时候犯了法，要被处死。蔡文姬很着急，跑去找曹操求情。当时曹操正在宴请宾客，各路王公大臣和使节齐聚一堂，曹操听说蔡文姬来找他，对众人说："蔡邕的女儿现在在外边，我让大家见见她吧。"于是请蔡文姬进来。蔡文姬蓬乱着头发走进来，向曹操叩头请罪，声音非常悲哀，在场的多数人都认识蔡邕，见到这个情形都很动容。曹操说："我确实很同情你，但是处刑的文书已经发出去了，怎么办呢？"蔡文姬说："您马厩里那么多快马，为什么非要怜惜一匹马的腿，而不怜惜一个快要死的人呢？"曹操被她的话打动了，于是派人把文书追了回来，放了董祀。当时天气已经有点冷了，曹操见蔡文姬衣着单薄，赐给她头巾鞋子还有袜子。曹操问她："听说你家里以前收藏了许多古书，现在还有吗？"蔡文姬回答："我父亲曾经留给我4000多卷书，但因为战乱，现在没有一本保存下来的了。我现在能够背诵下来的，只有400多篇了。"曹操说："那我现在派10个人去你那里把它们记下来。"蔡文姬推辞道："我听说男女有别，按照礼法不应该当面传授给他们。我只要求您给我纸和笔，我自己就能默写出来。至于要写草书还是楷书，就由您决定吧。"后来她把那些文章都默写了出来，没有一点遗漏错误的。

蔡文姬最大的贡献就是保留了那些历史文献，她还写过追思故乡及儿女的《胡笳十八拍》，使她成为历史上有名的才女。

三国志

《三国志》共65卷，包括《魏志》30卷、《蜀志》15卷、《吴志》20卷。晋陈寿撰，南朝宋裴松之注，是记述三国鼎立时期比较完整的史书，有纪、传而无志、表，文笔简洁，记事翔实，历来评价较高。同时裴松之的注重于事实的补充，分量多于原书数倍，是阅读《三国志》时必不可少的辅助读物。

中国大事记 公元200年，曹操和袁绍在官渡大战，袁绍大败，曹操奠定了统一北方的基础。

魏武帝曹操

曹操的父亲是宦官的养子，所以他家里虽然很富裕，官也做得很大，但一般人还是看不起他们家。曹操从小就聪明机智，但并不注意自己的行为，当时的人基本上都觉得他没有什么过人之处。当然，也有个别人看重他，名士桥玄就认为他是个能够安定天下的人。曹操20岁的时候被推荐为孝廉，进入了政坛。黄巾起义爆发后，曹操加入了镇压起义的队伍，在战斗中立了不少功劳。他不畏权贵，敢于和恶势力作斗争。

董卓作乱的时候，地方上很多掌握兵权的人联合起来组成反董卓同盟，向他开战。曹操也参加了，但他威望不够，盟主的位子让给了家门显赫的袁绍坐。董卓把都城迁到长安后，同盟军谁都不敢追击，只有曹操带领人马西进。在战斗中，曹操负了伤，和敌人打了个平手。

同盟解散后，曹操将河南作为自己的根据地，在那里招兵买马，打败了黑山贼，壮大了自己的实力。没过多久，曹操率领部队打败了青州的黄巾军，收降了30多万士兵，将其发展成一支极其强大的武装力量，称为青州兵。

汉献帝因为战乱而被迫四处逃难，曹操抓住这个机会将汉献帝接到了自己控制的许都，从此取得“挟天子以令诸侯”的政治优势。吕布打败了刘备，刘备来投奔曹操。别人劝曹操将刘备杀掉，曹操拒绝了。没过多久，曹操征讨张绣，张绣投降后又反叛，曹操猝不及防，吃了败仗，大儿子曹昂和侄子曹安民都战死了，曹操也被箭射伤，好不容易才逃走。曹操对部将说:“我错就错在接受张绣投降的时候没有问他要人质。我现在知道失败原因了，你们等着瞧，我以后不会再有类似的失败了。”

曹操非常重视人才。当年他举荐魏种为孝廉，一直认为魏种对他是很忠心的。兖州叛乱的时候，他说:“只有魏种不会背弃我。”谁知道魏种早就跑了。曹操觉得很没面子，发怒道：“魏种，除非你跑到胡、越这种我去不了的地方，否则我绝对不会放过你！”后来魏种为曹操俘虏，曹操却说：“我只是考虑到他是个人才啊。”吩咐给魏种松绑，并继续任用了他。

袁绍打败公孙瓒后，又向曹操发动了进攻。当时曹操的实力远逊于袁绍，但是他善于用兵，充分发挥了自己的优势，又能使

官渡之战示意图

历史关注 中国古代三大有名的以少胜多的战役分别是官渡之战、赤壁之战、淝水之战。

用奇谋妙计，奇袭袁绍军粮仓，一举歼灭了袁绍军的主力。最后将袁绍势力消灭，基本统一了北方。

曹操决心统一全国，于是发动了南征。他先消灭了刘表的势力，然后又将矛头对准了江东的孙权。曹操被胜利冲昏了头脑，在赤壁被孙权和刘备的联军打败，从此失去了统一全国的好机会。不得已，只好退兵。

曹操用人不拘一格，他下令只要是人才，不管出身贵贱、品行如何，都可以举荐。所以他手下人才济济，在东汉末年各割据势力里面，曹操手下的人才是最多的。那些人帮助曹操整顿内政，发展军事，使曹操成为东汉末年各割据势力中最强大的势力。

马超发动叛乱时，曹操率军亲征，和马超隔着潼关对峙。曹操自己牵制住马超，暗中派徐晃等人偷渡黄河，占据了河西一带。曹操从潼关渡河，还没有渡过去，马超就发动了攻击。曹操好不容易才渡过黄河。马超派使者求和，曹操不同意；马超又派人挑战，曹操也没有搭理他。后来马超坚持要曹操割地，曹操假装答应了。当时马超和韩遂结成了联盟，韩遂来见曹操的时候，曹操故意和他聊了很久，但并没有说打仗的事。马超生性多疑，他问韩遂："你们都说了些什么？"韩遂回答："没有说什么。"马超根本不相信，对韩遂产生了疑心。曹操继续使用反间计，他给韩遂写信，故意涂改了很多地方。马超果然中计，对韩遂更加不相信了，两人之间出现了裂痕。曹操和马超约定日子决战，他先派轻装步兵作战，打了很久之后才出动精锐骑兵夹击，把马超杀得大败。当初敌人经常增兵，曹操每次听说敌人有援兵到来的时候，都面露喜色。打败马超后，人们问他原因，他说："关中地区地势险要，如果敌人占据险要地形分散防守的话，那没有一两年的时间是平定不了的。现在他们集中起来，正好让我一举歼灭。而且他们兵虽然多，但谁也不服谁，军队没有一个主帅，那一仗就能打败他们了。所以当时我很高兴。"

曹操权力越来越大，后来强迫汉献帝封他为魏王。但是曹操本人没有篡位的想法，他想让自己的儿子称帝。曹操66岁那年去世，遗嘱上吩咐不要给他陪葬金银珠宝。曹丕建魏后，将曹操追封为魏武帝。

纺织图

曹操于公元204年实行新的租调制，取代了繁重的口赋与算赋。这种征收实物的做法不仅减轻了农民的负担，并在客观上起了鼓励农业生产与家庭纺织业发展的作用。

曹操在群雄并起的时候，能够运用计谋，将自己从弱小变为强大，能够广泛吸纳人才，不记旧仇，最终完成大业。

毛玠蒙冤入狱

东汉末年是一个英雄辈出的年代，涌现出无数万世景仰的历史人物，他们或者武功盖世，或者义薄云天，或者聪明绝顶，或者兢兢业业。但是历史不仅仅由那些盖世英雄创造，对于老百姓而言，廉洁奉公的官吏更加值得他们尊敬。

毛玠是陈留人，他早年在县里面当小吏，那时候就以廉洁公正而闻名。后来发生战乱，他想去荆州避乱，在半路上听说荆州刺史刘表赏罚不明，不是什么靠得住的人，于是改道去了鲁阳。曹操后来征辟他为治中从事，他对曹操说："现在国家四分五裂，百姓流离失所，连饭都吃不饱，官府连一年的粮食储备都没有，这样老百姓也不敢定居下来，国家很难稳定。现在袁绍、刘表等人手下虽然有许多士人，但

中国大事记 | 公元208年，孙权和刘备结成联盟。七月，孙刘联军与曹操爆发了赤壁之战，曹军大败，退守北方。

他们目光短浅，不是建功立业的人。用兵靠的是礼义，要保住地位必须要有财力，您应该尊奉天子而讨伐那些不守臣道的人，再用心发展生产，储备好物资，这样就可以成就霸业。”曹操很佩服他的见解，接纳了他的意见，把他调到自己府上做功曹。

曹操担任丞相后，毛玠和崔琰一起负责选拔官吏。毛玠推荐的都是清廉正直的人，有的人即使很有名望，但为人不正派，毛玠也不会任用他们。他特别重视一个人是否俭朴，把它作为选拔人才的重要标准，所以全国的士人都用廉洁来约束自己，即使是那些达官显贵，他们的衣服器具也不敢违犯法度。曹操赞叹道：“像这样任用人才，让天下人自己监督自己，我还用得着费心吗？”曹丕担任五官中郎将时，曾经拜访过毛玠，托他照顾自己的亲属。毛玠却说：“我因为能够尽忠职守，所以才没有获罪，您刚才说的那些人不应该升迁，所以我不敢答应您。”

曹操平定柳城后，把获得的战利品分给大家，特别留下了素屏风和素茶几给毛玠，说：“你有古人的风范，所以我特意赏给你古人的东西。”毛玠虽然当了大官，但还是经常穿着布衣，吃很普通的饭菜，而且他抚养哥哥的遗子非常周到。得到的赏赐大多分给了贫苦人家，自己家倒没有什么剩余的财产。曹操刚刚当魏王的时候，还没有确立谁是太子，曹操本来很宠爱曹植，毛玠私下对曹操说：“当初袁绍就是因为没有区分嫡子和庶子，结果闹得家破人亡。废立太子是大事，我不希望有这样的事发生。”曹操对毛玠更为赞赏。

崔琰被处死后，毛玠一直闷闷不乐。后来有人向曹操告状：“毛玠出门的时候看到脸上刺字的反贼，他们的妻儿被罚为官府的奴隶，他就说：‘天不下雨，就是因为这种做法啊！’”曹操听了之后大怒，把毛玠抓进了监狱。大理寺卿钟繇责问毛玠：“从古时候开始，即使是贤明的君王，他们对罪犯的亲属也要处罚。司寇的责任就是把犯罪的男子判为奴隶，罚犯罪的女子舂米锄草。汉代的法律就规定了罪犯的妻子儿女要罚为奴婢，在脸上刺字。汉代法律中的刺字一条在古代就有。现在真正的奴婢因为祖先犯罪，虽然经过了上百年，但还是有在脸上刺字为官府服役的人。一是为了把良民的劳役减轻些，二是为了宽免别的刑罚。这怎么可能有悖于上天的本意而造成旱灾呢？你讥讽的话在民间流传开来，对朝廷不满的声音都传到皇上耳朵里了。你说话的时候不可能自言自语，你见到罪犯的时候共有几个人？被刺字的奴隶你认识吗？……不得欺骗隐瞒，快点从实招来！”

毛玠见钟繇强词夺理，只好辩解道：“我听说萧望之的死是因为石显的陷害；贾谊被贬是因为灌夫和周勃的谗言；白起被迫自杀和晁错被腰斩还有伍子胥自刎等，要么是有人妒忌在前，要么是有人诽谤在后。我从年轻的时候就负责文案方面的工作，靠多年的勤劳肯干才升到高位，掌管机要之事，从此就开始被人忌恨。说我有私心，那不可能找不到理由，冤枉我的话，那随便什么缺点都能找出来。人的本性就是热衷名利，但又被法律所约束，法律禁止私欲，所以必然会遭到那些追求私利的人的破坏。以前王叔、陈生和人在朝廷里争辩，评定谁有道理时，让他们立下誓言，最后得以明辨了是非，《春秋》对此表示了赞赏。我从来没有说过那些人告发我的那些话，也不可能有时间和人证。说我说过那些话一定要有证据，请求让我辩白，我也可以对证。如果我说的都是谎言，那么在受刑的时候我会心安理得地接受。如果赐剑让我自杀，那么将是和重赏一样的恩惠。只求让我以实情对证。”当时许多人也帮他说话，于是毛玠只受到了免官的处分，最后死于家中。曹操想起他的功劳，赐给他棺材和丧葬用的物品以及钱物，拜他儿子为郎中。

书法大师钟繇的政治才干

汉末魏初，书法艺术开始兴起，这个时期书法家的代表人物是钟繇，而钟繇在政治上和军事上也颇有才能。

钟繇在东汉末年被举为孝廉，担任过一些官职。当时李傕、郭汜在长安发动叛乱，曹操

历史关注

建安时期的文人创作的作品风骨遒劲，且具有慷慨悲凉的阳刚之气，史称“建安风骨”。

派人向汉献帝上书，有人认为曹操不是真心臣服天子，想扣留曹操的使者。钟繇却认为曹操是真心效忠皇帝的，如果拒绝了他，恐怕会让那些效忠皇帝的人寒心，由此朝廷才恢复了和曹操的联系。曹操多次听荀彧称赞钟繇，又从这件事上看出了钟繇的见识，很赏识他。

当时割据关中的马腾和韩遂等人拥兵自重，互相攻杀，不听朝廷的号令。曹操因为在关东作战，不得分身，就派钟繇以侍中的身份代理司隶校尉一职，让他统领关中军队，把关中地区的政事也托付给他。钟繇到了长安后，写信给马腾和韩遂，跟他们说清楚了利害关系。于是马腾和韩遂都愿意归附朝廷，并将儿子作为人质送交朝廷。曹操在官渡和袁绍决战，钟繇送去2000多匹战马，解了曹操的燃眉之急。后来匈奴人在平阳作乱，钟繇带兵包围了平阳，但没有能够攻下来。这时候袁尚派的河东太守郭援来到河东，他的兵力比较强，钟繇手下的将领们都想撤退。钟繇说：“袁尚的势力比较强大，郭援又来到了河东，关中的割据势力和他有联系，他们还没有公开背叛朝廷，是因为我在这里威慑他们，现在如果放弃而逃走，那么他们就知道了我们的软弱，岂不全面树敌？再说郭援这个人一向刚愎自用，他肯定不把我们放在眼里，我们可以等待他渡汾水的时候发起攻击，一定能获胜。”这个时候马腾被人说服前来帮助钟繇，他儿子马超率领精兵迎战郭援，郭援到了汾水边上，果然下令渡河。结果渡到一半的时候，钟繇发动攻击，把他杀得大败。后来钟繇又平定了卫固的叛乱，他把关中的人民迁到洛阳，四处召集流民和败兵充实洛阳人口，几年后，洛阳的人口才稍稍恢复了些。后来曹操征讨关中的时候，洛阳才能够提供人力和物力。

曹操被封为魏王后，任命钟繇为大理寺卿，升任相国。几年后，魏讽谋反，钟繇受到牵连，被罢官。曹丕建魏后，重新起用钟繇，任命他为廷尉。当时司徒华歆、司空王朗都是当时的名臣，曹丕对身边人说：“华歆、王朗和钟繇他们3个都是一代伟人，很难再找到继承者了。”这话虽然有点夸张，但还是说明了钟繇在当时人心目中的地位。魏明帝继位后，封钟繇为定陵侯，加封食邑500户，又升任他为太傅。本来大臣上朝是必须脱鞋步行的，但由于钟繇患有关节病，跪拜不方便，华歆也一身是病，所以皇帝特别允许他们坐小车上朝，然后让人把他们抬到殿上就座。从此这也成了一个惯例，就是三公如果有病的话，上朝的时候允许坐车。

曹操有一次让钟繇等人审查那些将死刑改成宫刑的罪犯。钟繇认为，肉刑在古代就有，即使是古代的圣人，他们也都使用这种统治方

·书 体·

书体是指书法的基本字体，主要有篆书、隶书、草书、楷书、行书等。篆书包括商代甲骨文、周代金文、战国篆书和秦代小篆，秦代小篆是其代表。小篆是在大篆（籀文）的基础上发展简化而成，特点是结体圆长，笔画粗细匀称，不露锋芒，线条美观。代表作有秦李斯所书《泰山刻石》《琅琊台刻石》等。隶书又名佐书、史书，盛行于汉代。隶书的特点是左右舒展，笔画波磔，是一种具有装饰趣味的字体。代表作是汉朝的一些碑刻，如《张迁碑》《史晨碑》和一些简牍作品。历代隶书名家有唐代史惟则、韩择木，清代金农、邓石如等。楷书又称正书、真书，是隶书的变体，盛行于唐代。它的特点是形体方正，笔画有严格的法度。代表作有《颜勤礼碑》《神策军碑》等。楷书名家有曹魏的钟繇，唐代欧阳询、颜真卿、柳公权等。草书的特点是狂放，用笔大起大落、连绵不断、一气呵成。名家有唐代张旭和怀素，代表作《肚痛帖》《自叙帖》等。行书又称行押书，特点是简易、流畅，活泼自然。名家有晋代王羲之，宋朝的苏轼、米芾，元朝的赵孟頫等，代表作是《兰亭序》《祭侄文稿》和《黄州寒食帖》。

中国大事记 公元219年，在攻占汉中后，刘备自立为汉中王。而不久关羽大意失荆州，荆州落入东吴孙权之手。

法，所以请求恢复肉刑。因为肉刑是一种很不人道的刑罚，它是以残害人的身体作为惩罚手段，从汉文帝开始就逐渐被废除了。这次钟繇提出恢复肉刑，引起了群臣的反对，最后不了了之。后来魏文帝在一次宴会上又提出恢复肉刑，但由于赶上战争，暂时搁置了下来。魏明帝统治时期，钟繇再次把这个议题提了出来，他认为罪有轻有重，如果是因为犯了应该砍脚的罪而被处死，那是不对的，从法律角度来说是轻罪重判。另外最重要的一点是，国家经过连年战乱，人口大大减少，那些犯罪的人年龄大多在20岁到50岁之间，即使处以砍脚等肉刑，也不会剥夺他们的生育能力。如果恢复肉刑的话，那么全国每年能有3000人不会被处死，他们就可以为恢复人口出力。所以恢复肉刑不但不是暴政，还可以算得上仁政了。钟繇的这种意见在现在看来很没道理，但在当时的条件下，不能不说是一种进步。魏明帝下令让大臣们讨论，王朗认为钟繇的意见不能说是不对，但是毕竟肉刑名声太臭，一般人很难理解恢复肉刑实际上是为了减轻刑罚，容易造成误会。如果传到蜀国和吴国那里，当地的老百姓就不敢来归附了。王朗的意见是把一些罪改成延长服苦役的时间，这样既可以减少死刑犯的人数，又不至于让人误会刑罚加重。当时参加讨论的人大多数赞成王朗的意见，再加上蜀国和吴国还没平定，所以这事就搁置了下来。

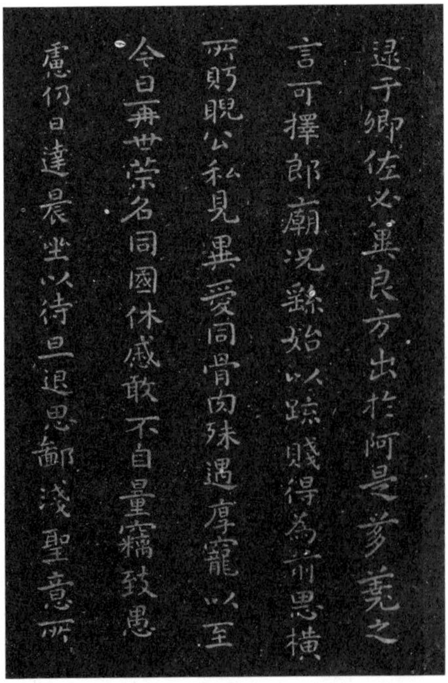

宣示表　魏　钟繇

钟繇，字元常，颍川长社人。历官至太傅，世称钟太傅。其书与张芝、王羲之、王献之共称“书中四贤”。其书法被称为“正书之祖”。

钟繇去世后，皇帝穿着素衣服亲自为他吊丧，他的儿子钟毓和钟会后来都很有名望，尤其钟会，参与了灭亡蜀国的战争，在历史上也很有名气。

名将贾逵

贾逵是东汉时期的名将，当他还是小孩子的时候，就和小朋友一起玩打仗的游戏，他的祖父认为他很奇特，预言他长大后一定能成为将帅，还教他学习了兵法。贾逵长大后先在郡里做郡吏，后来代理绛邑县长。郭援攻打河东的时候，所经过的城池都被攻了下来，只有贾逵坚守的绛邑不能攻破。郭援没有办法，于是把匈奴军队请来一起攻打。绛邑人民和郭援约好，不能伤害贾逵，这才投降。绛邑被攻下来后，郭援想让贾逵作自己的手下，拿着武器威胁他，贾逵一点都不妥协。郭援的手下强迫贾逵叩头，贾逵大骂：“哪有朝廷的官员给贼人叩头的道理？”郭援大怒，想杀了他。绛邑的百姓们听说要杀贾逵，全都登上城墙喊道：“你们违背了当初的盟约，要杀死我们贤明的长官，我们宁可和他一起去死！”郭援的部下也很感动，替他求情，贾逵才没有被杀。

后来贾逵被任命为渑池令，高干造反时，张琰想响应他。贾逵当时还不知道这件事，还跑去见张琰，结果听到兵变的消息，想回去又怕被扣留，于是装作给张琰出谋划策，一副已经投靠他们的样子，张琰就没有怀疑他。当时渑池的官署设在蠡城，城墙还不坚固，贾逵从张琰那里借了支军队来修城，他们以为贾逵和

历史关注 “建安七子”指的是孔融、陈琳、王粲、徐干、阮瑀、应玚、刘桢。其中成就最大的是王粲，被刘勰誉为“七子之冠冕”。

张琰是一伙的，所以那些参加叛变的人都没有对贾逵隐瞒阴谋，贾逵套出他们的话后就把他们杀了。城墙修好后，他抵挡张琰，导致了张琰的失败。

曹操讨伐马超的时候，经过弘农，觉得这个地方在战略上的意义非常重要，就任命贾逵为弘农太守。曹操召见贾逵和他讨论政事，聊得非常高兴，曹操对身边的官员说：“如果天下的太守都像贾逵那样，我还担忧什么呢？”后来在征发士兵的时候，贾逵怀疑屯田都尉藏匿了逃亡百姓，而屯田都尉认为自己不归贾逵管，言语中有冒犯的地方。贾逵非常生气，把他抓起来打了一顿，把脚都打断了。因为这件事，贾逵被免去了官职，但是曹操内心里还是很喜欢他的，很快任命他为丞相主簿。

曹操征讨刘备的时候，让贾逵先去斜谷打探地形。贾逵在半路上遇到水衡都尉的部下押着几十车犯人，那些车把路都堵住了，由于时间紧迫，贾逵当机立断，杀了一个罪大恶极的犯人，其他人都放掉。因为这件事，曹操更加看重他了，拜他为谏议大夫。曹操去世后，贾逵主管操办丧事，当时曹操的另一个儿子曹彰从长安赶来奔丧，问贾逵曹操的玺印和绶带在哪儿，贾逵严肃地说：“太子现在在邺城，国家已经有了法定的继承人，先王的玺印和绶带不是您应该问的！”曹彰也拿他没有办法。

贾逵在担任丞相主簿的时候，因为受到牵连获罪，魏文帝曹丕因为贾逵有功，赦免了他。贾逵跟随军队来到黎阳，在渡河的时候许多人争抢，贾逵把带头抢渡的人杀掉，才把秩序稳定下来。他担任豫州刺史的时候，把那些徇私枉法的人一一列出罪状，向皇帝上奏请罢免他们，魏文帝赞扬道：“贾逵才是真正的刺史啊！”于是向天下发布布告，以豫州为榜样让人们学习，并赐给贾逵关内侯的爵位。

魏明帝即位后，派遣贾逵统率满宠、胡质等向东关进军，曹休上表报告吴国有人前来投降，请求让他深入吴国去接应，朝廷命令曹休和贾逵合兵前进。贾逵估计吴国不会在东关防备，而是把军队集中在皖县，曹休在这个时候深入吴国，一定会失败。于是他部署军队，分兵两路一起前进，走了两百里后，抓到了吴国士兵，从他们口中得知曹休已经失败了。将领们都不知道该怎么办，贾逵说：“曹休已经战败了，我们的退路也被截断，向前不能进攻，向后也不能后退，已经到了生死关头，敌人以为我们没有后援才敢这么做。现在我们马上进军，一定出乎敌人的预料，敌人看到我们一定会逃跑。如果我们在这里等待援兵的话，敌人早把险要地形占领了，来的人再多又有什么用？”于是率兵继续前进，大张旗鼓，装作有很多军队来迷惑对方，敌人果然纷纷撤退。贾逵很快就占领了夹石，把军粮供应给曹休，重新振作了曹休部队的士气。以前贾逵和曹休有矛盾，当初魏文帝想把符节给贾逵，就是因为曹休说了贾逵的坏话才作罢。现在曹休战败后，如果不是因为贾逵及时赶来救援的话，后果不堪设想。这件事正好说明了贾逵不因私废公，把朝廷利益放在个人恩怨之上的高贵品质。

威武将军张辽

《三国演义》里面，曹操手下唯一能和关羽惺惺相惜的大将就是张辽了，以关羽高傲的性格能敬重佩服张辽，说明张辽确实是个很优秀的将领。历史上的张辽和小说比起来丝毫也不逊色，也是一个能文能武的大将。

张辽本姓聂，后来为了躲避仇家而改姓张，年轻的时候当过郡吏。东汉末年，丁原因为他勇冠三军，征辟他为从事，派他率兵前往京师。何进又命令他去河北招募士兵，等完成任务回到京师，何进已经遇害，张辽只好归附到董卓手下，董卓死后他又投靠了吕布，被任命为骑都尉。吕布战败后，他跟随吕布逃到徐州，任鲁国相，年仅 28 岁。曹操彻底击败吕布后，张辽投降，就任中郎将，赐爵关内侯，因为屡立战功，升为裨将军。袁绍失败后，张辽奉命平定鲁国，和夏侯渊一起围攻昌豨。打了几个月的仗，粮食都吃完了，大家商量是否退兵。张辽对夏侯渊说：“这几天我在巡视的

中国大事记 公元220年，曹操之子曹丕废了汉献帝，在洛阳称帝，国号“魏”，史称“曹魏”，后世通称“魏国”，东汉灭亡，历史进入了三国时期。

水陆攻战画像石

水上、陆地，刀光、剑影在狭小的空间里得到充分体现，反映了当时战争的一个侧面。

时候，发现昌豨总是在城墙上凝视我，而且他们射箭也变得稀少起来。我想肯定是昌豨在计谋上犹豫不决，所以才消极作战。我打算和他谈谈，也许能让他投降。”他派人告诉昌豨，想让两人谈谈。昌豨下城和张辽谈话，张辽最后把他劝降了。回去见曹操时，曹操责备他：“这不是大将的做法。”张辽认错道：“因为您威震四方，我奉您的指令去昌豨那里，他肯定不敢加害我，所以我才敢这样做。”

后来他跟随曹操在讨伐袁谭和袁尚的战役中立了功，代理中坚将军，把那里的百姓迁移到黄河南岸，再回去和曹操一起攻打邺城，胜利后又带兵攻下了赵国和常山，招降沿路的盗贼。灭掉袁谭后，又夺取了海滨地区。班师回到邺城时，曹操亲自迎接张辽，请他和自己同乘一辆车，任命他为荡寇将军。随后张辽带兵攻打荆州，平定江夏，一路所向披靡。跟随曹操攻打袁尚时，半路和袁军突然相遇，张辽劝曹操迎战，勇气十足，曹操同意了，把用来指挥军队的旗帜给了张辽。张辽于是率兵出击，大败袁尚，将乌桓单于蹋顿斩杀。

当时荆州还未平定，张辽奉命驻守长社，出发时，有人企图叛乱，晚上的时候军中受惊而大乱，还失了火，全军陷入一片混乱。张辽很冷静，他对身边人说：“不要动，这不是整个军营都反了，一定是有人企图发动兵变，想用这场动乱来扰乱人心而已。”他下令不叛乱的人都原地坐下，他自己率领几十人站在军营中间，一会儿就安静下来了，然后把谋反的首领抓出来杀掉。陈兰和梅成叛乱时，曹操派于禁讨伐梅成，派张辽监督张郃等人讨伐陈兰。梅成假装投降，于禁班师，在半路上梅成率领部下投奔陈兰，躲进了天柱山。天柱山山势陡峭，道路狭窄险峻，只能步行，陈兰在山上设置防线，很难攻下。张辽命令进攻，大家说：“我们兵少，而且路也不好走，很难使用深入敌军的战术。”张辽说：“这就是所谓的势均力敌的两方，谁更勇敢谁就能获胜的道理。”他把军队开到山下扎下营寨，然后发动进攻，大败叛军，将陈兰和梅成杀死，全歼敌军。曹操论功行赏的时候将张辽列为头功。

曹操在赤壁吃了败仗后，派遣张辽、乐进和李典率领7000多人驻守合肥，曹操前去征讨张鲁，临行前留下一封信，在信封边沿写着：“敌人到时再拆。”不久，孙权果然率领10万人马来袭，大家把信打开，上面写的是：“如果孙权来的话，张辽和李典出城迎战，乐进守城，护军薛悌不准参战。”大家都糊涂了，张辽说：“主公在外面打仗，如果等救兵来的话，城池早被攻破了。所以信上才让我们在敌人还没有集中之前给他们个迎头痛击，先挫伤他们的锐气，稳定我们的军心，这样才能守住。成功和失败的关键就在这一仗上面了，大家还疑惑什么？”李典的想法和他一样，于是张辽在当天晚上就募集了800人，杀牛设宴犒赏大家，准备第二天决战。清晨的时候，张辽披挂整齐，手持长戟冲在队伍最前面，向吴军发动攻击，亲手杀死吴兵数十人和两个将军。他一边大喊“我是张辽”，一边冲入吴军营垒，一直冲到孙权的指挥旗下。孙权大吃一惊，周围的人也目

历史关注

现存最早的完整的文人七言诗是曹丕的《燕歌行》，他的《典论·论文》是现存最早的文学专论。

瞪口呆，赶紧退到一座山丘上，众将手持长戟把孙权保护在最里面。张辽在下面向孙权挑战，孙权动都不敢动，等看到张辽人少才下令将张辽包围。张辽率领部下突围，杀开一条血路，和几十个士兵冲了出去。那些留在包围圈里的士兵大喊："张将军，您扔下我们不管了吗？"张辽听见后回头杀进了包围圈，把剩下的士兵也救了出来。孙权的人吓得纷纷逃跑，无人敢挡。从清晨杀到中午，孙权的士兵都丧失了斗志。张辽见目的已经达到，下令回城，城里的人心才安定下来，大家都很佩服张辽。孙权围攻了十几天，见实在攻不下来，只好回去了。张辽见吴军撤退，率兵追击，差一点活捉孙权。曹操对张辽的勇猛十分欣赏，提升他为征东将军，后来曹操路过合肥，巡视当年张辽和吴军大战的地方，感慨了很久。

魏文帝即位后，封张辽为晋阳侯，接见张辽的时候又询问当年打败吴军的情况，下令给张辽修建住宅，并特意为他母亲盖殿堂。还让张辽招募当年和他一起打败吴军的士兵，全部任用为虎贲。张辽生病时，魏文帝派去慰问的使者在道路上络绎不绝，还专门把张辽接到他的住处，亲自去看望，下令每天都赐给他皇帝的饮食。病刚好了一点，张辽就回到驻地了。后来孙权再次进兵，魏文帝派张辽和曹休前去征讨，孙权听说张辽来了，十分害怕，告诉手下人："张辽虽然现在得病，但勇不可当，你们要小心他。"很快，张辽就率军打败了吴兵，不幸的是由于旧病复发，在江都去世。魏文帝听到噩耗后痛哭流涕，重重抚恤了张辽的家属。

记忆力惊人的王粲

魏晋时期最流行的文学体裁是赋，当时汉献帝年号建安，最出名的文学家是曹操、曹丕、曹植父子，合称"三曹"，除了他们之外，还有7个人的文章也写得很好，史称"建安七子"，王粲就是"建安七子"之一。

王粲的曾祖父和祖父都做过三公，父亲王谦是何进的长史。何进觉得王谦是名门之后，

建安七子

"建安七子"分别是孔融、王粲、阮瑀、陈琳、徐干、应玚、刘桢。其诗作崇尚风骨，多悲凉慷慨之气，抒发救国安邦、忧国忧民之志。

而自己的出身比较低下，所以想和王谦联姻来提高自己的门第，但王谦很有骨气，不和外戚联姻，没有同意。父亲的骨气后来也遗传到了王粲身上。

汉献帝迁都到长安，王粲也跟随过去，在那里他认识了蔡邕。蔡邕见到他后感到非常惊奇，很推崇他。当时蔡邕是公认的大学问家，受到朝野上下的一致推崇，到他家来拜访的客人非常多，车马把街道都堵住了，家里坐满了客人。但是当他听说王粲来到门外求见的时候，急忙跑出去迎接，慌得把鞋子都穿反了。客人们都以为来了重要人物，结果王粲进来后，发现他还是个很年轻的少年，长得又矮小，在场的客人都非常吃惊。蔡邕解释说："这是王畅的孙子，才华出众，我可比不上他。我家里的书籍和文章以后都要送给他的。"

王粲17岁的时候，司徒想辟用他，皇帝也下诏书征用他为黄门侍郎，王粲因为长安战乱频繁，所以都没有就任。不久他跑到荆州投靠刘表，刘表因为王粲貌不惊人，再加上年少体弱，又不注重仪表的修饰，所以不是很看重他。刘表死后，王粲劝说刘表的儿子刘琮向曹操投降。曹操辟用王粲为丞相的助手，并赐给他关内侯的爵位。曹操在汉水边上设宴款待宾客，王粲举杯祝贺说："袁绍从河北起兵，倚仗人多势众，有志于统一天下。他喜欢招揽贤才却不能好好使用他们，所以那些天下奇才都纷纷离开了他。刘表在荆楚一带悠然自得，静

中国大事记 | 公元221年，刘备在成都称帝，国号“汉”，史称“蜀汉”，后世通称“蜀国”。

观局势的变化，自以为可以做周文王那样的人。那些到荆州区躲避战乱的士人都是海内的豪杰俊士，但刘表不知道怎么任用他们，所以他的国家危急的时候却没有人辅佐他。而主公您平定冀州的时候，一到那里就整顿军备，招募士兵，收罗当地的英雄豪杰到自己旗下并重用他们，所以才能横行天下。现在平定了江汉一带，把那里的贤才俊士招揽过来，让他们位列于百官当中，使海内的士人都归心于您，一听到您来就愿意接受您的统治，文臣武将一起得到重用，各路英雄豪杰都竭尽全力来帮助您，这是尧、舜、禹3位伟大君王才有的举动啊！”后来王粲升任军谘祭酒，魏国建立后，他担任侍中一职。王粲精通万物的知识，是个很渊博的人，别人向他提问，没有他答不上来的。当时传统的礼仪已经荒废掉了，朝廷要重新制定各种规章制度，王粲一直都负责这件事情。

当初王粲和别人一起走路，在路边看到一个石碑，他们一起读石碑上的碑文，别人问他：“您能不能把它背诵下来？”王粲说可以。人们让他转过身去背诵，结果一个字都没有背错。他看别人下围棋，一不小心把棋盘上的布局弄乱了，王粲就按照记忆帮他们恢复了原来的棋局。下棋的人不信，认为他是乱诌的，于是又摆出一个棋局，用手帕遮起来，让他用另一个棋盘再摆一次，结果完全没有摆错。王粲的记忆力就是如此之强。王粲还特别精通数学，他写的算术方面的书能够简明扼要地把里面的道理说得很清楚，可惜当时的人不重视数学方面的研究，王粲的数学成就方面的资料非常少，他的数学著作也没有流传下来，以至于后人无法知道他的数学造诣到了何等地步。

王粲还很善于写文章，拿起笔来一挥而就，写好之后没有能够改动的地方，当时的人都经常以为他是事先就构思好了的。但是如果让他深思熟虑一番再写，也不能写得更好了。王粲写有近60篇诗、赋、论、议。公元216年，王粲跟随曹操一起去攻打吴国，第二年在行军途中病死，年仅41岁。后来王粲的两个儿子因为牵连进魏讽谋反的案件里，被在京留守的曹丕杀掉了，王粲就绝了后。据说曹操听到这消息后很惋惜，说：“如果我在家的话，肯定不会让王粲绝后的。”

·建安风骨·

建安是东汉汉献帝的年号。建安时期的文学作品以风骨遒劲、刚健有力、鲜明爽朗著称，被称为“建安风骨”。建安文学的作家有“三曹”（曹操、曹丕、曹植）和“建安七子”（王粲、孔融、陈琳、徐干、应玚、阮瑀、刘桢）等。“三曹”是当时的文坛领袖，成就最高。

建安诗人经过汉末的大动乱，他们的诗歌的特点是因事而发，具有鲜明的时代特征，悲壮慷慨，或感伤离乱，或悲悯人民，或慨叹人生，或强烈希望建功立业。曹植是曹操的第三子，建安文学的集大成者。他的诗将抒情和叙事有机结合起来，既描写了复杂的事件，又描写了曲折的心理变化，代表作有《白马篇》《赠白马王彪》《洛神赋》等。王粲是“建安七子”中成就最高的诗人，他的《七哀诗》以亲身体验的事实为题材，具体描写了汉末战乱给国家、人民造成的深重苦难。

建安文学是文学史上的一个辉煌的时代，它独特的文学风格成为后世文学所推崇和效法的典范。

邓艾灭蜀

邓艾少年时期就失去了父亲，以替人养牛为生。12岁的时候在碑文中看到“文为士范，行为士则”的话，于是把自己的名字改作范，因为家族里有人也叫范，就改名为艾。他有口吃的毛病，所以不能担任重要的小吏，充当了不用多说话的稻田守丛小吏。他每次看见高山大湖，都指指点点哪些地方可以设立军营，当时的人大多都笑话他。司马懿觉得他很有才能，于是征召了他，不久升任他为尚书郎。

历史关注

三国时的马钧，改进了翻车，促进了农业生产的发展。

当时朝廷打算开拓田地，储备粮食，派邓艾巡查东南。邓艾认为那里的土地虽然很肥沃，但缺少水源，所以应该在当地兴修水利，开凿河道，这样既能灌溉农田，又可以开通把粮食运往京城的水路。他为此专门写了本《济河论》，阐述了他的治河思想。司马懿觉得他说得很好，于是全部照办。河渠开通后，每次东南一带发生战争，都可以很方便地出动大军顺流直下，既可有充足的粮食又可运大军，这都是邓艾的功劳。

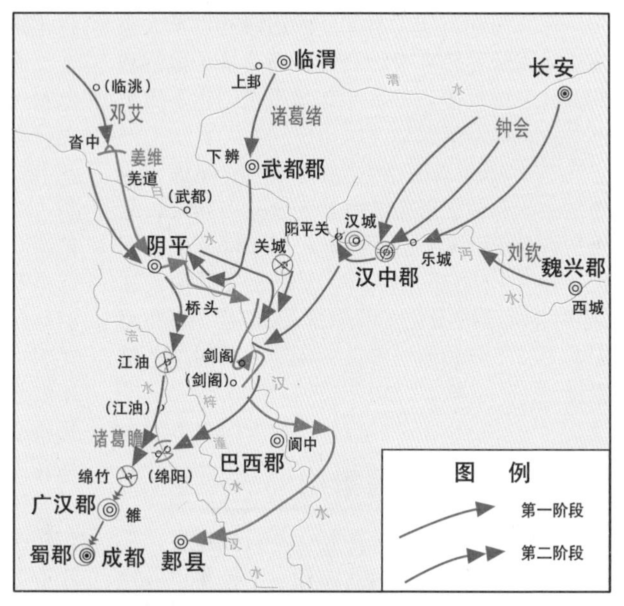

魏灭蜀汉之战示意图

公元263年，魏军开始了灭蜀军事行动。魏军迅速占据汉中后，被蜀军阻于剑阁（今四川剑阁境）。魏军随机应变，从阴平（今甘肃文县西北）南进，奇袭江油，一举攻占蜀都成都，蜀国至此灭亡。

邓艾后来参与了对蜀国的战争，在战争中得到了锻炼，因为抗击蜀军入侵有功，被封为讨冠将军，赐爵关内侯，调任城阳太守。此后多次立下战功，为灭亡蜀国积累了经验，也锻炼了胆识。

后来姜维伐魏，朝廷任命邓艾为安西将军。当时朝中的谏官们多数认为姜维兵力已经耗尽，没有能力再进攻。邓艾说："我们刚打了败仗，对方有乘胜进攻的气势，而我们现在很虚弱，这是其一；敌人军队上下都很熟悉，兵器也锋利，而我们刚换了将领，补充了新兵，损坏的兵器没有修复好，这是其二；敌人用船行军，而我们步行，劳累安逸不同，这是其三；我们有很多重要地方需要分兵把守，兵力被分散了，而敌人把兵力都集中在一起，这是其四；姜维从南安和陇西出兵，可以补充羌人的粮食，而且祁山那里有上千顷成熟的麦子，这是吸引他们来的钓饵，这是其五。所以敌人一定会继续进攻的。"不久，姜维果然向祁山进军，听说邓艾已经有了防备，两军在段谷激战，姜维大败，退了回去。两年后，司马昭下令讨蜀，让邓艾牵制姜维。姜维在剑阁死守，钟会攻了很久也没有攻下。邓艾建议从阴平出发，走小路经过德阳再到涪县，那里离成都很近，在那里出奇兵向成都进攻，剑阁的守军必然赶来援救，钟会就可以轻松突破剑阁了。如果守军不去援救，那么那支奇兵就可以直接把成都攻下，现在偷袭空虚的地方，是肯定可以打败蜀军的。

当年十月，邓艾从阴平出发，走了700多里的不毛之地，逢山开路，遇水架桥。当地山高路险，军队走得很慢，粮食也吃光了，已经到了非常危险的关头。翻越山崖时，邓艾毅然用毛毯裹着自己，从山上滚了下去，士兵们也都攀缘树木下了山，最后成功到达了平原地带。邓艾不费吹灰之力攻下了江油。诸葛亮的儿子诸葛瞻从涪县回到绵竹，摆好阵势等邓艾来进攻。邓艾命令儿子邓忠攻右边，师纂攻左边，结果出师不利，退回来和邓艾说："敌人不能击破。"邓艾大怒："生死存亡在此一战，有什么是不可能打败的？"让他们回去再攻，把蜀军杀得大败，诸葛瞻战死。刘禅见大势已去，只好投降。

邓艾灭掉了蜀国，心里非常得意，他对蜀国人说："其实姜维也算是英雄了，可惜遇上了我，所以才失败。"

中国大事记

公元222年，刘备攻打孙权，在夷陵之战中被陆逊击败。不久之后刘备便崩于白帝城。

邓艾居功自傲，对朝廷的诏命有点不太重视，被人弹劾，加上钟会妒嫉邓艾抢了他的功劳，联合师纂等人告发邓艾，于是朝廷下诏把邓艾关在囚车里送到京城去。

邓艾被囚禁后，钟会到了成都，掌握了当地的大权。他在姜维的唆使下发动了叛乱，结果失败被杀。邓艾的手下趁乱追上邓艾的囚车把他放了出来，卫瓘派田续等人征讨他，在绵竹相遇，把邓艾、邓忠父子杀了，他在洛阳的儿子也都被杀。邓艾直到晋武帝时期才被平反。

神医华佗

华佗是历史上有名的神医，直到现在，形容某个医生医术高明都常常用“华佗再世”这个词，说明华佗在人民心目中的地位。可惜华佗救了那么多人，最后却死于非命，连他用毕生心血写的医书都被焚毁，不能不让人感慨封建制度对人才的摧残。

华佗年轻的时候曾在徐州一带求学，学习了几种医书，当时很多人请他做官，他都拒绝了。华佗精通养生术，人们都以为他快100岁了，但还是保持着壮年人的外貌。华佗善于开药方，配药不用称量，心中自然掌握了药物的分量，他煮好药就让病人服用，告诉他们用药的次数，用完药就能痊愈。如果给病人针灸，不过选一两个穴位，每个穴位不过灸七八个艾炷，病就好了。如果需要扎针的话，也就扎一两处。他下针时会告诉病人：“针扎进去后应该有某种感觉，如果感到了就告诉我。”当病人说感到了时，他就立刻拔针，疼痛马上消失。如果疾病靠针灸和药物治疗无效的话，华佗会给人开刀。开刀前，他会给人喝一种叫麻沸散的药，病人不一会儿就会睡死过去，什么都不知道，华佗就开刀割去患病的部位。比如病患在肠子里，他就把肠子切开清洗，然后把腹部缝合起来，用药膏涂抹伤口，过个四五天就好了，也不会疼痛，病人自己也没有感觉，一个月内伤口就能全部长好。华佗的神奇医术治好过很多疑难杂症。

有两个人一起来看病，都是头痛发热，症状都一样。华佗却让一个人吃泻药，另一个吃发汗药。有人就问为什么他们症状一样，但治法却不同。华佗回答道：“他们一个是因为肠胃有病，一个是受了风寒，治疗方法当然不一样了。”结果第二天早上，两个人都大有好转。

有一次华佗的朋友来看他，刚一进门华佗就问他：“你身体感觉怎么样？”那人说：“和平时一样啊。”华佗告诉他：“你有急病，千万不要多喝酒。”那人坐了会儿就走了，走了几里地后，他突然感到头晕，从车上掉了下来，回到家第二天半夜就死了。

彭城有一夫人晚上上厕所的时候被毒蝎子蜇了手，痛得一直呻吟，别的医生一点办法都没有。华佗让人把汤药烧热，让夫人把手放在汤药里，夫人的痛感减轻了很多，终于可以睡着了。然后让人多次换汤药，保持药的温度，天亮时手就好了。

·张仲景·

张仲景，名机，字仲景，南阳郡涅阳（今河南南阳）人。他自幼便酷爱医学，拜当时的同郡名医张伯祖为师，获得了他的真传，青年时代便声名远扬，曾被推作孝廉。张仲景倾毕生之力完成了《伤寒杂病论》。这是我国第一部理、法、药兼备，理论与实践结合的临症诊疗专著，全书共16卷，包括“伤寒”和“杂病”两部分。张仲景科学地概括了外感发热病发展过程中的各个阶段的综合症状，系统地论述了外感热性病“伤寒”的病理、诊断、治疗和用药，确立了“辩证用药”的规律。同时，《伤寒杂病论》也对内科杂病以及外科、妇科、儿科、急救等40多种病的病理、治疗作了详细分析。中医学发展到张仲景时，已经具备了诊断、用药的严谨法度。由于张仲景在中医诊断治疗学方面的杰出贡献，他被后人称为“医圣”和“方剂学之祖。”

历史关注

邺城三台包括金凤台、铜雀台、冰井台，是“建安文学”的发祥地。

有个太守得了病，请华佗去治疗。华佗诊断只要让他大怒就能痊愈，于是收下他的很多财物，但就是不给他治病，不久还跑掉了，留下一封信把那个人骂了一顿。那个太守果然大怒，命令手下去追赶，一定要杀了华佗。他儿子知道内情，暗中嘱咐手下不要去追。那人越气越难受，实在憋不住了，喷出好几口黑血，没过多久病就痊愈了。

曹操听说了华佗的医术后，把他召去给自己看病。曹操患有头风病，每次发病的时候都头昏眼花，华佗用针扎他的膈，一针见效。

有一位李将军的妻子病得很重，请华佗来医治。华佗说：“伤了胎，但胎儿没有流下来。”李将军说：“确实是伤了胎，但胎儿已经打掉了。”华佗说：“根据脉象显示，胎儿其实没有打下来。”李将军觉得华佗这次弄错了，华佗就走了。那女子也好了些，但过了 100 多天后，病情突然加重，于是再次来找华佗。华佗说：“根据这个脉象，肯定是有胎儿的。前一次应当生两个孩子，一个孩子被打掉了，出了很多血。后面那个孩子来不及流出来，所以母亲没有感觉，别人也不会知道，也就没有注意。那胎儿死了后，血脉不再顺畅，胎儿就干枯掉了，贴在母亲的脊背内，所以夫人才会脊背疼痛。现在我给她喝汤药，同时用针扎某个穴位，这个死胎就一定会下来。”结果照他说的方法做了之后，妇人感到剧烈疼痛，像生孩子一样。华佗说：“这个死胎时间太长了，没办法自己生下来，只能让人去把它掏出来。”果然最后取出一个死了的男胎，手脚都有了，只是颜色已经变黑，大约有一尺多长。

华佗本来是个读书人，却因为医术高超而出名，而医生在当时社会地位很低，他常为这事而感到后悔。后来曹操得了很严重的病，请华佗前来专门为他治病，华佗说：“这种病很难在短期内治好，必须长期坚持治疗才能痊愈。”但华佗离家时间太长，想回家看看，于是向曹操请假回去了。他到家后借口妻子有病，多次拖延回去，曹操连续写信让他回来，后来又让当地官员把他遣送回来。华佗还是不肯回去，曹操很生气，派人去查探，说如果华佗的妻子真病了就赐给他礼物，再延长他的假期，如果他妻子没病，那就把他抓起来。结果华佗被抓进了监狱，认了罪。荀彧替他说好话：“华佗的医术天下第一。这关系到人的生命，应该饶恕他。”曹操说：“用不着担心，天下难道就不会有这样的鼠辈吗？”还是把华佗处死了。华佗临死前，把自己写的医书拿出来送给狱吏，狱吏害怕犯法，不肯接受。华佗也不勉强，把医书烧掉了。华佗死后，曹操还生他的气：“华佗明明能治好我的病，偏偏让它延续下去，用它来抬高自己，如果我不杀死他，他也不会给我除去病根的。”

后来曹操最疼爱的儿子曹冲病危的时候，

五禽戏

这是华佗发明的一套使全身肌肉和关节都得到舒展的医方保健体操，模仿虎、鹿、熊、猿、鸟的动作创作而成。

中国大事记　公元228年，诸葛亮出祁山，北伐曹魏之战开始。

曹操才后悔了："我后悔把华佗杀掉，现在只能眼睁睁看着孩子死去了。"

"曲有误，周郎顾"

《三国演义》里面把周瑜描写成一个虽有才能，却嫉贤妒能，是个心胸狭窄之人。这是小说家为了烘托诸葛亮而故意贬低周瑜。实际上周瑜是东吴最优秀的将领之一，他足智多谋，而且心胸开阔，在东吴的威信非常高。小说是作了艺术上的虚构，和史实并不吻合。

周瑜长得高大健壮，面容俊美，他和孙坚的儿子孙策同岁，两人从小就是好朋友。孙策起兵后，周瑜召集了一支军队前去投奔，孙策很高兴，认为周瑜来投奔自己，让自己如虎添翼。周瑜跟随孙策打了很多胜仗，这时孙策已经拥有了一支几万人的部队，他让周瑜去镇守丹阳。回到吴郡后，孙策拨给他2000士兵和50名骑兵，当时周瑜年仅24岁，被人称为"周郎"。吴军得到了乔公的两个女儿，都长得非常漂亮，孙策娶了姐姐，把妹妹嫁给了周瑜，她们就是历史上有名的大乔和小乔。

几年后，孙策去世，他弟弟孙权接管了江东的事务。周瑜率领军队前来吊丧，从此留在吴郡，以中护军的身份和长史张昭一起掌管军政大事。8年后，孙权征讨江夏，周瑜担任了前部大都督。

东汉斗舰复原图

公元208年九月，曹操率军南下，荆州牧刘琮率领部下投降，曹操接收了荆州的人马，水陆两军达到数十万之多，东吴的士兵无不害怕。孙权召集部下讨论对策，大家都说："曹操和豺狼虎豹一样，但是他借着丞相的名义挟持天子征讨四方，动不动就以朝廷的名义发号施令，现在如果我们抗拒的话，就是和朝廷作对，显得名不正言不顺。而且您可以对付曹操的无非是长江天险，但现在曹操占领了荆州，刘表的水军和几千艘战船都为他所用，曹操让战船顺流而下，再加上他的步兵，水陆并进，这样长江天险由我们双方共有，而兵力差距是显而易见的。所以我们觉得最好还是投降曹操。"周瑜反对说："不对。曹操虽然名义上是汉朝的丞相，实际上是汉朝的奸贼。将军以神武雄才，又有父亲和兄长的威名作为凭借，控制了江东的地盘，方圆数千里，手下精兵无数，英雄豪杰也乐意为您效力，本来就应该横行天下，为汉室除去污秽。现在曹操自己跑来送死，怎么还能去投降呢？请允许我分析：假设现在北方已经完全安定下来了，曹操没有了后顾之忧，能够和我们打持久战，但他真的可以在水上和我们决一死战吗？要知道现在北方并没有完全平定，马超和韩遂还在函谷关以西，是曹操的心腹大患。而且舍弃车马，改用战船，和在水边长大的江东人打水仗，本来就不是中原士兵的长处。还有，现在是冬天，战马缺少草料，再说让中原地区的士兵来到这里，肯定会水土不服而病倒很多人。上面列举的都是用兵者最忌讳的，但曹操却冒险行动，所以将军活捉曹操应该就在今天了。我请求让我率领精兵3万，进驻夏口，保证打败曹操。"孙权回答道："曹操那个老贼早就想废掉汉朝皇帝自立了，只是顾忌袁绍、袁术、吕布、刘表和我而已。现在那些人都被消灭，只剩我一个人了，我和老贼势不两立。周瑜主张和曹操作战，很符合我的意思，是上天把周瑜赐给我啊！"

这个时候刘备已经被曹操打败，打算南渡长江，在当阳和鲁肃相遇，双方一拍即合，刘

历史关注

诸葛亮创制了连弩，从而使蜀军的射远兵器得到了很大改善。

赤壁大战绘画

备进驻夏口，派诸葛亮拜见孙权。孙权派遣周瑜、程普，让他们和刘备联合迎敌，与曹军在赤壁对峙。当时曹军已经发生了瘟疫，所以初次交战就失败了。曹操把兵驻扎在北岸，两军隔江相望。黄盖献火攻计，周瑜采纳了他的意见。周瑜选了几十艘大船，装满灌了油脂的柴草，让黄盖诈降曹操，最后一把火把曹军的战船烧个精光，取得了赤壁之战的胜利。

周瑜和程普乘胜追击，进军南郡，和曹仁对峙，两军还没有交战，周瑜就派甘宁去占领夷陵。曹仁分出部分人马去围攻甘宁，甘宁向周瑜告急，周瑜采纳吕蒙的计策，留下凌统守卫，自己带兵去救援。解除曹军对甘宁的包围后，再回来和曹仁约定了决战的时间。当天周瑜亲自督战，被流箭射中右肋，伤势不轻，回到了大营。曹仁听说周瑜卧床不起，发动攻击，周瑜勉强打起精神，到军营巡视，鼓舞士气，最后迫使曹仁退兵。

后来孙权任命周瑜担任偏将军，让他驻守江陵。刘备以左将军的身份兼任荆州牧，驻守公安。刘备去拜见孙权的时候，周瑜暗中上书说："刘备是枭雄，而且手下有关羽、张飞这样的大将，一定不会长久屈居人下，不是您可以任用的人。我觉得最好把刘备安置在吴郡，给他提供豪华的住宅，多给他美女和玩物，让他在娱乐中丧失雄心。同时，把关羽、张飞分开，让像我这样的人统率他们，这样大事可定。现在分给他们许多土地，让这 3 个人聚在一起，就好像蛟龙得到了云雨，不会长久留在水塘中的。"孙权没有采纳他的建议，事态的发展果然和周瑜预料的一样。

不久，周瑜就病死了，孙权非常悲痛，穿上丧服为周瑜举哀，又亲自去迎接周瑜的灵柩。

周瑜年轻的时候对音乐很有兴趣，曾经做过一番细致的研究，即使在他喝了酒之后，如果演奏的音乐有错误，他也一定能听出来，知道后就一定回头来看，当时人称"曲有误，周郎顾"。

后来周瑜的侄子去世后，全琮推荐周瑜侄孙周护担任将领。孙权说："以前能打败曹操，吞并荆州，这全是周瑜的功劳，我从来没有忘记过。我早就想任用周护，但听说周护性情凶狠，用他恰恰是害了他，于是改变了主意。我对周瑜的思念，难道还有终止的时候吗？"

大意失荆州

关羽是中国历史上最受人崇敬的武将，后人把他的地位提到了"武圣人"的高度，和"文圣人"孔子并驾齐驱。原因不光是关羽武艺高强，最重要的是关羽讲义气，懂仁义，有勇有谋，可以说是最符合儒家理想人物形象的武将。再加上民间传说和小说的渲染，关羽的地位一天比一天高。历史上的关羽当然不会那么完美，但总的来说，关羽还是一个优秀的将领。

中国大事记 公元229年，孙权在建业称帝，国号“吴”，史称“东吴”，后世通称“吴国”。

关羽跟随刘备南征北战多年，战功赫赫，虽然刘备力量弱小，总是失败，但关羽从来也没有背弃过刘备。后来刘备好容易得到荆州作为根据地，就派关羽驻守，他本人带着诸葛亮等人到益州去了。

孙权多次向刘备索要荆州，都被关羽拒绝了，孙权很生气，但为了共同对付曹操，只好先忍耐着。

后来关羽率兵进攻樊城的曹仁，曹操派于禁前去救援，关羽水淹七军，斩了庞德，于禁投降。此战过后，关羽声势大振，许多县城都脱离曹操政权，转而接受了关羽的号令，曹操怕得差点用迁都这个办法来躲避关羽的锋芒。当时司马懿等人建议派人离间关羽和孙权之间的关系，让孙权去对付关羽，曹操同意了。

之前孙权派遣使者为自己的儿子向关羽的女儿求婚，这本来是巩固蜀、吴两国关系的好机会，但一向高傲的关羽本来就很看不起孙权，所以不但不同意联姻，反而把使者辱骂了一番。孙权因为这件事很恨关羽。南郡太守糜芳、将军傅士仁平时经常被关羽辱骂和轻视，也很怨恨他。关羽出兵以来，两人负责供应物资，但并不尽力，关羽很生气，扬言回去后一定要狠狠处罚他们。两人很害怕，正好孙权秘密和糜芳、傅士仁联络，他们就投降了孙权。

本来东吴这边由亲蜀派的鲁肃执政的时候，双方关系还可以，但鲁肃死后，对蜀强硬的吕蒙接替了他的位置。吕蒙一心想为东吴夺回荆州，等到关羽进攻曹仁的时候，他对孙权上书说：“关羽外出作战，却留下很多士兵防守荆州，一定是害怕我从后面偷袭，我请求您允许我以治病为名率领部分人马回建业，关羽知道后一定会撤走防守的军队，全力向襄阳进攻。这样我军主力沿江而上，趁他后方空虚发动袭击，就能攻下南郡，关羽也会被俘。”孙权同意了。于是吕蒙自称病重，孙权下令让他回去。关羽果然中计，撤掉了南郡的部队。关羽打败于禁后，人马增加了不少，借口缺粮，把孙权囤积在湘关的军粮占为已有。孙权知道后立刻采取行动，派遣吕蒙进军。吕蒙到达浔阳后，把精兵都埋伏在大船里，然后招募一些老百姓摇橹，命令士兵化装成商人，日夜兼程，把关羽布置在江边的士兵全部活捉，而关羽对自己的情况一无所知。这样吕蒙很快就到达了南郡，接受了傅士仁和糜芳的投降。吕蒙进入江陵，俘虏了关羽和将士们的家属，并安抚他们，下令不准骚扰百姓。他有个亲兵从百姓家里拿了一个斗笠来遮盖公家的铠甲，吕蒙认为他违犯了军令，流着眼泪把他杀了。吕蒙还经常派人去慰问当地的老人，很快就收买了当地的民心。关羽返回途中，多次派人和吕蒙联系，吕蒙每次都热情款待，并让使者随意参观。那些士兵的家属都托使者带信，使者回去后，关羽手下的将士收到家里的信，知道家里一切平安，都无心再战。此时孙权带兵到了江陵，关羽见大势已去，只好逃往麦城，再走到漳乡。手下的士兵军心已散，抛弃关羽四散而逃，多数投降了孙权。孙权派遣朱然和潘璋堵住关羽的退路，俘虏了关羽父子，收复了荆州。

关羽父子被俘后，孙权劝他们投降，但关羽宁死不降，反而破口大骂，于是都被斩首，一代名将就此死于非命。吕蒙为东吴立下大功，但好景不长，吕蒙旧病复发，很快就病死了。

关羽一生英雄，但最终还是因为自己的骄傲而遭受了一生中最惨痛的失败。

关羽擒将图　明　商喜

历史关注

三国史上的三大战役指的是官渡之战、赤壁之战、夷陵之战。

夷陵大战

曹丕称帝的消息传到蜀汉地区的时候，人们都传说汉献帝已经被杀害了，刘备专门为汉献帝举行了丧礼。大臣们认为汉献帝既然死了，刘备作为汉室宗亲，就应该继承皇位，于是刘备就自立为帝。

当时关羽被东吴所杀，荆州也被东吴抢了回去，这两件事让刘备非常痛心。他即位后第一件事就是宣布讨伐东吴，为关羽报仇。赵云进谏，认为当前最大的敌人是魏国，再说谋朝篡位的也是魏国，当务之急应该是联合东吴一起讨伐魏国，等灭掉魏国后，东吴自然就会屈服。

但刘备被怒火烧昏了头脑，根本听不进任何反对意见。他通知张飞前往江州会师，自己留下诸葛亮辅佐太子，准备出兵。还没等他出兵，坏消息就传来了：张飞被部将暗害，凶手投奔东吴去了。蜀汉一连损失两员大将，实力被削弱不少，但这件事更加激怒了刘备，他攻打东吴的决心已经无法动摇了。

孙权知道刘备前来讨伐的消息后也很后悔当初的举动，尤其听说这次蜀军声势浩大，心里很害怕，就派遣使者去向刘备求和，被刘备拒绝了。

不久，刘备大军攻下巫县，一直打到了秭归。孙权只好派陆逊任大都督，率领5万人马前去抵抗。

刘备军进展很快，没多久就占领了东吴大片土地，然后挥兵向东。黄权劝阻他，认为水军顺流而下虽然容易，但如果要后退就困难了。建议让自己充当先锋，在前面开路，刘备在后面接应，这样比较稳妥。但刘备急着和东吴决战，没有听进黄权的话。他命令黄权守住江北，防止魏国偷袭，自己率领主力部队，一直进军到了夷陵。

东吴的将士纷纷找到陆逊，要求出战，但陆逊认为现在蜀军士气高涨，而且地处上游，不容易攻破，如果硬拼的话，敌众我寡，反而对自己不利。所以他要求吴军坚守不出，等蜀军疲惫的时候再找机会出击。

刘备从巫县到夷陵，一路上设了几十个大营，又用树木编成栅栏将这些大营连接起来，前前后后共有七百里长。

刘备派吴班率领几千人在平地上扎营，向东吴挑战。陆逊手下的大将都想出战，陆逊说："这里面肯定有鬼，先看看再说。"等了几天后，刘备知道陆逊不会出战，这计谋失败了，于是把事先埋伏好的8000人撤了出来。陆逊说："先前我之所以不听你们的话未去打吴班，就是揣摩着这里面一定有问题。"

当时孙桓和刘备的前锋部队交战，被刘备包围了起来，向陆逊求救，陆逊不让出兵，部下都说："孙桓是主公的族人，怎么能不救？"陆逊说："孙桓很得军心，加上他现在所在的城池很牢固，粮草也充实，所以不用担心。等我的计谋实现后，不用去救他，他自己就能解围了。"

就这样，吴蜀双方在夷陵相持了半年之久，一天，陆逊突然召集部下，宣布要进攻蜀军。部下又反对了："要打刘备就该在他刚来的时

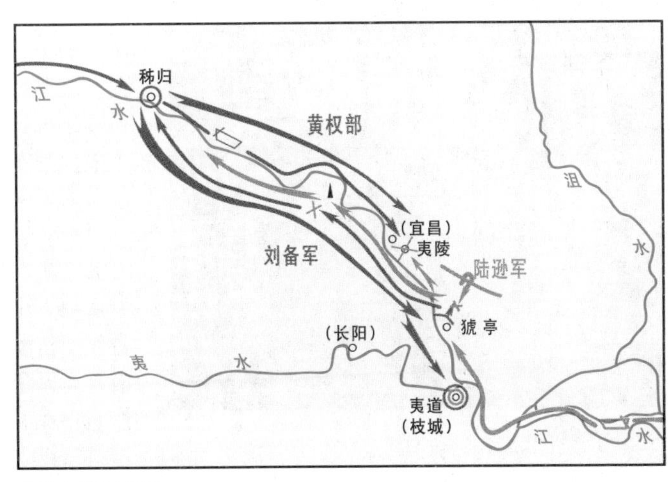

夷陵之战示意图

中国大事记 公元234年，诸葛亮病逝于五丈原，未竟大业。蒋琬、费祎、姜维等继承他的事业，继续辅佐后主刘禅。

候打，现在他进入我们国界五六百里，相持了七八个月，他把要害都牢牢地守住了，去攻打的话必然不会有好处。”陆逊说：“刘备是个狡猾的家伙，而且身经百战，他的部队刚来的时候，士气正旺，所以不能打他。现在都待了那么久了还占不到我们的便宜，士气早已低落下来，他的阴谋诡计也使不出来了。所以，要歼灭他们，就是现在了。”于是陆逊先派了一支部队去进攻刘备的一个军营，结果吃了败仗回来。大家都说：“这分明就是去送死嘛。”陆逊却笑道：“我已经知道打败他们的方法了。”

陆逊下令每个士兵都拿一束柴草，采用火攻。刘备的大营都是被栅栏连接起来的，一点就着，很快火势就蔓延开来。陆逊趁机率领大军猛攻，连破蜀军营寨40多个。刘备逃到马鞍山，把士兵摆开，围绕在周围保护自己。陆逊督促士兵进攻，蜀军死伤数以万计。刘备只好连夜逃跑，吴军紧追不舍，最后驿站的人把遗留下来的铠甲堆在路口，把路堵住，然后放火，这才堵住了追兵。刘备狼狈不堪地逃到了白帝城，他的船只武器还有水军陆军的物资损失殆尽，江上漂满了蜀军的尸体。刘备又羞又怒，说：“我居然被陆逊这种人羞辱，莫非是天意？”

四川奉节白帝城

三国时期，刘备在湖北夷陵大败于吴国陆逊之手，狼狈逃回白帝城，忧愤交加，一病不起，一世英雄就此谢世。

这时孙桓的包围圈也被解除了，他对陆逊说：“以前你不来救我，我心里还在埋怨你，现在才知道你有自己的方略安排啊。”

刘备吃了败仗，急怒攻心，很快就病倒了。他知道自己活不长了，就向从成都赶来的诸葛亮托孤：“您的才能是曹丕的10倍，一定可以安定国家，最终完成统一大业。如果刘禅可以让您辅佐，那就辅佐他，如果他没有才干，您就取而代之吧。”诸葛亮含着眼泪表示一定辅佐刘禅完成统一大业。不久，刘备死在了白帝城。

夷陵大战将蜀国的实力大大耗损，刘备好不容易建立起来的勇猛善战的军队几乎全军覆没，尤其一大批蜀国年轻优秀的将领在这场战役中丧生，给蜀国造成了无可挽回的损失。从此以后，蜀国失去了问鼎中原的可能性，成为三国中最弱小的国家。

诸葛亮病死五丈原

诸葛亮接受刘备托孤后，把收复中原作为自己毕生追求的目标，他多次率军北伐，但是由于粮草始终无法保证及时供应，所以每次都半途而废。

诸葛亮第五次北伐的时候，遇上魏国大将司马懿统兵拦击。诸葛亮以木牛运粮，但还是不能保证军粮的供应，最后被迫撤军，魏将张郃紧追不舍，被诸葛亮事先布置的伏兵射死。

3年后，诸葛亮经过精心准备，率领10万大军进行他一生中最后一次北伐。诸葛亮率军从斜谷出兵，用流马运输粮草。很快，蜀军占领了五丈原，在那里和司马懿的部队对峙。诸葛亮做了长期战争的准备，他派出部分士兵修筑堡垒，严密防守，另一部分士兵和当地百姓一起开垦耕种，以保证兵粮供应。

诸葛亮还联合孙权一起伐魏，孙权分兵三

历史关注 三国时期杨伟的《景初历》开始了预报日食发生的食分大小和亏起方位。

路向魏国进军，魏明帝清楚诸葛亮才是心腹大患，司马懿不是他的对手。于是他一边派兵阻击孙权，一边对司马懿下了死命令，只准防守，绝对禁止和诸葛亮交战，想把诸葛亮拖垮。

很快，魏军击退了孙权的进攻，诸葛亮接到这个消息后非常失望，于是决定和司马懿决战，以求速战速决，毕竟拖下去对自己不利。但是司马懿一直坚守，诸葛亮派人挑衅了许多次，但他就是不出战。

诸葛亮很着急，他觉得只有激怒司马懿，才能让他出战。诸葛亮派人给司马懿送去一套妇女的服饰，意思就是说你既然这么贪生怕死，那就回去做个女人好了。司马懿手下的将领见主帅受到这么大的侮辱，一个个气得都要去和蜀军拼命。司马懿知道这是诸葛亮的激将法，他并没有生气，对将士们说："既然大家都要和蜀军开战，那我就给皇上上个奏章请求同意吧。"

过了几天，魏明帝派人前来下诏，严禁出战，众将这才没有了话说。

蜀军知道这个消息后都很失望，只有诸葛亮明白其中的意思，他说："司马懿根本就不想出战，他上奏章给皇帝是做给别人看的。不然哪儿有大将在外面带兵，连是否出战都要千里迢迢向皇帝请示的道理？"

司马懿也有忍不住想出战的时候，魏明帝也担心这一点，于是派辛毗为大将军军师，让他拿着符节在军队中监督不准出战。有一次魏军实在忍不住了，人马都整顿好，准备杀出去了，辛毗一个人拿着符节站在大营门口拦住他们，魏军只好灰溜溜地回去了。诸葛亮听说有个人拿着符节站在大营门口拦住了魏军，不由叹息道："那个人肯定就是辛毗！"

司马懿知道诸葛亮身体不好，一直在偷偷打听他的情况。有一次诸葛亮派人向魏军下战书，司马懿很有礼貌地招待了使者。在聊天的时候，司马懿装作漫不经心地问道："你们丞相现在一定很忙吧？最近身体还好吗？胃口如何？"那个使者觉得他问的都是些客套话，也就老老实实地回答道："丞相的确很忙，什么事不管大小他都亲自处理，起早贪黑地工作，每天都弄得很累。最近胃口不太好了，吃得都很少。"

诸葛亮像

使者回去后，司马懿很得意地对身边人说："你们看，诸葛亮把什么事都揽在自己身上，把自己弄得那么累，吃得又少，休息得也不好，看来他支持不了多久了。"

事情的发展和司马懿想象的一样，诸葛亮由于操劳过度，于当年八月病倒了。

刘禅听说诸葛亮生病的消息后，很是关心，派使者前去探望。使者向诸葛亮转达了刘禅的慰问后，又交流了一下国家大事，然后就走了。几天后他回来，看到诸葛亮的病情反而加重了，伤心地哭了起来。诸葛亮听到哭声，醒过来一看是朝廷使者，于是说："我知道你回来是什么意思，我看你要问的人，就是蒋琬吧。"使者问道："是啊，皇上派我来问，丞相万一有个什么闪失，由谁来接替您。那么蒋琬之后，又该是谁继任呢？"诸葛亮说："我看费祎很合适。"使者还想问下去，诸葛亮闭上眼睛不回答了。过了几天，年仅54岁的诸葛亮积劳成疾，在军营中去世了。

按照诸葛亮生前的嘱咐，蜀军没有泄露他去世的消息，而是暗中组织撤退。他们把诸葛亮的尸体用布裹着放在车里，然后有条不紊地撤军。

魏军打探到诸葛亮去世的消息后报告给了司马懿，司马懿立刻带领人马杀了过去。结果刚过五丈原，蜀军的旗帜就转了方向，向司马懿杀来。司马懿以为这又是诸葛亮引诱他出战

中国大事记　公元249年，曹魏重臣司马懿发动高平陵之变，控制了曹魏的大权。

的计谋，赶紧撤退。蜀军见魏军撤走，这才把全部人马撤了回去。

司马懿后来巡察诸葛亮扎营的遗址，不禁赞叹道："诸葛亮真是天下奇才啊！"就这样，一代奇才诸葛亮在五丈原走完了他的人生旅程，为历史留下了千古遗憾。

诸葛亮在遗嘱中说要把自己葬在定军山，挖个仅仅能放下棺材的坟墓就可以了，就穿死时的衣服下葬，不要用殉葬品。当初他向刘禅上表说："在成都，我家有800棵桑树，15顷田，供应我的后代吃饭穿衣是绰绰有余的。我做官的时候，没有别的开支，吃的穿的都由官府供给，所以我不再经营产业，也不增加一点点财富。我死的时候不让家里有多余的财物，怕辜负陛下的恩德。"他死的时候，情况正和他说的一样。刘禅对诸葛亮的死感到非常伤心，朝中大臣也都抱头痛哭。诸葛亮的儿子诸葛瞻娶了公主为妻，后来和其长子诸葛尚一起战死在绵竹，继承了诸葛家忠义的传统。

司马懿智斗曹爽

司马懿是名门子弟，曹操曾经征召他出来做官。那个时候司马懿觉得曹操出身低微，看不起他，于是不想应召。但是曹操权倾朝野，司马懿也不敢得罪他，他就宣称自己中了风，瘫痪在床，不能出来做官。曹操怀疑他是找借口推脱，派了个刺客去司马懿家里察看，如果真是有病就算了，如果装病的话，就一刀结果他。那个刺客溜进司马懿的卧室，看见司马懿直挺挺地躺在床上一动不动。刺客还不敢确定他是否真的有病，拔出刀来做出一副要砍下去的样子。按说如果装病的话，一定会吓得跳起来，但司马懿很聪明，他猜到这是曹操派人来试探他，于是只是瞪大双眼看着刺客，身子却纹丝不动。刺客被他蒙骗住了，回去向曹操汇报司马懿确实中了风。

后来司马懿知道曹操不会放过他，而且也没办法一直装下去，过了一段时间后，他放出消息，说自己的病好了，等曹操再次征召他的时候，他欣然应征。

司马懿先后侍奉了曹操和曹丕，等魏明帝即位后，他已经是魏国的元老了。诸葛亮几次北伐，司马懿都参与了抗击战争，渐渐地，魏国的军权大部分都落在了他的手里。后来魏明帝病重，临死时把司马懿从前线召回来，将太子曹芳托付给他和皇族曹爽。

曹芳即位后，司马懿当了太尉，曹爽就任大将军，两人地位相当，但曹爽的资历和能力与司马懿根本没法比。所以刚开始的时候，曹爽很尊重司马懿，遇到事情都会咨询他的意见。但日子一长，曹爽周围的人就开始讲司马懿的坏话了，他们说："大权可不能分给外人啊！"害怕外人抢去自己家的权力是历代皇族的传统，加上曹爽本来就是个庸才，别人的话他很容易就相信了。于是他照手下谋臣的建议，先以皇帝曹芳的名义将司马懿提升为太傅，司马懿地位虽然上升，但兵权实际上被剥夺了。曹爽独掌大权后，把自己的兄弟和亲信都安排了重要的职位，认为这样就万无一失了。司马懿看在眼里，装作什么都不知道，表面上不说什么，借口自己年纪大了，又有病，干脆连朝都不上了。

曹爽听说司马懿生了病，心里很高兴，但还是有点不放心，就派亲信李胜借辞行的机会去打探清楚。

司马懿装病也不是第一次了，他听说李胜前来辞行，早早地就布置好了一切。李胜到了司马懿的卧室后，只见司马懿躺在床上，两个婢女在床边服侍他喝粥。司马懿没有用手接碗，只是用嘴去接，没喝几口，粥就沿着嘴角流了下来，弄得满胸都是。李胜在旁边见到这种情景，觉得司马懿很是可怜。

李胜对司马懿说："这次我被调任为本州刺史（就是荆州刺史，李胜是荆州人，所以说是本州），马上就要去上任了，特地来向太傅您辞行。"

司马懿装做年老耳聋，喘着气说："唉，那太委屈你了，并州在北方，要好好防备当地的胡人啊。我都病成这样了，不知道还有没有

历史关注

三国时魏人张揖所作的《广雅》是在《尔雅》后出现的“雅”书中最有价值的一部训诂词典。

机会再见到你了。”

李胜说：“太傅您听错啦，我是去荆州，不是并州。”

司马懿说：“哦，今天就要出发呀？我这把老骨头是没办法送您了，要保重呀。”

李胜又大声地说了好几遍，司马懿才慢腾腾地说：“我年纪太大了，耳朵也不好使，实在听不清楚。您要去荆州的话，那就太好了。”

李胜回去后告诉曹爽：“司马懿只差一口气了，您不用担心。”曹爽听了之后很高兴，更加不把司马懿放在眼里，成天寻欢作乐。

不久，曹芳率领群臣去高平陵祭扫祖先坟墓，曹爽一帮人全部跟着去了。司马懿既然病得只剩了一口气，就没有人叫他去。

结果那些人刚一出城，司马懿的“病”就全好了。他披挂整齐，带着两个儿子司马师和司马昭率兵占领了城门和武器库，并且以太后的名义免去了曹爽大将军的职务。

曹爽等人知道消息后乱成一团，有人建议让他带着皇帝逃到外地去，招兵买马，以讨伐叛党的名义对抗司马懿。但是曹爽和他的亲信们只知道吃喝玩乐，高谈阔论，一到关键时候就一筹莫展。司马懿派人通知曹爽，要他投降。他的谋臣们都劝他不要投降，否则落入虎口就任人宰割了。曹爽却相信司马懿不会杀他，再说他是真心实意地打算交出兵权，只求能保住富贵就行了，于是投降了。

青瓷宅院　三国

此院落平面方形，围墙环绕，双坡檐顶，大门上有一门楼，四角设角楼，正中有房舍，四角设圆形仓座，为当时民居建筑的重要资料。

过了没几天，司马懿就找了个借口把曹爽和他的亲信们全部杀掉了。从此司马家控制了魏国的军政大权，成为魏国实际上的统治者。

司马昭之心，路人皆知

司马懿杀了曹爽，两年后他也病死了，由大儿子司马师继承了他的职位。司马师比司马懿更加专横，魏国进入了一个顺司马者昌，逆司马者亡的时期。曹芳很讨厌司马师的骄横，准备剥夺司马兄弟的兵权，但还没等他动手，司马师就把他废掉了，另立曹丕的孙子曹髦为帝。

魏国地方上有些将领不服司马氏的统治，司马师废掉曹芳后，扬州刺史文钦和镇东将军毌丘俭起兵讨伐司马师。司马师亲自带兵镇压，把他们打败，战斗中司马师受了伤，在回师的路上死了。

司马昭接替了哥哥的职位，做了大将军，他比他哥哥还要厉害，把曹髦欺负得火冒三丈。当时曹髦年仅20岁，年轻气盛，早就看不惯司马昭的专横了。有一天，他又受了司马昭的气，回到宫里把三个大臣找来，对他们说：“现在司马昭篡位的心思，连过路人都知道了！我可不能在这等着他来收拾我，我得先发制人！”

三个大臣都清楚司马昭不是好惹的，再说曹髦又没有实权，和司马昭作对是没有胜算的，他们都劝曹髦要好好忍耐。但曹髦哪里忍得下这口气，他从怀里掏出预先就写好的讨伐司马昭的诏书，扔在地上，对他们说：“我已经下了决心了，就算是死也不怕，再说还不一定是死呢！”说完就进宫禀报太后。

谁知道那三个大臣里有两个贪生怕死的，怕闯出祸来牵连到自己身上，于是偷偷溜出去向司马昭告了密。司马昭老奸巨猾，他不先动手，而是做

中国大事记　公元263年，掌握了大权的司马昭下令伐蜀，刘禅出降，蜀汉灭亡。

好准备，让曹髦掉进早已挖好的陷阱。

曹髦集合了宫内的禁卫军和一些太监，拼凑成一支军队，从宫里杀了出来，曹髦拿着一把宝剑冲在最前面。

司马昭的亲信贾充带了一队士兵前来抵挡，双方交战，曹髦大喝一声，从人群中杀出，直扑贾充而去。贾充手下的士兵见皇帝亲自上阵，都很害怕，有的人都准备逃跑了。

贾充手下有个叫成济的人见情况不妙，于是问贾充："现在形势紧急，您看怎么办？"

贾充大喝道："司马公平时养你们是干吗用的？这还用问！"

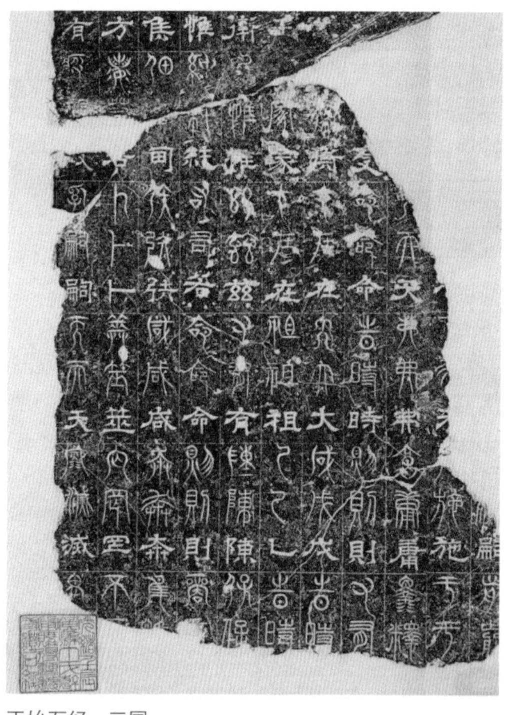

正始石经　三国

魏正始二年（公元241年）立，又名《三体石经》，用古文、篆书和隶书字体书刻，建于洛阳太学门前（今洛阳市偃师县）。石经共27块，后佚失，自宋以来屡有残石出土。

成济这下胆子大了，于是冲了出来，举起长矛朝曹髦刺去。曹髦没想到会有人来杀自己，一时措手不及，被成济刺中，从车上掉下来死了。曹髦手下的人见皇帝死了，军心涣散，纷纷逃散了。

消息传到司马昭那里后，司马昭没想到他的手下居然把皇帝杀死了，也有点惊慌，赶紧到朝堂上去召集大臣开会商量如何处置这件事。司马昭流着泪问大臣们该怎么办才好。陈泰告诉司马昭："只有砍掉贾充的头，才能向天下人谢罪！"贾充是司马昭最信任的人，他怎么舍得把贾充杀掉呢？于是他再问："那有没有别的办法呢？"陈泰义正词严地说："照我说，只有比这更重的，而没有更轻的处理意见了！"司马昭一听，心里很不舒服，就不说话了。

后来司马昭以太后的名义下了道诏书，给曹髦安上许多莫须有的罪名，把他废为平民，顺便就把杀害曹髦的事给遮掩了过去。

但是当时的人还是有很大的意见，都责怪司马昭不惩办凶手，司马昭虽然专横跋扈，但是人言可畏，加上做贼心虚，也不敢拖延下去。但他又舍不得杀掉贾充，于是就把罪名全部推到成济身上，给他定了个大逆不道的罪名，满门抄斩。倒霉鬼成济在官府去抓他时，知道司马昭拿他当了替死鬼，心里非常气愤，于是爬到房顶上大骂，把这件事的内情全部公之于世，让司马昭非常难堪。

后来司马昭在曹操的后代中找了一个15岁的少年，让他接替皇位，就是魏元帝。司马昭不是不想篡位，只是觉得时机还未成熟。后来他灭掉蜀汉后，还没来得及篡位就死了。他儿子司马炎继承了他父亲的位子和遗志，把挂名的魏元帝废掉，自立为帝，建立了西晋王朝。

晋书

《晋书》共130卷，记载从晋武帝泰始元年到恭帝元熙二年（公元265～420年）共156年的史事。《晋书》始修于唐太宗贞观年间，由宰相房玄龄领导，撰者会集当时著名学者文士。全书对于保存史料有重要价值，编纂体例也有可取之处，但因其为官修史书，忌讳较多。总体来说，虽有矛盾、疏漏，仍不失为研究晋史的主要依据。

中国大事记 公元265年，司马昭死后，其长子司马炎夺取魏政权，定都洛阳，建立晋朝，史称西晋。

不受礼教约束的阮籍

魏晋时期的士人崇尚清谈和玄学，以藐视礼教的束缚为放达之举，其中最有名的人有7个，史称“竹林七贤”。阮籍就是这7个人当中的佼佼者。

阮籍相貌出众，气质豪放，性格高傲，他喜欢凭个性做事，而讨厌受到约束，他心里感到高兴或者愤怒的时候，从来也不在神色当中表现出来。阮籍博览群书，尤其喜欢读《老子》和《庄子》，爱喝酒，擅长长啸和弹琴，得意起来的时候总是感到飘飘然而忘记了身体的存在。当时的人都说他很狂放，只有他的堂兄阮文业常常赞叹佩服他，认为阮籍比自己强。

阮籍本来有匡扶天下的志向，但当时那个时代很不太平，有名望的人很少有好下场的，于是阮籍只好不干预时事，成天喝得酩酊大醉。当初司马昭想为儿子司马炎向阮籍提亲，但是阮籍一醉就是两个月，让司马昭没有开口的机会，于是这事就作罢了。钟会多次去向阮籍请教有关时事的问题，企图从中抓到阮籍的把柄，但每次阮籍都喝得大醉，避免了被陷害。阮籍对司马昭说：“我曾经游览过东平，对那里的风俗和环境很感兴趣。”司马昭很高兴，于是任命他为东平相。阮籍骑驴到了东平，把东平相府和衙门的围墙拆掉，并把法令精简了。10天后他尽兴就回家了。司马昭又举荐他为大将军的从事中郎。有一次，人们谈到有个人杀了自己的母亲，阮籍说：“哎呀，杀死父亲倒还算了，怎么能杀死母亲呢？”在座的人都怪他失言，司马昭问道：“杀死父亲是天底下极大的罪恶，你怎么认为是可以的？”阮籍说：“禽兽知道有母亲而不知道父亲。杀父亲的人和禽兽一样，但杀母亲的人就连禽兽都不如了。”大家听了之后很佩服他的见解。阮籍的辩才就是这样厉害。

阮籍听说步兵军营里的厨师很善于酿酒，而且储存了三百斛酒，于是便请求让自己担任步兵校尉。上任后他什么事都不管，把酒喝光后就辞职了。当时大臣们都劝司马昭就任晋公，接受九锡，并让阮籍写劝进的奏章。阮籍喝得大醉，就没有写。等到他们来拿的时候，他还靠在案上睡觉，使者催他，他才在案上用手指画字，让人誊抄，写好后一处需要改动的地方都没有。

阮籍虽然不受礼教的约束，但他说话玄妙，从不轻易褒贬别人。他很孝顺，母亲死的时候，他正在和人下围棋，噩耗传来，别人想停止下棋，但阮籍坚持要把棋下完。下完后喝了两斗酒，大哭起来，吐血好几升。母亲要下葬时，他吃了一块蒸猪腿，喝了两斗酒，然后和母亲

竹林七贤·荣启期图　东晋

此图发现于东晋时期墓室，竹林七贤和春秋战国的隐士荣启期绘于同一画中，表明时人已将他们视为文人理想人格的象征。

历史关注 “竹林七贤”指的是中国魏晋时期的七位名士：嵇康、阮籍、山涛、向秀、刘伶、王戎及阮咸。

遗体告别，这个时候连说话的力气都没有了。他再次大哭起来，又吐了几升血，因为过于悲哀而瘦了很多，差点死去。

阮籍会用黑眼珠或眼白看人，看到那些拘于礼教的人，他就用眼白对着人家，显得很轻视对方。嵇喜来吊丧的时候，阮籍就用眼白怒视着他，嵇喜很不高兴地走了。嵇康听说哥哥受到了轻视，于是带上好酒和琴来拜访阮籍，阮籍很高兴，露出黑眼珠来看他。当时尊崇礼教的人很恨阮籍，但司马昭却屡次保护他。

阮籍的嫂子有一次回娘家探亲，阮籍和她见面并告别，这是不符合礼教规定的做法，所以有人就讽刺他，阮籍却说：“礼教难道是为我制定的？”邻居家有个很漂亮的少妇卖酒，阮籍曾经去她那儿买酒，喝醉了就躺在那女人身边。阮籍自己也不避嫌，那女人的丈夫观察了很久，也没有怀疑。有个军人的家里生了个又有才又漂亮的女儿，还没出嫁就死了。阮籍并不认识那家的人，却跑去为那个女子哭丧。阮籍外表坦然放荡，但内心却非常纯洁，他一向都是这样的。他经常一个人驾着车到处走，一直走到路的尽头才大哭着回来。阮籍曾经游览过楚汉对峙的战场，感叹道：“那个时候没有真正的英雄，所以才让刘邦这样的小人成了名！”

阮籍54岁那年病死。他的儿子阮浑也有他的做派，阮籍却劝说他：“你的堂兄阮咸已经加入我们了，你就别再这样了。”说明阮籍还是觉得自己这样是很无奈的。

·阮籍的文学成就·

阮籍在文学上的成就主要体现在诗作《咏怀》82首。这些诗作中最突出的思想便是表现诗人内心的孤独和苦闷，寄托了作者希望超越黑暗的现实走向理想的自由世界的愿望。另一个重要方面便是揭露了政治黑暗、世道衰败的现实以及世俗之人的虚伪。在艺术风格上多用比兴手法，形成了含蓄蕴藉，隐约曲折的风格。钟嵘在《诗品》中称阮诗“厥旨渊放，归趣难求”。除诗歌外，阮籍还长于散文和辞赋，其中以《大人先生传》最为有名。阮籍对于后世文学家影响相当大，陶渊明、李白、陈子昂、曹雪芹等著名作家均受其影响。

以德服人的羊祜

羊祜祖上一直做大官，到他为止，一共九代都以廉洁有德行而闻名。他的祖父任南阳太守，父亲任上党太守，羊祜本人是蔡邕的外孙、司马师的妻弟，身份非常高贵。

羊祜12岁的时候死了父亲，他的哀悼超过了礼仪的规定，后来侍奉叔叔羊耽，一直非常恭敬。他曾经遇到一个老人，老人告诉他：“你的面相非常好，不到60岁就一定能为朝廷建立功业。”羊祜长大后博览群书，善于言谈，夏侯威觉得他不同于常人，于是把哥哥夏侯霸的女儿嫁给了他。州官4次征辟他为从事、秀才，五府也请他做官，但他都没有接受。郭奕见到他之后说：“这就是今天的颜回啊！”后来羊祜和王沈一起被曹爽征辟，王沈劝羊祜去就职，羊祜说：“给别人做事哪有那么容易！”曹爽被杀后，王沈因为是其属官而被免职，他对羊祜说：“我应该常常记住你以前的话。”羊祜说：“这不是预先就能想到的。”他的先见之明和不自夸就是这个样子。

夏侯霸投降蜀国后，亲友们都和他断绝了来往，只有羊祜安慰他的家属，而且更加细致周到地照顾他们。不久，羊祜的母亲和哥哥都去世了，羊祜为他们服了十来年的丧。

司马昭为大将军时，征辟羊祜，但他没有应征，后来由公家的车把他送到朝廷，拜为中书侍郎，不久升为给事中、黄门郎。钟会被杀后，羊祜被任命为相国从事中郎，掌握了国家大权，又调任中领军，统率宿卫卫士，在皇宫中值班，成为魏国举足轻重的大臣。

司马炎称帝后，羊祜因为有功而被封赏，但他每每对前朝有名望的大臣表示谦让，不肯居于他们之上。

中国大事记 公元279年，司马炎兵分六路，由北、西向东吴进发。东吴士兵在暴政的统治下毫无战意，晋军势如破竹。

司马炎有了灭吴的打算后，派羊祜担任都督荆州军事的职务。羊祜到了南方后，开设学校，安抚百姓，得到了当地人的拥护。他对吴国人宣布，投降过来的人如果想回去就让他回去，绝不阻拦。当时如果长吏死在官邸的话，继任者会认为那个地方不吉利，经常拆毁盖新的。羊祜认为生死有命，下令禁止这种陋俗。吴国石城的守备军队离襄阳有700多里，经常来骚扰，羊祜用计让吴国撤掉了石城的守备。他减少了一半的守军，把精简出来的人派去屯田，一共开垦了800多顷土地，获得丰收。羊祜刚来的时候军队里连100天的粮食都没有，但到了后期，军队里储蓄的粮食可以用10年。

羊祜在军中常穿又轻又保暖的衣服，不穿盔甲，侍卫不过十几个人，但他经常因为钓鱼而耽误公务。有一次夜晚想出去钓鱼，军司徐胤拿着武器挡住他的去路，说："将军统辖了万里之多的地方，怎么可以随便外出呢？将军的安危就是朝廷的安危。我徐胤今天如果死了，这门才能开！"羊祜赶紧向他赔笑，并感谢他，从此很少外出了。

吴国西陵都督步阐率领部下前来投降，陆抗前去阻拦，双方打得非常猛烈。晋武帝下令羊祜前去迎接步阐。羊祜率领5万人马出发，结果没有能接回步阐，因此被贬官。羊祜吸取了春秋时期孟献子经营虎牢让郑国人畏惧、晏婴在东阳筑城而莱子国投降的经验，他进驻险要地区，建造了5座城池，占据了大批肥沃的土地，石城以西的地区都被晋军占有，从此吴国来投降的人络绎不绝。他进一步安抚前来投降的人，产生了灭亡吴国的想法。后来吴国将领陈尚和潘景进犯，羊祜杀了他们，然后宣扬两人的节操而厚葬了他们，两人的家人来迎丧，羊祜很有礼貌地送他们回家。邓香率军到夏口抢掠，羊祜活捉了他，然后又把他放了。邓香很感动，就率领部队来投降了。羊祜的军队进入吴国境内收割当地的粮食作为军粮，然后根据收割的数量用绢来偿还。每次打猎的时候都只限于晋国境内，绝不骚扰吴国。如果猎物是先被吴国人所伤，又被晋国人得到的，都会还给吴国人。吴国人都很佩服欣赏羊祜，称他为羊公而不叫他的名字。

羊祜和吴国的陆抗相互对峙，互相之间都有使者往来，陆抗称赞羊祜的德行和度量，即使是乐毅和诸葛亮也不能和他相比。陆抗有一次生病，羊祜送药给他，陆抗毫不怀疑地服下。有人劝阻他，陆抗却说："羊祜哪里会是个害人的人！"陆抗常常告诫部下："如果他们讲德行，而我们讲暴力，那就是不战自败了。以后不要追求小利，而应该划分好边界，好好守住就行了。"吴国皇帝孙皓听说边境上很友好，派人来责备陆抗，陆抗说："一个小村庄都不能不讲信义，何况这么大的国家？如果我不这样做的话，那么会让羊祜的名声更大。"

羊祜为人非常谦让，他的女婿曾劝他："您应该多多安排自己的亲信，有一批人拥戴您，这不是很好吗？"羊祜没有回答，后来他对儿子们说："他的说法是只知其一，不知其二。臣子如果树立私恩就必然违背公义，这是大祸乱，你们要牢记我的意思。"朝廷要给他晋升爵位和增加封地，羊祜要求把这些赏赐给他舅舅的儿子。羊祜生病后要求入朝，等赶回洛阳

·骁勇善战的铁骑·

秦汉时代，骑兵装备轻巧，一般穿着轻型铠甲。这样的轻装骑兵机动灵活，适合运动战，但防护能力有限。这时未发明马镫，骑士两脚悬空，没有着力点，战斗力受到影响。汉末至魏晋，"铁骑"成为骑兵中的精锐部队，其特点是骑手和战马都佩上重型铠甲，防护严密，故又称"重装甲兵"。这种重装骑兵，防护力与冲击力兼备，在魏晋南北朝的战场上叱咤一时。另外，这时的骑兵已经使用马镫，骑士两脚有了着力点，有利于马上格斗，战斗力得到了加强。但由于装备笨重，机动性不强，在隋唐逐渐消失。

> **历史关注** 魏晋玄学的主要经典是“三玄”，即《周易》《老子》和《庄子》。

的时候，皇后去世了，他很悲痛。皇帝特意恩准他带病来见并可以乘坐小车上殿，不必行礼。上殿坐下来后，羊祜向晋武帝阐述了灭吴的意见和看法。

羊祜的病越来越重，他推举杜预代替自己，不久就病死了。晋武帝非常悲痛，穿上丧服为羊祜哭泣，当时天气很冷，晋武帝的泪水流到胡须上都结成了冰。羊祜驻守过的地方的人听到羊祜死去的消息后都号啕大哭，罢市为羊祜举哀，连吴国的将士都为他哭泣。后来东吴被灭掉后，晋武帝认为这都是羊祜的功劳，还派人到羊祜墓前告祭。

杜预、王濬灭吴

东吴最后一个皇帝孙皓非常残暴，不光贪图享乐，还动不动就挖人眼睛，剥人脸皮，把东吴闹得鸡犬不宁。晋武帝见时机成熟，于是决定兴兵伐吴。

公元 279 年，晋武帝派兵 20 多万，分三路进军，一路是镇南大将军杜预，一路是安东将军王浑，水路则是益州刺史王濬。

杜预派樊显等人沿长江西上，很快就攻破了好几座城池。又派牙门管定等人率领 800 勇士在夜晚渡江，奇袭乐乡城，预先插满战旗，虚张声势，还在巴山放火，挫伤吴军的士气。吴军都督孙歆非常害怕，城里出来投降的共有 1 万多人。然后又埋伏了一支人马，等孙歆派出去抵抗王浚的部队撤回来后，伏兵混进吴军进了城。孙歆一直没有发现，结果被俘虏了。接着杜预下令进军江陵，吴将伍延假装投降，把兵布置在城上，杜预识破了他的计策，将江陵城攻了下来，平定了长江上游。吴国南方的城市纷纷投降，杜预一共斩杀和活捉吴国都督、监军 14 人，牙门和郡守 120 多人。他把吴国的将士和家属迁到长江以北，吴国人纷纷赶来投降。

王濬在任益州刺史的时候就开始做伐吴的准备了，他下令造了一批很大的战船，为了不让吴国发现，一切都是秘密进行的。但造船所制造出来的木屑顺江漂流，引起了吴国人的怀疑，于是他们在长江险要的地方钉了许多大木桩，再钉上铁链，又把大铁锥安在水下，防止晋国水军通过。

王濬的水军打到秭归的时候，过不去了。他下令造了很多大木筏，派了几个水性好的士兵带领这些木筏顺江而下，木筏一碰到铁锥和木桩，就把它们扫掉了。然后在木筏上架起大火炬，一碰到铁链，溅起火星就烧起来，很快就把铁链烧掉了。扫除前进的障碍后，王濬的水军很快就进入了东吴境内，与杜预会师。

有人提出：“东吴立国将近百年，不可能一下子就消灭的。现在马上要到夏天了，疾病会渐渐流传开，应该等到冬天的时候再发起大规模的进攻。”杜预说：“以前乐毅凭借济水西岸一战而打败了强大的齐国，现在我们的士气正处于旺盛期，这就好比劈竹子一样，劈开了几节后，剩下的就能迎刃而解，不需要花费太大力气了。”于是命令各路将领继续进攻，王

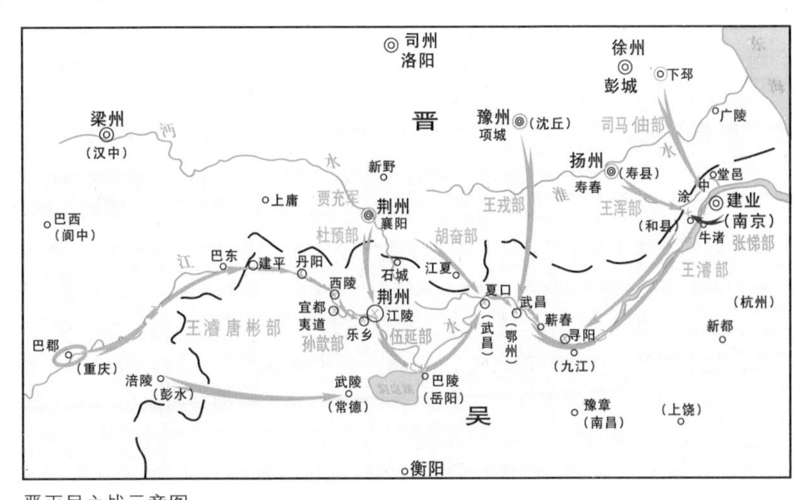

晋灭吴之战示意图

中国大事记 公元280年，晋军成功攻克建业，孙皓投降，东吴灭亡，西晋成功统一天下。

濬率领水军直扑东吴首都建业。

王濬的水军快要打到建业的时候，孙皓终于坐不住了，他派大将张象率领一万水军前去抵挡。那些水军一看王濬的部队声势浩大，战船也是出奇地大，一个个都吓呆了，没有打就投降了。

孙皓急得没办法，找来陶濬，问他有什么办法。陶濬大言不惭地说："益州来的水军我很清楚，没什么了不起的。陛下只要给我两万人，我就能把他们杀个片甲不留！"

孙皓相信了陶濬，拨给他两万人马。陶濬下令第二天就前去和晋军决战，他手下的将士知道晋军这次非同以往，轻易惹不起，都不想去白白送死，当天晚上就逃了个精光。

这样，王濬的水军几乎没有遇到什么抵抗就开进了建业城。孙皓见大势已去，只好脱掉衣服，让人把自己反绑着，出城投降。东吴从此灭亡了。

当初杜预进攻江陵时，吴国人很恨他，知道杜预颈子上长了个瘤子，于是每当有大树上面长了像瘤子的疙瘩后，吴国人就把那疙瘩砍下来，写上"杜预的颈子"，来诅咒他。杜预对此很愤怒，攻下江陵后，把干这事的人杀掉了。

杜预认为，天下虽然统一了，但不能忘记战争，所以他一方面继续练兵习武，加强军备；另一方面兴办学校，提倡教化，当地的老百姓普遍拥护他。

他有个很大的功绩就是兴修水利，当时的老百姓都称他为"杜父"，杜预开凿了杨口，从夏水到巴陵共1000多里，既可以疏导长江的洪水，又可以开通漕运。杜预对于公家的事，只要让他知道的，就一定会去管。他所兴修的工程，一定会考虑周到，很少有弄坏的情况。有人嘲笑他专门管些鸡毛蒜皮的小事，杜预反驳道："大禹和后稷的功劳就是为了拯救世人，我做这些事的目的和他们一样。"

有才无行的贾充

贾充是魏国名臣贾逵的儿子，贾逵在贾充很小的时候就去世了，他在为父亲守孝期间以孝顺而闻名。后来继承了父亲的爵位，拜官尚书郎，此后侍奉司马氏多年。

司马师死后，贾充担任了司马昭的长史，司马昭刚执掌大权，担心地方上的将领对他不服，于是派贾充去诸葛诞那里，商议讨伐吴国的事，实际上是想监视诸葛诞。贾充和诸葛诞聊了会关于时事的话题，然后突然问道："天下人都希望皇上禅让，您怎么看？"诸葛诞严厉地说："你难道不是贾逵的儿子吗？你们家世代享受魏国的恩典，怎么能打算把社稷送给别人呢？如果洛阳那边有事的话，我一定会以死报国！"贾充不说话了。回去后他对司马昭说："诸葛诞在扬州很有威名，人们都乐意为他拼命。我看他的样子，是肯定要造反的了。如果现在把他召回来，那么他很快就会造反，但影响很小。如果不召他回来的话，他造反会推迟，但是影响会很大的。"于是司马昭将诸葛诞任命为司空，召他回朝，诸葛诞果然起兵

·门阀制度·

门阀士族是以家族为基础、以门第为标准而形成的地主阶级中的特殊阶层。它的根源最远可以追溯到先秦时期的宗法制度。东汉以来，地主田庄崛起，世家大族在经济上占据了有利的地位，控制了朝廷选官的途径，就形成了累世公卿的显赫家族。九品中正制更加巩固了士族的地位。魏末司马氏夺取曹魏政权，依靠的就是世家大族的支持。因此整个西晋时期，世家大族的势力进一步膨胀，门阀士族制度就这样确立了。从此，地主阶级中的士、庶之别更加严格，门阀士族为了维护自身的特权，就极力地扩大和寒门庶族的差异。他们独自把持政权，完全支配了国家的权力，形成了典型的门阀政治。整个两晋南北朝时期，门阀制度都十分稳定。

历史关注

皇甫谧编的《黄帝三部针灸甲乙经》，记载了人体全身经穴共六百四十九个，是世界上重要的针灸学专著。

反抗司马昭。贾充献计打败了诸葛诞。后来贾充升任廷尉，他精通法律，有能平反冤狱的名声。

司马昭篡位的心思很明显，贾充作为司马昭最信任的人，一直为他出谋划策。魏帝曹髦起兵的时候，贾充唆使成济杀死了曹髦，成济被杀灭口，他自己却因为这个功劳而节节高升，为司马昭独掌朝政推波助澜。司马昭命令贾充制定法律，刚开始定下5种封爵时，贾充就被封为侯爵。

贾充有刀笔之才，能够观察出主子的真实想法。当初，司马昭因为哥哥司马师开辟了疆业，所以想把王位传给司马师的嗣子司马攸。贾充知道这不是司马昭的真实意图，所以就称赞司马昭之子司马炎的贤能。后来司马昭病重，司马炎问后事，司马昭就说："了解你的人是贾充。"也因此，司马炎继位后对贾充非常好，称帝后封贾充为鲁郡公，其母柳氏为鲁国太夫人。

贾充主持政务后，很重视农业，财政上也很节约，并裁减了一些官职，晋武帝更加欣赏他了。羊祜等人在边境戍守的时候，他要求到前线去立功，但晋武帝没有批准。贾充很喜欢推荐人才，他每举荐一个人，必然都会自始至终地照顾他，所以当时的士人多数归心于他。

等到贾充的女儿嫁给了齐王后，大家都担心贾充的势力太大了。后来氐羌反叛，晋武帝很担心，任恺就建议让贾充去镇守关中，皇帝同意了。当时的人都庆幸贾充离开朝廷，希望能从此更新一下政治。

贾充被调走后，很恨任恺，但也没有办法。他在临行时让别人推荐自己的女儿当太子妃。之前羊祜曾密奏留下贾充，晋武帝把这事告诉了他，贾充感谢羊祜道："我到现在才知道您是个厚道的人。"

后来吴国将军孙秀投降，被晋封为骠骑大将军，晋武帝因为贾充是旧臣，所以把他的车骑将军的地位放在骠骑将军的前面，贾充坚决退让。不久贾充被升为司空、侍中、尚书令，

车马出行图

晋初辽东大族公孙氏墓壁画，绘有车8乘，骑从24人，其中有7乘车均为白盖轺车。中下位置一马拉行为轺车，此车后面另有一乘车驾三马，车后簇拥5人，为主车。此图反映了晋时世家大族出行的气势。

和以前一样带兵，地位却更高。

贾充的大女儿贾南风长得又丑又凶悍，但贾充为了攀附晋武帝，不惜用卑鄙手段，将贾南风嫁给了白痴太子司马衷。贾南风后来成了祸乱晋朝的元凶。

晋武帝生了重病，人们都认为司马攸应该继位，河南尹夏侯和对贾充说："司马攸和司马衷都是您的女婿，亲疏关系是一样的，所以立君应该立贤能的。"贾充没有回答。晋武帝病好后听说了这件事，很不高兴，于是夺取了贾充的兵权，但没有降低他的官位和待遇。

贾充的妻子非常嫉妒，当初贾充的儿子才3岁，奶妈抱着他玩，贾充过来爱抚儿子。妻子看见后就说贾充和奶妈有私情，气得把奶妈打死了，小孩子也因为思念奶妈而病死了。后来又生了个儿子，又是被新奶妈抱着，贾充再次爱抚小孩的时候被妻子看见，倒霉的奶妈又被杀掉了，同样地，小孩也死了。于是贾充就没有了后嗣。

贾充本来有个前妻，因为岳父犯法被杀，他前妻被流放了，贾充就娶了现在这个嫉妒的妻子。晋武帝登基后，前妻因为大赦而回来，晋武帝特别下令贾充置左、右夫人，贾充的母亲柳氏也命令儿子把前妻迎回来。后妻大怒，骂了贾充一顿，贾充只好上书说自己不敢承受两个夫人的盛礼，没有迎回前妻。当时的人很

中国大事记 | 公元291年，皇后贾南风与楚王司马玮合谋，发动禁卫军政变，揭开了“八王之乱”的序幕。“八王之乱”从公元291年开始到公元306年结束，共持续16年。

同情他的前妻，就安排她住在别的地方，让她和贾充暗自来往。道貌岸然的贾充认为自己身为宰相，应该成为道德典范，于是坚决不和前妻往来。

有一次，后妻想去看看前妻，贾充说：“她很有才，你最好不要去。”后来后妻的女儿成了太子妃后，她觉得自己身份不同了，于是大摇大摆地去看前妻。一进门刚看到人，她的腿就软了，不由自主地向前妻下拜。从此贾充每次出门，后妻都会派人去找他，就是怕他和前妻在一起。贾充的母亲懂得很多道理，是个很有义气的老太太，但她不知道就是贾充唆使成济杀害曹髦的，一直认为成济不忠，经常骂他，周围的人听到后无不感到好笑。等到她死的时候，贾充问她有什么遗言没有，她说：“我让你把媳妇接回来，你都不肯，我哪儿还能有别的事啊！”一句话都不多说就死了。

白痴皇帝和奸诈皇后

晋武帝是个很聪明的人，他的大儿子司马衷却是个白痴，晋武帝为了这件事一直很不开心，而且也不知道是否该把皇位传给他。

有一次，晋武帝想考验一下司马衷，看看他是不是真的笨得无可救药了。他把太子府上的官员全部召集起来赴宴，然后写了几个问题封在信封里送给太子看，要他回答。太子妃请别人帮忙回答，结果那个枪手引用了很多典故，回答得非常完美。太子妃身边的小太监张泓却看出了破绽，他说：“太子不爱学习的事天下人都知道，这份答卷上引用了那么多典故，皇上一定会怀疑不是他写的，那么就会对太子更加失望。我看还是直接点回答好。”太子妃很高兴，对张泓说：“那你就帮我回答吧，到时候一起享受荣华富贵。”张泓一直有点小才能，写了一份比较粗浅的答卷，让太子抄了一遍。晋武帝看到答案后，觉得儿子虽然才学差点儿，但道理还是懂的，心里很高兴，由此打消了对太子的质疑。

当初晋武帝为司马衷选妃的时候，本来考虑娶卫家的女儿，但他的皇后却听信贾充等人的建议，想娶贾充家的女儿。晋武帝说：“卫家的女儿有5个可以娶的地方，而贾家女儿有5个不能娶的地方。卫家的后代往往比较贤惠，而且能多生儿子，长得漂亮，皮肤白皙，个子又高；贾家的后代喜欢妒忌，又不怎么生儿子，又丑又黑，个子还矮小。”但皇后坚决站在贾家一边，一些大臣也称赞贾家的女儿贤惠，于是就定下了和贾家的亲事。开始的时候本来想娶贾家的小女儿贾午，但贾午比太子小一岁，才12岁，而且个子太矮，穿不上礼服，于是就改娶了大女儿贾南风。贾南风喜欢妒忌，又很狡猾，太子很怕她，又常常被她迷惑，其他嫔妃很少能和太子同房。

贾南风非常残暴，有一次她听说太子身边有个侍女怀上了太子的孩子，气得顺手拿起戟向那侍女扔去，正好刺中肚子，胎儿也流了出来。晋武帝听说这件事后非常生气，准备把贾南风囚禁到金墉城。他的充华夫人赵粲说：“贾妃还小，再说妒忌是女人常有的毛病，长大点就好了，希望陛下谅解。”晋武帝想起贾充的功劳，也就算了。太子继位为晋惠帝后，立贾南风为皇后，贾南风没有生儿子，只生了4个公主。

晋惠帝的痴呆越来越厉害，有一年，地方上闹饥荒，饿死很多人。灾情上报到朝廷，晋惠帝问大臣：“人怎么会饿死呢？”大臣解释道：“因为没有粮食吃啊。”晋惠帝呆头呆脑地说：“没有粮食吃，那他们为什么不吃肉羹呢？”大臣们被他弄得哭笑不得。

贾南风趁晋惠帝糊涂，掌握了朝政大权。贾南风长得很丑，但很放荡，她和太医令程据有私情不说，还经常派人从外面骗人进来供自己淫乱。洛阳南边有个小吏，长得很俊美，突然失踪了一段时间，再次出现的时候身上穿了很华丽的衣服。大家怀疑他当贼去了，于是抓到都尉那里审问。小吏说：“那天我在路上碰到个老妇，她说家里人得病，需要找个城南的人去镇邪，我就去了。上车之后就放下了帷帐，把我放进了一个竹箱里，什么都看不见。走了

历史关注 | 嵇康的《广陵散》，是我国著名十大古曲之一。

十几里路，经过了六七道门槛，打开竹箱后，看见高楼和华丽的房子。我问这是什么地方，她说是天上，于是用香水给我洗澡，请我吃很丰盛的食物，再穿上华美的衣服，然后把我领进去。在里面有个妇女，大概三十五六岁，个子矮小，皮肤很黑，眉毛后面有疤痕。我被她留了几个晚上，和她一起睡觉吃饭。出来的时候她送了我这些东西。”审问他的人知道那妇女就是贾南风，都不敢问下去，放他走掉了。当时别的进宫的男人都被灭口了，只有这个小吏因为贾南风舍不得杀他，才保住了一条命。

贾南风一直生不出儿子，很着急，她装作怀孕，在衣服里塞上别的东西冒充胎儿，然后把妹夫韩寿的儿子抱来，冒充是自己的儿子。贾南风策划废除太子，把自己的假儿子立为太子。贾南风的母亲对太子很好，经常劝贾南风对太子好一点。贾南风的侄儿很狂妄，不尊重太子，常常被老太太责骂。后来贾南风的母亲病重，临死的时候再三叮嘱她一定要照顾好太子，但贾南风根本没有听进去，她和赵粲、贾午定下阴谋害太子，很快就废黜了太子，人们都为此愤愤不平。

赵王司马伦和孙秀等人见大家对贾南风不满，就谋划废黜贾后。计划泄露出去，贾南风知道后很害怕，干脆把太子毒死，以绝后患。赵王听到这个消息后赶紧带兵入宫，逼贾南风自杀，然后把贾家人全部处死了。

“八王之乱”

晋武帝认为自己能轻松夺得魏国的天下，是因为魏国对亲族诸侯控制很严，导致中央孤立，朝中出了什么事，诸侯也没有实力能挽回局面。所以他登基后，把自己家的亲戚都封为诸侯王，给了他们极大的权力。这些王爷大多野心勃勃，加上后来即位的晋惠帝又是一个白痴，所以诸侯们个个蠢蠢欲动。

贾南风看到汝南王司马亮是一个潜在的对手，勾结楚王司马玮发动政变将其杀害。而贾南风见司马玮已经失去利用价值，把他也给除掉了。贾南风独掌大权，得意忘形，很快就把她的眼中钉太子废掉了。这个时候，赵王司马伦乘机发动了政变，起兵杀掉了贾南风，控制了朝政。

司马伦一心想当皇帝，他先把反对他的人全部杀掉，然后指使亲信说看到司马懿的神灵要他继承皇位，强迫晋惠帝禅让，把晋惠帝尊为太上皇，派人严密看守。

司马伦篡夺了皇位，激怒了远在外地的几个诸侯王，首先起兵发难的就是齐王司马冏，不久长沙王司马乂、成都王司马颖和河间王司马颙也起兵响应。诸侯王兵力强大，而且名正言顺，所以得到各地的支持。很快，京城里的大臣鼓动士兵杀了孙秀，逼迫司马伦退位，把晋惠帝接了回来。论功行赏的时候，齐王功劳最大，所以待遇也最好，他见晋惠帝没有继承人，而最有希望继承皇位的成都王司马颖和自己关系不好，所以就立了一个小孩为太子，便于自己控制。齐王想剪除诸侯们的势力，河间

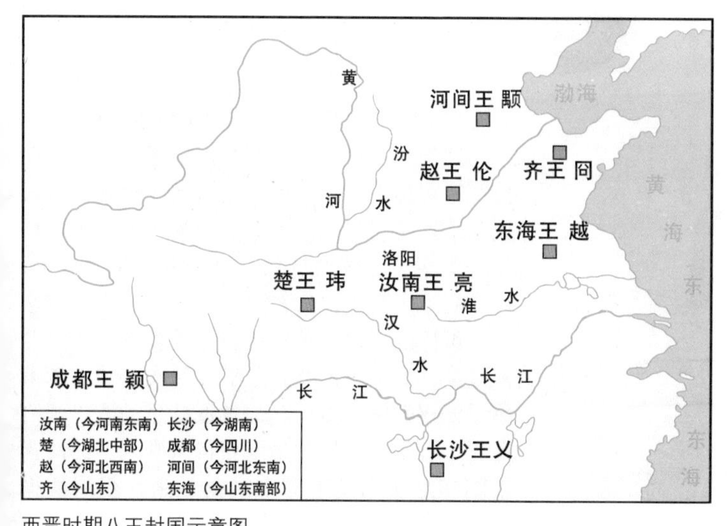

西晋时期八王封国示意图

中国大事记 公元304年，匈奴贵族刘渊建立汉国，称汉王，建元元熙。

王司马颙联合成都王司马颖和长沙王司马乂再次举兵，讨伐司马冏，联军很快就打到了洛阳。长沙王司马乂深知挟持晋惠帝的重要性，他率先找到晋惠帝，然后和司马冏在洛阳城内展开大战，激战了数日，司马冏大败被斩，司马乂掌握了朝政大权。

成都王司马颖和河间王司马颙对司马乂的专权不满，他们又联合起来对付司马乂。司马乂始终紧紧控制晋惠帝，边打边退。大将张方攻进洛阳城，大肆抢掠，死者成千上万。司马乂见张方的残暴引起了人们的不满，就杀了个回马枪。张方的部下见皇帝的车驾来了，纷纷逃散，司马乂胜利返回洛阳，赶走了张方。司马乂一直挟持着皇帝，而且对皇帝毕恭毕敬，所以他很得民心，但是和司马乂共事的东海王司马越害怕张方，于是暗中发动政变将司马乂抓了起来，并送到张方那里，司马乂最后被张方用火活活烤死。

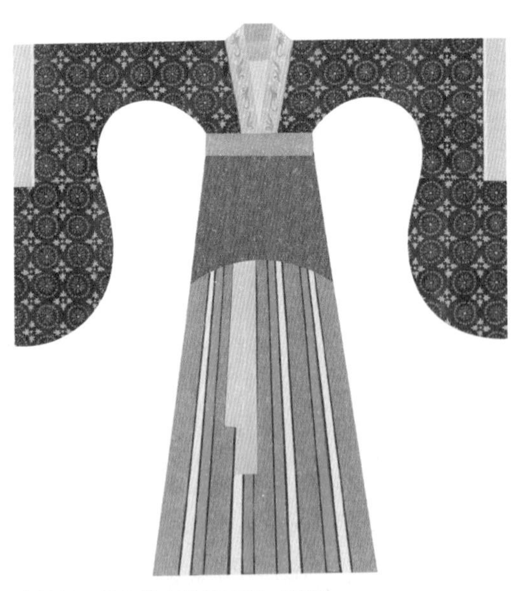

大袖衫、间色裙穿戴展示图 西晋

本图所绘的服饰，在当时带有普遍性，河南洛阳等地出土的陶塑妇女，也穿这类服装。其特点是：对襟、束腰，衣袖宽大，袖口缀有一块不同颜色的贴袖，下著条纹间色裙。当时妇女的下裳，除穿间色裙外，还有其他裙式。晋人《东宫旧事》记太子之妃服装，有绛纱复裙、丹碧纱纹双裙、紫碧纱纹双裙、丹纱纱文双裙等。可见女裙的制作已很精良，质料颜色也各不相同。

“富贵万岁”瓦当 西晋

司马颙和司马颖请求废除司马伦立的太子，司马颙因为自己是长辈，没有继位的希望，干脆做个顺水人情，上表请求把司马颖立为皇太弟。司马颖当上皇太弟后，专横跋扈，而且信任佞臣，腐化堕落，很快就丧失了民心。一直隐藏实力的东海王司马越趁机起兵声讨，把晋惠帝抢到手中，然后挟持他前往司马颖的根据地邺城。

司马颖听说皇帝在敌人军中，于是下令：“除了皇帝之外，别的人见一个杀一个！”部下们一直杀到晋惠帝跟前，一阵乱箭射去，晋惠帝身边的人纷纷倒地，连晋惠帝脸上也中了三箭。当时嵇康的儿子嵇绍担任侍中，一直跟随惠帝左右，他死死守在惠帝身边，用身体给惠帝挡箭，最后被乱箭射死，血溅了晋惠帝一身。

司马颖的部将石超将晋惠帝俘虏，带到自己营中。后来别人见他身上全是血，想给他洗掉，晋惠帝阻止道：“这是嵇侍中的碧血，不要洗掉！”可见白痴也清楚谁是忠臣谁是奸臣。晋惠帝被司马颖挟持着逃到洛阳，当时在洛阳的是张方，张方打算把都城迁到长安去，怕晋惠帝不肯去，干脆带人去抢，把皇帝带走后，顺便把洛阳皇宫里的金银珠宝也搜了个精光。

迁都长安后，司马颙废掉了司马颖，另立豫章王司马炽为皇太弟，他自己完全控制了大权。结果又引起别人不满，王浚等人公推司马越为盟主，讨伐司马颙，经过近一年的战争，终于攻下了长安，将晋惠帝迎回了洛阳。就这样，可怜的晋惠帝被这些野心勃勃的亲王们抢来抢去，受尽了惊吓，吃够了苦头。司马越掌握了大权，没过多久，他就把挂名的晋惠帝给毒死了。司马越虽然最终获得了胜利，但西晋王朝在这次动乱中完全衰落下来，很快就灭亡了。

历史关注　王叔和所作的《脉经》是我国现存最早的脉学专著。

美男子潘安

“貌似潘安”这个词用来形容美男子再合适不过的了，潘安本人确实长得很英俊，不过可惜的是他品行欠佳，喜欢谄媚权贵，最后把自己送上了死路。

潘安，名岳，字安仁，后人都叫他潘安，他少年时期就以才华横溢而出名，被称为神童，说他是和贾谊一样的天才。很早就被征召到司空太尉府，举荐为秀才。

潘安的才华和名气非常出众，引起了很多人的嫉妒，他因为这个而隐居了10年。后来他出任河阳县令，仗着自己的才华，觉得这样的小官很不得志。当时的尚书仆射山涛，领吏部王济、裴楷等人都得到了皇帝的赏识，潘安在内心里对他们有非议，在尚书阁上题写了歌谣：“在尚书阁的东头，有一头大牛，王济做缰绳套在牛脖子上，裴楷套在后头，和峤成天忙碌不得休。”表达了自己的不满。

后来潘安调任为怀县令，当时许多当地人因为经商而放弃了农业，许多亡命之徒都跑到旅舍去避难，破坏法律法规。皇帝下诏取消旅舍，每十里路就设立一座官办的旅舍，让贫穷人家的老人和小孩看守，派小官主持，按照普通旅舍那样收费。潘安针对这件事上书议论，认为旅舍制度由来已久，为百姓提供了方便，所以旅舍不应该被取消。至于开办官办旅舍，他认为那些违法犯纪的事多数发生在偏僻的地方，如果连续十里路都没有人烟的话，不法之徒就要干坏事了，如果道路相连，旅舍又多的话，不法之徒就会害怕而不敢乱来，所以旅舍也起到了维护地方治安的作用，官办旅舍密度不够，起不到这种作用。而且赶路的人都要多走路，吃饭休息都选在傍晚或者早上，尤其夏天，还得连夜赶路，如果规定旅舍早早关门的话，客人不能及时赶到，那么他们就只能在路边休息，容易导致强盗抢劫。如果以旅舍经常破坏地方教化为理由，派官吏守在旅舍门口，那谁还敢来投宿？现在那些小官和弱者独自占有旅舍的收入，凭借手上的权力，以非法手段获利的现象就会越来越多。所以他请求取消这个规定，朝廷听从了他的意见。

潘安兼管两个县城，在政务方面很勤劳，不久就升任为尚书度支郎，又改任廷尉评，后来被免职。杨骏辅佐朝政的时候将他提拔为太傅主簿，杨骏被杀后他也被免职。当初公孙宏没做官的时候，潘安对他很好，杨骏被杀时，公孙宏是楚王的长史，他帮潘安说了好话，朝廷才免了潘安一死。

潘安性情浮躁，喜欢趋炎附势，他和石崇等人侍奉、攀附贾谧，每次等候贾谧出门的时

金谷园图

潘安和石崇是朋友，此图描绘了石崇和小妾绿珠在金谷园中的宴乐情景。

中国大事记 公元306年，李雄称皇帝，改元晏平，国号大成。

候，两人就望着车马扬起的尘土行礼，十分谄媚。贾谧的“二十四友”里，潘安排名第一，关于《晋书》的起笔年限的议论文章也是潘安的大作。潘安母亲好几次都讽刺他说：“你应该知道满足了，还要侥幸冒险没个完吗？”但潘安始终都无法改变。

当初潘安担任琅琊内史的时候，孙秀在他手下当小吏。这个人奸诈自负，潘安很讨厌他，多次鞭打他，孙秀一直对此怀恨在心。到了赵王司马伦执政的时候，孙秀担任了中书令。潘安在宫里碰到孙秀，问他：“孙大人还记得以前我们相处的事吗？”孙秀回答：“我心里一直藏着呢，哪一天能忘记？”潘安知道自己好日子不长了。不久孙秀诬告潘安和石崇等人密谋帮助淮南王和齐王造反，于是把他们杀掉并灭了他们的三族。潘安在押赴刑场时，向母亲告别：“我辜负了母亲对我的教诲啊！”当时被抓的时候，潘安和石崇都不知道对方也被抓了，石崇先到刑场，潘安后到。石崇对他说：“安仁啊，您也在这里呀？”潘安回答：“这可说是‘白首同所归’了。”潘安以前写过送给石崇的《金谷诗》里面有一句是“投分寄石友，白首同所归”。潘安的母亲、兄弟、兄弟的儿子和他自己的女儿，无论年纪大小全部被杀，只有哥哥的儿子逃难免死。而弟弟的女儿和她母亲抱在一起哭得很惨，怎么拉都拆不开她们，引起人们同情，皇帝就下诏把她们俩赦免了。

潘安面容俊美，举止有风度，他的诗歌和文章都写得非常华丽，特别擅长写哀悼的文章。他年轻的时候乘着车到洛阳大街上游玩，遇到他的妇女们都手拉着手围着他，往他的车上扔果子，最后满载着一车的果子回家。潘安的英俊潇洒可见一斑。当时还有个叫张载的人长得非常丑，他每次出门都被小孩用石头瓦片扔，最后狼狈逃窜回家。

雄才大略的石勒

石勒是羯族人，他父祖都是部落小帅，但到他这一代的时候已经没落了。石勒少年时就有大志，14岁的时候被晋丞相王衍看到，王衍惊呼这个人相貌奇异，差点杀了他。

石勒20岁的时候，因为战乱被人卖为奴隶，主人很喜欢他，恢复了他的自由。但好景不长，石勒又被人抓走，在逼于无奈之下，他只好和几个好朋友一起当了强盗。此后这股小强盗发展到了18个人，号称十八骑。八王之乱的时候，石勒参加了汲桑的部队，担任了前锋都督。石勒作战英勇，手段残忍，很快就攻下了邺城，并进行了大屠杀。他们的胜利引起了统治者的不安，派大军前来围剿。石勒寡不敌众，大败而逃，汲桑则死于乱军之中。石勒只好投奔了刘渊，刘渊很赏识石勒，让他独当一面。石勒吸取了邺城的教训，传令官兵不得骚扰百姓，这一举措让他赢得了民心，也消除了很多潜在的抵抗。

刘渊称帝后，石勒继续为他效命，兵力增加到十几万人。石勒很看重文人学士，他虽然没有文化，但手下却有个君子营，以张宾为谋主。司马越死后，王衍等人送葬东海，半路被石勒追到。石勒烧掉了司马越的灵柩，声称为天下人出口恶气。他很看重王衍，问他晋朝失败的原因。王衍是个胆小鬼，极力推卸自己的责任，但他口才很好，石勒听得如痴如醉。最后王衍居然说自己从小就不关心政治，实在是没有办法才当丞相的，并劝石勒称帝，以此来讨好他。

两赵作战图

两赵大战，前赵溃败。

石勒是个耿直的人，他一听这话就发脾气了，大骂王衍：“你名扬天下，身负重任。年少的时候就当了官，一直当到头发都白了，怎么说自己不关心政治呢？天下败坏成这样，

历史关注 | 魏晋时期，士人们形成了一种颖悟、旷达、真率的特点，后人称之为“魏晋风流”。

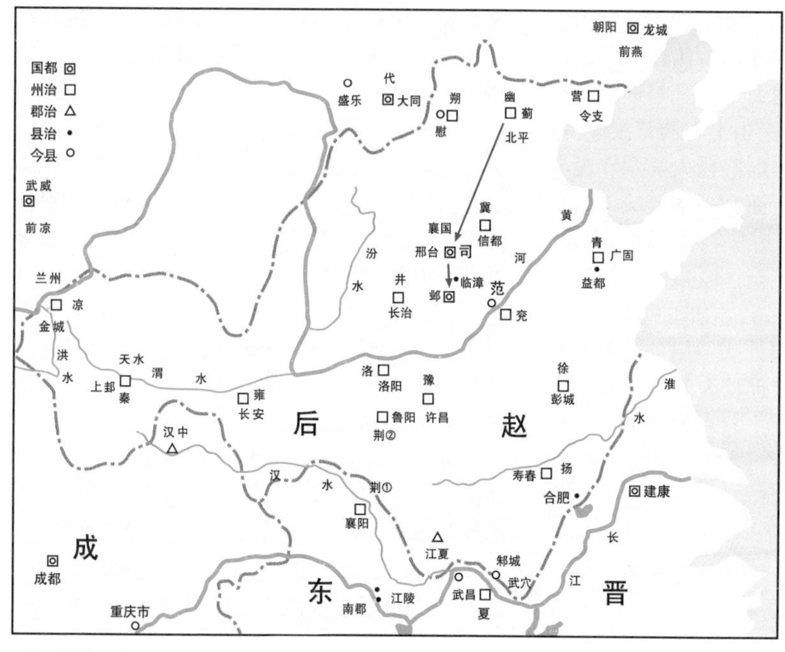

后赵疆域示意图

下令如果读书人犯了法，不许随便杀害，一定要送来让他亲自处理。

由于石勒是胡人，所以他对“胡”“羯”等字眼非常忌讳，不准部下提这些字。但为了安抚汉族士人，这道命令执行得不是很严格。汉族官员樊坦有次来见石勒的时候，穿得很破烂，石勒很奇怪，问他：“你怎么穷成这样？”樊坦忘了禁令，脱口而出：“刚刚碰到一批羯人，他们把我的衣服车马抢走了。”石勒笑着说：“那些羯人真可恶，我替他们赔偿吧。”樊坦想起了禁令，吓得跪在地上叩头请罪。石勒安慰他道：“我这道禁令是对付一般人的，你们这些书生我是不会怪罪的。”

石勒虽然不识字，但很喜欢书，经常让人读书给他听，并发表自己的见解。有一次别人给他读《汉书》，正好读到刘邦要封六国旧贵族为诸侯，石勒插话了：“刘邦这样做怎么能得到天下呢？”读书的人给他解释，后来因为张良的劝阻，刘邦并没有这样做。石勒这才松了一口气，说：“这样才对嘛。”

石勒痛恨晋朝贵族厚葬的风尚，他下令自己死后不准搞奢侈的那一套，也不用禁止全国人民娱乐。他死后12天就下葬了，这在封建帝王中是非常少见的。不过石勒在选择继承人的时候犯了错误，导致了后赵的灭亡。

就是你的罪过！”他下令把王衍赶了出去，对谋士孔苌说：“我纵横天下十余年，从来没有见过这种人！还让他活着干什么？”当时被俘的司马范坚强不屈，让石勒十分佩服，他知道这些人不会为他所用，下令不要用刀杀他们，留个全尸，当天晚上让人推倒墙壁把他们活埋了。

刘曜攻打洛阳的时候，石勒助了他一臂之力，将西晋打得毫无还手之力。石勒的军队越战越强，逐渐有了反叛之志。刘渊和继承者刘聪死后，石勒和新皇帝刘曜有矛盾，干脆自立为王，建立了后赵政权，攻灭刘曜，基本统一中国北方。

石勒受汉文化影响很深，他执行的很多政策都是仿效西汉的。他鼓励农民开荒，并接见和奖励在农业方面作出较大贡献的人。少数民族喜欢喝酒，而酒是用粮食酿造的，他认为这样太浪费粮食，就下令禁酒。石勒虽然没有文化，但他很尊重知识和人才，创办了很多学校，并根据学识和才干选拔官员。他还很注意调和胡汉人民之间的关系，采取胡汉分治的政策，严禁胡人侮辱汉人，尊重双方的民族习惯，还

周处除“三害”

周处很小的时候父亲就去世了，所以他缺少管教，导致他脾气暴躁，缺乏教养。长大后

中国大事记　公元317年，西晋的末代皇帝司马邺被俘，宣告了西晋的灭亡。

他个子长得高，力气也大，还练了一身好武艺，但就是不肯念书，成天在外面游荡，动不动就和人打架，有的时候还动刀子，是当地出了名的小流氓。他家乡附近的南山上有一只大老虎，经常出来吃人和牲畜，连那些猎人都拿它没办法。当地还有座长桥，下面有一条大蛟（就是大鳄鱼），经常趁人在河边让牲畜喝水的时候把牲畜拖入水中吃掉，甚至还吃过人。当地人把老虎、大蛟和周处称作"三害"，其中最让老百姓感到头疼的还是周处。但周处本人不知道有"三害"这一说法，也没人敢告诉他。

有一天，周处在外面走，看到当地的人们一个个愁眉苦脸的，他觉得很奇怪，于是问其中一个老头："今年收成挺不错的，怎么大伙儿却在发愁呢？"

那老头告诉他："三害还没有除掉，你让我们怎么高兴得起来？"

周处头一次听说还有"三害"这种说法，他很好奇，问是哪三害。

老头冷笑一声："你还问是哪三害？不就是南山上的那只老虎、长桥下的大蛟还有你吗！"

周处很吃惊，他虽然喜欢惹是生非，但本质上还是挺善良的，完全没有想到人们居然把他当作老虎、大蛟那样的大害。他感到自尊心受了打击，就跟大家说："原来是这三害呀，既然大家为三害而烦恼，那我去把三害除掉吧！"

第二天，周处就提了一把剑上南山去了。到了南山，那只大老虎饿了好几天了，一看到有人过来，很高兴，朝着周处猛扑过来。周处不愧练过武功，拔出剑和老虎搏斗起来，终于把老虎杀了。

周处剥下虎皮，下山把这消息告诉了人们，大家纷纷向他表示祝贺。周处却说："先别高兴，还有长桥下的大蛟呢。"

周处换上紧身衣，跳进水里找大蛟去了。那条大蛟看见有人下水，游上来准备开饭。周处一刀捅去，那大蛟痛得翻了个身，往水底逃窜。周处紧追不舍。

三天过去了，周处还没回来，大家都以为他和大蛟同归于尽了，本来觉得"三害"能除去老虎和大蛟就不错了，结果这下"三害"都没了，人们奔走相告，都很高兴，甚至举办宴会来庆祝。

第四天，周处居然回来了，原来他追大蛟一直追到了下游，好容易才把大蛟杀死，耽误了几天时间。他一回来看到大家居然在庆祝他的死，受到了很大的触动，这下才明白自己被人们痛恨到了什么地步。

周处很后悔，决定改过自新，于是离开家乡去吴郡拜师学习。当时吴郡有两兄弟很有才学，一个叫陆机，一个叫陆云，周处就去找他们，当时陆机出远门了，只有陆云在家。

周处告诉了陆云事情经过，表示自己要改正错误，重新做人，但是怕自己觉悟得太晚，以前的时光都荒废掉了，现在改不知道还来不来得及。

陆云告诉他，人生还很长，既然他现在已经下定决心要改正，那么并不晚，人只要有坚强的意志，就不会没有出息。

周处在陆家住了很久，刻苦读书，学习知识，而且还时刻注意自己的言行，提高自己的道德修养，很快就成了一个大家都尊敬的人。

周处后来做了大官，但他并没有受当时腐败的环境影响，而是兢兢业业，在任上勤奋工作，为百姓做了许多好事，是当时有名的能干的官员。他为人刚正不阿，得罪了当时的权臣，被迫与叛军交战，寡不敌众，而和他有矛盾的梁王见死不救，最后战死沙场。

周处擅长史学，他的著作有《吴书》《默语》（这两部书已失传）和《风土记》等，其中《风土记》是我国最早记载乞巧节和端午节裹粽子习俗的著作。

"王与马，共天下"

西晋末年，北方少数民族趁西晋王朝内乱衰落而大举入侵，很快就灭掉了西晋王朝。西晋王室成员多数死于八王之乱和少数民族铁蹄之下，只有个别人因为远离中原而保住了小命，琅琊王司马睿就是这些幸运者当中的一个。

司马睿是晋朝王室中亲属关系比较疏远的

历史关注 中国文学史上山水诗派的开创者是谢灵运。

一个，所以一直不太得志，很晚才被封为琅琊王。司马睿和名士王导关系一直很好，王导见天下大乱，知道北方肯定守不住，于是全力拥戴司马睿，决心在南方复兴晋室。

后来司马睿被派去镇守建康，王导也跟随在他左右。司马睿虽然贵为皇族，但在民间，人们还是把司马家族看作是地位不高的姓氏。他到建康一个多月了，还是没有人去朝见他，尤其当地的大姓，根本不把他当一回事。王导因为这事而深感焦虑。

王导有个堂兄名叫王敦，是当时很有名望的人，他受到王导的邀请前来朝见司马睿。王导对他说："琅琊王虽然品行仁德，但名望还不够高。你在这里已经很有名了，应该想个办法来扭转这个局面。"王敦同意了。

三月禊节的时候，江南一带的风俗是都要到江边求福消灾，司马睿也亲自前去观看。王导让他坐上华丽的轿子，仪仗队在前面声势浩大地开道，王敦、王导和北方来的名士们都骑马在周围扈从。纪瞻、顾荣等人都是当地名望极高的名士，他们看见王敦等那么有名望的人都对司马睿恭恭敬敬的，心里非常吃惊，当时就不由自主地跪在路边向司马睿行礼。王导乘机又出了个主意，他对司马睿说："从前凡是能够统治天下的，没有一个不是尊老敬贤的人，他们都询问当地的风俗，虚心坦诚地招揽天下的贤才豪杰。更何况现在天下大乱，国家分裂，我们的建国大业才刚刚起步，现在最重要的事情是得到民心。顾荣和贺循他们两个是当地名门之首，应该把他们吸引过来以便收买人心。他们两个如果来了的话，别人就没有不来的了。"司马睿就派王导亲自登门拜访顾荣和贺循，他们两个本来就很惊叹司马睿的威势了，再加上王导前来邀请，欣然前去朝见司马睿。当地其他名士听说连他们俩都去朝见司马睿了，也纷纷前来尊奉，司马睿的地位就这样确定了下来。

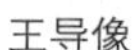
王导像

洛阳被匈奴攻了下来，中原人大多都逃到江南地区避难，王导劝司马睿招揽其中的文人学士，让他们为新政权服务，于是江南地区人口兴旺，社会也比较安定。王导还劝司马睿尽量克制私欲，生活节俭，为朝廷安定控制自己，所以很受司马睿的信任，司马睿曾经称王导是自己的萧何。两人关系也越来越亲密，当时人们都很尊敬王导，称他为"仲父"。

司马睿称帝，建立东晋王朝后，任命王导为丞相、军谘祭酒。桓彝刚到江南的时候，见东晋力量弱小，对周顗说："我因为中原有难，所以才逃到这里，现在这里力量如此弱小，怎么办呢？"他很忧虑。后来见到王导，两人交谈了很久，回来对周顗说："刚才见到了管仲，我再也不担心了。"从北方过来的士人经常约在一起到新亭聚会喝酒。有一次周顗在宴会中叹气道："风景还是和以前一样，但放眼望去，江山已经变了。"在座的人都感伤得流下眼泪。只有王导很不高兴，他严肃地说："我们现在应该齐心协力为朝廷做事，早日收复中原，为什么要在这里流泪呢？"

司马睿上朝的时候，命令王导到御座前和他一起坐，王导坚决不同意，他说："如果太阳下降到和万物一样的高度的话，那怎么照耀万民呢？"

后来王敦因为朝中大臣争权夺利而受排挤，起兵造反，刘隗劝司马睿把王家人全部杀掉，王导也受到牵连，大家都很为他担心。王导对东晋很忠心，他率领全家20多口人每天早上都到朝廷待罪。司马睿念王导一向忠心耿耿，特意把朝服赐还给他，并召见了他。王导跪下叩头谢罪道："逆臣贼子哪个朝代没有？没想到今天居然出现在我们王家了。"司马睿光着脚下去把王导扶起来说："茂弘（王导的字），我正要

中国大事记 | 公元317年，司马睿在建康称帝，国号仍为晋，史家称之为东晋，司马睿是为晋元帝。

派你去地方上就任，你都说些什么呀！”于是任命他为安东将军。当年司马睿登基前，王敦认为他很贤明，怕不好控制，想改立别人为帝，王导坚持反对才制止住。王敦叛乱后很快就控制了朝政，他对王导说：“当初没有听我的话，结果差点导致我们王家灭族。”但王导仍然坚持自己是对的，王敦没办法说服他。

司马睿死后，晋明帝即位，王导被任命为辅政大臣，升任为司徒。王敦再次兴兵叛乱，但不久就生了病，王导为了制止叛乱，于是声称王敦已经病死了，率领王家子弟为王敦发丧。大家以为王敦真的死了，斗志高涨，为最后打败王敦打下了基础。

王导死后，皇帝在朝堂追悼了他三天，他的葬礼是东晋群臣中规格最高的。王导为东晋王朝的建立和巩固立下了汗马功劳，王氏家族也成为东晋王朝史上最显赫、地位最高的家族，人们把这种情况称为“王与马，共天下”。

“吾虽不杀伯仁，伯仁由我而死”

东晋王朝著名的开国元勋除了王导之外，还有周顗。周顗，字伯仁，是安东将军周浚的儿子。周顗年少时期就有很好的名声，为人庄重，即使是和他关系很亲密的人，也不敢随便开他的玩笑。戴若思是有名的俊逸之士，他一向仰慕周顗的名声，于是前去拜见。结果和周顗交谈的时候，他始终不能侃侃而谈，只能老老实实地坐着。州郡都征辟过周顗，但他都没有受命。周顗成年后，继承了父亲的爵位，从此迈入了政坛。

周顗被任命为荆州刺史，他刚到荆州，当地人就造反了，周顗很狼狈，因为他没有地方可以据守。陶侃派兵援救，周顗才得以脱身，于是去豫章投奔王敦，王敦收留了他。后来周顗投奔司马睿，被任命为军谘祭酒，司马睿即位后，周顗被补为吏部尚书，不久因为喝醉酒而被弹劾，又因为仆人砍伤人而受牵连被免官。

大兴初年，周顗被召回任命为太子少傅，继续担任尚书一职。他上表推辞，但皇帝没有同意，将他转任为尚书左仆射。

晋元帝有一次宴请群臣，喝得正高兴的时候，晋元帝说：“今天各位有名的大臣欢聚一堂，和尧舜时期比如何？”周顗严厉地说：“今天陛下虽然称得上是圣明的君主，但怎么能和圣世君王相比呢？”晋元帝大怒，亲手写诏书下令把周顗交给廷尉治罪，想杀了他，过了几天又饶了他。周顗出狱后，同僚去看他，周顗说：“我犯下的罪，我知道是不会被处死的。”不久周顗和王导一起参加尚书纪瞻的宴会，他喝得太多，失态了。有人便弹劾他，皇帝知道周顗的毛病就是喜欢喝酒，就没有责罚他，还帮他辩解。

本来周顗有很高的名声，后来因为他酗酒，名声才降低了些。当初他担任仆射的时候，几乎就没有清醒的时候，成天都喝得大醉，当时的人称他为“三日仆射”。有一次他的一个老酒友来看望他，周顗非常高兴，于是拿出两石酒来喝，两人都喝得大醉。等到周顗醒来后一看，那个酒友已经因为饮酒过多，酒气烧胸而死了。

后来王敦起兵背叛朝廷，温峤对周顗说：“王大将军这样做好像只是针对个别人，应该不会过火吧？”周顗回答：“你还年轻，没有什么阅历。皇上又不是尧舜，怎么会没有过失

晋代记里鼓车复原模型

记里鼓车是晋代创制的一种机械车辆。它利用车轮在地面转动时带动齿轮的转动，变换为凸轮杠杆作用，拉动木人右臂击鼓。

历史关注

东晋书法家王羲之，有“书圣”之称。他的《兰亭集序》被誉作“天下第一行书”。

·魏晋玄学·

魏晋时期，士人们把道家的《老子》《庄子》和儒家的《周易》奉为经典，称之为“三玄”，玄学因此而得名。大致说来，玄学就是以道家的唯心主义思想去解释儒家的《周易》而形成的一种哲学思想体系。曹魏时期，玄学的代表人物是何晏和王弼，他们提出了“天地万物皆以无为本”的思想，认为“无”是化生万物的根本，是从来就有又永远存在着的。以无为本的本体论应用于政治，就产生了“政治无为”的主张。西晋时期，玄学的代表是向秀和郭象。他们发展了何晏和王弼的贵无思想，认为事物的产生和变化既不受外力的推动，也不需要内在的根据。在儒家名教和道家自然的相互关系上，他们主张“不废名教而任自然”。魏晋玄学给儒家哲学赋予了新的解释，使唯心论的哲学思想进一步发展。

呢？作为臣子怎么能带兵来挟制君主！我们拥立皇上还没有几年，这个时候出这样的事，不是作乱是什么？王敦刚愎跋扈，眼里根本没有皇上，他的欲望难道有终止么？”不久王敦打败了朝廷的军队，周顗去见王敦，王敦对他说：“伯仁，你对不起我！”周顗说：“你统兵造反，我统率大军却不能打败你，我就是这一点对不起你！”王敦被他的话震慑住了，不知道怎么回答才好。司马睿召见周顗说：“王敦攻下了建康，两宫都没有事，大家也都平安，王敦应该满意了吧？”周顗说：“两宫的情况确实如此，但对于我们却还不知道呢。”有人劝周顗躲避王敦，周顗说：“我身为大臣，朝廷的衰败和我有关，难道我可以躲到草丛里躲命，或者逃走投奔胡人吗？”不久周顗和戴若思被捕，路过太庙的时候，周顗大呼：“天地和祖宗的神灵们啊！乱臣贼子王敦颠覆社稷，屠杀忠臣，你们如果有灵的话，就赶快杀死他，不要让他再荼毒生灵，危害王室了啊！”话还没说完，逮捕他的人就用戟刺伤他的嘴，不让他再说下去，血一直流到了脚下，他却始终神情自若，看见的人都为他流泪。周顗在建康城南边的大石头上被杀死，年仅 54 岁。

王敦一向很忌惮周顗，每次见到周顗的时候脸上都会发烧，即使是冬天也得用扇子扇脸。周顗死后，王敦派人抄了周顗的家，结果只抄出几个没有涂漆的装着旧棉絮的竹筐而已，另外还有几瓮酒和几石米，大家都很佩服他的清廉。直到王敦死后，周顗才被平反，被追赠为左光禄大夫、仪同三司。

当初王敦造反的时候，刘隗劝司马睿诛杀王家所有人，王导率领家人每天都跪在宫门口请罪。周顗正准备入宫，走到门口的时候，王导喊住周顗说：“伯仁，我把全家人的性命都托付给你了！”周顗连停都不停下来，更没有搭理他。但他见到皇帝后，反复陈述王导的忠诚，极力营救他，皇帝接受了他的请求。周顗在宫里喝得大醉才出来，这个时候王导还在门口，对周顗打招呼，周顗不理他，反而对随从说：“今年杀了这些混蛋，拿个斗大的金印挂在手臂上。”等回到家里，他又为王导上书辩解。王导不知道周顗营救自己，心里还很恨他。王敦掌握大权后，问王导：“周顗和戴若思很得天下人的众望，应该进入三公的行列。”王导不说话。王敦又说：“如果不是三公的话，那尚书令、仆射怎么样？”王导还是没说话。王敦说：“那实在不行，就干脆杀了他们。”王导仍然不说话。结果周顗被处死了。等到后来王导整理档案时，发现周顗当年营救他的奏章，写得非常恳切。王导捧着奏章流下了眼泪，悲痛得不能自已，他对子侄们说：“我虽不杀伯仁，伯仁由我而死。冥冥之中，我辜负了这个好朋友啊！”

能臣陶侃

东晋是一个重视官员出身门第的朝代，但也有一批出身微贱的官员在政坛上叱咤风云，丝毫不比那些世家大族的官员逊色，陶侃就是其中的优秀代表。

中国大事记 公元319年，六月，汉帝刘曜改国名为赵，史称前赵；十一月，石勒称赵王，史称后赵。

陶侃的父亲曾经担任过扬武将军，但他死得早，没有给家里留下什么财产，所以陶侃小时候很穷。他有一个识大体的母亲，从小就培养他，让他成为一个很有才干的人。后来陶侃当了县城里的小官吏，鄱阳孝廉范逵曾经来拜访他，由于来得很仓促，家里没有什么东西可以拿来招待客人的。陶侃的母亲把头发剪下来卖掉，换成钱买了酒菜前来招待。范逵喝得很开心，连他手下的仆从都招待得很好。范逵走后，陶侃送他送到了一百里以外。范逵问他："您想不想当官？"陶侃说："想啊，但就是没有门路。"范逵就跑到庐江太守那里夸奖陶侃，陶侃因此被召为督邮，担任枞阳县令。他在任上勤于政事，很快就升迁了，而且自己的名声也传了出去。

后来刘弘担任了荆州刺史，征辟陶侃为南蛮长史，派他讨伐叛贼张昌。陶侃击败了张昌，刘弘因此赞扬他是自己的继承人。很快，陶侃因为立下不少战功被封为东乡侯。

陶侃具有很高的军事天赋，中原战乱时期，陶侃利用自己的军事才能保护自己的属地尽量不受侵犯，取得了许多胜利。王敦妒忌陶侃的战功，王敦回去之前，说想和陶侃告别，陶侃的手下劝他不要去，但陶侃没有听从，结果被王敦扣留，把他降为广州刺史、平越中郎将，任命自己的亲戚王广为荆州刺史。陶侃的部下苦苦哀求王敦留下陶侃，但王敦不肯听从。陶侃的部将不想去南方，都跑掉了。王敦以为他们是受了陶侃的唆使，非常生气，披上铠甲，拿着长矛想杀他。走出去觉得不妥，又走了回来，来回好几次。陶侃严厉地说："您的雄才大略应该裁断天下大事，为什么如此犹豫不决？"陶侃起来上厕所，有人劝王敦道："周访和陶侃是亲家，就像左右手一样，哪有砍断别人左手而右手没有反应的？"王敦才放弃了杀陶侃的想法。

怪兽图　东晋

两晋时期，怪诞之风盛行，器物、衣饰都盛行神秘纹路及图案。这幅墓室画像砖表现了当时的风气，这件怪兽的造型可能与南方吴越先民的民族传说有关。

广州人背叛了刺史郭讷，奉王机为刺史，王机派人告诉王敦，准备投降他。王敦同意了，但王机还没有行动，杜弘就占领了广州。陶侃赶到广州后，杜弘派人诈降，陶侃识破了他的阴谋，事先在要道布置好了投石车。不久杜弘率领部队赶到，听说陶侃有了防备，于是赶紧撤退，陶侃下令追击，把杜弘杀得大败。陶侃轻松歼灭了叛军，因为这次战功被封为柴桑侯。

陶侃在广州期间一直没有什么事做，早上的时候从房子里搬100块瓦到院子里，晚上再搬回屋里。别人问他为什么要这么做，他回答："我立志收复中原，怕现在习惯了安逸的生活，以后就派不上用场了。"陶侃勤奋励志的事都类似于此。

陶侃很聪明，在政事上很用功，对人恭敬有礼节，成天很平静地端坐着，当时政事很多，头绪也很繁杂，但是他都没有遗漏的地方。来往书信都亲自书写答复，从没有滞留过。陶侃不喜欢交接宾客，他经常对人说："大禹之所以是圣人，全在于他爱惜以寸计量的光阴，至于普通人，至少也要爱惜以尺计量的光阴，怎么能成天游荡喝酒呢？活着的时候对人间没有益处，死后也默默无闻，是自暴自弃！"他的部下如果有游玩、喝酒、赌博的，被他发现，就把酒器和赌具全部扔到江里，然后再鞭打那些人。有人送礼给他的话，他会问从哪里得到的。如果是自己辛勤劳动得来的，即使很少，他也会很高兴地收下，并赏赐给对方双倍的东西；如果不是从合法手段得来的东西，就会被他叱骂，把东西还回去。有一次，他在外面走，看到一个人手里拿了一束没有成熟的稻子，陶侃问道："你拿那个东西做什么？"那人回答：

历史关注 东晋画家顾恺之有才绝、画绝、痴绝之称，后人将其称之为“虎头三绝”。

“走路的时候在路边稻田里顺手摘下来玩的。”陶侃大怒：“你这个人不耕田倒还罢了，居然还偷拿别人辛辛苦苦种出来的稻子！”下令把那个人抓起来狠狠地鞭打了一顿。从此百姓们勤于耕作，安居乐业。

当时造船留下来的木屑和竹子尖头陶侃都让人收集起来，人们都不知道他要派什么用场。冬天的时候地上积了很厚的雪，人们走路的时候很容易滑倒，陶侃命人把木屑撒在地上，雪很快就化了，还不会把鞋子弄湿；桓温讨伐蜀地的时候，用陶侃收集起来的竹子头作为造船用的钉子，这个时候人们才佩服起陶侃的先见之明。

陶侃为人刚直有毅力，善于决断大事，成为东晋王朝有名的治世能臣。

“书圣”王羲之

王羲之出身名门，他是王导的表侄，父亲和祖父都是有名的大官。王羲之小时候语言迟钝，人们都不认为他有什么出色的地方。他13岁那年去拜访周顗，周顗见到他后很惊奇，认为是个奇人。当时在宴会上很重视烤牛心这道菜，通常是献给最尊贵的客人吃的，结果周顗没给别人吃，先切给了王羲之，从此王羲之出了名。王羲之成年后善于辩论，为人耿直，特别擅长楷书，人们评价他的书法，说他运笔的气势飘忽如浮云，流动如受惊的龙。王羲之很受王导和王敦的器重，当时陈留人阮裕名气很大，在王敦手下任主簿。王敦对王羲之说：“你是我们家优秀的人，应当不比阮主簿差的。”阮裕也认为王羲之和王承、王悦三人是王家最优秀的青年才子。太尉郗鉴派人去王家选女婿，王导让来人随便相看他家的子侄。这人回去后对郗鉴说：“王家的青年都不错，当他们知道我是来为您选女婿时，一个个马上作出正经的样子，只有一个人在东床上敞开衣服袒着肚子，就和没有这回事一样。”郗鉴说：“这个人就是我要找的好女婿啊！”一问，才知道这个人就是王羲之，于是把女儿嫁给了他。称女婿为“东床”，当着别人的面称呼其女婿为“令祖”就是这么来的。

王羲之很喜欢鹅，会稽郡有个老寡妇养了一只鹅，叫声很好听，王羲之想买下来，但没有成功。于是王羲之带了几个朋友去观赏，那个老寡妇听说王羲之要来，不知道他是冲着鹅来的，见自己家没有什么好招待的，就把那只鹅杀了，做成菜来款待他，王羲之因为这件事而叹息了好久。后来有个道士养了一群好鹅，王羲之前去观看，越看越喜欢，提出要买下来。道士说：“你替我抄一部《道德经》，我就把这些鹅全部送给你。”王羲之欣然同意，抄完经书后就兴冲冲地把鹅装进笼子里提回去了。其实那些鹅的价钱和他的字比起来根本不算什么，但从这件事上可以看出王羲之是一个率真坦诚的人。有一次，王羲之到他的一个门客家里，看到桌子表面光滑洁净，书兴大发，于是在桌子上写满了字，一半是楷书，一半是草书。后来门客的父亲不懂书法，以为桌子被弄脏了，在王羲之走后把桌子上的字都给刮掉了，那个门客为此懊丧了好多天。又有一次，王羲之看到一个老妇在卖六角竹扇，叫卖了半天，一把都没卖出去，王羲之很同情她，就把扇子要过来，在每把扇子上都写了字。老妇不认识他，见扇子上被写了字，觉得被弄脏了更不好卖，于是很生气地看着他，但见他一副大官的模样，也不敢阻止他。王羲之写完后对老妇说：“你只要对别人说这上面的字是王右军写的（王羲之担任过右军将军），一把可以卖100个钱。”老妇照着他的话去做了，人们一看扇子上的字果

羲之爱鹅图　清　任颐

中国大事记 公元347年，桓温入成都，成汉主李势降，成汉亡。

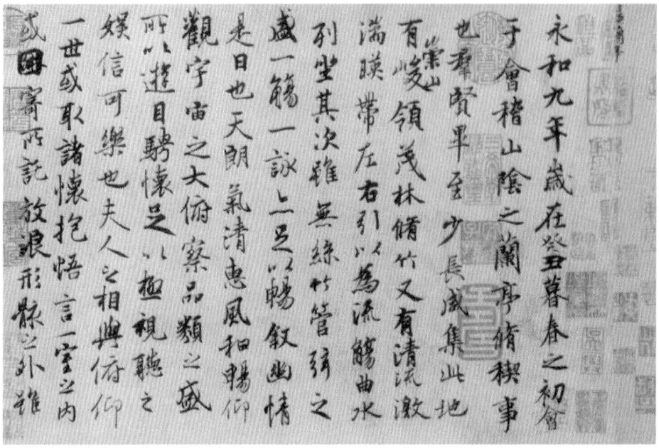

《兰亭集序》帖　东晋　王羲之

然是王羲之写的，竞相购买，不一会儿就把老妇的扇子抢购一空。过了几天，老妇又拿来扇子找到王羲之请他题写，这次王羲之只是笑笑，没有理她了。

王羲之曾经说过：“我的书法和钟繇的相比，可以说是并驾齐驱，但比起张芝，只能说仅次于他。”他在给别人的信中说道：“张芝在池塘边练字，光是洗毛笔就把池水染成了黑色，别人如果也这样入迷的话，未必赶不上他。”王羲之的书法一开始的时候赶不上庾翼，直到晚年才达到精妙的境界。他曾经用章草体给庾亮写信，庾翼看到信上的字后十分佩服，在给王羲之的信中说道：“我以前曾收藏过张芝的10幅章草，因为战乱，过江的时候全部遗失了。我经常因为这种精妙的书法绝迹而感到遗憾。见到你给我哥哥写的信，信上的书法美妙绝伦，好像当年张芝的书法又呈现在了我的眼前。”

王羲之和骠骑将军王述齐名，但王羲之看不起王述，两人关系一直不太好。王述在会稽当过官，因为母亲去世而回乡守孝，王羲之接替了王述的职务，只去吊唁了一次就没有再去了。王述很看重王羲之，吊唁期间，他只要听到吹号角的声音，就以为是王羲之来了，于是赶紧打扫庭院等着接待王羲之，结果等了几年，王羲之都没有来，王述因为这事开始怨恨起王羲之来。后来王述被任命为扬州刺史，临行前到会稽各地走了一圈，却没有看见王羲之，直到他要走了，王羲之才去象征性地告别了一下。以前王羲之对别人说：“王述顶多也就是个做尚书的材料，到他老了还有可能得个仆射的官职。他得到会稽内史的地位就开始飘飘然了。”后来王述升了大官，王羲之是他的下属，经常为此感到羞耻，于是派人去朝廷建议把会稽郡分出来设立一个越州，好摆脱王述，但派出的人言语失当，反而落下笑柄，王羲之一直为这件事耿耿于怀。可见即使是大师，也有心胸狭窄的时候，不能因为他的成就而认为他尽善尽美。

王羲之的儿子王凝之和王献之也都擅长书法，王献之造诣尤高，和父亲王羲之并称“二王”。

仁义之士邓攸

邓攸是平阳襄陵人，祖父和父亲都当过大官，邓攸7岁的时候父亲就去世了，不久，母亲和祖母也离开了人间，邓攸按照礼仪的规定守孝9年，期间没有违反孝道，由此出了名。邓攸为人清正和气，平易近人。他成为孤儿后和弟弟生活在一起，他的祖父有赐官，朝廷下令由邓攸接受，后来太守劝邓攸辞去赐官，准备推荐他为孝廉（从孝廉出身进入政坛比从赐官出身进入政坛要光荣，而且升官容易）。但邓攸说：“赐官是先人留下来的，不能改变。”没有接受太守的好意。他曾去拜访过镇军将军贾混，贾混把别人的诉状拿给邓攸看，让他决断。邓攸看都不看，说：“孔子说过，听理诉讼的能力我和别人一样，应该做的是让人不进行诉讼。”贾混很欣赏他的话，把女儿嫁给了他。邓攸以他的清正廉明多次升官，受到皇族的尊敬。

中原大乱时期，邓攸被石勒俘虏，石勒一向很痛恨汉族的高级官吏，听说邓攸落到自己手中，准备杀了他。邓攸到了门口，看门的人正是当年邓攸当郎的时候给他看门的，所以认识邓攸，邓攸求他找来纸和笔，给石勒写了一封信。看门的人等石勒高兴的时候把书信递给了他，石勒看了后很赏识邓攸的文笔，就没有杀他。石勒的长史张宾以前和邓攸是邻居，很看重邓攸的节操和名望，向石勒推荐邓攸。石勒把邓攸找来谈话，谈完后很高兴，任命他为参军，送给他车和马，每次外出打仗都把邓攸安置在营里。石勒严禁晚上点火，违反者处死。邓攸的房子和一个胡人相邻，那个胡人晚上失火把车辆给烧毁了，胡人就在前来调查的官吏面前诬陷邓攸。邓攸很清楚和他没办法争辩，将错就错回答说是因为弟媳生病需要吃药，必须把药弄热，所以不小心失的火，石勒就下令赦免了他。那个胡人被邓攸的行为所感动，把自己捆上去见石勒，承认是自己诬陷邓攸。后来那个胡人还暗中送马、驴给邓攸，其他胡人听说后，都很佩服邓攸。

石勒过泗水的时候，邓攸找准机会，把车辆弄毁，用牛和马驮着全家逃跑。半路遇到强盗，把牛马都抢走了，邓攸没办法，只好用扁担担着儿子和侄子邓绥逃跑。邓攸知道石勒会派人来追他，他觉得没有两全的办法，于是对妻子说:"我弟弟已经死了,他只有这一个儿子，不能让他的后代断绝，所以只能把我们自己的儿子丢掉了。如果我们能侥幸活下去的话，以后还会有儿子的。"他妻子深明大义，虽然很舍不得自己的儿子，但还是哭着同意了。邓攸就把自己的儿子扔掉，带着侄子逃跑。他儿子是早上的时候被扔掉的，晚上又追了上来。邓攸见实在没办法，干脆把儿子绑在树上，一狠心就走了。

邓攸和刁协、周顗的关系一直很好，于是跑到江南投靠他们，司马睿任命他为太子中庶子。当时吴郡没有太守，很多人都眼红这个职位，最后这个职位归了邓攸。邓攸自己带上粮食到吴郡就职，他不接受俸禄，只是喝吴郡的水而已。吴郡闹饥荒，邓攸上书朝廷请求赈灾，朝廷还没有答复,他就擅自打开粮仓赈济灾民。有人弹劾邓攸擅自开仓，朝廷下诏原谅了邓攸的做法。

邓攸在吴郡很清廉，执法严明，老百姓的生活都很好，邓攸也因此成为东晋中兴时期有名的好太守。后来他称病离职，吴郡本来准备了几百万迎送官员的经费，邓攸离开吴郡的时候一个钱都没有要。数千百姓牵着邓攸的船不让他走，邓攸没办法，只好下令把船停住，等到半夜的时候才悄悄开走。百姓到尚书台请求再挽留邓攸一年，但没有得到准许。在朝中，邓攸被任命为侍中，后来又调任吏部尚书，他平时只吃蔬菜,穿旧衣服,但是却经常周济别人。他性格和气，善于和人打交道，不管对方贵贱，他都一视同仁。

邓攸丢弃自己的儿子后，妻子就再也没有怀孕。到了江南后,为了生儿子,他娶了一个妾，非常宠爱她。后来问她的家属是什么人，小妾回答说自己是北方人，因为战乱才流落到江南来的，她回忆父母的姓名，结果她父亲居然是邓攸的外甥。邓攸一向很看重自己的节操和德行，听到这个消息后很悔恨，于是就再也没有纳妾，所以最后也没有儿子。邓攸死后，他舍弃亲生子而救出的侄子邓绥为他服了 3 年的丧，也算是有人送终了。

大画家顾恺之

顾恺之是晋陵郡无锡县人，他的父亲担任过尚书左丞。顾恺之是个博学多才的人，他曾写过一篇《筝赋》，对别人说 :"我这篇赋比起嵇康那把琴，不懂的人肯定会认为它晚出而不重视它，但是那些见识高明的人一定会因为它的高妙而珍视它。"

大司马桓温推荐他为自己的参军，很受桓温的信任。桓温死后，顾恺之到他墓前拜祭，写了一首诗 :"山崩沧海干，鱼鸟何所依！"有人问他 :"你是如此地推崇桓公，那么你痛哭的情景可以用诗来表达出来吗？"顾恺之不假思索地说:"声如震雷破山，泪如倾河注海。"

顾恺之生性诙谐，喜欢开玩笑，大家都喜欢和他来往。后来他担任了殷仲堪的参军，也很受器重。殷仲堪在荆州的时候，顾恺之请假回家，殷仲堪专门借给他一个布帆。结果船开

中国大事记 公元351年苻健自称大秦天王，国号大秦，史称前秦。公元352年改称皇帝，定都长安。

到一个叫破冢的地方，遭遇了大风，船被风浪打坏了。顾恺之给殷仲堪写信说："那个地方叫破冢，真是'破冢而出'啊！同行的人都平安无事，布帆也没有坏。"回到荆州后，人们向他问起会稽这个地方的风景，顾恺之说："上千座山峰在一起竞相展现灵秀之气，上万道溪流争相奔流。草木郁郁葱葱，像云蒸霞飞。"很有文采。有一次，桓玄和顾恺之在殷仲堪家做客，三个人比试谁说话最能表达出事物的极致。顾恺之说："火烧平原，寸草不留。"桓玄说："白布裹棺材，竖起招魂幡！"殷仲堪说："把鱼扔到深渊里，把鸟放到蓝天上。"然后又比试谁能说出最危险的情景。桓玄说："在长矛尖顶上淘米，在剑尖上煮饭。"殷仲堪说："百岁高龄的老翁攀爬枯树枝。"有一个站在旁边的参军插嘴道："盲人骑匹瞎马，走近深水池。"殷仲堪正好有一只眼睛因为生病而瞎掉了，听了这话，他吃惊地说："这话也太逼人了！"就不再说下去了。顾恺之每次吃甘蔗的时候都是从尖上开始慢慢嚼，一直吃到根部(甘蔗根部比尖要甜。)别人觉得他这种吃法很奇怪，他却说："这就是所谓的渐入佳境嘛。"

顾恺之尤其擅长绘画，他勾线、涂颜色都非常精妙，谢安对此非常佩服，认为自有苍生以来，还没有人达到过这种境界。顾恺之每次画完人像后，都不点眼睛，有时甚至几年都不点。别人问他为什么，他回答："人四肢的美丑本来就对画像的精妙之处没有多大影响，人像的传神之处，全部都在眼睛里面。"据说顾恺之曾经喜欢上邻居家的一个女子，挑逗过她，但没有成功，他就把那个女子的像画在墙上，用针扎心脏的部位，那个女子就得了心痛的病。顾恺之再次向那个女子表白了爱慕之情，那女子同意了，他偷偷把针拔掉，那女子的病也就好了。顾恺之很欣赏嵇康的四言诗，为这些诗专门配了图，他常说："要画出手弹琴的姿势很容易，但要画出目送大雁归来的意境却很难。"他画的每一幅人像，在当时都称得上是妙绝之作。他曾经为裴楷画过像，在脸颊上面添了几根毛，观看的人都觉得人像特别地有精神。他还为谢鲲画过像，把画像上的谢鲲安排在山石背景之中，他说："这个人应该把他放在丘壑之中的。"他想为殷仲堪画像，殷仲堪因为自己有眼病，不适合画像，于是极力推辞。顾恺之对他说："大人您的特点恰恰就是在您的眼睛上，如果把您的瞳孔涂得黑黑的，再用飞白在上面轻抹，使其像淡淡的云遮住月亮一样，不是很好看吗？"殷仲堪这才答应。

《洛神赋图》局部　东晋　顾恺之

此图取材于魏国曹植名篇《洛神赋》，表现作者由京师返回封地的途中与洛水女神相遇而产生爱恋的故事。全图采用长卷形式，分段描绘赋中的情节：开始是曹植在洛水边歇息，女神凌波而来，轻盈流动，欲行又止；接下来表现女神在空中、山间舒袖歌舞，曹植相观相送；最后女神乘风而去，曹植满怀惆怅地上路。各段之间用树石分隔，并以舟车无情地飞驶离去反衬人物的依依不舍之情，极为传神。

历史关注 十六国指前凉、后凉、南凉、西凉、北凉、前赵、后赵、前秦、后秦、西秦、前燕、后燕、南燕、北燕、夏、成汉。

耙地图砖画　东晋

嘉峪关魏晋墓室壁画中的耙地和耱地的内容，是迄今所知我国使用耙耱农耕技术最早的形象资料。图中，农夫站在耙上，左手扬鞭，右手执缰绳，驱动二牛拉耙碎土。

顾恺之曾经收藏了一柜子的画，在门上贴上封条，然后把柜子寄送给桓玄。那些画都是顾恺之钟爱的精品，桓玄找人把柜子背面打开，把里面的画拿出来，而前面的封条一点都没有动，把柜子弄好后送还回去，想捉弄顾恺之，告诉他柜子并没有打开。顾恺之见封条确实没有动，但画都没了，他只好说："绝妙的画是通灵气的，肯定是变化飞走了，就和人成仙飞上天一个道理。"丝毫没有露出奇怪的神情。

顾恺之为人矜持，喜欢自夸，常常言过其实，当时的轻薄少年就故意对他胡乱吹捧，以此来捉弄他。他还喜欢吟诗，自以为得到了古代贤人的风韵。有人请他学洛阳书生吟诗的样子，他回答道："怎么能学那些老奴婢的声音呢？"后来他担任了散骑常侍，和谢瞻是邻居。到了晚上，顾恺之就在月色中高声吟诗，谢瞻故意在远处赞扬他，顾恺之听到赞扬后吟得更加起劲，连疲倦都忘记了。谢瞻要睡觉的时候，命令别人代替自己赞扬顾恺之，顾恺之也没觉察出换了人，结果一直吟到天亮。他还特别相信邪门小术，认为只要用心去学，一定能学到手，桓玄曾经拿了一片树叶捉弄他，说："这就是蝉用来遮住自己的树叶，用它来遮住自己别人就看不见你。"顾恺之居然相信了他的鬼话，很高兴地接过了那片叶子。他拿那片树叶放在自己眼前遮住自己，桓玄故意当着他的面小便，顾恺之以为桓玄真的看不见自己，于是非常珍惜那片树叶。

顾恺之在桓温手下任职的时候，桓温说："顾恺之身上痴呆和狡猾的部分各占了一半，两者合起来正好平衡。"因此当时都流传顾恺之身上有三绝：才绝、画绝和痴绝。他 62 岁那年死在任上。

廉洁自律的郭翻和杨轲

东晋王朝政治黑暗，许多有识之士不肯与统治者合作，只好在乡间隐居下来，成为当时的一股潮流。这些隐士用行动来表明自己对社会现实的失望，他们隐居的真实目的还是为了保全自己，这是他们对黑暗社会的一种消极的反抗。这些人大多品行高洁，行为受到当时人们的赞扬，成为当时的道德典范人物，为端正社会风气起到了一定的作用，郭翻和杨轲就是其中普通而具有代表性的隐士。

郭翻，字长翔，武昌人。他的伯父郭讷担任过广州刺史，父亲郭察担任过安城太守。郭翻出身在这种家庭里，按说求得一官半职并不是什么难事，但他少年时期就有很高尚的情操和志气，虽然州郡长官有意提拔他，但他还是谢绝了他们的举荐，放弃了成为孝廉的机会。后来他搬到临川，不和官场上的人来往，只以钓鱼打猎作为生活当中的乐趣。郭翻生活比较贫困，也没有正式的职业，只靠开垦荒地种植为生。他每次开垦荒地之前，都会在那块地上插上标志说明，一年之后没有人来认明那块土地的话，他才开垦耕种。有一次，他开垦了一块荒地，等到种下的稻子快成熟时，一个人跑来说那块地是他的，郭翻没有和他争辩，就把那些快熟的稻子给了他。县令听说这件事后斥责了那个人，把稻子还给了郭翻，郭翻却没有接受。他曾经有一次乘车外出打猎，走到离家一百多里的地方，在路上碰到一个生病的人，于是把车送给了那个人，自己步行回了家。他钓到的鱼和打到的野兽，如果有人要问他买的话，他就干脆把那些东西送给人家，自己一文钱都不要，也不告诉他自己的姓名。由于这些事情，当地的老百姓都很敬重他。

中国大事记

公元357年，苻坚登位，改年号永兴。苻坚在位期间，前秦基本统一了北方。

对人双牛纹二重织锦　晋

后来他和翟汤一起被庾亮举荐，朝廷征召他为博士，但他没有去就任。他坐着小船暂时回到家乡给父母上坟，安西将军庾翼以皇帝舅舅的身份前去拜访他，想勉强他出来做官。郭翻说："人的性格各有各的不同，这不是可以勉强的。"庾翼因为郭翻的船又窄又小，想让他搬到自己的大船上去。郭翻回答道："您不用因为我的船鄙陋微贱而亲自光临它，它本来就是山野之人乘坐的船啊。"庾翼于是弯着腰钻进了小船里，在里面和郭翻谈了整整一天之后才离开。

郭翻有一次不小心把一把刀掉进了水里，有一个过路人帮助他把刀捞了起来，郭翻就把那把刀送给了那个过路人。那个人不要，坚决推辞，郭翻说："如果刚才你不把它捞起来的话，我怎么还能够得到它呢？"过路人说："我如果要了那把刀的话，就会被天地鬼神所责备！"郭翻知道他一定不会收下那把刀了，干脆把那刀又扔进了水里。过路人觉得很遗憾，又跳进水里把那刀捞了起来。郭翻为了不违背他的好意，就把刀收下了，但是却给了那个人十倍于刀的钱作为报酬。郭翻廉洁不愿随便受人恩惠的事都和这件事一样。

杨轲是天水人，年轻的时候喜欢研究《周易》，长大后没有结婚，他学问很高深，有好几百个学生。他经常吃很粗糙的食物，喝冷水，穿粗布衣服和破麻布袍子，别人都不能忍受这样的待遇，但杨轲却悠然自得。他和那些不了解他或者行为怪僻的人从不来往，即使是他的学生，如果不是很有成就的弟子的话，也不能和他说话。杨轲想传授什么东西的时候，一定要旁边没有别人，才会教给他的入室弟子，然后让他们一个个互相教授。

刘曜篡位后，征召杨轲为太常，杨轲推辞掉了，没有前去应征，刘曜出于对他的尊敬而没有强迫他，杨轲随后去陇山隐居了下来。刘曜后来被石勒俘虏，秦地的人都往东迁移，杨轲却留在了长安。石勒登基为帝后，特意准备了征召隐士用的礼物和车马，派人前去召他出来做官，他借口有病推辞掉了。派去的使者强迫他出山，他没有办法，只好上了车。见到石勒后，杨轲也不向石勒行礼，石勒对他说话，他也不搭理人家。石勒下令把他安置在永昌的官府里面。有关部门的官员因为杨轲很傲慢，请求上司按"大不敬"的罪名处罚他，石勒没有同意，下令说杨轲想做什么就让他做什么。

杨轲住在永昌的时候，石勒每次送东西给他，他都会口授一封感谢信，让学生记下来送给石勒表示感谢，信的文辞非常优美，看过的人都很佩服他的文学功底。石勒想试探出他的真正兴趣所在，于是秘密命令美女半夜的时候跑去勾引他，但是杨轲丝毫没有被打动，表情很严肃，根本就不理睬美女。石勒又派人把他的学生全部赶走，让强壮的武士穿上盔甲拿着刀对着他，还把他的衣服都给偷走。杨轲看着他们，并不说话，也没有害怕的神情。杨轲常常睡在泥土垒成的床上面，身上盖着布被子，赤身裸体地睡在中间，下面也没有垫棉絮。荀铺是一个很好奇的人，有一次去杨轲那儿和他谈论经书的问题，杨轲闭着眼睛不回答，荀铺就把杨轲的被子掀开了，结果杨轲的裸体全部露了出来，荀铺把杨轲狠狠地嘲笑了一番，但杨轲的神情很安详，丝毫没有生气和惊讶的样子。当时的人都认为没人能估量出杨轲学问的高低深浅。

后来杨轲上书给石勒诉说自己的思乡之情，请求让他回到故乡去。石勒派人用很舒适的、用蒲草包着车轮的车子送他回去，免除了当地十户农民的租税，让他们负责供应杨轲的日常生活用品。杨轲回到秦州后，仍然没有停止收徒弟。后来秦州人向西逃跑到凉州，杨轲的学生们用牛车载着他逃跑，被当地守卫的军队追上，把他们全部抓住，最后都杀害了。

历史关注　中国历史上第一个统一北方的非汉民族政权是前秦。

才女谢道韫和钟琰

谢道韫是东晋有名的才女，她是王凝之的妻子、安西将军谢奕的女儿、东晋名臣谢安的侄女。她从小就很聪明，善于言辞。有一次谢安问她：“《毛诗》的哪一句你觉得最好？”谢道韫说：“尹吉甫作颂，像清风一样和穆。仲山甫咏怀，用来慰藉心绪。”谢安因此说她有文雅之人的兴致。后来谢家全族在一起聚会，天上下起了大雪，谢安问侄儿侄女们：“这大雪看上去像什么呢？”谢安哥哥的儿子谢朗说：“把盐撒在空中这种情景勉强可以拿来比喻。（撒盐空中差可拟。）”谢道韫说：“不如比喻成柳絮被风吹起的样子。（未若柳絮因风起。）”谢安很欣赏谢道韫的比喻，心里很高兴。

谢道韫刚嫁给王凝之的时候，回娘家后显出一副很不高兴的样子。谢安说：“王凝之是王羲之的儿子，他人蛮不错的，你还有什么不满意的？”谢道韫回答道：“我们一家子人，叔父一辈有阿大、中郎，堂兄弟一辈有封、胡、羯、末等人。没想到王家这么优秀的家族里面居然有王凝之这样的人！”封指的是谢韶，胡指的是谢朗，羯指的是谢玄，末指的是谢川，都是他们的小名。谢道韫曾经还嘲笑过谢玄学习曹植却没有长进，说：“因为在繁琐的事务上用了太多心思呢，还是天分不够？”王凝之的弟弟王献之有一次和宾客讨论问题，说到后来都理屈词穷了。谢道韫派丫环告诉王献之，说：“我替你解围。”她用青丝布把自己遮起来，重新阐述了王献之刚才的议论，客人中没有人能够驳倒她的。

后来遇到孙恩等人叛乱，谢道韫举止从容自若，当她听到丈夫和儿子们都被杀害后，才命令女仆抬着竹兜，拿了把刀子出门。叛军杀过来的时候，她拼力反抗，亲手杀了好几个人，最后才被俘虏。她的外孙刘涛当年才几岁，叛军想杀害他，谢道韫说：“这事是王家的事，和别的家族没有关系！一定要这样的话，不如先把我杀了。”孙恩虽然狠毒残暴，但也被她说动了心，就没有杀害刘涛。从此谢道韫就在会稽过着寡妇的生活，她家里人都很严肃，平时在家里都不敢随意说笑。太守刘柳听说了她的大名，请求跟她对话。谢道韫向来知道刘柳的名声，就没有拒绝他。于是她梳好头发，铺着素色的垫子坐在帐子里，刘柳带着学费，整理好带子坐在另一张榻上。谢道韫风韵高洁，和常人不一样，言谈的风度清新高雅，开始时说到家族的事情，慷慨悲昂，流下了眼泪，后来感谢刘柳前来慰问的好意，言语说辞都很流畅。刘柳回去赞叹道：“实在是从来没有见过这样的人，瞻视观察言语声气，都让人打心眼里佩服。”谢道韫也说：“亲人和随从死了很多，现在才遇到这样的人，听他的话，让人感到心胸特别开阔。”

当初，张玄的妹妹也有才学，品德也很好，嫁给了姓顾的人，谢玄常常夸奖她，用她来和谢道韫作比较。有一个叫济尼的人，经常在两家之间来往，说：“王夫人神情疏散开朗，因此有隐士的风度，而顾家的媳妇清心寡欲，也是闺房里的优秀之人。”谢道韫写的诗赋诔颂等文章，在当时很流行。

王浑的妻子钟琰，是钟繇的曾孙女。钟琰几岁的时候就能写文章，长大后非常聪明，大度文雅，博览群书。她相貌美丽，举止大方，善于吹箫吟诗，礼仪法度都成为当时人模仿的对象。钟琰嫁给王浑后生了王济，王浑曾经和她坐在一起，王济从前面跑过去，王浑高兴地

糖地图砖画　东晋

图中绘农夫半蹲于耢上，正持鞭驱二牛耱地。现在已知最早记载用耢耱地的典籍为北魏贾思勰所撰《齐民要术》，而砖画中的耢耱则比记载要早二百多年，是我国迄今发现最早的耢耱农具的图像资料。

中国大事记　公元383年，前秦南下，东晋军队大败前秦军队，取得了淝水之战的胜利。

说："生了这样的儿子，足够让人心里感到安慰了。"钟琰笑着说："如果把我许配给了参军的话，生的儿子肯定还不止这样呢。"参军指的是王浑的弟弟王伦。这种玩笑就是现代人都不敢随便开，但钟琰随便就说出来了，这表现了她的大度，也和当时社会上崇尚清谈有关系。

钟琰的女儿长得很漂亮，而且很有才华，夫妻俩都想为她找个贤良的丈夫。当时有一个军官的儿子长得很英俊，王济想把妹妹嫁给他，就跟钟琰说了这个想法。钟琰说："得让我先见见他才行。"王济让那个人和其他年轻人站在一起，事先不告诉母亲那个人是谁。钟琰从帷帐中观察他们，然后对王济说："穿红衣服的那个是不是就是你看中的人？"王济说："是。"钟琰说："这个人凭才华来说可以算得上是出类拔萃的了，但是他的处境不好，而且肯定短命，没有办法能够施展他的才能，所以不能把女儿嫁给他。"于是这件事就这么算了，那人几年后果然死了。钟琰的远见和明察都像这件事一样。

王浑的弟媳妇郝氏也有很好的德行，钟琰虽然出身豪门，但和郝氏之间互相尊重，郝氏不因为自己出身微贱而在钟琰面前有自卑的表现，钟琰也不因为自己出身高贵而看不起郝氏，当时的人都称赞钟琰的礼节和郝夫人的法度。

王猛扪虱谈兵

北方经过长期的战乱后，氐族人建立的前秦政权逐渐强大起来，前秦主苻坚很快就基本统一北方。苻坚能够建立强大的前秦，很大一部分功劳要归功于他手下的汉族名臣王猛。

王猛本来是北海人，他少年时期家里贫困，只好以卖簸箕为生。但他相貌俊伟，博学多才，喜欢研读兵书，为人谨慎大度，不被日常琐事所干扰。如果不是和他非常投缘的人，他多数是不与之交往的。当时那些轻浮的人都很轻视并且嘲笑他，他却悠然自得，一点都不介意。王猛年轻的时候曾经去邺游览过，当时很少有人赏识他，只有徐统见到他后认为他不是常人，召他为功曹，但他没有应召，而是和老师在华阴山隐居了下来。他胸怀大志，希望遇到能成就帝王霸业的君主。因此他隐居起来不做官，等待时局的变化。桓温入关后，王猛穿着粗麻衣服去见他，一面高谈阔论，一面捉着身上的虱子，旁若无人。桓温看到后觉得很惊异，问道："我奉天子的命令，率精兵十万讨伐叛逆，为百姓除害，但三秦的豪杰却不来投奔我，这是为什么？"王猛回答："您不顾几千里远的距离，深入敌境，长安城已经在你们眼前了，你们却不渡过灞水，百姓没有见到你们的真心，所以不来投奔。"桓温哑口无言。桓温要撤走的时候，送给王猛车马，并许给他高官，请他一起回去。王猛回华阴山问师父的意见，师父说："你和桓温怎么能同时相处？你在这里就能得到富贵，为什么要走那么远？"于是王猛就没有去南方。

苻坚听说王猛的名声，派人去接他。两人一见如故，谈起天下的兴亡大事，两人意见居然都不谋而合，就像当年刘备见到诸葛亮一样。苻坚当了皇帝后，任命王猛为中书侍郎。当时始平一带的豪门大户横行霸道，苻坚调任王猛为当地的县令。他一上任就申明法令，赏善罚恶。他曾经把一个官吏活活打死，百姓上书告他，别的官员也弹劾他，朝廷把他抓到廷尉处进行审问。苻坚亲自审问他，说："为政的根本是道德教化，你上任才几天就杀了人，太残忍了！"王猛说："我听说治理安宁的国

王猛像

家用礼仪，治理混乱的国家用法律。陛下不嫌弃我才疏学浅，派我治理混乱的县城，我尽忠职守，为您铲除邪恶的人，现在我才杀了一个坏人，剩下的坏人数以万计，如果说我没有能铲除掉所有的坏人，我怎么敢不甘心被处死？但如果说我为政残酷，我实在不服。”苻坚就赦免了他。

椅子脚部人像 十六国

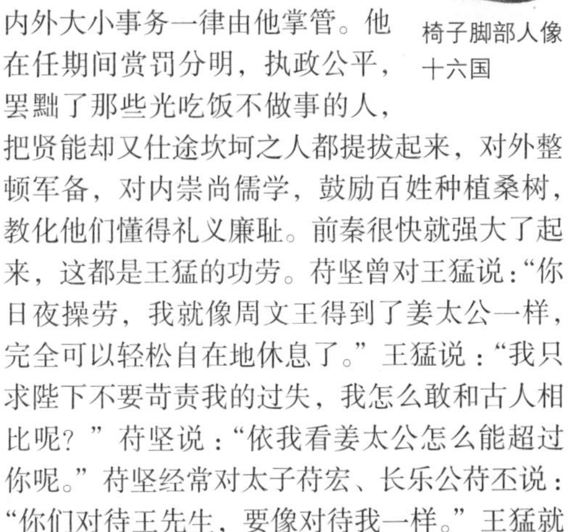

王猛很受苻坚信任，一年之内升任多达五次，权力大得不得了，那些皇亲国戚还有老臣都嫉妒他。尚书仇腾和丞相长史席宝多次说他的坏话，苻坚大怒，把那两个人贬了官，以后朝廷上下再也没有人敢说王猛坏话的了。

不久王猛升任为丞相，朝廷内外大小事务一律由他掌管。他在任期间赏罚分明，执政公平，罢黜了那些光吃饭不做事的人，把贤能却又仕途坎坷之人都提拔起来，对外整顿军备，对内崇尚儒学，鼓励百姓种植桑树，教化他们懂得礼义廉耻。前秦很快就强大了起来，这都是王猛的功劳。苻坚曾对王猛说：“你日夜操劳，我就像周文王得到了姜太公一样，完全可以轻松自在地休息了。”王猛说：“我只求陛下不要苛责我的过失，我怎么敢和古人相比呢？”苻坚说：“依我看姜太公怎么能超过你呢。”苻坚经常对太子苻宏、长乐公苻丕说：“你们对待王先生，要像对待我一样。”王猛就是如此地受到推崇。

王猛因为操劳过度而生了重病，苻坚亲自到宗庙和社稷去为他祈祷，并分别派人向各路神仙祈祷。王猛的病情始终不见好转，苻坚又大赦国内罪行在斩首以下的囚犯。王猛卧病在床还上表谢恩，并谈论时政，不少见解都非常有价值。苻坚看到王猛的上表后不禁流下了眼泪，其他人也都很伤心。王猛病情到了无法挽回的时候，苻坚亲自去探望，询问后事。王猛说：“晋国虽然偏安于吴越一带，但确实继承了正统的王朝。亲近仁人，善待友邻是立国之宝。我死以后，希望皇上不要对晋国有所企图。鲜卑和羌族是我们的仇敌，最终会成为祸患，应该逐步剪除掉他们，这样才对朝廷有利。”话刚说完就去世了，年仅 51 岁。苻坚放声痛哭，到入殓的时候，苻坚连续 3 次前去哭吊，他对太子说：“难道这是上天不想让我统一天下吗？为什么这么早就夺去我的王猛呢？”

苻坚重视文化

大秦天王苻坚虽然是氐族人，但他并不是一个没有文化的人，相反，他和一般的氐族人不同，很小的时候就开始学习儒家经典。长大后博学多才，他的才学让很多汉族士子都赞叹不已。所以苻坚虽然不是太子，但威望非常高。

当时前秦的皇帝是苻生，这是个残暴不仁的人，苻坚就把他杀掉了，自立为大秦天王。虽然苻坚是弑杀君主，但由于苻生实在不得人心，所以大家都很拥护他。苻坚刚上台不久就采纳了王猛重礼尊法的主张，他重用王猛等汉人儒生，狠狠处罚那些不懂礼教还居功自傲的氐族贵族。朝廷的风气顿时好了很多，权贵们都吓得不敢再放肆了，社会治安和民族矛盾都得到了缓和。

苻坚很欣赏汉武帝和光武帝重视儒家思想的政策，他树立了自己的威望后，就开始推行尊儒重学的国策。他下令各地广修学宫，只要精通任何一种经典的人，都可以进入学宫学习。各级官员的子弟也要学习儒术。对于那些已经完成学业、品格高尚、操守清廉的人，一律表彰，有的观其才能还授予官职。这道政策让前秦这个少数民族政权兴起了一股积极学习的潮流，人人都埋头苦读，一时间人才济济，比当时南方的东晋王朝有朝气得多。在这种政策的感召下，违法乱纪的行为少了很多。由于以才学高低作为授官的标准，那种走后门、托人情的不正之风自动就消失了。农业也发展得非常好，国泰民安。

中国大事记　公元404年，桓玄废晋安帝，自立为皇帝，国号楚。

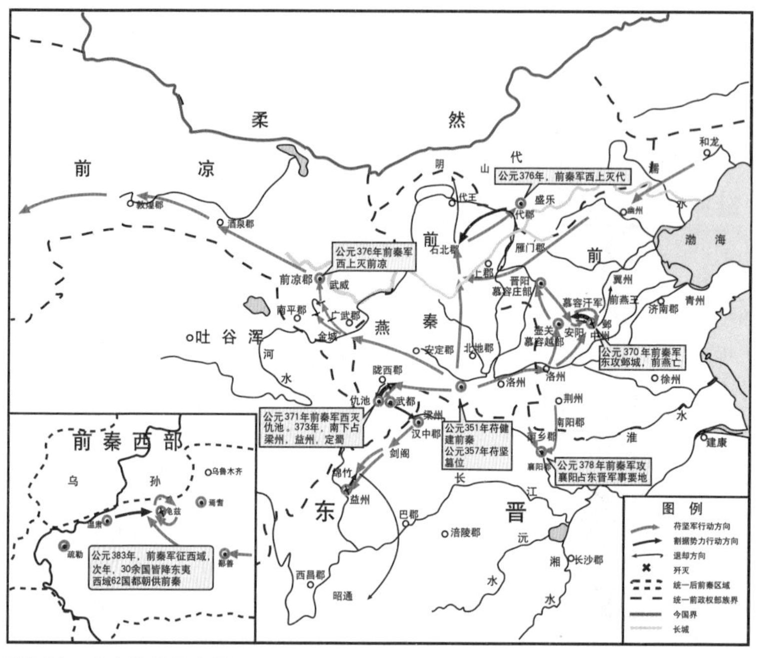

苻坚统一北方战争示意图

保存了许多珍贵典籍和文物。作为一个少数民族君主，苻坚能够如此重视儒家文化，是非常难能可贵的。

从此以后，苻坚每个月都要去一次太学，鼓励那些埋头苦读的学子。学生们大受鼓舞，都拼命地苦读，唯恐落在别人后面被人看不起，辜负了苻坚对他们的期望。当时有一些很有钱的商人，他们虽然不学无术，但架势、派头能和王侯相比。前秦的很多大臣都争相任用他们担任自己的幕僚。黄门侍郎程宪看不惯这种行为，对苻坚说："那些商人不过是些市井之徒，居然敢和王侯并论，甚至还能得到只有君子才能得到的官职。这种现象伤风败俗，对陛下推行的教化不利，所以请陛下下令严肃法纪。"

苻坚觉得很有道理，毕竟中国是个农业国家，商人地位本来就不高，再加上当时的商人确实也存在不学无术的情况，所以苻坚下了道命令，各地贵族如果有提拔商人为官的，一律降爵处理。而且还通知全国，士以下的人不准乘坐车马，手工业者、商人、奴仆和妇女不能穿锦绣衣服，不准佩戴金银首饰。如果有违反这种规定的，一律杀头。这种血淋淋的法令还是起到了一定作用，前秦奢侈的民风得到了矫正，节省了很多社会财富。苻坚重视儒学的政策对政权的巩固起了一定的作用，所以没用多少时间，苻坚就基本统一了中国北方。

为了提高学生学习的积极性，苻坚还多次到太学巡察，有的时候还亲自主持考试。皇帝主持的考试谁还敢作弊，所以考风也好了很多。苻坚有时还评定卷子，根据学生掌握知识的优劣程度来区分学生水平的高下，水平高的给予奖赏，而劣等生则要接受处罚。苻坚对自己的文治感到沾沾自喜，他问博士王实："我一个月要去太学三次，亲自奖优罚劣，不敢有所耽误和回护，希望能够发扬圣人的教导。我这样做能不能赶得上汉武帝和汉光武帝呢？"王实回答道："自从前赵的刘氏和后赵的石氏扰乱天下以来，儒生已经所剩无几，儒家经典也散失了不少，和当年秦始皇时候一样。而陛下英明神武，能够毅然拨乱反正，重新抬高儒学的地位，比舜和禹的功劳还大。重建学宫，弘扬儒学，让社会风气大大好转，这是万世的功业啊！汉武帝和汉光武帝怎么能和陛下相提并论！"王实的马屁拍得苻坚舒舒服服的。虽然王实的话实在太夸张，但他说苻坚复兴了儒学，把儒学从战乱中拯救出来，这话还是有一定道理的。在苻坚的提倡下，许多散失的典籍都重新得到整理，

桓温神武慷慨

桓温出生没多久，名士温峤见到他后赞叹道："真是个英物啊！"桓温的父亲见温峤这

历史关注 王献之是王羲之的儿子，以行书和草书闻名后世，在书法史上被誉为“小圣”，与其父并称为“二王”。

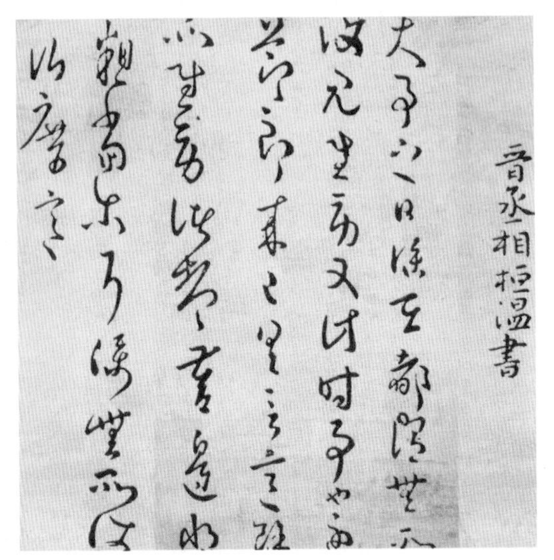

大事帖　东晋　桓温

么赏识自己的儿子，于是就为他取名温。温峤说：“以后恐怕人们都要改我的姓了。”桓温少年时就豪迈过人，相貌雄伟。名士刘惔说：“桓温眼睛像紫石棱，胡子像刺猬毛，是孙权和司马懿那样的人啊！”

桓温 15 岁那年，父亲被苏峻的部将韩晃杀害，江播也参与了此事。桓温悲愤万分，哭得流出了血液，发誓以后一定要报仇。可他 18 岁的时候江播居然死了，江播的三个儿子在哭丧的时候还准备好了武器，预防桓温来报仇。桓温假装以吊唁的宾客混进了他们家，然后杀死了那三兄弟。当时能够为父报仇是一种美德，人们不但不怪罪他杀人，反而认为他胆识过人，很有英雄气概，很佩服他，官府也没有来找他麻烦。

后来他娶了南康公主，被拜为驸马都尉。桓温和当时的权臣庾翼关系不错，曾在他面前表现出北伐的大志。庾翼就向朝廷推荐了他，说：“桓温虽然年轻，但有雄才大略，不要把他当普通人看待，应该为他多储备些人才，慢慢委以重任，以后一定能成就大业。”庾翼死后，朝廷就开始培养桓温，逐渐加重了他的权力。

桓温和名士们交情很好，他门下有很多名士当幕僚。其中他最欣赏的人是谢安。有一次他去拜访谢安，正赶上谢安在梳头，见桓温来了，赶紧取来衣服和头巾。桓温说：“不用这么拘礼。”那天两人一直聊到天黑，桓温才走。有一次桓温生病，谢安来探望他，走的时候桓温望着谢安的背影感叹道：“我已经很久没见过这样的人了！”一副钦佩之情。

殷浩曾经和桓温齐名，两个人一直暗暗较劲。桓温有一次问殷浩：“你怎么比得上我？”殷浩说：“我和你周旋的时间太长，所以宁愿让你在我之上。”桓温很轻视殷浩，但殷浩并不怕他。桓温得势后对人说：“小时候我和殷浩一起玩竹马，我骑过的竹马扔掉，他就捡起来骑，所以他本来就在我之下。”他还说：“殷浩的文章不错，让他当宰相的话，完全可以总理事务。只是现在朝廷没有用好他，没有让他发挥出自己的长处。”

后来朝廷重用殷浩，用他来抑制桓温的势力，这让桓温很气愤，所以就想以北伐为借口收回权力。他带了几万人马直逼首都，说自己进军完全是为了北伐。这个时候殷浩的北伐计划屡屡失败，桓温就抓住这个机会弹劾他，最

京口北固山图　明　宋懋晋

东晋征西大将军桓温曾驻守京口，并有“京口酒可饮，箕可使，兵可使”的豪言。

中国大事记 公元405年，刘裕率军击败桓玄，晋安帝司马德宗复位，授予刘裕侍中、车骑将军等职，从此刘裕把持了东晋朝政。

后把他赶下了台，从此桓温掌握了东晋的军政大权。

桓温也具备当时名士放荡不羁的性格，最有代表性的就是他特别喜欢赌博。桓温从小就迷恋赌博，但赌技不佳，不光输得精光，还欠了一屁股烂债。债主多次催他还钱，桓温没办法，只好去求当时的赌博高手袁耽帮忙。袁耽当时正在服丧，按理是不能赌博的，但桓温找他帮忙他马上就答应了。他带着桓温去找债主赌博，赌注是10万钱，袁耽百战百胜，一口气就赢了100万。他赌完后对周围人说：“你们不认识袁耽吧？我就是！”幸好有袁耽帮忙，否则少年桓温早就被债主打死了。

桓温北伐是出于私心，一开始虽然节节胜利，但后来还是失败了。当时桓温经过金城的时候看到自己早年在那里种的柳树已经长到十围那么粗了，叹息道：“木犹如此，人何以堪！”说着说着就流下了眼泪。

他对当时清谈的风气深恶痛绝，曾对那些清谈家说：“我如果不多做点实事的话，你们哪里能这样逍遥地坐在这里清谈？”他务实的精神相对于那些只知道空谈的人而言，更值得人们钦佩。

桓温非常崇拜王敦，他平定蜀地后，宴请当地名士。桓温在宴会上表现出的英雄气概让人们大开眼界，对他赞赏不已。不过也有人说：“你们是没见过王大将军啊！”桓温知道后也没有生气，他经过王敦墓的时候，赞叹道：“可儿，可儿！”

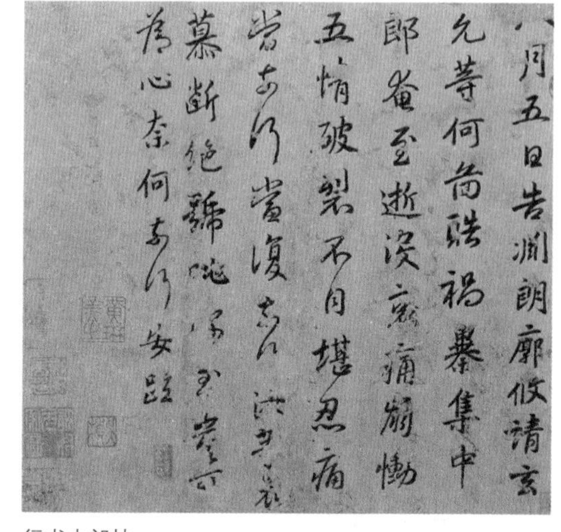

行书中郎帖

谢安史传善书，唐代李嗣真《书后品》赞之曰：“纵任自在，有螭盘虎踞之势”。根据此帖玺印及纸、墨，当属南宋绍兴御书院所临摹的古帖。米芾有《谢帖赞》云：“山林妙寄，岩廓英举。不繇不羲，自发淡古。”

谢安谈笑退敌

苻坚并没有把王猛的遗言放在心上，王猛死后，他最宠信的人就是鲜卑贵族慕容垂和羌族贵族姚苌。王猛死后的第三年，他就派慕容垂和姚苌还有苻丕带领大军进攻襄阳，襄阳守将朱序死守了将近一年，最后还是被攻破了。朱序被俘虏到了长安，苻坚认为他是个忠臣，就没有杀他，把他留在秦国当了官。

苻坚召集群臣开会商讨灭晋的事情，大臣们纷纷反对，苻坚说：“我们现在手上有将近100万精兵，灭掉小小晋国根本易如反掌，所以我想讨伐晋国，大家认为怎么样？”权舆说：“晋国虽然弱小，但他们的皇帝并没有犯什么错，而且手下还有谢安、桓冲这样的大臣，君臣一心，现在进攻恐怕不是时候。”另一个大臣石越也说：“晋国有长江作为天然的屏障，而且百姓也会反抗我们，所以不打为妙。”苻坚听了他们的话后很不高兴，反驳道：“长江天险算得了什么？我们那么多军队，每个人把马鞭投到江里，就可以把江水堵住，他们还有什么屏障可言？”但大臣们还是反对，苻坚没有办法，只好宣布退朝。

苻坚有个弟弟叫苻融，是个很贤能的人，苻坚一直很信任他，于是苻坚把他召进宫，对他说：“自古以来，决定国家大事的只有一两个人，大家一起讨论是没办法争出个结果的。我看，这事就我们两个来决定吧。”谁知道苻融也是反对出兵的，他对苻坚说：“我觉得打晋国确实不是时候，再说我们连年打仗，士兵们都很疲惫了。今天反对出兵的大臣都是忠臣，所以请陛下采纳他们的意见。”苻坚没想到连

历史关注　玄言诗是东晋的诗歌流派，其特点是玄理入诗，脱离社会生活。

苻融都反对他，很不高兴，对他说："没想到连你也说出这样丧气的话！我有百万大军，武器粮草都充足，要灭掉一个小小的晋国，哪有不胜的道理？"苻融见苻坚如此顽固，再三劝说，但苻坚就是不听他的话。

后来，苻坚在慕容垂的怂恿下，率领87万大军讨伐晋国。很快，秦军主力到达项城，水陆并行，向江南逼近。消息传到建康后，东晋上下都慌了神，大家都指望谢安能拿个主意出来。谢安很镇定，决定自己坐镇建康指挥，派弟弟谢石担任征讨大都督，侄子谢玄担任前锋都督，率领8万人马前去抵抗，另外派胡彬率领5000水军到寿阳接应。谢玄手下有一支由北方难民组成的军队，这支军队战斗力特别强，是东晋的王牌部队，被称为"北府兵"，不过他们虽然勇猛，人数上却处于极大的劣势。谢玄心里到底还是很紧张，于是出发之前他特地到谢安家去辞行，顺便问问谢安的战略。

谁知道谢安只是淡淡一笑，说："我已经有安排了。"谢玄等了很久，但谢安始终没有说话，只好离开。谢玄回到家里总觉得不踏实，又请老朋友张玄去谢安那里探问一下。谢安见张玄来了，很高兴，拉着他去下棋，张玄始终没有机会询问。谢安带着张玄等人在外面整整玩了一天，晚上才回家。一到家他就把谢石、谢玄等人召集过来，把他们的任务和责任都交代清楚，大家见他如此镇定，心里的大石头总算落了地。

镇守荆州的桓冲听说苻坚前来入侵，他担心建康的守卫部队不够，于是派了3000精兵前来增援，谢安对他们说："京城这边我已经安排好了，你们还是回去加强西边的防守吧。"

那些人回去把情况一说，桓冲很担心："谢公的气度确实让人佩服，但是他不懂得打仗。敌人都快到眼前了，他还那样悠闲。兵少不说，又派些没经验的年轻人去指挥，我看这次我们要遭大难了。"

胡彬的水军人少，很快就被秦军包围了起来，苻坚认为他们已经不堪一击，于是派朱序去劝降。

天宁寺，东晋时建造，是东晋时期谢安的故居。

·淝水之战·

前秦苻坚统一北方后，急欲进攻东晋，统一全国，前秦建元十九年（公元383年），苻坚与其弟苻融率兵87万南下攻晋，自以为投鞭于江，足可断流，灭晋易如反掌。东晋以徐、兖二州刺史谢玄等率北府兵8万迎战。谢玄派名将刘牢之率精兵5000人，偷渡洛涧（即洛河，位于今安徽淮南），败苻坚军前锋，继而挺进淝水，与秦军对峙。苻坚登寿阳城（今安徽寿县），见晋军齐整，又见八公山（今安徽凤台东南）上草木森然，皆以为晋军，心生疑悸。

谢玄派使者要求前秦军后撤，以便晋军渡河决战。苻坚欲待晋军半渡反击之，遂下令稍退。前秦军方退即大乱，晋军乘机渡水奋击，大败秦军。苻融战死，苻坚带伤逃归。淝水之战，使南方免于战祸，江南经济得以持续发展。战后，北方分裂。南北方进入对峙状态。

中国大事记 | 公元418年，刘裕杀晋安帝，以其弟琅琊王德文嗣，是为恭皇帝。

东山报捷图　明　仇英

谢安（公元320～385年）是东晋的一代名相，《世说新语》中关于他的词条最多，记载也最丰富。图中表现的正是《世说新语》中描述的“东山报捷”场面：报捷的童子侍立在一旁陈述战事的胜利，而谢安仍专心下棋，镇定自如。

谁知道朱序见到谢石、谢玄后，把秦军的情况全部透露给了他们，并答应做他们的内应。晋军得到情报后，派兵打败了秦军的前锋部队。苻坚听说前锋受挫，很是吃惊，下令不许出击，在淝水边摆下阵势，等待后方的部队。

谢石等人怕各路秦军会齐后形势更加不利，就写信给苻坚，用激将法激他，说秦军胆小，有本事就撤出一块阵地出来，然后决一死战。苻坚果然被激怒了，但他也有小算盘，他打算等晋军一渡河，就发动进攻，于是答应先撤出一块阵地，让晋军渡河。

约定好的时间一到，苻融就指挥秦军后撤。许多秦军已经厌恶了战争，又很害怕晋军，命令一下，许多人就撒开腿飞跑起来，拦都拦不住了。晋军趁机抢渡淝水，而朱序在秦军后方大喊：“秦军败了，秦军败了！”后面的人根本不知道前面发生了什么事，只看到前面的人拼命往后面跑，以为真的吃了败仗，于是大家都往后面跑。苻坚见形势不妙，苻融也死在乱军之中，他害怕了，只好骑上一匹快马逃跑。晋军乘胜追击，秦军不要命地溃逃，一路上不知道因为自相践踏而被踩死多少人。等苻坚逃回洛阳后，一点人数，几十万人马只剩下十几万人了。前秦从此一蹶不振，很快就被背叛的慕容垂和姚苌建立的后燕和后秦灭掉了。

谢石和谢玄取得大胜后，派人跑回建康送捷报。使者赶到谢安家里的时候，谢安正在和一个客人下棋，他看完捷报后，神情自若，把捷报放在一边。那个客人知道那是前线送来的战报，忍不住好奇，问道：“战事怎么样了？”谢安慢吞吞地说：“孩子们总算把敌人打败了。”那个客人高兴得棋都不下了，赶紧告辞回去，想把好消息告诉别人。其实谢安心里也非常激动，他送走客人回来的时候，迈过门槛时，激动得浑身发抖，把木屐上的齿都给碰断了。

宋书

《宋书》100卷，南朝梁沈约撰，叙事始于宋武帝永初元年（公元420年），止于宋顺帝升明三年（公元479年），共记刘宋60多年的史事。全书有纪、传、志而无表，成书草率，叙事又多忌讳，但保存的史料较多，尤其八志的内容上溯三代秦汉，魏晋尤其详细，可补《三国志》的缺憾。

中国大事记　公元420年，刘裕篡夺帝位，改国号为宋，史称“刘宋”。东晋至此正式灭亡。

陶渊明不为五斗米折腰

陶渊明是东晋名臣陶侃的曾孙子，他本名陶潜，字渊明，后人称呼他为陶渊明。陶渊明年轻的时候就有很远大的抱负，曾经写过《五柳先生传》，将自己比喻成“五柳先生”，表明了自己不与恶俗同流合污，安贫乐道的思想境界。

陶渊明的曾祖父虽然当过大官，但传到他这一代的时候家道已经中落了，他曾经担任过江州祭酒，后来因为不能忍受官职的束缚，于是便辞了官。州府征召他担任主簿，他没有接受。

后来镇军将军刘裕征召他当镇军参军，也曾在建威将军刘敬宣手下担任建威参军。陶渊明对亲朋好友说：“我暂且以出来做官作为我以后归隐田园的本钱，可以吗？”他的上司听到这话后，就任命他为彭泽县令。他上任后，下令在公家的田地里全部种上可以用来酿酒的黏稻，他的妻子坚决要求种更适合食用的粳稻，于是他就把50亩地种上黏稻，50亩地种上粳稻。郡守派督邮到彭泽来视察，县吏告诉陶渊明应该穿上官服，束紧衣带前去拜见。陶渊明气愤地说：“我不能为了每个月五斗米的俸禄而去向那种田野小人弯下我的腰！”当即扔掉官服，解下官印，辞职回家了。

回乡后，朝廷征召他为著作佐郎，陶渊明没有接受。江州刺史王弘想和陶渊明认识，但没能成功。陶渊明曾经到过庐山，王弘就让陶渊明的朋友庞通之带上酒具，在半路上邀请陶渊明喝酒。陶渊明的脚有毛病，庞通之派了一个差役和两个仆人抬着轿子去请他来。陶渊明来到后，就很高兴地在一起喝酒。不久，王弘也来了，陶渊明喝上了酒也就没有和他过不去。在这件事之前，颜延之担任刘柳后军功曹的时候，在浔阳和陶渊明相见，两人很是默契。后来颜延之担任始安郡守，经过浔阳，天天都去拜访陶渊明，每次去了之后，一定会喝得大醉才走。走之前留下两万钱给陶渊明，陶渊明把这笔钱全部存在酒店里，以后就经常去取酒来喝。有一次，九月九日重阳节的时候没有酒了，他走出去在屋子旁边的菊花丛里坐了很久，正好王弘过来送酒，他马上就喝了起来，喝醉后才走进家门。陶渊明不懂音乐，但是他家却有一张素琴，那琴上没有琴弦，每次他喝够了酒后，总要抚弄那张素琴，以此来寄托自己的心志。前来拜访的客人身份不管高低贵贱，只要有酒，他就会摆出来，如果陶渊明先喝醉的话，他会对客人说：“我喝醉了，要睡觉了，你可以先走了。”陶渊明就这么一个纯朴直率的人，郡守去探望他，正好赶上他家的酒酿好了，陶渊明就取下头上的葛布头巾，用来把酒渣过滤掉，过滤完之后又把葛布头巾戴在头上。

陶渊明只当过一些小官，他并不修身养性，也不考虑接受或者放弃某种官职，他自认为曾祖父陶侃是东晋皇帝的辅政大臣，感到羞耻的是生为后代的他身份地位屈居人下。从他曾祖父的时候开始，东晋帝王的江山已经渐渐巩固下来，但他却不肯做官了。他所写的文章都会标上写作的年月，晋朝的时候他就写晋朝的年号，刘宋王朝建立后，他就只用甲子来标记时间了。

陶渊明饮酒图　元　钱选

历史关注 我国第一位田园诗人是陶渊明。他还被后世称为"百世田园之主，千古隐逸之宗"。

归去来辞诗意图 明 李在

他在给儿子的信中谈到了自己的志趣，并用它来告诫孙子，信里是这样说的："人的生命是天地给的，人有生必然也会有死，从古到今的圣人贤者，有谁能够避免的？孔子的学生子夏曾经说过：'生死由命运决定，富贵则是天意。'子夏是和孔子4个得意门生一样的人，受过孔子的亲身教诲，他发表这种言论，难道不是因为命运的好坏不能强求，寿命的长短也无法从分外得到吗？我已经过了50岁了，还为穷困而苦恼，因为家境贫困，只能到处漂泊。我生性刚直，人又很倔强，所以和世人多有不和，自己觉得再这样下去，一定会有祸患，于是勉强辞官归隐，却让你们遭受饥寒之苦。我常常被东汉时期孺仲的妻子的话所感动，自己都盖着破棉絮，对儿子又有什么愧疚的呢？只恨邻居中没有羊仲和求仲那样的高人，而家里又没有老莱子的妻子那样贤惠的人，所以即使有这样的苦心，却在一个人的时候感到很失落。

"我年轻的时候喜欢读书，有所心得就高兴得忘记吃饭。有时看见树林里枝叶交错，听见鸟儿歌唱，也会非常高兴。我曾说过，五六月在北窗下躺着的时候，正好有凉风吹来，那简直就和伏羲时代的人一样幸福了。我意志薄弱，思想也浅薄，岁月一天天地流逝，现在回想起来，一切都是那么的渺茫。

"自从我得了疟疾以来，身体就越来越差了。亲戚朋友们不嫌弃我，还经常拿药来帮助我，不过我想自己的性命也没多少时间了。可恨你们还太小，家里这么穷，又没有佣人，砍柴打水这种活你们要做到什么时候啊！我只能在嘴里念叨，没办法用言语来表达。你们虽然不是同一个母亲生的，但你们应该知道四海之内皆兄弟的话。鲍叔牙和管仲在分钱财的时候，管仲给自己多分了些，鲍叔牙并没有猜疑他；伍举在国丧期间，在郑国维护了公子纠的地位而立了功。他们这些人尚且这样，更何况你们是同一个父亲的人呢？韩元长是汉末的名士，处在大臣的位置上，80岁才去世，但他们家兄弟几个却始终都住在一起，一直到老。济北的氾稚春是西晋时期品行高洁的人，他们家7代人都没有分财产，家里所有人都没有埋怨的神色。《诗经》写道：'在高山上能高瞻远瞩，在大路上能畅行无阻。'你们千万要谨慎啊。"

陶渊明于公元427年去世，享年63岁。

足智多谋的王镇恶

王镇恶的祖父就是前秦著名大臣王猛，父亲王休担任过河东太守。王镇恶13岁那年，前秦因苻坚失败而灭亡，关中地区一片混乱，于是他就逃亡到别处。曾经在渑池人李方家里住过一段时间，李方对他很好，王镇恶对李方说："我如果遇到好主人，被封为万户侯的话，以后一定会报答你的。"李方说："你是丞相的孙子，才能卓越，还怕不会富贵吗？到时候我的愿望就是能在本县当个县令就行了。"王镇恶后来跟随叔父到了东晋，在荆州住了下来。他喜欢读诸子百家和兵法书籍，议论国家大事。骑马不是他的长处，射箭也不行，但是他足智多谋，做事情很果断。

刘裕在讨伐南燕的时候，有人向他推荐了王镇恶，当时王镇恶是个小县令，刘裕立刻派人把他请来，和他谈话后觉得这个人确实不一般，于是留他住宿。第二天对下属说："王镇恶是王猛的孙子，真可以说是将门出将啊！"

中国大事记　公元421年，北凉灭掉西凉，西域各国都归附北凉。

当时就任命王镇恶为青州治中从事史。后来王镇恶在抗击卢循的战役中多次立功，被封为博陆县子。

刘裕准备讨伐刘毅的时候，王镇恶请求给自己100条大船，让他出任前锋。之前刘毅请求派自己的堂弟为助手，刘裕假装答应了刘毅。当年九月，讨伐大军进军，王镇恶率领百艘大船进军。王镇恶出发后，假称是刘毅的弟弟前来增援，刘毅居然相信了。王镇恶在豫章弃船登陆，每艘船上只留一两个人，船上插上旗子，下面放了一只战鼓，王镇恶对留下的人说："你们估计我到城下的时候就擂响战鼓，好像后面还有大军的样子。"他又分出部分军队在后面，命令他们烧掉在江边的战船。王镇恶率领大军袭击江陵，对前面的人说，如果有人问起，就说是刘毅的弟弟来了。所以沿途的人没有怀疑，放他们过去了。

离城还有几里地，王镇恶遇到刘毅手下大将朱显之带着十几个骑兵和几十个步兵前来。朱显之看出了破绽，马上逃回去告诉刘毅，下令关闭城门。王镇恶加速行军，士兵们攀登城墙进入城内，城门还没来得及拉下门栓，东门就被打开了。刘毅的军队共有8队，全副武装的约有上千人，已经严阵以待。王镇恶的部队进入东门后，向北进攻，然后又攻打牙城的东门。刘毅的牙城内有从长江下游带来的旧部，另外还有6队人共千人，荆州本地军官和士兵还有两千多人。从中午一直抵抗到傍晚，荆州士兵都逃得差不多了。

王镇恶进入江陵城后，就放火烧掉南门和东门，又派人拿了诏书赦文和刘裕的亲笔信送给刘毅看，劝他投降，刘毅把3份文件都烧掉了。牙城内的人都不相信刘裕来了，有个叫王桓的人，本来就是江陵人，是刘裕很喜欢的部将，他向刘裕要求到荆州接家属，刘裕同意了。这个时候王桓带领十几个人来帮助王镇恶，吃晚饭的时候他在东门的城墙上凿了个洞，首先进入，王镇恶的部队也跟着进去了，和刘毅的人展开近距离的搏斗。王镇恶的人和刘毅从东方带来的人之间，有的是父子兄弟关系，有的是亲戚关系，王镇恶下令他们边打边和对方交谈，于是荆州的士兵都知道刘裕的军队来了，军心涣散，到晚上一更的时候队伍终于溃散。刘毅的士兵又关闭了东西阁死守，王镇恶怕天黑后自己人自相残杀，就退了出去，把牙城包围了起来，只在南边留下一个缺口，作为退路。

刘毅怕南边有伏兵，三更的时候带领300多人从北门逃走。当初刘毅的马在城外没有进来，这个时候他就没马了，刘毅问儿子要马，他儿子不肯给，朱显之就说："人家要抓的是你父亲，而你不肯给马，你今天如果自己跑掉的话，能上哪儿去呢？"然后把马抢过来递给刘毅。刘毅好不容易冲了出去，正好遇到王镇恶的军队，怎么也冲不出去了，于是回头冲向另一边。王镇恶的士兵们已经战斗了一天一夜，很疲倦了，刘毅因此得以逃走，逃到牛牧佛寺那里上吊自杀。王镇恶在战斗中身中五箭，平定江陵后20天，刘裕的主力部队才赶到。

刘裕像

后来刘裕准备北伐，王镇恶被任命为谘议参军，再次出任前锋。出发前，刘穆之给他打气："主公可怜后秦统治下的汉族遗民，他是想讨平这帮叛贼，过去司马昭任命邓艾征讨蜀国，今天主公任命你征伐关中，你要建立大功勋，不要辜负了这次使命。"王镇恶说："我不攻下咸阳的话，坚决不回来了！"

王镇恶进入敌境后战无不胜，敌人望风而逃，打到洛阳后，后秦陈留公姚洸投降。王镇恶回到渑池后，拜访了李方，并拜见了他的母亲，送给他很多东西，当即任命李方为渑池县令，实现了当初许下的诺言。之后又挥军北上，占领了潼关，在那里和后秦大将军姚绍对峙。

历史关注 成书于公元5世纪的《雷公炮炙论》是我国最早的中药炮制学专著。

王镇恶孤军深入，后勤不足，缺乏粮食，他亲自到弘农去征收税赋，百姓们争先恐后地前来送米，很快就补充了军粮，姚绍不久病死，但兵力还很强大，直到刘裕率大军打来，后秦军队才撤退。

王镇恶在进攻长安的时候，把船都改造成用生牛皮蒙着的小船，划船的人躲在里面，外面是看不到的。后秦的人看到战船在没有人划桨的情况下居然逆流而上，都感到很惊奇，以为是奇迹。抵达长安城下后，王镇恶把船扔掉，直接登岸。他激励士兵说："你们的家都在江南，这里是长安，离家有万里，而船和衣服、粮食都已经流走了,求生的路已经没了。只有拼死战斗，否则我们都没命了！"于是带头攻城，士兵们士气大振，都奋勇向前，把长安守军打得大败，攻下了长安城。

匈奴人在刘裕撤军后，就侵略北方，刘义真派沈田子前去抵挡,沈田子见匈奴军队很强，于是按兵不动，派使者报告给王镇恶。王镇恶斥责了沈田子，沈田子本来与他就不和，听到王镇恶这么说他，更加生气了。王镇恶带领军队离开北地的时候，被沈田子派人杀害了，他的7个兄弟也都同时遇害，一代名将就此死于非命。

·十六国·

东晋在江南建立的时候，北方的黄河流域成为匈奴、羯、鲜卑、氐、羌等五个主要游牧民族争杀的战场。这五个少数民族分别建立了自己的政权，相互争霸，不断有政权成立和灭亡。从公元304年匈奴贵族刘渊建立汉国到公元439年鲜卑族拓跋部统一北方，在这长达130多年的时间里，先后有前赵（匈奴）、后赵（羯）、前燕（鲜卑）、前凉（汉）、前秦（氐）、后秦（羌）、后燕（鲜卑）、西秦（鲜卑）、后凉（氐）、南凉（鲜卑）、西凉（汉）、北凉（匈奴）、南燕（鲜卑）、北燕（汉）、夏（匈奴）等15个政权，连同西南地区氐族建立的成汉，一共十六国。这十六国与东晋政权处于长期的对峙状态。

裴松之注《三国志》

裴松之是河东人，祖父和父亲都担任过重要官职，裴松之从小就阅读了很多书籍，8岁的时候就通学了《论语》和《毛诗》。他博览群书，为人朴素，20岁的时候被拜为殿中将军，成为皇帝身边的侍卫官。

裴松之因为当时社会上人们立的碑上面的文字和事实有很大出入，上表反对这种风俗，认为这是一种弄虚作假的行为，如果放任不管的话，会给社会带来弊病。他认为："那些想立碑的人，应该命令他们向上面请示，经过朝廷允许后，才能立。这样才能防止碑文上出现不实之词，表彰那些真正值得赞扬的行为，让后代知道这上面没有虚假的东西，让当代的东西受到后世的崇敬。"于是以后谁要刻碑的话都得照着裴松之的意见去办。

刘裕北伐的时候，将裴松之调到外地当地方官，刘裕称帝后，特地下诏说："裴松之是国家的栋梁之材，不应该老是待在边疆，所以现在把他召回来担任太子洗马一职，和殷景仁的待遇一样。"后来裴松之升任为零陵内史，不久被征召为国子博士。

公元426年，司徒徐羡之等人被刘裕诛杀，随后刘裕派遣使者巡视天下，裴松之作为使者中的一员被派到汀州出使。回来之后，他向朝廷上奏道："我听说天道是给世界以光明，君主的德行是以全面地治理天下而作为极致的。古代的圣王贤者因为考虑到了所有的事情，所以一个人有好的想法，社会就能富足和平。即使只在江汉一带推行了礼制，但那种良好的影响却非常深远，所以能够让后人歌颂他们伟大的功业，创造出比周朝还要好的制度。陛下的想法玄妙通达，思想盖世无双，身居天子之位，考虑着四面八方的事情，咨询传播教化的不足之处，担忧荐举贤才的道路还不够通畅，公正地询问下面老百姓的痛苦，同情他们当中的鳏

中国大事记 公元422年，宋武帝死，北魏发兵攻打宋国，宋国战败。

夫和寡妇，陛下光辉伟大的感召，影响远及四面八方。所以全国各地的人民都恭敬地颂扬，很远的外国也感到喜悦，没有不歌唱吟诵您的丰功伟业和仁爱之心的，大家都欢欣鼓舞，时刻铭记皇恩；有的扶老携幼，在路旁述说他们的欢喜之情，实在是因为您的养育之恩传播到了各地，所以才能让他们忘乎所以。千年以来，只有这个时候才会有这种情况出现。我承蒙陛下的错爱，被选中出使，不合格地和那些显要的人物并列，缺乏才能，思想又简单，没有宣扬圣旨的力量，也不能严肃和提倡礼教风化，举荐人才也没有章法，访求和推荐人才也显得孤陋寡闻，心里非常惭愧和惶恐，不知所措。现在上奏24条访问成果，恭敬地写好呈上。我看见您下的诏书，说官吏和民风的得失，都依照周朝的制度加以裁断，每件事都写成了奏章，回来后会分门别类地上奏。”裴松之很懂得出使的意义，大家都赞扬他。

后来，裴松之担任过中书侍郎以及司州和冀州两州的大中正，皇帝知道他历史知识很丰富，就派他为陈寿的《三国志》作注。裴松之搜集了许多材料，为《三国志》里的事件增加了很多不同的说法。好不容易写完后递交给皇帝，皇帝认为写得非常好，赞扬道：“这个注是不朽的。”于是调任他为永嘉太守。他当太守的时候勤政爱民，官民都生活得很好。朝廷又将他补任为通直散骑常侍，不久又出任南琅琊太守。他年老退休后，拜为中散大夫，不久又兼任国子博士，提升为太中大夫。裴松之打算续写何承天写的刘宋国史，还没有来得及动笔就去世了，享年八十高龄。他写的论文和《晋纪》，还有他儿子为司马迁的《史记》作的注一起在世上流行。

《后汉书》作者之死

范晔从小就喜好学习读书，读了很多儒家经典和历史书籍，文章写得很好，能写隶书，对音乐也颇有研究。他17岁的时候州里就征召他为主簿，但他没有去。担任过刘义康的冠军参军，转任右军参军。入朝后补任为尚书外兵郎，出任荆州别驾从事史，不久回朝担任秘书丞，因父亲去世而辞职。服丧期满后担任檀道济的司马，檀道济北伐的时候，他不想随军，就借口脚有毛病，但皇帝没有允许。

彭城太妃去世，在要安葬的时候，官员都集中在东府，那天范晔的弟弟正好值日，范晔抓住这个空子和王深在他弟弟的官府里住宿，两人边喝酒边聊天，还打开窗户听挽歌来取乐，刘义康知道这事后大怒，将范晔贬为宣城太守。范晔很不得志，把前人写的几种《后汉书》收集起来，删去不合理的地方，自著了一部《后汉书》，这部书成为最经典的一部《后汉书》，范晔由此成为中国历史上有名的历史学家。

后来范晔嫡母去世的时候，报信的人只是说她生病，所以范晔没有能够及时奔丧，等到他出发的时候，又带了妓女侍妾跟随。这件事被捅了出来后，刘裕因为喜欢范晔的才华，没有怪罪他。此后范晔官运亨通，很快就成为朝廷重臣。

范晔身高不超过七尺，又胖又黑，没有眉毛和胡须。他擅长弹琵琶，能够作曲，皇帝想听范晔演奏，多次委婉地表达了这个意思，但范晔都假装听不懂，到最后也没有给皇帝弹奏过。曾经在一次宴会上，皇帝很高兴，他对范晔说：“我想唱歌，你来伴奏吧。”范晔这才为皇帝弹奏，皇帝唱完后，范晔也就停止了弹奏。

当初，鲁国的孔熙先才华出众，他担任员外散骑侍郎，不被当时的人所了解，很久都不能晋升。以前孔熙先的父亲孔默之担任广州刺史的时候，因为贪污而送到廷尉那里审理，刘义康袒护他，孔默之才没有被降罪。后来刘义康被贬，孔熙先怀着报恩的心情，想联合大臣为刘义康求情，但不知道应该先说动谁，他认为范晔有不满情绪，想拉范晔过来。但是范晔一直都看不起孔熙先，所以他找不到理由去说服范晔。

范晔的外甥谢综很受范晔的看重，孔熙先和谢综以前认识，于是就想尽办法和谢综接触，

历史关注 《史记》《汉书》《后汉书》和《三国志》被称为"前四史"。

和谢综的关系越来越好。孔熙先以前在岭南当官的时候搜刮了不少钱财，家里很富有，他和谢综的弟弟们赌博，故意输给他们。谢综兄弟因为经常赢钱，不分白天黑夜地和孔熙先往来，谢综还领着孔熙先和范晔赌博。孔熙先故意装着不是范晔的对手，前前后后输了很多钱给他。范晔贪图孔熙先的钱财，又爱惜他的才华。孔熙先本来就善于交际，尽力顺从范晔，范晔和他的关系就异常友好了，甚至说两人是莫逆之交。孔熙先开始婉转地劝说范晔，但范晔没有理睬，他就只好多打比方来说明。范晔有在朝廷发表议论的习惯，所以虽然他门第高贵，但朝廷不肯和他联姻。孔熙先用这事激怒范晔："如果说朝廷待你很好的话，为什么不和你联姻呢？别人只把和你相处当成是和狗在一起，而你却为此想为朝廷舍生忘死，这不是很让人困惑吗？"范晔没有说话，但他帮助孔熙先的决心已经下了。

当时范晔和沈演之都被皇帝宠信，待遇都一样，如果范晔先到的话，他一定会等沈演之来了才一起去见皇帝。有一次沈演之先到，却单独被召见了，范晔对这事很不满。范晔在担任刘义康下属的时候，刘义康一直对他很好，范晔被贬为宣城太守后，两人的关系才疏远了。谢综回来后，把刘义康的想法告诉了范晔，消除了两人的不和，言归于好。范晔就开始有了背叛朝廷，依附刘义康的想法。

孔熙先对天文很有研究，他说："太祖皇帝一定是死于非命的，是骨肉相残造成的，江州应该出天子。"他认为刘义康顺应了这句话。谢综的父亲和刘义康关系也很好，谢综的弟弟又是刘义康的女婿，所以本来和刘义康就是一伙的。广州人周灵甫有家兵，孔熙先给了他60万钱，让他在广州集结人马，但周灵甫一去就没了消息。仲承祖是刘义康原来就信任的人，丹阳尹徐湛之和刘义康关系也很好，这些人都联合在一起准备造反。

后来，征北将军衡阳王刘义季、右将军南平王刘铄去封地，皇帝到武帐冈为他们送行，范晔他们准备这一天发动叛乱，但因为安排上出了差错而没有能够发动。不久，徐湛之向皇帝告发了他们的密谋。当天夜里，皇帝召范晔和大臣们到华林东阁聚集，在休息室休息时，留在外面的谢综和孔熙先兄弟都已经被捕，而且都已经服罪。皇帝派人问范晔，他为什么要造反。范晔恐惧极了，不肯承认，皇帝派人告诉他，他们的密谋都已经泄露出去了，范晔知道自己怎么抵赖都没用，于是只好认罪了。

范晔被关进监狱后问徐湛之在哪里，这时候他才知道原来是徐湛之告发的。孔熙先吐露实情的时候气势不卑不亢，皇帝对此表示很惊奇，派人慰问他："以你的才干，却被湮没在集书省，确实该有异心，是我对不起你。"皇帝又责备前吏部尚书："孔熙先这样的人快30岁了还让他当散骑郎，哪有不造反的？"

最后，叛党被全部押赴刑场处死，范晔走在最前面，走到监狱门口的时候，他回头看谢综："今天就刑的顺序是否按职位高低来排？"谢综说："当然是头子最先就刑了。"一路上说说笑笑没有停过。到了刑场后，范晔问："时候到了没有？"谢综说："看这样子不会太久了。"范晔吃完了送行饭，劝谢综吃点，谢综说："我不想吃饭的毛病太怪了，为什么要强迫我吃呢？"范晔的家人全都在刑场来给他送行，他的妻子和母亲都骂他，范晔毫无愧色，但他的妹妹和小妾来的时候，他却悲痛得哭了。谢综说："舅舅你也太没有夏侯的气质了。"这才让他停止了哭泣，从容赴死。

·史才三长·

"史才三长"即学、才、识，这是刘知几在《史通》中所提出的史家应当具备的三种基本素质。"学"，是指史家应该掌握广博的知识，特别是要占有丰富的文献资料；"才"，是指史家驾驭文献资料的能力和进行文字表述的能力；"识"，是指史家应当具有对历史独立的见解与观点和秉笔直书、忠于史实的坚贞品质与献身精神。

中国大事记

公元432年，流民许穆之自称晋室近亲，聚集千余人起义。

荒淫无道的刘子业

刘子业是宋孝武帝刘骏的儿子，刘骏去世后他继承了皇位。他小时候脾气就很坏，他有一次因为字写得很差而被父亲批评，他对父亲道歉，刘骏说："你的书法没有长进这只是一条，我听说你一向很懒，脾气也一天比一天暴躁，你怎么能顽固成这个样子呢？"

刘子业即位后，他很讨厌大臣们，尤其讨厌戴法兴，不久他就找了个理由杀掉了戴法兴，大臣们都被他的残暴吓住了。此后他又大杀功臣，随意把大臣拖出来用棍棒打。有一次他的母亲生病了，叫人把他请来。按说母亲生病，做儿子的去看望是基本的礼仪，但刘子业玩得正开心，怎么舍得走呢？他说："生病的人屋子里一般都有很多鬼，那么可怕，我才不去呢！"使者将这话说给太后听，太后又急又气，大喊："快拿把刀来，把我肚子剖开，看看我怎么生了这么个东西！"不久，太后被刘子业活活气死了。

刘子业异常好色贪淫，他的姐姐山阴公主刘楚玉长得非常漂亮，却是个大淫妇，他们姐弟俩在刘子业当皇帝之前就有乱伦的关系。刘子业当上皇帝后，经常把姐姐接到宫里来重温旧梦。有一天山阴公主摆出一副很不高兴的神情，刘子业问姐姐有什么事。山阴公主说："我和陛下虽然男女有别，但都是先帝的孩子，陛下六宫里面可以有那么多宫女，而我只能有驸马一个男人，这也太不公平了！"刘子业哈哈大笑，选了30个精壮美少年赏赐给姐姐，称为"面首"。由于这些美少年都是皇帝赏赐的，驸马虽然被戴了无数绿帽子，也一点办法都没有。山阴公主得到这些美少年后成天都在家里淫乐，日子长了也有点腻味了。她见大臣褚渊长得很英俊，很喜欢他，于是向刘子业要求把褚渊赏赐给他。刘子业当然乐意从命，公主高高兴兴地把褚渊带回了家。但褚渊在公主家待了10天，任凭公主用尽手段勾引，他就是不和公主发生关系，公主急得大哭，但也没办法，只好把褚渊放回去了。

刘子业不仅好色还多有乱伦行为。他自己的姑姑新蔡长公主是绝世美女，不过已经出嫁了，但他还是厚着脸皮把姑姑召进宫来。驸马知道皇帝不怀好意，但也没有办法。

果然，新蔡长公主一进宫就被刘子业蹂躏了。新蔡长公主到这个时候只好认命，留在宫里伺候自己的侄儿。刘子业怎么舍得把公主送出宫呢？他杀了一个宫女，把尸体装在棺材里，告诉驸马，公主突然暴病身亡。驸马猜出了是怎么回事，但也只能忍辱把棺材带回家埋掉。刘子业看自己的姑姑是越看越漂亮，喜欢得不得了，还想把她封为自己的皇后。新蔡长公主还是有廉耻的人，死都不肯当这个皇后，刘子业心疼她，于是封她为贵妃，将路妃封为皇后。

暴君的下场一定不会好。登基半年后，刘子业带着手下人到御花园射鬼，他手下的宦官寿寂之和姜产之两人早已被刘彧收买，趁没有人注意，将刘子业刺死。

秦淮河今貌

刘裕建宋定都建康。建康位于长江下游南岸，地势险要，西北可依傍长江天险，又有军事重地石头城守护。文帝时大力开发江南，兴修水利，发展教育。一时间江南大治，经济超过了北方，成为全国经济中心。

南齐书

《南齐书》原为60卷，今存59卷，为南朝梁萧子显撰，记述了南朝齐共24年的史事。萧子显为齐高帝萧道成之孙，齐亡梁兴，萧子显奉敕修撰南齐史。以前朝帝王子孙而修前朝史书，在二十五史中颇为少见。因系当代人记当代事，一方面保留了一些原始材料，另一方面也难免毁誉出于恩怨，但全书叙事简洁，有较高的史料价值。

中国大事记

公元479年，宋顺帝逊位，萧道成自立，改国号为“齐”，南齐政权建立。

萧道成建立齐朝

萧道成是兰陵人，父亲萧承之追随宋文帝南征北战，一直做到右军将军一职。萧道成少年时期就喜欢习武，研究军事，一开始当了个小官，后来当过讨蛮小帅，以勤恳勇敢而著称。

刘彧统治时期，徐州刺史薛安都起兵造反，山阳太守也起兵响应，刘彧命令萧道成前去讨伐。当时萧道成刚在东边打了胜仗，还没休整好就马上南下。前锋部队刚走，薛安都部下薛索儿就渡过淮河，手下有军队1万多人，逼近前军张永，张永向朝廷告急。刘彧命令萧道成前去救援，萧道成攻破了釜城。薛索儿向钟离逃去，张永派王宽断掉了他的后路，而薛索儿打败了高道庆的部队，想往西跑。王宽和任农夫占据了险要死守，萧道成前去救援，薛索儿眼睁睁地看着而不敢动。几天后薛索儿把军队开到石梁，萧道成紧追不舍，前去侦察的骑兵跑回来说叛军到了，于是萧道成就带领军队扎下大营，在大营两侧埋伏了两支骑兵。不久，叛军果然来到了，还造了几辆火器车前来攻打，打了好几天，萧道成派出一支轻骑兵绕到叛军西边，然后把事先埋伏好的骑兵派到叛军后方，一声令下，几支部队合力出击，把叛军杀得大败。后来萧道成把军队屯驻在梁涧北方，晚上的时候薛索儿带领1000多人前来偷袭，营中大惊，萧道成却认为没有什么大不了的，很镇静地躺在床上，下令部下不准乱动，果然没过多久叛军就跑了。很快萧道成就平定了薛索儿这一支叛军。

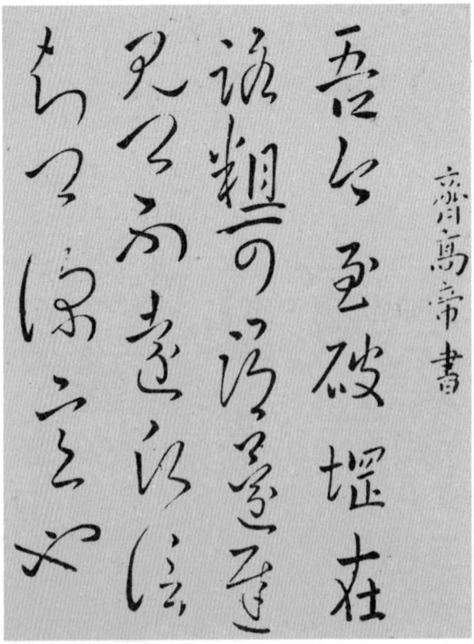

萧道成先后侍奉过刘骏、刘子业等人。刘彧死后，刘昱即位，他任命萧道成为右卫将军，领卫尉一职，和褚渊等人一起执掌朝政。不久他的卫尉一职被解除，另外授予侍中的职位，负责守卫建康城。刘休范起兵叛乱，萧道成率领军队迎战，很快就平定了叛乱，萧道成因此被封为散骑常侍、中领军、都督南兖州等5个州的军事、镇军将军、兖州刺史等多个重要官职，还晋爵为公，增加了两千户食邑。

刘昱越来越残暴，以至于发展到要杀萧道成的地步，萧道成有好几次都差点遇害，他忍无可忍，联合王敬则和杨玉夫等人刺杀了刘昱，立年仅11岁的刘準为宋顺帝。萧道成获得带领护卫50人上殿的特权，进位侍中、司空、录尚书事、骠骑大将军，其他职位不变，成为当时炙手可热的权臣，很多人都相信他篡位的日期不远了。

荆州刺史沈攸之不服萧道成独掌朝政，兴兵讨伐，萧道成率领部下守卫好皇宫。司徒袁粲本来镇守建康城，他在城上和尚书令刘秉、前湘州刺史王蕴合谋讨伐萧道成，给沈攸之写信要他赶快带兵过来，他们愿意作为内应。结果此事被萧道成平定，袁粲和儿子袁最都被处死，刘秉父子和王蕴在逃跑途中被抓获。沈攸之在夏口被击败，和三儿子逃到华阴县，双双上吊自杀。

萧道成权力越来越大，侍中王俭劝说萧道成称帝，萧道成假惺惺地斥责道：“你都说些

破帖　南朝齐　萧道成

《南史本记》：“帝工草隶书。”唐张怀瓘《书断》中说：“帝善行草书，笃好不已。”

历史关注 贾思勰所作《齐民要术》是我国乃至世界上保存下来的最早的一部农业科学著作。

什么啊！我现在只想老老实实为朝廷办事！”话虽然说得很凶，但脸上的表情却是很高兴的。他不断给自己加官晋爵，没过几天将宋顺帝废为汝阴王，登上了帝位。

萧道成为了当皇帝也干了不少亏心事，但他当上皇帝后勤勤恳恳，又很节俭，是南朝历史上少有的对自己要求严格的皇帝。萧道成宽宏大量，喜怒不形于色，对儒家经典和史书非常熟悉，善于写文章，隶书和草书也有一定的造诣，下棋也不错。他即位后，不在身上佩戴精巧的饰物，甚至把前朝留下来的奢侈品砸碎。后宫的器物装饰本来是用铜的，他一律换成铁，以节约朝廷财富。卧室用普通的黄纱帐，宫女穿紫色的鞋，他的华盖除了金瓜锤之外，都用铁来装饰。他经常说：“让我治理天下 10 年，我肯定能让黄金和泥土一个价钱。”他想以身作则，来改变当时奢侈糜烂的风俗，可惜他只当了 4 年皇帝就死了，而他的继承人一个比一个奢侈，最后彻底败掉了萧道成建立的基业，使南齐王朝成为南朝寿命最短的朝代。

猛将周盘龙

周盘龙是兰陵人，刘宋时期实行土断政策，兰陵被隶属在东平郡的管理之下。周盘龙胆识过人，特别擅长骑马射箭。刘子业统治时期，周盘龙从军跟随官兵讨伐叛贼，在战斗中表现非常勇敢，进攻的时候总是冲在最前面，所以受到上级的赏识。周盘龙因军功而一直加官到龙骧将军、积射将军，赐爵晋安县子，食邑 400 户。对于一个平民出身的人来说，这已经是很丰厚的待遇了。刘休范在浔阳造反，周盘龙当时跟随萧道成守卫新亭，和屯骑校尉黄回出城南，与叛军对峙，不久退回城内，团结在一起抵抗叛军。刘休范的叛乱被平定后，周盘龙被任命为南东莞太守，加封前军将军，后来一直升到了骁骑将军。刘昱统治时期，他出任为假节，都督交趾和广州两个地方的军事、征虏将军、平越中郎将和广州刺史，还没有去上任，就平定了建康城司徒袁粲的起兵。萧道成掌权后，任命周盘龙都督司州军事兼任司州刺史，别的官职都不变。

一年后，北魏入侵，进攻寿春，朝廷命令周盘龙协助豫州刺史桓崇祖决堤放江水阻挡敌人。周盘龙率领军队在西部江泽中抗击北魏军，杀伤北魏军数万，桓崇祖和周盘龙等人抓住战机，以迅雷不及掩耳之势从水陆两路对敌人发起进攻，杀得北魏军队尸横遍野，战斗打到第二天早上，西部的北魏军就被击败了。萧道成非常高兴，下诏褒奖了周盘龙，还送了 20 个金钗给周盘龙的爱妾杜氏，并亲笔写上：“送给周公的阿杜。”

第二年，鲜卑军队再次进攻淮阳，把角城包围了起来。当时守卫角城的是成买，鲜卑人把角城围了好几圈，萧道成派李安民前去救援，并对周盘龙下令道：“敌人已经开始对角城进攻了，西部的河道应该很空虚，你可以带领军队到淮阴去靠近李安民的部队。”这个时候成买正在和鲜卑激战，他亲手杀死了许多鲜卑军，最后战死。

周盘龙的儿子周奉叔单独率领 200 多人冲锋，鲜卑有 1 万多骑兵从左右两翼冲上来向他展开包围。忽然一个骑兵来到周盘龙面前报告说周奉叔已经战死了。周盘龙当时正在吃饭，听到这个消息后马上扔掉了筷子，骑上战马，手持长矛带领部下冲到敌人阵前，大喊：“我周盘龙来了！”鲜卑人一向害怕周盘龙的大名，一下子被他杀得晕头转向的。这个时候周奉叔实际上并没有死，他已经杀了很多鲜卑人，冲了出来，但周盘龙并不知道，还是在敌阵中冲来杀去地四处寻找爱子，鲜卑人都不敢抵挡。周奉叔见父亲一直没有出来，很着急，于是骑着马再次杀进敌阵。父子二人战斗得非常勇猛，将几万鲜卑军队杀得大乱，最后打败了鲜卑人，从此周盘龙父子威名大振。周盘龙外表看上去并不强壮，也不喜欢说话，但是在和鲜卑人厮杀的时候却勇敢果断，别的将领都比不上他。

齐武帝萧赜即位后，将周盘龙提拔为征虏将军、南琅琊太守，不久又升为右卫将军，后来封他为侯爵。齐武帝多次搞演习，都命令周

中国大事记　公元485年，唐寓之在富阳（今浙江富阳）揭竿起兵。

盘龙率领骑兵，并拿着长矛冲锋陷阵。

角城守将张蒲和北魏暗中勾结，有一次他趁大雾乘船到小岛上砍柴，偷偷装了20多个鲜卑士兵，让他们把兵器藏在竹器中，船开到城东门，守门的士兵没有阻拦他们，于是敌人登岸攻下了城门。守城主帅皇甫仲贤率领部将孟灵宝等30多个人在城门上抵挡，杀了3个鲜卑人，别的鲜卑人都受伤，纷纷跳进水里逃命。这个时候鲜卑人的军队在城外已经集结了3000多人，因为受到阻挡而不能前进。淮阴军主王僧庆率领500多人前去救援，这才把北魏军队逼退。事后追查责任，周盘龙也受到了牵连，被有关部门弹劾，皇帝下诏命他以平民身份继续担任职务。不久又给他恢复了职位，并兼任东平太守。

周盘龙上表说自己年老体弱，不能再在边境镇守了，请求解除自己的职务，朝廷同意了，把他调回来担任散骑常侍和光禄大夫。齐武帝和他开玩笑："你戴貂蝉冠与打仗的时候戴的兜鍪盔相比有什么感觉？"周盘龙说："这貂蝉冠正是从兜鍪盔发展过来的呀！"几年后周盘龙病死，享年79岁。

全才王僧虔

王僧虔是王羲之的族孙，他的祖父和伯父在东晋都当过大官，伯父王弘在刘宋时期还当过宰相，出身非常高贵。当年王僧虔的父亲和叔伯们把他们的孩子召集在一起，王弘的儿子王僧达在地上蹦蹦跳跳地做游戏，而王僧虔当时才几岁，一个人在地上端正地坐着，用蜡烛油捏凤凰玩。王弘说："这个孩子将来会成为一个忠厚的长者。"

王僧虔20岁的时候，为人宽厚，尤其擅长写楷书。宋文帝看到他写的书法后，不由赞叹道："不光书法超过了王献之，器量也超过了他。"王僧虔被任命为秘书郎、太子舍人。他性格谦虚，沉默寡言，不怎么和人打交道，和袁淑、谢庄是好朋友。

他哥哥王僧绰被刘劭杀害，大家都劝王僧虔赶紧逃命。王僧虔哭着说："我哥哥用忠义来报效朝廷，用慈爱来抚育我。如果我没有牵连进去倒也罢了，现在能和哥哥一起死的话，就和升天成仙一样。"刘骏登基后不久，将他调为武陵太守，他的侄子王俭在跟随他的途中生病，王僧虔为此废寝忘食地照顾他，同行的人都劝他，他说："以前马援对待亲生儿子和侄儿没有区别，邓攸对待侄儿胜过亲儿子。我就是这样想的，和古人没区别。他是我死去的哥哥的后代，不应该忽视他。如果这孩子救不活的话，我就马上回去辞职，这辈子都不做官了。"后来他回去担任了中书郎，转任黄门郎和太子中庶子。

刘骏企图独自享有书法家的名誉，所以王僧虔在他面前不敢显露出自己的书法才能。他常常用磨秃了的笔写字，写出来的字当然就不好看了，所以才能活下来。

不久王僧虔调任为豫章内史，入朝担任侍中，升任御史中丞兼骁骑将军。当时的贵族向来不担任监察官，在平民区居住的王家的分支才会担任这个职位较低的职务，王僧虔却担任了这个职务，他说："这是平民区的人才会担任的官职，我也来试着干干。"后来朝廷把他调任为吴兴太守。当初王献之擅长书法，曾经担任过吴兴太守，而今王僧虔也擅长书法，也被调任为吴兴太守，两代书法家境遇相同，被传为美谈。

后来他又改任会稽太守，中书舍人阮佃夫是会稽人，请假回家。有人劝王僧虔要通过阮佃夫和朝廷搞好关系，对他要以礼相待。王僧虔说："我立身处世有自己的原则，哪儿用曲意讨好这种人。他如果不喜欢我，我走就是了。"阮佃夫把这话告诉了刘彧，并指使别人弹劾他，说："王僧虔在任吴兴太守的时候胡作非为，他从到任到迁官，任用官吏，广收门生，一共有448人。他还擅自批准百姓110家为士族，应该派人去调查。"王僧虔因此被免官。

不久王僧虔被重新起用，升任为吏部尚书，又加散骑常侍头衔，转为左仆射。后来又升为尚书仆射、中书令、左仆射，晋为左卫将军，

历史关注 在世界数学史上第一次将圆周率数值计算到小数点后七位的人是祖冲之。

他坚决推让，于是改任为左光禄大夫。当时郡县里对待囚犯一向是借囚犯生病的时候用毒药把他毒死。王僧虔认为这种做法是不对的，上书表示反对，皇帝采纳了他的意见。

萧道成也擅长书法，他当皇帝后对书法的爱好一直没有减退。他曾和王僧虔比试书法，写完后问王僧虔谁是第一。王僧虔回答："我的书法是第一，陛下您的也是第一。"萧道成笑着说："你真可以说是善于为自己打算的人啊。"同时给他展示了11本古人的墨迹，并让他举出历朝历代书法家的名字。王僧虔也搜集到了许多民间收藏的古人墨迹，皇帝没有而他有的就有孙权、孙休、孙皓、桓玄、王导等人的，一共12本，全部呈交给皇帝。

王僧虔在论述书法的时候说："宋文帝的书法自称可以和王献之相比，当时人们的评论是：'他的天赋比羊欣高，但功底不如羊欣。'平南将军王广是王羲之的叔叔，在南渡以前书法水平最高。我的曾祖父的书法，王羲之评价说不比他自己差。能变化古代书法的，只有王羲之和我曾祖父了，不然我们还会继续以钟繇和张芝的书法为标准的。我堂祖王坦之的书法，王献之评价说：'我弟弟的书法就和骡子一样，跑得飞快，总想超过骏马。'张芝、索靖、韦诞、钟会、卫夫人他们都在前代出名，现在没办法判断他们的优劣，只能看到他们的笔力惊人。桓玄认为自己的书法和王羲之都属一流，人们认为他只能和孔琳之相比。羊欣的书法名重一时，受过王献之的传授，行书写得最好，楷书和他名声不相称。孔琳之的书法自然放纵，有笔力，但不如羊欣的字规范。丘道护和羊欣都受过王献之的指点，所以孔琳之在羊欣之下。范晔和萧思话都拜羊欣为师，后来范晔改变了师父的传授，失去了原来的规范，只保留了羊欣的一点笔意而已。萧思话的书法简直就是羊欣的影子，不在羊欣之下，遗憾的是笔力弱了点。"王僧虔的这些话大致概括了魏晋南北朝时期江南地区书法家的状况，他的点评很有道理，是书法史上很重要的一篇评论文章。

王僧虔还精通音乐，他在政治、书法等方面都有所成就，是一个全面发展的人，60岁那年去世，谥号"简穆"。

大科学家祖冲之

南齐建立时间虽然很短，但让它骄傲的是那个时代出了中国古代最伟大的科学家——祖冲之，仅仅这一个人，就足以让这个朝代永远留在人们的记忆中了。

祖冲之的祖父做过大匠卿，父亲是一名散官，地位不是很高。祖冲之年轻的时候就喜欢读书，人也很聪明，尤其精通数学知识。当时的皇帝刘骏听说了他的名声，把他安排在华林园工作，赐给他住宅、车马和衣物，后来又把他调到南徐州担任从事史，从此走上了仕途。祖冲之在官场上只是一个平凡的官员，但在科学面前，他有理由笑傲当时的任何一个人。

刘宋时期使用的历法是何承天制作的《元嘉历》，已经比古代的11家历法要准确精密了，可是祖冲之对它还是不满意，于是开始自己编写历法。祖冲之经过长期的观察测量计算，最后终于写成了一部新历法，叫作《大明历》。这部历法的精确程度达到了惊人的地步，它测定的一回归年（两年冬至之间的时间），跟现代科技测定的只误差了50秒。测定月亮公转一周的天数，居然跟现代科技测定的数据相差不到1秒。

这部历法虽然精妙准确，但是在祖冲之把它交给皇帝刘骏，皇帝下令群臣讨论的时候，

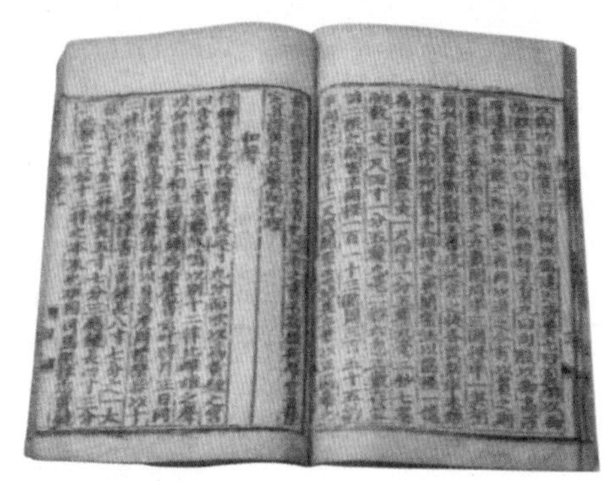

《隋书·律历志》中关于祖冲之圆周率的记载

中国大事记

公元 493 年，北魏迁都洛阳，皇帝改姓元。

反对的人还是很多。戴法兴就第一个跳出来反对，他摆出的理由是祖冲之擅自改变古代的历法，是离经叛道，还说后人不应该改变古人制定的历法。祖冲之用事实驳斥了戴法兴的荒唐理由，刘骏找了些懂得历法的人和祖冲之辩论。那些人对祖冲之提出了种种责难，但祖冲之用正确的数据将他们一个个都驳倒了。但即使如此，刘骏对颁布新历法还是很犹豫，一直到他死，新历法都没有颁布。

刘骏死后，祖冲之被派到外面担任了娄县令，后来又被调回了朝廷。当时缴获了后秦姚兴时期制作的一部指南车，但只有外表，里面的机关都是空的，当这车走起来的时候，让人坐在车里面掌握方向。所谓的指南完全是骗人的，完全想象不出姚兴要这种没用的东西做什么用。萧道成执政后，听说祖冲之对机械方面很有研究，下令让祖冲之按照古代的方法重新制作一部真正的指南车出来。祖冲之改用铜来制造里面的机械，机巧多变，最后那车不管怎么转，始终都指向南方，这种技术是三国时期的著名机械专家马钧以后从来没有过的。当时有一个北魏人索驭麟吹牛说自己也能造指南车，萧道成让祖冲之和他各造一辆，造好后在京城的乐游苑比试，同时进行校对的试验，结果索驭麟造出的指南车误差非常大，萧道成很生气，下令把索驭麟造的车拆毁，当柴火烧掉了。竟陵王萧子良喜欢古代的文物，祖冲之就自己制造了一件欹器送给了他，对他加以劝讽。欹器就是一种礼器，可以往里面装水，如果装满了它就会倾倒过来，如果是空的它也放不正。只有装了一半水的时候它才能端正地放着。

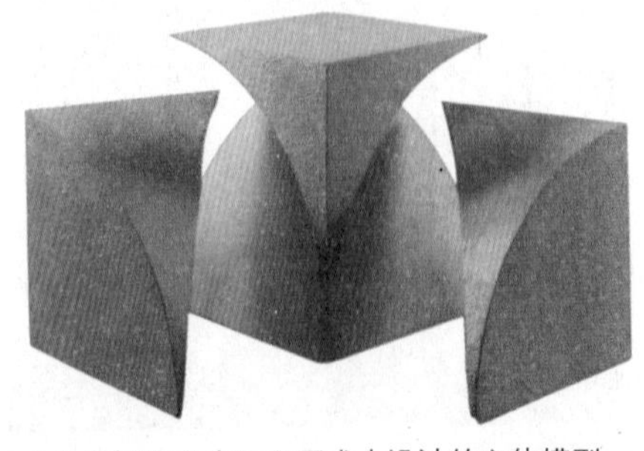

祖冲之儿子祖暅之在开立圆术中设计的立体模型

后来齐武帝的太子看到祖冲之的历法后，觉得那历法确实精确，启奏齐武帝请求施行，但太子不久病死了，这事情又被搁置了下来。直到祖冲之去世 10 年后，《大明历》才得以施行。

祖冲之懂得音律，还是玩博塞（当时一种流行的游戏）的高手，在当时无人能比。他认为诸葛亮能造出木牛流马，不用风、水这样的动力，而依靠体内的机关就能行走，也想造出类似的东西出来。后来他造出了千里船，在长江的新亭段试验过，一天能走 100 多里，是当时最快的船。他还发明了用水力推动石磨舂米磨谷子的水碓磨，试验的时候，齐武帝都亲自跑去观看。

祖冲之在数学上的造诣非常高，他曾经注解过中国古代的数学典籍《九章算术》，自己还编写了一本数学著作《缀术》。他最杰出的贡献是将圆周率推算到小数点后面第 7 位，是世界上第一个把圆周率推算到小数点后面第 7 位的科学家。西方的数学家直到 1100 多年后才在这方面超过了他。

祖冲之的儿子和孙子都继承了他的事业，对数学特别有研究，尤其是他儿子祖暅之，提出了一条原理，说同样高的地方横截面积相等的两个立体，它们的体积也必然相等（“幂势既同，则积不容异”），祖暅之用这条原理计算出了球体的体积。很可惜的是，这条原理并没有引起当时人们的重视，很快就失传了。直到 17 世纪的时候才被意大利的数学家卡瓦列里重新发现，所以西方把这条原理称为“卡瓦列里定理”，而中国一般把这条原理称为“祖暅之原理”，而祖暅之在研究学问的时候是非常专心的，连天上打雷他都听不到。有一次他走在路上，边走边思考问题，对面走来个大官徐勉，祖暅根本没有看到他，结果一头撞到徐勉身上。这时候他还没反应过来，直到徐勉招呼他，他才像刚睡醒一样，赶紧施礼。徐勉也知道他这个人的特点，并没有怪他。祖冲之的孙子祖皓也是个数学家，很可惜的是祖皓后来死于战乱，这个科学家世家从此就断绝了。

梁书

《梁书》共56卷，为唐姚思廉撰。记叙了自梁武帝天监元年至梁敬帝太平二年（公元502～557年），共56年的史事。全书叙事先叙历官次序，再叙重要事实，终为史臣曰，体例较为单一，但仍为现存记载南朝梁的比较原始的史书，有一定的史料价值。

中国大事记	公元502年，萧衍正式在建康称帝，定国号为大梁。

昭明太子萧统

萧统是梁武帝萧衍的长子，但他不是嫡子，母亲是萧衍的小妾。萧衍起兵的时候，萧统才出生，萧衍即位后，大臣请求立太子，萧衍以天下刚刚平定，制度还不够完善为理由拒绝了。大臣们反复请求，最后才同意立萧统为太子。

萧统是个很聪明的人，他3岁就开始学习《诗经》《论语》，5岁就把五经读完了，而且都能背诵。当太子后，他搬到东宫居住，不和父亲住在一起。萧统很孝顺，他搬到东宫后，总是思念他以前住的地方，成天闷闷不乐。萧衍知道后就让他每天来朝见一次，稍微满足下他的心愿。

萧统外表俊美，一举一动都遵照礼仪的规定，读书一目数行，能够过目不忘。他每次参加宴会，即兴赋诗可以说出十几句出来。有的时候给他一些比较难的韵让他作诗，他也能马上作出来。萧衍信佛教，萧统在他的影响下也信了佛教，读了很多佛经，在宫内修了慧义殿，作为讲习佛法的场所。萧统自己还创立了二谛和法身意等佛教观点，很有新意，在佛教史上也有一定地位。

萧统的生母得了病，他从早到晚伺候母亲，连衣带都没有时间解开。后来他母亲去世，萧统步行着跟在灵柩后面回宫。到装殓的时候，什么东西都吃不下，经常哭得昏迷过去。萧衍看见儿子这么伤心，很心疼，于是派人劝说萧统："哀伤但不丧失本性是圣人制定的规矩，经不起丧事就等于不孝。我还在呢，你怎么能这么糟蹋自己？赶快起来吃点东西去！"萧统这才勉强吃了点东西。从那天起一直到下葬，他每天都只吃一升稀麦粥。萧衍又下诏说："听说你吃得太少，人越来越瘦，我本来没病的，正因为你这样，现在胸口也感觉到阻塞。所以你要多吃点东西，不要让我为你担心。"萧统虽然因为圣旨的关系而多吃了点东西，但蔬菜水果他一点都没吃。他身材本来很强壮，腰围有十围，这个时候瘦得只有以前的一半了。每次入朝，大家见到他那个样子都感动得掉下了眼泪。

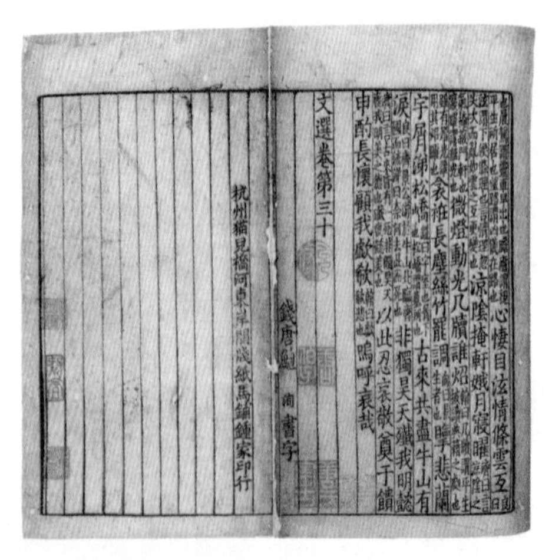

《文选》书影

萧统成年后，萧衍就开始让他学习处理政事，向他奏事的人把宫门都堵住了。萧统对治理老百姓的事很精通，什么小事都瞒不过他。每次下面的人所奏之事有错误或者隐瞒的，他都能马上指出来，让别人慢慢改正，从来没有因为这个而弹劾过谁。他处理刑事案件的时候，多数情况下都会保全别人的性命，所以天下人都称赞他是仁德之人。萧统还很喜欢招揽文人学士，很尊重他们，经常和他们一起讨论文学和历史，一有空就写文章。当时太子的东宫里面收藏了将近3万卷书，有名的才子也都齐聚东宫，文学的盛况是晋代以来都不曾有过的。

萧统不喜欢女色，萧衍赐给他一些演奏声乐的女子，但他并不亲近，他喜欢的是山水风景，志趣很高雅。后来梁朝大军北伐，京城的粮食价格上涨，为了节约，萧统下令手下穿朴素的衣服，还减少了自己的膳食。每次遇到阴雨天或者下大雪，他都要派心腹到老百姓中间视察，如果有老百姓因为穷困而流落街头的，他都会暗中帮助他们。他还拿出布料，做了很多衣服，冬天的时候就送给穷困的老百姓。如果有人死了没有棺材，他会帮忙置办。每次听说百姓生活困苦，他都很不高兴，常常为百姓户口不充实而担忧。萧统天性仁孝，每次入朝

历史关注 我国现存最早的一部诗文总集是《昭明文选》，由南朝梁武帝的长子萧统组织文人共同编选。

的时候，他都会提前赶去，不到敲五更鼓的时候就等着开城门，他在东宫，即使是在内殿，不管坐在哪里，都面向西南台宫萧衍的住处。如果晚上的时候接到诏令要他第二天入宫的话，整个晚上他都端正地坐着，不敢有任何怠慢闪失。

在31岁那年春天，萧统得了重病，但他害怕父亲为自己的身体担忧，所以每次萧衍下诏慰问他的时候，他总是强打精神起来亲自写信回报。后来病情越来越重了，他身边的人想报告给萧衍，他还是不允许，说："为什么要让皇上知道我病成这样？"说着说着就哭了起来。没过多久，萧统就病死了。萧衍听到爱子的死讯后非常震惊，亲自跑到东宫去，哭得非常伤心，下诏为他筹办丧事，谥号为昭明。

昭明太子的仁德遍及全国，他去世之后，朝野人士无不为之惋惜震惊。京城中的百姓纷纷奔走于宫门前，到处都是为之号哭的人。全国上下的百姓官员听说太子去世的消息后无不痛哭。昭明太子留下了20卷文集、10卷《正序》，还把五言诗当中的好作品集中在一起，编成了20卷的《文章英华》。他为中国文化作出的最大贡献是和手下的文人学士一起编辑的《文选》，里面收集了前朝最好的文章，是我国现存最早的诗文总集。

名将韦睿

韦睿是京兆杜陵人，他们家是三辅地区的大姓，父辈多有在朝为官的。韦睿的生母早死，他服侍继母非常恭敬孝顺，以此出了名。他的伯父每次升官都带着他去上任，把他当做自己的儿子看待。当时韦睿妻子的哥哥以及姨弟都很有名望，他伯父问他："你自己认为你和他们两个比怎么样？"韦睿不敢回答，伯父说："你的文章不如他们，但你的学识在他们之上，而且以后为朝廷建功立业，他们都比不上你。"表哥杜幼文担任梁州刺史，要韦睿跟他一起去，梁州是一个很富的地方，以前那里的官吏大多因为受贿而身败名裂，韦睿当时虽然还年轻，却以廉洁而闻名。

刘子业统治时期，袁抃任雍州刺史，邀请韦睿担任自己的主簿。袁抃后来起兵造反，韦睿请求让自己去义成郡任事，避免了那场灾难。此后他多有升迁，南齐末年社会很乱，韦睿不想离开家乡，向朝廷要求担任了上庸太守，不久陈显达和崔慧景起兵，快打到京城了。西部的人们请韦睿拿主意，他说："陈显达虽然是老将，但没有盖世之才，崔慧景反复无常，为人懦弱，他们最后遭到灭族的灾祸也是活该。真命天子将要在我们州出现了。"于是派儿子前去投靠萧衍。

萧衍起兵后，韦睿率领百姓砍竹造筏，全速赶去投靠，一共有2000人和200匹马。萧衍见到韦睿后很高兴，对他说："以前只见过你的面，今天才知道你的心，我的事业能够成功了！"韦睿为萧衍多次出谋划策，都被采纳。后来大军出发，需要一个人留守，萧衍很为难，不知道该让谁留下来，过了很久，他回头看见了韦睿，说："眼前这匹千里马我都没看见，何必再去找？"于是任命韦睿留守。在守城的时候，城中百姓多达10万，守了一年，因为疾病而死了十分之七八，人们把尸体堆在床下，活人睡在上面，每个房子里都挤满了人。韦睿对此一一做了妥善处理，使得死人得以安葬，活人也能安居乐业。梁朝建立后，为了表彰韦睿的功劳，多次给他加官晋爵，让他驻守边疆，抗击北魏的侵略。

后来梁朝北伐，任命韦睿都督各军。韦睿派王超宗和冯道根攻打北魏的城池，但没有成功。韦睿在围城的木栅边观察，城中忽然跑出来几百人，韦睿想攻击他们。部将们说："我们都是临时调来的，还没有做好战斗准备，等他们回去穿上盔甲后再发动进攻。"韦睿说："不对，城里有2000多人，如果关闭城门死守的话足够自保了，现在无缘无故跑出来，其中肯定有勇敢善战的人，如果能打败他们，这城一定能攻下。"大家仍然犹豫不决，韦睿指着自己的节说："朝廷给我这节不是做装饰用的，我的法令不能违反！"于是向那些军队发起进

中国大事记 | 公元506年，梁朝伐北魏，钟离之役梁大败魏军。

苏州寒山寺
始建于梁武帝天监年间。

攻，大家都拼死战斗，那些人果然败逃。韦睿趁势攻城，第二天晚上就攻下来了，然后向合肥进军。胡略早就到了合肥，但很久都没能攻下来。韦睿察看地图后说："我听说'汾河可以灌平阳，绛水可以灌安邑。'这里也是一样的。"于是在淝水上修筑堤坝，并亲自带头参加劳动。不久就把堤坝筑成了，这时候水军也相继来到。北魏曾经在合肥东西方向各筑了一个小城，韦睿就先攻打那两个城。不久北魏大将杨灵胤率领5万人前来增援，大家都很害怕，请求增兵。韦睿说："贼军已经到了城下，这个时候再去求援兵，就好像遇到危难再去打造兵器一样，怎么来得及？再说我们去求援兵，他们难道不会？要知道打胜仗的原因并不是人多而是人和。"于是毅然发动攻击，将敌人打败，稳定了士气。

当初堤坝修好的时候，韦睿命令王怀静在岸上筑城防守，北魏攻下了那座城，上千人当了俘虏。魏军乘胜攻到了堤下，潘灵佑劝韦睿先退到巢湖，别人则劝说他退到三叉。韦睿大怒："岂有此理！《司马法》说过：'将军因为退军而死。'现在只能前进，不能后退！"他把旌旗和仪仗都放在堤坝下面，表示不走的决心。韦睿身体一向很弱，打仗的时候都没有骑过马，而是坐在轿子上指挥。但是这次韦睿却亲自出来作战，把魏军打退了一些，他就马上在堤上修筑堡垒加强防御。韦睿造了很多战船，高度和合肥城的高度一样，从四面包围了合肥，居高临下。北魏军没有办法，只好放声痛哭。韦睿造好了进攻的武器，堤坝里的水也蓄满了，魏军的救兵也失去了作用。魏军大将杜元伦到城上指挥战斗的时候被射死，合肥城很快就被攻破了，魏军被俘虏和被杀的有1万多人，得到牛马上万，绢帛整整堆满了10间屋，韦睿把这些东西全部赏赐给了士兵。

合肥平定后，梁武帝命令军队开往东陵，将要决战的时候，却下诏书撤军。当时离魏军很近了，撤军的话怕魏军追上来，于是韦睿把物资都放在前方，自己坐着轿子压阵，魏军佩服他的威武，只敢在远处看着他退走而不敢来追，韦睿得以安全撤退。

后来北魏进攻北徐州，包围了在钟离的刺史昌义之，攻下城池40多座。梁武帝派韦睿率领军队和前去救援的人会师，很快就到了邵阳，连夜挖好壕沟，第二天拂晓的时候就建好了营垒。北魏军前来进攻，被韦睿击退，晚上北魏又来攻城，韦睿用大战船趁河水暴涨时出发，再用小船装满干草，点火烧掉了敌人架设的桥，断绝了他们的退路。梁军士气高涨，以一当百，彻底将北魏军队击败。最后北魏军光是逃命时落水而死的就有十多万，被杀和被俘的共有数十万之多。昌义之听到取胜的消息后，高兴得流出了眼泪，嚷道："又活了，又活了！"这都是韦睿的功劳。

一代文豪沈约

沈约是南朝最著名的才子，他的祖父沈林子是刘宋的征虏将军，父亲沈璞是淮海太守。沈璞后来被杀，沈约只好到处逃亡，大赦天下的时候才捡回一条命。沈约在颠沛流离的生活中依然勤奋好学，读书昼夜不倦。他的母亲担心他过于劳累而生病，经常减少他点灯的油或

历史关注 梁武帝萧衍创立了儒、道、释“三教同源说”，在中国古代思想史上占有极其重要的地位。

者干脆把他的灯给灭掉，沈约就把白天读的文章拿到晚上来背诵，很快就博览群书，文章也写得很好。

南齐初年，沈约担任征虏将军府记室，名义上兼任襄阳县令。他服务于文惠太子，太子手下的士人很多，但沈约却受到太子特别的宠信，每次他很早就去见太子，太阳下山了才走。当时王侯到东宫还不一定能进去，沈约经常拿这事来对太子提意见，太子说：“我一向懒得起床，这你是知道的，只是有你和我说话，我才能忘记睡觉。你想我早点起床的话，可以早点进来啊。”

萧衍和沈约是老朋友，后来萧衍控制朝政大权后，天下人都觉得他称帝是迟早的事。沈约曾经试探过他，萧衍没有说话。沈约猜到萧衍想做皇帝，于是多次进言劝进，逐渐打动了萧衍。沈约出去后，萧衍召见范云，把沈约对他说的话告诉了他。范云的回答和沈约说的差不多，萧衍说：“聪明人的看法竟然如此一样！你明天早上和沈约一起来见我吧。”范云出宫后把这话告诉了沈约，沈约说：“明天早上你一定要等我。”范云答应了。但是第二天早上沈约却提前进了宫，萧衍命令他起草有关的诏书，沈约就从怀里掏出事先准备好的诏书和委任名单，萧衍没有做什么改动。不久范云来了，走到殿门后就不再进去了，他在外面徘徊，不停地叹气。沈约出来后，范云问他：“怎么安排的我？”沈约举手指了指左边（指左仆射），范云笑着说：“和我的希望没有什么不同。”过了一会儿，萧衍召见范云说：“这辈子和沈约打交道，没有觉得他和一般人有什么不同，今天他表现得很好，可以说是见识高明。”范云说：“您今天了解沈约，和沈约今天了解您没什么不同。”萧衍说：“我起兵到现在已经 3 年了，各位大臣和将军确实有他们的功劳，但成就我的帝业的只有你和沈约两个人。”

沈约的左眼有两个眼仁，腰上有个紫色的痣。他喜欢读古书，家里藏书多达两万卷，京城里没人能和他相比的。小的时候他很穷，曾经向族人求助过，得到了一些米，但是却受到了侮辱，他一气之下把米打翻就回去了。等到他富贵了之后并没有把这事放在心上，反而提拔了那个族人。沈约有一次陪萧衍喝酒，当时在场的人中有一个人的师傅是当年文惠太子的宫女。萧衍问沈约认不认识那个人，沈约回答：“我只认识沈家令。”说完就趴在桌子上哭，萧衍也为他感到悲哀，最后不得不中止了宴会。沈约经历过 3 个朝代，对典章制度很熟悉，当时人们都把他看成榜样。谢玄晖擅长写诗，任彦升文章严谨，沈约兼有他们俩的长处，但超不过他们。沈约对自己的才华很自负，到了他位居三公时，每给他加一次官他都请求引退，但是始终不能离去，当时的人都把他比作山涛。他辅政十多年，没有推荐过什么人才，政治上也就能唯唯诺诺而已。

当初萧衍为张稷的事感到内疚，张稷死后，萧衍把这个心思告诉了沈约。沈约回答道：“尚书左仆射外出作边境州郡的刺史是过去的事了，现在哪里还值得谈论呢？”萧衍大怒道：“你说的是忠臣该说的话吗？”说完转身就走。沈约非常害怕，感觉和失去知觉一样，萧衍站起来后，他还是坐着没有反应。沈约回到家后，还没有走到床边就倒下了，从此就生了病，他梦见齐和帝来割断了他的舌头。他请一个巫师来看病，那个巫师说的话和他的梦相同。沈约就请道士来向上天表白，说禅让的事不是自己策划的。萧衍听说沈约病了，派御医来给他看病，御医回去后向萧衍汇报了情况。这件事之前，沈约曾陪萧衍举行宴会，正碰上豫州进贡直径有一寸半的大栗子，萧衍很奇怪，于是和沈约比试谁知道的关于栗子的典故多，沈约说的比萧衍少。他出宫后说：“这个人爱面子，我不让他的话他会羞死的。”萧衍认为沈约看不起自己，一直记恨在心。这次听说沈约向上天申诉的事后，勃然大怒，派人去谴责他，不久沈约因为害怕而去世了。大臣们给沈约拟定谥号为“文”，是文臣最高级别的谥号，萧衍却说：“心中的事情没有完全表达叫作隐。”所以把沈约的谥号改成“隐”，有意贬低他。

中国大事记

公元520年，梁武帝改元普通，这一年被历史学家视为南朝梁发展的分水岭。此后，梁武帝多次舍身出家。

靖难忠臣羊侃

羊侃本来是北魏人，少年时就有奇才，喜欢读书，尤其爱好《左氏春秋》和《孙吴兵法》。刚成年就跟随父亲到梁州讨伐氐族，立下功劳。后来担任别将，当时秦州羌人莫折念生造反称帝，派弟弟莫折天生攻破岐州，接着向雍州发动进攻，羊侃被任命为偏将前去讨伐。他藏在壕沟之中，看准机会一箭向莫折天生射去，将其射死。莫折天生的部下见主将丧命，于是也就溃逃了。羊侃凭借这个功劳升任为征东大将军、东道行台、持节、泰山太守，被封为钜平侯。

羊侃的父亲一直都想南归，所以羊侃想以河济地区投降南朝来实现父亲的遗愿。羊侃到达建康后，受到了梁朝的优待和信任，帮助梁朝打退了北魏的入侵，镇压了闽越地区的叛乱，不久被征召为太子左卫率。

后来羊侃跟随皇帝去乐游苑玩，当时少府上奏说制成了一种两边都有刃的长矛，梁武帝赐给羊侃一匹马，命令他拿着长矛在马上试舞，羊侃翻身上马左右击刺，动作英武美妙，梁武帝看了之后赞不绝口。梁武帝还写了首诗给他看，羊侃马上随韵作诗，梁武帝对他的文武双全表示赞赏。羊侃很有骨气，从不奉承权臣，当时的人都认为他很有气节。

侯景叛乱后，羊侃对梁武帝说："侯景造反的迹象早就出来了，他应该会南下，所以要马上占据采石，命邵陵王袭击寿春，这样侯景既不能前进，又断了退路，他的军队自然很快就会瓦解。"有的人认为侯景不会这么快就来打京城，这个计划就搁置了下来。结果侯景果然杀到了京城，朝廷调羊侃进入京城，协助萧大器守城。当时侯景突然到来，百姓惊慌逃入城内，秩序很乱。羊侃布置好防卫力量，以宗室成员夹杂其间。士兵们争先恐后地进入兵器库抢夺武器装备，羊侃下令斩杀了几个带头的人，才把局面控制住。不久侯景的军队逼近京城，城内人心不安，羊侃为了稳定民心，谎称得到了城外射进来的书信，说援兵已经到了附近，大家才安定下来。叛军在东门放火，羊侃亲自带兵抵抗，他让人往下浇水，扑灭了大火，又亲自拉弓射杀叛军，好不容易才把叛军赶走。朝廷奖赏他黄金五千两、白银万两、绢帛万匹，他都不要，他带领的部队全部都用自己的钱来奖赏。

侯景军用木驴（一种撞击城门的工具）攻城，因为上面包了一层湿牛皮，很难破坏，羊侃在箭上装上铁箭头，用枯草扎在上面，用油浸透，点燃后射到木驴上，把牛皮刺穿，这样才把木驴烧毁。侯景军又垒起比城墙还高的土山，羊侃命令士兵挖地道通到土山下，把土挖空，土山就倒塌了。侯景军又用十多丈高的楼车攻城，人可以站在上面向城里射箭。羊侃说："楼车太高，而城外面的地是虚的，一定支撑不住，我们看着它倒下就行了，不用防备。"结果那车一移动就倒下了，大家都很佩服羊侃的见识。侯景军进攻了很多天都没有进展，干脆把城围起来，想诱降城里的人。朱异和张绾主张出城决战，梁武帝问羊侃的意见，他说："不能出去。敌人久攻不下，现在把城围起来，是想诱降。现在出击，如果人少就不能成功，如果人多，万一失败，到时候自相践踏，城门又窄，必然死伤惨重，这是向敌人示弱而不是示威。"但是他的意见没有被采纳。结果梁武帝派出1000多人出战，还没打就逃回来了，在上桥的时候纷纷掉入水中，死伤大半。

此前，羊侃的儿子被侯景军抓住，侯景想用他来劝降羊侃，羊侃说："我把全家人都用来报答皇上的大恩还嫌不够，哪里还会计较一个儿子，希望你早点把他杀了。"过了几天侯景又把他儿子拉到城下，羊侃对儿子说："我以为你已经死了，原来你还在。我以身报效朝廷，誓死和敌人作战，不会因为你而有所改变的。"说完拉开弓要射死他儿子。侯景军被他的忠义所感动，最后也没有杀害他儿子。侯景派士哲在城下劝降羊侃，士哲口水都说干了，羊侃还是不动心。最后士哲说："我在北方的时候就仰慕你，只恨这辈子不能和你说话。请你脱去战袍，让我好好看看吧。"羊侃就照他

历史关注 钟嵘的《诗品》是我国第一部论诗的著作，所论的范围主要是五言诗。

的话做了，士哲瞻仰了很久才走。

后来下起了大雨，建康城内土山倒塌，侯景军趁机杀了进来，将士们苦战却不能击退叛军。羊侃下令士兵投掷火把，让建康成为火城来阻挡叛军，同时又在城里筑造新城。不幸的是，在这个危急关头，羊侃却染病去世，梁军失去了一个最重要的将领，最终导致城池被攻破。

皇帝出家

梁武帝前半生是靠带兵打仗发的家，是一个优秀的将军，但他当上皇帝后却一反常态，变得非常“仁慈”。但他的“仁慈”仅限于亲族重臣，他认为前朝皇帝大杀宗室是不对的，所以他当上皇帝后对自己家的亲戚非常纵容。他的六弟萧宏非常贪财，家里的仓库平时锁得严严实实的，有人认为里面藏的是兵器，可能想造反，向梁武帝告发。梁武帝听说弟弟要造反，心里也很吃惊，亲自带人前去搜查。结果打开仓库一看，里面堆满了金银财宝，多得数都数不过来。萧宏看见自己搜刮的赃物被发现，怕得要死。谁知道梁武帝却笑着对他说：“老六啊，你的日子过得不错嘛。”并没有怪罪萧宏。

梁武帝是个很节俭的人，他经常一天只吃一顿饭，菜也很简单，平时都穿布做的衣服。但是他的节俭并没有起到什么表率作用，因为他的纵容导致大臣和亲戚们的奢华远远抵消了他节俭的影响。而且梁武帝的节俭还成为他掩饰自己错误的借口，有个大臣给他提意见，但梁武帝就用自己的节俭举例子，说自己并不是昏君，把那个大臣的话给堵回去了。

梁武帝崇信佛教，他在建康建造了同泰寺，每天都去那儿烧香拜佛，捐赠大批钱财给寺院，养肥了不少和尚，还美其名曰为百姓消灾积德。佛教最初的教义并没有不准吃肉的规定，传入中国后梁武帝下令禁止佛教徒吃肉。梁武帝因为崇信佛教，为了抬高佛教的地位，说周公、孔子和老子都是释迦牟尼的弟子。他宣布皈依佛教后的第15年，受了菩萨戒，从此自称“菩萨皇帝”。他还鼓励别人也去受戒，当时响应的人多达数万人。

梁武帝信佛信到最后，居然要到同泰寺舍身。舍身就是出家当和尚的意思，皇帝出家当和尚这可是破天荒的事。梁武帝当了4天和尚，朝政大事堆了一大堆没人处理，大臣们好说歹说才把他劝回宫。梁武帝和尚还没当过瘾，而且当时和尚还俗需要付给寺院一笔赎身的钱，他也没付，所以没过多久他又跑到同泰寺出家了。这次大臣们再跑来请他回去的时候，他说什么都不愿意了。大臣们猜测出了他的意思，凑了一亿钱把他赎了回来。就这样，大臣们好不容易才把他接了回去。

梁武帝第三次出家的时候又想出个新花样，他跑到同泰寺舍身的时候，为了表示对佛的虔诚，不光把自己给舍了，还把宫里的人和土地都舍给寺院了。结果这次为了赎他，大臣们花了比上次多一倍的钱。后来同泰寺有一座塔被火烧了，梁武帝听到这个消息后说这一定是魔干的，所谓道高一尺魔高一丈，只有造更高的塔才能镇住魔鬼，为了造塔又花费不菲。

妙法莲华经七卷　后秦释鸠摩罗什译

鸠摩罗什从印度来到中国，翻译了约300卷佛经，为佛教的传播和中外文化的交流作出了极大的贡献。

中国大事记 | 公元548年，东魏降将侯景勾结京城守将萧正德，举兵谋反，是为“侯景之乱”。梁武帝被软禁，次年，离开人世。

其实梁武帝信佛但并未真正领悟佛理。高僧达摩名气很大，梁武帝专门接见了他。梁武帝问道：“我造了那么多寺院和佛像，捐了无数钱财，还渡了很多人当和尚，抄了大批佛经，我有多少功德呢？”达摩说：“您一点功德都没有。”梁武帝大惊，问道：“我怎么会一点功德都没有呢？”达摩解释说功德并不是看那些物质上的东西，关键是心中对佛的理解，但他的话梁武帝可不爱听，所以两人最后不欢而散。从这件事可以看出梁武帝信佛最终目的还是为了自己所谓的功德，是一种自私的信仰。

梁武帝多次舍身，每次都是大臣花钱把他赎出来，这笔花费最终还是转嫁到了老百姓头上，所以梁朝很快就衰落了下去。他最后众叛亲离，被叛将侯景囚禁起来，饥渴而死。

山中宰相陶弘景

隐士中有那么一种人，他们虽然没有官职，也不肯出来做官，但他们并不是完全和官场断绝来往，反而往往和官场有千丝万缕的联系，有的人甚至对政局具有举足轻重的影响。之所以称他们为隐士，完全是因为他们过着貌似隐居的生活，但实际上早就已经入世了。陶弘景的事迹就很能说明这一点。

陶弘景是丹阳人，据说他母亲曾经梦到青龙从她怀里出来，而且还有两个神仙手捧香炉来到她的房间，不久他母亲就怀孕了，生下了陶弘景。他小时候有不同常人的想法，10岁的时候得到了葛洪的《神仙传》，不分白天黑夜地研读，从此有了养生的志向。他对别人说：“仰视青云，目睹太阳，感觉不是很遥远的事了。”长大后，他身高七尺四寸，神态仪表明朗俊秀，眼睛炯炯有神，眉毛宽广，身材修长，耳朵很大。他读书一万多卷，擅长下棋弹琴和草书隶书。

陶弘景不到20岁的时候，萧道成当了宰相，把他封为诸王的陪读，授予奉朝请的官职。他虽然生活在豪门之中，但关起门来不和其他人来往，只是以读书为最要紧的事，朝廷的礼仪和规章制度一般都要向他请教。后来陶弘景上表辞去了官职，皇帝同意了，并赏给他丝帛。等到他离开的时候，朝廷百官在征虏亭为他设宴饯行，因为人很多，帐篷设得太多，车马把道路都给堵塞住了，大家都说刘宋以来还没有出现过这种盛况，朝野上下都觉得这是件很有面子的事。

从此，陶弘景就在句容的句曲山隐居了下来，他常常说：“这座山下面是道教的第八洞天，名叫金坛华阳之天，周围有一百五十里，从前汉代的时候有咸阳三茅君修炼成仙，来掌管这座山，所以叫它茅山。”他在山里修建了一座道观，自称华阳隐君。开始跟随东阳人孙游岳学习道家的符图经法，造访了许多名山，寻找仙药，每次经过山涧峡谷的时候，他都会端坐下来或者仰卧其中，吟咏盘旋而不能停止。当时沈约担任东阳太守，他认为陶弘景情操高尚，写信邀请，但陶弘景就是不去。

陶弘景为人圆通，谨慎谦虚，事情的发展曲折在他心中跟明镜一样，遇到什么事他都一目了然，说话没有矛盾，即使有也会马上发现。后来宜都王萧铿被齐明帝杀害，当天晚上，陶弘景梦到宜都王前来和他告别，说了很多神奇古怪的事，醒来后他根据梦里的事写下了《梦记》这本书。

他修筑了三层楼，陶弘景自己住在最上层，徒弟们住在中间那层，来访的宾客则住在最下面，于是他就这样和外人隔绝开了，只有一个

瘗鹤铭　南朝梁　陶弘景

历史关注 刘勰所著的《文心雕龙》是我国历史上第一部系统的文学理论著作。

家童在他身边伺候他。他很喜欢听风吹松树的声音，每次听到这种声音都感到十分高兴愉快。有的时候他一个人在泉水和石头之间游玩，看见他的人都以为他是神仙。

陶弘景喜欢著书立说，更喜欢追求奇怪的东西，他很珍惜时间，年纪越大越勤奋，尤其精通阴阳五行和风角星算，还有山川地理、方图产物以及医术本草等方面的学问。他写了一本《帝代年历》，还制造过一台浑天仪，说那东西是“修炼道法所需要的，并不仅仅是史官才用”。

萧衍平定建康后，开始议论禅让的事。陶弘景听说后，四处援引图书和谶语，中间很多地方都有“梁”字，让弟子献给萧衍。萧衍和陶弘景老早就有交情，等到他当了皇帝后，和陶弘景的友谊更加深厚了，两人之间通信问候没有间断过。总是有达官贵人到陶家去拜访，所以后人才会给陶弘景取了个“山中宰相”的绰号。

后来陶弘景搬到茅山积金东边的小溪边居住。他擅长辟谷和气功等养生方法，所以过了80岁还显得很年轻。他十分羡慕和推崇汉代张良为人处世的方法，称赞“古代的贤人没有一个能和他相比的”。有一次做梦梦见佛祖传给他《菩提记》，并称他为胜力菩萨，他醒来后就跑到阿育王塔去发誓受戒，受了佛门五大戒。萧衍来到南徐州，对他的风采清名感到很钦佩，把他召到后堂，两人谈论了几天后才让他离去，非常敬重他。之后他派人送了两把宝刀给萧衍，一把名叫“善胜”，一把名叫“威胜”，都是难得的宝贝。

陶弘景在85岁那年去世，死的时候容貌颜色都没有变，皇帝下诏追封他为中散大夫，谥号贞白先生，并派皇宫里的官吏为他料理丧事。他曾经留下遗书要薄葬，他的弟子们就照他的吩咐办理了他的后事。

反对迷信的范缜

梁武帝非常迷信，在他的影响下，朝廷上下刮起了一股迷信之风，但也有一些人有自己的主见，认为那些东西都是外道邪说，其中范缜对迷信思想反对得最厉害。

鸡鸣寺　南北朝

鸡鸣寺位于今南京城。原为梁同泰寺址，梁武帝萧衍曾舍身于此。当年同泰寺比现鸡鸣寺约大一倍。

范缜是南乡舞阴人，很小的时候父亲就去世了，他家很穷，但小范缜对母亲却非常孝顺。不到20岁的时候，他听说沛国的刘瓛聚众讲学，就开始跟随刘瓛学习。他的才华和常人不一样，而且学习很刻苦，刘瓛很看重他，亲自为他行了冠礼。他在刘家待了不少日子，回家和上学的时候都穿着草鞋和粗布衣服，步行走路。刘瓛家里经常有达官贵族前去拜访，范缜在其门下，从来没有觉得自己的穷困有什么惭愧的。长大后，范缜博学多才，尤其精通《三礼》。他生性质朴耿介，喜欢发表一些标新立异的言论，别人都觉得不太合适。他和表弟萧琛最合得来，萧琛以口才好出名，但也很佩服范缜说话言简意赅。

范缜在南齐统治时期，有一段时间侍奉竟陵王萧子良。萧子良信佛，而范缜向来声称根本没有什么佛。有一次萧子良问他：“您不相信因果报应，那么人世间怎么会有富贵，怎么会有贫贱呢？”范缜回答：“人生就好像树上的花瓣一样，都长在同一根树枝上，都是一个花蒂长出来的，风一吹花瓣纷纷掉落，其中有的就被吹到了房间里，落到豪华的座位上，而有的被吹进了厕所，落到了粪坑里。落到豪华座位上的，就是殿下您，落到粪坑里的，就是我了。富贵贫贱虽然各有殊途，但因果报应又是体现在哪儿的呢？”萧子良被他问得哑口无

中国大事记 | 公元550年，高洋称帝，定国号为“齐”，史称“北齐”。

言，对他的言论表示惊奇。范缜后来就把自己反对迷信的理论写成一本书，叫做《神灭论》。

这本书中阐述了范缜的唯物主义思想，他认为形神是一体的，神是依附在形上面的，所以形没有了神也就消失。形和神之间的关系就像刀刃和锋利之间的关系一样，刀刃都没有了，锋利又在哪儿呢？由此引申到身体和灵魂上来，灵魂是依附在身体上的，不可能独立存在，所以人死后是不可能有灵魂的。由此可知，这个世界上不会有鬼这样的东西存在。当时的人认为冤死的人会化为厉鬼，而范缜却认为这是不可能的。他认为古书上对鬼神的记载是比较牵强附会的。他写《神灭论》的目的就是为了反对当时的佛教，他认为佛教对社会造成了极大的危害，人民用自己创造的财富去供养那些不事生产的僧侣，对自己家的亲戚反而不肯伸出援助之手，这对儒家的伦理道德是一种破坏。他还认为，佛教徒动辄用地狱来吓唬人民，其实就是为了哄骗财富，如果这种情况继续蔓延下去的话，人们都沉迷在佛教之中，家庭就会破裂，没有士兵打仗，也没有官吏处理政务，农民不生产，商人也不做生意，这样下去国家就危险了。范缜的《神灭论》狠狠打击了当时的佛教寄生虫，被那些人憎恨，但是他的唯物主义思想却永远被人们纪念。

《神灭论》很快就在社会上流传开来，朝廷上下议论纷纷。萧子良根本不相信范缜的正确说法，他妄想制服范缜，召集了很多僧人去和范缜辩论，结果一一败下阵来。有个叫王琰的人写了篇文章讽刺范缜，文章里面说：“可悲的范缜啊，你居然都不知道自己祖先的神灵在什么地方！”当时的人很重视祖先，他用这种手段来攻击范缜，自以为范缜总该无话可说了。结果范缜反问他道：“王先生您可真可怜啊，您知道您的祖先神灵在什么地方，却不肯自杀去追随他们。”王琰顿时目瞪口呆，一句话也说不出来。范缜的惊人言论都类似于这样。

萧子良见辩论这种方法驳不倒范缜，就想用强权来压制他，迫使他屈服。这个道貌岸然的佛教徒也舍弃了佛教中不准动怒的戒律，悍然采取卑鄙手段对付范缜了。萧子良派王融去找范缜，对他说：“《神灭论》不是什么真理，但你却顽固地坚持这种歪理邪说，恐怕会对教化有妨碍的。凭你的才华，做个中书郎还不容易？可惜你故意和大家唱反调，应该马上把这种言论抛弃掉！大好的前程在等着你呢。”范缜听了之后哈哈大笑：“如果我范缜肯出卖自己的正确理论而去换官做的话，早就当到尚书令、仆射这样的大官了，何止一个小小的中书郎啊！”王融见打动不了范缜，只好灰溜溜地走了。

范缜后来在梁朝的时候担任了晋安太守，为官清廉，当他离任的时候，他的亲戚朋友没有拿到他送的一文钱。他只送了王亮一点礼物，却因此被牵扯进王亮的案子里，被发配到广州做官。他在南方待了很多年后才回到京城，拜为中书郎和国子博士，在任上去世。

·佛教的盛行·

佛教传入中国以后，东汉末年开始流行。魏晋南北朝时，身处动乱年代历尽苦难的人们对于现实世界感到无能为力，而佛教教义宣扬众生平等，相信善恶因果，今生不好还可以希望来生，引导人们把希望寄托在佛天的保佑与来生的福报上面。统治者也出于种种原因积极提倡佛教。名僧释道安先后在黄河南北、襄阳、长安等地宣扬佛法，受到了东晋和前秦统治者的格外尊崇，他整理和翻译佛经，编制佛经目录，制定佛教的仪轨和戒律，对于佛教的兴盛起到了很大的推动作用。比释道安稍晚的鸠摩罗什是一位原籍天竺的高僧，他翻译佛经近300卷，当时的僧人聚集在长安，参加译经工作的不可胜数。两晋南北朝的历代统治者，都广修佛寺，大造佛像，佛教盛极一时。

陈书

《陈书》共36卷，为唐姚思廉撰，记载了陈武帝永定元年到后主祯明三年（公元557～589年），共33年的史事。《陈书》规模为二十五史中最小的一部，既和当时史料匮乏有关，也和作者敷衍有关，但总体来说，由于南朝陈的史事别的书记载甚少，目前治南陈史，仍以本书为重要史料。

中国大事记 | 公元557年，陈霸先称帝，建都健康，国号陈。同年，宇文觉称王，建都长安，国号周，史称北周。

昏君陈叔宝

陈叔宝是陈宣帝的长子，父亲去世后，他登上了皇位，当时他的弟弟陈叔陵发动叛乱，用刀刺杀陈叔宝，结果只是刺伤而已，陈叔陵被卫士拿下处死。陈叔宝还没即位就遇到这么不吉利的事情，似乎预示着他的江山是坐不稳的。

陈叔宝是个出了名的昏君。当时北周已经灭掉了北齐，而北周的皇帝周宣帝是个残暴的人，很快就酒色过度而死。北周贵族杨坚控制了朝政，后来把小皇帝废掉，自己称帝，建立了隋朝。本来南方相对安定一些，但是陈叔宝登基后只知道饮酒作乐，好不容易发展起来的经济几下子就被他折腾得低落下去。

陈叔宝从小在深宫里长大，不懂得人情世故，再加上教育不得当，导致他当上皇帝后耽于诗酒，成为一个风流天子。可陈叔宝所在的时代是乱世，风流皇帝就只能给国家带来危害了。陈叔宝很喜欢女色，他最宠爱的妃子是张丽华和孔贵嫔。陈叔陵造反的时候，陈叔宝的脖子被砍伤，他养伤期间，所有妃子都见不到他，只有张丽华能在旁边侍候。所以等伤养好后，陈叔宝对她更加宠爱。他嫌宫殿太简陋，专门为张丽华建造了高达数丈、房屋多达数十间的三座大阁楼，装饰得非常奢华，里面的木料都是用檀香木做的，帘子是用珍珠编织而成，每样器具都价值连城。这些钱从哪儿来的？还不是老百姓的民脂民膏！陈叔宝把后宫美女都安排在这阁楼里居住，享尽人间艳福。

历代帝王图卷·陈后主像　唐

陈后主承父祖之业，割据江南，内惑于张孔二贵妃，外惑于群小，以致国破家灭，身为臣虏，入隋后贪求爵禄，是以隋文帝叹曰："陈叔宝全无心肝！"

张丽华很聪明，能够过目不忘，为人又不安分，所以渐渐地开始干预政事。陈叔宝非常宠爱她，以至于后来处理政事的时候都把她抱在自己腿上，两人一起讨论。谁要是犯了法，只要向张丽华求情，天大的事也能化为乌有。公卿们如果不听张丽华的话，很快就会被贬斥。陈叔宝富有文学才能，很喜欢写诗作赋，所以他身边聚集了大批文人墨客，那些人根本不懂如何治国，只知道和陈叔宝一起饮酒写诗，而且写的都是些艳丽的诗赋。这些人在一起除了穷奢极欲，半点本事都没有。

老百姓哪里能够经受这样的搜刮？越来越多的人流离失所，路上堆满了饿死者的尸体。有个叫傅縡的大臣实在看不下去了，上表批评陈叔宝过于奢侈，不理国事，这样下去迟早要亡国。陈叔宝读完奏章后勃然大怒，派人问傅縡："你居然敢这样骂我，你愿意认错吗？如果愿意的话我就饶了你。"傅縡说："我的心和我的脸一样，如果我的脸可以改的话，那么我的心才能改。"陈叔宝见威胁不了傅縡，干脆下令把他杀了。

陈叔宝荒淫无道，滥杀忠臣的消息传到杨坚那儿后，杨坚觉得陈朝已经很腐败了，就下令开始南征。他任命儿子杨广等人率领51万大军分8路南下，准备灭掉陈朝。

这个时候陈叔宝还在深宫里面和那帮宠臣喝酒取乐呢。边境上的告急书信像雪片一样传

历史关注 历史上先后有吴、东晋、宋、齐、梁、陈在南京建都，故南京被称为“六朝古都”。

到朝廷，但陈叔宝还是饮酒写诗，他对臣下说：“当年北齐来了3次，北周来了两次，都吃了败仗回去了，他们还能怎么样？”孔范附和道：“长江天险阻断南北，隋军又不会飞，哪儿那么容易过来？守卫边境的人想拿功劳，所以夸大其词。我经常埋怨自己官小，要是他们能过来，我早做太尉了。”谣传说隋军的马匹死了不少，孔范大言不惭地说：“哎呀，真可惜啊，那些都是我的马，怎么能死呢？”陈叔宝听了之后大笑。昏君佞臣照旧玩乐不止。

第二年冬天，隋军贺若弼和韩擒虎两路大军分别逼近建康，这个时候陈叔宝才害怕了。其实当时城里还有十几万人马，只要组织起有效的抵抗，打败隋军也不是没有可能的，但是陈叔宝手下的那批宠臣只会吟诗作赋，哪里懂得带兵打仗？几个能打仗的将军之前就被俘虏了，结果建康城很快就被隋军攻破。

陈叔宝早就吓破了胆，有个大臣劝他穿戴整齐坐在殿上等待隋军，毕竟他是一国之君，谅隋军也不会拿他怎么样。但陈叔宝哪里是那种有胆识的人？他赶紧跳下床，边跑边说：“没关系，我还有办法。”结果他所谓的办法就是找到张丽华和孔贵嫔，3个人绑在一起跳到一口枯井里面，企图蒙混过关。隋军士兵攻入皇宫后，怎么找都找不到陈叔宝等人，觉得很奇怪，抓来几个宫女宦官讯问，这才知道陈叔宝跳井了。

士兵们跑到那口井里面，发现下面确实有人，于是喊他们出来。但陈叔宝早就吓得一声都不敢吭了，那些人见他不说话，抱来几块大石头吓唬他：“再不出来就扔石头了啊！”陈叔宝这才说话，士兵们扔下一根绳子，让他绑在身上，然后拉他出来。那绳子吊的东西异常沉重，士兵还以为陈叔宝是个大胖子，拉上来后才知道，原来一共有3个人。

陈叔宝投降后，被送到隋朝首都拜见隋文帝。隋文帝对他很好，每次宴会的时候为了怕引起他的伤心往事，都不让乐队演奏江南地区的音乐。结果陈叔宝居然对隋文帝说：“我还没有称号呢，每次和人交谈都很不方便，希望您赐给我一个官职。”隋文帝叹息道：“陈叔宝这个人没有心肝！”

胭脂井

又名“辱井”。公元589年隋大将韩擒虎率军攻入建康，陈后主与宠妃张丽华、孔贵嫔躲入古井，被隋兵活捉。

监视他的人向隋文帝汇报说陈叔宝每天都喝得大醉，文帝问他能喝多少，回答是和兄弟们一天能喝一石酒。隋文帝大惊，想了想又叹息道：“随便他吧，不然叫他怎么过日子？”隋文帝对陈叔宝非常失望，但正因为陈叔宝的麻木不仁，才没有让隋文帝对他动杀机，最后得以善终，死时52岁。

一代美女张丽华

张丽华是中国历史上有名的美女，她家里非常穷，父亲和哥哥只能靠编织草席拿到集市上去卖钱回来贴补家用。陈叔宝当太子时，张丽华被选进了东宫。当时她才10岁，在宫里是龚贵嫔的宫女。陈叔宝看见她后很喜欢她，从此得到了宠幸，很快就有了身孕，生下了太子。陈叔宝即位后，封她为贵妃。张丽华天生聪明机灵，每次陈叔宝带着妃子们和宾客一起玩的时候，她都会推荐宫女们去，所以后宫里的人都很感激她，争着说她的好话。张丽华喜好巫术，经常假借鬼神来迷惑陈叔宝，她还喜欢打探宫外的事，社会上发生了什么事她马上就能知道，并告诉陈叔宝。由此陈叔宝更加宠爱她了，她家里的人大多被引见并得到了重用。

当初陈叔宝刚即位的时候，被弟弟陈叔陵刺伤了脖子，在承香阁养伤，其他妃嫔都不准进去，只有张丽华在旁边侍候他。陈叔宝的皇后沈氏不受宠爱，所以也不能侍候他，只能住在求贤殿。后来陈叔宝嫌宫殿太简陋，在光照

中国大事记　公元558年，北齐豫州刺史司马消难归附于北周。

梳妆亭

位于南岳衡山藏经殿附近，传为南朝陈后主宠妃张丽华梳妆之地。张妃曾拜慧思大师在藏经殿学习佛法，于是，南岳便有了一些关于她的传说及遗迹。

殿前面修建了临春、结绮和望仙三个楼阁，各高数丈，共有几十个房间，窗户、壁带、门楣、栏杆都是用檀香木制作的，还用黄金和玉在上面装饰，中间镶嵌了珍珠翡翠，门口挂着珍珠编成的门帘，屋子里面铺设了宝床和宝帐，那些供玩赏和服用的物品都是古今罕见的宝物。从这些陈设可以看出，陈叔宝为此耗费了无数民脂民膏，几乎将国库动用一空。楼阁的外部设计也很惊人，只要有风吹过，楼阁的香味能飘到好几里之外；早上阳光普照的时候，楼阁反射的光芒可以照到皇宫后院。楼阁下面是用形状奇特的石头垒成的假山，并挖掘了一条壕沟将外面的水引了进来，周围种上奇花异草，俨然一副人间仙境。但谁又能知道这样的美景下面掩埋了多少白骨呢?

陈叔宝自己住在临香阁，张丽华住结绮阁，龚、孔两位贵嫔住望仙阁，3个阁之间架设有并行的走廊，可以相互来往行走。还有王、李两个美人，张、薛两个淑媛以及袁昭仪、何婕妤、江修容等7个宠妃，都受到陈叔宝的宠爱，她们交替着到阁上游玩。另外又任命宫女中有文学才能的女子袁大舍等人为女学士。陈叔宝每次邀请贵妃和宾客等人游玩喝酒的时候，都会命令妃子们和女学士还有客人们一起吟诗作赋，互相赠送问答，然后选取其中写得最艳丽的作为歌词，配上曲调，从宫女中选出长得漂亮的成百上千人，命令她们学习演唱，分成几个小组轮流进来表演，以此为乐。其中著名的曲子有《玉树后庭花》《临春乐》，等等。

张丽华头发很长，黑得像漆一样，头发的光泽可以照在人身上。她神采大方，一举一动，坐着躺着都显得悠闲自然，端庄秀丽。而张丽华最迷人的地方是她的眼睛，每次顾盼斜视的时候，眼睛里就能流露出光彩，给人感觉似乎能照映周围的人。她常常在楼阁上梳妆打扮，靠在栏杆上，宫里的人远远望去，觉得她飘逸得跟神仙一样。张丽华能言善辩，记忆力惊人，而且善于观察陈叔宝的脸色。当时陈叔宝只知道玩，根本懒得去处理国事，下面的人上奏，全部都是由宦官蔡脱儿和李善度两人代为禀报，陈叔宝把张丽华抱在膝盖上，两人共同处理政事。有的时候李善度和蔡脱儿记不住的事，张丽华却能为陈叔宝逐条讲解，从来没有遗漏过什么。所以陈叔宝更加宠爱她了。如果大臣当中有谁不服她的，张丽华就在陈叔宝面前说他坏话，只要是她说的，陈叔宝就没有不听从的。另一个宠妃孔贵嫔也是如此，所以张丽华和孔贵嫔的势力非常之大，气焰也异常嚣张，大臣们都害怕得罪她们，在执政的时候都得附和她们的意思。那些宦官和外面的奸臣相互勾结，结党营私，相互提携引进，公开行贿受贿，赏罚不分，法令不行，陈朝也就越来越混乱黑暗了。

隋军征讨陈朝，攻进了建康，最后台城也被攻破了。陈叔宝没办法，他连投降的勇气都没有，带着张丽华和孔贵嫔一起躲到一口枯井中，被隋军抓到。陈叔宝贵为皇帝，虽然是亡国之君，但有惊无险，保住了一条命。张丽华和孔贵嫔就惨了，她们的美色被晋王杨广看中，想把她们纳为自己的小妾。结果另一个大臣高颎认为她们是红颜祸水，误国害民，干脆将她们斩首示众，风华绝代的张丽华就这样成了昏君的替罪羊。

悍将萧摩诃

萧摩诃是典型的少年得志。当年侯景之乱的时候，他只有13岁，被姑父蔡路养收养，

历史关注 骈文是魏晋以后产生的一种文体，到南北朝时期达到全盛。代表作有庾信的《哀江南赋》等。

蔡路养起兵阻挡陈霸先，少年萧摩诃单枪匹马杀入陈霸先的阵地中，竟然没有人能阻挡住他。后来蔡路养失败，萧摩诃投靠了侯安都，侯安都早就听说了他的勇名，对他非常优待。北齐军队前来骚扰，侯安都对萧摩诃说："你是出了名的勇悍，但百闻不如一见啊。"萧摩诃回答道："今天就可以让您见到了！"战斗刚开始不久，侯安都就从马上掉下来被北齐军包围了，萧摩诃大喝一声，独自杀入敌阵把北齐军杀得四散而逃，这才救了侯安都一命。

陈朝北伐的时候，萧摩诃跟随都督吴明彻向秦郡发起进攻。北齐派遣大将尉破胡率领10万大军前来抵挡，北齐军前队有以"苍头""犀角""大力"等称号组成的精锐部队。另外还有西域来的胡人，箭无虚发，让陈军非常恐惧。作战的时候，吴明彻对萧摩诃说："如果能杀死那批胡人的话，敌人就会丧失士气。你一向有关羽、张飞的名声，现在可以斩颜良了啊。"萧摩诃说："请先让我看看那些胡人的样子，然后就可以杀他们了。"吴明彻叫来从北齐那边投降过来的人，他们说胡人穿着大红色的衣服，用白桦皮包裹弓，弓两端用骨头装饰着。吴明彻派人偷偷观察，见到胡人在敌阵中，他亲自倒酒给萧摩诃喝，萧摩诃喝完后骑上马，向敌军冲去，胡人站在阵前约十几步的地方，还来不及把弓拉开，萧摩诃就把小凿扔过去，正好打中胡人的额头，胡人应声而倒。北齐军队中的"大力"冲出来十多人，被萧摩诃一一斩杀，北齐军大惧，只好撤走了。

北周灭掉了北齐，派大将宇文忻率军伐陈。当时宇文忻有精锐骑兵几千人，萧摩诃自己只带了12个骑兵冲进敌阵厮杀，杀了不少敌人。北周派王轨前来增援，在吕梁南方布置包围圈，切断了陈军的退路。萧摩诃建议吴明彻主动进攻，吴明彻很不高兴，说："冲锋陷阵是你的事，运筹帷幄是我的事！"意思就是让萧摩诃不要多嘴。萧摩诃很生气，就退了出去。后来北周兵越来越多，没有办法，他们只好撤退。萧摩诃率领80名骑兵在前面开路，冲破北周军所有封锁线，大军才得以突围。

陈叔宝即位时，发生了陈叔陵行刺之事，陈叔陵乘乱向东府城逃去。陈叔宝召来萧摩诃，让他去征讨。萧摩诃带领几百个人到东府城西门驻扎下来。陈叔陵很害怕，想从南门逃跑，被萧摩诃追住，将其斩首。萧摩诃立了大功，陈叔宝将陈叔陵多年积攒的财宝全部赏赐给了他，还聘他的女儿为太子妃。

隋朝建立后，派贺若弼镇守广陵，陈叔宝任命萧摩诃前去防备。隋军南下攻陈，萧摩诃却被召回朝廷，贺若弼得以乘虚渡江袭击京口，萧摩诃请求出战，但陈叔宝不许。后来贺若弼打到了钟山，萧摩诃又请求说："贺若弼孤军深入，他的援兵还很远，而且他的防守还没巩固下来，军心也不稳，这个时候对他们发动突然袭击，一定能打败他们。"但陈叔宝又一次否定了他的正确意见。最后等到隋军集结完毕发动大规模进攻的时候，陈叔宝才要萧摩诃出战，萧摩诃说："从古至今，打仗都是为了国家和自己，今天出战，也要顾及妻子儿女了。"陈叔宝拿出很多金银绸缎赏赐给将士们，陈军声势浩大，阵势长达20里。贺若弼以为还没开始交战，带了几个人上山观察地形，结果见到陈军已经出动，赶紧跑回去准备迎敌。鲁广达首先率军攻打，贺若弼抵挡不住，连连后退。不久隋军重新振作起来，分兵攻击陈军各部。孔范贪生怕死，一交战就逃跑，别人见了也纷纷逃散，萧摩诃再勇敢也无能为力，被隋军俘虏。

建康陷落后，贺若弼把陈叔宝安置在德教殿，命令士兵看守。萧摩诃请求说："我现在身为囚犯，早晚要死，我的愿望就是再见一次皇上，然后死也不会遗憾了。"贺若弼很同情他，就准许了。萧摩诃见到陈叔宝后，跪在地上号啕大哭，并拿出食物进献给陈叔宝，然后和他诀别。守卫的士兵都不忍心看到这个场面。

陈朝灭亡后，萧摩诃成为隋朝的臣子，后来跟从汉王杨谅谋反被杀，享年73岁。

中国大事记　公元559年，北齐国内大杀元氏，前后死者约有七百多人。

打击恶霸的褚玠

褚玠是河南人，他的曾祖父是刘宋时期的名士，官至侍中、吏部尚书，祖父是梁朝的御史中丞，父亲是太子舍人，所以他出身名门，算是家学渊源。

褚玠9岁的时候父亲去世，他的叔父收养了他。褚玠小时候就有好名声，前辈们都称赞他有才士的器度。长大后仪容俊秀，风度翩翩，能言善辩，博学多才。他文章写得很好，文风典雅，但不喜欢艳丽的词调。他一开始被征召为王府法曹参军，后来一直当到太子庶子和中书侍郎的官。

山阴县豪强势力很大，坏人也很多，在那里任职的县令都因为贪赃而被罢免。陈宣帝为此感到忧虑，他对中书舍人蔡景历说："山阴县是一个大县，但很长时间都没有一个好县令，你在朝中的文士当中考虑一下谁比较适合这个职位。"蔡景历说："褚玠是一个廉洁节俭的人，而且很有才干，不知道他能不能当选？"陈宣帝说："嗯，很好，你说的和我的想法正好不谋而合。"于是把褚玠任命为戎昭将军、山阴县令。山阴县的张次的、王休达等人和县里奸诈的小吏互相勾结，行贿受贿，把人口多的大户都藏匿起来，不交赋税（当时收税是按人头收取，人口越多，交的税也就越多）。褚玠到任后查明了这个情况，就把张次的等人关押起来，将这个情况向尚书台作了汇报。陈宣帝下诏表彰并慰劳了他，然后派遣使者帮助褚玠一起检查，最后一共查出以前被隐瞒的户口军民共800余户。

当时舍人曹义达很受陈宣帝的宠信，山阴县有个叫陈信的人家中很有钱，经常向曹义达行贿，以此来巴结他。陈信的父亲陈显文仗着朝中有人，在当地横行霸道，无恶不作，成为山阴有名的恶霸。褚玠派人将陈显文抓了起来，狠狠打了他100皮鞭，县里面的官吏和老百姓都吓得两腿发抖，再也没有人敢以身试法了。陈信见父亲挨了一顿打，很气愤，通过曹义达诬告褚玠，褚玠因为这件事而被罢官。褚玠在山阴当了一年的县令，他只用自己的俸禄，结果被免职后，连回京城的路费都拿不出来，只好留在山阴县内，靠种蔬菜维持生活。有人因此讽刺他的才干连个县令都当不好，褚玠反驳道："我积极收取租税上缴给朝廷，一点都不比其他县少，而且我除去贪婪残暴的人，让奸诈的小吏心惊胆战。如果说我没有才干搜刮民脂民膏来供自己享用，那确实和你讲的一样。但如果说我不懂得为官从政之道，我可不服气。"这话传出去后，当时的人都认为确实如此。

陈叔宝听说褚玠穷得连回京城的钱都没有，亲自写信给他，并送给他粟米200斛，褚玠靠这个才得以返回京城。陈叔宝是个文学爱好者，他很喜欢褚玠的文辞，任命他入直殿省，后来任命他为电威将军等职。两年后，褚玠迁任御史中丞，死在任上，年仅52岁。

褚玠为人刚直有胆量，敢于决断，又擅长骑射。他曾经跟随司空侯安都在徐州郊外打猎，遇到猛兽袭击。他张弓射箭，一连两箭都从猛兽嘴里射进去，一直插到肚子里面，猛兽就这样被他射死了。到他担任御史中丞的时候，又享有执法公正的赞誉。梁朝末年战乱频繁，朝廷的典章制度都废弛了，执法的官员只好因循守旧，不加以改动，结果导致法律越来越松弛。褚玠就任后，大搞改革，制定出很多条例，可惜他死得早，那些条令只写出了纲要，并没有编写完成。他去世后，时为太子的陈叔宝亲自为他书写碑铭，以表达对老朋友的感情。

陈叔宝即位后不久，追赠褚玠为秘书监。褚玠写的章奏杂文共200多篇，说理清晰，被当时的人所看重。

魏书

《魏书》124卷，包括子卷共130卷，北齐魏收撰。记载北魏从道武帝拓跋珪到东、西魏相继灭亡，共计170多年的史事。历来旧史家评论《魏书》多有贬损，但其实北魏这样一个中国历史上重要的朝代，流传下来的史料很少，《魏书》几乎成了唯一的史料，是现存叙述北魏历史的最原始和比较完备的资料，尤以诸志中的食货、释老等最为重要。

中国大事记　公元560年，北周攻打陈国的武陵（今湖南常德西），陈军大败，巴、湘之地皆为北周所据。

文明太后冯太后

冯太后的父亲本来是北魏的高官，后来因为犯罪被杀，冯太后作为犯人家属而被收入后宫做奴婢。当时的北魏皇帝拓跋焘的左昭仪是冯太后的姑姑，品行很好，她亲自抚养和教育冯太后。冯太后14岁那年，拓跋濬登基为帝，将冯太后封为贵人。北魏有个规定，为了防止后妃专政，太子的生母都要被杀掉。当时太子的生母就因为这个规矩被杀害了，冯太后得以成为皇后。

后来拓跋濬去世，拓跋濬的儿子拓跋弘即位为献文帝，冯太后被尊为太后。丞相乙浑密谋造反，而拓跋弘当年才12岁，正在守孝。冯太后当机立断，挫败了乙浑的阴谋，将其处死，从此自己到朝廷上处理国事。孝文帝出生后，冯太后亲自抚养他，不再用太后的名义处理国事了。冯太后青年守寡，虽然她对拓跋濬的感情很深，但女人的欲望还是有的，和李弈有了私情。拓跋弘知道这事后觉得很丢脸，但也不敢拿她怎么样，只能找个借口把李弈杀了。冯太后见情人被杀，很是悲痛，从此和拓跋弘的关系有了裂痕。不久拓跋弘突然暴病身亡，当时的人都怀疑是冯太后把他毒死的。

孝文帝登基后，冯太后成了太皇太后，孝文帝登基的时候才5岁，不能处理国事，所以冯太后再次临朝听政。她掌握朝政大权后，对繁杂的事务都能加以审查并作出正确的决断。孝文帝很感激祖母的帮助，曾经下令说："我幼年继承大业，全靠英明的太皇太后辅佐，国家才得以安宁。我只能借助佛祖的力量来报答她的恩德，所有皇宫里养的伤害生灵的猛禽都应该放归山林，然后在饲养它们的地方给太皇太后建造佛塔。"冯太后和孝文帝一起到方山游览，冯太后觉得那地方很不错，想死后安葬在那里，孝文帝就下令在方山给冯太后修建陵墓。冯太后笃信佛教，在长安为自己的父亲建造了一座寺庙。她还下令优待宗室，皇亲国戚都享受不交赋税和不承担徭役的特权。冯太后生性朴素，不喜欢华丽的服饰，她只穿没有花纹的衣服，吃的食物只有惯例的1/5。

冯太后足智多谋，能够裁断重大事情，对大臣的生死赏罚她都能立刻决断，很多事都不经过孝文帝，所以冯太后的权力非常大，大臣都很怕她，许多宦官和官员受她的宠信而被提拔到很高的地位。王叡因受到冯太后宠爱，几年后就当上宰相，赏赐给他的物品价值千万亿钱。李冲虽然是因为有才干而受到重用的，但也和他与冯太后的暧昧关系有关。冯太后生性严明，即使是她宠信的人也不放纵。身边的人有些小过失也会被鞭打，多的要打100多下，少的也有几十下。但是她不会对人怀恨在心，不久又会像以前那样宠信他们，有的还得到更多的好处。

冯太后对那些被百姓推崇的元丕、游明根等人以礼相待，赏给他们很多财物。每次要褒奖亲信的时候，都要和元丕等人一起褒奖，以表明自己没有私心。她也清楚自己做过一些不好的事，怕别人评论自己的是非，所以对某人稍有猜疑就把他杀掉，由于被她猜疑而全家被杀的有十多家，大多是被冤枉的。

冯太后在49岁那年去世，孝文帝对她的感情很深，连续5天连一口水都不喝，非常悲痛。给冯太后定谥号为"文明"，所以后世也称呼她为文明太后。孝文帝在冯太后的陵墓东北一里多的地方修建了自己的陵墓，有死后安葬在那里以便瞻仰冯太后的意思。北魏迁都到洛阳后，才换了陵墓位置。冯太后执政期间崇尚儒学，压制鲜卑贵族，任用汉族官员，并推动了一系列改革，深深影响了孝文帝。

孝文帝改革

北魏是一个由鲜卑族建立的少数民族政权，鲜卑的风俗比起汉人来还比较落后，北魏国内汉族人民占了多数，由于风俗习惯的不同，造成很多不必要的矛盾冲突，在这种情况下，北魏孝文帝推行了改革。

他在国内实行"均田制"，把无主的荒地

历史关注 | **北魏时期是隶书向楷书过渡的关键时期，“魏碑体”即形成于这一时期。**

分给农民，鼓励农民开垦，农民只需每年向朝廷交纳一定的赋税，这样，既开垦了许多荒地，又提高了农民的生产积极性，缓和了社会矛盾，朝廷的收入也增加了。这种制度后来一直延续到唐朝中期。

孝文帝对中原文化很感兴趣，他认为北魏要发展壮大，一定要吸收中原文化，把那些落后的习俗改掉才行。但当时北魏的都城在平城（今山西大同），离中原较远，人民很难接触到中原文化，所以他决定把都城迁到洛阳去。

他很清楚朝中的大臣肯定会反对他的意见，于是一开始并没有透露这个想法，在上朝的时候他告诉大臣，他想率军攻打南齐。大臣们纷纷反对，其中任城王拓跋澄反对得最厉害，在朝上和孝文帝吵了起来。

孝文帝在散朝后悄悄把拓跋澄召进宫里，告诉他：“其实我并不想攻打南齐，我真正的意图是觉得平城这个地方太落后，不利于改革，所以我认为应该把都城迁到洛阳去，这样才能接触到中原文化，来改掉我们那些落后的风俗习惯。这次我用攻打南齐这个借口，实际上是想把你们带到洛阳去，这样就直接把都城迁到那里了。”拓跋澄恍然大悟，他本来就赞成改革，一听孝文帝的打算高兴还来不及呢，马上同意了这个主张。

公元 493 年，孝文帝率领 30 多万人马，连同朝中的文武大臣，宣布向南齐进军。大军走到洛阳的时候，正好赶上下大雨，路都被雨水淋坏了，根本没法走。可孝文帝毫不在乎，下令继续行军。

大臣们都愣了，他们本来就不想去打仗，于是一个个跪在雨水中请求孝文帝收回成命，不要去攻打南齐。孝文帝很生气：“这次兴师动众地出来，连敌人影子都没见到就要撤军，传出去要让人笑话的！既然出来了，至少也得干点什么，干脆我们把国都迁到这里，怎么样？”大臣们都不知道该怎么办才好，都没有说话。孝文帝又说：“做大事就不能前怕狼后怕虎的，你们不说话算怎么回事？这样吧，同意迁都的站左边，愿意打仗的站右边。”

大臣们觉得迁都虽然有点突然，但总比南下打仗要强，只好纷纷赞成迁都。就这样，北魏的都城从平城迁到了洛阳。他派拓跋澄回平城报告这个消息，通知留守在平城的大臣搬到洛阳来，后来他还亲自赶回平城，劝说那些守旧的大臣。那些大臣反对的理由很多，但都被孝文帝一一驳倒。

孝文帝还进一步改革风俗，他规定 30 岁以上的鲜卑大臣可以暂缓，但 30 岁以下的必须改说汉话，否则就革职。另外他还规定所有人必须穿汉服，禁止再穿鲜卑服装。这条规定反对的人很多，但夏天一到就没人说话了，因为洛阳靠近南方，夏天比较炎热，鲜卑衣服一般比较厚重，要是夏天在洛阳穿鲜卑服装，不热死才怪！孝文帝还鼓励与汉族女子通婚，他自己就带头娶了汉族女子做妃子，还让弟弟娶汉女为妻。最后，孝文帝还宣布鲜卑人一律改姓汉姓，北魏皇族本来姓拓跋，这是个鲜卑姓，从此以后改姓元，他自己的名字从拓跋宏改成元宏，另外姓步六狐的改姓陆，姓独孤的改姓刘，姓贺赖的改姓贺，等等。这样更进一步缩

农耕图　南北朝

太和九年，北魏孝文帝颁布了均田令，授给平民与奴隶农田耕种，农田不得买卖。均田制以法律形式确认了劳动者对于土地的占有权与使用权。其后，隋唐均沿用并完善了此土地制度。

中国大事记 | 公元561年，北周铸“布泉”钱，与五铢钱并行。

小了鲜卑族和汉族的差异，有利于民族融合。当然，他的改革中有一些比较极端的措施，比如规定迁入洛阳的鲜卑人死后不得归葬平城，只能葬在洛阳，这一条有悖于当时的风俗和社会道德，给改革增添了不小的阻力。

孝文帝的太子是个顽固派，他反对迁都的原因很简单，他是个胖子，洛阳的夏天比平城热多了，他实在受不了，所以趁孝文帝出去的时候，他私自鼓动把都城迁回去。孝文帝回来看到儿子居然带头违反他的命令，十分生气，于是把太子废掉了。后来太子参与谋反，孝文帝忍痛将他处死。这件事对孝文帝打击非常大，不久又发生皇后和男子淫乱的事情，彻底将他击垮了，他下令废掉皇后，将奸夫处死，不久他自己也郁郁而终，年仅39岁。

但总的来说，孝文帝的改革还是成功的，北魏王朝逐渐强大起来。

敢说真话的高允

高允的父亲少年时代就以见识高明、才智过人而出名，但他死得很早，高允幼年就成了孤儿，所以他很早熟，气度非凡。清河人崔玄伯见到他后惊叹道：“高允品德高尚美好，举止神情文雅，将来必定成大器而成为一代人杰。”高允十几岁的时候祖父也去世了，他回家奔丧，把家产都给了两个弟弟，自己却出家当了和尚，不久还俗。高允天生喜欢文史典籍，身上背着书籍不远千里地到外地求学，很快就掌握了许多知识，尤其精通天文历法方面的学问。

后来高允被聘为从事中郎，当时正是春天，很多囚徒没有处置，高允和吕熙等人分别去各个州郡处理这些事情。吕熙等人都因为受贿而被抓了起来，只有高允一个人为官清廉，最后受到了嘉奖。

高允兼任了著作郎，和崔浩一起奉命写国史，完成了《国记》。当时崔浩找了很多懂得天文历法的人，考证出汉代以来日食、月食和五大行星的运行规律，另外制定出了一部历法，拿给高允看。高允指出了里面的不足之处，崔浩却认为他错了，两人争执不下。一年多以后，崔浩对高允说：“上次我们争论的问题，我确实没有认真地思考，后来经过进一步考证，果然和你说的一样。”崔浩对别人说：“高允的学问太精深了！”从此大家对高允非常佩服。

一次，皇帝问高允：“朝廷的大事那么多，应该最先处理什么事呢？”当时全国的土地多数被封禁了，而且不靠务农吃饭的人也很多，北魏的农业受到了极大的损害。高允针对这个情况说道：“我小时候很穷，所以只懂得种地的事，请让我谈谈农业吧。古人说，一平方里的土地可以开垦出三顷七十亩的良田。如果辛苦耕耘，一亩地可以增产三斗，如果懒惰就会减产三斗。天下良田那么多，增加或减少的粮食又该是多少呢？如果官府和农民家都储存了足够的粮食，那么即使是遇上饥荒，也没有什么可担心的了。”皇帝觉得这个想法非常好，于是解除了对土地的封禁，把良田分给了农民。

崔浩因为在国史上写了北魏统治者的一些丑事，被抓了起来。太子把高允找来，告诉他皇帝问起来就顺着自己的话去说。太子对皇帝说：“高允做事一向很小心谨慎，这次编写国史，一切都是崔浩的意思，他只是照着崔浩的话去做罢了，所以请饶他一命。”皇帝问高允：“国史是不是都是崔浩写的？”高允老老实实地回答：“《太祖记》是邓渊写的，《先帝记》和《今记》是我和崔浩一起写的。崔浩一般都是做综合的工作，主要负责统筹安排。书里面注解部分，我做得比崔浩还多。”皇帝听了之后大怒，对太子说：“他的罪比崔浩还重，怎么能放了他？”太子赶紧为他辩护：“高允是小臣，见到圣上就紧张得胡言乱语了。我以前问过他，他每次都说是崔浩写的。”皇帝又问高允是不是这么回事，高允回答道：“我是个平庸的人，写书的时候错误百出，应当灭族，今天我已经甘愿受死，所以不敢不说真话。太子殿下因为我长期为他讲课，所以可怜我，想让我活下来。其实他并没有问过我什么，我也没有说过那些

历史关注 云冈石窟，建于北魏时期，代表了公元5世纪至6世纪时中国杰出的佛教石窟艺术，是中国佛教艺术的经典杰作。

话，我说的都是实话。”皇帝对太子说：“他真是个正直的人啊！对于一个人来说，他这样已经很不容易了，而且能够不怕死，这就更难了。而且他对我说的都是实话，真是一个忠臣！就为他说的那些话，我也不能治他的罪，那就饶了他吧。”高允就这样被赦免了。

皇帝审问崔浩的时候，崔浩怕得话都说不出来，结果皇帝更生气了，命令高允替他写诏书，崔浩以下，仆人以上共128人，全部灭五族。高允迟疑着没有写，皇帝则频繁下令催促。高允请求见皇帝一面再写，他说：“崔浩犯的罪，如果还有撰写国史以外的原因的话，这不是我敢知道的。如果只是因为国史一件事的话，那么秉笔直书虽然对朝廷有触犯，但罪不至死啊。”皇帝很生气，下令把高允抓起来，太子赶快为他请罪，皇帝说：“如果没有这个人对我表示不满的话，早就有几千人被杀头了。”但崔浩最后还是被杀，他的五族也被灭了。

这件事过去之后，太子责问高允：“人应该审时度势，不然书读得再多又有什么用？那时候我引导你回答皇上的话，你怎么不顺着我的话说？结果把皇上气得那个样子，现在想起来还让人害怕呢。”高允说：“崔浩为人太贪，节操不够，私心太重，这次的事他负有很大的责任。但是秉笔直书并不是他的错，再说我确实也和他一起参与了编写国史，按理说罪名本来就没有什么不同。我只是蒙受了您的关怀才苟且免死，这并不是我的本意。”太子听了之后非常感动。

后来太子英年早逝，高允回想起当年太子为了救他而四处奔走的恩情，非常悲痛，于是很久都没有进宫朝见皇帝。皇帝召见他，高允进宫后，走到台阶那儿就开始哭，哭得不能自制。皇帝看见他哭，自己也跟着哭了起来，并命令高允到外地去任职。大臣们都不知道为什么，相互之间说道：“高允没有遇到什么值得悲伤的事情啊，结果让皇上也如此悲伤，怎么回事啊？”皇帝听到他们的议论后，把他们叫来说：“你们不知道高允为何悲痛吗？”大家说：“我们看到高允不说话只是哭，而陛下也为这事难过，所以偷偷说了几句。”皇帝告诉他们：“崔浩被杀的时候，高允本来也该被处死的，由于太子苦苦相谏才得以幸免。现在太子不在人世了，所以高允看到我就想起那事，悲痛起来了。”

高允很长寿，他一直活到了98岁，死后得到了朝廷从来没有给过的封赏，谥号为文。

崔浩写史书

史官在历史上的地位是很尴尬的，如果要照顾自己的良知的话，那么写出来的史书很可能会触犯统治者；如果迎合统治者而歪曲史实的话，那么在历史上又会留下骂名。所以很多史官为了保命，往往在史书上做点手脚，结果导致我们现在看到的史书有很多史实都是被歪曲了的。这也不能怪他们，如果他们秉笔直书的话，很可能就和北魏大臣崔浩的下场一样了。

·直书与曲笔·

直书和曲笔是撰写史书的两种笔法，直书就是忠于事实，依照真实情况直接记录；曲笔说的是对历史事实有所取舍，或者进行曲意修饰的写作方法。直书被认为是良史所应当坚持的基本精神，刘知几在《史通》中强调直书的重要意义时说：“况史之为务，申以劝诫，树之风声。其有贼臣逆子，淫君乱主，苟直书其事，不掩其瑕，则秽迹彰于一朝，恶名被于千载。言之若是，吁可畏乎！”虽然如此，但是出于各种主动或被动的原因，实际上史籍从总体上来看是不可能完全采取直书方式的，曲笔的情况是大量存在的。当然，也不能一概而论，认为曲笔的做法一无是处，其实在某些时候史家采取曲笔不仅是可以理解的，甚至也是值得称道的，刘知几虽然强调直书的精神，但对于曲笔也是没有给予完全否定的，只是这种笔法切记不可滥用。

中国大事记 | 公元562年，后梁主萧詧死，太子萧岿继位。

崔浩是清河人，清河崔氏是当时最高贵的姓氏之一。崔浩喜欢文学，博览群书，是当时有名的才子，十八九岁的时候就被征召为通直郎了。北魏道武帝见崔浩擅长书法，常常叫他到左右来侍候。道武帝喜欢服用寒食散，药性发作起来后喜怒无常，周围的人经常因为一点小过失而获罪，结果弄得大家都不敢服侍他了。只有崔浩一点都不懈怠，仍然恭恭敬敬地服侍道武帝。

崔浩足智多谋，明元帝想讨伐河西胡人，崔浩分析说："河西胡人虽然很多，但没有好的将领统率，不会有什么大患的。"他建议派一员大将带兵去震慑就足够了。结果明元帝派叔孙建统兵镇守河西，不到一个月的时间就大破河西胡人，杀了他们的首领，俘虏了十几万人。

此后崔浩多次给朝廷出谋划策，如果朝廷没有采纳他的计策的话，那就一定会失败。所以明元帝很尊重崔浩，对他十分宠信。崔浩还精通儒家经典，但他不喜欢老庄，也特别讨厌佛教，曾说过："为什么要拜这胡神？"他妻子是个虔诚的佛教徒，每天都要诵读佛经，他看见后大怒，把佛经夺过来一把火烧掉，再把灰倒进厕所里。他堂弟信佛信得更厉害，即使身处粪土之中，如果见到佛像，也会毫不犹豫地跪拜。崔浩嘲笑他说："这么肮脏的地方正好适合跪拜那个胡神！"

太武帝登基后，崔浩继续辅佐，他帮助北魏灭掉了夏国，击破柔然，赢得了北伐的大胜。太武帝由此对他无比信任，时不时地到崔浩家做客，还品尝他家的饭菜。太武帝对那些尚书说："国家大事如果你们有不能决定的，就先征求崔浩的意见，然后再执行。"

崔浩才华出众，深得北魏数个皇帝的信任，但是当时鲜卑贵族的势力非常强大，崔浩是汉人，所以引起了他们的忌恨，他们想方设法想整垮崔浩。而崔浩对那些鲜卑贵族也不客气，经常讽刺他们愚昧无知。他还打算在北魏恢复汉族士族的地位，更加得罪了那些鲜卑贵族。他弟弟的女儿嫁给了太原王氏的子弟（太原王氏也是当时社会上公认的高贵姓氏，和清河崔氏处于同一等级），太原王氏世代遗传酒糟鼻，那个侄女婿也不例外。可崔浩对那酒糟鼻越看越顺眼，经常对那些鲜卑贵族说侄女婿长得俊美。很多人听了之后不高兴，就在太武帝面前说崔浩的坏话，太武帝因此逐渐对崔浩产生了不满。

太武帝命令崔浩等人编写北魏国史，崔浩他们历尽千辛万苦才编写出30卷。当初太武帝告诉他们要秉笔直书，即使有什么忌讳的事也不妨写出来，崔浩还真的把北魏历史上一些不光彩的事写进了国史里面。崔浩不擅长写史书，他主要负责统筹规划，并对全书进行润色，担任的是主编工作。国史写出来后，有人建议把这部书刻在石碑上永久保存下去，崔浩就营造了一个碑林，把整部史书都刻了上去。来往的人看到史书上那些不光彩的事，议论纷纷，鲜卑贵族看了之后很生气，跑到太武帝跟前告了他的状，说崔浩故意把朝廷的丑事拿出来说。太武帝也不提当初鼓励他们写史实的话了，下令把那些编写史书的人全部抓了起来，然后逐一审问。崔浩自己也不知道犯了什么罪，只承认自己接受过贿赂。后来太武帝亲自审问他的时候，他一句话都说不上来。

崔浩最后还是被判了死刑，当囚车拉着他开往刑场的时候，几十个士兵对着他的脸撒尿，崔浩惨叫着走了一路。从古代开始，宰相一级的官员被处死的成百上千，但没有一个像崔浩那样惨的。和他一起编写史书的人除了高允有太子求情而被赦免之外，其他人全部被杀。而崔浩家族无论亲戚关系远近，包括当时最高贵的范阳卢氏、太原王氏和河东柳氏这些清河崔氏的姻亲都被连坐灭族。

勇将杨大眼

杨大眼是武都氐族首领杨难当的孙子，少年时期就勇气过人，跑步像飞一样快，但他是妾所生，所以不受重视，经常受冷挨饿。北魏孝文帝时期他开始做官，当时孝文帝打算以南

历史关注　《木兰诗》是我国南北朝时期的一首北朝民歌，与汉代的《孔雀东南飞》合称为“乐府双璧”。

伐为借口迁都，命令尚书李冲主持选拔军官。杨大眼前去应征，但没有被选中，杨大眼说：“尚书你不了解我，让我给你表演一下。”他拿出三丈多长的绳子绑住头发奔跑，绳子像射出去的箭一样笔直，马都追不上他，看的人没有一个不惊叹的。李冲说：“自古以来，没有一个人像他那样的。”就把他选为军主。杨大眼回头看着同伴说：“今天是我蛟龙得水的日子，以后我再也不会和你们同列了。”不久他又升为统军，跟随孝文帝南征北战，每次都勇冠全军。

杨大眼的妻子潘氏也善于骑马射箭，她常到军中看望丈夫。在战斗和打猎的时候，杨大眼让潘氏穿上军装，要么夫妻二人一起战斗，要么一起在森林里奔跑。等到回来的时候，两人一起坐在营帐里，在部下面前谈笑自若，杨大眼指着妻子对别人说：“这是潘将军。”

南朝萧衍派王茂先率领数万人马到樊城等地招揽人民，计划建立宛州，又命令他任命的宛州刺史雷豹狼、军主曹仲宗等率领两万人偷袭并占据了河南城。宣武帝任命杨大眼为武卫将军，统领各军讨伐并打败了王茂先等人。萧衍又派舅舅张惠绍暗中进据宿豫，北魏任命杨大眼为平东将军，打败了张惠绍。杨大眼乘胜追击，和元英一起围攻钟离。杨大眼驻军城东，守卫淮河桥，结果遇上河水暴涨，他手下的士兵争相逃跑，他不能阻止，只好也跟着逃跑。杨大眼因为逃跑而触犯军法，被流放到营州当了一个普通的士兵。

后来宣武帝回想起他的功劳，把他召回来起用为代理中山内史。杨大眼回到洛阳的时候，人们想起他的英勇，又对他的起用感到很高兴，来围观他的人像上市场赶集那么多。

杨大眼善于骑马，穿着盔甲在马上所向披靡，受到人们的赞扬。他抚慰士兵，称他们为儿子，看到有人受伤，常常为他们流泪。他虽然是将帅，但还是身先士卒，从来不畏惧冲锋陷阵，和他作战的敌人没有不被他击垮的。南朝前后派遣的军队往往还没渡江就被他吓跑了。据说在淮扬一带，人们吓唬啼哭的小孩都是哄他：“杨大眼来了！”小孩子没有一个不马上停止哭泣的。王肃的侄子王秉刚从南朝投降到北朝，对杨大眼说：“在南方就听说了你的大名，都说你眼睛有车轮那么大，现在见到后也和常人差不多啊。”杨大眼说：“两军对阵的时候，我双目怒视，足以让你们不敢看我，何必一定要大如车轮的眼睛？”当时的人都推崇他的勇猛，认为即使是关羽、张飞也不能超过他。但是在出征淮河的战斗中，他却喜怒无常，常常体罚士兵，将士们都有些怕他，有的人认为这是他性情改变而造成的。

杨大眼出任荆州刺史，常把草扎成人体的形状，给它穿上青布衣服，对着它射箭。他把蛮族首领找来让他们观看，指着草人对他们说：“你们如果想造反的话，我就用这种方法来除掉你们。”荆州曾经出现老虎伤人的事情，杨大眼和老虎搏斗并活捉了它，把虎头砍了下来悬挂在街市上。从此荆州的蛮族经常一起讨论：“杨公是粗暴凶狠的人，常常制作我们蛮人的形体加以射杀，而且就算是深山里的老虎也不能逃脱他的毒手。”由此再也不敢兴兵作乱。杨大眼在荆州任职两年后就死了。

杨大眼虽然没有读过书，也不识字，但他常常请别人读书给他听，他都能记住。他打了胜仗后，命令别人写捷报，都是由他口授，然

元纂墓志　南北朝

鲜卑人迁都洛阳后，孝文帝命令所有鲜卑拓跋姓改为汉族元姓，此墓志即是鲜卑景穆皇帝的曾孙、持节都督元纂的墓志。

中国大事记 | 公元563年，北周与突厥联合攻打齐国。

后别人记录下来。他有3个儿子，最大的一个叫杨甑生，次子杨领军，幼子杨征南，都是潘氏所生，他们都继承了父亲的气魄和才能。

当初杨大眼被流放到营州的时候，他妻子潘氏耐不住寂寞，经常和人偷情。后来在中山的时候，杨大眼小妾生的女儿的丈夫赵延宝把这件丑事告诉了杨大眼，杨大眼知道后十分生气，把潘氏关了起来，最后把她杀了。之后杨大眼续娶了元氏作为继室，杨大眼快死的时候，杨甑生问元氏杨大眼的印绶在什么地方。当时元氏已经怀孕了，她指着自己的肚子对杨大眼的3个儿子说："开国县子（杨大眼的封爵）的爵位应该由我的儿子继承，你们这些婢女生的儿子想都不要想！"杨甑生等人十分怨恨她。杨大眼死后，兄弟三人怕受到陷害，就在送杨大眼的灵柩进京时逃到襄阳，投奔了南朝梁武帝。

权倾朝野的尔朱荣

尔朱荣出生在羯族部落一个酋长家庭，他的祖父多次跟随北魏太武帝南征北战，立下不少功劳。他有一次打猎的时候，大腿被一个部民误伤，按当时的传统，那个部民要被杀头，但他不动声色地把箭拔掉，没有追查是谁射的，他说："这很明显是误伤，我不忍心加害于人。"大家听了之后都很感动。他父亲继承酋长位置后，多次出动人马帮助北魏打仗，而且和朝中官员关系很好，后来把酋长之位让给了尔朱荣。尔朱荣生得皮肤白皙，容貌俊美，从小就聪明伶俐，长大后喜欢打猎。每次召集部民围猎的时候，都按照行军打仗的方式布阵，而且纪律严明，和真的打仗一样。

尔朱荣继承父亲地位的时期正好是胡太后专权时期，当时天下大乱，尔朱荣也组织了一支部队，先是跟随李崇和柔然作战，随后又帮助北魏扑灭了多次叛乱，很快就在政治上崭露头角。

尔朱荣在多年的征战中逐渐认清了北魏王朝的虚弱本质，觉得不管是政府军队还是叛军，都没办法和他作对，于是逐渐骄横跋扈起来。他在肆州打仗的时候，当地的刺史尉庆宾很怕他，关闭城门不让他进城。尔朱荣大怒，把肆州打了下来，任命自己的叔叔为肆州刺史，把尉庆宾关押起来。本来这是谋逆的大罪，但腐败的北魏朝廷不敢得罪这个手握重兵的人，反而任命他为镇北将军。

后来鲜于修礼造反的消息传来，尔朱荣请求让自己去讨伐，朝廷同意了。结果此时另一支叛军葛荣势力强大，尔朱荣害怕他偷袭自己，请求朝廷给他派援军，胡太后没有同意。接着他又要求派兵堵住敌人退路，也被朝廷否决了。尔朱荣大怒，从此自己招兵买马，扩充实力，不听朝廷号令，成了一个地方军阀。

北魏孝明帝和胡太后关系终于破裂，他密令尔朱荣进兵洛阳支持他。尔朱荣立刻带兵南下，走到半路却传来北魏孝明帝被胡太后毒死的消息，尔朱荣气昏了头，上表抗议，借口为北魏孝明帝报仇而兴兵。尔朱荣率领大军向洛阳杀去，他派人去见长乐王元子攸，将他立为皇帝，借他的名义起兵，名正言顺地讨伐胡太后一党。胡太后派情夫李神轨带兵抵挡，还没开打，李神轨就跑了，尔朱荣不费吹灰之力就开进了洛阳城，将胡太后和她立的小皇帝扔进了黄河。

尔朱荣把元子攸接到洛阳，自己控制了朝政大权。他的亲信费穆对他说："您手下人马不过万人，既没有取得大胜，朝中大臣又对您不服，如果您不杀掉一些人换上自己人的话，恐怕万一您哪天离开一步，就会发生变乱啊。"尔朱荣觉得他说得很有道理，又问另一个亲信慕容绍宗："洛阳人口太多，我想趁大臣朝拜皇帝的时候把他们杀个精光，你看如何？"慕容绍宗反对他这么做，但尔朱荣决心已下。他请元子攸引导百官去行宫西北，谎称要祭天，百官都到齐后，尔朱荣对他们说："天下大乱，先帝死得不明不白的，这全是你们不能辅佐造成的！个个都该杀！"他一声令下，手下的士兵冲上去见人就杀，有1300多大臣被杀。尔朱荣随后率兵向行宫冲去，元子攸正和两个兄

历史关注 | 府兵制是中国古代兵制之一，其最重要的特点是兵农合一，始建于西魏时期。

弟往帐外走，想看看发生了什么事。几个士兵冲上去把元子攸围起来，其他人把他两个兄弟杀掉了。元子攸听见兄弟们的惨叫，想问个究竟，但士兵们也不理他，把他架到帐篷中软禁了起来。

元子攸又气又怕，担心尔朱荣也不会放过他，派人告诉尔朱荣，他想禅让皇位，只求饶他一命。尔朱荣的部下里只有高欢劝尔朱荣称帝，其他人都反对。尔朱荣派人铸造金像，但铸造了 4 次都失败了。尔朱荣认为不吉利，就放弃了篡位的想法。尔朱荣当天晚上将元子攸迎回宫中，向他叩头谢罪，表示自己也很后悔杀掉那么多大臣。

尔朱荣的女儿本来是肃宗的妃子，他突发奇想，想把女儿嫁给元子攸当皇后。元子攸本想拒绝，但大臣劝他要忍耐，于是只好同意了。

尔朱荣很残暴，喜怒无常。有一次，他看见两个和尚骑一匹马，他是游牧民出身，很心疼马，看见佛门弟子居然如此虐待马匹，很气愤，派人把那两个和尚抓起来，互相撞击他们的光头，直到把两人活活撞死为止。

尔朱荣越来越跋扈，魏孝庄帝元子攸又恨他又怕他，而且尔朱荣的女儿仗着父亲的权势在皇帝面前指手画脚，使魏孝庄帝逐渐下了杀掉尔朱荣的决心。城阳王元徽建议："以皇后生子为名，请尔朱荣进宫道贺，他肯定不会怀疑。"魏孝庄帝将士兵埋伏在殿后，让人到尔朱荣家里道喜，尔朱荣果然上当，欣然进宫探望。这个时候魏孝庄帝已经紧张得脸色都变了，幸亏周围人提醒，他才喝了几口酒壮胆。尔朱荣一进门就发现有埋伏，他赶紧冲上去挟持皇帝，魏孝庄帝早有准备，一刀刺进他小腹，众人冲上来挥刀乱砍，将尔朱荣剁成了肉泥。

尔朱荣死后，尔朱家族势力还是很庞大，他们迅速做出反应，发动政变，将魏孝庄帝囚禁起来，活活勒死。但恶有恶报，尔朱荣手下大将高欢背叛了他们，最终灭掉了尔朱氏全族。

道士寇谦之

寇谦之是北魏时期有名的道士，他年轻的时候就喜欢仙道的思想，愿意与世隔绝。小时候修炼张鲁创下的道术，吃寒食散和自己炼的丹药，但过了很久也没有什么效果。有个叫成公兴的人在寇谦之叔母家当佣人，寇谦之发现他外表看上去很强壮，每天都辛勤劳动但并没有疲倦的样子，于是请求叔母让成公兴去他家当佣人。回家后，他让成公兴下地干活，自己坐在树下练习推算之法。成公兴干活之余跑来看他推算，寇谦之说："你干你的活就是了，跑来看这些干什么？"后来寇谦之计算七曜，怎么算也算不清楚，很失望。成公兴对寇谦之说："你为什么不高兴？"寇谦之回答道："我学习算术很多年了，但近来算《周髀算经》上面的东西怎么也算不对，所以感到很惭愧。不过这事和你又没关系，你用不着多问。"成公兴说："你试着告诉我，我来算算。"结果他一会儿就算清楚了。寇谦之很佩服成公兴，不知道他的学问有多深，请求拜他为师。成公兴坚决不肯，只让寇谦之跟他学习。不久他对寇谦之说："你既然有意学道，那可不可以和我一起归隐？"寇谦之求之不得，急忙同意了。成公兴让寇谦之斋戒了 3 天，然后一起到了华山，让寇谦之住

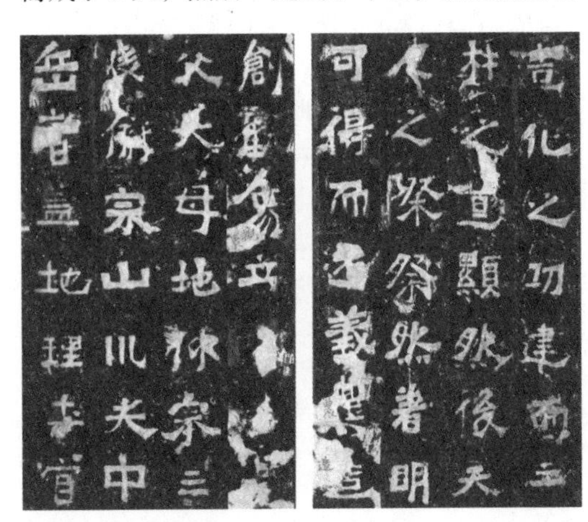

嵩高灵庙碑　北魏

此碑相传为寇谦之所写，书体古拙，具有雄浑森严的特色。

中国大事记　公元564年，齐国颁布均田令。

在石室里面，自己外出采药。他让寇谦之吃他采的药，就不感到饥饿了。

后来他又带寇谦之到了嵩山，那里有三重石室，让寇谦之住在第二重里面。过年后，他对寇谦之说："我出去后，会有人送药来，你拿到就只管吃，不要觉得奇怪。"不久有人送药来了，寇谦之一看，都是些毒虫和腐烂的东西，害怕得逃走了。成公兴回来后问起来，寇谦之把情况说了一遍，成公兴叹息道："你当不了神仙，只能当帝王的老师了。"成公兴服侍了寇谦之7年，最后对他说："我不能在这儿多留了，明天中午我就会死。我死后，你洗澡的时候会有人来接我的。"第二天成公兴果然死了。寇谦之自己洗澡，看到两个童子进来，一个拿着衣服，一个拿着钵和锡杖，走到成公兴的尸体前，成公兴就站起来，穿上衣服，拿起钵和锡杖走了。

成公兴死后，寇谦之在嵩山继续修炼，一直没有松懈过，据说他得到了道书，学会了服气导引之法，开始辟谷（一种可以不用吃饭也不会饿死的法术），弟子十多人，都得到了他的真传。

·北方民族大融合·

三国两晋南北朝时期，北方出现了民族大融合的趋势。东晋末年起，我国西北部的匈奴、鲜卑、羯、氐、羌等族陆续内迁，和汉族杂居。十六国时期，各民族人民在战乱中长期交往，互相影响，加速了民族融合。北魏统一黄河流域后，黄河流域出现了民族大融合。北魏孝文帝吸取汉族地主阶级的统治经验，进行改革，促进了北方民族的大融合。北方民族大融合，既是北方各少数民族封建化的过程，也是中华民族凝聚力不断增强的过程，为国家的再度统一创造了有利的条件。

后来寇谦之把他的书献给了太武帝，太武帝把他安置在张曜家居住。当时朝野对他都不太相信，只有崔浩用对待老师的礼节对待他。崔浩向太武帝上奏赞扬寇谦之："我听说圣人受命于天的时候，都会有天人感应的事情出现。当年汉高祖虽然很英明，而商山四皓仍然觉得向他称臣是耻辱，不肯服从他。现在隐逸的神仙不用陛下召唤自己就来了，这就是陛下可以赶上黄帝的证据，是上天的符瑞，怎么可以当作世俗之谈，而忽视上天的命令呢？我私下感到很害怕。"太武帝看了之后很高兴，派使者带着玉帛和祭品去祭祀嵩山，称寇谦之为天师，并把寇谦之的其他弟子也请下山来。从此北魏开始宣扬道教，一时间道教广为传播。崔浩侍奉天师，礼节很严格，有人讥笑他，崔浩听说后说道："当年张释之为王先生织袜子，我虽然并不是什么贤明的人，但现在敬奉天师，也可以不用愧对古人了。"

太武帝要讨伐赫连昌，大臣都劝阻他，太武帝向寇谦之咨询，寇谦之说："一定能胜利的。陛下神武英明，应了上天的安排，统治天下是天经地义的，应当用兵平定全国，先用武功再用文治，将来一定会成为太平真君。"寇谦之还上书说："现在陛下以真君的名义统治天下，并建立了静轮天宫之法，从古至今都没有过这样的事。所以陛下应该接受符书，彰明圣德。"太武帝于是亲自到道场，接受了符书，所用旗帜都是青色的，用来顺从道家的颜色。太子看见寇谦之上奏修建静轮宫，浪费太大，就对太武帝说："人和天不同，高和低也都有自己定分。现在寇谦之想要用无法完成的期限来做不可能的事情，人力物力财力花费太大了，老百姓也很疲劳，这不是太不应该了吗？"太武帝也知道太子的话是对的，他沉默了很久才说："我也知道这事成不了，但事情已经这样了，何必再爱惜那三五百个工人呢？"

寇谦之死了以后，他的弟子们认为他并没有死，而是尸解成仙了。

北齐书

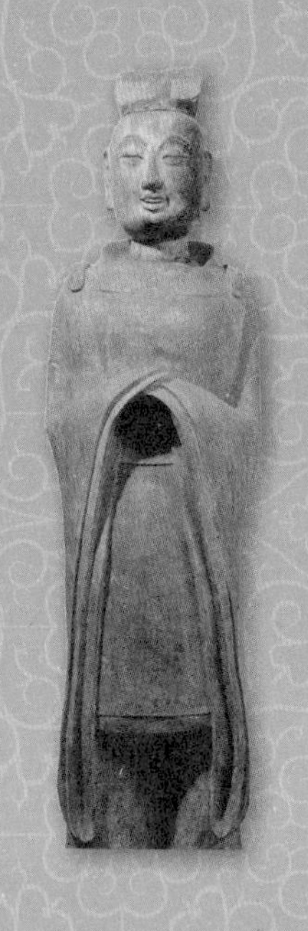

《北齐书》共50卷，为唐李百药撰，记叙了公元534年前后，北魏分裂、东魏建立、北齐代东魏到公元577年北齐灭亡为止，共40多年的史事。全书运用口语，记述较为真实生动，但今本残缺很多，大部分是从《北史》抄回。

中国大事记

公元565年，齐后主高纬即位，终日自弹琵琶，唱《无愁曲》，故称“无愁天子”。

兰陵王高长恭

北齐皇室可说是中国历史上最荒唐，作恶最多的皇室家族。不过这个家族里面也不是没有人才,高长恭就是其中一个。高长恭出身富贵、容貌俊美、有勇有谋、忠心耿耿等，唯一的不足就是有点贪财，不过在当时那也是很平常的事。很不幸的是他遇到了一个无道昏君。

高长恭是北齐世宗文襄帝高澄的第四个儿子,被封为兰陵王。高澄担任并州刺史的时候，北周前来进犯，打到了晋阳，高长恭率领军队全力反击。两军在邙山交战，齐军吃了败仗，高长恭当时正在中军，他率领500骑兵重新杀入北周军的阵地中，一直冲到了金墉城下，被团团包围。当时形势十分危急，高长恭的头盔把脸全部遮住了，城上的齐军认不出他，不肯给他开城门。高长恭无奈之下只好脱去头盔，露出脸来，城上的人才把他认了出来，赶紧派弓弩手出城救援，把北周军杀得大败。为了庆祝这次胜利和纪念高长恭的英勇无畏，齐军将士把这件事编成歌来唱，这个曲子就被命名为《兰陵王入阵曲》，是中国古代名曲之一。

此后高长恭担任了司州牧、青州和瀛州两州的刺史，收了不少贿赂。担任太尉一职时，和段韶一起率军攻下了柏谷，又攻打定阳。段韶不久得了病，将军队交给高长恭一人指挥。高长恭前前后后因为战功得到了很多封赏。

齐军由于高长恭的英勇而获得胜利后，北齐皇帝高纬对高长恭说：“你冲入敌阵也太深了，万一有点闪失的话，后悔都来不及了。”高长恭回答道：“我家的事轮到自己头上，所以不由自主地就冲了进去。”高纬听高长恭把朝廷大事称作他自己家的事，心里很不舒服，从此对他开始忌惮起来。后来高长恭在定阳的时候贪污受贿很严重,他的部下尉相愿问他说:“大王既然受到朝廷的重用，为什么还要如此贪婪？”高长恭没有回答他,尉相愿接着说道:“是不是因为打了胜仗后，怕因为自己的威武而遭到朝廷的猜忌，所以才用自我污秽的办法来表明自己没有异心？”高长恭顿时哭了出来，当场给尉相愿下跪，向他请教安身的方法。尉相愿说：“大王以前就立了很多大功，现在又打了一场大胜仗，威望实在太高了。您应该借口生病，躲在家里，不要再干预朝廷的事了。”高长恭认为他说得很有道理，但由于种种原因没有照他的话去做。后来陈朝进攻江淮一带的时候，高长恭害怕再次被召去领兵打仗，叹息道：“我去年得了脸肿的病，现在为什么却不发病啊？”从此以后，他就是生了病也不找医生来治疗。但是他的小心谨慎并没有起到作用，高纬还是对他不放心，最后终于下了毒手。高纬派徐之范给高长恭送去毒药，高长恭对妃子郑氏说：“我忠心耿耿地侍奉皇上，到底是什么事辜负了上天，而让我遭到这样的毒手？”郑氏说：“你为什么不求见皇上？”高长恭说：“都到这个时候了，我哪里还能见到皇上！”于是将毒药一口喝干，最后毒发身亡。

高长恭相貌很俊美，显得很柔和，但是他的心气很雄壮，据说他因为自己的脸长得实在是太秀气了，在战场上根本无法震慑敌人，所以他每次出战的时候都会戴上一个狰狞的面具。他在军队里当将领的时候,非常认真负责，就连一些小事他都要亲自处理。每次得到好东西，他也一定会和将士们分享，所以将士们都愿意为他效命。当初在瀛州的时候，行参军阳士深上表告发高长恭贪赃枉法，结果朝廷派人一调查，果然是这样，所以把高长恭的官职给免掉了。后来进攻定阳的时候，阳士深也在部队中，他害怕高长恭报当年的仇而杀了他。高长恭听说这件事后，对别人说：“我根本就没有这个意思。”但高长恭又怕阳士深始终放不下这个念头，于是找了他一个小过失，打了他20下军棍，这才让阳士深放了心。一次，高长恭入朝请罪，跟随他的仆从都跑掉了，只有一个人始终跟在他身边。高长恭回来后，对于那些扔下他跑掉的人他都没有惩罚。高湛为了奖赏他立下的功劳，命令贾护给高长恭买了20个小妾，但高长恭只象征性地要了一个。他家里有价值上千金的债券，在临死的那一天，

历史关注　北朝乐府民歌保存于乐府横吹曲辞的横吹曲中。横吹曲是军队中应用的音乐，要求雄伟悲壮。

高长恭把它们都给烧掉了。这些事情都说明高长恭本身并不是十分贪婪的人，而且他也不好女色，作为一个出身富贵的亲王，能做到这样已经非常不容易了。

狂暴昏君高洋

高洋是北齐神武帝高欢的第二个儿子，他长大成人后，皮肤黝黑，身上全是因皮肤病而留下的像鳞片一样的皮屑。他精神专注，不苟言笑，很有内涵，但外表实在很不出众。高欢对他不放心，曾经问他一些有关时政的问题，但高洋都回答得头头是道，高欢心中才稍微宽慰了些。高欢曾经让儿子们各自去整理乱麻，大家都细心地梳理，只有高洋拔出刀来将乱麻砍断，说："乱者须斩！"让高欢赞叹不已。

高澄被杀后，大家都惊慌失措，只有高洋非常冷静，布置军队除掉了叛党，趁消息没有传出去，赶紧保密，放出风声说是奴仆造反，高澄只是受伤，稳定了人心。高洋又逼迫东魏皇帝立太子，然后自己到晋阳去掌握了大权。高洋外表糊涂，但内心跟明镜一样，他宽厚待人，以诚相待，对人推心置腹，逐渐树立起自己的威信。

一年后，他逼迫东魏皇帝将皇位让给了他，建立了北齐王朝。高洋刚即位的时候还是很善于处理政事的，他奋发图强，善于用人，所以大臣们都尽心尽力地辅佐他。高洋赏罚分明，如果有谁犯了法，即使是皇亲国戚和功臣也不会得到宽容，朝廷内外都不敢不听从他的命令。至于军国大事的决策，他都是一个人说了算，深谋远虑，有雄才大略。高洋打仗很有一套，他从来不怕敌人人多势众。有一次，他和蠕蠕（我国古代民族之一）作战，他派了几千骑兵去堵住对方后路，对方有5万多人，带兵的将领请求多给他点人，高洋反而把他的人减少了一半，结果士兵们奋勇冲杀，将对方歼灭。

高洋当了几年明君后就开始骄傲起来，成天喝得大醉，变得越来越残暴，人也开始变得有点疯疯癫癫的了。不管天冷天热，他兴致来了就会脱掉衣服乱跑，哪怕是在大街上也是一样。他还喜欢杀人，大多数是肢解，或者用火烧，也有扔进河里的。酗酒时间长了，高洋就更加疯狂了，每次喝醉的时候，他就拔出剑来，或者拿出别的武器，谁运气不好就会被他杀掉。

童男　南北朝

此像所着胡服很有特色，头戴圆毡帽，身着圆领窄袖长袍，足穿圆头毡靴，体态健美，笼袖而立，是一个天真聪慧、憨厚纯朴的少男塑像。

有一次，他带着部下在集市里游玩，问一个女子："你觉得天子怎么样？"那个女子直言不讳地说："你这么疯疯癫癫的，哪里像个天子！"高洋立刻拔出刀来把她杀死了。有的时候他们就在大街上乱跑，随手乱扔钱，看见人们像疯了一样抢钱，觉得很开心。

后来他的性子变得越来越古怪了。大司农穆子容惹怒了他，他命令穆子容脱掉衣服趴在地上，高洋用箭射他，没有射中，竟然拿根木棍从他的肛门一直捅到肠子里。他虽然重用杨愔，但由于杨愔是个大胖子，他很不喜欢，管杨愔叫杨大肚，并用马鞭打他的背，杨愔被打得血肉模糊。高洋还想用刀剖开他的肚子，幸好崔季舒装作开玩笑说："老小公子又在恶作剧了。"顺手把刀夺走，才救下杨愔的命。还有一次他把杨愔放在棺材里面，几次想用钉子把棺材钉死。

他到彭城王高澈家里去，对他的母亲说："你当年夺我母亲的宠，我咽不下这口气！"拿刀把她杀死了。崔暹死后，他到崔暹家里去，对他的妻子说："你很想念丈夫吧？"崔暹妻子说："我和他是结发夫妻，感情深厚，当然很想念他了。"高洋说："既然想念他的话，干脆去看他吧。"拔出刀来把崔暹妻子的头砍了下来，扔出墙外。高洋在晋阳的时候，曾经用

中国大事记 公元570年，陈宣王册封阳春太守冯仆之母冼太夫人为“石龙郡（今广东化州）太夫人”。

长矛刺人玩，把都督尉子耀刺死了。后来在邺城，他用锯子将都督穆嵩活活锯死，他还一时心血来潮，将完全无罪的都督韩哲砍成了数段。

高洋过于残暴不仁，加上因为修长城和建宫殿耗费巨大，给老百姓带来了很大痛苦，结果弄得天怒人怨。而高洋一向对大臣很严厉，加上他记忆力超强，谁得罪了他一定会被处罚，所以朝廷内的官员谁都不敢反对他。曾经有个正直的官员李集进谏，说他比桀和纣王还要残暴。高洋命人把他捆起来扔到河里，过了好久才拉上来，问他：“我和桀、纣王比如何？”李集说：“从来就没有比不上他们的地方。”高洋于是又把他扔到河里，然后拉出来再问，前后折腾了好几次，但李集每次的回答都一样。高洋乐了，说道：“天下居然有这样的笨蛋！都能和关龙逄、比干媲美了。”于是把他放了。可李集还是不死心，后来又去见高洋。高洋见他似乎还想进谏，下令把他拖出去腰斩了。

高洋由于酗酒无度，很快就酒精中毒而死。他的残暴和短命被整个北齐皇族继承了下来，北齐皇族的男子没有一个活过40岁的，后人都认为是报应。

一日皇帝高延宗

高延宗是高澄的第五个儿子，他小时候就很受高洋的宠爱，被封为安德王。不过高延宗少年时期和道德根本扯不上关系，他当定州刺史的时候，很喜欢在房顶上大便，让人在下面张开嘴去接。当时高湛是皇帝，他听说高延宗这么顽劣，派赵道德到定州去，狠狠打了高延宗100大板。赵道德因为高延宗在挨打的时候态度不好，又加打了30下。高延宗得到了一把刀，想试试锋不锋利，找来几个囚犯，将他们杀死，以此来检验刀的锋利程度。高湛派人把他狠狠地打了一顿，并杀了他9个亲信。从此以后，高延宗开始改过自新。高长恭打了大胜仗，自己在兄弟们面前说当时的情形，大家都觉得他很厉害。高延宗却说：“四哥不是大丈夫，为什么不乘胜追击？换了是我的话，哪里还能让关西留到现在！”高长恭死后，他的妃子郑氏把脖子上的珠串施舍给寺庙，广宁王把它赎了回来。高延宗写信相劝，哭得眼泪流得满纸都是。河间王高孝琬死的时候，高延宗哭得很伤心，又做了个草人像高湛，用鞭子抽打，边打边骂：“为什么要杀我哥哥？”高延宗的家奴把这事告发给官府，高湛让高延宗趴在地上，用马鞭狠狠抽了他两百鞭，差点把他打死。

后来北齐和北周在平阳作战，高纬亲自率军抵抗，命令高延宗率领右军先战，高延宗首战告捷，擒获北周大将宗挺。双方决战的时候，高延宗连续两次冲入敌阵，所向披靡。最后北齐军队战败，只有高延宗率领的部队没有损失。高纬吃了败仗，害怕得想逃跑，高延宗说：“只要大家不动，把军队交给我，我一定能打败敌人。”高纬没有听他的。跑到并州的时候，听说北周军已经进入雀鼠谷，高纬把军队交给高延宗，对他说：“并州我交给你了，你好好坚守，我先走了。”高延宗说：“陛下千万不要走，我愿意死战。”但高纬还是跑了。并州将士对高延宗说：“如果大王不当天子的话，我们就不为您出战。”高延宗迫不得已，只好即皇帝位。大家听说高延宗即位后，纷纷前来投靠他。高延宗力大无比，作战十分英勇，他下令把国库里的钱财和后宫美女全部赐给将士们，又把那些作恶多端的宦官的家抄了。高纬听说后，说：“我宁可让周人得到并州，也不想让高延宗得到。”高延宗在检阅军队的时候，亲自拉着士兵的手，流泪不止。大家都争着为他去死，连妇女儿童都跑到房顶上投掷石头以抵挡北周军。但是镇守太谷的将领率领1万人马投降了北周军。北周军乘胜包围了晋阳，高延宗亲自与齐王宇文宪对阵，他手持长矛，在敌阵中左冲右突。

镇守城东的将领率领1000骑兵向北周军投降，于是北周军从城东攻了进来。高延宗率领人马退回城中，夹击入城的北周军。北周军

历史关注　南北朝时期出现了碾。

被杀得大败，争着逃跑，齐军从背后砍杀，共杀死周军2000多人。周武帝的卫兵都死光了，好不容易才在侍卫的帮助下逃出了城。这个时候高延宗以为杀死了周武帝，下令在败军尸体中寻找长胡子的人，但没有找到。齐军打了胜仗后就跑到集市上喝酒，一个个喝得大醉，所以高延宗没办法组织起追击的军队。

不久，北周打散的军队又集结起来，再次对东门发动进攻，很快就攻了下来。高延宗率军与北周军展开巷战，最后精疲力竭，逃到城北，在百姓家中被北周军俘虏。周武帝见到高延宗后，立刻从马上下来，拉住了高延宗的手。高延宗说："死人的手怎么能让天下至尊来握？"周武帝说："两国天子能有什么仇？我只是为拯救百姓而来，你放心，我不会杀你的。"于是让高延宗穿好衣服，以礼相待。高延宗从登基到灭亡，一共也就一天的时间，所以被称为"一日皇帝"。高延宗被俘虏后，周武帝问他如何攻下高纬所在的邺城，高延宗推辞不过，才说："如果任城王来增援的话，那我就没办法预料了。如果是高纬自己守城，那陛下不费吹灰之力就能成功。"

回到长安后，周武帝大摆宴席，命令高纬起来跳舞助兴，高延宗见皇帝受辱，悲伤得不能自已。他几次想服毒自尽，都被侍婢们劝阻了。不久，周武帝就诬陷高纬和高延宗等人谋反，全部赐死。

南华禅寺

该寺位于今广东曲江东南，始建于南北朝时期。

放荡的胡太后

胡太后是北齐武成帝高湛的妻子，在当皇后的时候就与和士开私通，高湛也睁只眼闭只眼。高湛死后，她被尊为皇太后，于是更加肆无忌惮了。和士开的权力也越来越大，将朝廷里面反对他的人都外放，自己独揽朝政。有一次和士开得了伤寒病，医生说必须服用黄龙汤。所谓黄龙汤就是用多年的人粪泡的水，和士开说什么都喝不下去。正好来了个书生拍他马屁，说："这有什么难的，我喝给您看看。"于是端起碗来一饮而尽，和士开见他都能喝，于是也勉强自己喝了下去。那些人巴结和士开都这样无耻。

和士开的权势引起了北齐皇族的不满，琅琊王高俨最看不惯，于是写奏章弹劾和士开。他知道高纬根本没有兴趣翻奏章，就把弹劾奏章夹杂在其他文书里面送交上去。高纬草草地翻了一下就不耐烦地说："行了，就这么着吧，能实行的就实行，我不想看这些东西。"高俨就奉旨将和士开处死了。

和士开死后，胡太后悲痛欲绝，经常去寺院烧香拜佛。有一次她烧香的时候，看中了寺院里一个叫昙献的和尚。胡太后对昙献非常满意，经常借口烧香拜佛去和昙献幽会。还从皇宫里带了不少奇珍异宝送给昙献，就连当初高湛睡过的床都搬到昙献的房间里，两人时常睡在上面谈情说爱。

胡太后对昙献的思念是没有终止的，一日不见，如隔三秋。她每次回到皇宫后都茶饭不思，恨不得马上就天亮，好跑到寺院里和昙献幽会。后来干脆把昙献召到后宫里面，谎称听他宣讲佛法，实际上白天晚上都和他睡在一起。胡太后还把昙献任命为掌管全国佛教事务的昭玄统，和尚们都指着胡太后开昙献的玩笑，有的还戏称他为太上皇。昙献收了很多徒弟，大约有100人

中国大事记 公元573，陈出兵伐齐，连攻齐数十座城。

在后宫里面讲经。一个昙献显然不能满足胡太后的欲望，他的徒弟里面不乏相貌出众、体格伟岸的人，胡太后经常从那些和尚里面挑选出相貌俊秀的供自己享乐。胡太后怕高纬知道她的事，就把那些俊秀的和尚打扮成尼姑的样子，放在后宫，让人不起疑心，然后每天晚上都要一个和尚陪她睡觉。

很快高纬听到了风声，但他不相信太后会如此大胆。有一次他去参见胡太后的时候，看到胡太后身边有两个打扮得很妖艳的尼姑，长得非常漂亮。高纬也是个好色之徒，他一看到那两个尼姑那么漂亮，顿时动了色心，借口请她们给自己讲解佛法，把她们带走了。胡太后不知道自己的儿子怀着什么心思，觉得儿子还小，应该不会有什么事，放心地让她们跟着高纬走了。

高纬把两个尼姑带到自己房间后，急不可待地命令她们陪自己睡觉。两个尼姑吓得连连摇头，死都不肯。高纬开始还以为她们害羞，后来看她们始终不肯就范，生气了，让侍卫把她们按住，脱下她们的裤子一看，原来是两个男人。高纬气得浑身发抖，下令审讯那两个和尚，两人赶紧一五一十地全部招供了。高纬大发雷霆，把昙献等和胡太后有私情的和尚全部抓起来处死，并且杀掉了胡太后身边的3个郡主，因为她们对胡太后的奸情知情不报。

因为这件事，胡太后和高纬的关系彻底破裂了。高纬谎称邺城有紧急事件，然后穿上盔甲，拿好武器，带领士兵回到邺城，命令将胡太后软禁起来，不久又下令从此以后不管内亲外亲，一律不准和太后见面。过了很久，高纬的气消了后，才把太后迎回了皇宫。当时太后听说皇帝的使者来了，非常害怕，以为皇帝要杀她。高纬虽然把太后接了回来，但是两人的关系已经不能挽回了，高纬对太后从此疑心重重，每次太后请高纬来吃饭，高纬来了之后一口都不敢吃。北周人听说这件事后，派人出使北齐，使者写了一篇《述行赋》，叙述了郑庄公杀死弟弟共叔段并放逐母亲姜氏的故事，文辞虽然不雅，但北齐人因为高纬和太后的关系不好，看后还是感到很羞愧。北齐被北周灭亡后，胡太后恢复了自由之身，仍是任意淫乱，直到隋文帝统治时期去世。

汉将高昂

北齐皇室一向轻视汉人，实行的是民族歧视政策，高欢也不例外。但是高欢并不是轻视所有的汉人，他对那些有才能的汉人还是非常尊重的，比如身为汉人的大将高昂就很受高欢的器重。

高昂幼年时期就很有胆量，长大后很有才能，胆识和力气都不同于常人。他父亲为他请了严格的老师，吩咐要对他严加管教，但高昂根本不怕老师，专门骑着马到处跑。他说大丈夫应该横行天下，靠自己去争取功名，哪能老是坐着读书，当个老博士呢。高昂和哥哥经常出去抢劫，官吏也不敢拿他们怎么样。他们经常招揽会武艺的宾客，几乎把家产都花光了。他父亲常对人说："这个儿子以后不是灭掉我的家族就是光宗耀祖，而且不仅仅是做个州里的土豪。"

高昂兄弟曾起兵反对尔朱荣的统治，后来奉旨解散，但两人仍在家里暗中聚集壮士，尔朱荣知道后很不高兴，下令拘捕了高昂，一直把他带在身边。尔朱荣死后，尔朱氏发动反击，皇帝亲自安排对付他们的行动，高昂披挂整齐，拿起兵器和侄子一起冲出去杀敌，所向披靡，皇帝认为他们很英勇，大加赏赐。

高昂认为尔朱家族威胁很大，请求回家招募士兵。他走后不久，京城就被攻破了，高昂和家里人在信都起兵。他跟随高欢打天下，很快就打败了尔朱家族的势力。他部下的军队都是自己家乡招募来的人。高欢说："你统率的都是汉人军队，恐怕不管用，我想分给你1000鲜卑士兵，怎么样？"高昂回答道："我统率的部队，大家在一起练习了很久，战斗力并不比鲜卑士兵差。如果让他们和鲜卑人掺杂在一起，感情上很难融合，打胜了会争功，打败了就会相互推卸责任。所以我宁愿自己带领

历史关注

“龙门二十品”是指在龙门石窟中发现的北魏时期二十方造像记，这些作品被认为是魏碑书法的代表作。

汉人军队，不希望掺杂别的部队。”高欢觉得他说得很有道理。开战之后，高欢的军队吃了败仗，稍稍后退了些，尔朱家族的军队乘机发动进攻。高昂带领1000多骑兵从侧面杀向尔军，把尔军阻断，很快就击溃了尔军。那天如果没有高昂出击的话，高欢早就死了。

北魏孝武帝初年，高昂被加官侍中，晋爵为侯，食邑700户。他的哥哥被孝武帝杀死后，他带领十几个手下逃到晋阳投奔高欢。后来发生孝武帝反对高欢的事情，高欢向南讨伐，命令高昂为前锋部队，很快就打败了孝武帝，孝武帝只好向西逃跑。高昂率领500骑兵拼命追赶，一直追到峭山一带，最后没有追上。不久高昂代行豫州刺史，讨伐三荆地区不肯归附的地方，全部平定了下来。东魏孝静帝初年，任命高昂为侍中、司空。高昂因为当年他哥哥死的时候就是司空，所以坚决不肯接受，于是改任为司徒。

当时关陇一带正好有战事发生，高欢任命高昂为西南道大都督。当地山势险要，地形狭窄，敌人已经占据

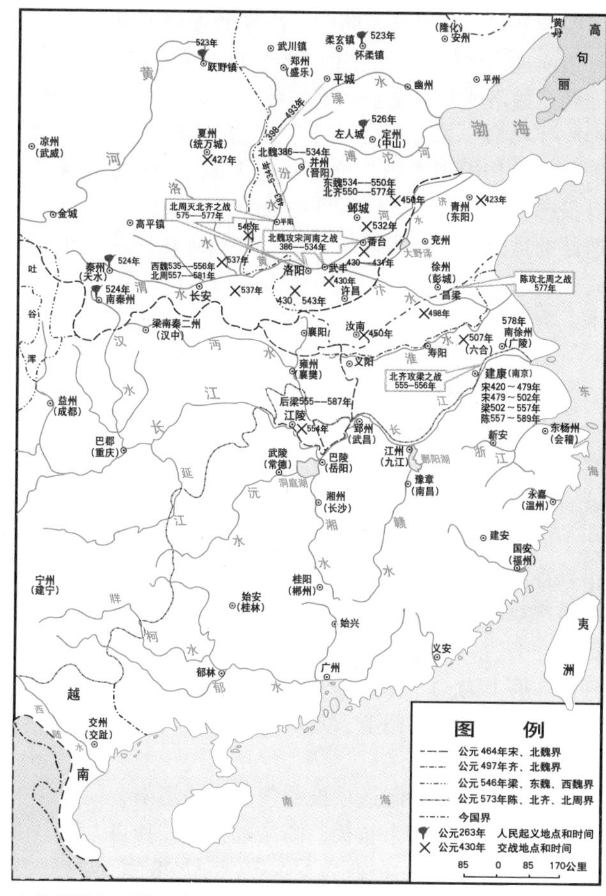

南北朝战争形势示意图

·胡汉交融，胡服汉化·

胡服和汉服有很大的差别，合身的裤褶装、短的袍衫、各式的靴子是北朝服饰的特点，有不同的服饰搭配，同时由于战争的原因，紧身、窄袖、圆领、有开衩的胡服，因为方便行动、有很强的实用性，越发盛行起来，成了北方时髦的服装。作为胡服中的最主要服装，轻便实用的裤褶服从东汉时期起，就传入北方边境地区的汉族居民中。汉族接受了褶以后，做了一些改动，把原来又细又窄的衣袖改成下部宽大的长袖子。到了南北朝时期，南方汉人也开始穿着，在把上身的褶衣袖管加大的同时，下身裤子也加大了裤管，变成大口裤。太平无事的时候，撒开裤管成为衣裳，遇到急事的时候就扎起来成为缚裤，一举两得，这是南朝的裤褶服。同时，南朝裤褶又反过来影响北朝的裤褶，使得胡人的裤褶也渐渐趋向于南朝裤褶的样式。北魏改穿汉族衣冠后，具有典型游牧民族特色的胡服，被宽松典雅的汉族衣冠代替，胡人的男子们也都身穿宽袖上衣，长长的裙裳，腰间束着宽带，头戴纱冠，束发，也插上簪，脚上穿着鞋头高高耸起的厚底舄。从整个着装风格、服装样式和服饰搭配上来看，已经和汉服没有什么差别了。通过多年的交流，胡服和汉服才彻底融合。

中国大事记 公元575，周武帝发兵17万，兵分六路攻齐。

了险要地形，并设好了防线。高昂率领部下边打边前进，敌人无法阻挡他，很快攻下了上洛，擒获西魏洛州刺史泉企和部将数十人。刚好龚泰吃了败仗，高欢召高昂回去。当时高昂被箭射中，伤得很严重，他对身边人说：“我以身报国，死了也没有什么可怨恨的。唯一让我遗憾的是没有看到我弟弟高季式当上刺史啊。”高欢听说了这件事后，马上派人骑马去任命高季式为济州刺史。

高昂回来后，担任了军司大都督，统领67个都督，和侯景一起在虎牢关训练士兵。御史中尉刘贵当时也率领部下在北豫州，他和高昂一直都有矛盾。高昂听说刘贵也在附近，就召集士兵准备进攻他，侯景和冀州刺史赶紧从中周旋调解才平息了这件事。当时鲜卑人都很轻视汉人，只害怕高昂，并对他很服气。高欢每次对将士发布命令都是用鲜卑语，但只要高昂在旁边，他就一定改用汉语。高昂有一次到高欢府上去，门卫不肯替他通报，高昂大怒，拉起弓箭就要射杀门卫，高欢知道这事后也没有怪他。

高昂和侯景一起进攻被西魏占领的洛阳金墉城，宇文泰率兵来救援，高昂被打败，独自骑马向东逃去，最后被西魏军杀害，年仅48岁。

史学家魏收

北齐虽然文化很不发达，但也出了不少文化人才，而且还编撰了一本很重要的史书——《魏书》，这本书的编写者就是魏收。

魏收出身名门，15岁的时候就能写很多文章了。他跟随父亲到边疆去的时候，喜欢上了骑马射箭，想靠武艺来获得功名。别人调侃他道：“魏公子您能要多少个戟呀？”魏收听了之后很惭愧，从此改变了志向，开始专心读书。夏天天气闷热，魏收就在树荫下面坐在板床上读书，树荫移动，板床也跟着移动，一年下来，板床的木料因此磨损了不少，但魏收刻苦读书的精神却没有减少。后来，魏收以文章华丽获得了名声。

魏收被任命为太学博士，尔朱荣迫害文人学士时，魏收也在被迫害者的行列中。北魏节闵帝即位后，下诏命令魏收以《封禅书》为题写篇文章，以此来考查他的文才。魏收拿起笔来不一会儿就写完了，连草稿都不打，一篇近千字的文章，都没有几个需要修改的地方。当时黄门郎贾思同站在旁边，看了之后大为惊奇，对皇帝说：“即使是曹植七步成诗的才能，也超不过魏收写《封禅书》。”魏收由此受到了皇帝的赏识，被任命为散骑侍郎，后来又让他写起居注，并参加编写国史，当时他才26岁。

当时公文堆积了很多，但经过魏收处理后都符合皇帝的意思。后来，孝武帝曾经发动了很多士兵跟他一起去打猎，当时天很冷，许多人都对此不满，而且皇帝和身边的官员妃子穿的衣服都不符合礼仪的规定，魏收想提意见又不敢，想不说话但又按捺不住，就写了一篇《南狩赋》来讽谏，文辞很华丽。皇帝亲笔给他回了信，信里面到处都是表扬他的话。当年讽刺魏收习武的人对他说：“你要是不遇到我的话，现在也该去陪皇帝追兔子了。”

门吏俑　北齐

魏收恃才傲物，他的伯父魏季景也很有才能，官职和名声都在魏收之上，但魏收却常常欺负魏季景。李庶以善于辩论著称，他曾对魏收说：“朝廷里有两个姓魏的。”指的是魏收和魏季景。魏收却直言不讳地说：“把我和我伯父相提并论，就像把耶输和您相比一样。”耶输是当时有名的傻子，魏收这样比喻，很明显是把伯父和那个傻子放在一起，很不尊敬长辈。

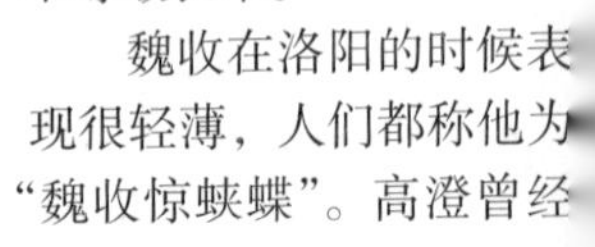

魏收在洛阳的时候表现很轻薄，人们都称他为“魏收惊蛱蝶”。高澄曾经

历史关注

徐陵所著的《玉台新咏》是继《诗经》《楚辞》之后我国古代的第三部诗歌总集。《孔雀东南飞》即选自此书。

请文人们赴宴，高澄说：“魏收倚仗才能不分时候，今天一定要揭他的短。”大家纷纷和魏收舌战起来。魏收突然大叫：“杨遵彦已经被驳倒了！”杨遵彦说：“我的闲工夫绰绰有余，岿然不动，不过如果遇到了面对大路的大石头的话，就会翩翩飞舞而消散了。”这句话含有暗中嘲笑魏收“惊蛱蝶”的意思。高澄首先理解了，大笑着说这句话说得妙。高澄又说：“刚才说了魏收的细微的短处，现在再来说说他大的缺点。”杨遵彦说：“魏收在并州写了首诗，对大家宣读完后，说：‘即使给我伯父季景六百斗米，他都不能理解这首诗的意思。’这事大家都知道的，我不敢瞎说。”高澄说：“我也听说过这事的。”大家都笑了。魏收虽然百般申辩，但也不再抗拒了，不过他终生都为这事而忌恨。

高洋建立北齐后，下令魏收编写北魏的历史。因为当初高洋让大家说自己志向的时候，魏收表示自己想写史书，所以这次就让他专心干好这项工作。高洋对魏收说：“你只管直笔写，我不会做太武帝杀史官那种事的。”很快，《魏书》就写好了，这部史书是现存唯一一部完整的记叙北魏历史的史书。

魏收选择史官的时候，只要那些当初依附他的人。这些人当中相当一部分并不具备史学才干，甚至还有些人是采取不正当手段进入写作班子的，所以这些人在写到自己祖先的时候，都把他们写得非常好。魏收性子很急，不怎么能客观地书写，那些和他关系不好的人，多数把他们的好事给湮没不写了。魏收经常说：“什么东西，敢和我作对！我抬举他就能让他上天，按一下他就得入地！”阳修之曾经对魏收有恩，他的父亲当年是因为贪婪残暴而被革职的，魏收在史书里面却说他是个清官，是因为公事而被免职的。尔朱荣本来是奸臣，但由于高欢是尔朱荣的部下出身的，而且魏收还收了尔朱荣儿子的礼物，所以就在史书里面减少了尔朱荣干的坏事，而写了他不少好事。

书一写出来就有很多人说魏收不公平，皇帝让大家和他一起讨论。魏收被辩得哑口无言，开始皇帝还袒护他，那些攻击《魏书》最激烈的人还被判了罪。但由于争议实在太大，大家都说这本书是“秽史”，告状的人越来越多，皇帝只好下令暂时不要公开《魏书》。魏收死后，当初那些被他得罪的人还不肯放过他，北齐灭亡的那一年，魏收坟墓被那些人挖掘，尸骨都被抛掉了。

断决无疑的苏琼

苏琼幼年跟随父亲到边境去，曾拜见东荆州刺史曹芝，曹芝和他开玩笑说：“你想不想当官？”他回答：“朝廷设置官职是要寻求合适的人担任，而不是人来求官做。”曹芝很欣赏他的回答。后来高澄任命他为刑狱参军，并州曾经发生抢劫，州府官员审理此事，疑犯在严刑拷打之下都已经招认，失主家也进行了辨认，只是没有拿到赃物。高澄把这事交给苏琼处理，结果另外抓到了真凶，并获得了赃物。高澄大笑，对那些以前被冤枉的人说：“你们如果不是碰到我的好参军的话，几乎就被冤枉死了。”

苏琼出任南清河太守，那个地方盗贼很多，但苏琼上任后，治安就好了很多，盗贼们也都不敢作案。境外有盗贼经过，全部都被抓获。零县百姓魏双成家里丢了一头牛，怀疑是同村人魏子宾干的，把他扭送到苏琼那里。苏琼经过审问后认为魏子宾不是盗贼，将他放了。魏双成上告说：“你把贼放了，百姓的牛上哪儿找去？”苏琼没有理他，而是暗中查访，抓住了真正的贼。从此以后，当地百姓家的牲畜都不再圈起来，而是随意放在外面，都说：“这些牲畜都托付给我们的长官了。”邻郡的富豪把财物放在南清河境内，后来遇到抢劫，他说：“我的财产都已经寄放在苏公那里了。”那些盗贼就跑了。

平原郡有个大贼刘黑狗，势力很大，党羽也很多。苏琼管辖内的百姓虽然和那些人挨得很近，但没有一个人牵连在里面的，周围的郡县都很佩服苏琼。南清河郡原来有 100 多个盗

中国大事记 公元577年，北周灭掉北齐，至此，北周统一北方。

贼，苏琼把他们收服，安排在自己身边，民间的事，甚至是官吏喝了百姓一杯酒，苏琼都能马上知道。

苏琼清廉谨慎，从不接收私人信件。僧人道研是济州和尚的首领，非常有钱，在郡内放了很多高利贷，经常要郡里帮他收债。有一次道研来拜见苏琼，苏琼知道他的来意，每次见到他都只和他谈论佛教教义，态度十分恭敬。道研虽然为催债来了很多次，但都无法开口提这事。道研的弟子问他是什么原因，他说："每次见到苏琼，他都把我捧到天上去，没有机会来谈论人间的事。"当地有个人曾经担任过乐陵太守，80岁的时候退休在家。五月初，他得到两个新瓜，想送给苏琼。他仗着自己年纪大，苦苦请求苏琼把瓜收下，苏琼没办法，只好收下了，却把它们放在客厅的大梁上，并不切开来吃。别人听说他收下了瓜，还以为他爱吃水果，争着来给他送水果，到了大门口一看，那两个瓜还在，只好失望地回去了。有一对兄弟争夺田地，闹了很多年都没有了结，他们相互提供证人，来给他们做证的多达百人。苏琼把他们找来，当着大家的面劝他们："天下难得的是兄弟，田地是容易得到的东西，如果让你们得到田地而失去兄弟，将会怎样？"说着说着就掉下泪来，周围的人都被感动得哭了。两兄弟叩头请求让他们回去重新考虑，本来他们已经分家10年了，这下子又重新搬到一起居住。每年春天，苏琼都要找老师到郡里来讲经，官吏在空闲时间都要去读书，时人指吏曹称为学生屋。

苏琼提倡教化，他禁止百姓举行不符合国家规定和礼仪之外的祭祀，教导他们在婚姻丧葬方面要俭朴。当时各州郡都派人到他那儿咨询处理公务的办法。高洋统治时期，郡内发大水，百姓断绝粮食的有1000多家。苏琼把郡中有粮食的人家都叫在一起，自己向他们借粮，再分给灾民。州里按户征收田租的时候，要审查他借粮的情况。郡中的小吏对他说："虽然是可怜那些灾民，但恐怕这样会连累您的。"苏琼说："我一个人获罪，却能救活1000户人家，还有什么可抱怨的？"他上表说明了情况，朝廷下令不再调查此事，最后当地的百姓都平安度过了荒年。这些人都抚摸着儿子，对他们说："都是长官救了你们啊！"苏琼在南清河郡待了6年，百姓被他的恩德感召，从来没有一个人去州里告状的。州里4次考核官员，都把他列为最佳。后来苏琼因为父亲去世而离职，朋友送他东西，他都没有接受。不久他被起用为司直、廷尉正，当时的人都替他觉得委屈，觉得官太小，尚书辛述说："他那个人既然非常正直，我是根据他的名声来给他定的官职，不用担心他将来升不了官。"

当初苏琼任清河太守的时候，裴献伯是济州刺史，裴献伯用法严酷，而苏琼则和他相反。裴献伯问别人外界怎么评价他们，得到的回答是："太守善，刺史恶。"裴献伯说："得到百姓称赞的并不完全是奉公为国。"那人反驳道："若是这样的话，那黄霸、龚遂就是你所说的罪人了。"后来朝廷下诏书，要州里举荐清廉能干的官员，正好有人诬告裴献伯，裴献伯因为先前的话而害怕苏琼对他落井下石，苏琼却为给裴献伯洗清冤枉而四处奔走。尚书崔昂对苏琼说："你如果要立功名，应该从别的地方考虑，如果还是经常为那些叛贼洗清罪责的话，你的身家性命迟早保不住的。"苏琼严肃地说："我所平反的都是被冤枉的，我可从来没有放过那些叛贼。"崔昂十分惭愧。当时京城人流传一句话是"断决无疑苏珍之（苏琼字珍之）"。

苏琼在徐州任官的时候，徐州五级寺的铜像突然被人偷走了100个，有关部门前往缉拿，抓了几十个人，而苏琼把他们都放了。寺院的僧人都抱怨苏琼不为他们抓贼，苏琼让他们回去等消息。10天后他查访到贼人的姓名和赃物所在地，发动突然袭击，人赃并获。苏琼为百姓办了很多好事，北齐灭亡后，他担任了北周的博陵太守。

周书

《周书》共50卷，为唐令狐德棻所撰，记载北周20多年的史事，仅有纪、传而无志、表，作者仿《尚书》文体写作，语言虽然典雅，但记叙未免有些失实之处。其中所记载的有关均田制、府兵制的史料较为重要。原书流传过程中多有残缺，今本多取《北史》补入。

中国大事记

公元579年，周宣帝禅位于太子。

功高遭忌的宇文宪

宇文宪是北周太祖宇文泰的第五个儿子，聪明机敏。宇文泰曾经想赐给几个儿子好马，把他们带到马场上让他们自己选。大家都选了毛色纯正的马匹，只有宇文宪选了匹杂毛马，宇文泰问他为什么，他回答："这匹马毛色和别的马不同，也许跑得更快些。等到打仗的时候，谁选的马好自然就能分辨出来了。"宇文泰高兴地说："这个孩子才智不凡，以后一定能成大器。"于是把马赐给了他。以后宇文泰每次看到杂毛马都会说："这是我孩子的马。"就会命令把马取来赐给宇文宪。

宇文泰平定蜀地后，因为蜀地地势险要，又很富裕，所以不想让部将去守卫，想在儿子当中选一个，就问他们谁愿意去。别人还没回答，宇文宪就请求让自己去。宇文泰说："刺史应该安抚民众，治理百姓，这个你干不了。而且按照年龄大小的顺序，应该让你的哥哥去。"宇文宪说："每个人的才能和年龄大小没关系。如果让我去了治理不好的话，我愿意服罪。"宇文泰非常高兴，但因为宇文宪太小，还是没有让他去。明帝即位后，想起宇文宪当年有这个想法，就将他任命为益州总管。宇文宪当年只有16岁，他上任后很能治理，不管有多少公务，他都能处理得井井有条。

四面塔　南北朝

后来宇文宪和宇文护一起讨伐北齐，尉迟迥为先锋，将洛阳包围了起来。突然后面出现几万齐军，全军大为惊恐。只有宇文宪和王雄、达奚武等人率军迎战，王雄被齐军所杀，周军士气低落。宇文宪亲自督战，鼓舞了士气。

当时宇文护执政，对宇文宪很亲近，什么事都让他参与。宇文宪和宇文护关系非常好，宇文护被杀后，宇文宪害怕自己受到牵连，于是向北周武帝谢罪。北周武帝对他说："天下是高祖当年打下的天下，我继承江山后，常常害怕丢失，宇文护目无君长，以下犯上，图谋不轨，所以我才杀了他。你是我的弟弟，骨肉相连，而且这事你又没参与，用不着谢罪。"话是这么说，但由于宇文宪名望太高，北周武帝对他还是有戒心，名义上升了他的官，实际上还是削弱了他的兵权。

后来北周武帝得了重病，卫王宇文直趁机造反。北周武帝找来宇文宪，对他说："卫王造反的事你知道吗？"宇文宪说："我本来不知道，现在听陛下说了才知道。宇文直如果真造反的话，那是自取灭亡。"北周武帝说："你立刻带兵出发，我马上就到。"宇文直不久就逃走了。北周武帝回到京城后，对宇文宪说："管、蔡被杀而周公为辅，人心不同和人脸不同是一样的，但是兄弟亲人之间互相残杀，这是我一直遗憾的事。"当初宇文直很忌惮宇文宪，宇文宪一直对他隐忍。宇文护被杀的时候，宇文直坚持要杀掉宇文宪，北周武帝说："宇文宪的心迹我知道，不要对他有什么怀疑。"太后去世后，宇文直又诬告宇文宪在丧期仍然喝酒吃肉，北周武帝说："我和宇文宪都不是正妻生的，按理说我和他的继承权是一样的，可是他不但没有和我争皇位，反而来支持我，你应该感到惭愧，居然还说人家的过失。你是太后的儿子，得到那么多偏爱，只要管好自己就行，不要管别人。"

北周武帝要讨伐北齐，他只和内史王谊商

历史关注

陶弘景在《本草经集注》中提出的对药物的分类方法，后来成了我国古代药物分类的标准方法，沿用了一千多年。

量，别人都不知道这事。因为宇文宪的才能很高，所以把这事也透露给了他，宇文宪很赞成。等到大军出发的时候，宇文宪请求将自己的财产捐献给军队，但北周武帝没有同意。他让宇文宪为前锋，攻打黎阳，宇文宪节节胜利，后来因为北周武帝生了病，所以才撤兵。

第二年，北周再次攻打北齐，宇文宪再次担任前锋，为周军赢得了战机。北周灭掉北齐，宇文宪立了很大功劳。

宇文宪也知道自己功高权重，开始暗中考虑隐退的事了。等到北周武帝想亲自率军远征突厥的时候，宇文宪就托词自己有病，不想随军。北周武帝顿时变了脸色，说："你若害怕出征，还有谁能听我的调遣？"宇文宪紧张地说："我确实很想陪陛下去，但身体有病，实在是没有办法。"北周武帝这才答应了。

不久，北周武帝去世，周宣帝即位，他对宇文宪非常忌惮。于智告发宇文宪图谋不轨，周宣帝命于智审问，宇文宪说："我地位那么高，现在落到这一步，生死有命，我不想什么活着的事了。但是老母还在，不想让她伤心。"宇文宪随后就被勒死了。

名医姚僧垣

姚僧垣是吴兴武康人，父亲因为长期患病，所以干脆潜心研究医学。在父亲的影响下，姚僧垣也对医学产生了兴趣，24岁那年继承了父业。

梁武帝召他入宫面试，姚僧垣对答如流，梁武帝很欣赏他，让他担任了医官。当时葛修华患病很久，一直都治不好，梁武帝命姚僧垣医治。姚僧垣回来后，向皇帝汇报病人的症状，对病情的变化汇报得很详细，梁武帝感叹道："你用心细密到了这种程度，凭这种态度和医术行医，还有什么病治不好？"不久把他调任为太医正。梁武帝曾经发热，想服用大黄。姚僧垣劝他："大黄药性凶猛，您岁数大了，不应该随便服用。"梁武帝没有听他的，结果导致病情加重。

西魏军攻克荆州的时候，梁武帝已经死了，当时的皇帝是梁元帝，西魏军已经打到宫殿里了，姚僧垣却仍然不肯离开梁元帝，士兵们过来强行阻止他，他才哭着离去。

金州刺史伊娄穆请他给自己看病，告诉他自己的病情："从腰到肚脐好像有3道绳索缠绕一样，两只脚抖个不停，根本不能控制。"姚僧垣为他诊脉，然后给他开了3服汤药。伊娄穆服用第一服后，感觉上面的束缚没了，服用第二服后，感觉中间的束缚没了，服用第三服的时候，3道束缚都没了，但脚还是又痛又麻痹，而且没有力气。姚僧垣再给他开了服药，服下后脚稍微能够屈伸了。姚僧垣说："等到霜降后，这病就好了。"到九月时，伊娄穆果然能下地行走了。

大将军贺兰隆得了气疾，后来又加上了水肿，坐卧不安。有人劝他服用决命大散，他的家人因为有疑问而没敢用，于是询问姚僧垣。他说："我认为这病和决命大散并不对症，如果你要自己吃药的话，那根本就不用来问我。"说完就要走。贺兰隆的儿子向他道歉道："久闻您的大名，今天才和您相见，没想到这病已经不能治了，我们的歉意实在无法表达。"姚僧垣知道这病可以治好，就给他开了药，让他尽快服用，吃下去后大有好转，然后再开了一剂药，吃下去就好了。

大将军龚集忽然得了风疾，精神错乱，先前给他看病的医生都说不能治了。姚僧垣诊断之后说："要治疗确实很困难，但也不至于死。如果专门让我给他治的话，我能治好。"他的家人就请姚僧垣治病。姚僧垣为龚集调制汤药，吃下去就好了。永世公叱伏列椿患痢疾很长时间了，但还是坚持上朝。于谨问姚僧垣："龚集和叱伏列椿两个人都得了难以治愈的病，依我看来，叱伏列椿的病要轻些。"姚僧垣回答说："疾病有深浅，但并不代表深的一定会死，而浅的一定会痊愈。龚集病虽然重，但最后还是能治愈。叱伏列椿病虽然轻些，但肯定免不了一死。"于谨问道："您预见他会死，那是什么时候的事呢？"姚僧垣回答："不会超过4个

中国大事记　公元580年，随国公杨坚摄政。

月了。”结果果然如他所说。

太后卧床不起，医生说法都不一致。皇帝召见姚僧垣，对他说：“太后的病不轻，所有医生都说不用担心，他们的意思我能体会得到，但君臣之间，不应该相互隐瞒。卿认为到底如何？”姚僧垣说：“我为太后感到害怕。”皇帝流着泪说：“您既然都这样说了，我还能说什么呢？”太后没过多久就死了。

次年，周武帝讨伐北齐，在河阴患病，说不了话，眼睛也睁不开，一只脚变短，路也没法走。姚僧垣认为皇帝五脏都有病，不能同时治疗。治理军队最重要的事莫过于语言，于是用药，很快周武帝就能开口说话了；然后又治眼睛，也能看见东西了；最后治脚，也好了。到了华州，皇帝的病全好了。后来周武帝去云阳宫的时候得了病，让姚僧垣医治，有人私下问医治结果如何，姚僧垣说：“唉，没办法了，没有人是不死的。”不久周武帝就死了。

周宣帝当太子的时候，心口经常痛，让姚僧垣给他治疗，很快就好了。为此周宣帝很高兴，等到他即位后，对姚僧垣更加敬重了。有一次周宣帝很和气地问姚僧垣：“常听先帝叫您姚公，是这样吗？”姚僧垣说：“我担当不起这样的称呼，但确实如此。”周宣帝说：“这是尊重老人的称呼，不是爵位。我要为你开辟领地，建立家园，成为你家子孙永远的基业。”于是封他为长寿县公，食邑1000户。

不久周宣帝生病，病情越来越重，姚僧垣晚上也到宫里值班侍奉。周宣帝对杨坚说：“我的命现在只有托付给他了。”姚僧垣知道皇帝的病很危险，已经不可能治愈，于是对他说：“我受到那么深重的皇恩，真的想尽全力效劳。但是我能力有限，不敢不尽心而为。”皇帝点头称是，不久皇帝就去世了。3年后，姚僧垣也去世了，享年85岁。

勇将达奚武

达奚武是鲜卑人，祖父和父亲都是北魏的将领。他少年时行为放荡，无拘无束，喜欢骑马射箭，受到贺拔岳的器重。贺拔岳出征关右的时候，让他做了自己的别将，达奚武尽心侍奉他。贺拔岳被杀害后，达奚武和赵贵收埋了他的尸体，然后投靠了宇文泰。达奚武在战斗中作战勇敢，立下不少战功。

高欢率领人马分三路来袭，宇文泰打算集中兵力打击龚泰一路，将领们大多不同意，只有达奚武和苏绰两个人赞成这个意见，结果打败了这一路军队，擒获了龚泰，迫使高欢退了兵。宇文泰获胜后想乘势进攻弘农，派达奚武带着两个骑兵先去侦察，达奚武和东魏的巡逻兵相遇，双方厮杀起来，达奚武一人就杀了对方6人，还俘虏了3个，安全归来。高欢的军队到了沙苑，宇文泰又派达奚武去侦察，达奚武带了3个骑兵，穿上对方的衣服，天快黑的时候来到离对方营房只有百步距离的地方，下马偷听对方谈话，得知了他们的口令，然后重新上马巡视敌营，装作是巡夜的士兵，有不守军法的敌兵，他们还责骂敲打。由此完全了解了敌情，回来报告给宇文泰。宇文泰把他们大大地表扬了一番，对对方发起进攻，打败了高欢的军队。

宇文泰率军支援洛阳的独孤信，达奚武率领1000骑兵为前锋。到了谷城后，达奚武攻破东魏军队，立下大功，升迁为侍中、骠骑大将军、开府仪同三司。后来出任北雍州刺史，在邙山战役中和东魏战斗，当时大军失利，高欢乘胜追击到陕，达奚武率兵抵挡，将其击退。

大统十七年（公元551年），宇文泰命令达奚武率领3万人马，准备攻打汉中和四川。梁朝将领杨贤和梁深率部投降，他们驻守的城池也被达奚武占领了。梁州刺史萧循死守南郑，达奚武包围了40天，萧循才请降。这个时候萧纪派杨乾运率领1万人前来救援，萧循于是变脸，重新守在城里不出来。达奚武怕对方援兵来到，导致腹背受敌，就挑选出精锐骑兵阻击杨乾运，将其打败。达奚武把俘虏和斩下的首级放在南郑城下，萧循知道援军已经被击败，只得投降了，他的全部军队都归顺了西魏。从此剑阁以北都被平定了。

历史关注

我国古瓷中的白釉瓷器萌发于南北朝时期。

朝廷任命达奚武为大将军镇守玉壁，他上任后，在当地测量地形，建立了乐昌、胡营和新城3个据点。后来北齐大将高苟子前来进犯，达奚武率部反击，将其击败，把他的人马全部俘虏了。

北周孝闵帝即位后，拜达奚武为柱国、大司寇。北齐进犯汾州和绛州，达奚武率领1万多骑兵抵抗，打退了北齐军，然后修筑柏壁城，留下人马在此守卫。

周武帝统治时期，达奚武被升任为太保，当年北周大举进攻北齐，随国公杨忠联合突厥从北进军，达奚武率领骑兵3万从东出发，两人约定在晋阳会师。达奚武的军队很快就赶到了平阳，但是路上有所耽搁，所以没有能按时赶到晋阳。这个时候杨忠已经吃了败仗撤退了，但达奚武并不知道这个消息。北齐大将送信给达奚武，说："仙鹤已经飞到了空中，而抓仙鹤的人却还在注视沼泽地。"达奚武收到信后明白了信中的意思，就主动撤退了。第二年，达奚武跟随宇文护再次讨伐北齐。当时尉迟迥正在攻打洛阳，已经吃了败仗。达奚武和宇文宪在邙山和北齐军交战，一直打到天都黑了才收兵。宇文宪打算第二天再一决胜负，而达奚武却打算退兵，两人为这件事争执不下。达奚武说："围攻洛阳的军队已经失败了，现在军心涣散，如果不趁天黑赶紧撤退的话，等到明天天亮了再想走是不可能的了。我从军已经很多年了，什么风风雨雨没有经历过？大王你还年轻，没有经历过什么风雨，怎么可以拿几个营的士兵放在虎口里面，而又抛弃他们呢？"宇文宪被他说动了，于是同意撤退，最后军队得以全部返回。

如来本尊头像　云冈石窟　南北朝

达奚武在67岁那年去世，受到了朝廷隆重的哀悼和丰厚的赏赐。

廉洁将军赫连达

南北朝是一个混乱的时代，由于战乱频繁，加上当政者都是军人出身，所以在文治方面欠缺不小，贪官污吏横行无忌。尤其是当时的军人们，贪污腐败的现象更加严重。廉洁的文官并不少见，但是廉洁的武官就显得非常稀有了，赫连达就是这种稀有的廉洁武官之一。

赫连达是著名少数民族首领赫连勃勃的后裔，他的曾祖父为了避难，将姓氏改成了杜氏。赫连达生性刚强耿直，有胆识，力气也很大，年轻的时候就参了军，跟随贺拔岳作战，立下不少战功，很快就被任命为都将，并被赐爵长广乡男，后来又迁任都督。

贺拔岳被侯莫陈悦杀害后，他的部下都惶恐不安，赵贵建议让宇文泰来主持军务，但部将们都犹豫不决。赫连达站出来说："夏州刺史宇文泰以前担任行台左丞的时候就显得很有谋略，是当时的豪杰，今天的事情除了他没有谁能摆平。我请求让我率领一支轻骑兵前去报告主公遇害的消息，并请宇文泰来收服我们。"当时有人想向南走，去追回贺拔胜，又有的人想向东走，将这事汇报给朝廷。赫连达阻止了他们，说："这些是远水救不了近火，没什么可说的。"赵贵就把迎接宇文泰的事情给定了下来，命令赫连达立刻前往夏州。赫连达赶到夏州，一见到宇文泰就伏地痛哭，宇文泰见他痛哭，急忙问是怎么回事，赫连达把情况一五一十地说了。宇文泰正在招兵买马，听到这个消息高兴还来

中国大事记　公元581年，杨坚自立为皇帝，国号隋。

不及呢，赶紧派了几百个骑兵赶赴平凉，自己率领大军向高平进发，命令赫连达率领骑兵占据弹筝峡。老百姓都惊恐不安，认为要爆发大的战争了，四散而逃的人有很多。有几个村子的老百姓扶老携幼，赶着牲畜想跑到山里避难。赫连达正好碰上这批百姓，士兵们想抢劫他们。赫连达说："远近的黎民百姓，大多数被贼人牵制着，我们反而还抢劫他们，这怎么行呢？我看不如把他们安抚下来，好好对待他们，这样才能显示出义军的恩德。"于是下令好好对待那些百姓，老百姓很快就对他们产生了好感，都乐于归附他们。赫连达的军队善待老百姓的消息传到了四面八方，老百姓都相互转告，前来归附的人越来越多，宇文泰听说这件事后对赫连达赞不绝口。

侯莫陈悦被平定后，赫连达升任为平东将军，宇文泰对部下说："当初贺拔岳遇害的时候，你们的性命都控制在贼人的手中，虽然想来通知我，但路都被堵住了。杜朔周（赫连达当时的名字）冒着万死的危险，不远千里赶来向我汇报了情况，我们才能在一起为朝廷尽忠，报了血海深仇。这当然是靠大家的力量才办到的，但是杜朔周在其中起到的作用非常关键。这样的功劳如果不重重赏赐的话，以后还怎么劝人为善呢？"下令赐给赫连达两百匹马，赫连达再三推辞，宇文泰坚持要他收下，这才勉强收下。

骑兵和步兵战斗图　南北朝

北魏孝武帝入关后，论功行赏，以赫连达首先迎接元帅，光复秦、陇地区的功劳，晋爵为魏昌县伯，食邑500户。

赫连达后来跟随李虎作战，攻破了曹泥，被任命为镇南将军、金紫光禄大夫，加通直散骑常侍头衔，并他的食邑增加到1000户。他跟随宇文泰收复了弘农，参加了沙苑之战，都立下战功，又增加了800户的食邑，被任命为白水郡守，转任济州刺史。朝廷下令恢复他的姓氏，从此他才改名为赫连达。

赫连达跟随大将达奚武进攻汉中，梁朝的宜丰侯萧循抵抗了很久之后才表示愿意投降。达奚武问部下应该采取什么对策，贺兰愿德等人认为梁军粮草已经用完，所以想发动猛攻将其消灭。赫连达说："不打仗而得到敌人的城池这是最好的计策。我们不该贪图得到他们的子女和钱财而穷兵黩武，仁义的人是不会这样做的。而且他们的战士和马匹还很强壮，城池也很坚固，即使能攻下来，必然导致我们双方都损失惨重。再说如果他们孤注一掷和我们苦战的话，谁输谁赢还不好说呢。何况用兵打仗的道理是以保全军队力量为上策的。"达奚武认为他说得很对，命令部将各抒己见，杨宽等人都同意赫连达的提议，达奚武就接受了萧循的投降。大军班师后，赫连达升任为骠骑大将军，加侍中，晋爵为蓝田县公。

赫连达官越做越大，成为北周的军事重臣。他为人质朴正直，遵守朝廷的法度，虽然经常鞭打士兵，但判处别人死罪的时候却非常慎重，不像其他将军那样动不动就杀人。赫连达性格廉洁俭朴，边境的胡人有人送羊给他，他觉得应该和胡人搞好关系，不要羊的话不好，就送给胡人绢帛以为回报。有关官员请求用公家的绢帛就可以了，赫连达说："羊是送到我家厨房里的，却用公家的东西去回报，这是在欺骗上司。"于是命令把自己家的绢帛送给胡人，人们都称赞他这种仁厚廉洁的行为。

南 史

《南史》共80卷，为唐李延寿撰。起自南朝宋武帝永初元年（公元420年），止于陈后主祯明三年（公元589年），记载了南朝宋、齐、梁、陈四代170年的史事。全书有纪、传而无志、表，有校勘、补正南朝史书的价值。

中国大事记 公元582年，陈国始兴王作乱，后被平复，陈叔宝即位，史称“陈后主”。

恃宠妄为的萧宏

梁武帝萧衍很反感前朝皇帝滥杀宗室，他即位后对家里人非常宽容，就连他的六弟萧宏这样的人，他都一直原谅，始终如一。梁武帝即位后，萧宏被封为临川王，担任扬州刺史一职。

不久，梁武帝下令萧宏都督各军征伐北魏，萧宏作为皇弟，他率领的部队都用崭新的武器装备，军容也十分严整，北方人认为这是100多年来都没有见过的。梁军到达洛口后，萧宏指挥有误，多次违反朝廷制订好的军事计划。本来刚刚取得了胜利，大家都想乘胜追击，但萧宏听说北魏援军来了，心里很害怕，召集大家想班师回朝。但大家都反对撤军，所以萧宏也不敢回去，只好按兵不动。北魏人知道萧宏是个胆小鬼，送给他女人用的头巾和头饰来羞辱他，但萧宏仍然不为所动。

没过多久，九月的一天晚上，天空中突然下起了暴雨，梁军因此大乱，萧宏以为敌人乘雨前来偷袭，吓得带了几个骑兵逃走了。大家找不到萧宏，都四散逃跑，数十万大军就这样作了鸟兽散，武器辎重丢得满地都是。萧宏逃回京城后，梁武帝不但没有责罚他，反而还加以慰劳，不久又升他为司徒和太子太傅。

萧宏小妾的弟弟吴法寿依仗他的势力在外面横行霸道，竟然随便杀人。遇害者的家属含冤告状，梁武帝下诏严查，吴法寿就躲到萧宏家里，官府也不敢上门去抓人。最后梁武帝下圣旨要萧宏把人交出来，把吴法寿处决了。萧宏虽然犯了窝藏罪，但还是没有受到追究。

由于皇帝对萧宏很纵容，京城里面每次有人图谋不轨，都用萧宏的名义，所以他经常被弹劾，但每次都被饶恕。有一年梁武帝差点遇刺，那刺客被抓到后说自己是受萧宏指使。梁武帝把萧宏找来，哭着对他说：“我比你聪明一百倍，当皇帝还怕被推翻，你怎么能继承我呢？我并不是不能诛杀兄弟，只是考虑到你太笨了。”萧宏赶紧谢罪，一再保证没有这回事，但还是被免去了官职。

按理说梁武帝对他如此宽容，他应该竭尽全力为朝廷尽忠的，可是他却把全部精力用在搜刮民脂民膏上面，他家里收藏的钱有3亿之多，其他物品更是数不胜数。萧宏在京城附近开了几十个店面，专门放高利贷，用百姓的田产做抵押，债务一到期就把原来的主人赶走，把田产归为己有，因为他而失去田产的百姓非常之多。

禽兽不如的萧宏还和梁武帝的女儿，也就是自己的亲侄女永兴公主私通。他们知道这种事见不得光，害怕梁武帝发现后处罚他们，干脆密谋杀害梁武帝，让萧宏登基，永兴公主当皇后。有一次梁武帝举行斋戒，公主们都参加了。永兴公主认为这是个好机会，让两个家人穿上婢女的衣服一同前往。谁知道带去的家人太紧张了，在跨过门槛的时候不小心把鞋子蹭掉了。负责安全工作的官员看到后产生了疑心，秘密报告给了丁贵嫔，想让梁武帝知道这事，

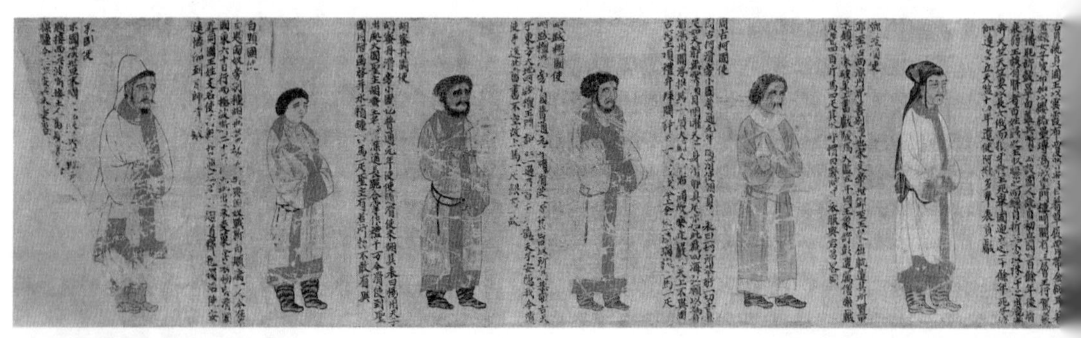

职贡图卷（宋摹本）　南朝·梁　萧绎

历史关注

三国两晋南北朝时期是我国古代第一个民族大融合的高潮时期。

但又怕他不相信。于是派人暗中布置，派了8个人站在帷幕后面，伺机而动。斋戒结束后，永兴公主请求让人退下，梁武帝同意了。永兴公主走上前去，身边两个家人突然冲到梁武帝背后，8个埋伏好的人马上奔出来将那两个家人拿下。梁武帝大吃一惊，最后从两个家人身上搜出了刀子，他们供认是受萧宏的指使。梁武帝把这事压了下来，把那两个人灭口，用车把公主送了出去。公主后来怨恨而死，梁武帝连葬礼都不去参加。即使如此，萧宏最后也没有被追究。

萧宏后来得病，梁武帝前前后后一共去看望了7次。萧宏死后，梁武帝还很伤心，追赠得很丰厚。萧宏误国害民，结果还是落个善终，死后备极哀荣，可见后梁的政治多么黑暗无道。

反复无常的侯景

侯景本来是尔朱荣的部下，他善于用兵，虽然没有文化，但学习兵法却很快。他和高欢关系很好，等到高欢将尔朱氏诛灭后，侯景就投靠了高欢，受到重用。

当时高欢手下的高昂和彭乐都是有名的猛将，侯景却看不起他们，说："这些人像野猪一样乱窜，没什么出息。"高欢死后，高澄怕侯景生异心，于是伪造高欢的笔迹给侯景写信，要他回朝。侯景识破了假信，干脆上表给梁武帝，请求投降南朝，梁武帝同意了他的请求。

高澄不想放过侯景，派慕容绍宗攻打侯景，不让他到梁朝那边去。侯景听说慕容绍宗率兵前来，派人对他说："你是想送我去南方呢，还是想和我一决高下？"慕容绍宗回答："当然是和你决战了。"双方摆下阵势，侯景命令士兵都披上短甲，手持钢刀，作战的时候只管砍马腿人足，慕容绍宗的部队多是骑兵，很快就败下阵来。慕容绍宗见不能取胜，于是按兵不动，等待战机。两军相持了几个月，侯景的粮食快吃完了，他怕部下生异心，骗他们说高澄把他们的家属都杀光了。大家相信了他的话，都死心塌地跟着他。慕容绍宗对他们赌咒发誓："你们的家属都没有事。"侯景的部下都是北方人，不想去南方，很多人投降了。侯景的军队一下子就溃散了，只剩下800人跟他一起逃跑。走到一座小城的时候，城墙上有人骂他："你这个跛脚奴能干什么？"侯景最讨厌别人说他的生理缺陷，一听到这话大发脾气，也不逃命了，带领部下把那座城攻破，将骂他的人杀了才离开。他派人对慕容绍宗说："我如果被您抓住的话，那您还有什么用？"慕容绍宗于是就停止追击，把他放跑了。

侯景好容易才逃到了梁朝的地界，占据了寿阳。梁武帝因为侯景的部队刚刚被打败，不忍心调动他，就没有追究他。不久东魏请求和梁朝和亲，大臣们都建议答应这件事。侯景听说后怕梁武帝出卖他，假造了东魏的书信送给梁武帝，上面说要用一个逃到东魏的梁朝宗室换侯景。梁武帝准备答应，有人反对说："侯景是被逼得没办法才来归顺的，抛弃他不吉利，以后谁还敢来归顺？再说侯景身经百战，哪儿

中国大事记　公元584年，隋文帝下令开凿广通渠。

那么容易对付。”谢举和朱异却说：“侯景就是个丧家之犬，一个使者就能把他抓住了。”梁武帝就回信答应了这事。侯景拿到信后大怒，说：“我就知道这个人没安好心！”他又请求娶王、谢两家的女儿为妻。王氏和谢氏是南方门第最高贵的姓氏，就连皇帝想和他们联姻都很困难，梁武帝对侯景说：“那两家门第太高了，你配不上。我看你就在朱氏和陆氏以下的门第里找个妻子得了。”侯景更生气了，说：“我一定要把那些人的儿女配给奴隶！”从此有了造反的想法。他把自己管辖范围内的百姓全部招募到军队中，把他们的女儿配给将士们。又请求朝廷发给他衣料做军服，还要求重新给他的士兵打造武器，梁武帝都满足了他的要求。

朝廷对侯景根本没有防备，梁武帝对侯景也百般忍让。侯景知道萧正德对朝廷心怀不满，于是暗中和他勾结，让萧正德做了自己的内线。

侯景准备好后，以铲除奸臣为理由，请求带兵入朝，然后攻下了几个城池。当时手握兵权的亲王们都不想为梁武帝作战，想让侯景和朝廷拼个你死我活，然后再坐收渔人之利，表面上答应发兵，实际上都按兵不动。萧正德暗中派遣船只接应侯景，侯景从采石渡江，秘密开赴京城，而朝廷对他的动向毫无所知。

菩萨交脚像　南北朝

侯景到达朱雀航后，派人向朝廷请求让他带兵入朝，铲除奸臣。朝廷派人去慰劳侯景，使者问侯景：“你带兵前来，所为何事？”侯景脱口而出：“我要当皇帝！”这暴露了他的真实目的。

梁朝的军队已经很腐败了，根本没有战斗力，见到侯景的大军都吓得四散而逃，侯景很快就把京城包围了起来。侯景急于攻下京城，命令士兵日夜猛攻。幸好京城守将羊侃足智多谋，一次次地粉碎了他的攻城计划。京城被围了很久，羊侃死后，侯景才把城攻破。

侯景进城后大肆杀戮，将梁武帝活活逼死。但多行不义必自毙，侯景最后众叛亲离，死无葬身之地。

北史

《北史》共100卷，为唐李延寿所撰，记载起自北魏道武帝登国元年（公元386年），止于隋恭帝义宁二年（公元618年），包括北魏、北齐（包括东魏）、北周（包括西魏）和隋朝共233年的史事。全书有纪、传而无志、表，对于校勘、补正北朝史书具有一定的价值。

中国大事记　公元587年，后梁亡，历三帝三十三年。

高纬与冯淑妃

高纬是北齐后主，他不光贪财好色昏庸无道，而且还非常残忍。

高纬和自己的皇后感情不好，皇后为了挽回他的心，把自己的婢女冯小怜进献给了他。冯小怜擅长弹琵琶，能歌善舞，很快就迷住了高纬。高纬将冯小怜封为淑妃，让她住在隆基堂，冯淑妃不喜欢那里，高纬于是下令所有的嫔妃都把住处更换一遍，好让冯淑妃选择她喜欢的住所。

北周军队大举进攻北齐，已经把平阳攻了下来。这个时候高纬正在打猎，晋州那边多次派人来告急。高纬见形势严峻，想马上赶回晋州。冯淑妃虽然是个女子，但她很喜欢打猎。她当时正玩得开心，舍不得走，请求高纬再杀上一围（打猎的时候让士兵将野兽包围起来，皇帝在包围圈里射杀野兽，将包围圈里的野兽射杀光称为“一围”），高纬对冯淑妃言听计从，答应了她。周围的人都觉得很不吉利，因为“围”和“纬”谐音，“杀围”就是“杀纬”的意思，认为这个征兆很不好。好容易让冯淑妃玩够了，高纬才带领大军浩浩荡荡地开赴晋州。

等高纬他们赶到晋州时，北齐的军队正在反攻平阳，眼看就要攻下来了。北齐士兵们见皇帝亲自前来督战，士气大振。北齐军在平阳城下挖掘地道，挖到城墙下再破坏城墙，很快就使城墙塌开一个十多步宽的缺口。将士们想乘势从缺口冲进城去，高纬却下令暂停进攻。原来高纬知道冯淑妃没有见过打仗，想把冯淑妃叫来和自己一起观看攻城的盛况。将士们没有办法，只好暂时停止了进攻。而冯淑妃却只顾化妆，等她慢腾腾化好妆出来观看的时候，北周军队已经用木头把缺口堵上了。因为错过了这么一个打败北周军的良机，北齐将士士气受挫，最终也没有能够把平阳攻下来。

高纬想册封冯淑妃为左皇后，命令左右回京城去取皇后所有的衣服和佩饰。而北齐和北周两军又一次展开了战斗，高纬拉着冯淑妃一起骑马观看。北齐军东边的部队在周军的猛攻下稍稍有所退却，冯淑妃吓得大叫：“大军战败了！”高纬马上带着冯淑妃逃走。齐军见皇帝都跑了，斗志全无，很快就被周军击败了。

高纬他们好不容易才逃到洪洞，冯淑妃跑了一夜，头发都乱了，她顾不得休息，掏出镜子给自己梳头补妆。外面又传来呼喊声，说北周军来了，只好赶紧起来逃跑。这个时候派去取皇后服饰的人回来了，高纬为冯淑妃抓住缰绳，让她把皇后的服饰穿上，然后再接着逃跑。高纬先一步逃到邺城，他母亲后一步到，高纬都懒得出城迎接。过了一会儿冯淑妃也到了，高纬一听到冯淑妃回来的消息，马上命令凿开邺城的北门，赶到十里之外去迎接。

北齐灭亡，高纬被北周军抓到长安后，见到周武帝的第一件事就是乞求他把冯淑妃还给自己。周武帝说：“我连整个天下都不放在眼里，哪里会舍不得把一个女人还给你！”就把冯淑妃还给了他。

高纬被杀后，周武帝把冯淑妃赐给代王宇文达，宇文达非常宠爱她。隋文帝登基后，将冯淑妃赏赐给宇文达王妃的哥哥李询为婢女。

青瓷五盅盘　南北朝

五盅盘是南北朝的流行器具之一，因在浅腹平底的盘内环置五个小盅而得名。此盘为南朝制品，属五盅盘早期制作阶段的产品。盘胎骨厚重，通体釉色青中闪黄，聚釉处呈玻璃状，釉面开细小纹片。浅腹平底，器内五小盅腹较浅，略高于盘沿，并利用釉的粘连与盘联成一体。此盘做工精细大方，为南北朝时期的青瓷佳品。

历史关注

《水经注》是我国古代较完整的一部以记载河道水系为主的综合性地理著作，也是一部历史、文学价值都很高的著作。

冯淑妃从此在李询家舂米，最后被李询的母亲逼得自杀而死。

买卖官职的元晖

元晖是北魏皇族，宣武帝即位后，元晖担任了给事黄门侍郎。

当年孝文帝迁都的时候，王公大臣大多不愿意迁走。孝文帝为了安抚这些人，允许他们冬天在洛阳居住，夏天可以回到北方去。宣武帝登基后，很多人都建议要迁回以前的首都平城，宣武帝听信了他们的话，但还没有下定决心。不过消息已经传了出去，外面渐渐地就有了要将都城迁回平城的谣言，有的人甚至把在洛阳的房子田地都卖了，就等着搬回去。元晖请求单独面见皇帝，他说："当年孝文帝迁都后，由于百姓们怀念故土，所以才发布了冬夏季节可以居住在不同地方的政令，这是为了暂时安定大家的情绪，是出于当时的特殊情况作出的临时对策，其实并不是孝文帝的本意。大家迁到洛阳已经很久了，在这里也住了很长一段时期，公共事业也都建立了起来，没有迁回去的必要了。我希望陛下能够完成孝文帝确定下来的事业，不要被那些小人的邪说给迷惑住了。"宣武帝觉得他说得很有道理，采纳了他的意见。

不久元晖被任命为侍中，领右卫将军。虽然他在任期间并没有为朝廷做出什么贡献，却很受宣武帝的信任。

元晖迁任吏部尚书后，开始疯狂收受贿赂，他任用的每一个官职都有定价，按价钱出售官职。天下人都称吏部为"市曹"，就是市场的意思。

元晖出任冀州刺史，动用了无数车辆来给自己装物品。元晖到任后，开始的时候还比较认真负责，把那些藏匿起来的户口清查出来，允许他们自首，最后多收了 5 万多匹绢帛。但是元晖聚敛财物没有停止的时候，让当地的老百姓很不安，成为当时有名的贪官。

魏孝明帝即位后，将元晖征召为尚书左仆射，让他掌管吏部选用官吏的事务，这又给了他发财的好机会。后来，还让他负责议决门下省的大事。

不久，元晖上书议论政事，他说："第一，御史的职务一定要让贤臣担任，如果确实有才干和能力的话，就不用拘泥于职位高低，应该让他长期担任此职，这样才能有成效。第二，一定要安定民心，让边境宁静，尽量少打仗，要观察好时机再行动。现在边境的守将都没有宏图大略，只会贪图战功而贸然发动战争，以求立功受奖，所以一直都听不到和南方和平相处的消息，反而总是互相结怨，爆发武装冲突，让双方的百姓都无法安心生产。我觉得这是平庸的人才会做的事，根本原因就是只看重眼前的利益而缺乏长远的目光。平定南方的大计，自有良策，并不在于一城一地的得失。另外，黄河以北的地区，是朝廷的根本利益所在，最近那些地方总是闹饥荒，已经持续好几年了，当地的户口多数流散了。可现在边境上又要征发士兵，像这种情况，怎么还能轻易有所举动？我认为以后几年内都只能让边境保持安宁和平，停止征发士兵，让百姓安定下来从事农业生产，使中原地区富裕起来。所以我请求陛下严令边境的将领，从今以后，如果敌人设在边境的守卫部队请求过来投降的话，不许擅自派人去接应，必须先上报给朝廷，经朝廷批准后才能采取行动。违反的人即使有功劳，也要按照违抗诏书治罪。第三，朝廷的资源储备都只依靠黄河以北地区。但是那里饥荒连年，百姓逃散，所以产生了例如隐瞒户口、谎报年龄和随意乱填死亡流失等各种奸诈的方法，把百姓们上缴的赋税收入自己的腰包。这样下去，不但百姓受苦，官府也遭到了损失。如果再不设立规定的话，这种损耗情况只怕会变本加厉的。"魏孝明帝采纳了他的建议。

元晖一向对文学很有兴趣，他召集了一批儒生，让他们撰录诸子百家的要事，按类别编排，写成一部 270 卷的书，取名为《科录》，元晖病重的时候把这部书献给了朝廷。

中国大事记

公元588年，隋文帝诏陈后主的暴行于天下，随后发兵八路攻陈。

地理学家郦道元

郦道元是北魏人，他继承了父亲的爵位，被封为永宁伯。郦道元执法清正严厉，被御史中尉李彪举荐为书侍御史。李彪被李冲赶下台后，郦道元也被罢免。不久他担任了冀州镇东府长史，冀州刺史于劲是皇后的父亲，当时正在关中打仗，不在冀州，因此冀州的日常事务全部都由郦道元来负责管理。由于郦道元执法严酷，不光当地的坏人强盗纷纷逃离冀州，就连下属的官吏也很怕他。他担任了鲁阳郡的代理太守后，向皇帝上表，请求在鲁阳建立学校，并勉励老师和学生。郦道元在鲁阳任职期间，当地的老百姓都很服从他的威名，不敢违法乱纪。十年后，郦道元出任东荆州刺史，在那里他雷厉风行的作风和在冀州一样。当地百姓实在忍受不了，就向皇帝告状，说他太苛刻了，请求把前任刺史寇祖礼调回来。皇帝同意了百姓的请求，把寇祖礼调了回去。寇祖礼到任后，派了70个士兵把郦道元送回了京城。

孝昌初年，梁朝派遣军队攻打扬州，刺史元法僧又在彭城发动叛乱。北魏孝明帝命令郦道元负责指挥各路人马讨伐。梁朝的军队在涡阳被击退，郦道元指挥部下乘胜追击，大胜而归。

皇帝任命郦道元为御史中尉，负责纠察弹劾等事务。郦道元一向有行政严厉的名声，掌权的人开始有所畏惧。但过了一段时间后，郦道元纠正当时的不正之风并没有取得多大效果，使他的声望受到很大损害。司州牧王悦喜欢男宠丘念，两人吃饭睡觉都在一起。丘念得以掌握权力，在选举州官的时候，丘念就在其中操纵。丘念也知道他这样做是违法的，所以平时他都隐藏在王悦家里，隔几天才回一次家。郦道元决心铲除这个祸害。他秘密查清了丘念回家的规律，找到机会将丘念逮捕，关进了大牢。王悦不舍得情人坐牢，向太后申诉，请求释放丘念。太后本来也不是干净人，很快就下令释放丘念。郦道元早就防着这一招，他抢在命令到达之前把丘念处死，并用这件事检举弹劾王悦的违法行为。

正在这个时候，雍州刺史萧宝夤谋反的意图已经暴露无遗。城阳王徽一向忌恨郦道元，就劝太后派郦道元为关右大使前去视察萧宝夤。萧宝夤很清楚郦道元此行来的目的，也知道郦道元不是那种可以收买的人。于是他派手下行台郎中郭子帙将郦道元围困在阴盘的驿亭里，驿亭在山上，平时喝水全靠从山下的水井打水。但是打水的路已经被郭子帙封锁了，郦道元渴得没有办法，只好在山上打井。谁知道一连挖了十几丈都没有打出水来，最后带的水都喝光了，人们也失去了打井的力气。正在这个时候，郭子帙的人趁郦道元等人筋疲力尽无法防备的时候翻墙进来，将郦道元、他的弟弟还有他的两个儿子全部杀害。郦道元被杀之前瞪大双眼，怒气冲天地痛骂萧宝夤，最后气绝身亡。萧宝夤派人把郦道元等人的尸骨埋在长安城东。萧宝夤的叛乱被平定后，郦道元的尸骨被迁回了家乡重新埋葬。朝廷追赠郦道元吏部尚书、冀州刺史和安定县男的官爵。

郦道元喜欢学习，尤其爱好阅读奇书。他写了《水经注》共40卷（后来遗失了5卷，后人把剩下的35卷重新编排成40卷），《本志》13篇，又有《七聘》等文章在当时流传，但现在，郦道元的著作除了《水经注》之外，其他的已经散失了。

水經注卷一
後魏酈道元撰
河水
崑崙墟在西北
三成爲崑崙丘崑崙說曰崑崙之山三級下曰樊桐
一名板桐二曰玄圃一名閬風上曰層城
一名天庭是爲太帝之居
去嵩高五萬里地之中也
禹本紀與此同高誘稱河出崑山伏流地中萬三千

《水经注》书影

隋 书

《隋书》共85卷，为唐魏徵等撰。记载了隋朝37年的史事。全书包括本纪、列传55卷，史料价值较高，其中《食货志》《经籍志》等对学术文化史的研究工作有重要贡献。

中国大事记　公元589年，隋文帝挥师南下，灭陈，重新统了一中国。

杨坚建立隋朝

杨坚是北周开国元勋杨忠的儿子，杨忠当年被封为随国公，他死后，杨坚就继承了这个爵位。杨坚长大后生得一副帝王之相，手中有一个“王”字，身材上长下短，深沉威严。进入太学学习的时候，即使是最亲近的人，也不敢不尊重他。

杨坚14岁的时候被征辟为功曹参军，15岁的时候因为父亲的功劳而被任命为散骑常侍、车骑大将军。16岁的时候升任为骠骑大将军，北周太祖宇文泰见到他后感叹道：“从这个孩子的面相和骨气来看，不是世间的人。”北周明帝即位后，派善于看相的赵昭去给他相面，赵昭回来说：“杨坚的面相也就是个柱国的材料。”但私下却对杨坚说：“你应当成为天下人的君主，而且必须经过大诛杀才能平定天下，希望你好好记住我的话。”

隋文帝像

北周武帝即位后，宇文护执掌朝政，他非常痛恨杨坚，杨坚好几次都差点被陷害，幸亏同僚的救护才脱险。后来杨坚继承了随国公的爵位，大女儿还被北周武帝聘为太子妃。宇文宪对北周武帝说：“杨坚相貌非凡，我每次看到他就会茫然无措，担心他不会屈居人下，请求早点除掉他。”北周武帝说：“他只能做将军。”内史王轨也多次对北周武帝说：“太子不像是北周的主人，倒是杨坚有副反叛之相。”北周武帝很不高兴，说：“如果天命已经决定了，那怎么办？”杨坚听说后非常害怕，从此开始深藏不露。

北周宣帝即位后，杨坚作为国丈而被征召，地位更加显赫，引起了北周宣帝的顾忌。北周宣帝一共立了5个皇后，皇后们互相争宠诋毁，北周宣帝经常对杨皇后（杨坚的女儿）发火说：“我一定要把你们家灭族！”说完就召见杨坚，事先对左右说：“只要杨坚脸色有变化，就马上杀死他！”杨坚来到后，神情自若，这才没有遇害。

北周宣帝酒色过度，很年轻就死了，即位的北周静帝年幼，不能主持朝政。大臣假造宣帝诏书，让杨坚入朝理政。杨坚害怕诸侯王们在外面作乱，就将他们召回朝廷，捏造罪名将他们杀害。另一个掌握兵权的老将尉迟迥不服杨坚掌权，发动叛乱，很快就被镇压了下来。此前北周的法令很严厉，杨坚执政的时候采取怀柔的政策，很快就收服了民心。

杨坚独掌朝政大权后，逐渐将北周皇室成员一一诛杀，以绝后患。他见自己的权力已经巩固下来了，人心也向着他，于是逼迫北周静帝将皇位禅让给了自己，建立了隋朝，他就是隋文帝。

当初刚刚掌握朝政的时候，诸侯王对他不服，边境也连续发动叛乱，危机重重。手握重兵的都是北周的旧臣，隋文帝对他们推心置腹，以诚相待，安抚了他们，所以不到一个月的时间就把叛乱全部平定了。隋文帝推行轻徭薄赋

历史关注

三省六部制是我国古代封建社会一套组织严密的中央官制，它于隋朝正式确立。

·《开皇律》·

隋文帝即位以后，命人修订刑律，编成《开皇律》。《开皇律》分为《名例》《卫禁》《职制》《户婚》《贼盗》《斗讼》《捕亡》《断狱》等12篇，一共500条。这部法律的刑名分为死（绞、斩）、流（一千里、一千五百里、二千里）、徒（一年、一年半、二年、二年半、三年）、杖（60、70、80、90、100）、笞（10、20、30、40、50）五等，重罪有“十恶”：谋反、谋大逆、谋叛、恶逆、不道、大不敬、不孝、不睦、不义、内乱。《开皇律》废除了前代实行的许多酷刑，如枭首、宫刑、孥戮、车裂等，减掉了81条死罪和154条流罪。从历史的角度来看，《开皇律》意在维护封建统治秩序，同时它也体现了一种文明和进步的精神。

的政策，赢得了百姓的拥护。他处理政事，每天都工作到很晚，而且他生性节俭，言出必行。隋文帝虽然很节省，但是对于那些有功的人，他从来都不吝啬赏赐。外出巡游的时候，只要遇到上表的人，他都会停下来亲自过问。有的时候还秘密派遣使者到各地去采集风俗和地方官的得失，留意民间的疾苦。有一次，关中闹饥荒，隋文帝派人去观察当地老百姓吃的东西，结果他们将灾民们吃的豆屑和米糠献了上来。隋文帝看到老百姓居然吃这种东西后，难过得流下了眼泪，把那些东西给大臣们看，并为此深深自责，此后将近一年减少了自己的膳食供应，下令不准进酒肉。去泰山封禅的时候，途中遇到很多从关中迁到洛阳的百姓，下令卫士不准随便驱逐他们，让那些百姓夹杂在仪仗队和侍卫当中。遇上扶老携幼的百姓，就亲自牵马避开，慰问后才离去。走到道路艰难的地方时，看到有挑着担子的人，马上叫身边人去扶助他们。对那些阵亡的将士，他都优待赏赐他们的家属，还派人去他们家中慰问。隋文帝处理朝政孜孜不倦，使当时的百姓过上了富足的生活，国库也充实了起来，虽然还没有达到最完美的统治境界，但也算得上是明主治世了。

但隋文帝生性猜忌，也不喜欢学问，好弄小权术，所以手下的大臣也不敢直言，而那些开国元勋和有功的将领，也很少有幸存的。隋文帝还怕老婆，听信独孤皇后的谗言，废掉了太子，晚年的时候执法严峻，杀人过多。有一次到武库署视察，看到里面荒废没有得到整治，于是大发脾气，将武库令和接受馈赠的人抓起来，全部斩首，一共杀了几十个人。还常偷偷派人贿赂官员，凡是接收贿赂的人一律处死，所以后来的人就因此而贬低他。不过总的来说，隋文帝还算得上是一个好皇帝。

有德有才的独孤皇后

独孤皇后是北周大司马独孤信的女儿，独孤信见杨坚相貌奇特，就把女儿嫁给了他。杨坚和独孤皇后感情很好，两人情投意合，杨坚还发誓以后不要别人给他生的孩子。独孤皇后当时也是个温柔贤淑的女子，她的姐姐是北周明帝的皇后，大女儿又是北周宣帝的皇后，皇亲国戚里面，没有人比她更尊贵的，可她还是能够坚守自己的节操，一直谦虚谨慎，人们都认为她是个贤德的女子。北周宣帝死后，杨坚控制了朝政，独孤皇后告诉杨坚说：“朝廷大事已经是这个样子了，你就好比骑在虎背上，根本无法下来，所以你要尽力而为。”

杨坚称帝后，把她立为皇后。突厥曾经和中原做生意，带来一箱明珠，价值800万钱，幽州总管把这事禀告给了她，劝她把那箱明珠买下来。独孤皇后说：“这种东西不是我所需要的。现在北方的少数民族一再侵犯我北周疆土，在前方打仗的将士们都很疲惫，我觉得不如把这800万钱赏赐给在前方立功的将士。”大家听说这件事后，都对她的行为表示赞赏。杨坚对皇后非常宠爱，但又有点畏惧她，每次上朝的时候，皇后都要把自己乘坐的车和隋文帝的车并列着，一起前往处理政事的地方，一直走到阁门才停下来。独孤皇后还派宦官多多注意隋文帝的事情，如果政治上有了失误，就

中国大事记 | 公元590年，杨广奉命到江南任扬州总管，并平定了江南高智慧的叛乱。

及时规劝隋文帝，帮助他改掉错误。等到望见隋文帝下朝回来了，皇后才和他一起回到寝宫中。

独孤皇后因为自己早年失去了父母，所以经常怀念自己的亲人，羡慕那种家庭情谊，她常常让父母健在的大臣代自己向他们的父母行礼问候。皇后经常对公主们说："北周的公主大多都没有妇德，对她们的公公婆婆不以礼相待，还在宗室之间挑拨离间，这种不孝顺的行为，你们应当引以为戒。"大都督崔长仁是皇后的表亲，他做了犯法的事，按照法律应该判死刑。隋文帝因为他是皇后的亲戚，想免除他的死罪。独孤皇后说："这是关系到朝廷的事，怎么可以顾念私情呢！"崔长仁最后还是被依法处死了。皇后有个同父异母的兄弟名叫独孤陀，他对皇后心怀不满，用巫术诅咒皇后，事情败露后被捕，应当处死。独孤皇后很伤心，对隋文帝说："独孤陀如果是做了有损朝廷危害百姓的事，我是不敢替他求情的。但是现在他犯的罪是因为我的缘故，所以我才向您乞求免他一死。"隋文帝看到皇后替他求情，就将他的罪减轻，判处了比死罪轻一等的刑罚。皇后每次和隋文帝谈论政务的时候，她的想法和主张往往和隋文帝的不谋而合，宫里的人都称赞他们是一对圣人。

独孤皇后生性仁慈，每次听到大理寺处决罪犯的消息，她都难过得掉眼泪。但是独孤皇后喜欢妒忌，后宫的女子没有一个敢和皇帝睡觉的。尉迟迥的孙女长得非常漂亮，隋文帝见到她后，很喜欢她，和她发生了关系。皇后知道这件事后非常生气，趁皇帝上朝的时候把她杀了。隋文帝回来后见美人被杀，火冒三丈，但又不敢对皇后发火，只好一个人骑着马在山里乱跑。高颎和杨素赶紧去追，好容易才追上，两人牵住他的马再三规劝，请他回去，隋文帝长长地叹了一口气说："我身为天下最高贵的天子，居然不能得到自由！"高颎说："皇上，您难道就因为一个妇人而舍弃天下吗？"隋文帝听了这话后火气才减轻了些，停下来在山谷中站了好久，半夜才回去。独孤皇后一直等着隋文帝，好容易才等到他回来，哭着跪在地上向皇帝谢罪。高颎和杨素两人劝说了好久，隋文帝和皇后才言归于好。这件事发生后，独孤皇后受到很大打击。当初皇后因为高颎是她父亲的朋友，对他非常亲近有礼。她听说高颎居然说自己是可以舍弃的妇人，从此对他怀恨在心，高颎妻子死后，他的妾给他生了个儿子，独孤皇后就更不喜欢他了，多次在隋文帝面前他的坏话。隋文帝对皇后的话一向是言听计从，什么事都照她说的去办。皇后只要看到诸侯王和朝中大臣中间谁的妾怀了孕，就一定会让隋文帝废黜他们。

独孤皇后50岁那年去世，隋文帝虽然很悲痛，但也为自己少了个束缚而感到轻松。他开始到处宠幸美女，由于长期纵欲过度，隋文帝很快就得了病。到他病重的时候，他对身边的人说："如果皇后还在的话，我就不会到现在这个地步啊！"

杨广篡位

杨广是隋文帝的第二个儿子，隋朝建立后，他被封为晋王。杨广喜欢学习，文章也写得很好，朝野上下都对他寄予厚望。有一次隋文帝到他家里去，看到他家的乐器的弦都断了，上面布满了灰尘，似乎很久都没有使用过了。隋文帝生性不喜欢奢侈，看到这种情况，认为杨广也不喜欢歌舞，很欣赏他。杨广有一次出外打猎，遇上下大雨，左右拿来雨衣给他遮挡，他说："士兵们都被淋湿了，我怎么能一个人穿这个！"让人把雨衣拿走，当时的人都认为他很仁义。

但杨广是一个很有心机的人，他善于弄虚作假，装出一副道貌岸然的样子，实际上内心非常奸诈。由于他不是长子，没能当上太子，但他一心想做太子，就时刻伪装自己，讨父母欢心，并想尽办法诬陷太子，好让自己取而代之。

隋文帝的独孤皇后生性嫉妒，很讨厌妃妾。太子杨勇不太注意这些，他宫里养了很多妃妾，所以皇后不喜欢他。杨勇最宠爱一个姓

历史关注

中国历史上影响深远的科举制度起源于隋朝。

·京杭大运河·

为了加强对国家的控制，巩固统一的政权，隋朝在建国之始就陆续开凿了广通渠、山阳渎等人工水道。隋炀帝即位之后，从大业元年（公元605年）起，用了6年时间，修凿了南起余杭，北达涿郡，西通洛阳的大运河。大业元年开凿通济渠，直接沟通黄河、汴水、淮河、长江四大水系。大业四年（公元608年）征发河北民工100余万，开凿永济渠，北通涿郡。大业六年（公元610年），在长江以南修江南河，南连余杭。大运河全长1747千米，贯通今河北、山东、河南、安徽、江苏、浙江六省区，沟通了海河、黄河、淮河、长江、钱塘江五大水系，形成了西通关中，北连华北，南连太湖的水上交通网络，对加强南北交通联系和促进文化交流起到了不可低估的作用。

云的妃子，而正妻元氏却不太受宠，独孤皇后因为这件事对他很不满。元氏得了心脏病，很快就死了，独孤皇后认为她是杨勇为了立云氏为太子妃而谋害的。杨广知道这件事后，更加刻意伪装自己，他明明也是个贪花好色之徒，但在外却只和正妻在一起，姬妾生了小孩，他也不抚养，表示自己不宠爱妾，以此来讨好皇后。独孤皇后受了他的蒙蔽，更加讨厌杨勇而宠爱他。

杨广知道父母都喜欢节俭，所以他命令手下和车马都装扮得很朴素，对大臣们都恭敬有礼，极力讨好掌权的人。宫中派使者到他家去，不管那个人地位多低，他都竭力讨好，并送上厚礼，那些人回去后无不赞扬杨广。而杨勇生性豪放，不喜欢做违心之事，也不去讨好宫里的人，所以那些人都说他的坏话。久而久之，皇帝和皇后对杨勇的印象越来越差了。

杨广的封地在扬州，他在去扬州前，进宫向皇后辞行，乘机说："我因为要镇守地方，公务缠身，不能经常回来见母亲了。但是儿子却经常想念母亲，一旦离开了京城，就无法侍奉母亲。以后再见到母亲，不知道是什么时候的事了。"说完倒地痛哭。皇后受了他的蒙蔽，说："你在地方上居住，我又老了，今天分别和平时的分别可不一样。"说完也哭了。杨广见母亲没有留下他的意思，于是又说道："我天性愚钝，只知道恪守兄弟之间相亲相爱的道理，但我不知道自己犯了什么错而得罪了太子，太子经常满怀愤怒，想加害于我。我还害怕宫里面有谣言，饭菜被下毒，所以战战兢兢，勤奋谨慎，生怕遭到不测之祸。"皇后大怒："太子越来越不像话了！我给他娶了元氏为妻，指望他将我们杨家的基业发扬光大，他却不把元氏当正妻看待，只知道宠爱云氏！以前元氏明明没有什么病，却突然死去，一定是他派人下毒害死的！事情已经这样了，我也不想深究，可他为什么还要害你？我活着的时候他都这样，我死后你岂不是成了鱼肉一般任人宰割了？我常常想，太子没有正妻，皇上万岁以后，你们兄弟几个还要向阿云那个贱人叩拜，俯首

历代帝王图卷·隋炀帝　唐　阎立本

中国大事记 | 公元593，隋文帝下诏禁止民间私自编撰史书。

听命，这实在让人无法忍受！”杨广听见母亲这样说，心中大喜，但表面上装作更加悲痛的样子，伏在地上痛哭不已，皇后也悲痛得不能自制。

杨广回去后，知道皇后的心思有了转移，于是开始谋划夺取太子之位。他想办法和重臣杨素勾结在一起，让杨素在皇帝面前攻击太子，逐渐让皇帝有了废掉太子立杨广的想法。太子听到风声后也害怕了，但为时已晚，不久就被废掉了。杨广顺利当上了太子。

独孤皇后死后，杨坚获得了自由，开始四处搜罗美女入宫，其中陈夫人最受宠爱。杨坚生了重病，杨广按例入宫伺候。杨广早就对陈夫人的美貌垂涎三尺，这次入宫伺候皇帝，和陈夫人朝夕相对，早就不能自制了。一天早上，陈夫人从隋文帝房中出来上厕所，杨广跟随其后，走到没人的地方突然抱住陈夫人要行非礼之事。陈夫人奋力反抗，好容易才脱身，回到隋文帝宫中。文帝见她面色反常，于是问她出了什么事。陈夫人哭着对他说：“太子对我无礼。”隋文帝大怒：“杨广这个畜生，怎么能把天下交付给他！独孤你害了我啊！”于是让身边的大臣写废杨广立杨勇的诏书，但消息已经泄露了出去。杨广闻讯后，赶紧派人把文帝身边服侍的人全部赶出去，不一会儿就传出文帝去世的消息。杨广杀害自己的亲生父亲后，又派人杀掉兄弟和他们的儿子，登上了皇位。

·炀帝三征高句丽·

高句丽建于西汉时期。隋文帝曾发兵征讨，因高句丽遣使谢罪而罢兵修好。炀帝即位后，要求高句丽来朝拜被拒绝，便决心大举东征。公元612年，炀帝亲统大军出征，发兵113万多人。高句丽顽强抵抗，隋军屡战不胜，而进攻平壤的30多万士兵只有2700人生还，炀帝被迫退兵。公元613年，炀帝再渡辽水，和上次一样攻围辽东城，一个多月仍没有攻下，而杨玄感又起兵反隋，炀帝只好退兵。炀帝公元614年又征高句丽。高句丽连年战争损失惨重，便向隋朝求和，而几年的战争也使炀帝觉得无法把战争进行下去，便乘势收兵。三征高句丽毫无战果。

暴君隋炀帝

隋炀帝登基后，束缚全无，本性毕露，开始任意奢侈起来。由于隋文帝统治期间国家安定富强，隋炀帝认为国家财力完全可以供自己任意挥霍。他羡慕当年秦始皇和汉武帝的功业，于是大量兴建宫殿，并派出使者出使外国，别的国家来朝见的，他都送给非常贵重的礼物，有不听从他号令的，就派兵攻打，弄得穷兵黩武，民不聊生。他在玉门关之外搞屯田，向天下的富人征收钱财，还大量购买战马，一匹马价值十几万，被摊派的富人十家有九家破产。

隋炀帝喜欢南方的景色，所以决定在洛阳建造一座新城，称为东都。造东都的人为了迎合隋炀帝喜欢奢侈的心理，将这座城造得非常豪华庞大。造宫殿的石头木料都是从南方运来的，光是一根柱子就要上千人来拉，工程出奇浩大，每个月要征发两百万民工。他们还在洛阳西边造了一座大花园，周围两百里，里面奇花异草、假山怪石应有尽有。到了冬天树叶凋零的时候，他们还用彩绫做成假花叶扎在树上，营造出一种四季如春的气氛，花费巨大。

隋炀帝为了加强南北之间的联系，同时也为了自己去南方享乐方便，征发了 100 多万人开凿大运河，一共开凿了 4 条水道出来，最后将它们连接起来，成为一条贯通南北，长达 4000 多里的大运河。虽然这条运河为我国经济文化的发展起到了重要作用，但对于当时的人们来说是一个沉重的负担，无数老百姓都在开凿过程中惨死。

隋炀帝喜欢到处游玩，但又不希望别人知道他的行踪，所以每去一个地方，他都要在几条不同的路上设置休息的地方，每个地方都准备山珍海味。为了置办这些东西，当地官员费

历史关注

封建制五刑（笞、杖、徒、流、死），是在隋朝正式确立的，此后一直被后世所沿用，到清末变法时才被改变。

尽心思，花费巨大，最后还是摊到老百姓的头上。但实际上隋炀帝只会经过其中一个地方，别的地方准备的东西实际上都浪费掉了。

从东都到扬州的运河刚刚开凿完毕，隋炀帝就迫不及待地去巡游了。他带领20万人、上万条大船，浩浩荡荡从东都出发。这么庞大的船队，靠风力行驶是不可能的，为了他们能够游玩，沿途的官员早就准备好了。他们在运河两边修筑好了御道，征发了8万多民工来拉纤，还让军队夹道护送，真是说不尽的豪华。许多民工拉纤拉得活活累死，尸体就往江里一扔，换上新民工继续拉，一路上不知道有多少民工死于非命。

隋炀帝还命令沿路百姓给他们准备酒食，当地官员为了讨好皇帝，逼迫百姓倾家荡产地准备上好的酒席进献给皇帝，往往一献就是好几百桌。隋炀帝哪儿吃得了这么多，他身边的王公大臣亲信侍卫也吃不了。剩下的饭菜就地挖个坑埋掉，奢侈浪费到了极点。这次巡游让隋炀帝玩得心满意足，从此几乎每年他都要巡游一次，每年当地的老百姓都要经历一场生死浩劫。

隋炀帝为了保护自己的安全，还动用100多万人修筑长城，限期20天完成，为了完工，又活活累死不少人。隋炀帝的这些暴政把老百姓压得都喘不过气来了，但他还是不满足，又发动了对高句丽的战争。

公元611年，隋炀帝下令对高句丽宣战，他亲自担任指挥。为了赢得战争，他下令全国军队全部到涿郡集中，在东莱造兵船300艘。造船的工人日夜泡在水里，许多人下半身都被海水泡烂生了蛆，死了不少人。接着，他又命令各地督造大车数万辆，征发了几十万人，不分白天黑夜地将物资运到北方，许多人都饿死累死，沿路都是倒毙的尸体。由于人手不够，耕牛也被征发来运输，导致农业发展停滞，来年饿死了不少人。

由于开销太大，隋炀帝常常因为供给不足而提前征收赋税，往往一下子就提前征收好几年的。他每到一地，都只是和后宫女子淫乱。全国各地起义蜂拥而起，天下大乱，地方官员却隐瞒真情，有人说起义很多，反而会被斥责。出兵打仗，尽力出战的士兵得不到奖赏，而老百姓却惨遭屠杀，隋朝天下很快就土崩瓦解了。最后隋炀帝也被身边的人勒死，结束了他罪恶

隋炀帝龙舟出行图　清

中国大事记　公元600年，隋文帝废太子杨勇，立杨广为太子。

的一生。

赵绰执法严明

隋文帝虽然是个好皇帝，但脾气不太好，经常动不动就杀人，有的时候干脆把法律放在一边，由着自己性子乱来，不过幸好他手下有个叫赵绰的大臣。

赵绰是隋朝负责司法的官员，担任大理少卿，他把法律看得很重，即使贵为帝王，如果要违法办事的话，他也会直言进谏。有一次刑部侍郎辛亶上朝的时候穿了一条大红色的裤子，在人群中特别显眼。隋文帝看到后很生气，问他为什么要穿成这样。辛亶说穿红裤子能带来官运，驱邪消灾。隋文帝大怒，骂他有失大臣体统，下令把辛亶拉出去处斩。赵绰不服气了，认为穿错裤子就要杀头，这种刑罚听都没听说过。于是他上奏道："按照法律，辛亶不能判死罪，我不敢奉诏。"隋文帝没想到赵绰胆子这么大，敢违抗自己的命令，顿时沉下脸来，说道："你倒是很爱惜辛亶的命，你难道就不爱惜自己的脑袋吗？"赵绰不为所动，仍然坚持请求隋文帝改判。隋文帝火了，下令把赵绰也拖下去处斩。赵绰大叫："陛下可以以抗命罪杀我，但不能以穿错裤子的罪名杀辛亶！"武士们把赵绰押下了朝堂，将其衣服剥下，只等隋文帝一声令下就开斩。隋文帝一时被怒火冲昏了头，现在也有点后悔了，让人去问他："都到这个时候了，你还有什么话说？"赵绰大喊："我是司法官员，只是用自己的命来保护法律而已！"隋文帝气得转身就走，过了一会儿才下令把赵绰放了，还对他道了歉，并赏给他300匹绢帛以表彰他敢于直谏。

隋朝统一天下后，废除了前朝的铜钱，重新铸造了新钱。但当时很多人不光使用前朝的钱，还私自铸造质量低劣的假钱，于是隋文帝下令禁止使用这些不合规格的钱。不久，有两个人用假钱交易被发现，官府将他们抓了起来，隋文帝一听居然有人敢违反自己的禁令，气得马上下令将二人处死。

赵绰听说这事后赶紧跑来说："那两个人虽然犯了法，但最多只能打板子，不能杀他们。"隋文帝说："这不关你的事，是我的人抓的。"赵绰说："陛下不以我愚笨，而让我担任大理少卿一职。现在陛下要违法杀人，这怎么和我无关呢？"隋文帝顿时语塞，干脆威胁道："你能撼动大树吗？撼不动就别废话！"赵绰反驳道："我只希望能让陛下回心转意，撼动大树算什么！"隋文帝又说："喝汤的时候汤太烫，还要把嘴缩回去。你难道敢冒犯天子的权威吗？"但不管隋文帝怎么说，赵绰就是不退缩。隋文帝没有办法，只好躲到宫里面去了，最后也没有杀那两个人。

赵绰有个下属名叫来旷，他知道隋文帝喜欢严厉执法，所以就上书诬告赵绰执法太宽，博得了隋文帝的好感，升了他的官。

皇帝
内史省（令）
门下省（纳言）
尚书省（令 右仆射 左仆射）
吏部（尚书）
礼部（尚书）
兵部（尚书）
都官（尚书）
度支（尚书）
工部（尚书）
州（刺史）
县（令）
御史台（御史大史）
太常寺（卿）
光禄寺（卿）
卫尉寺（卿）
宗正寺（卿）
太仆寺（卿）
大理寺（卿）
鸿胪寺（卿）
司农寺（卿）
太府寺（卿）
十二卫大将军

隋三省六部制简表

历史关注 京杭大运河，北起涿郡（北京），南到余杭（杭州），贯通海河、黄河、淮河、长江、钱塘江五大水系。

不久他又诬陷赵绰任意赦免囚犯，但隋文帝一调查就发现根本没有这回事，气得要下令将来旷处死。

结果赵绰又跑出来了，他说来旷不应该被处死。隋文帝哭笑不得，心想："来旷诬告的人是你，我杀他是替你出气，结果你还要反对。"隋文帝越想越气，又要往宫里走。赵绰赶紧说："我不说来旷的事了，但有别的事要说。"隋文帝信以为真，停下脚步，把他叫到里面问他要说什么事。赵绰叩头道："我有三条死罪，第一，我身为大理少卿，不能管好下属，让来旷触犯了法律；第二，来旷本来罪不至死，但我却不能据理力争；第三，我本来没有别的事要说，只是情急之下才随口乱说，犯了欺君之罪。"隋文帝一下子就被他逗笑了，旁边的独孤皇后觉得赵绰很忠心，也帮他说好话。隋文帝很快气就消了，还赐给赵绰两杯酒，等他喝完后又把那两个金杯子赏赐给他。不久隋文帝下令：免去来旷死罪，改判流放广州。

·赵州桥·

赵州桥又名安济桥，俗称大石桥。位于河北省石家庄市赵县的交河之上，建于隋代大业元年至十一年（公元605～615年），距今已有1400多年，是由工匠李春设计建造的。它是世界上现存最早、保存最好的石拱桥，被誉为"华北四宝之一"。赵州桥是一座弧形单孔石拱桥，全长64.4米，拱矢高7.23米，单孔跨度37米，桥面宽10米，用厚约30厘米的条石铺成。它的大石拱由28券（窄拱）并列组成，大石拱上两端各建有两个小拱（净跨分别是2.85米和3.81米），它们不但节省了石料，而且还能减轻桥身自重和增大泄洪面积。赵州桥结构坚固，雄伟壮观，设计合乎科学原理，施工技术巧妙绝伦。唐代中书令张嘉贞在《赵州大石桥铭》中称赞它"制造奇特，人不知其所为"。由于桥位良好、基底应力适宜，1400多年来赵州桥经历了10次水灾、8次战乱和多次地震，但桥身基本完好，至今仍在发挥作用。

隋初重臣杨素

杨素是北周的重臣，他父亲早年战死，由于缺少管教，他从小就放荡不羁，不拘小节。当时的人都不了解他，只有杨宽很看重他，对自己的子孙说："杨素以后必然超群绝伦，他不是一般的人才，你们是比不了他的。"后来杨素开始认真钻研学问，很快就成为一个精通各种学问的大家。杨素认为父亲为朝廷尽忠，还没有受到朝廷的褒奖，就上表申诉。北周武帝没有答应他的请求，杨素就再三上表。北周武帝生气了，下令将杨素推出去斩首，杨素高声道："我侍奉无道昏君，死也是应该的！"北周武帝觉得他说得很壮烈，于是就放了他，并且追赠他父亲为大将军，谥号"忠壮"。杨素因为这件事出了名，被封为车骑大将军。北周武帝经常让杨素替他写诏书，杨素文不加点，很快就能写好，很受北周武帝的赏识，对杨素说："你好好努力，不要愁自己得不到富贵。"杨素回答道："我只怕富贵来找我。"很是自负。

杨坚和杨素两人交情一向很好，杨坚能称帝，杨素也出了不少力，杨坚当上皇帝后，厚待杨素，拜他为御史大夫。杨素的妻子很凶悍，杨素很讨厌她，有一次发火了，对她说："我如果当了皇帝，你一定做不了皇后！"他妻子很生气，把这话上报给了朝廷，杨素因此被免职。

杨素多次向杨坚进献灭陈的计划，没过多久他就被任命为信州总管。杨素上任后一心一意准备灭陈，造了很多战船，配合隋军灭掉了陈朝，统一全国。后来又为巩固隋朝江山做出了不少贡献，镇压了不少叛乱。

杨素性格粗疏，但口才很好，能言善辩。他对人的评价在心里面都有高低之分，朝廷大臣里面，他最看重高颎，很尊敬牛弘，对薛道衡也很好，但很轻视苏威，而别的朝廷大臣大多都被他排挤威慑。

杨素足智多谋，率兵打仗的时候处变灵活，

中国大事记　公元602年，隋军大破突厥，夺回了河套地区，把边界扩展到阴山以北。

但是对待士兵很严厉，稍微违反军令都会被斩首。每次作战之前，他都会找出许多人的过失将其斩首，多的一次要杀100多人，少的也有十来个。等到和敌人交战的时候，他总是先派出一两百人出战，冲进敌阵被包围住就算了，如果不能冲进去就退回来的，一律杀头，然后又派两三百人再次冲锋，仍然按照上面的方法处理。将士们都怕得不得了，怀着必死的心态打仗，所以战无不胜。虽然他很残暴，但是那些跟随他出战的人，即使有一点点小功劳也会被记下来，很快就能得到赏赐和提拔。而其他将领则不能像他那样，因此将士们仍然愿意跟他出战。

杨素的功劳越来越大，所受的信任也越来越重，杨广为了夺取太子之位，就拉拢了杨素为其卖命。杨素本来就心术不正，隋文帝病重，发现杨广的劣迹，想召回杨勇，杨广赶紧和杨素商议对策。杨素假传圣旨，把东宫的卫士调进皇宫守卫，实际上控制了皇宫。直接帮助杨广杀害父亲，篡夺了皇位。

汉王杨谅起兵讨伐杨广，杨素带病前去镇压，很快就取得了胜利。返回京城后，又随从杨广到洛阳去。隋炀帝任命杨素为营造东都的大监，赏赐给他无数财物，他的儿子们也都得到了高官厚禄。杨素虽然因为拥立隋炀帝和平定杨谅的叛乱而立下大功，但由于权力实在太大，引起了隋炀帝的猜忌，表面上对他很尊敬，但内心里对他没什么感情。杨素病重的时候，隋炀帝让名医去给他看病，并赐给他许多上等的药材。实际上却又悄悄打探病情，生怕杨素不死。杨素也知道自己的名望和地位已经到了顶峰，于是就不肯吃药，也不调养自己的身体，他对弟弟说："我难道还需要活着吗？"干脆闭上眼睛等死。杨素身居高位，朝廷给他的赏赐多得数都数不过来，但是他却变本加厉地贪财，大肆搜刮。他在洛阳和长安盖的住宅异常奢侈华丽，全国各地都有他的房子，他名下的旅店、水碾、肥沃的田地和精美的住宅数以百千计，当时的人都对他的贪婪和卑鄙感到非常不齿。

步兵俑　隋

"生为上柱国，死做阎罗王"

提起阎罗王，大家一般都会想起包拯，实际上，中国历史上有不少人死后都被人说成是到阴间当阎罗王去了，包拯只是其中名气最响亮的一个，而中国历史上最早被说成是阎罗王的人是隋朝名将韩擒虎。

韩擒虎的父亲是北周的大将军，手握重兵，韩擒虎出身将门世家，从小就练得一身好武艺。他少年时期就以胆子大和有谋略而被人称赞，是一个顶天立地的大丈夫。韩擒虎还爱好读书，经史百家的书他都有所涉及。宇文泰见到他后觉得他与众不同，就命令他和自己的儿子们交游。韩擒虎很快就进入军界，并继承了父亲的爵位。北周武帝伐北齐的时候，韩擒虎就跟随他一起出战，说服北齐大将独孤永业投降。后来陈朝军队进犯，韩擒虎作为行军总管将其击败。杨坚做宰相的时候，陈朝多次进犯，韩擒虎屡次出击将其击退，陈朝军队很快就丧失了锐气。

隋文帝登基后，打算吞并陈朝，统一全国，因为韩擒虎的文韬武略是出了名的，所以拜他为庐州总部管，委任他平定陈朝的重任。等到正式进攻陈朝的时候，韩擒虎担任了先锋。韩擒虎接到命令后马上行动，他率领500士兵乘天

历史关注 隋朝天文学家刘焯编制的《皇极历》，创立了计算日月运行的新方法，是当时最先进的历法。

黑渡过了长江，对采石发动突袭，陈朝的守军都喝醉了，来不及组织防御就被攻破了。然后又对姑苏发动进攻，只花了半天时间就攻下来了。江南的百姓一向就很敬仰他的威名，听说他来了，纷纷前去拜见。陈朝军队很害怕，许多人都偷偷跑来投降。杨广为灭陈的名义上的统帅，把这情况上报给朝廷，隋文帝非常高兴。杨广派行军总管杜彦和韩擒虎联合出击，一共有两万人马。陈朝皇帝陈叔宝派领军蔡征在朱雀航守卫，守军听到韩擒虎来了，吓得四散而逃。陈朝老将任蛮奴被贺若弼打败后，率兵投降了韩擒虎。韩擒虎带领500骑兵直接冲进朱雀门，守门的士兵正要抵抗，任蛮奴向他们挥手说："老夫都投降了，你们何必再抵抗呢？"守门的士兵一哄而散。隋朝大军不费吹灰之力就占领了金陵，将陈叔宝抓获。当时除了韩擒虎以外，贺若弼也有功劳，隋文帝特地下诏褒奖他们说："这两个人都有深谋远虑，平定东南地区，我把这个任务交给了他们，结果他们占领土地、抚恤百姓，都很合我的心意。全国四分五裂已经有几百年了，用名臣的功劳，来成就天下太平的功业，这实在很值得庆贺！平定江南是韩擒虎和贺若弼两人努力的结果啊！"

等到两个人回到京城后，在隋文帝面前互争功劳。贺若弼说："我在蒋山和敌人殊死战斗，打败了他们的精锐部队，活捉了他们的猛将，好容易才平定了陈国。韩擒虎很少上阵和敌人拼杀，哪里能和我相比！"韩擒虎说："本来按照陛下的旨意，我和贺若弼应该同时进攻，直取敌人的首都。而贺若弼居然先到，碰到敌人就战斗，导致人马死伤过多。我只用了500个骑兵，没有流血就攻下了金陵，让任蛮奴投降，将陈叔宝俘获。贺若弼直到傍晚才来敲门，我通知守关的人开门才让他进来的。他讲自己的罪还来不及，哪里能和我相比！"隋文帝打圆场说："两位将军都算是上等的功劳。"于是升任韩擒虎为上柱国，赏给他绸缎8000匹。有人弹劾韩擒虎放纵士兵抢夺财物，奸淫陈朝宫女，所以就没有给他加封爵和食邑。

突厥来朝贡，隋文帝为了威慑他们，对使者说："你听说江南地区有个陈朝天子吗？"使者回答："听说过。"隋文帝命令左右把突厥使者带到韩擒虎面前，对他说："这个人就是抓获陈朝天子的人。"韩擒虎瞪着眼睛很严厉地盯着突厥使者看，突厥使者被他的气势吓住了，不敢直视他的眼睛。为了防御胡人的进攻，隋文帝让他在金城屯兵，拜为凉州总管。

不久韩擒虎被征召回京城，皇帝在内殿宴请他，对他感情真切，待遇也非常优厚。没过多久，住在韩擒虎家隔壁的老大娘看到他家门前仪仗队很显赫，和诸侯王的一样。老大娘觉得很奇怪，就去询问。那些人当中有个人对她说："我们是来迎接王的。"说完那些人全都不见了。又有一个人生了很重的病，忽然惊慌失措地跑到韩擒虎家里去说："我来拜见王。"韩擒虎左右的人问他："什么王啊？"那人回答："阎罗王。"韩擒虎的家人觉得那人说的话太不吉利了，都想冲上去打他，韩擒虎制止了他们，说道："活着的时候一直当到上柱国的官，死后还能当上阎罗王，已经很满足了。"此后他就生病了，没过几天就去世了，年仅55岁。

继承父志的贺若弼

贺若弼的父亲贺若敦以武艺好、为人忠烈而出名，在北周当过金州总管，后来遭宇文护陷害，临刑的时候对贺若弼说："我生平的志愿就是平定江南，可惜我已经无法实现这个心愿了。你一定要完成我的遗志。还有，我是因为说太多话而死的，你一定要引以为戒。"说完就用锥子将贺若弼的舌头刺出血，告诫他说话一定要谨慎。

贺若弼牢记父亲的遗言，立下了大志，刻苦习武，而且能写文章，博览群书，很快就出了名。宇文宪很敬重他，引他做了自己的记室，北周武帝的时候，上柱国乌丸轨对皇帝说："太子没有做皇帝的才能，这事我和贺若弼也谈论过。"皇帝把贺若弼叫来询问，贺若弼知道太子的地位无法动摇，害怕祸落到自己头上，于是对皇帝说："太子的学问每天都有进步，没

中国大事记 | 公元604年，杨广弑父杨坚，即位为皇帝，是为隋炀帝。

有看到他的缺点。”皇帝听了之后不说话。贺若弼退出来后，乌丸轨责备他背叛自己，贺若弼说：“君王的口不紧就会失信，而大臣的口不紧就连命都保不住，所以我不敢随便说话。”等到北周宣帝即位后，乌丸轨被杀，而贺若弼则免去了杀身之祸。他和韦孝宽一起攻打陈朝，连战连胜，多数是他的计策。

隋文帝即位后，一直都有吞并江南的打算，想找个可以帮助他成就大事的人。高颎说：“朝廷里的大臣中，从文武才干上来看，没有一个可以比得过贺若弼的。”隋文帝深有同感，于是任命贺若弼为吴州总管，让他准备平定陈朝。贺若弼很高兴地接受了这个任务，并献上灭亡陈朝的10个计策，隋文帝看了很高兴，赏给他宝刀。

阿弥陀诸尊像　隋

隋朝大军南下攻陈，任命贺若弼为行军总管。当初，贺若弼要沿江防守的士兵们在交接的时候，一定要集中在历阳，每次都在历阳树立了很多旗帜，满山都是军营帐篷。陈朝人都以为隋军大举进攻，征发了全国大部分的军队前来防守。后来才知道是隋朝的士兵在交换驻防地，所以征集来的士兵很多都撤走了。以后每次换防都是这样，陈朝人都以为这是很平常的事，也就不再动员大批人马来防御了。贺若弼由此麻痹了陈朝，率领大军渡江的时候，陈朝人根本没有任何察觉。贺若弼很快就攻下了南徐州，隋军军纪严明，秋毫无犯，有的士兵在民间买酒喝，被贺若弼知道后，立刻将他们抓来斩首。军队开到蒋山的时候，陈朝将领鲁广达、周智安、任蛮奴、田瑞、樊毅等人率领精锐士兵前来抵抗。田瑞率军攻打贺若弼，被贺若弼打败逃跑了。鲁广达等人率领部队相继冲锋，气势非常勇猛，贺若弼的部队渐渐抵挡不住，开始败退。贺若弼估计陈军士兵已经骄傲起来，失去了戒备心，而且也陷入了疲劳状态，

·三省六部制·

三省六部制是中国古代继三公九卿制之后的另一套中央政府机构组织形式。三省分别是中书省、门下省、尚书省，六部则是吏部、户部、礼部、兵部、刑部、工部。三省六部制的出现是皇权侵蚀相权的结果。汉武帝时，设尚书台。三国时期，魏文帝曹丕又设另一个秘书机构中书省，以削弱尚书台权力。至晋，皇帝的侍从机构门下省也开始处理政务。至此，由皇帝的小臣组成的“三省”开始成为全国政务中枢。到隋朝，朝廷明令确立三省制度，三省成为正式的政府机构，三省长官共议国政，执宰相之职。至于六部，则是尚书省下设的六个具体部门。汉光武帝时，尚书台已开始分为三公曹、吏部曹、民曹、客曹、二千石曹、中都官曹等六曹尚书分曹办事。后六曹经魏晋南北朝发展演变，至隋唐时期形成吏、户、礼、兵、刑、工六部。后世将三省六部制视作隋朝除科举制度之外的另一个重要制度贡献。三省六部制结束了自汉光武以来的皇帝与政府（以宰相为代表）权限不分的混乱局面，可以说是中国政治史上的绝大进步。三省六部制虽然在唐代以后多有变化，但其基本骨架为后世历代中央政府所采用，尤其六部制度直至清末连名称都未曾变动。

历史关注 巢元方等人编撰的《诸病源候总论》是我国最早的论述病源和证候的专著。

于是严令士兵殊死战斗，将陈军杀得大败。陈朝大将萧摩诃被俘，贺若弼下令将他拉出去斩首。萧摩诃神情自若，丝毫也不怕死，贺若弼就把他放了，并以礼相待。后来杀进陈朝皇宫，当时陈叔宝已经被韩擒虎抓住，贺若弼来了后，叫人把陈叔宝带来让他看看。陈叔宝吓得要死，冷汗流得一身都是，见到贺若弼后浑身发抖，不停地给他叩头。贺若弼对他说："小国的国君面对大国的使者，按理说应该下拜，这是礼节。但你进入我朝后还是能当个归命侯的，所以也不用害怕。"

回朝后，贺若弼因为怨恨没有抓到陈叔宝，让韩擒虎抢了先，功劳也排在韩擒虎的后面，和韩擒虎争吵起来，两人把刀都拔了出来，经隋文帝调解才罢手。隋文帝下诏表扬贺若弼，杨广却因为贺若弼在事先定好的进攻时间之前就和陈军决战，违反了军令，把贺若弼交给有关官员处置。隋文帝派人把他追了回来，不但没有追究，反而厚待他，赏给他很多财物，并加官晋爵。

贺若弼立了大功，地位和名望都很高，他的兄弟都因为他而被封为郡公，担任了刺史、列将一类的官职。贺若弼家里的珍玩数不胜数，穿绫罗绸缎的婢女都有好几百人，当时的人都认为已经非常荣耀了。贺若弼认为自己的功劳和名声都超过了其他大臣，觉得自己应该能当宰相。后来杨素担任了右仆射，而自己还是个将军，心里很不平，还将这种不平表现在了言语中，所以被免官，贺若弼怨恨得更厉害了。几年后他进了监狱，皇帝对他说："我任命高颎和杨素为宰相，你却经常发议论，说这两个人只会吃饭，这是什么意思？"贺若弼说："高颎是我的老朋友，杨素是我的表兄弟，我知道他们的为人所以才这么说的。"大臣们都纷纷上书说他对朝廷不满，应当处死。隋文帝觉得他功劳很大，只把他废为平民。一年多后又恢复了他的爵位，从此不再重用他，只是每次宴会赏赐的时候，对他总是很优厚。有一次，突厥人入朝进贡，隋文帝让他射箭，突厥人一箭就命中靶心。皇帝说："除了贺若弼没有人能和他们相比。"于是命令贺若弼射箭，贺若弼跪下来祈祷说："我如果是赤心为国的，就应该一箭命中。如果不是那样的人，就射不中。"结果一箭命中红心。

隋炀帝当太子的时候，曾经问贺若弼："杨素、韩擒虎、史万岁3个人都可以称得上是良将，但是他们之间的优劣如何呢？"贺若弼说："杨素是个猛将，但并没有谋略；韩擒虎是善于打斗的将军，不是善于领导的；史万岁是善于骑马的将军，不是大将之才。"太子问："那谁是真正的良将呢？"贺若弼下拜说："这得由殿下自己选择了。"他的意思就是说自己可以当大将。结果隋炀帝即位后，贺若弼更被疏远了。最终贺若弼没有遵守父亲让他谨言的遗训，因为私自议论朝廷得失而被杀，死的时候64岁。

正直敢言的刘行本

刘行本是隋朝有名的直臣，他父亲本来是在梁朝做官，家族在南方是有名的望族，所以刘行本很早的时候就担任了梁的武陵国常侍。后来萧修举梁州投奔了北周，刘行本和叔父也归附了北周。刘行本刚到北周的时候并没有出仕，而是闭门在家刻苦读书，经常学习得太专注而忘记疲劳。

刘行本性情刚烈，一旦决定了就不会有所改变。宇文护推荐他担任记室，北周武帝即位后，刘行本负责记录皇帝起居注，连续升迁为掌朝下大夫。北周以前的制度规定，掌朝大夫负责主管笔砚，拿到御座前，然后由承御大夫取过来递给皇帝。到刘行本为掌朝大夫的时候，有一次，将要把笔砚递交给皇帝，承御大夫要取过去，刘行本大声说道："笔不能给你！"北周武帝吓了一跳，很吃惊地问他是怎么回事。刘行本说："我听说设立官位分明职掌，大家各有各自主管的事。我既然不能佩戴承御大夫的刀，那他怎么能拿我的笔呢？"北周武帝不由点头称是，下令从此以后两个部门各行各的职责。北周宣帝即位后做了很多荒唐的事，刘

中国大事记　公元611年，翟让于瓦岗（今河南滑县东南）聚众起义。

行本看不惯，多次劝谏，结果惹怒了北周宣帝，被外放到河内当太守。

杨坚出任北周丞相的时候，尉迟迥不服他的统治，举兵造反，向怀州发动攻击。刘行本率领部下抵抗住了他的进攻，因为这个功劳而被赐爵文安县子。杨坚即位后，刘行本被拜为谏议大夫，代理治书侍御史。不久又迁为黄门侍郎。

有一次，隋文帝对一个郎官发怒，在殿前公然用竹棍殴打他，刘行本劝谏说："这个人品行一向很高洁，他这次犯的过失又很小，希望陛下能够宽容些。"隋文帝没有理睬。刘行本见皇帝不采纳他的意见，干脆站到皇帝跟前对他说："如果我说的是对的，陛下怎么可以不听从呢？如果我说的是错的，那就应该把我交给执法的官员，以此来申明国法，怎么可以因为轻视我而不理睬我呢？我所说的又不是什么私事。"说完把朝笏放在地上，自己退下去了。隋文帝也觉得自己的态度有点过分，马上郑重其事地向他道歉，顺便原谅了那个被打的郎官。

雍州别驾元肇上书皇帝说："有一个州吏接受了别人送给他的三百文钱，按照法律他应该被判处打一百杖。因为我刚到那里的时候和他约定好了要守法，他还故意违背，所以请求在此基础上再给他加一年的徒刑。"刘行本反驳道："法律的执行都经过诏书发布，和百姓们做好了约定的。现在元肇居然胆敢只重视他自己的命令，而轻视国家的法令，他要申明自己的言语一定要实行，却忘记朝廷大的信义，破坏国法而重视个人的权威，这不是为人臣子应该有的准则。"隋文帝表扬了刘行本的直谏，并赏给他一百匹绢帛。

刘行本担任黄门侍郎几年后，被拜为太子左庶子。太子杨勇对刘行本非常敬畏，在他面前一直很谦虚谨慎。当时唐令则也担任左庶子，太子非常亲近他，经常让他在自己面前弹奏琵琶来取乐，并让他教太子宫中的歌女舞女还有妻妾唱歌跳舞。刘行本知道这件事后很生气，找到唐令则，责备他说："庶子的工作是用正道来辅佐教导太子，为什么要让太子在内室中昵爱呢？"唐令则听到他的责备后感到很惭愧，但并没有改正。当时沛国的刘臻、平原人明克让和魏郡人陆爽因为有文学才华而被太子亲近，刘行本对他们和太子亲近却又不能对太子的行为加以辅导而感到很生气，多次批评那3个人说："你们这些人只知道读死书！"当时左卫率长史夏侯福被太子所宠爱，曾经在阁里和太子嬉戏打闹，夏侯福放声大笑，声音在外面都能听到。刘行本刚好经过，等夏侯福出来，刘行本拦住他责备道："殿下为人宽容，给了你好脸色，你是什么小人，居然敢如此轻慢！"把夏侯福交给执法的人处理。太子曾经得到了一匹好马，让夏侯福骑上去奔跑，他自己在一边观看。太子玩得很开心，要刘行本也骑上去给自己看看。刘行本不肯骑，很严肃地说："皇上把我放在庶子这个位子上，是要我用正道来辅佐太子，并不是让我来给殿下做游玩的人！"太子听了之后很惭愧，也就算了。后来刘行本担任了大兴县令，权贵们都很惧怕他，没有人敢上门去拜访，从此大兴走后门请求办事的路就断绝了。刘行本去世后。官吏和百姓都很怀念他，隋文帝非常伤心，悼念了很久。后来太子被废后，隋文帝说："如果刘行本还在的话，杨勇也就不会到今天这个地步了。"

横行天下的瓦岗军

瓦岗军最早的领袖名叫翟让，原本是东郡的一个小吏，因为得罪了上司被判了死罪。翟让名声很好，江湖上也有不少朋友。有个狱吏很同情他，对他说："我看你也是一条好汉，怎么能死得这么不明不白呢？"于是私自砸开他的镣铐，将他偷偷放走了。翟让逃走后，跑到东郡附近的瓦岗寨，在那里招兵买马，很快就有许多农民前来投奔，逐渐扩大了队伍。

当时有个叫李密的人也来投奔。李密本来是隋朝高官之后，由于参与杨玄感发动的叛乱而被通缉，走投无路的情况下，听说翟让正在招兵买马，就去投奔。翟让派李密去劝说其他

历史关注 李春设计和主持建造的赵州桥，是现存世界上最古老的一座石拱桥，比欧洲早700多年。

的起义军，李密不负使命，所到之处大家都纷纷表示依附，翟让开始敬重他了。李密对翟让说："现在我们手下人马已经不少了，却没有粮食，如果长期这样下去，迟早会瓦解，等敌人一来，我们就完了。我觉得不如去荥阳，在那里休整部队，等到休整好之后，才能和别人争夺天下。"翟让听从了他的意见，于是攻打荥阳，一连打了好几个胜仗。荥阳太守派大将张须陀带兵讨伐，翟让以前被张须陀打败过，很怕他，一听说他来了，想撤退。李密说："张须陀虽然勇猛，却没有谋略，他的部队又打了不少胜仗，士兵们都很骄傲，我们只要打一仗就能灭掉他们。您只管前去迎战，我保证您能打败他们。"李密率领1000多人在树林里设下埋伏，翟让和张须陀一交手就吃了败仗，赶紧撤军，等到张须陀的人进入李密的包围圈后，李密率领伏兵从后面发动进攻，敌人很快就溃散了，张须陀也丢了性命。

瓦岗军获得大胜后，声势大振，挥兵北上，攻下了兴洛仓，将里面储存的粮食全部拿出来分给饥饿的老百姓。刘长恭率领2.5万人前来讨伐，李密一战就击败了他们，刘长恭只能独自逃跑。翟让觉得李密的才能远远超过自己，就把首领的位子让给了他。不久李密自立为"魏公"，改元永平，建立了瓦岗军自己的政权。瓦岗军建立自己的政权之后战斗力大增，打了许多胜仗，军事实力越来越强大，很快就成为一股能和隋朝政权相抗衡的力量了。

后来宇文化及杀掉了隋炀帝，控制了隋朝大权，李密兴兵讨伐他，将宇文化及击败，壮大了自己的实力。此时王世充又强大了起来，李密和他交战。交战之初，李密的士兵缺少衣服，而王世充缺少粮食，王世充请求用衣服交换粮食，刚开始李密拒绝了，后来经不起部下的劝说，答应了王世充。本来王世充因为缺少粮食，每天偷偷跑去投奔李密的人有好几百，结果有了粮食之后就很少有人去投奔了。李密这才后悔，而且他对刚依附的士兵重重赏赐，长期跟随他的人却什么都得不到，逐渐开始怨恨他。不久，他的部将叛变，李密的实力大受影响，被王世充击败。

隋末农民起义晚期势力分布示意图

中国大事记 | 公元612年，隋炀帝发左右各十二军征高句丽。随后的公元613年、公元614年，隋炀帝再次发兵征高句丽。

李密见手下的士兵纷纷离去，实在没有办法，只好去投奔了李渊。李渊一开始的时候对李密很好，给他高官厚禄，但不久就变了脸。李密见形势不妙，偷偷逃跑，最后被李渊抓住杀死，瓦岗军就这样消亡了。

贤人李士谦

李士谦是隋朝有名的隐士，幼年的时候父亲就死了，由母亲抚养大。他的伯父是岐州刺史，非常赞赏他，经常称赞他说："这孩子是我们家的颜回啊！"李士谦12岁的时候就被提拔为开府参军事，后来母亲去世，他为母亲守灵，不吃不喝，瘦成一把骨头。李士谦为母亲服完丧后，把自己家的房子献出来作为佛寺，独自离家，到外地求学。很多人都推荐他当官，但他都借口有病而没有就任。大奸臣和士开也很看重他，想把他推荐给朝廷，李士谦知道后坚决推辞。隋朝建立后，他发誓永远不做官。

李士谦不喝酒吃肉，也不说有关杀生的话。亲戚朋友聚会的时候，他会安排美酒佳肴，但自己面对它们却正襟危坐，一口也不吃。李家的族人很多，其中不少都是高官，每次春秋祭祀的时候，一定会大摆宴会，大家一起开开心心地作乐。有一次在李士谦的家里集会，他给大家安排了许多丰盛的食物，但他自己却先上小米，对别人说："孔子称这种小米为五谷之长，荀子也说吃东西应该先吃谷物，古人所遵从的，我不敢违背。"在座的人顿时肃然起来，没有人敢随便了，出来后都说："看见了君子之后，才觉得我们这些人没有德行。"李士谦听说这事后责备自己说："为什么要被人疏远呢？我真是够笨的！"

李士谦家里很有钱，但他的生活却非常节俭，而且经常救济别人。州里如果有死了人却没有钱安葬，李士谦总是尽快赶到那里，帮助别人筹办丧事。有一次两兄弟分家产没有分好，两人打官司，李士谦听说后，拿出自己的钱，贴补给那个分得少的人，让他和分得多的人一样多。兄弟俩感到很惭愧，互相退让，最后都成了乐善好施的人。有一头牛践踏了他家的地，他把牛牵到阴凉的地方喂它，比牛自己的主人照顾得还好。还有一次，他看见一个小偷在偷

·科举制·

科举制度是中国自隋至清1400年间实行的一种选官制度。科举制度可以说是中国古人经过不断摸索所创立的制度。中国官员的来源，先是经过商周时期的世袭制，后又经历汉代的察举征辟制，再到魏晋的九品中正制，均因其弊端而终止。至隋唐科举制，才算固定下来，成为中国长时间的一种官员选拔制度。在1000多年的时间里，大体而言，科举制度经历了一个发端、完善到僵化的历程。隋朝是科举制度的初建时期，当时的隋文帝鉴于魏晋南北朝的九品中正制已不再适用，为加强中央集权，将选官权力收到中央手中，首开科举制度。但科举制度尚未建立完善，隋朝便亡；至唐代，科举制度才得到了进一步的完善，根据朝廷需要的不同人才类型被分为众多科目，武则天时还添加了武举；到宋代，科举进一步规范化，正式形成三年一次、分三个等级（乡试、会试、殿试）的考试制度；明代由于朝廷的重视，科举考试到了繁盛期；清代在科举繁盛的同时，由于满、汉不平等以及晚清卖官现象的泛滥，也成了科举制度的衰败乃至灭亡期。就不同时期科举制的优劣而言，大体上，科举制在唐代时比较健康，当时的科举氛围比较宽松，不唯考试论人。考官往往在考前已经大体知晓哪些考生比较有才华而准备录取，也允许考生经别人推荐或自荐在考前向考官"推销"自己。至宋代，试卷实行糊名制，开始产生仅以一考定终身的弊端。至明清两朝，科举繁盛的表象之下，八股文的考试内容彻底使其僵化，逐渐弊大于利，终至废止。

历史关注

《开皇律》是隋文帝命大臣总结魏晋南北朝的立法经验，修改制订的一部封建制法律，是《唐律》的制定基础。

割他家的庄稼，他一句话都没有说，反而绕道走了。他家里的仆人抓到偷割庄稼的人，李士谦却说："这都是让穷给逼的，不要怪他了。"让他们把小偷给放了。他的仆人和一个叫董震的人喝醉酒打架，董震不小心把仆人打死了，很害怕，到李士谦那请罪，李士谦说："您本来就不是故意的，用不着道歉。但是您最好跑得远远的，不要让当官的抓住了。"

他还拿出小米数千石，借给家乡的人，正好碰到当年歉收，借他小米的人没有办法偿还，都去向他道歉。李士谦说："那些是我家多余的东西，本来就是想拿来救济大家的，并不是想得到利息。"他把借债的人全部召集起来，请他们喝酒，当着他们的面把借据烧掉了，然后让他们回去。第二年大丰收，那些借债的人争着跑来还债，李士谦不要，一个人的债都没有收。有一年发生大饥荒，李士谦把自己的家产全部拿了出来，换成谷物给大家熬粥喝。他还把饿死的人的尸体收埋起来，凡是被他看到的，都会被收埋。到了春天，他又拿出种子，送给那些没有种子的穷人家。当地的农民都很感激他，对自己的子孙说："这都是李参军赐给我们的恩惠啊！"有人对李士谦说："您积了很多阴德。"李士谦说："所谓阴德是什么，就像是耳鸣一样，只有自己才能听见，别人是不知道的。现在我做的，您全部都知道了，哪里还有什么阴德呢？"

李士谦经常吟诗，但写好后又会马上烧掉，不给别人看，他还曾经评论过刑罚，但文章并没有流传下来，大意是："帝王制定出了法律，历朝历代都有所沿袭和改动，也就是说刑罚是可以改变的，但也不能猛然改动。现在偷了很多东西的人要判死刑，这是残酷而不是刑罚。俗话说：'人不怕死，就不能用死去吓唬他。'我认为偷东西的人应该给他以形体上的惩罚，比如砍掉他一个脚趾，再犯的话就砍掉他的右手的三根指头。如果还犯的话就砍下他的手腕。小偷小摸的应该在脸上刺字，再犯的话就砍掉他偷东西那只手的三根手指头，再不改的话就砍掉手腕，这样没有不停止犯罪的。游戏下棋、到处游荡，这是产生小偷的温床，如果禁止不了的话，在他们脸上刺字就可以了。"

李士谦66岁那年死在家中，当地的老百姓听到他的死讯后，没有不痛哭流涕的，参加他葬礼的有1万多人。他的妻子也很有德行，别人给她的馈赠一律不接受。

郑母教子有方

郑善果的母亲出身清河崔氏，崔氏是当时最有名望的家族，重视对子女的教育，所以郑善果的母亲从小就接受了良好的教育。她13岁的时候嫁给了郑诚，郑诚在参加讨伐尉迟迥的战斗中作战英勇，不幸死在沙场上，当时郑善果的母亲才20岁。按说崔氏的女儿即使是寡妇也不愁没人娶，更何况她还很年轻。她父亲心疼女儿这么年轻就守寡，想让她改嫁，她抱着年幼的郑善果对父亲说："我如果改嫁的话，必然要抛弃儿子，抛弃儿子是不道德的，背叛死者也是没有礼节的行为。现在要我做违背礼节、丧失慈爱的事，我不敢听从您的安排。"她父亲见女儿心意已决，也就没有勉强。

郑善果的父亲为朝廷而死，作为遗族他能享受很好的待遇，才几岁就被封为持节大将军，继承他父亲开封县公的爵位，食邑1000户。隋文帝建立隋朝后不久，郑善果被封为武德郡公，14岁那年又被授予沂州刺史，不久转任为景州刺史，后来又改为鲁郡太守。

郑善果的母亲是个很贤惠而且很开明的女人，品行高洁，有节操，由于从小就接受了良好的家庭教育，博览群书，所以对各种事务的处理方法也很精通。郑善果当官后经常会出去处理事情，每次他办公的时候，他母亲总是会坐在床上，在帐子后面观察他。如果郑善果处理事情的方式方法合情合理，回去后母亲就会很高兴，让他坐下，母子两人相对着有说有笑，充满家庭的温情。如果郑善果处理事务不恰当，或者不顾大体乱发脾气，母亲回到家里后也不批评他，只是自己用袖子蒙着脸哭泣，一整天

中国大事记 公元616年，李密转投瓦岗军。在他的策划下，瓦岗军很快壮大起来，成为中原地区起义军队的主力。

都不吃饭。郑善果见母亲这样也很害怕，只好跪在床前，根本不敢起来。过了一会儿母亲才对他说："我并不是生你的气，我是为你们郑家感到惭愧啊！我做你家媳妇的时候，能够听从公公婆婆的命令每天清洁打扫，丝毫不敢有懈怠。你死去的父亲是个忠心勤恳的人，他做官的时候能够恪尽职责，从来没有为自己的私事考虑过，把自己的身体都献给了朝廷。我希望你不要辜负了父亲的这番心意。你年幼的时候就没了父亲，我只不过是个寡妇罢了，慈悲有余而威严不足，最后导致你不懂得礼义教导，怎么继承你父亲的事业呢？你少年时期就荫袭了祖上留下来的地位，已经达到伯爵的高度了，这难道是你自己挣来的吗？你怎么可以不想想这事而随便乱发脾气责怪下属，只想着自己心里要痛快点，却把公家的大事给耽误了！对内，你这是破坏你家的门风，有可能把你自己的官位爵位给丢掉，对外，你这是损害天子的法度。我死了还有什么脸面见你地下的祖先们呢？"郑善果丝毫不敢争辩，只能伏地痛哭，保证一定会改正错误。

扬州古运河

扬州古称江都，为隋代大运河的重要一站，隋炀帝未登皇位之前，曾为江都总管。隋代大运河西通关中，北连华北，南连太湖，对于以后隋唐经济的发展以及南北文化交流起了重大作用。

郑善果虽然贵为伯爵，又是一郡之长，家里很富裕，但是他母亲还是经常自己纺纱织布，每天一直干到很晚才上床休息。郑善果心疼母亲过于操劳，对母亲说："你儿子已经封了侯，官居三品，俸禄和食邑上的赋税是足够花的了，母亲你又何必自己这样操劳呢？"他母亲回答道："唉，你已经长大了，我还以为你懂得天下的道理了呢。现在听了你这话，看来你还没有弄懂。像你这样，公家的事又能如何去完成呢？现在你的这些职位和俸禄，是天子为了报答你父亲为朝廷牺牲性命才给你的啊。所以这些收入应该分给亲戚们，作为他的妻子和儿子怎么可以把这些好处给独占，当成自己的富贵呢？再说了，纺纱织布本来就是女人分内的事，上至皇后，下至士大夫的妻子，都有这方面的规定。如果放弃这些事情的话，那就是奢侈放纵。我虽然不懂得礼制，但是能破坏自己的名声吗？"

郑善果的母亲一守寡就不用脂粉来打扮了，经常穿粗布的衣服，也很节俭，如果不是祭祀或者招待宾客的话，根本不会把酒肉放在自己跟前。平时在家里只待在安静的房间里过着平静的生活，从不随便走出去游玩。家里的亲戚如果有了红白喜事，她只是把礼物送得多一些，但不去他们家。不是自己亲手做的或者家里庄园出产或是俸禄赏赐得到的东西，即使是亲戚们送的礼物，也不许拿进家门。

郑善果在母亲的监督和教诲下，一直很谨慎，虽然在不少地方当过官，但饮食都是自己家里提供的，公家提供的都不用，而是全部拿来修建官府的房屋，或者分给下属，因此被称为清官。

隋炀帝派人考核他，最后被评为全国之最，征召到京城做光禄卿。他母亲死后，郑善果缺少母亲的监督，逐渐开始骄横放纵起来，清廉和处事公平等方面大不如前了。

旧唐书

《旧唐书》共200卷，为后晋刘昫等撰，记述了唐朝290年的史事，是现存最早的系统记录唐代历史的一部史书。全书前半部颇为详细，后半部则大不如前，整体而言比较粗糙，但保存史料丰富，具有《新唐书》所不能替代的价值。

中国大事记

公元617年，瓦岗军攻破兴洛仓。翟让推李密为主，号魏公。同年，李渊在太原起兵。

唐朝开国皇帝李渊

隋朝末年，群雄并起争夺天下，李渊获得了最后的胜利，建立了唐帝国。在民间传说和戏曲演义中，一般都把开国功劳记在李世民的头上，其实作为唐朝的开国皇帝，李渊也起了非常重要的作用。

李渊祖上是北魏的高官，他们家世世代代都在北朝为官。李渊的祖父李虎就因为战功卓著，和宇文泰、独孤信等人一起担任辅政大臣，被人们称为“八柱国”。北周建立后，追封李虎为唐国公。

李渊7岁的时候就继承了唐国公爵位，他长大后，为人洒脱豪爽，待人宽厚，丝毫也不做作。隋朝建立后，李渊担任千牛备身，他是独孤皇后的外甥，很受隋文帝的宠信。有个叫史世良的人对他说：“您的骨骼和相貌都非同一般，一定能当皇帝，希望您能自爱，不要忘记我说的话。”李渊听后非常自负。

李渊像

隋炀帝即位后，李渊连连升官。他不管到哪里当官，都注重树立自己的威信，喜欢交结各路豪杰，隋炀帝对他很猜忌。有一次隋炀帝要他来见自己，正好赶上李渊生病，所以就没有按时来到。当时李渊的外甥女在后宫，隋炀帝问她：“你舅舅为什么不来？”她说李渊生病了。谁知道隋炀帝又问了句：“那他会不会死？”李渊听说这事后非常害怕，从此就尽情玩乐，还广收贿赂，故意污浊自己的行为来打消隋炀帝对他的怀疑。李渊精通武艺，射术惊人。有一年盗贼军队逼近他的驻地，李渊带领十几个骑兵前去挑战，自己一口气射了70箭，一箭一个，把盗贼吓得半死，大获全胜。

李渊调任太原留守后，各路豪杰纷纷起兵，太原和朝廷失去了联系。不久刘武周起兵造反，李渊命令李世民等人到各地招募士兵，又秘密将李建成和李元吉从河东召来。王威等人担心李渊造反，想趁李渊求雨的时候杀掉他。事情泄露了出去，李渊先下手为强，将王威等人杀死，宣布起兵。

当年七月，李渊任命李元吉为镇北将军，留在太原，自己率领3万人马西行。走到霍邑，遇到隋朝大将宋老生的阻拦。正好这个时候连续下了十天大雨，道路泥泞，军粮无法按时送到。李渊决定先回太原，李世民极力阻拦才作罢。八月，李渊率兵击败宋老生，收复霍邑。不久，隋朝大将屈突通镇守河东，通往关中的黄河浮桥被弄断。关中百姓早就痛恨隋的暴政，他们争着向李渊的军队进献船只，帮助他们渡过了黄河。李渊渡过黄河后打败了屈突通，占领了关中地区。

李渊占领长安后，将代王杨侑立为皇帝，自任唐王。一年后，李渊认为自己的势力已经很强大，可以问鼎中原了。他派太子李建成为元帅，李世民为副元帅，率兵7万，夺取了东都洛阳。没过多久，李渊逼迫杨侑退位，自己登上了皇帝的宝座，将国号定为唐，立李建成为太子，李世民为秦王，李元吉为齐王，夭折的儿子李玄霸为卫王。又经过几年的南征北战，剿灭了群雄，统一全国。

后来在玄武门之变中，李建成和李元吉被李世民杀死，李渊不得已，将李世民立为太子。没过几个月，李渊干脆把皇位传给了李世民，自己当太上皇去了。

李世民虽然是通过政变上台的，但他对李渊还是非常尊敬的。几年后，西突厥使者来朝见，李渊在两仪殿设宴款待。喝得正高兴的时候，他对长孙无忌说：“现在各方少数民族都来归附我们大唐，这是从古到今都没有过的盛事啊！”长孙无忌高呼万岁，李渊非常高兴，专门赐酒给李世民喝。李世民举杯向李渊祝寿，流着眼泪说：“百姓能够得到安定，四方民族能前来归附，这都是遵照您的旨意去做的，我

历史关注 | 唐朝时出现了曲辕犁。

哪里有什么功劳。”于是李世民和皇后轮流给李渊夹菜劝食，并献上车马衣服等，一切都按照家庭的日常礼节来进行，并没有按君臣之礼。这一年，李渊在长安检阅军队，回宫后设宴，三品以上的官员全部来参加。在宴会上，李渊命突厥可汗站起来跳舞，又让南越酋长吟诗，然后笑着说：“胡、越成为一家，这是自古以来没有过的。”李世民祝酒道：“我很早就蒙受父亲的教诲，是父亲教给我文武之道的。后来跟随父亲率领的义军，打下了京城，同样是父亲的英明抉择。现在上天保佑我们大唐，年年丰收，百姓们丰衣足食，那些异族人都成为朝廷的臣民。这些哪里是靠我的智力能办到的？这都是父亲的计谋啊！”李渊听了之后非常高兴，这场宴会尽兴而散。

第二年，李渊得了重病，不久去世，享年70岁。

争夺天下的失败者

窦建德年幼的时候就很讲义气。有一次他家乡有人去世，家里穷得无法安葬。窦建德当时正在耕地，听到这事后马上停了下来，把耕牛送给那家人，作为他们筹办丧事的费用，从此出了名。他父亲去世后，前来送葬的多达千人，几乎都是因为仰慕窦建德而来的。

隋朝为了讨伐高句丽而四处募兵，窦建德有个叫孙安祖的同乡被选中，但他不想去，县令很生气，把他打了一顿。他一气之下就把县令杀了，然后跑到窦建德那躲了起来。这一年正好发生饥荒，窦建德决定帮助孙安祖成就一番事业。他招揽了几百人，把他们交给孙安祖统率。当时附近有好几支起义军，经常前来骚扰，但他们都不惹窦建德。当地长官因此认为窦建德和那些人有勾结，把他全家老小抓起来杀掉了。窦建德听到家人遇害的消息后，带了两百人前去投靠高士达。后来孙安祖被杀，他的部下全都来投靠了窦建德。从此窦建德的势力壮大起来。他待人宽厚诚恳，和士兵们同甘共苦，大家都愿意为他效死力。

几年后，朝廷派兵前来围剿高士达，高士达认为窦建德比自己强，就把军队都交给了他。窦建德请高士达看守物资，自己挑选出7000人前去应战。他假装成和高士达有矛盾而背叛的样子，高士达也宣布窦建德背叛了自己，还杀了一个妇女，说她是窦建德的妻子。窦建德向前来围剿的官军诈降，让他们松懈下来，然后发动突然袭击，将官军杀得大败。从此窦建德的势力更加兴盛。

不久，杨义臣率部前来讨伐，击破了另一支起义军，乘胜进入了窦建德的地盘。窦建德建议高士达避其锋芒，拖垮对方，趁敌人疲倦的时候再出击。但高士达被以前的胜利冲昏了头脑，没有听他的话，贸然领兵出击。开始的时候取得了小胜，高士达骄傲起来，结果被杨义臣击败，自己也战死了。窦建德手下没剩多少人，只好逃跑。跑到饶阳后，在那里重新发

战争壁画

敦煌莫高窟第十二窟唐代的战争壁画。从双方隔河相峙、筑城而战的紧张场面，可看到“城”之于“战”的重要。

中国大事记 | 公元618年，唐王李渊称帝，国号“唐”。

展，很快恢复了元气。

当时其他起义军抓到隋朝的官吏和士人后，不分青红皂白一律杀掉，只有窦建德得到那些人后以礼相待，所以很多士人都来投奔他。隋朝的很多地方官害怕被别的起义军杀害，纷纷向窦建德献城投降，窦建德的实力猛增，士兵多达十几万。

一年后，窦建德自称长乐王，建立了农民政权，多次打败前来围剿的官军。河间郡的王琮多次抵抗窦建德，杀了很多人。隋炀帝死讯传来，河间粮食又吃光了，王琮只好投降。窦建德和王琮说起隋炀帝的死，王琮伏在地上痛哭不已。窦建德深受感动，也哭了起来。部将们都很恨王琮，请求窦建德杀了他。窦建德说：“王琮是个义士。我想提拔他，好鼓励那些忠臣，怎么可以杀他呢？以前我们当强盗的时候可以随便杀人，现在要拯救百姓，争夺天下，不能杀害忠良。”于是重用了王琮。从此以后归降他的郡县越来越多。

李渊建立唐朝后不久，宇文化及也称帝了。窦建德认为宇文化及杀害隋炀帝，自立为帝是大逆不道的行为，决定讨伐他。当天就带兵攻打宇文化及，连战连胜，将宇文化及击败，杀死了宇文化及等人。

窦建德每次打了胜仗后，得到的战利品都会分给手下的人，自己什么都不要。他吃穿都很简单，也不好女色，待人宽厚。但他也有大义上的原则，他本来和王世充结盟，王世充称帝后他马上与其断绝了关系。

窦建德认为唐朝是他的主要竞争对手，所以先发制人，向唐军发动了进攻。他先攻打相州，李神通战败逃走。然后又打下了黎阳，俘虏了李世勣和李神通。滑州刺史王轨被仆人杀死，仆人带着他的头向窦建德投降。窦建德说：“奴仆杀主人是大逆不道。我怎么可以接纳这样的人！”他将那个仆人杀死，把王轨的头送回滑州。滑州的百姓很感激他，当天就率城投降了。

窦建德让李世勣镇守黎州，不久李世勣逃回了唐朝，但他的父亲被留了下来。窦建德手下的人要求杀死李世勣的父亲，窦建德说：“李世勣本来是唐朝的人，他不忘自己的主人，逃了回去，这是忠臣的行为。而且他的父亲又没有什么罪。”最后也没有杀李世勣的父亲，把他和李神通等人安排在专门的地方，以礼相待。

窦建德手下有员大将名叫王伏宝，有勇有谋，立了很多功劳。有很多人嫉妒他，在窦建德面前诬告他造反，窦建德相信了，杀掉了王伏宝。王伏宝临死前说：“我并没有罪，大王为什么要听信谗言，砍掉自己的左右手啊！”王伏宝死后，窦建德作战就经常失利了。

窦建德连战连败，最后被李世民打败俘虏。虽然窦建德为人仁厚，对唐朝被俘的官兵都很好，但是唐朝统治者还是怕留下后患，将他押解回长安后就把他杀了。

玄武门之变

在唐朝统一全国的战争中，立下头功的人是李世民。在战争中，李世民率领士兵冲锋陷阵，大多数重要战役都是由他指挥的。而且李世民手下有一批出色的文臣武将，他们对李世

玄武门壁画

历史关注　“初唐四杰”是指我国唐代初期四位文学家王勃、杨炯、卢照邻、骆宾王。

民死心塌地。虽然李建成和李元吉也立过不少战功，但和李世民相比，就逊色多了。不过后来立太子的时候，李渊还是选择了长子李建成。

唐朝建立后不久，凉州人安兴贵率部投降，需要有人前去接应。这个任务很简单，所以李渊就派李建成去了，想让他多树立些威望。可是李建成偏偏不争气，他边赶路边打猎，当时天气又热，士兵们都忍受不了，还没走到目的地就逃了一大半。李建成回到长安后，被李渊狠狠骂了一顿。

为了让李建成能够更快地熟悉处理国事的方法，李渊专门让他负责处理一些不太重要的事务，派了李纲等人协助他。可李建成是个直性子，他受不了那些约束，反而对吃喝玩乐更感兴趣。李纲是个正直的人，看不惯他的那些行为，于是称病辞去了职务。

和李建成相反，李世民逐渐受到了重用。当时天下还没有统一，李世民带兵南征北战，先是平定了刘武周，收服了尉迟恭为部将。然后又消灭了窦建德和王世充两个割据势力。当他胜利返回长安的时候，身披黄金甲，身后跟着 25 名威风八面的大将和 1 万骑兵，受到李渊和文武百官的隆重欢迎，一时间声望甚至超过了李渊本人。

李建成对李世民的声望日益增高感到很不安，就拉拢李元吉一起对付李世民。李元吉和他们两人都是一母所生，他为人阴狠，名声不好，但也没有放弃过对皇位的追求。他很清楚两个哥哥之间的矛盾，他认为，李世民的才能远远超过自己，如果和李世民联手的话，自己肯定当不了皇帝；而李建成是个庸才，和他联手的话，干掉李世民后，再回过头来对付李建成的胜算很大，就和李建成一拍即合，开始对付李世民了。

当初李世民打下洛阳的时候，李渊的几个宠妃向李世民索要一些珍宝，还为自己的家人请求官职。李世民没有答应她们，她们就对李世民产生了怨恨情绪。李建成和李元吉抓住这个机会，拼命讨好她们。那些嫔妃就经常在李

秦王破阵乐图　唐

渊耳边说李世民的坏话。渐渐地，他也对李世民产生了不满。

李渊的宠妃尹妃和李世民矛盾最深。她父亲仗着女儿的势力在外面一向横行霸道，有一次居然把李世民的部下打了。他害怕李渊怪罪下来，于是恶人先告状，让尹妃对李渊说：“李世民身边的人太不像话了，居然欺负我的父亲。”李渊听了之后大怒，把李世民叫来骂了一顿。那些嫔妃又说：“现在陛下还在，李世民就敢如此放纵。万一哪天陛下不在了，我们一定会被他害死的。”李渊听后更生李世民的气了。

李建成和李元吉蒙蔽李渊成功，开始对李世民下毒手。有一天，他们俩请李世民喝酒，在酒中下了毒。李世民没有防备，把毒酒喝掉了。回去后肚子疼得要死，赶紧找大夫医治，好容易才捡回一条命。李渊听说这件事后也很

中国大事记 公元621年，李世民俘获窦建德，王世充投降。

疑心，决定第二天好好审理此事。有个妃子知道了这事，又听说李世民最近有异常的举动，赶紧派人通知李建成和李元吉两人，让他们早做准备。

李世民也知道兄弟们要害自己，部下也劝他要先下手为强，但他就是狠不下这个心。后来实在经不起部下的劝解，最后决定先动手。公元626年六月初四，李建成、李元吉和平时一样骑着马去上朝。走到玄武门的时候，李世民带领部下出现在他们面前。李建成觉得情况不妙，赶紧掉转马头想回去。李世民快马赶上，喊道："你们两个为什么不去上朝？"李建成听到李世民的呼喊声，回头去看。李世民抓住这个机会一箭射去，正中李建成喉咙，将其射死。李元吉赶紧拿出弓箭想射杀李世民，可慌里慌张地怎么也拉不开弓，被尉迟恭一箭射死。

两人被杀的消息传到东宫和齐王府后，两处的卫兵共两千人全部出动猛攻玄武门。秦王府的士兵在门口抵挡。李世民派尉迟恭前去向李渊报告情况。当时李渊正在花园里和妃子们泛舟游玩，尉迟恭手持长戟，全副武装地突然出现在李渊面前，把李渊吓了一大跳。李渊得知事情的经过后非常吃惊，但事情已经这样了，他也只好接受了这个事实。李渊下诏所有军队全部归李世民节制，又派人去东宫和齐王府安抚。在玄武门外作战的士兵们见此情况也没有办法，于是纷纷放下了武器。

3天后，李渊宣布立李世民为太子，不久干脆让出了皇位，当太上皇去了。李世民踩着亲兄弟的鲜血登上了皇位，他就是唐太宗。

贞观之治

唐太宗即位后，很想做出一番事业。他很清楚人才对于国家的重要性，所以他不拘一格地任用人才，即使是魏徵这样以前和他作对的人，李世民也能毫无芥蒂地任用，更不用说那些有才能的老部下了。

贞观三年（公元629年），唐太宗下诏让官员们上书议论国家大事，并提出自己的看法和建议。中郎将常何递上来的奏章引起了唐太宗的注意。那奏章一共写了20条建议，而且都切中要害，说理清楚，文笔也很好。唐太宗很了解常何，知道他没有什么文化，根本写不出这样的奏章。就把常何叫来，问他到底是怎么回事。常何告诉唐太宗，那奏章是他的朋友马周写的。马周本来是山东地区的一个老百姓，起初在州里教书，因为爱喝酒，经常被当地官员斥责，后来实在没办法，干脆辞职不干了。

马周四处游历，由于他很穷，衣衫破烂，走到哪儿都让人看不起。有个人见他通晓文墨，就介绍他到常何家里去记账，这份奏章就是他帮常何写的。唐太宗听了之后不但没有生常何的气，反而非常高兴。他让常何快把马周请来，自己在宫里焦急地等待。马周一时没到，唐太宗等不及了，一连4次叫人去催促。马周来了后，唐太宗和他谈了很久，发现他确实是个奇才，心里非常高兴，任命他为监察御史。后来还任命他做了中书令，成为朝廷重臣。

魏徵和王珪得到重用则说明了唐太宗能够不计前嫌，坦然纳谏的优良品质。他们两个以前都是李建成手下的人，魏徵当年还劝说过李建成早日动手除掉唐太宗。可唐太宗登基后，并没有报复打击他们，而是将他们提拔任用，让他们多给自己提意见。王珪就曾劝唐太宗要广开言路，听取不同的意见。当然，唐太宗是人而不是神，他也会生气发怒。有一次，太常少卿祖孝孙因为教授的音乐不合唐太宗心意，惹怒了他，就把祖孝孙狠狠骂了一顿。王珪和温彦博认为责任不该由祖孝孙承担，劝谏道："祖孝孙精通音律，按理说不会出这样的错，我们担心陛下询问的那个人没说实话。再说祖孝孙是个雅士，陛下却让他教女乐，而且还这样骂他，我们担心天下人都会为这事对陛下有不满。"唐太宗一听，火冒三丈，大声骂道："你们都是我的心腹，本来应该对我尽忠，怎么可以帮下人说话！"温彦博吓坏了，赶紧向唐太宗谢罪。但是王珪却说："我以前侍奉过废太子李建成，已经犯了死罪，多蒙陛下宽恕，还让我身处重要的位置，我当然会尽忠职守。今

历史关注 李唐皇室自称是老子李耳的后裔，尊老子为“圣祖”，道教开始繁盛起来。

天我说这些话并不是为了我自己，没想到陛下竟然猜疑起来，这是陛下对不起我，不是我对不起陛下。”唐太宗目瞪口呆，说不出话来。

第二天，他对房玄龄说：“自古以来帝王都很难做到纳谏如流，像周武王那样圣明的人都不能听从伯夷和叔齐的意见。周宣王也算是贤明的人了，可他还是杀了向他进谏的杜伯。我一直希望能效法古代的明君，只恨自己不能达到那种境界。昨天我还责备了王珪和温彦博，现在我感到非常后悔。希望你们不要因为这件事而不向我提意见啊！”

唐太宗认为用人一定要用贤才，不能按照资历和关系来决定官职大小。当初唐太宗登基的时候，对大臣们论功行赏，把房玄龄等文臣评为第一等。他叔叔李神通很不服气，对他说：“当年起兵的时候是我第一个站出来响应的，平时跟随皇上出生入死，从来没有抱怨过。皇上被齐王他们灌下毒酒，还是我背着皇上逃走的。房玄龄等人只知道动笔写写，又没冒过生命危险，现在功劳还比我大，太不公平了！”

李世民听完后就把李神通当年如何被窦建德打得全军覆没，如何被刘黑闼打得抱头鼠窜这些事一五一十地摆了出来，然后说：“叔叔是我的亲人，我怎么可能不信任您？但是治理国家不能因私废公啊！”说得李神通不敢再言语了。

还有些将领也找到唐太宗闹，他们说：“我们都是皇上的老部下，以前为皇上立下多少汗马功劳，现在反倒不如李建成手下的人了！”唐太宗说：“选拔人才怎么能按资历来排呢？新人有才，旧人无才，我当然只能用新人了。你们这样说是没有为国家着想啊。”

唐太宗像

就这样，唐太宗在这些人才的帮助下，实行了一系列改革。他恢复了均田制，满足了农民对土地的需求，也保障了国家的财政收入，为国家富强提供了物质基础。他还推行府兵制，就是把适龄壮丁集中起来，平时让他们务农，农闲的时候就训练他们。轮到他们服役的时候，就让他们自备武器分批到京城或者边境守卫。一旦发生战争，就下令他们外出作战，战争结束后让他们回家务农。这样做一方面可以保证兵源充足，减轻国家的财政负担；另一方面让士兵和将领分开，避免将领拥兵自重。唐太宗还很重视减轻赋税，注重改善和少数民族之间的关系，自己也以身作则，提倡节俭。

经过20多年的努力，唐朝政治经济发展迅猛，各国使节纷纷前来朝拜，唐朝成为当时世界上最繁荣富强的国家，人们把唐太宗这段繁荣的统治时期称为“贞观之治”。

千古一后

长孙皇后是北魏拓跋氏的后代，她从小就喜欢读书，尤其爱读历史书，经常以古人的教训来鞭策自己。她听说李世民是个很出色的人，主动提出要嫁给他。李世民当上皇帝后，她被册立为皇后。

长孙皇后温柔贤淑，生性节俭，经常在晚上的时候和唐太宗一起谈论古今，但是只要一涉及国家大事的时候，她就会主动打断话题。唐太宗每次就国家大事想问问她的意见，她就推辞道：“古人说过，母鸡打鸣是家里要出事的征兆。我一个女子怎么能对国家大事说三道四呢？”唐太宗坚持要听她的意见，她每次都苦苦哀求，最后也没有回答。

中国大事记

公元626年，李世民在玄武门杀死太子李建成和齐王李元吉，是为“玄武门之变”。

长孙皇后虽然不干预朝政，但是她却能经常对唐太宗提出很多有益的建议，为君臣关系的稳固做出了一定的贡献。她的二女儿长乐公主很受宠爱，唐太宗吩咐有关部门在她出嫁的时候，长乐公主的嫁妆要多于长公主的。这种做法是不符合礼制规定的，魏徵上书表示反对。长孙皇后知道后，对魏徵的直言敢谏感到很佩服，认为他是个正直的人。她对唐太宗说：“忠言逆耳利于行，采纳忠言对国家有好处，不采纳的话就会有很多麻烦。我希望陛下知道这个道理。”她还特意请唐太宗给魏徵赏赐，作为对他的奖赏。有的时候唐太宗乱发脾气，随意责罚大臣。长孙皇后在这个时候往往都会等他消气之后，慢慢地用道理说服他，尽量不让大臣们蒙冤受屈。

有一次，魏徵在朝堂上把唐太宗气得非常厉害，唐太宗回到后宫后，对长孙皇后说：“总有一天我一定要杀死那个家伙！”长孙皇后见势头不对，问道：“谁把陛下气得这么厉害？”唐太宗说：“还不是那个魏徵！今天他又在朝堂上气我，让我下不了台！”长孙皇后见唐太宗动了真怒，于是悄悄走开。过了一会儿，她穿上在正式场合才穿的礼服，出来见唐太宗。长孙皇后生性不喜欢盛装打扮，唐太宗见她这个样子，很奇怪，问道：“皇后你要干什么？”长孙皇后回答：“我听说皇帝英明，大臣才会忠心。现在正因为陛下是个明君，所以魏徵才敢直言进谏。我身为皇后，见到君明臣忠，怎么敢不庆贺呢？”唐太宗顿时醒悟过来，也就不生魏徵的气了。魏徵能够成为有名的直臣，并得到唐太宗的信任，和长孙皇后日常的调解是分不开的。

长孙皇后对后宫的嫔妃宫女都很好，不管谁生了病，她都会去慰问，并拿出自己的药给她们服用，后宫的人都非常尊敬她。长孙皇后的哥哥长孙无忌是唐太宗从小一起玩到大的朋友，为唐朝统一全国立了不少功劳，很得唐太宗的信任。唐太宗当上皇帝后，想让长孙无忌当宰相，但是长孙皇后却坚决反对。她对唐太宗说：“我能够嫁给陛下是我一生中最大的福气。我不愿意让我的家人掌握重权，不想看到汉朝吕氏和霍氏那样的外戚专权的情况在我的家人里出现。”唐太宗没有听她的话，还是决定要长孙无忌做尚书仆射，诏书都写好了。长孙皇后知道这个消息后，把诏书藏了起来，坚决不肯拿出来。唐太宗没有办法，只好放弃让长孙无忌掌权的想法。

长孙皇后不幸染上了重病，太子请求大赦天下，并动员百姓出家为皇后祈福。长孙皇后阻止道：“人的命运是上天注定的，不是人自己能够左右的。颁布赦令是国家大事，而佛教这些东西又是皇上不喜欢的，怎么能为了给我治病而乱了国家的法度呢？”唐太宗知道后非常感动。

长孙皇后的病一天比一天重，已经到了无法挽救的地步了，她知道自己的时间不多了，于是挥泪向唐太宗诀别。她在临死的时候还关心国家大事，请求任用贤臣，善待百姓，不要因为自己的原因而过于厚待长孙家的人。长孙皇后还请求在她死后，不要浪费物资厚葬自己，尽量节省开支。她说完这些话后就去世了，死的时候才36岁。

人镜魏徵

唐太宗能够有“贞观之治”的旷世伟绩，和他善于纳谏是分不开的。他身边也涌现出很多敢于直谏的忠臣，这些人当中名气最大的莫过于魏徵。

魏徵本来是个道士，但他喜欢读书，看到天下大乱，特别留心学习纵横之术。李密起兵后，魏徵投靠了他。魏徵对李密提了十条计策，李密很欣赏那些计策，但是却没有采用。久而久之，他对李密很失望，认为李密成不了大业。

李密失败后，魏徵跟随他一起投降了唐朝。到了长安后，魏徵很久都得不到重用，于是请求让自己去安抚山东地区。当时李世勣还没有投降，魏徵给他写信，将其劝降。窦建德攻下黎阳后，魏徵当了俘虏，窦建德失败后他再次回到唐朝。李建成听说魏徵很有才干，于

历史关注 | 初唐诗人王维的诗句被苏东坡称为“诗中有画，画中有诗”。

是将他任命为太子洗马，很器重他。魏徵见李世民的势力太大，劝李建成要早做防备。玄武门之变后，唐太宗找来魏徵，问他：“你为什么要挑拨我们兄弟二人的关系？”魏徵说：“太子如果当初听了我的话，就不会落到现在这个田地了。”唐太宗其实并没有责怪魏徵的意思，他知道魏徵是个有才能的人，登基后将他任命为谏议大夫。

唐太宗励精图治，想建立一番丰功伟业。他多次把魏徵请到内室，向他询问得失。魏徵很有才能，而且性情耿介，从来不会屈服。唐太宗和他谈话，都能欣然采纳他的意见，魏徵很高兴能够遇到明主，所以更加努力地进谏。唐太宗曾经说过：“魏徵前后给我提了两百多条意见，如果不是一心为国的话，那是不可能办到的。”不久，有人弹劾魏徵徇私，唐太宗派温彦博去调查，查出是诬陷。温彦博上奏说：“魏徵身为大臣，应该检点自己的言行，但他却不能避开嫌疑，所以才会有谣言出现。虽然他并没有徇私，但也有应该责备他的地方。”唐太宗命温彦博去责备魏徵，并告诫他以后要多注意下影响。魏徵不服，上奏说：“我觉得君臣之间应该相互和谐默契，像一个整体一样。哪能不顾公道，只注重自己行为的影响的？如果大家都这样做的话，国家迟早完蛋。”唐太宗很吃惊，对他说：“我知道错了。”魏徵继续说道：“我希望陛下让我做良臣，不要让我做忠臣。”唐太宗不明白，问道：“这也有区别？”魏徵回答道：“后稷、契和皋陶他们属于良臣，而关龙逄和比干是忠臣。良臣能让自己和君主都获得美名，而忠臣只能让自己遇到杀身之祸，还给君主留下骂名，两者区别很大的。”唐太宗接受了他的意见，并赏给他500匹绢。

魏徵字帖

唐太宗到九成宫居住的时候，有宫女要回京城，住在县城的驿站里。不久右仆射李靖和侍中王珪也来了，县吏按照规定让宫女们搬走。唐太宗知道这事后很生气，说：“李靖那些人也太霸道了！当地官吏为什么偏袒李靖而怠慢我的宫女？”就下令查处那些人。魏徵劝阻道：“李靖他们是陛下的心腹大臣，而宫女只是给皇上皇后打杂的奴婢。要论各自的职守，两者根本没得比。再说李靖等人因公外出，各地官吏要向他们打听朝廷的纲纪，回来后，陛下也要向他们询问民间疾苦，他们当然应该和下面的官吏见面。至于宫女，除了要供给她们饮食之外，官吏没有义务去参见她们。如果以这种罪名处罚他们的话，恐怕对陛下仁德的名声不利。”唐太宗才息怒，宣布不追究县吏和李靖他们了。

不久唐太宗在丹霄楼设宴款待群臣。喝得高兴的时候，唐太宗对长孙无忌说：“魏徵和王珪等人以前为李建成效力，现在想起来，他们当时真是可恶，而我能不计前嫌提拔他们，完全可以和古人相比了。但是魏徵每次进谏的时候，如果我不听从的话，他就不会立刻回答我。这是为什么呢？”长孙无忌说：“大臣认为事情不对，所以才会进谏，如果陛下没有听从而大臣马上回答的话，可能会妨碍事情的实行。”唐太宗说：“可以当时先答应着，过后再提意见嘛。”魏徵插话道：“以前舜对大臣说：‘你们不要当面顺从我，过后又来反对。’如果我当面顺从陛下，回去又要提意见，这就有违舜的教导了。”唐太宗放声大笑：“别人都说魏徵粗鲁傲慢，我却只觉得他柔媚，刚才的事就是这样。”魏徵说道：“陛下能够接受我的

中国大事记 公元628年，房玄龄被任命为左仆射，杜如晦被任命为右仆射，时人合称其为“房杜”。

唐将军铠甲

意见，我才敢进谏。如果陛下不接受的话，我怎么敢屡次冒犯呢？”

长乐公主嫁人时，唐太宗认为她是皇后的亲生女儿，决定送的陪嫁比自己的妹妹嫁人的时候多一倍。魏徵说：“不能这样做。天子的姐妹称长公主，女儿称公主。既然前面有个‘长’字，就表示尊崇。对她们的感情可以有深浅之分，但是在礼遇上不能乱来的。”唐太宗同意他的话，回去告诉长孙皇后。皇后派人赐给魏徵40万钱和400匹绢，作为对他的奖赏。

魏徵死后，唐太宗亲自到他灵前痛哭。唐太宗曾经叹道：“用铜做镜子可以端正衣冠，用历史为镜子可以知道兴亡的道理，用人为镜子可以知道自己的过失。我时常保留三面镜子，以防止自己犯错。魏徵死了，我就失去了一面好镜子啊！”

禅宗的分裂

禅宗本来是由印度僧侣达摩创立的。传说达摩是天竺王的儿子，为了保护国家而选择了出家修行，用佛法护国。达摩后来游历南海，在那里领悟了禅宗的教义。他自称是从佛祖那里得来的，并有佛祖给他的衣钵为证，他带着衣钵从印度到中国传法。当时中国正处于南北朝时期，达摩听说梁武帝相信佛教，于是就先到了梁。他见到了梁武帝，两人谈论了很久，发现他们的思想格格不入，达摩很不高兴，于是离开了梁。

达摩到了嵩山少林寺，在那里面壁修行。当时有个叫慧可的和尚仰慕达摩，不远千里找到达摩，请求他传授佛法。达摩认为慧可诚意不够，没有答应他。慧可为了表示自己求法的诚意，毅然用刀砍断了自己的左臂。达摩被他的精神所感动，就收他为徒，把禅宗的教义传授给了他。达摩死后，衣钵就由慧可继承。

禅宗传到第五代时是弘忍。弘忍和他的师父道信都住在东山寺，所以也称他们的佛法为东山法门。弘忍手下有很多弟子，其中最出色的一个名叫神秀。神秀在隋朝末年出家，遇到弘忍在当地谈禅，神秀听了后赞叹道：“这真是我的老师啊！”就去侍奉弘忍，天天干砍柴挑水的工作，以求得佛道。

弘忍觉得神秀很有天赋，对他说：“我收的徒弟很多，但在理解佛法方面，没有能超过你的。”师兄弟们都认为神秀继承衣钵的可能性最大，神秀自己也这么认为。但弘忍觉得还应该多观察一段时间。

不久，寺院里来了个名叫慧能（又作惠能）的南方僧人。慧能没有受过教育，不识字，但是对佛教很感兴趣。当时人们认为惠能是南蛮，看不起他，再加上他不识字，没办法传授佛经给他，所以就让他在寺里干些粗活。

有一天，弘忍让弟子们作偈，想以此来考察他们的修为到了何等境界。神秀的偈是：“身是菩提树，心如明镜台。时时勤拂拭，勿使惹尘埃。”大家都觉得神秀的偈水平最高。弘忍却认为依此修行可以获得很大进步，但心性还不够。

慧能打水回来，见大家都在作偈，又听到他们讨论神秀的偈，他也口述了一偈：“菩提本无树，明镜亦非台。本来无一物，何处惹尘埃？”弘忍听到慧能的偈后非常惊讶，觉得他

历史关注 楷书四大家指的是唐朝的欧阳询（欧体）、颜真卿（颜体）、柳公权（柳体）以及元朝的赵孟頫（赵体）。

领悟到了禅宗的教义，决定把衣钵传给他。

弘忍知道支持神秀的人很多，怕衣钵传给慧能后会害了他。弘忍在自己圆寂之前偷偷把慧能叫来，将衣钵传给了他，并让他离开寺院，到南方去传播教义。

神秀虽然没有得到衣钵，但名声已经很大了，很多禅宗弟子也认他为宗师。武则天听说他的名声后，把他请到长安，用轿子抬着他上殿，给了他很高的礼遇。当时京城里的王公贵族和平民百姓闻风而动，都来拜见神秀。唐中宗即位后，对神秀更加崇敬了。重臣张说也曾经向他请教过，并以弟子的礼节侍奉他。张说对别人说："神秀师父身高八尺，相貌堂堂，威望和品德都是一流的，可以说是统治天下的奇才。"

神秀所提倡的禅宗讲究"渐悟"，禅宗提倡用心去领悟佛教教义，通过对禅法的修持和经教的解释来得到圆满。神秀的"渐悟"理论就是认为要通过长期的修行思考，参透佛教的教义。他的理论和禅宗前五位祖师的思想是一脉相承的，所以就理论而言，神秀更接近于禅宗正宗，以他为首的禅宗流派被称为"北宗"。

慧能逃到韶州后，在广果寺住了下来。神秀曾经向武则天建议让慧能去京城弘法，但慧能拒绝了。

慧能提倡"顿悟"，他认为佛性是存在于人心里面的，只要能够看到人的真性，就能领悟佛的境界。他倡导参禅悟道只要在自己可能

稱讚大乘功德經 一卷 三藏法師玄奘奉 詔譯
如是我聞一時薄伽梵住法界藏諸佛所
行衆寶莊嚴大功德殿與無央數大聲
聞衆大菩薩俱及諸天人阿素洛等無
量大衆前後圍遶
尒時會中有一菩薩示爲女相名德嚴華
承佛威神從座而起稽首作禮而白佛言
何等名爲菩薩惡友新學菩薩知已速
離尒時佛告德嚴華言我觀世間無有
天魔梵釋沙門婆羅門等與新學菩薩
於無上菩提爲惡知識如樂聲聞獨覺乘
者所以者何夫爲菩薩必爲利樂諸有情
故勤求無上正等菩提樂二乘人志意下劣
唯求自證般涅槃樂以是因緣新學菩薩
不應與彼同住一寺同止一房同處經行同
路遊適若諸菩薩已於大乘具足多聞得
不壞信我別開許與彼同居爲引發心趣

玄奘译《功德经》内页

的范围内找到最直接的途径，就能够"明心见性"，不需要什么外力，所以任何方式方法都可以使用。悟道就和喝水一样，水是冷是热，只有喝的人心里清楚，别人是没办法知道的。而且成佛并不复杂，只要一下子领悟了，就能成佛，佛和凡人的区别只是一念之差而已，人们把慧能这一派禅宗称为"南宗"。

北宗在前期势力远远超过南宗，但后来就衰落了，到了宋代，禅宗基本上是南宗的天下。禅宗在日后还有更多的发展，分成了更多的派别。

酷吏时代

武则天上台后，总是担心那些不服她统治的人对她不利，所以鼓励人们任意上告。凡是告密的人都给予赏赐，即使查出是诬陷，也不追究告密者的罪名。一时间大家纷纷打小报告，很多人公报私仇，随意诬陷别人。而武则天派去查访的官员为了立功受奖，往往不分青红皂白，将被告者屈打成招，当成自己升官发财的资本，中国进入了一个酷吏横行的时代。

当时最著名的酷吏是周兴和来俊臣两人，但是还有很多酷吏名气虽然没他们大，干的坏事却一点也不比他们逊色。

酷吏们不顾他人死活，任意罗织罪名，其根本目的就是为了自己升官发财，傅游艺就是升官升得最快的一个。他当年上书说发现了武姓的符瑞，证明武氏应当代替李氏。武则天很高兴，马上提拔了他，几个月时间就将他提拔到和宰相同级的高位上。傅游艺上书要求鼓励人们告密，开告密之先河，他自己也靠着诬陷别人一步步爬了上去。当时官员品级不同，所穿衣服的颜色也不同。最小的官员穿青色，稍高点的穿绿色，然后是红色，最高级的官员穿紫色。傅游艺只用了一年的时间，就从穿青色升到了穿紫色的高位，可谓"火箭速度"。后来他因为谋逆被杀，虽然他死了，但罗织告密的传统却保留了下来，可以说傅游艺是开创酷吏时代的始作俑者。

中国大事记 | 公元629年，李靖等奉命出击突厥，并于次年大败之。

当时只要能狠下心，就能成为一个合格的酷吏，即使是胡人也不例外。徐敬业在扬州起兵反对武则天的统治，这激怒了她，武则天就想用威势来控制天下。胡人索元礼猜中了武则天的心思，就诬告别人。武则天命令他在洛阳审讯犯人，他生性残忍，审一个犯人必然要牵连出好几十个人出来才肯罢休，人们怕他甚于怕老虎。武则天却认为索元礼很能干，多次召见并赏赐他。索元礼前前后后杀了好几千人，其中绝大多数是被冤枉的。周兴和来俊臣等人都是通过效法他起家的。后来索元礼名声实在太臭，武则天也看不惯他了，为了笼络人心，干脆把他杀掉了。

侯思止也是靠罗织别人罪名发家的。他本来是别人家的奴仆，帮助主人诬告别人谋反，被授予游击将军一职。武则天很赏识他，让他负责审理一些比较大的案子。他曾经审问中丞魏元忠，用对付一般犯人的方法威胁魏元忠，谁知道魏元忠是条硬汉，根本不吃那一套。侯思止大怒，把魏元忠按倒在地上拖。魏元忠却说："我运气不好，骑了头笨驴，从上面栽了下来，还被那驴拖着走。"侯思止气得火冒三丈，对他说："你敢这样骂我，我要上奏杀了你！"魏元忠说："侯思止，你现在当了御史，就应该知道礼数的重要性。你如果要我的脑袋，拿锯子锯掉都没关系，但不要胡说我造反。你穿着官服，接受皇上的命令，却不做好事，口出秽言。不是我魏元忠的话，也没有人来教训你！"侯思止很惭愧，对他说："我有罪，多亏中丞大人指教。"于是请魏元忠坐下。侯思止没有文化，在审问犯人的时候经常出洋相，当时的人都把他的话当成笑话来说。霍献可就当面取笑侯思止，侯思止向武则天诉苦。武则天很生气，把霍献可叫来责问道："侯思止是我用的人，你为什么要笑他？"霍献可把侯思止出的那些洋相原原本本地告诉了武则天，武则天听了也哈哈大笑。

侯思止上奏请求让他娶李自挹的女儿为妻，武则天下令让大臣们讨论。李昭德拍着手对大家说："这事太可笑了！"大家问他原因，他说："以前来俊臣强娶别人的女儿，已经让国家蒙羞了。今天那奴才又要娶李自挹的女儿，这算什么事！"侯思止因为这事被抓了起来，最后被李昭德活活打死，为受诬陷的人出了口恶气。

有的酷吏不光是残暴无知，而且还非常会谄媚。有个叫郭霸的人当了监察御史，武则天召见他，他在武则天面前吹牛说："当年讨伐徐敬业的时候，我恨不得拔其筋、吃其肉、喝其血、抽其骨髓！"武则天被他的奉承话迷惑住了，给他加官晋爵，当时的人都戏称他为"四其御史"。他的顶头上司魏元忠生病，御史们都去看望他。郭霸故意等到人都走光了才去。等见到魏元忠后，他装出一副忧愁的样子，请求魏元忠把大便给他看，魏元忠很奇怪，于是同意了。谁知道郭霸居然亲口去尝大便，然后高兴地说："如果大便是甜的，那么病就麻烦了。现在是苦的，说明病快好了！"魏元忠是个很正直的人，看见他居然这么厚颜无耻，非常讨厌他，还把这事讲给别人听。郭霸曾经在审问李思徵的时候用刑过重，将其活活打死。后来他做贼心虚，见到李思徵的鬼魂来索命，发狂而死。洛阳桥塌了，行人很不方便，正好他死时修好。武则天问大臣们最近有没有什么好事发生，舍人张元一生性诙谐，他说："有两件事让百姓很高兴，一是洛阳桥修好了，二是郭霸死了。"

这些酷吏平时作恶多端，甘心成为武则天铲除异己的工具，但是当社会安定下来后，这些人失去了作用，反而被武则天当作挽回人心的替死鬼被除掉。酷吏时代很快就结束了，但是它的恶劣影响却一直没有消除。

捕杀蝗虫的姚崇

姚崇本名姚元崇，在制科考试中取得优异成绩，从此进入了官场。武则天很欣赏他的才能，将他破格提拔为夏官侍郎，后来又给他加了平章事头衔。

武则天退位后，唐中宗复位，大家都很高

历史关注 孙思邈是唐朝时代著名的医学家和药物学家，被后世誉为“药王”。

兴，只有姚崇在哭。张柬之说：“今天怎么能哭呢？小心你的灾祸要开始了啊。”姚崇说：“我侍奉则天皇帝多年，今天突然分离，这是我发自内心的真实感情，不是能够控制得住的。以前和你们一起谋划诛杀逆臣，这是我应尽的责任。现在辞别旧主而哭泣，也是作为臣子的礼节，如果说因为这个而获罪，那也是心甘情愿的。”张柬之听了很不高兴，没过多久，姚崇就被外放当刺史去了。

唐睿宗即位后，将姚崇召回朝廷担任兵部尚书，不久又迁他为中书令。当时太平公主专权，太子处境艰难。姚崇等人上书请求让公主去洛阳，结果得罪了公主，又被贬到外地当刺史，唐玄宗即位后，才被召了回来。

有段时期达官贵族都上奏请求度人为僧，也有人拿出自己的财产出来修建寺庙。由于僧人不用缴纳赋税，所以很多人钻这个空子，用出家的方法来逃避赋税。姚崇上书说：“佛是在人的内心里的，并不注重形式。佛图澄这么贤明的高僧，还是保不住后赵的江山；鸠摩罗什是难得的高僧，也不能挽救后秦的灭亡。历史上那么多人信佛，可却没有几个人能够保全自己的。所以说只要内心慈悲，多行善事，让百姓安乐，这就是佛了，哪还用得着乱度坏人出家！”唐玄宗接受了他的意见，让有关部门查实，最后查出有1万多人有问题，强迫他们还了俗。

姚崇像

开元四年（公元716年），山东河南一带爆发了大蝗灾。当时人们都认为蝗灾是上天对下界的惩罚，蝗虫是神虫，只有乞求上天，多做好事才能消除蝗灾。而姚崇不这么看，他上奏说：“《毛诗》说过：‘抓住那些吃庄稼的害虫，把它们投到火堆里烧死。’汉光武帝也说过：‘要顺应时令的变化，鼓励百姓耕种织布，除掉那些害虫。’这些都是灭蝗的措施。蝗虫既然怕人，那么就容易驱逐。另外庄稼都有主人，他们除虫肯定不怕辛苦。蝗虫既然会飞，那么一定会在晚上的时候扑火。所以晚上点起火堆，在火堆旁边挖坑，一边烧一边埋，蝗虫一定可以除尽。现在灾区的百姓只是烧香拜神，眼看着蝗虫吃庄稼却不敢去杀灭，那怎么行！自古以来蝗虫之所以没有被除掉，就是因为人们不肯尽力去做。如果大家齐心协力的话，蝗虫一定能被消灭掉！”于是朝廷派遣御史到各地去督促灭蝗。汴州刺史倪若水却反对道：“蝗虫是上天降下来的灾祸，自然应该靠提高德行操守来让它们自己消灭。十六国时期刘聪统治期间捕杀过蝗虫，不但没有消灭干净，反而越来越多，就是这个道理。”他抵制御史的督促，坚决不肯从命。姚崇勃然大怒，给倪若水下最后通牒说：“刘聪是伪皇帝，德行不足以压过邪恶。现在是圣明的朝代，邪恶当然压不过德行了。如果说修德就能免除灾祸的话，那就是说蝗灾是因为没有德行才造成的？现在你看着蝗虫吃庄稼却不去救，如果造成饥荒，你如何安心？我希望你不要再迟疑了，免得后果不堪设想。”倪若水只好老老实实地执行灭蝗的命令。

朝廷里议论纷纷，许多人认为杀虫不是一件好事。唐玄宗也坐不住了，他向姚崇询问到底该怎么办，姚崇说：“那些死读书的儒生不知道变通。这个世界上有的事虽然违背经文，却是有道理的，也有违反常理而符合变通之道的。以前北魏的时候山东也遭到蝗灾，就是因为没有及时捕杀，庄稼被吃了个精光，百姓们饿得只能吃人。后秦的时候闹蝗灾，连草都被吃光了，牲畜只能互相啃对方的毛来充饥。现在山东一带到处都是蝗虫，河北河南一带粮食储备又不多，如果不抑制住灾情的话，来年一定发生饥荒。这件事关系到百姓和国家的安危，不能墨守成规。即使蝗虫没有被除尽，也比什么都不做要强。我知道陛下爱惜生灵，不喜欢

中国大事记　公元641年，文成公主嫁入吐蕃，与松赞干布完婚。

杀戮，这事就不用陛下管了，让我发公文让下面去执行。如果没有除灭蝗虫的话，就把我所有的官爵都削除掉好了。”唐玄宗这才同意了他的意见。

黄门监卢怀慎对姚崇说：“蝗灾是上天降下来的灾祸，怎么能由人来制止呢？再说杀虫太多，有伤天地之间的和气。现在改还来得及，希望您考虑。”姚崇说：“只要对百姓有好处的事就可以去做。现在蝗灾虽然很严重，但要消灭它们还是可能的。再说如果杀虫有伤和气的话，那么庄稼被吃光，老百姓活活饿死就不伤和气了吗？这事我已经上奏过了，请您不要再说了。如果因为杀虫而招来灾祸的话，就让我一个人来承担，不会牵连到别人。”卢怀慎不敢多说话了。果然，在姚崇的领导下，蝗灾很快就消除掉了。

唐玄宗励精图治，任用了姚崇、张说、张九龄等一大批贤臣辅佐自己，并实施了一系列改革措施。在生产上应用了许多新式的生产工具和耕种方法，农业取得了很大进步。中国社会继“贞观之治”后又进入了一个繁荣时期，史称“开元盛世”。

口蜜腹剑的李林甫

唐玄宗励精图治20多年，建立了“开元盛世”。渐渐地，他开始骄傲起来，觉得应该好好享受一下了，唐朝社会开始腐败起来。而从中起到恶劣作用的，就是继张九龄为宰相的李林甫。

李林甫是唐朝宗室，精通音律。他最初担任千牛直长一职。开元十四年(公元726年)，李林甫被任命为御史中丞，后来担任过刑部和吏部的侍郎。当时武惠妃最受宠爱，她的儿子寿王也因此得到了唐玄宗的另眼看待。李林甫抓住机会讨好武惠妃，他悄悄派人告诉武惠妃：“我愿意保护好寿王。”武惠妃很感激他。李林甫和裴光庭的妻子有染，裴光庭死后，他妻子请求高力士让李林甫代替丈夫的官职，但高力士没有答应。唐玄宗让萧嵩推荐宰相人选，萧嵩考虑了很久才推荐了韩休，唐玄宗同意了，御史命令他起草诏书。高力士把这个消息透露给了裴妻，裴妻马上让李林甫去告诉韩休。韩休当上宰相后不知道是萧嵩推荐他的，还以为李林甫从中出了力，很感激李林甫，却和萧嵩不和。他推荐李林甫当宰相，武惠妃也从中相助，于是唐玄宗将李林甫命为黄门侍郎。

李林甫后来担任礼部尚书，他表面上很柔顺，但鬼点子特别多，善于对皇上察言观色，升官很快。李林甫和宦官、后妃们的关系很好，所以能预先知道皇帝的想法。每次入朝奏事的时候，他都能说出符合皇帝意图的话来，让皇帝欣赏他。但是李林甫性格猜忌，喜欢陷害人。朝中凡是不和他打交道的官员，都会被他想办法排挤掉。而那些和他关系好的人，哪怕没有什么才能都可以高升。李林甫每次陷害别人，都不动声色，当着别人把好话说尽，但转过身来就用最阴险最毒辣的手段害人，别人都形容他为“口蜜腹剑”。

当时的宰相是张九龄，是个很正直的人，经常为了原则而和唐玄宗争执。这个时候的唐玄宗已经不是当年那个可以虚心接受意见的人了，他对张九龄越来越不满，加上李林甫又经常在旁边煽风点火，他对张九龄的成见越来越深，而对李林甫的好感却增强了许多。

李林甫积极帮助寿王谋求太子之位，终于说动唐玄宗将太子废掉。但这年冬天，武惠妃病死了，寿王失去了靠山。太子的位子空了出来，唐玄宗不知道该立哪个儿子，李林甫说：“寿王倒是挺适合的。”唐玄宗却说：“忠王仁厚孝顺，论年龄也最大，就立忠王好了。”就立忠王为太子。

李林甫当上宰相后，依靠溜须拍马博得唐玄宗的好感。他自己一手控制了朝政，别的大臣都得看他的脸色行事。唐玄宗辛苦了那么久，现在想好好休息了，所以把一切政事都交给李林甫处理，自己成天饮酒作乐。

李林甫费尽心思爬上高位无非就是想满足自己的贪欲，他在京城的住宅和田地都是最

历史关注 陆羽的《茶经》是第一部关于茶叶的专著，推动了中国茶文化的发展，后世称陆羽为“茶圣”。

好的。京城最好的一栋别墅是当年薛王留下来的，唐玄宗把它赐给了李林甫，至于各种奇珍异宝多得数都数不过来。李林甫做事情非常谨慎，处理政事很有一套。但是他谄媚皇帝，只知道巩固自己的权位，谁对他的位置构成威胁，他必然会想尽办法把谁打倒。太子妃的哥哥韦坚进入朝廷任职，李林甫为了对付太子，表面上举荐韦坚担任要职，而实际上却在暗中筹划对付他。他让御史中丞杨慎矜暗中调查和监视韦坚。正月十五晚上，太子出宫游玩，遇到韦坚，两人聊了一会儿。杨慎矜打探到这个消息后，就告诉了唐玄宗，诬告他们图谋不轨。唐玄宗很生气，就把韦坚罢黜了，并要太子将太子妃废掉。李林甫借此机会诬告前任宰相李适之等人和韦坚关系密切，结果唐玄宗将韦坚赐死，其他人被赶出了朝廷。杨慎矜虽然曾经是李林甫的走狗，但当他权势大起来之后，李林甫又把矛头对准了他。李林甫让心腹诬告杨慎矜，把杨慎矜全家都害死了。

咸宁太府赵奉章上书揭发李林甫的罪状，告状信还没有送到皇帝手里就让李林甫知道了。李林甫授意御史台将赵奉章逮捕，将他活活打死。

李林甫虽然地位很高，但是却没有什么文才，所以他对有文学才能的人特别嫉妒。有一次李林甫负责考选官员，有个官员判卷的时候在评语中用了“杕杜”两个字（诗经中有《杕杜》篇，是独立特出的树木的意思。）。李林甫不认识“杕”字，就问旁边的吏部侍郎韦陟：“这个‘杕杜’是什么意思？”韦陟低着头不敢回答，因为回答了就说明自己比李林甫强，迟早遭到陷害。

李林甫也知道自己坏事做绝，怕有人会来行刺，所以他家里防备森严，晚上睡觉的时候经常睡着睡着就起来搬到别的房间去睡，一晚上要换好几个房间，连他家里人都不知道他最后会在哪里睡觉。李林甫死后，唐玄宗还没看清他的真面目，给他追封了太尉、扬州大都督的官衔，还赐给他帝王才用的葬礼用品。李林甫将唐朝江山弄得一塌糊涂后就撒手西去了，他的继任者杨国忠则进一步把唐朝推向了衰败。

裙带丞相杨国忠

唐玄宗是个很风流的皇帝，他一生最喜欢的女人居然是他的儿媳妇、寿王妃杨玉环。唐玄宗得到杨玉环后高兴得不得了，很快就把她立为贵妃。杨家的人也跟着鸡犬升天，就连杨贵妃的一个远房亲戚杨国忠也沾了大光。

杨国忠是武则天情夫张易之的外甥，从小就不爱学习，成天和人喝酒赌博，是出了名的败家子，同族的人都很讨厌他。杨国忠也知道自己不受人喜欢，就去从了军。他当屯官的时候考核优秀，被授予新都县尉一职，不久又调任为参军。杨贵妃得宠后，杨国忠凭借她的关系当上了监察御史，大臣们都很看不起他。

当时李林甫势力很大，杨国忠就主动投靠他。韦坚一案，杨国忠也出了不少力。杨国忠和李林甫一样，都擅长体察唐玄宗的心思，得到了唐玄宗的赏识。杨国忠凭借自己的小聪明和杨贵妃的关系在官场上如鱼得水，没多久就成为唐朝政坛上的一颗新星。

杨国忠野心越来越大，逐渐不满足于在李林甫手下办事了。他先想办法排挤掉李林甫的几个亲信，削弱了李林甫的势力。然后又诬陷李林甫勾结叛党，收买边将附和自己，让唐玄

宫中乐舞俑　唐

这组乐舞俑均跪坐或盘坐，手中分别持箜篌、拍板、横笛、排笙、琵琶、箫等乐器，作演奏状。唐代宫廷的表演艺术融会了中外许多民族的乐舞，新编乐舞极为活跃。

中国大事记 | 公元644年，唐太宗下诏出征高句丽。

宗开始疏远李林甫。

南诏国送到长安的人质私自逃跑回国，唐玄宗想出兵征讨。杨国忠推荐鲜于仲通率领8万人前去讨伐，结果全军覆没，杨国忠把这个消息掩盖了下来。后来他又派人征讨南诏，结果又失败了，杨国忠照例隐瞒了下来。这两仗让唐朝损失了将近20万人，人们恨透了杨国忠，但没有人敢告发他。反而在李林甫死后，杨国忠独掌了朝廷大权。

杨国忠当了宰相后独断专行，没有人能劝阻他。杨国忠恨不得把所有权力都集中在自己手中，他同时兼了40多个官职，还掌管财政和任免官职的大权。杨国忠本来就没有什么真本事，同时做那么多事哪儿应付得过来？他每份文件只签个名都忙不过来，就把事情都交给下面的人去做。那些人借着这个机会收受贿赂，把事情办得一塌糊涂。

当时安禄山受到唐玄宗的宠幸，手握兵权。杨国忠知道安禄山不是好人，而且害怕他会抢走自己的位置，经常在唐玄宗面前说他的坏话，但唐玄宗没有相信。安禄山虽然心怀不轨，但他对唐玄宗还是很感激的，不想在他活着的时候造反，想等到唐玄宗死后再起兵。现在看到杨国忠排挤他，心里很不安。杨国忠对安禄山印象始终很差，他派人到处搜集安禄山的劣迹，还把安禄山在京城的住宅包围起来，将躲在里面的安禄山的部下抓起来处死。杨国忠还上奏，要求把安禄山的亲信贬掉，想以此激怒安禄山，让他有谋反的举动，这样自己才好在唐玄宗面前说他坏话。安禄山被逼得没有办法，只好以诛杀杨国忠为由，兴兵造反。

唐玄宗听说安禄山造反了，想留下太子监国，自己御驾亲征，和杨国忠商量此事。杨国忠以前诬陷过太子，知道太子很恨他，吓得赶紧回家和姐妹们商量："我们完了，皇上要太子监国，他一定会杀了我们的！"姐妹们找到杨贵妃哭诉，杨贵妃向唐玄宗请命，这才让唐玄宗打消了这个念头。

当时把守长安门户——潼关的是名将哥舒翰，他认为应该凭借险要地形死守。可杨国忠认为哥舒翰掌握兵权，对自己是个威胁，就以朝廷的名义督促哥舒翰出战。哥舒翰没有办法，只好带兵出关，结果中了安禄山的埋伏，全军覆没。

潼关失守后，叛军长驱直入，唐玄宗只好带着禁卫军逃跑。走到咸阳的时候，唐玄宗饿了，可当时走得急，没有带吃的。当地一个老人献上饮食，才让唐玄宗填饱了肚子。走到马嵬坡的时候，士兵们又累又饿，怨气冲天。将军陈玄礼害怕发生兵变，干脆对士兵们说："现在天下大乱，就是因为杨国忠扰乱朝政所造成的！如果不用他的脑袋来向天下人谢罪的话，怎么能平息天下人的怨愤！"大家说："我们早就有这个打算了。如果能办到的话，就是死了也心甘情愿！"正好吐蕃使者来找杨国忠说事，士兵们大呼："杨国忠和蕃人谋反！"大家把他包围了起来，将他斩首示众。

李光弼卫唐

唐朝能够平定安史之乱，很大程度上要归功于那些优秀的将领。当时最优秀的将领有两个人，一个是郭子仪，一个就是李光弼。

李光弼从小就喜欢骑马射箭，练得一身好武艺。他还喜欢读书，是个文武双全的人。李光弼年轻的时候就加入了军队，在王忠嗣手下担任兵马使。王忠嗣手下良将很多，但他最看重李光弼。安史之乱时，唐玄宗寻求良将，向郭子仪询问。郭子仪推荐了李光弼，认为他能够担当重任。

李光弼被朝廷任命为魏郡太守，负责河北一带的军事。他率领5000人马和郭子仪会合，收复了常山郡，并亲自带兵打败了史思明的数万大军，收复了赵郡。不久，他和安禄山手下大将蔡希德、史思明和尹子奇等人在嘉山大战，将叛军杀得大败。几万叛军被杀，活捉了4000人。史思明连鞋子都来不及穿，光着脚逃命，好容易才逃走。这一仗的胜利让唐朝又收回了十几个郡。

李光弼很有正义感，当时河东节度使王承

历史关注　我国第一部气象专著是唐代李淳风所作的《乙巳占》。

业能力有限，治理不好军政大事，朝廷派御史崔众去命令王承业交出兵权。崔众仗着自己是朝廷派来的人，很轻视王承业，经常拿着枪到王承业那里戏弄他，李光弼听说后很气愤。这时，朝廷命令崔众把王承业的军队交给李光弼。崔众去见李光弼的时候，双方的旗帜碰在了一起，但崔众却没有让开。崔众当时算李光弼的部下，他这种行为很失礼，李光弼更加生气了，正好崔众又不肯马上交出军队，李光弼下令把他抓了起来。不久，朝廷派人来任命崔众为御史中丞，使者问崔众在哪里。李光弼说："崔众有罪，我已经把他抓起来了。"使者把任命诏书拿给李光弼看，李光弼说："今天我只杀御史，如果宣布诏命，那我就杀御史中丞。就算拜他为宰相，我也要杀！"第二天他就把崔众杀了。

不久，史思明等人率领10多万人来攻打太原。李光弼的精锐部队都在朔方，现在他手里只有不到1万人。史思明认为这次李光弼死定了，很得意。有人建议李光弼应该修筑城墙来防御，李光弼说："城周长四十里，等把城墙修好，人都累死了，哪还有力气打仗？"他带领部下和百姓在城外挖了条壕沟，又造了几十万块土坯，大家都不知道他要做什么用。等到叛军攻城的时候，李光弼命令城内用土坯修筑营垒，由于事先准备了足够的土坯，所以坏了马上就能修好。叛军在城外放声辱骂，想挑衅唐军决战。李光弼命令士兵挖地道，一直挖到叛军跟前，然后率兵突然从地道冲出，只用了一个晚上的时间就把叛军打败了。从此叛军走路的时候眼睛都盯着地面。经过一段时间的死守，叛军死伤惨重，而唐军却士气高涨。李光弼率领敢死队出城突袭，杀死叛军7万多人，叛军全部溃逃。

李光弼治军严厉，他和9个节度使一起包围安庆绪的时候，吃了败仗，其他军队在撤退的途中大肆抢劫，只有李光弼的军队仍然保持整齐的军容。后来，李光弼接替郭子仪为朔方节度使，节制关东的军队。

史思明决定和唐军决战，他动用了手下全部军队，浩浩荡荡地向汴州开来，并攻下了汴州。李光弼听说叛军声势浩大，丝毫没有畏惧，而是做好了充分的准备。

李光弼将全部军队带到河阳，这个时候叛军已经到达洛城了。天黑后，李光弼命令士兵举着火把慢慢行军，和叛军前后相随，但叛军不敢进攻他，二更时分他进入了河阳城。

李光弼对城里的李抱玉说："你能不能为我防守河阳南城两天？"李抱玉问："那两天之后怎么办？"李光弼说："两天之后救兵还没到的话，放弃城池我也不会怪你。"李抱玉于是带领部下守卫南城。叛军攻打南城攻打得很厉害，眼看就要攻下来了。李抱玉骗他们说："粮食都快吃光了，明天我一定投降。"叛军相信了他的话，停止了攻城。李抱玉利用争取到的时间修缮防御工事，第二天继续死守，最后将叛军击退。李光弼率领部队守另一个城，也

骑兵交战图　唐

军士戴各种形式的毡帽、皮帽，身穿窄袖戎袍，手持长矛和盾，战马奔驰，互相戏杀，其中一人脱鞍附地。远景山峦起伏，水浪涛涛，烘托了战争的气氛。

中国大事记 | 公元655年，唐高宗册立昭仪武氏为皇后。

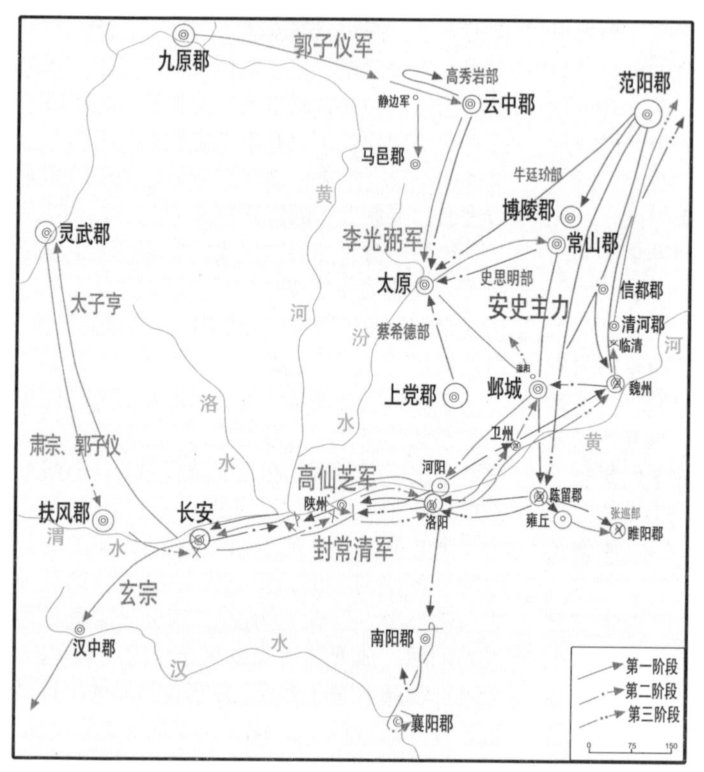

唐军平定安史之乱示意图

将叛军击败。

叛军重新整顿好军队准备进攻北城。李光弼立刻率领人马赶赴北城，在城楼上观察敌军，他说："敌人虽然人多，但阵容很乱，没什么可怕的，我们中午就能打败他们。"李光弼派兵出击，没有分出胜负。他问道："敌人什么地方最难攻？"大家回答："西北角。"李光弼命令郝廷玉去攻打西北角的叛军。郝廷玉说："我只有步兵，请给我500骑兵。"李光弼给了他300骑兵，又问："还有什么地方难攻？"大家回答是东南。于是派论惟贞去，他也要300骑兵，李光弼给了他100。李光弼又拿出皇帝送给他的40匹马分给郝廷玉他们，说："你们看着我的旗帜行动，如果旗帜连续3次挥动到地上，那个时候就要全力出击，敢后退的人就杀头。"有一个士兵作战很英勇，杀了不少叛军；另一个士兵却不战而退。李光弼命令将后退的人斩首，而赏给英勇作战的那个士兵500匹绢。不久，郝廷玉退了回来，李光弼大惊："郝廷玉都退回来了，这下可危险了。"命令去砍郝廷玉的头。郝廷玉赶紧大叫："我是因为马中箭了才退回来的，不是吃了败仗逃回来。"李光弼给他换了马，让他继续作战。李光弼连挥3次旗帜，全军见到信号后马上奋力冲锋，叛军抵挡不住，被杀得大败。斩首1万多，活捉8000人，最终取得了胜利。李光弼战前就在靴子里藏了一把短刀，下了如果战败就自杀的决心，全军将士被他所激励，所以才能打败叛军。

李光弼为平定安史之乱立下了赫赫战功，皇帝为了表彰他，不但赐予大批金银珠宝，还在凌烟阁上画了他的像。李光弼57岁那年死在徐州，他临死的时候把积攒的绢帛和钱财都分给了部下。

"诗圣"杜甫

杜甫，字子美，祖上三代都担任过小官，在那个重视门第的时代，杜甫的出身并不高贵，这为他日后的不得志埋下了伏笔。

杜甫年轻的时候曾经漫游天下，写出了不少动人的诗篇。他在洛阳时，认识了比他大11岁的李白，唐代最伟大的两位诗人从此结下了深厚的友谊。不久，两人又结识了另一位大诗人高适，三人在一起度过了一段美好的时光，在诗歌界留下佳话。

天下没有不散的宴席，三个好朋友最后还是各奔前程了。杜甫的父亲命令他去参加科举考试，杜甫以前参加过一次进士科的考试，但没有考中。唐朝的进士科考试录取名额相当少，

历史关注 大雁塔建于唐永徽三年（公元652年），是玄奘为安置由印度带回的佛教经籍而修建的。

杜甫参加的那次考试最后只录取了27个人，但考生多达3000人。再加上那个时候的考试没有权贵的推荐，考中的希望渺茫。杜甫哪有钱去巴结权贵？况且他也不是那种为了功名就对权贵低三下四的人，所以没能考中是意料之中的。

这次杜甫奉父命参加考试，本来很有希望考中的。可惜当时是李林甫掌权，李林甫是出了名的嫉贤妒能，他自己没有文才，生怕那些有文才的人夺走他的位子。李林甫鬼主意特别多，一般的人遇到这种情况顶多安排下不让那些优秀的人考中也就算了。可他不这样做，他干脆勾结考官，上奏朝廷，说这次考试结果很让人失望，考生没有一个合格的。唐玄宗正感到奇怪呢，他又上了道奏章，祝贺皇帝圣明，把有才能的人全部都搜罗到朝廷里了，民间再也没有遗落的人才了，所以考试结果才那么差。这种鬼话唐玄宗居然相信了，就没有追问下去。

杜甫受到这样的打击后非常伤心。他在长安住了10年，一直过着贫苦的生活。这种生活让他接触到许多下层人民，看到了他们的疾苦，同时也看到了权贵们的骄淫奢侈，磨炼了他的文笔，写下了“朱门酒肉臭，路有冻死骨”这样的千古名句。

天宝末年，杜甫向朝廷献上《三大礼赋》，唐玄宗看后赞不绝口，下令把杜甫找来，当场考他作文。杜甫拿起笔来一挥而就，唐玄宗看他文章写得不错，下令任命他为京兆府兵曹参军。

安史之乱爆发后，长安很快就被叛军攻了下来，杜甫趁着天黑逃出了城。他听说唐肃宗在灵武招募军队抵抗叛军，于是赶去参拜。杜甫历尽千辛万苦才在凤翔见到了唐肃宗，唐肃宗早就听说过他的诗名，让他当了个右拾遗。唐肃宗的宰相房琯是杜甫的布衣之交，他请求率领军队讨伐叛军，但没过多久就被叛军击败，因而被免职。房琯被免职后，杜甫上表说房琯有才能，不应该被免职。唐肃宗看了后很生气，把房琯贬为刺史，将杜甫打发到华州担任司工参军，也就是个管理祭祀和教育的小官。当时天下大乱，谁还有心思去祭祀和上学？其实就是变相把他赶走。

杜甫在华州无所事事，只好成天四处视察民情。在这段时间里，战乱给老百姓带来的痛苦给杜甫的心灵带来极大的触动，他根据目睹的这些事情写了《石壕吏》《潼关吏》《新安吏》《新婚别》《垂老别》《无家别》6首触目惊心的反映百姓痛苦生活的诗歌，史称“三吏三别”。杜甫的诗歌有很多都反映了当时的社会现实，所以被人们称为“诗史”。

第二年，杜甫辞去了官职。当时关中闹饥荒，杜甫穷得根本活不下去，就搬到成州居住。他亲自上山背柴火，采橡树的果实充饥，他的孩子饿死了好几个。过了很久，朝廷征召他为京兆府功曹。

南山诗刻　唐　杜甫

中国大事记　公元664，武则天开始垂帘听政，这就是唐代历史上著名的二圣临朝。从此武则天在群臣面前树立了和唐高宗并尊的地位。

几年后，严武出镇成都，他上奏举荐杜甫为节度参谋、检校尚书工部员外郎，从此人们又称杜甫为“杜工部”。严武的父亲和杜甫是好朋友，所以他很尊敬杜甫，虽然杜甫是他的下属，但他给杜甫的待遇很优厚，从来不把他当下属看待。杜甫仗着严武尊敬他，所以比较放肆。有一次，他喝醉了，爬到严武床上去盯着他看，说道:“严挺之怎么会有这样的儿子！”严武是出了名的火爆脾气，但他并没有因此生杜甫的气。杜甫喜欢和下层人民来往，他在成都盖了座草堂，在那里喝酒吟诗，和当地的老农来往。严武去看望他的时候，他经常衣冠不整地出来见严武，当时的人都认为他很高傲。

严武死后，杜甫失去了依靠。接替严武的人脾气很怪，根本不吃杜甫那一套。杜甫没有办法，只好去投奔高适。等到了高适那里，高适已经死了。没几天，四川境内军阀混战，杜甫为了躲避战乱，带着全家老小逃往荆楚一带。他走到耒阳的时候，被洪水所阻，断粮达十天之久。耒阳县令听说这个消息后，亲自驾船将杜甫接到家中，请他吃牛肉喝白酒。杜甫饿了那么多天，一看到有吃的，当然就狼吞虎咽起来。长期缺乏营养而突然摄入大量蛋白质的话，身体里会产生一种毒素，足以致命，再加上他又喝了很多白酒，当天晚上就死了。

杜甫草堂
草堂位于四川省成都市，杜甫曾在此生活3年。

杜甫的诗语言精练，表达能力很强，是我国古代现实主义诗歌的高峰。

大贪官元载

元载是凤翔人氏，他母亲带着他改嫁给元景升，从此他就姓了元。元载酷爱学习，通晓各种知识，尤其喜欢道家。他家里很穷，每次参加考试都是走路去的，考了好几次都没能考中。唐玄宗信道教，下诏征求精通道教思想的人。元载参加了这次选拔，结果考中了，被授予了官职。

唐肃宗即位后，由于军务繁忙，下令提拔属官。当时元载正在江东躲避战乱，苏州刺史推荐了他，元载得以重返官场。长安和洛阳收复后，元载担任了主管财政的度支郎中。元载是个很聪明的人，善于应对，唐肃宗很喜欢他，让他外出总领漕运事务。后来又把他调了回来，刚到朝廷就赶上唐肃宗病重。元载和掌权的宦官李辅国关系不错，李辅国的老婆（宦官也有妻室，当然，并不是为了传宗接代）就是元载的亲戚。当时李辅国权力很大，连皇帝都要让他三分。元载想当宰相，于是去见李辅国，李辅国看出了他的意思。第二天，元载就被任命为同中书门下平章事，成了宰相。

唐代宗即位后，李辅国的权力更大了，他在皇帝面前称赞元载，再加上元载也很能体察皇帝的心思，因此很受皇帝器重，升任为中书侍郎。元载一直都兼任着度支转运使一职，这个职务主要是负责财政开支和预算的，工作琐碎不说，还很麻烦。元载担心会影响自己的名声，阻碍自己升迁，就举荐刘晏接替了这个职务。李辅国停职后，元载仍然受到恩宠。李辅国死后，元载赶紧和内侍董秀攀上交情，送给他财物，所以皇帝有什么动静，元载马上就能知道，然后说的话都符合皇帝的想法，很受信任。元载的妻子王氏很凶悍，元载出门的时候，

历史关注　为徐敬业讨伐武则天的义兵起草了著名的《讨武曌檄》的作者是骆宾王。

她就纵容儿子在外面为非作歹。有人向朝廷告发此事，结果元载什么事都没有，揭发的人反而被治了罪。

内侍鱼朝恩很受唐代宗信任，他仗着自己受宠，不和元载合作，元载因此很怕他。不久，元载密告鱼朝恩专权，并有图谋不轨之举。鱼朝恩这人的骄横是出了名的，唐代宗也知道，看了元载的奏章后，觉得很合自己的心意。元载见皇帝也对鱼朝恩不满，于是和北军将领一起谋划。

第二年，鱼朝恩被杀，元载很得意，认为自己有清除坏人的功绩，以前的人没有能和他相比的。元载喜欢搜刮财富，他家里的住宅是全国最豪华的，在城外置办的土地和房屋有好几十处。他任人唯亲，残害忠良，那些不法之徒都想方设法地和他攀上关系，一时间行贿受贿成为公开的秘密。

元载担任了好几年的宰相，权力大得不得了，国内国外的珍宝都汇集在他家里，搜刮的钱财不计其数，他的几个儿子都是出了名的浪荡子。善于钻营的无耻士人在他家进进出出，门庭若市。宫里面都找不到的美女珠宝，他家应有尽有。元载兄弟在家中养了很多妓女，她们表演一些猥亵龌龊的节目，元载一家人不分男女老少，大家一起看得津津有味，实在不知廉耻。

唐代宗很宠信元载，虽然对他的恶行早有耳闻，却没有责罚他。但元载不知道悔改，激起了众怒，唐代宗也包庇不了他了。大历十二年（公元777年），唐代宗将元载和王缙等人杀死，妻儿都赐死，家也被抄掉了。

·甘露之变·

唐后期宦官大权在握，不仅引起官僚的不满，而且也使帝位受到威胁。公元835年，唐文宗与宰相李训、郑注等合谋诛灭宦官。当文宗在紫宸殿上朝时，李训使人报告在左金吾仗院内石榴树上，冬夜降甘露，空中有紫云。这是吉祥的征兆，百官纷纷去看。宦官仇士良到左金吾厅时，有风吹动帷幕，他发现幕后有埋伏，便急忙挟持文宗退入内殿，随后就派禁兵大杀朝臣官吏，逢人便杀。甘露之变后，宦官更加专横，向上胁迫皇帝，向下视宰相官员如草芥。文宗自叹受制于家奴，痛不欲生。以后的皇帝更是宦官的傀儡，从而唐朝内部日益混乱和分裂，政治日益腐朽黑暗。

宁愿自己死也要百姓活

李皋是唐朝著名的清官能臣。他是曹王的后代，少年时就被任命为参军，19岁的时候继承了王位。李皋足智多谋，侍奉自己的母亲也很孝顺，是有名的孝子。

通常皇亲国戚都比较骄奢淫逸，根本不关心民间疾苦，但李皋却是个例外。有一年京城闹旱灾，粮价飞涨，百姓饿死了很多。李皋估算自己的俸禄还不够养活全家，于是请求调任到外地去，以躲避旱灾，但朝廷没有准许。李皋很聪明，他故意犯了点小罪，被贬到温州当了长史，不久李皋代理了温州知州一职。当年温州也闹了饥荒，百姓没有吃的，可温州官仓里还储存了不少粮食，李皋决定把那些粮食用来救济灾民。按规定，私自打开官仓是重罪，下属都不敢执行他的命令，纷纷请求等皇帝的旨意到了再说。李皋说："一个人一天不吃两顿饭都会死，现在哪里有时间等朝廷下旨意？如果牺牲我一个人就能让百姓不被饿死，那真是太好了！"他下令打开仓库将粮食分给了灾民，并派人送上请罪的奏章。皇帝知道后不但没有怪罪他，反而还下诏嘉奖，给他升了官。李皋到基层巡视的时候，看见一位头发花白的老妇在路边哭，他好言相劝，问她为什么哭。老妇说："我有两个儿子，他们在外面做官二十年都没有回来过一次。我穷得活不下去了。"当时那两个人因文章写得好而考取的进士，现在都担任要职，名望很高。李皋叹道："在家里行孝，出去了要关心兄弟，有了余力才能学文。像他们两个这样怎么能当大臣！"于是

中国大事记 | 公元668年，设立安东都护府。

上奏章弹劾那两人，结果两人一起被除名，宣布永不录用。李皋调到处州担任别驾，并代理知州一职，政绩斐然。后来他因为小事而犯了法，被贬到潮州当刺史。御史来查办他的时候，他怕母亲为他担心，所以在外面的时候穿平民衣服，回到家里就换上官服，一副若无其事的样子，他母亲一直都不知道他出事了。贬到潮州的时候他谎称是升官，官复原职后才哭着向母亲吐露了真情。

不久李皋升任湖南观察使。他的前任很残暴，部将王国良家境富裕，那人就诬陷他，想害死他。王国良很害怕，把财产都分给大家，干脆造反了，朝廷派兵征剿了两年都没能成功。李皋上任后觉得王国良情有可原，于是给他写信，说自己知道他有冤情，造反是被逼的，自己也曾经受过冤枉，对他表示理解，希望他能够弃暗投明。王国良收到信后很感动，派人请求投降，但还没有最后下决心，当天李皋亲自去王国良那里接受投降。走到半路上遇到去侦察的人，那人告诉他说："王国良军中有变化，说是投降，实际上是诈降！"李皋说："这不是你们能知道的事。"他留下自己带来的人马，独自一人前去。王国良不知道他是李皋，以为只是个普通的使者，李皋走到军队中大呼："你们有人认识曹王吗？我就是曹王！王国良为何还不投降？"叛军都吓得动都不敢动。这个时候有人认出他来了，大声说："他确实是曹王！"王国良赶紧跪下请罪，李皋拉着他的手把他扶起来，要和他结拜为兄弟。王国良欣然投降，朝廷也免去了他的罪。

李皋不光文治上有一套，带兵打仗也是个能手。他母亲去世后，正逢梁崇义造反，李皋被任命为左卫大将军，镇守湖南。李希烈造反的时候，李皋调任为江西道节度使，他召集将士发布命令："以前立过功但没有申报的可以重新申报，有带兵才能的也可以报上来。"当时就站出几个裨将申报，李皋观察他们的语气神态，再查实了他们的功绩，认为确实不错，就马上补授他们为大将。于是士气高涨，人人都想立功受赏。伊慎曾跟随李希烈作战，李希烈造反后，生怕李皋任用伊慎，于是暗中派人赠送盔甲给伊慎，又伪造了伊慎和他来往的信件，故意放在洪州境内。朝廷果然中了反间计，派太监前来诛杀伊慎。李皋知道伊慎是被冤枉的，上表请求朝廷放过他。他把伊慎叫来，勉励他好好杀敌，证明自己的清白。李皋让伊慎当先锋，自己亲率大军跟随，命令伊慎只许成功不许失败。伊慎果然打败了叛军，证明了自己的清白，打消了朝廷对他的怀疑。叛军在蔡山设立了营寨防守，李皋观察后认为很难攻下。于是他声称要向西攻打蕲州，还准备了许多战船，分兵沿岸跟着船逆流西去。叛军把老弱病残留在营寨里，精锐部队出动救援蕲州，那些人在北岸也跟着李皋的战船走，两军隔江相望。走了300多里后，李皋命令岸上的人全部上船，顺流直下。叛军都在岸上，根本跑不过顺水的船只，只能眼睁睁地看着李皋他们远去。李皋趁机攻破了敌人的营寨，等敌人回来的时候，已经整整晚了一天时间。李皋乘他们疲惫不堪的时候发动攻击，将其击败，乘胜攻下了蕲州。

唐德宗贞元初年，李皋到荆南担任节度使，平息了当地的叛乱。李皋行军以来打过十几场大仗，从来没有输过。李皋虽然贵为亲王，但能够虚心接受别人的正确意见，他一向认为改正错误、知人善任是自己应尽的本分。李皋60岁那年去世。

面丑心恶的卢杞

卢杞是老好人卢怀慎的孙子，他父亲卢奕在安史之乱中遇害，算是出身忠义世家，由于父亲为国捐躯，卢杞得以当官，仕途还算顺利。可不知道为什么，他祖父和父亲的忠心并没有遗传到他身上。

卢杞长得很丑，脸色发青，和蓝草一样，人们看到他像看到鬼似的。卢杞不在乎穿破衣吃粗食，别人以为他能继承祖父卢怀慎的清廉品行，并没有识破他的真面目。卢杞担任御史中丞的时候，当时郭子仪生病，大臣们都去看

历史关注

吴道子被称为“画圣”，代表作品是《天王送子图》。

望他。郭子仪为人宽厚，别人来的时候他也不让姬妾回避。听说卢杞来了，他赶紧让姬妾们走开，独自一人等卢杞进来。卢杞走后，家里人问他为什么要这样做，郭子仪回答：“卢杞这个人面目丑陋而心胸狭窄，她们看到他那张脸肯定会发笑，这样就得罪了他。如果他掌了大权的话，我们家就完了。”

卢杞很得皇帝的宠爱，很快就升任为宰相。但他不思报效朝廷，反而嫉贤妒能，陷害忠良，谁要是稍微违背了他的意旨，就一定会被他害死。杨炎因为卢杞长得丑，品行也不好，以前在御史台工作的时候就很看不起他。等到卢杞掌权后，杨炎就被诬陷，发配到崖州去了。朱泚谋反的时候，将唐德宗赶到了奉天，卢杞对崔宁老是提起这件事感到很不舒服，就在德宗面前诬陷崔宁和朱泚有勾结，结果把崔宁害死了。郑詹和张镒是好朋友，郑詹每次趁卢杞午睡的时候就去找张镒说话。卢杞知道后就假装睡着，等到郑詹来的时候，他突然起来跑进张镒的房间。郑詹赶紧躲了起来，卢杞装作没看到，就和张镒说起了机密的事。张镒说：“郑詹在这里，不要说这些。”卢杞装作吃惊的样子说：“刚才说的那些可不能让别人知道了啊。”因为偷听朝廷机密是很大的罪状，所以卢杞借这个机会陷害郑詹。结果郑詹被杀，张镒不久之后也被免去了官职。

卢杞干的最不得人心的事就是陷害颜真卿。颜真卿是德高望重的老臣，朝野上下对他都非常尊重。颜真卿很正直，经常批评卢杞的所作所为，卢杞一直对颜真卿怀恨在心。他多次派人去问颜真卿愿意去哪个地方就职，想把他从朝廷排挤出去。颜真卿找到卢杞，对他说：“当年你父亲卢奕的首级被安禄山派人送到平原的时候，他脸上全是血迹。我不忍心用衣服去擦拭，都是亲自用舌头把上面的血迹舔干净的。你现在却容不下我，真的就这么狠心吗？”卢杞听了之后很吃惊，赶紧下拜。但他不知道出于什么心理，对颜真卿恨得更厉害了。李希烈造反后，朝廷对他束手无策，卢杞趁机上奏说颜真卿威望很高，去说服李希烈投降肯定没问题。这件事泄露出去后，朝野震惊。谁都知道李希烈是不可能被言语说服的，颜真卿又是个刚烈的人，绝对不会屈服，让他去李希烈那里，肯定死路一条。很多大臣纷纷上书反对让颜真卿去。但皇帝居然批准了卢杞的奏章，最后颜真卿果然被李希烈害死了。

当时各地方镇叛乱不断，朝廷连年用兵，财政开支很大。杜佑算了一笔账，朝廷每个月要支付军费 100 多万贯，而国库里的钱根本就用不了几个月，如果能得到 500 万贯的话，就能够维持半年，这样用兵就宽裕多了。卢杞出了个馊主意，要求凡是家产超过 1 万贯的商人，只能保留 1 万贯，多余的钱借给官府以供军费开支。德宗居然同意了这个建议，约定战争结束后偿还。结果条令颁布下去之后，负责办事的官员像疯子一样追着商人们要钱，稍微发现有隐瞒财产的就处以重刑。许多人被逼得上吊自杀，京城乱成了一锅粥。结果最后才凑到 88 万贯。然后又把当铺、钱庄等金融行业统计出来，不管店面大小，一律强借 1/4。长安城因为这件事而罢市抗议，成千上万的老百

宫中行乐图　唐

中国大事记	公元690年，武则天称帝，改国号为“周”，定都洛阳，史称“武周”。她也成了中国历史上唯一的女皇帝。

姓上街拦截卢杞的车申诉。卢杞吓得撒腿就跑，最后凑到的钱也不过200万贯。德宗知道这件事办砸了，只好下令停止。

第二年，卢杞唆使手下又搬出条财政措施，将所有房屋分成三等：上等一间出钱两千，中等一千，下等五百。商业买卖包括朝廷赏赐，以前一贯钱要收二十文的税，现在改成五十文。弄得民不聊生，公家的收入反而比以前少了一半还多，天下人都对卢杞恨之入骨。

德宗在奉天避难的时候，李怀光前来救援。有人说：“李怀光心怀不满，认为皇帝逃亡完全是宰相胡乱执政的结果。现在他手握兵权，皇帝肯定要听他的。如果他的话被皇上接受了的话，那就完了。”卢杞听到这话后吓得要死，赶紧上奏：“我听说叛军现在毫无斗志，如果借助李怀光的兵威的话，就可以轻松打败敌人。如果让他来见皇上的话，那么一定得赐宴，赐宴就要停留好几天。时间一耽误，叛军借这个时间休整好的话，就不好办了。不如让李怀光赶紧去收复京城，不要耽误了时间。”德宗觉得他说得很有道理，于是下令让李怀光马上出发。李怀光好心好意地赶来援助皇上，结果不光没见上面，连饭都没让吃饱就要他们出发。这件事把李怀光气得要死，从此就有了造反的想法。等到李怀光也反了后，德宗才知道他被卢杞算计了，把卢杞贬为新州司马。

不久，德宗又想重新任用卢杞，圣旨都写好了。谏官们纷纷劝阻，说卢杞误国害民，不能再起用他了。给事中袁高抓住圣旨坚决不肯颁布，这事只好作罢。第二天，德宗问宰相：“我想给卢杞一个小州的刺史当，怎么样？”宰相李勉说：“陛下就是要给他个大州也没问题，可是百姓失望又怎么办？”德宗说：“你们都说卢杞是奸臣，我怎么不觉得？”李勉说：“卢杞是奸臣，天下人都知道，只有陛下不知道，这正是他奸诈的缘故。”德宗为此沉默了很久，又对另一个大臣说：“我已经同意袁高的奏章，不让卢杞回来了。”那人说：“最近外面的人议论，都把陛下与汉桓帝和灵帝相比；今天我听到陛下这么说，才知道原来连尧舜都不如陛下呀！”卢杞彻底丧失了皇帝对他的信任，最后死在贬所。

“二王八司马”

唐朝是宦官擅权猖狂的朝代之一，尤其到了中后期，宦官的权力已经大到让人匪夷所思的地步。好几个皇帝都是由宦官拥立的，宦官不光可以左右朝政，甚至对皇帝本人也拥有生杀大权。唐文宗、唐武宗等好几个皇帝都是被宦官杀死的，而凶手还能够逍遥法外，继续执掌朝政。

普通的宦官虽然不能左右朝政，但欺压起百姓来丝毫不会手软。最著名的例子就是唐朝设立的“宫市”，即让宦官到宫外购买宫里需要的用品。如果一手交钱一手交货倒也罢了，可是那些宦官往往仗着自己的身份，看中什么东西就要强行购买，只出价钱的1/10。白居易的长诗《卖炭翁》就形象地刻画出那些宦官的强盗行径。

三彩宦官俑　唐

中国高度集权的政治体制为宦官乱政提供了环境和条件，宦官专权的历史由来已久。此宦官俑头部仰起，双拳紧握，一副大权在握的得意表情。

还有些宦官在皇帝养鸟的地方当差，这些人特别善于敲诈勒索。他们把鸟笼挂在人家的门前，主人进出的时候碰到了鸟笼，他们就冲上去说主人惊吓到了皇帝养的鸟，敲诈到一笔钱后才走。

很多正直的大臣看不下去，纷纷

历史关注

张若虚的《春江花月夜》，乃千古绝唱，是一篇脍炙人口的名作，有“以孤篇压倒全唐”之誉。

上书要求罢免“宫市”，限制宦官的行为。但在宦官掌权的地方，这些奏章如同石沉大海，根本没有任何作用，那些上书的人反而遭到宦官的陷害。

唐德宗统治时期，宦官势力非常强大，德宗本人昏庸无能，对民间疾苦根本不放在心上。他的太子李诵却是个很有正义感的年轻人，又很聪明。

李诵兴趣爱好很广泛，他有两个陪自己读书的官员，一个叫王叔文，擅长下棋，一个叫王伾，是个书法家。李诵在读书之余，经常和他们一起下棋写字，关系非常亲密。王叔文出身下层，对皇宫外面人民的疾苦知道不少。他经常对太子说起外面的不平之事，当然也包括“宫市”。太子听到宦官在外面胡作非为。非常不高兴。有一次，东宫里几个官员又在讨论宦官干的坏事，太子气愤地表示一定要找皇帝把这事情说清楚。当时大家都赞扬太子贤明，关心百姓疾苦，只有王叔文一言不发。大家都走了，太子把王叔文单独留下来，问他：“平时你不是老跟我说宫市的事吗？怎么今天我说要找父皇说这事的时候你一句话都不说呢？”王叔文告诉太子：“我觉得太子现在最好少管这些事，皇上岁数大了，如果有人在他面前造谣说太子您是为了收买人心才这样做的，到时候皇上怀疑起来可就麻烦了。”太子这时候才恍然大悟，赞扬道：“多亏你提醒我，不然我还想不到这一点呢。”从此以后对王叔文更加信任了。

可惜天有不测风云，一年后太子居然中风，身子瘫掉了不说，连话都说不出来了。德宗很是着急，急出了病，很快就死了。太子虽然得了病，但还是登上了皇位，史称唐顺宗。唐顺宗不能处理国事，就让王叔文和王伾等人帮助他处理。他们知道自己威望不够，怕朝中有人不服，于是推出韦执谊当宰相，他们当了翰林学士，负责给顺宗起草诏书。另外他们还任用了柳宗元、刘禹锡等人，暂时把朝政大权抓了过来。他们掌权后干的第一件事就是废除“宫市”，还减免了一些苛捐杂税，限制了宦官的一些权力。京城里的百姓个个拍手称快，可那些宦官却气得七窍生烟。

王叔文推行的改革，因为唐顺宗年号永贞，历史上称为“永贞革新”。王叔文知道不把宦官手里的兵权夺过来，一切都没用。他派范希朝去接管由宦官控制的神策军，可神策军的将领都是宦官的亲信，根本没有人接受范希朝的指挥，只好不了了之。

不久，宦官借口顺宗有病不能继续执政，拥立太子登基，将王叔文等人赶下了台，把他们贬到外地去了。王叔文后来被处死，其他人都被贬到边远的地方当了司马（州刺史的副职）。这些人除了王叔文和王伾之外，还有韦执谊、柳宗元、刘禹锡、陈谏、韩晔、程异、凌准和韩泰8个人。这8个人都被贬成了司马，所以历史上把他们合称“二王八司马”。

“文起八代之衰”

韩愈是河北昌黎人，所以也有人称他为韩昌黎或者昌黎先生。韩愈3岁的时候就成了孤儿，被寄养在堂兄家中。他参加进士考试时，前任宰相郑余庆看中了他的才华，积极为他宣传，从而得名。

不久，韩愈考中了进士，他先后担任过几个大官的属官。唐德宗晚年的时候，政务上开始懈怠了下来，“宫市”骚扰百姓的现象很严重，谏官提意见，皇帝也不听。韩愈为此专门写了数千字的奏章，对这种现象加以批评。皇帝看到奏章后大怒，把韩愈贬为山阳县令。韩愈被任命为国子博士后，写了一篇《进学解》来抒发自己的不平之气。那篇文章写得很好，被掌权的官员看到后认为他有写史书的才能，改任他为郎中，负责修撰史书，一年后担任了中书舍人。

韩愈耿介的性格很容易得罪人，不久就有不喜欢他的人收集了他过去的事情，把一些小事扣上大帽子整韩愈，结果韩愈被降了职。裴度处理淮西军情的时候，请韩愈担任了自己的行军司马，淮西平定之后，韩愈因为有功而升

中国大事记

公元698年，武则天立庐陵王为太子，更名为李显，并命其为大元帅出击突厥。

任为刑部侍郎。皇帝下诏要他写《平淮西碑》，碑文里面大多写的是裴度的事迹。当时首先进入蔡州活捉叛军首领吴元济的是李愬，他的功劳也很大，但碑文里对他提及的很少。李愬对那碑文很不满，他妻子出入宫中，到处向人诉说碑文失实，一些参加过征讨淮西的将士也对碑文很不满。韩愈所写的碑文最后还是被磨掉了，换了别人重写了一篇。

当时的皇帝唐宪宗崇信佛教。凤翔法门寺有一座护国真身塔，里面供奉了一节据说是释迦牟尼的手指骨。按照佛经上的说法，每30年将这佛骨开示一次，就能岁岁平安。唐宪宗命令宦官杜英奇率人手持香花到那里去迎接佛骨。将佛骨迎来后，留在宫中侍奉3天，然后再送到各个寺院接受香火。整个长安都为之轰动，上至达官贵人，下至平民百姓，纷纷跪拜，竞相施舍，生怕比别人慢了一拍。有的人为了施舍而弄得倾家荡产，还有人用火烧自己的脑袋和手臂，只求能够供养佛骨。韩愈觉得盲目信佛而荒废正事，甚至伤害自己的身体，是一种很愚蠢的行为。他上书劝谏皇帝，说中国古代并没有佛教，而那个时候的国家也能太平无事，帝王照样长寿。佛教是东汉明帝引进来的，可汉明帝自己也没能长寿，而且中国从此动乱了几百年。南北朝的时候，信佛的人越来越多，可是并没有给国家带来任何好处。他认为，佛骨这种东西根本就不可信，请求将其扔掉，省得再贻害百姓。唐宪宗看了这道奏章后大发脾气，打算杀了韩愈。宰相们知道韩愈是个忠臣，对皇帝说："韩愈上书冒犯皇上确实有罪，但他并没有恶意。再说如果不是抱着忠义之心的话，也不敢写这种文章了。请求皇上饶恕他的罪过。"很多皇亲国戚也劝说皇帝收回成命。因此韩愈保住了一条命，只被贬为潮州刺史。

韩愈到潮州后，向当地官吏百姓询问民间疾苦，他们都抱怨当地的鳄鱼太厉害了，把老百姓的牲畜都快吃光了。韩愈于是写了一篇诅咒鳄鱼的文章，凑巧的是鳄鱼真的没有再出现了。

一年后，韩愈被召回朝廷，任命为国子祭酒，后来转任兵部侍郎。韩愈为人仁厚，和人交往从来也不在乎对方的身份。他年轻的时候和诗人孟郊、张籍是好朋友。这两个人还没有出名的时候，韩愈为他们四处奔走，竭力举荐他们。张籍后来中了进士，当了大官，他每当有空的时候，都会和韩愈一起喝酒聊天，吟诗赋文。韩愈还很喜欢鼓励提拔年轻人，他家里收留了十几个年轻学子，弄得自己连早饭都吃不了，他却怡然自得。李贺因为父亲的名字犯了忌讳，所以不能参加科举考试，韩愈主动站出来为他抱不平，写了《讳辨》，为此得罪了不少人。

韩愈认为魏晋以来，人们写文章拘泥于对仗而不考虑内容，这是错的。他写文章就反对追求华丽而没有内容，他的文章风格自成一体，许多人都效仿他，当时没有谁的文章能和他相比。韩愈57岁那年去世，朝廷追赠他为礼部尚书，谥号"文"，所以后人也叫他韩文公。

·古文运动·

六朝以来，骈偶文风盛行，文章的写作越来越表现出严重的弊端，对于文章形式的过度讲究，使其抒情、叙事、说理的功能大为削弱。初唐时期的陈子昂就提出了改变这种文风的主张，要求恢复先秦两汉时期单行散句、没有固定形式的"古文"。中唐时，韩愈、柳宗元等人积极倡导"古文运动"，讲求"文从字顺"，强调要"文以载道"。这场运动直接目的是要改革文体，而改革文体有两个方面的好处：一方面，古文家以此来复兴儒道，恢复散文宣扬正统思想的功能；另一方面，"古文"可以更好地表达个人的真情实感。在他们的倡导之下，古文运动声势逐渐壮大起来，有一大批文人学士聚集在他们周围，推动了散文创作的发展，到唐末，散文已经基本上代替了骈文的地位。

新唐书

《新唐书》共225卷，为北宋欧阳修、宋祁等撰。与《旧唐书》相比，《新唐书》事增文省，搜罗了不少新史料填充其中，其中志的内容比较详细，又新增了表，但本纪和一些列传过于简略，因此新、旧两唐书向来并存于世，各有千秋。

中国大事记

公元705年，敬晖和宰相张柬之等人发动政变，拥立中宗李显复位，恢复了唐朝的政权。

用兵如神的李靖

李靖身材魁梧，相貌端正，是隋朝大将韩擒虎的外甥，很受隋朝大臣们的器重。李渊攻打匈奴的时候，李靖看出他有异心，向朝廷告发了他。李渊被押往江都，因为道路不通而最终没有成行。李渊起兵后，抓住了李靖，眼看就要斩首了，李靖大叫："大人起兵是为了除暴安良，要成就大业怎么能因为私人恩怨而杀害义士呢？"李世民也替他说情，从此李靖跟随李世民南征北战。

李靖精通兵法，用兵如神。辅公祏在丹阳谋反，朝廷下令以李孝恭为帅，李靖担任他的助手，两人带兵征讨。辅公祏派冯惠亮率领三万水军驻守当涂，陈正通率领两万陆军驻守青林，两支部队将长江封锁住，又修筑了一批堡垒，连绵十余里。唐军其他人都认为敌人防守严密，应该绕开他们，直扑敌人老巢，只要击破敌人大本营，其他人自然就会投降。李靖却说："不对。敌人这两支部队虽然很精锐，但辅公祏自己率领的军队也不会差到哪儿去。既然他能驻守石头城，那就肯定做好了充分准备，很难攻下来。我们如果直扑丹阳的话，万一打不下来，进不能取胜，退又会受到这两支部队的攻击，所以这个办法不好。况且冯惠亮和陈正通作战经验丰富，现在却按兵不动，我想这一定是计谋。如果出其不意进攻他们的话，一定能赢。"李孝恭同意了他的意见，派李靖率兵攻打冯惠亮。李靖经过苦战，杀伤敌人1万多，冯惠亮被打败后逃走了。李靖乘胜率领轻装士兵赶到丹阳，辅公祏很害怕，他手下士兵虽然很多，但都没有斗志。最后李靖活捉了辅公祏，平定了叛乱。李靖由此立下大功，加官晋爵，还赏赐了很多财物。李渊叹道："李靖就是叛贼的心腹之患，古代的名将也不一定能超过他。"

李靖像

隋末唐初，突厥进犯中原，由于唐朝刚建立不久，还没有足够的力量反抗，对其总是忍让。唐太宗即位后不久，突厥发生内乱，太宗决定趁这个机会对他们发动突袭。李靖亲率3000骑兵连夜进军，一直杀到突厥的老窝附近。突厥的颉利可汗大惊失色，说："唐朝一定是派全国的军队来了，不然李靖哪敢孤军深入？"自己先乱了阵脚，李靖派人离间突厥各部落的关系，再夜袭定襄，终于把突厥打败，颉利可汗好不容易才逃走。唐太宗高兴地说："以前李陵率领5000人和匈奴作战，最后失败了。就算是样，他的功劳都记载了下来。李靖只带了3000人就攻下了定襄，击败突厥，这是从来没有过的大功啊！"

颉利可汗走投无路，只好派人向唐朝请罪，请求从此依附于唐朝。这实际上是他的缓兵之计，想给自己争取时间。朝廷没有识破他的阴谋，同意受降，派李靖负责此事，又派唐俭等人去慰劳突厥。李靖对部下说："皇上派来的使者已经到了突厥，他们现在一定松懈了下来。如果现在派出一万骑兵对他们发动攻击的话，一定可以歼灭他们。"张公谨说："朝廷已经和突厥讲和，再说使者都已经在突厥那里了，怎么办？"李靖说："现在机会难得，当初韩信打败田广就靠的这个，像唐俭那种人有什么可惜的。"下令督促士兵快速行军，一直走到离突厥大本营还有七里的地方才被发现。突厥人慌得手足无措，纷纷四散逃跑。唐军大获全胜，将突厥主力全部歼灭，颉利可汗也在逃跑过程中被俘。

李靖为人忠实厚道，每次参加朝廷会议，他都默默无言，也不会和别人争辩。不久，吐

历史关注

李白是唐代伟大的浪漫主义诗人，有“诗仙”之称，其诗大多以描写山水和抒发内心情感为主。

谷浑进犯，李靖去见房玄龄，说：“我虽然老了，但还能去。”皇帝听说后很高兴，派他统率军队出发抵抗吐谷浑。吐谷浑把唐军驻扎地方附近的草木全部烧光，让他们的战马补充不到草料，想逼唐军撤兵。李靖决定孤注一掷，率军深入，翻过积石山，和吐谷浑大战数十次，将其打败。李靖回朝后遭人诬告，虽然很快就真相大白，但是他从此闭门谢客。他妻子死后，朝廷下令将李靖夫妇的坟墓按照当年卫青和霍去病坟墓的规格修建，以表彰他的功绩。

薛仁贵三箭定天山

薛仁贵少年时期家境贫困，靠种地为生。父母去世后，他想改葬，妻子对他说：“有才能的人也要等到机会才能发迹。现在皇上出征辽东，向全国征求勇士，这就是机会啊。你为何不去寻求功名？以后得了富贵回来再改葬也不迟嘛。”薛仁贵听了妻子的话，应征入伍。

部队到安地的时候，有个将军被辽人包围，薛仁贵杀进重围将其救出，还把辽人的首领给杀了，从此出了名。唐军进攻安市城的时候，20万高句丽军队前来应战，唐太宗下令部下大将各自攻击。薛仁贵仗着自己勇猛，就穿了白色的衣服，大喊着向敌阵冲去，所向披靡。唐军跟在他后面冲杀，最后将高句丽人击溃。唐太宗派人去问：“那个穿白衣服的人是谁？”别人回答是薛仁贵。唐太宗将薛仁贵召来，赐给他很多东西，并升了他的官。回朝后，唐太宗对他说：“我的旧部都老了，想提拔勇猛的年轻人在外面带兵，但没有遇到像你这样的。得到辽东不算什么，但得到你真的让我很高兴。”

唐高宗即位后，任命薛仁贵为程名振的副将，让他们再次出征辽东，打败了高句丽军，斩首3000。第二年，又和高句丽人在横山大战。薛仁贵单枪匹马杀入敌阵，不停地放箭，百发百中。在石城作战的时候，有个高句丽人射箭很厉害，射死了10多个唐朝官兵。薛仁贵大怒，一个人骑马冲进敌阵，朝那个神射手冲去，最后活捉了那个人。

九姓铁勒叛乱，薛仁贵奉命征讨。临行时，高宗对他说：“古代的神射手可以射穿由7层铁片包裹的铠甲，你试着射5层的。”薛仁贵一箭就射穿了。高宗大惊，赶紧拿出更坚固的铠甲赐给了他。当时九姓铁勒共有10多万人，他们先派了几十个骑兵前来挑战，薛仁贵见他们很嚣张，连发3箭，射死了3个人。九姓铁勒被吓住了，都跑来投降。然后薛仁贵讨伐躲在沙漠北部的铁勒残部，也打了胜仗。为了纪念这件事，士兵们把它编成歌来唱：“将军三箭定天山，壮士长歌入汉关。”

乾封年间，高句丽泉男生请求投降，朝廷派庞同善率军接应。但泉男生的弟弟泉男建却率军抵抗，朝廷派薛仁贵前去援助。在新城遭到抗军的偷袭，薛仁贵毫不惊慌，将抗军击退。庞同善和泉男生会师，薛仁贵继续攻击泉男建，杀敌50000。薛仁贵乘胜追击，带了2000人进攻扶余。部将都以兵少为理由劝阻，薛仁贵说：“用兵在于用好，不在于人多。”他身先士卒，遇敌杀敌，消灭抗军1万多人，将扶余攻下。

吐蕃入侵，朝廷命薛仁贵率军抵抗，并支援吐谷浑。郭待封和薛仁贵地位相当，不服他的差遣，经常违反他的命令。刚开始的时候，唐军准备进军乌海，薛仁贵说：“乌海地势险要而且环境恶劣，但是只要我们行军够快的话还是有成功的把握。”薛仁贵为求速度，将辎重留下，轻装前进，在河口打败了吐蕃军。到达乌海城后，唐军停下来等待支援。郭待封本来就不服薛仁贵，这次他率领运送军用物资的部队，正好又碰到吐蕃的大军，郭待封干脆停下来不走了。薛仁贵见援兵迟迟不来，粮草也快吃光了，只好退兵到大非川。这个时候吐蕃出动全国兵力共40万前来进攻，唐军抵挡不住，吃了败仗。薛仁贵只好和吐蕃军讲和，而吐谷浑最终被吐蕃灭掉了。薛仁贵吃了败仗，朝廷追究起责任，认定薛仁贵指挥失当，但念在他有功的份上，免去死罪，但罢官为平民。

不久，高句丽重新反叛，薛仁贵又被起

中国大事记 | 公元712年，睿宗让位于太子李隆基。李隆基即唐玄宗，又称唐明皇。

用。后来被贬，一直到大赦的时候才回来。皇帝想起了他的功劳，召见他，对他说："过去在万年宫，如果不是你的话，我早死了（皇帝有一年在万年宫遇到洪水，幸好薛仁贵抢救及时，皇帝才没有淹死），以前灭铁勒，平高句丽，你立下大功。后来你在乌海被打败，我当然会对你不满了。现在辽西又出事，你怎么能不为我出战呢？"于是再次重用他。薛仁贵带兵攻打突厥，突厥人问："唐朝派来的将军是谁？"回答道："薛仁贵！"突厥人不信，说："我们听说薛将军已经被流放到象州，早死了。现在怎么可能复活？"薛仁贵脱下头盔给他们看，突厥人见真的是他，纷纷下马跪拜，然后上马逃走。薛仁贵乘机发动进攻，大败突厥。

薛仁贵70岁那年去世，朝廷派车将他的灵柩送回了故乡。

一代女皇武则天

武则天本来是唐太宗的才人，14岁就入宫，因为长得娇媚，被太宗赐予"武媚"的称号。太宗生病的时候，武则天和在一旁伺候的太子产生了感情。太宗去世后，按照规定，武则天和其他宫女被送到庙里当了尼姑。唐高宗的王皇后没有儿子，而萧淑妃很受高宗的宠爱，王皇后很不高兴。有一次，高宗经过寺庙的时候见到了武则天，武则天看到高宗后一直流眼泪，高宗受到触动，想起了从前的感情。王皇后得知这一情况后就把武则天接回后宫，希望用她来削弱萧淑妃受到的宠爱。

武则天很有心机，刚开始她对皇后低声下气，博得了她的信任。当她得到的宠爱超过了萧淑妃的时候，她就开始和皇后作对了。皇后不会处理人际关系，宫中喜欢她的人不多。武则天则想尽办法收买人心，所以皇后身边的人大多成了她的耳目，经常向她汇报皇后的情况，但是并没有找到陷害皇后的证据。武则天入宫不久就生了个女儿，一天，皇后来看孩子，和婴儿玩了一会儿就走了。武则天偷偷把孩子弄死，然后装做什么都没发生的样子。高宗来后，她和高宗谈了会，掀开被子一看，发现孩子死了。武则天大哭起来，找来左右询问是怎么回事，大家都说只有皇后来过。高宗大怒："原来是皇后干的！过去她就对我喜欢萧淑妃不满，现在居然干出这种事！"武则天见高宗上当，赶紧又说了很多皇后的坏话。

高宗决定废后，长孙无忌等重臣坚决反对，李义府和许敬宗等大臣却上表请求立武则天为后。高宗下了废后的决心，废掉了王皇后，改立武则天为皇后。

武则天很有政治才能，一开始她经常帮助高宗处理国事，高宗是个懦弱的人，后来反倒被武则天控制住了。时间一长，武则天的跋扈让高宗很不满，正好又碰到有人控告武则天行巫术一事，高宗决定废了她。他召来上官仪，命上官仪起草废后的诏书。武则天得知这个消息后气冲冲地跑来责问，高宗一下子就软了，反而说："这都是上官仪教我的。"没几天上官仪就被找了个借口处死了。

上官仪被杀后，大权全部掌握在了武则天手中，凡是反对她的人都会被处死，连长孙无忌都被她逼死了。高宗晚年的时候得了头风病，根本无法处理政事，武则天独揽大权，任意妄为。

萧淑妃生的两个女儿一直被囚禁着，快40岁了还没有嫁人。武则天的儿子——太子李弘把这事告诉了高宗，武则天很生气，觉得儿子居然敢和自己作对，一狠心把李弘毒死了。

高宗去世后，中宗即位，没多久，武则天将中宗废掉，改立睿宗，她亲自上朝听政。徐敬业等人对她不满，发动了叛变，想拥立中宗，夺回大权。武则天派李孝逸率领30万大军讨伐徐敬业，将其打败，徐敬业被杀。武则天对大臣们说："你们的功名富贵都是我给的，先帝将国家托付给我，我不敢爱惜自己，而只是爱民。徐敬业等人都是出色的人才，还是被我杀掉了。你们当中谁觉得自己的才能比他们强又想造反的，请早点动手，如果不想造反，就老老实实地侍奉我！"大臣们怕得要死，伏在

历史关注 乐山大佛是世界上最大的石刻弥勒佛坐像，开凿于唐开元元年（公元713年），完成于贞元十九年（公元803年），历时约90年。

地上一动不动，齐声保证不敢有异心。

武则天渐渐地不满足于太后的地位了，她把武氏提高到和李氏一样的地位，追封自己的父亲为太上皇。有的人看出了她想称帝，睿宗为了保命，也主动提出禅让皇位。武则天假意推辞了一番，最后还是登上了皇位，改国号为周。

武则天情夫很多，她最宠爱的是张易之和张昌宗兄弟俩。张氏兄弟仗着她的宠爱四处横行霸道，恨他们的人很多。

武则天为了巩固统治，政治上实行了许多严酷的政策。但是她在经济上的政策却很宽松，延续了贞观之治带来的盛况，为开元盛世打下了基础。武则天还善于用人，她手下人才济济，对她也忠心耿耿。武则天病重时，张柬之等人借口诛杀张氏兄弟而发动政变，逼迫武则天退位，将中宗迎回来，拥立他复位。武则天于当年去世，享年 81 岁。

无字碑

现存陕西乾县乾陵陵园，乾陵是唐高宗和武则天的合葬陵。碑额刻 8 条螭首尾相交，两侧线雕龙云纹，初立时，未刻一字，表示帝王功高德大，无法用文字表述，取《论语》“民无得而称焉”之意。

第一酷吏来俊臣

来俊臣出身低贱，生性残忍，好吃懒做，在和州的时候就常干些违法乱纪的勾当，被抓进了监狱。他在狱中向朝廷告发叛乱事件，经东平王李续调查后发现他是诬告，打了他 100 大板。武则天统治时期，李续被杀，来俊臣上书受到武则天的召见。他自称当年控告的是李冲谋反的事，但被李续压了下来。武则天相信了他的话，提拔他当官，任命他为侍御史，专门负责审问犯人。武则天放任来俊臣的残酷，用他来威慑大臣。来俊臣也不负厚望，前后灭掉了 1000 多家，那些和他有一点点怨仇的人都被他杀害。来俊臣被提拔为左台御史中丞的时候，大小官员都吓得不敢随便说话，生怕被他抓到把柄。

来俊臣带领手下那帮酷吏到处收买无赖之徒，让他们诬陷朝中大臣。他们每次告发的时候都事先对好口供细节，从好几个地方同时告发，口供都一样，当时人们把这种方法称为“罗织”。他们还在告发信后面写上“请交给来俊臣或侯思止审问，一定能得到实情”。武则天很信任他们，专门在丽景门外面设立了一个监狱，命令来俊臣他们在那里审理谋反事件。他们经手的犯人，100 个当中也没 1 个能得到清白。王弘义称丽景门为“例竟门”，意思就是进了这道门的人都要死。来俊臣还和手下编写了一本教人专门诬陷别人的《罗织经》，按照书上的做法去罗织罪名，没有不成功的。来俊臣对犯人使用的刑罚千奇百怪，不管罪名轻重，一律先把醋灌进鼻子里，让囚犯睡在满是粪尿的地方，不给他们饭吃，总之除非犯人死了，否则休想出去。他还制造了 10 个大枷，光听名字就知道它们有多可怕了：定百脉、喘不得、突地吼、著即臣、失魂胆、实同反、反是实、死猪愁、求即死、求破家。后来还在枷上弄一

中国大事记 公元755年，安禄山趁唐朝政治腐败、军事空虚之机和史思明发动叛乱，史称“安史之乱”。

个用铁做的盖头，那些披上枷戴上盖头的人难受得直在地上打滚，不一会儿就被活活闷死。很多囚犯还没来得及用刑，一看到那些刑具后就吓得赶紧认罪了。

来俊臣诬告狄仁杰等人谋反，把他们关了起来，请武则天下诏，声明一问就认罪的人给予自首的待遇，可以减罪。狄仁杰等人已经被判了死刑，就等行刑的日期了。来俊臣见他们都判了死刑，对他们的看管松懈了下来。狄仁杰把申诉自己被冤枉的信藏在衣服里交给前来探监的儿子，让他给自己申冤。武则天见到信后很惊讶，找来来俊臣询问。来俊臣说：“我并没有剥夺他的官服，如果他没有罪的话，为什么要认罪呢？”在此以前，宰相乐思晦被来俊臣陷害灭族，只有一个9岁的儿子没有杀害，而是送到宫里当奴隶。他向朝廷说有重要事情汇报，见到了武则天，对武则天说：“来俊臣是个大坏人，蒙骗圣上，如果陛下编些谋反的案子交给他审理，他同样会弄假成真地结案。我全家都被杀害了，我也不求能活命，但我只是痛心陛下的法度被来俊臣这种人亵玩！”武则天醒悟了过来，狄仁杰等人才没有被杀。来俊臣在审问大将军张虔勖和内侍范云仙的时候，张虔勖含冤要向大理寺告状，被来俊臣命人用乱刀砍死，范云仙也被来俊臣割掉舌头而死，来俊臣的残忍可见一斑。

很久以后，来俊臣因为接收贿赂而被人弹劾，犯了死罪。正当人们弹冠相庆时，武则天却认为他很忠心，没有杀他，只是把他革职而已。来俊臣没多久被召回朝廷为官，又因为贪污被贬。他在贬地暴虐放肆，强抢同僚的妻子，还侮辱其母。武则天赐给他了10个女子，他觉得没一个漂亮的。他听说西突厥酋长有个婢女擅长歌舞，就让人诬告那个酋长造反，实际上是为了得到那个女子。来俊臣对同类也不放过，周兴就是被他陷害死的。范戬被来俊臣诬陷而死，他儿子到皇宫为父亲申冤，但没有人敢受理，于是剖腹自杀。侍郎刘如璇看见后流下了同情的泪水，结果来俊臣非说刘如璇偏袒同情叛党，害得刘如璇差点被杀。

来俊臣和同党一起在龙门聚会，他们把想陷害的人的名字写在很多石板上，然后用石头扔那些石板，写着谁名字的石板被击倒他们就先陷害谁。结果他们扔中写着李昭德名字的石板，但没有击倒。李昭德知道这回事后开始谋划扳倒来俊臣。段简的妻子很美丽，来俊臣看上了她，把她抢走，当了自己的老婆。有一天来俊臣和妻子喝酒，好友卫遂忠来看他。看门的人不肯通报，卫遂忠很生气，直接冲进去放声大骂，侮辱来俊臣的妻子。来俊臣见妻子被辱骂，很生气，把卫遂忠捆起来，赶走了他。而来俊臣的妻子羞愧得自杀了。来、卫两人从此结怨。卫遂忠知道来俊臣一直策划诬陷睿宗和中宗，他干脆告发了来俊臣。来俊臣得宠的时候谁都敢告，就连武三思和太平公主以及张昌宗这些人都被他告过，这时候他们觉得报复的机会来了，纷纷站出来做证，武则天下令将来俊臣斩首。人们知道这个消息后互相庆贺，都说：“今后终于可以睡个踏实觉了！”行刑之后，大家争着挖他的眼睛，割他的肉，一会儿就把肉割光了。又牵来马踩他的骨头，最后什么都没有剩下。

来俊臣掌权的时候选了200多个官员，等他死后，那些人都去自首。武则天骂了他们一顿，他们说：“我们犯了陛下的法，顶多自己没命。可违背了来俊臣的话，全家都要死光的。”武则天见他们也很可怜，就免去了他们的罪过。

桃李满天下的狄仁杰

狄仁杰不光以聪明机智著称，还是个宽厚坚强之人，为朝廷推荐了很多优秀人才，所以才有“桃李满天下”这一说法。

狄仁杰出生在一个官宦家庭，他通过明经考试进入官场。在担任汴州参军一职时，被下属诬告，阎立本负责调查，不但查明了真相，还从调查过程中发现狄仁杰是个难得的人才，于是举荐他为并州法曹参军。

唐高宗年间，狄仁杰担任大理丞，他善于断案，一年之内就将涉及1.7万多人的大量积

历史关注 杜甫被尊称为“诗圣”，是一位伟大的现实主义诗人，他的诗也被称为“诗史”。

压的案件审理得清清楚楚，没有一个人说自己是被冤枉的。从此名声大噪，成为当时有名的青天大老爷。狄仁杰还敢于直谏。当时有两个大臣不小心把唐太宗陵前的树砍了，这种行为被看做是对皇帝的极大不敬，但他们确实不是故意的，应当免罪。唐高宗知道后大发雷霆，下诏要将他们处死。狄仁杰上奏说他们不应该死，高宗说：“那些人让我成为不孝之子，我杀定他们了！”狄仁杰冒死上奏：“他们本来就不该死，陛下非要杀他们，这就是为了几棵树而杀大臣，天下人以后如何看待陛下？”唐高宗醒悟过来，免去了这两个人的死罪，几天后，还升狄仁杰为侍御史。狄仁杰不怕得罪权贵，凡是犯法之人他一个也不纵容。左司郎中王本立仗着皇帝的恩宠而桀骜不驯，狄仁杰根本不怕他，上奏朝廷将其论罪。

越王造反的时候，余党两千多人被判了死罪。狄仁杰上书密奏，请求免他们一死，朝廷同意了，只把那些人判处流放。那些人从死牢里出来后，他们的家人拉着他们的手说：“多亏狄大人救了你们的命啊！”那些人在流放的地方给狄仁杰立了块碑，感谢他的恩德。当初张光辅讨伐越王的时候，他的军队在当地横征暴敛，狄仁杰在当地做官，限制了他们的行为。张光辅很生气，说：“一个小小州官居然敢看不起我！”狄仁杰说：“现在作乱的只是一个越王，而大人带领的这些兵涂炭生灵，会激起更多的人作乱的。如果觉得我做得不对，可以用尚方宝剑杀了我。”

武则天掌权后，狄仁杰被朝廷委以重任。来俊臣诬陷狄仁杰造反，把他抓进了监狱。来俊臣审问狄仁杰，让他承认自己造反。狄仁杰说：“现在是周的天下了，我作为唐的臣子，也可以说我造反。”王德寿劝他道：“我想减轻您的罪，您只要把杨执柔说成是您的同党，就不会死了。”狄仁杰仰天叹道：“皇天在上，我狄仁杰怎么能做出这种事！”说完就一头向柱子撞去，血流得满脸都是，王德寿吓得赶紧放弃让他牵连无辜的想法。

来俊臣见狄仁杰一身硬骨头，拿他没有办法，于是伪造了一份谢死表交给武则天。武则天召见狄仁杰，对他说：“你为什么要承认造反？”狄仁杰说：“我不承认的话早被活活打死了。”武则天把那份谢死表拿给他看，狄仁杰说不是他写的。武则天知道他是被冤枉的，就把他放了。

狄仁杰一心想恢复唐朝江山，所以多次向武则天提议立庐陵王为太子。武则天想立武三思为太子，向宰相们咨询。狄仁杰说：“我觉得人们还是更支持唐多一些。当初匈奴来犯，陛下让武三思去募兵，结果1个月还没招到1000人，后来让庐陵王去募兵，没几天就招了5万多人。所以让庐陵王继承大业更妥当。”武则天很生气，没有说话。后来狄仁杰多次劝说武则天，终于让她动了心。武则天把庐陵王叫来，让他躲在帐后，然后找来狄仁杰，跟狄仁杰说庐陵王的事。狄仁杰越说越激动，说到最后哭得话都说不出来了。武则天被感动了，把庐陵王叫出来，对狄仁杰说：“我把太子还给你！”狄仁杰趁机劝武则天将太子复位一事诏告天下，以免有反复。当初李昭德等人也经常劝武则天把太子接回来，但没有成功。只有狄仁杰以母子天性为理由劝说，才感动了武

狄仁杰所书墓志　唐

此为大周故相州刺史袁公瑜墓志，由狄仁杰撰写。狄仁杰为一代名相，书名遂为政名所掩，此志可为佐证。

中国大事记　公元762年，唐代宗继位，并借回纥兵收复洛阳。次年，安史之乱结束。

则天。

可惜狄仁杰并没有等到中宗复位的那一天，不久他就因病去世了，享年71岁。

太平公主叛乱

武则天生了4个儿子，但她一个都不喜欢，她一生中最喜欢的是女儿太平公主，几乎把全部母爱都倾注到了她的身上。武则天的母亲死后，按照当时的习俗，武则天把太平公主打扮成女道士，让她在道观里为外祖母祈求冥福。几年后，吐蕃向唐朝提出和亲，指名要他们把太平公主嫁过去。武则天怎么会舍得把最心爱的女儿嫁到那么远的地方去呢？可是人家说了，别人一律不要，如果贸然拒绝的话，可能会带来战争。武则天很着急，突然她想起太平公主曾经当过名义上的女道士，顿时计上心头。她给太平公主修筑了一座道观，并请道士为她受戒。然后派人告诉吐蕃人，说太平公主当年为了给外祖母祈福，已经立志出家为道，而女道士是不能嫁人的，所以和亲一事不能接受。这个理由非常正当，吐蕃人也没有办法，这事才不了了之。

太平公主很调皮，她有一次穿上武官的衣服跑到父母面前跳舞。两人看得哈哈大笑，高宗问她："你又不是武官，穿这衣服做什么？"太平公主说："那把这身衣服赐给驸马可以吗？"言下之意就是要皇帝给自己选个驸马。高宗看出了她的意思，就把她嫁给了薛绍。太平公主的婚礼空前隆重，皇帝把万年县赐给她作为结婚的场所。当婚车进城的时候，巨大的婚车居然进不了门，当地的官员赶紧把城墙拆了，这才使婚车得以进入。武则天不喜欢薛绍，没过几年就把他牵扯进一件谋反案中杀掉了。太平公主虽然成了寡妇，但她要嫁人还不容易？武则天本来把她许配给了自己的侄子武承嗣，可惜当时武承嗣生病，就作罢了。武则天觉得另一个侄子武攸暨不错，可他已经有妻子了。但谁能当太平公主的拦路石呢？武则天干脆把武攸暨的妻子杀掉，将公主嫁给了他。

太平公主性格和武则天特别相似，武则天也认为她很像自己。太平公主很有政治头脑，唐中宗复位，她也有一份功劳。唐中宗是个废物，他妻子韦氏以及昭容上官婉儿都和武三思有奸情，但他却睁只眼闭只眼，朝廷大权全部掌握在韦皇后和武三思手中。她们自认智谋不如太平公主，对公主都有所忌惮。公主也不怕她们，培植自己的势力，她经常引荐和奖励穷书生，得到了很多人的好感。

唐玄宗李隆基见朝纲紊乱，决定诛杀韦皇后他们，太平公主也参与了政变计划。事情成功后，本来该立唐玄宗的父亲相王为帝，但当时的合法继承人是温王，所以没有人敢提出这个建议。太平公主见温王还是小孩子，对相王说："这个位子是归你的，那个娃娃没资格坐。"说完上前把温王抱了下来，将相王扶上了皇位。唐睿宗即位，太平公主立了大功，所以她的权力无人能比。唐高宗的时候，公主食邑只有300户，太平公主地位特殊，也只有350户。可唐睿宗时期，她的食邑竟然有1万户。到后来，公主在朝廷上威权无人可比，她推荐的人没有不当官的，甚至还有人本来只是个侍从，但经她推荐马上就能出将入相，皇帝实际上成了个摆设。太平公主在武则天那里学到了不少政治本领，玩弄权术无人能及。

唐玄宗被立为太子后，以太子身份监国，他的兄弟宋王、岐王等人也都统领禁军。太平公主觉得他们分掉了自己的权力，心里很不高兴。她仗着皇帝对自己的信任，驾车跑到皇宫里，把宰相召来告诉他们自己要把太子废掉。姚崇、宋璟等对公主的这种做法很不满意，向皇帝建议把太平公主迁到东都去。睿宗一向很喜欢这个妹妹，再加上自己能当上皇帝也有她的功劳，所以说什么也不同意，最后把公主安排到蒲州居住。这件事让公主很高兴，而太子却害怕起来。为了保护自己，他不得不降了姚崇和宋璟的职。

当时朝中重臣大半出自太平公主门下，而公主忌惮太子贤明，怕他日后对自己不利，渐渐有了谋逆的想法。唐玄宗先天二年（公元

历史关注　世界上第一个实测子午线的人是唐朝的僧一行，他还创造了世界上最早的不等间距二次内插法公式。

713 年），太平公主串通窦怀贞、岑羲、萧至忠、薛稷、慧范等人谋反。计划让元楷等人率领羽林军去武德殿杀玄宗，窦怀贞、岑羲和萧至忠在南衙举兵响应。玄宗知道这个消息后马上采取行动。他找来岐王、薛王、郭元振、王毛仲、姜皎等人商量对策。在政变前一天，让王毛仲以去内宫马厩领取马匹为由将宫门打开，高力士等人率兵突袭，杀死元楷等人，粉碎了太平公主的政变计划。最后公主被赐死，她的儿子和党羽数十人也都被杀。

“诗仙”李白

李白，字太白，他祖先和唐朝皇帝同出一脉，却因为犯罪被流放到了西域。直到武则天统治时期，他父亲才从西域逃回来，在四川安了家。

据说李白母亲生他的前一天晚上梦到了太白星，所以给他取字太白。李白 10 岁的时候就通晓诗书，长大后在岷山隐居。州郡长官以他有道而举荐他，但他没有应举。李白喜欢纵横之术，对剑术也很感兴趣，想当个游侠，为人重义轻财，乐善好施。后来他到任城居住，和孔巢父、韩准、裴政、张叔明、陶沔一起在徂徕山隐居，成天喝得大醉，号称“竹溪六逸”。

天宝初年，李白到会稽游玩，和吴筠交上了朋友。吴筠应召入京，李白也跟了去。他到了长安后去拜访了贺知章，贺知章看了他的诗文后，感叹道：“您是从天上贬到人间的仙人啊！”贺知章认为李白才华惊人，在唐玄宗面前屡次提及。唐玄宗也爱好文学，就在金銮殿召见了李白，和他谈论天下大事和诗歌文学，李白为此献上了一篇赋。唐玄宗曾赐给李白食物，并亲手为他调羹，可见玄宗对他的宠爱。过了几天，唐玄宗任命李白为翰林供奉。一天，唐玄宗在沉香亭闲坐，忽然心血来潮，想要听李白为他填词而作的歌曲，马上下令召李白入宫。当时李白正在街市上和别人喝酒，已经喝得酩酊大醉。派去找他的使者生拉硬拽地把他弄进了宫，到了宫里李白还醉着。皇帝命侍从用清水给他洗脸，好容易才让他清醒了点。李白问清楚唐玄宗让他来的原因后，拿起笔一挥而就，写了 3 首《清平调》，辞藻华丽，言简意赅，是不可多得的好诗。唐玄宗拿到歌词后爱不释手，认为李白确实很有才华。唐玄宗对李白越来越宠爱，几次专门召见他赴宴。有一次李白陪唐玄宗喝酒喝醉了，让高力士为他脱鞋。高力士当时的权力大得没边，连太子见到他都很恭敬，一般的亲王都叫他“爷爷”，唐玄宗也把他当兄弟看待。他听到李白居然让自己给他脱鞋，气得七窍生烟，可唐玄宗当时也喝多了，笑眯眯地同意了李白的请求。高力士没有办法，只好跪下来给李白脱了鞋。

杨贵妃也很喜欢李白的诗，经常吟诵不止。有一天，杨贵妃正在吟诵李白的《清平调》，高力士在一旁插话了：“娘娘觉得这首诗很好吗？”杨贵妃说：“当然了，这诗实在太美了！”高力士指着诗中的一句：“借问汉宫谁得似，可怜飞燕倚新妆。”对杨贵妃说：“这首诗是形容娘娘您的美貌的，可他居然用赵飞燕来比喻娘娘，这不是骂您吗？”赵飞燕是汉成帝的皇后，长得虽然很美丽，但生性阴毒，淫荡成性。杨贵妃听高力士这么一挑拨，认为李白把她当成赵飞燕那种女人，心里很不高兴，从此经常在唐玄宗面前说李白的坏话。

太白醉酒图　清　改琦

中国大事记 公元780年，开始实行两税法，即一年分夏、秋两季依土地征税。

唐玄宗每次想提升李白的官职，杨贵妃都会从中作梗。

李白知道自己得不到唐玄宗身边人的好感，他的政治抱负也难以实现，越发狂傲不羁。他和贺知章、李适之、汝阳王李琎、崔宗之、苏晋、张旭、焦遂交好，成天在长安酒店狂饮，并称“酒中八仙”。后来李白请求让自己辞官回家，唐玄宗赐给他金帛，让他回去了。

李白走到并州的时候，遇见郭子仪，对他的外貌气质暗暗称奇。当时郭子仪犯了法，正要被拉去斩首，李白找到当地官员，免了他的死罪。

安禄山造反后，李白到处流浪。永王李璘请他当了自己幕僚，后来李璘起兵，李白知道他心怀不轨，赶紧逃走了。李璘造反失败后，李白也被牵连了进去，论罪当杀头。当时郭子仪已经成为唐朝举足轻重的大将，他听说李白出事以后，赶紧上表表示愿意用自己的官职来给李白赎罪，李白这才免去一死，只是被流放到夜郎。

一天晚上，李白在江边的一条小船上喝酒，喝醉后把江中倒映的月亮当成真月亮，趴在船边想去捞，结果不小心掉进水里淹死了。但民间都说李白是被江里的一条大鱼驮到天上去了，他不是太白金星转世吗？所以人们宁愿相信他回到了天宫，继续写他那些千古传诵的诗句去了。

李白受南朝诗人谢朓影响很大，他特别喜欢谢朓隐居过的青山，所以他也想在那里终老一生。他死后被埋葬在龙山，后来范传正去祭奠他的墓，下令禁止在李白坟墓周围砍柴和放牧。范传正寻访李白的后人，只找到他的两个孙女，她们虽然流落民间，但言行举止还保留着大家风范。她们哭着对范传正说：“爷爷一直想去青山，现在他被埋在龙山，这不是他的本意。”范传正就将李白的墓迁到了青山。他还想把李白的两个孙女改嫁给士族青年，可她们说自己已经和平民成亲，不愿意改嫁。范传正为她们的节操所感动，下令免去了她们丈夫的徭役。

唐文宗即位后，下诏将李白的诗列为“三绝”之一。

阴险的安禄山

安禄山是胡人，不知道父亲是谁。他母亲带着他嫁给了安延偃，从此就姓了安。安禄山很狡猾，善于揣摩人情，懂六种少数民族的语言，担任了互市郎。

张守珪担任幽州节度使时，安禄山因为偷羊被捕，正准备杀他的时候，他大喊：“大人不想消灭两蕃吗？为什么要杀我？”张守珪觉得他说话很有自信，又见他体格强壮，就把他放了，让他做了小军官。安禄山善于打仗，有一次他只带了五个人就俘虏了几十个契丹人回来。张守珪很看重他，给他增加了士兵人数，从此逢战必胜，很快就升到偏将，被张守珪收为养子。

御史中丞张利贞来河北调查的时候，安禄山拼命巴结他，送了很多财物。张利贞回朝后极力赞扬安禄山，从此安禄山得到了朝廷的信任，官越当越大。

当时有个不成文的规定，地方上的节度使卸任后一般都会进入朝廷当宰相。李林甫生怕那些有文化的将领当上节度使后影响自己的地位，他认为胡人没文化，朝廷不会让他们当宰相，所以建议多用胡人为节度使，安禄山就凭借这个机会当上了节度使。

安禄山很有心机，却故意在唐玄宗面前装出一副傻里傻气的样子。有一次，他见到太子，却不跪拜行礼。唐玄宗告诉他这是太子，安禄山故意说：“我不懂朝廷礼仪，请问太子是什么品级的官？”唐玄宗说：“太子是我儿子，我死后要把位子传给他的。”安禄山赶紧装出一副慌乱的样子跪下谢罪道：“我这人笨，光知道有陛下而不知道有太子，罪该万死。”让唐玄宗很高兴。杨贵妃没有小孩，安禄山为了巴结她，不顾自己比杨贵妃大了20多岁，非要当她的养子，唐玄宗乐得哈哈大笑，居然同意了。从此安禄山每次都是先给贵妃行礼，再

历史关注 唐朝历史上有两个“李杜”：李白和杜甫被称为“大李杜”，李商隐和杜牧被称为“小李杜”。

向唐玄宗行礼。唐玄宗觉得很奇怪，问他为什么这样做。安禄山回答道：“按我们胡人的规矩，母亲在父亲前面。”唐玄宗听了之后笑得更厉害了。

安禄山出了名的肥胖，肚子都快到膝盖了，但是他却能跳胡旋舞。每次唐玄宗看他捧着个大肚子跳胡旋舞，都笑得半死。一天，唐玄宗摸着他的肚子说：“你这么大个肚子，里面都装的什么呀？”安禄山回答：“只有一颗忠诚的心。”把唐玄宗哄得很开心。

当时唐朝多年没有经历过战争，唐玄宗也变得很昏庸，加上奸臣乱政，安禄山认为夺取天下的时候到了，于是到处招兵买马，建立了一支极具战斗力的军队。他为了麻痹唐玄宗，知道唐玄宗喜欢打胜仗的消息，就把契丹人骗来请他们喝酒，在酒里下药，等把他们麻倒后再砍下脑袋送往朝廷，说是打胜仗得到的敌人首级。唐玄宗哪儿想得到这一手？还觉得安禄山又能干又忠心呢。

安禄山的伎俩能骗住唐玄宗，却骗不了别人。太子和宰相屡次向唐玄宗进谏说安禄山有异心，唐玄宗根本不信。杨国忠也对安禄山不放心，他建议让唐玄宗突然召安禄山入朝，如果稍微有所推托的话，那就有问题了。结果安禄山猜到了杨国忠的心思，当唐玄宗召他入朝的时候，他快马加鞭地去了，唐玄宗打消了怀疑。从此以后，不管杨国忠说安禄山什么坏话，他一律不听。

安禄山还恶人先告状，他在华清池朝见唐玄宗时哭着说：“我是个胡人，没有什么文化，全亏陛下提拔我，可杨国忠就是非要杀了我才肯甘心。”唐玄宗亲自安慰他好久。很多人都说安禄山要反，但谁在唐玄宗面前告安禄山的话，唐玄宗就把他捆起来交给安禄山处理，结果再也没人敢说什么了。

天宝十四载（公元 755 年）十一月，安禄山假称接到皇帝密旨，让他带兵入京除掉杨国忠，点齐 15 万人正式造反，揭开了安史之乱的序幕。

张巡守城

安禄山造反后，叛军所到之处，官员望风而降，只有很少的官员能够奋起反抗。安禄山的部队很快就占领了宋州和曹州，谯郡太守杨万石投降，他还命令真源县令张巡向叛军投降。张巡是个有骨气的人，他召集了 1000 多人起兵反抗叛军。雍丘县令令狐潮投降叛军，带兵和朝廷军队作战，张巡偷袭了雍丘，把令狐潮的全家杀光。令狐潮赶紧带了 4 万人马回来攻打雍丘。

当时张巡手下只有 2000 人，大家都很害怕。张巡对大家说：“敌人知道我们的虚实，所以肯定会轻视我们。我们可以出其不意发动进攻，一定能打败他们。”于是张巡派出 1000 人向叛军发起猛攻，将叛军击败。第二天叛军攻城，张巡率领部下死守，一直坚守了两个月

明皇幸蜀图　唐　李昭道

此图描绘唐玄宗为避安史之乱而行于蜀中的情景，画中山石峻立，着唐装的人物艰难行于途中。

中国大事记 公元821年，唐朝时期持续了近四十年之久的“朋党之争”开始。

之久。令狐潮见实在攻不下来，就撤兵了。张巡率部追击，差点活捉了令狐潮。不久令狐潮卷土重来，张巡手下有6个将领害怕了，劝张巡不如投降。张巡表面上答应了他们，内心却对这些人恨之入骨。第二天，他召集全军将士，公开将这6个人斩首，守城士气更加高涨。

城里的箭射光了，没有箭不好守城。张巡想了个办法，他命人扎了1000个草人，给它们穿上黑衣服，到了晚上就用绳子把它们吊下去。叛军以为张巡前来偷袭，急忙放箭，射了很久才发现原来都是些草人。第二天张巡命人把草人拉上去，从它们身上得到几十万支箭，又可以继续守城了。过了几天，叛军发现又有人从城上下来了，都以为又是骗他们的，没有防备。谁知道这次是真人，他们下来后向叛军发动奇袭，将其逼退了十几里。城里的柴火用光了，张巡骗令狐潮说：“我想带着大家弃城而逃，请你后退60里地，好让我们跑掉。”令狐潮同意了。结果张巡带着人四处伐木，准备了足够的柴火。令狐潮知道中计了，赶紧回来重新把城围住。不久，张巡对令狐潮说：“你得给我30匹马，这样我才好跑啊。”令狐潮就送了30匹马给他。张巡把马分给手下30个猛将，跟他们说：“敌人来了之后，你们就杀出去。”第二天，张巡对令狐潮说：“我倒是想走，可将士们不让我走啊。”令狐潮气得吹胡子瞪眼，那30个人冲出来对着叛军大砍大杀，活捉了叛军14个将领，杀了100多人，令狐潮再也不敢来了。

叛将杨朝宗率部进犯宁陵，断绝了张巡的退路。张巡率领3000人马赶到睢阳，和太守许远等人合兵对叛军发动攻击，大获全胜，杀敌万人。许远觉得张巡才能远远超过自己，于是把指挥权交给了他，自己甘愿当下属。

尹子奇率领十几万大军前来攻打睢阳，张巡、许远和将士们死守城池，一天交战20次，杀敌无数。张巡为激励士气，宰了很多牛羊请士兵们吃，吃饱喝足后出城与叛军交战。叛军见他们人少，得意地大笑起来。张巡、许远二人亲自擂鼓，士兵们舍生忘死地杀入敌阵，把骄傲的叛军杀得大败。张巡想射杀尹子奇，但又不认识他，就用蒿草做了一支箭射向叛军。叛军以为城里的箭都射光了，高高兴兴地把那支箭拿给尹子奇看，张巡记住了尹子奇的长相。他命令神射手南霁云射杀尹子奇，一箭射中尹子奇的左眼，叛军只好撤兵。

睢阳城内本来储存了足够吃一年的粮食，但张巡拿出了其中一半支援濮阳，谁知道濮阳一拿到粮食就叛变了，导致睢阳发生了粮食危机。士兵们一天只能分到一勺米，很多人都饿死了，但没有一个人投降。大家到处捉老鼠、麻雀，甚至把弓弩和铠甲上的皮革拆下来煮了吃。张巡见这样下去不是个办法，派南霁云杀出重围去请救兵。南霁云跑到彭城，请许叔冀派兵增援。可许叔冀只给了他几千匹布，南霁云大怒，在马上破口大骂，要许叔冀出来和自己单独决斗，许叔冀吓得不敢回答。南霁云没有办法，只好回去禀报。张巡让他带领30个骑兵去找贺兰进明。南霁云出城时被叛军团团围住，他左右开弓，射杀叛军无数，好容易才杀了出去。见到贺兰进明后禀报了睢阳的危机，请求派兵增援。贺兰进明一方面怕出兵后被人偷袭，另一方面他也很妒忌张巡的声望，不过他很欣赏南霁云的勇敢，想把南霁云收为自己的部将。贺兰进明大摆宴席，请南霁云吃饭。南霁云在席上哭着说：“睢阳已经断粮好多天了，大人既然不出兵，还请我吃这么好的饭菜，我不能独享，就算吃了也吞不下去。现在我只能用一根手指来回报大人了。”说完拔刀砍掉了自己的一根手指。在场的人大惊，为他的壮烈掉下了眼泪。南霁云没有吃饭就走了，出来后发誓道：“我破贼后一定要灭了贺兰全家！”南霁云跑了很多地方，好容易才借到3000人

张巡像

历史关注　白居易是中国文学史上负有盛名且影响深远的诗人和文学家，有“诗魔”之称。他与元稹共同发起了“新乐府运动”。

赶回去。结果在半路上被叛军发现，双方大战。当时大雾，张巡过了很久才发现他们，出城接应。这时候南霁云带来的人马只剩1000人了，他们虽然俘获了叛军的几百头牛，但将士们知道援军已经没有希望了，纷纷抱头痛哭。

城里粮食很快就吃光了，而叛军攻城一天比一天猛烈。后来，士兵们饿得连武器都拿不动了，城池终于被叛军攻破。张巡、许远等人被俘。尹子奇对张巡说：“听说您督战的时候，瞪眼瞪得连眼皮都瞪破了，切齿咬牙能把牙齿咬碎，何必这样呢。”张巡大骂：“我恨不得生吞了你们这些逆贼，只恨力气不够！”尹子奇大怒，命令用刀在张巡嘴里乱搅，张巡最后只剩下三四颗牙齿，仍然骂声不止。尹子奇把刀放在他脖子上，逼他投降，张巡不理会。接着又逼降南霁云，张巡怕南霁云投降，大呼：“南老八，男子汉死算什么，不可以屈服啊！”南霁云笑笑说：“我正在想怎么对付他们呢。你又不是不了解我，我哪敢不死！”最后张巡、南霁云、雷万春等36人全部遇害，许远在被押往洛阳的途中也不屈而死。

权倾朝野的高力士

高力士是北齐大将的后代，但后来家境没落了。武则天统治时期，高力士被人阉割送进宫里，被宦官高延福收为养子，从此改姓高。

高力士被送去侍奉后来的唐玄宗，他对玄宗忠心耿耿，很受信任。在平定太平公主的叛乱中，高力士立了大功，被任命为右监门将军，主管内侍省事务。从此各地送上来的奏章要经他过目后才能交给皇上，如果是小事的话，他自己就能处理。唐肃宗当太子的时候，直接管高力士叫大哥，其他亲王和公主都叫他高翁，更疏远一点的宗室干脆叫他爷爷。就连唐玄宗有的时候都不叫他名字，而称他将军。

高力士信奉佛教，他自己出钱修建寺院，用珍宝来装饰楼阁，就连朝廷都拿不出这么多钱。寺院的钟铸成后，高力士请公卿贵族吃饭，让他们敲钟，敲一下要捐10万钱。有人为了讨好他，一口气敲了20下，敲得少的也不会低于10下。高力士还很会做生意，他在京城北面的河上设下5个水磨出租，一天的租金为三百斛粮食，实际上就是变相受贿。

高力士对肃宗也有恩德，当初太子李瑛被废，唐玄宗正宠爱武惠妃，李林甫等人觉得武惠妃的儿子寿王最有可能当太子，都去巴结他。唐玄宗也考虑过立寿王为太子，但是他又觉得肃宗年纪最大，所以一直拿不定主意，为此经常长吁短叹，连饭都吃不下去。高力士问道：“陛下连饭都不吃，是不是因为不好吃的缘故？”唐玄宗说：“你伺候我那么久了，猜猜我为什么会这样。”高力士说：“是不是没有决定储君人选？我觉得立长子为储君是天经地义的事，谁敢反对？”唐玄宗认为他说得很对，就立了肃宗。

天宝年间，因为唐玄宗好大喜功，边境的将领都抢着和少数民族开战，想以获得胜利来邀功。唐玄宗对高力士说：“我年纪大了，朝廷的小事交给宰相处理，外族的事交给将领们处理，难道还不清闲？”高力士说：“我前几天出去的时候，听见别人说云南那边屡次打败仗，而且北方的军队很强盛，陛下拿什么去控制他们？我只担心等祸患酿成的时候，就难以制止了。”高力士说这话是影射安禄山。唐玄宗说：“你别说了，我会好好考虑这件事的。”安禄山叛乱的前一年秋天，下了暴雨，唐玄宗见身边没人，悄悄对高力士说：“现在大雨成灾，你应该说说你的看法。”高力士说：“自从陛下把权力交给宰相之后，法令就没有得到实施，阴阳失调，天下的事怎么能重新恢复安宁？我之所以闭口不谈这件事，是因为时候不到而已。”

内侍图　唐

中国大事记

公元835年，唐文宗与李训和郑注等发动甘露之变，密谋诛杀宦官失败。

唐玄宗没有说话。

高力士对唐玄宗非常忠心，但也不是事事都附和。安史之乱爆发后，唐玄宗逃到蜀地，高力士一直跟随左右。唐玄宗听到肃宗即位的消息后很高兴，说："我儿子上应天意，下顺民心，将年号改为至德，还不忘记孝顺我，我还有什么可发愁的？"高力士却说："长安和洛阳都落入叛军手中，百姓流离失所，生灵涂炭，黄河以南、汉水以北地区都成为战场，天下人都为之痛心疾首，陛下却认为没什么可担心的，这一点我不敢苟同。"

收复长安后，唐玄宗被唐肃宗迁到太极宫，才住了10天，高力士就被李辅国诬陷。高力士和李辅国一向不和，那天他正在发疟疾，李辅国带着诏书来找他，高力士快步走到跟前，李辅国把贬逐高力士去巫州的诏书交给了他。高力士说："我早就该死了，只是皇上可怜我才让我活到了今天。但是我希望能见陛下（指唐玄宗）一面。"李辅国没有允许。

几年后，高力士遇上大赦，得以返回京城。在回京的路上，他看到玄宗和肃宗二人的遗诏，知道二人已死，面向北方大哭，哭得吐了血。他说："皇上去世，我连他的棺材都不能摸一下，死了也不能瞑目啊！"最后居然哭死了，享年79岁。

安邦重臣郭子仪

郭子仪是武举出身，安史之乱爆发后，他率领部下抵抗安禄山，打了很多胜仗。宦官鱼朝恩向来妒忌郭子仪，经常讲他的坏话，害得郭子仪被剥夺了兵权。史思明复叛的时候，重新起用郭子仪的呼声很高，于是他重新掌握了兵权。

肃宗死后，代宗即位。当时的宰相程元振担心郭子仪不好控制，就在代宗面前挑拨，罢免了郭子仪副元帅一职，让他当了个闲官。郭子仪把代宗即位前和他来往的书信全部送给代宗，以表示对朝廷绝无二心。代宗当年和郭子仪一起打过仗，看了郭子仪的上书后很后悔，对他更加尊敬了。

仆固怀恩作乱的时候，曾经诱说吐蕃、回纥、党项、羌等少数民族共30万人入侵唐朝。郭子仪当时奉命驻守泾阳，手下才1万人。他刚到泾阳就被包围了，郭子仪命令部下死守，自己率领两千铁甲骑兵冲锋，在敌阵中来回冲杀。回纥人很奇怪，问道："那个领头的将军是谁？"唐军说是郭子仪。回纥首领很吃惊地说："郭令公还活着吗？仆固怀恩说唐朝天子已死，郭令公也去世了，中原现在乱成一团，所以我们才想占点便宜。既然郭令公还活着，那天子呢？"唐军告诉他们天子也没死。回纥人这才明白他们都让仆固怀恩给骗了。郭子仪派人劝说回纥停战，回纥人说："本来以为郭令公去世了，不然我们何必这样呢？既然令公还活着，我们能不能见他一面呢？"郭子仪准备去见回纥人，部下都劝他不要去。郭子仪说："敌人比我们多，硬拼是打不过他们的。我只能以诚相待了。"郭子仪只带了几十个随从，没有穿盔甲，骑着马到回纥军营去了。郭子仪见到回纥首领，对他说："你们和我们交往很长时间了，为什么要反叛？"回纥首领当即下马，跪拜在地上说："果然是郭令公啊！"双方一起赴宴，言归于好。郭子仪对他们说："吐蕃本来和我们是亲戚，没想到他们这次居然来打我们。如果你们能反戈一击的话，他们的牛羊不都是你们的了吗？"正好这个时候仆固怀恩死了，回纥就答应了。吐蕃人听到这个消息后连夜撤了回去，半路被唐朝和回纥联军赶上，死伤惨重。

郭子仪对朝廷很忠心，对待下级也很宽厚。他虽然曾遭到小人的陷害，但从来没有因私废公过。他在灵州和吐蕃作战的时候，鱼朝恩派人把他父亲的坟墓给挖了。郭子仪来朝见的时候，人们都怕他会做出不理智的行为。等见到皇帝后，皇帝慰问了他。郭子仪伏地痛哭道："我做军队统帅很久了，手下士兵难免有发掘别人坟墓的行为。现在有人发掘我父亲的墓，这是上天对我的报应，不能怪人啊！"鱼朝恩又约郭子仪参观他修建的章敬寺，元载派

历史关注 唐代是中国古代最繁荣强盛的一个朝代，是当时世界上最强大的国家，声誉远及海外，因此海外各国便称中国人为“唐人”。

人来告诉郭子仪鱼朝恩要做坏事，言下之意就是寺里有鬼。部下请求郭子仪在衣服里面穿上铠甲以防不测，但他没有同意，只带了十几个佣人前往。鱼朝恩问：“为什么带的车马随从这么少？”郭子仪就告诉鱼朝恩，别人说鱼朝恩要害他，但他绝不怀疑鱼朝恩，就没多带人。鱼朝恩哭着说：“您如果不是个厚道长者的话，能够不怀疑吗？”从此鱼朝恩对郭子仪尊敬了很多。魏博节度使田承嗣向来骄横跋扈，谁都不放在眼里。但是郭子仪派人到魏博去的时候，田承嗣在使者面前向西跪拜，指着自己的膝盖对使者说：“我这个膝盖不向人弯曲已经很久了，但今天特地为郭公下拜！”

郭子仪部下有几十个大将，地位都很高，但是郭子仪不用开口，光凭眼神就能命令他们。郭子仪有八子七婿，都是朝廷重臣，他死的时候85岁，可谓享尽天年。

白居易《琵琶行》诗意图　明　仇英

“诗史”白居易

白居易是继李白、杜甫之后，唐朝又一个伟大诗人，他的诗通俗易懂，朗朗上口，是中唐时期“新乐府运动”的倡导者。他的诗揭露了当时社会的黑暗，同情百姓疾苦，反映了当时的社会情况，所以有人称其为“诗史”。

白居易，字乐天，自幼聪明过人，善于写文章。他十几岁的时候去长安拜访顾况，顾况是当时有名的诗人，但对人很严厉，很少夸奖别人。他看到白居易的文章后赞叹道：“我以为斯文已经绝迹了，没想到今天在这个年轻人身上看到了希望。”白居易少年得志，很快就中了进士，后来担任了左拾遗。

左拾遗是谏官，白居易利用可以随时向皇帝上书的机会多次向皇帝提意见。有一年闹旱灾，皇帝下诏宣布减免赋税。这本来是好事，但白居易却看出诏书说得不详细，很容易被别有用心的人钻空子，于是他建议直接免去江淮一带的赋，再放出一些宫女以节约开支，唐宪宗采纳了他的意见。他听说王锷即将被提拔为宰相，但王锷是有名的贪官，于是冒死上书反对。白居易一心为国，他进谏都是对事不对人，但也让很多小人丧失了舞弊的机会，因此得罪了不少人。

后来白居易在殿上和皇帝讨论问题，争论不休。往往皇帝一句话还没说清楚，他就说：“陛下错了。”唐宪宗脸色都变了，匆匆结束了讨论。唐宪宗私下对李绛说：“这个人是我提拔的，居然敢这样狂妄。我实在忍受不下去了，一定要罢免这个人！”李绛清楚白居易是个忠臣，他对唐宪宗说：“陛下广开言路，所以大臣们才敢直言进谏，这样才能知道朝政的得失对错啊。如果罢免了白居易，那就断了言路了，这怎么行呢？”唐宪宗被他说动了，对待白居易还像从前一样。白居易左拾遗任期到了后，按规定应该换个官职。唐宪宗觉得白居易资历还不够，而且家境也不好，就让他自己选个官职。白居易请求让他以学士职衔担任京兆户曹参军，方便奉养父母，皇帝同意了他的请求。

这个时候宰相武元衡被刺杀，整个长安城为之惶恐不安。白居易第一个上书请求尽快捉拿杀人凶手，而且要限定期限，不能让凶手逃脱。按惯例，白居易这样的官职应该把奏章交给宰相，再由宰相交给皇帝。可是这道奏章他是直接递交给皇帝的，所以让宰相很不舒服。不久，有人牵强附会地控告他，说：“白居易

> **中国大事记**　公元875年，黄巢起义。黄巢起义是唐代历史上规模最大的农民起义，加速了唐朝的灭亡，推动了历史的向前发展。

的母亲是不小心掉进井里淹死的，可他还写了一篇《新井篇》，这是不孝。他这人浮华，做事不踏实，所以不能重用他。”朝廷下诏将他任命为州刺史。中书舍人王涯落井下石，上书说白居易不适合治理州郡，于是又把他贬为江州司马。白居易在任江州司马的时候写下了流传千古的《琵琶行》。

过了很久，白居易被任命为中书舍人。朝廷派他去向田布宣布魏博节度使的任命。田布为此送给他500匹布，朝廷下诏让他接受。白居易说：“田布的父仇和国家的耻辱都没能昭雪，我们应该帮助他。现在让我取他的财物，我于心不忍。再说以后朝廷会经常派人来慰问田布，如果他每次都赠送很多礼物的话，那他还来不及报仇就把财物花光了。”朝廷觉得白居易很正直，下诏同意不接受礼物。

河朔地区发动叛乱，叛军很嚣张。白居易看不下去，上书提出平叛的建议。可是当时的皇帝只知道吃喝玩乐，宰相又没有才干，根本不能接受正确意见，看着叛贼胡作非为却无能为力。白居易虽然提出了宝贵意见，但没有被朝廷采纳，他对朝廷很失望，请求将他外放当地方官。白居易被派到杭州任刺史，他一上任就在钱塘江两岸修筑堤坝，并兴修了很多水利工程，为当地百姓做了不少好事。

白氏長慶集目録
卷之一
賀雨　讀張籍古樂府
哭孔戡　凶宅
夢仙　觀刈麥 時為盩厔縣尉
題海圖屏　羸駿
廢琴　李都尉古劍
雲居寺孤桐　京兆府新栽蓮 時為盩厔尉趨府作
月夜登閣避暑　初授拾遺
贈元稹　哭劉敦質
答友問　雜興三首
宿紫閣山北村　讀漢書
贈樊著作　蜀路石婦
折劍頭　登樂遊園望

《白氏长庆集》（唐代白居易著）书影

唐文宗即位后，将白居易召回了朝廷，任命为刑部侍郎。不久党争事发，白居易的姻亲杨虞卿和李宗闵是好朋友，但白居易却很厌恶涉及党争，所以当时他受到很多人的指责。白居易仕途坎坷，当年他被唐宪宗信任的时候，就被很多人嫉妒，受他们排挤。等到被朝廷重新任用的时候，新皇帝又是小孩子，他的才能更无法得到发挥。他就把心思放在了写诗作文上面，诗作多达几千首，流传下来的大概有近3000首。当时人们争相传诵他的诗，新罗商人把他的诗卖到自己国家去，一篇能卖一两黄金。会昌六年（公元846年），白居易去世，享年75岁。

甘露之变

安史之乱让皇帝看到了让武将掌握兵权的可怕之处，从此不再信任外臣。当时皇帝最信任的人莫过于宦官了，因为宦官是内臣，又没有家属，所以皇帝觉得宦官比较可靠，毕竟他们不会想着自己当皇帝，所以就让宦官来掌握军队，其中禁卫部队神策军就是由宦官掌握的。

但唐朝皇帝的美梦没过多久就破灭了，身体有缺陷的宦官们比那些奸臣更可怕，他们逐渐控制了朝政大权。唐宪宗死后，宦官们拥立了唐穆宗。唐穆宗没当几年皇帝就因为服用“仙丹”丧了命。继位的唐敬宗也是宦官们拥立的，不过没过几年，宦官们觉得他不合自己心意，干脆把他毒死了，立唐穆宗的弟弟为帝，就是唐文宗。

唐文宗生性仁慈，但性格懦弱。他很看不惯宦官们横行霸道，再说他们敢毒死一个皇帝，谁能保证自己就不会是第二个呢？所以他暗自下了除掉宦官的决心。

当时宦官内部分为两个集团，一个以王守澄为首，一个以仇士良为首，两派宦官互相争权夺利，内部矛盾重重。唐文宗觉得这是个好机会，决定采用各个击破的战术把宦官消灭掉。

不久，唐文宗生了场病，宫里的御医老是治不好。幸好王守澄手下有个叫郑注的官员精通医术，王守澄让他去给唐文宗治病。郑注医术果然高超，很快就药到病除。唐文宗很高兴，和他聊了一段时间，发现他口才很好，于是把

历史关注 雕版印刷在印刷史上有“活化石”之称，现存最早的雕版印刷品是唐朝印制的《金刚经》。

他提拔为御史大夫。郑注有个好朋友叫李训，他听说郑注当了大官，就请郑注拉他一把。郑注请王守澄向唐文宗推荐李训，很快就让他当了宰相。

这两人成了唐文宗的心腹，唐文宗把自己要除掉宦官的想法告诉了他们。两人虽然是走宦官的门路才上来的，但心里也对宦官专权不满，和唐文宗一拍即合，开始谋划除掉宦官的办法。他们觉得王守澄势力最大，决定先拿他开刀。先逐步削弱王守澄的兵权，把仇士良提拔上来，控制了一部分神策军。王守澄的兵权逐渐被剥夺干净后，唐文宗一杯毒酒送他归了西。

王守澄死后，仇士良成了唐文宗最大的一块心病。李训收买了将军韩约，制订出一个详细的计划。不久韩约上奏说，禁卫军后院的一棵大树上降了甘露。当时天降甘露是很吉利的兆头，所以李训就提议唐文宗亲自去观赏。唐文宗装模作样地让李训先去核实一下，李训去了一会儿就回来了，说：“这些甘露好像不是真的，但我又拿不准，请陛下派人去复查一下。”唐文宗就让仇士良带领宦官们去禁卫军后院检查甘露。

其实所谓甘露根本就是鬼话，这是李训等人事先商量好的办法，他们早就在禁卫军后院埋伏好士兵，想对宦官来个一网打尽。仇士良他们刚要走到后院的时候，在前面带路的韩约因为太紧张而脸色发白，汗流不止。仇士良觉得很奇怪，正在这个时候突然刮起了一阵风，挡住士兵的幕布被吹开了。仇士良看到里面躲了一群手持兵器的士兵，知道大事不妙，赶紧带领宦官逃走。李训见事情败露，命令士兵们追赶。仇士良等人逃回大殿，挟持了唐文宗，将他抬进软轿，拔腿就跑。李训见势头不妙，冲上去拉住软轿，但被宦官打倒在地上，只能眼睁睁看着宦官们挟持唐文宗逃进内宫。

政变失败了，李训换上百姓的衣服逃走。仇士良才不会放过他呢，他一躲进内宫就派出500士兵诛杀李训等人。那些士兵在宫外见人就杀，李训并没有逃过他们的屠刀，很快就被抓起来杀死。这时候被派出去带兵进京的郑注也被监军宦官杀死，政变成功的最后一点希望也破灭了。历史上把这次政变称为“甘露之变”。

忠烈名臣颜真卿

开元年间，颜真卿中了进士，后来升任监察御史。他去外地巡视的时候，在五原县审理清楚了一件疑案，当时本来大旱，案子审清楚后就下了场大雨，当地人把那雨称为“御史雨”。颜真卿执法严明，弹劾违法官员无所畏惧。

颜真卿料定安禄山会造反，他借口连日阴雨，城墙倒塌，下令加固城墙，挖掘壕沟，选拔士兵，做好抵抗的准备。他为了麻痹叛军，成天都和人一起喝酒，安禄山以为他一介书生，没有对他产生疑心。安禄山叛乱的时候，河朔一带除了平原全部都沦陷了，颜真卿派人向唐玄宗禀报安禄山叛乱的消息。当初唐玄宗听到安禄山叛乱的奏报后叹气说：“河北地区有24个郡，难道就没有一个忠臣？”等见到颜真卿的使者后，他很高兴。

叛军攻破洛阳后，派段子光把李澄、卢奕和蒋清的首级拿到河北各郡传示，恐吓他们。段子光到了平原后，颜真卿担心部下害怕，故意说：“这些首级不是他们的。”于是杀掉段子光，把李澄等人的首级藏起来。后来他用草扎成三人的身体，把首级放在上面安葬了。

颜真卿在河北一带坚持抵抗，一直到唐军收复河北。后来河北再次沦陷，颜真卿认为叛军士气高涨，不能和他们硬拼，就放弃了平原，来到凤翔朝见肃宗，被任命为御史大夫。他一直坚持原则，弹劾不合格的官员，维护了纲纪。颜真卿的耿介得罪了不少人，宰相元载道德败坏，有一次，他反对颜真卿的一个建议，颜真卿生气了，对他说：“用不用我的建议是由你决定的，但是提建议的人是没有错的。朝廷的政事还经得起你的破坏吗？”元载从此对颜真卿恨得咬牙切齿。颜真卿主持祭祀太庙的时候，反映祭祀的器物不整洁，元载就诬陷他诽谤，把他贬到陕州当了别驾。

中国大事记 公元905年，朱温大肆贬逐朝官，并全部杀死于白马驿，投尸于河，史称“白马驿之祸”。唐昭宗被朱温毒死。

元载被处死后，颜真卿被任命为刑部尚书。杨炎当政的时候，不喜欢颜真卿的耿介，把他改任为太子少师，剥夺了他的权力。卢杞当了宰相后更看不惯颜真卿，多次想方设法陷害他。

李希烈发动叛乱，攻下汝州，卢杞上书建议把颜真卿派去劝说李希烈，皇帝居然同意了他的请求。消息传出后，满朝文武大惊失色，李勉认为，朝廷会因此失去一个元老，是耻辱，他秘密上表请求皇帝收回成命，但没有成功。颜真卿经过河南的时候，河南尹鉴于李希烈造反的迹象已经很明显了，劝他不要去送死。颜真卿说:“君命不能违背的。”他见到李希烈后，李希烈的养子拔出刀将他团团围住，将领们也破口大骂，但颜真卿仍然不动声色地将圣旨宣读完毕。李希烈一向敬重颜真卿，用身体护住颜真卿，把那些人骂了下去，好不容易才让颜真卿回到宾馆。李希烈逼颜真卿上书为自己辩解，颜真卿不答应。李希烈就骗颜真卿的侄子和手下，让他们向朝廷请求为自己平反，但皇帝没有理睬。颜真卿每次给子侄写信的时候，都在信中教导他们要好好为朝廷效力，守护好家庙，并没有别的话。李希烈派人劝说颜真卿，颜真卿对来人说：“你受国家栽培，却不好好报效朝廷。只恨我手里没有刀，如果有刀的话早把你宰了，还用得着你来劝说？”李希烈举行宴会，把颜真卿也找来，他让表演节目的伶人演唱辱骂朝廷的话，颜真卿大怒，指着李希烈骂道：“你是朝廷的臣子，怎么能这么做！”说完就走了。李希烈很羞愧，当时别的叛臣的使者都在，他们对李希烈说：“早就听说颜太师声望很高，大人您想称帝，要找个宰相，谁能比得上颜太师的？”颜真卿痛骂：“你们听说过颜常山吗？他是我的哥哥，当年安禄山叛乱的时候，他第一个起来反抗，后来虽然被俘，但骂贼不绝，不屈而死。我快80岁了，坚守节操，并不怕死。难道还怕你们胁迫我吗？”那些人都大惊失色。

李希烈在院中挖了个大坑，扬言要活埋颜真卿，但颜真卿并没有被他吓倒。李希烈称帝后，派人向颜真卿请教登基的礼仪，颜真卿回答：“我老了，只记得诸侯朝见皇帝的礼仪！”朝廷的军队逐渐占据了优势，李希烈怕形势发生变化，派人到颜真卿那里，在院子里堆满柴草，点燃后对他说：“你今天不投降的话，就把你活活烧死！”颜真卿二话不说，站起来就向烈火扑去，叛贼们赶紧把他拉住。李希烈见颜真卿不可能投降，终于动了杀机。他派人去杀颜真卿，使者对颜真卿说：“圣旨到。”颜真卿赶紧跪拜接旨。使者说：“应赐你死。”颜真卿问道：“我没有能完成使命，罪该万死，只是想问您哪天从长安出发的？”那人说：“我是大梁来的（李希烈首都定在大梁）。”颜真卿

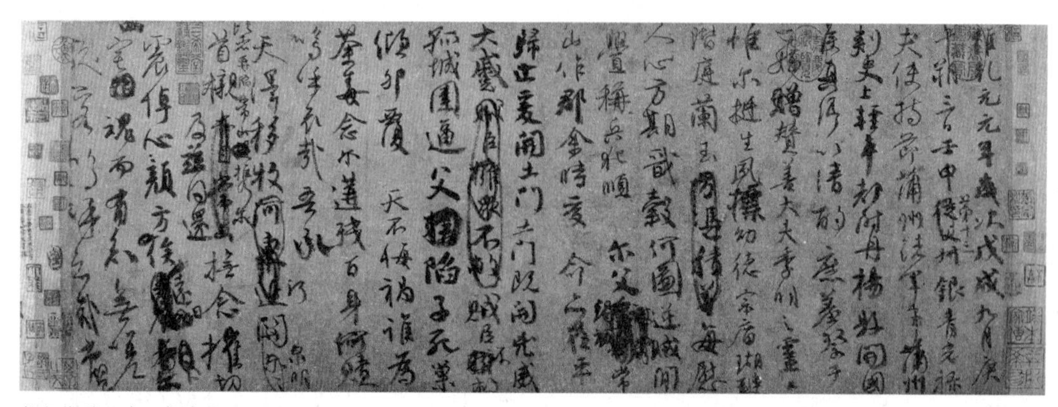

祭侄文稿　唐　颜真卿

此墨迹为颜真卿祭奠其侄子季明的祭文，全部情感、悲痛注于笔端，因而张晏评价道：“告不如书简，书简不如起草。盖以告是官作，虽端楷为绳约；书简出于一时之意兴，则颇能放纵；而起草又出于无心，是其心手两忘，其妙见于此也。”

历史关注　唐代的首都长安，是当时全世界规模最大的都市之一。

大怒，站起来骂道："原来是叛贼派来的，还敢称圣旨！"最后颜真卿被勒死了，享年76岁，唐朝三军将士听到这个噩耗后都痛哭流涕。

"牛李党争"

牛李党争早在唐宪宗统治时期就埋下了伏笔。当时朝廷举行选拔官员的考试，牛僧孺和李宗闵两人在卷子中批评了朝政，结果被评为第一。宰相李吉甫认为他们是在诽谤自己，对他们很不满，于是唆使亲信诬陷他们，把他们贬到外地为官。

李吉甫的儿子李德裕后来当了翰林学士，他对牛僧孺和李宗闵两人当年触犯自己父亲一事还是怀恨在心。有一年钱徽主持科举考试，李宗闵暗地嘱托钱徽照顾下自己的亲戚。正好这事让李德裕等人知道了，他们就向皇帝告发了此事。结果钱徽受到了惩罚，李宗闵也被贬官。他认为是李德裕故意陷害他，从此恨上了李德裕。

唐文宗即位后，李宗闵投靠宦官，当上了宰相。李宗闵总是在皇帝面前称赞牛僧孺是个人才，于是皇帝也把牛僧孺提拔为宰相。两人联合起来把李德裕排挤出了朝廷，让他到外地当刺史去了。从此两派势力此消彼长，明争暗斗，把朝廷闹得乌烟瘴气。

当时吐蕃向唐朝求和，一个吐蕃首领主动将自己所辖的维州献给了朝廷。李德裕上书说："当年韦皋在西川一带经营的时候，到死也没能取得维州。我建议趁此机会派人将十三桥烧掉，断绝敌人退路，这样可以轻松获胜。"唐文宗召集群臣讨论这件事。牛僧孺坚决反对这个意见，他说："吐蕃那么大，失掉一个维州对他们来说算不得什么。现在前来讲和的使者还没到，我们就食言，这样不好。况且我们应该守信，如果吐蕃兴兵报复的话，那又如何是好？"文宗觉得他说得有理，于是没有听取李德裕的话。当时人们都认为牛僧孺是公报私仇，后来皇帝也觉得放弃维州是不对的，对牛僧孺的信任减少了很多。

李德裕很有才干，虽然只是个地方官，但在民间的口碑很好。唐武宗登基后，牛党失势，李德裕被任命为宰相，从此李党又独掌大权。李德裕深受唐武宗信任，当时回纥请求依附唐朝，李德裕实行怀柔政策，团结了少数民族，受到了好评。

唐武宗笃信道教，很讨厌佛教。他觉得佛教劳民伤财，又和朝廷抢夺人民和财富，即位没几年就下令废除佛教。李德裕认为太多人出家当僧侣导致户口减少，朝廷的税收也大受影响，所以他对废除佛教持赞成态度。唐武宗年号会昌，这次废佛运动被称为"会昌灭佛"。通过打击佛教，唐朝政府收回了不少土地，户口也增加了，国力增强了不少。不过当时有太多佛教徒，所以导致李德裕日后名声不太好。

李德裕这次掌权由于少了牛党在旁边捣乱，做起事来得心应手，出了不少成绩，朝廷内外赞誉声不断。但李德裕做事比较专断，听不进别人的不同意见，恨他的人也不少，就连一些曾经支持过他的宦官也脱离了他的阵营。唐宣宗即位后，第一件事就是把他赶出了朝廷，任命为洛阳留守，顺便把李党也排挤了出去。这时候牛党的人又可以扬眉吐气了，他们纷纷被召回朝廷授予官职，牛僧孺也得意洋洋地回来了。

李德裕受到排挤，很快就被贬为潮州司马，再贬为崖州司户，不久就死在贬所，他的死标志牛李党争结束。这场党争给唐朝带来了不可估量的损失，朝中大臣在长达40多年的党争中明争暗斗，根本不把朝廷利益放在眼里，使唐王朝不可避免地走向了衰落。

"冲天大将军"黄巢

唐懿宗统治时期，连年饥荒，而官员们仍旧横征暴敛，朝廷发下来的救灾款项被他们贪污一空，老百姓根本活不下去，很多人干脆揭竿而起，用武力反抗唐王朝的黑暗统治。濮州人王仙芝率领3000人起兵，逐渐扩大了势力。王仙芝自称大将军，送檄文到各地，说官吏贪得无厌，不让老百姓活命，所以要除暴安良。

中国大事记

公元907年，朱温逼唐哀帝李柷禅位，改国号梁，是为梁太祖，定都于开封，唐朝灭亡。

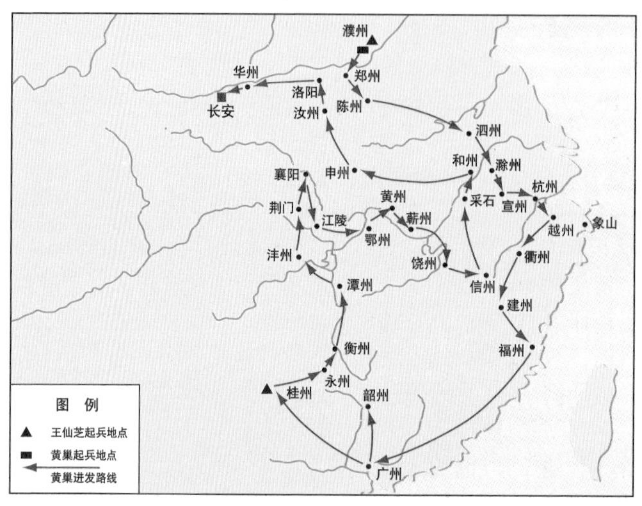

黄巢与王仙芝起义始末示意图

卫军里面挂个名混饭吃的，根本不懂得打仗。他们私下雇佣贫民，让他们代替自己去送死。那些人有的连兵器都握不稳，看到的人都很吃惊，觉得这下肯定要完蛋了。张承范带领3000人守卫潼关，他对皇帝说："当年安禄山只有5万人就攻破了潼关，现在敌人有60万，我估计守不住的。"但皇帝没有听他的。禁卫军只带了3天的粮食，士兵们都吃不饱，毫无斗志。

黄巢率军攻打潼关，官军齐克让在关外作战，将黄巢的前锋击退。黄巢随即来到，鼓舞了士气。齐克让的士兵根本没有吃饱饭，饿得受不了，暗地放火烧了营寨后逃跑了。张承范拿出金子对潼关守军说："大家一定要守住，援兵马上就到！"但实际上并没有什么援兵，很快潼关就失守了。唐僖宗听说潼关失守，逃到蜀地避难去了。黄巢很轻松地占领了长安，士兵们见到贫苦百姓就扔钱帛给他们，还宣传："黄王不像唐家那样不爱惜你们，大家不要害怕。"起义军对那些达官贵族却是另一副面孔，抓到官吏全部斩首，并焚烧了他们的房子，留在长安的皇室宗亲全部被杀。

黄巢随即登上皇位，定国号为大齐，起义暂时取得了胜利。可惜起义军长期流动作战，并没有建立根据地，占领过的地方也没有分兵把守，他们一走，官军就回来占领了。实际上黄巢所能控制的也就是长安周围一小块地方，官军把他们包围了起来，不久，长安的粮食供应出现了危机。这个时候，黄巢手下大将朱温投降了官军，雁门节度使李克用也率领部下讨伐黄巢，连续击败起义军。黄巢军粮很快就吃光了，部下逐渐不服从命令，开始策划逃跑。黄巢在撤退途中一直受到朱温和李克用的追击，身边的士兵越来越少，最后在泰山躲了起来。不久，黄巢在泰山狼虎谷战死，起义最终失败但也沉重打击了唐朝的统治。

朝廷那帮奸臣根本不敢把消息告诉给皇帝，也就没有多少官兵去镇压，导致王仙芝的势力越来越大。黄巢听说这个消息后，和兄弟们拉起几千人的队伍起兵响应王仙芝。黄巢和王仙芝合兵，推王仙芝为首，连败官军。不久，王仙芝被官军打败处死。这时黄巢正在攻打亳州，王仙芝的残部前来归附他，大家推举黄巢为王，号称"冲天大将军"，建立了起义军政权。

黄巢占据荆南后，和官军交战大败，4/5的起义军被俘虏了。有人劝官军将领刘巨容继续追击，刘巨容却说："朝廷经常辜负我们，有难的时候不吝惜赏赐，但没难的时候就猜忌我们了。还不如留下部分贼寇，这样朝廷才会继续倚重我们。"黄巢因此才得以摆脱追击，重整旗鼓。黄巢吸取了过去的教训，下令不准乱杀老百姓，也不许抢劫。所经之地只选取精壮男子补充军队，由此得到老百姓的支持。黄巢渡过淮河，官吏纷纷逃亡，这时候的皇帝是唐僖宗，他听说黄巢打来的消息后吓得直哭。宰相们建议把现有的15万人全部调集起来把守潼关，大宦官田令孜一方面请求让自己率兵守卫潼关，另一方面劝皇帝去蜀地避难。这个时候黄巢已经攻下了洛阳，进城之后秋毫无犯。皇帝把希望全部寄托在田令孜身上，亲自为其饯行。但是田令孜手下的禁卫军都是富家子弟，只是在禁

旧五代史

《旧五代史》原本150卷，为北宋薛居正等撰，以五代各自为书，记叙详细，后散佚。我们现在读到的《旧五代史》，为清朝邵晋涵等从《永乐大典》中所辑，又以其他书文字补充重编，因此既非全文，又经删改，阅读之时需要加以分辨，但仍不失为研究五代史事的重要资料。

中国大事记　公元916年，契丹主耶律阿保机称皇帝，建年号为神册，是为辽太祖。

野心家朱温

朱温出身贫寒，他母亲给人当佣人，好不容易才把他养大。黄巢起义后，朱温觉得这是个机会，加入了起义军。由于他足智多谋，武艺高强，逐渐成为起义军中的重要将领。后来他见黄巢的力量越来越弱，就带领部下投降了朝廷。唐僖宗很高兴，特地赐名全忠，封他为河中行营副招讨使，不久，又封他为宣武节度使，朱温由此变成了镇压农民起义的帮凶。很快，他借镇压起义军的机会吞并了好几个节度使的地盘，成为唐末最强大的一个藩镇。

当时的皇帝唐昭宗被宦官囚禁在凤翔，朱温觉得这是个控制朝政的好机会，率军以勤王的名义包围了凤翔，将唐昭宗接回长安，从而控制了朝政，顺便把那些作恶多端的宦官全部杀掉了。

朱温像

不久，朱温逼唐昭宗迁都洛阳，还下令把长安的居民也全部迁走。到达洛阳后，朱温先想办法把跟随昭宗的亲王、宦官和陪昭宗玩的少年全部毒死，将皇帝身边的侍从换成自己的人。朱温见昭宗的儿子李裕相貌不凡，有王者气派，他担心李裕即位后对自己不利，于是想办法要害死他。当时很多节度使都在外面蠢蠢欲动，朱温早就想对付他们了，他怕自己带兵出去的话，昭宗会对他不利，于是决定立个年幼的皇帝，便于自己控制。

一天晚上，唐昭宗正在睡觉，朱友恭受朱温指使，派蒋玄晖带了100人谎称有紧急军情汇报。裴夫人打开门一看外面全是士兵，就大声呵斥他们。一个士兵冲上去一刀将裴夫人杀死，然后到处搜查昭宗。昭宗从睡梦中惊醒，披上衣服就跑。一个士兵挥刀向他砍去，李渐荣用身体去挡，结果死于刀下，昭宗也被杀害了。第二天，蒋玄晖对外宣布是裴夫人和李渐荣杀害昭宗，于是立李柷为太子，择日即位。李柷就是唐哀帝，当时才13岁。

朱温得到昭宗被杀的消息后心里非常高兴，却装出一副很震惊的样子瘫倒在地上，号啕大哭。回到洛阳后，他一头扑在唐昭宗的棺材上，哭得死去活来。然后他又向哀帝诉说这事和他无关，并请求让他追查凶手。正好朱友恭等人的部下在外面闹事，于是他以朱友恭等人管教下属不严上奏，贬了他们的职，后来干脆让他们自尽。接下来，朱温又把朝廷当中可能会反对他的大臣全部杀掉。

朱温觉得差不多可以当皇帝了，不过他还想听听各地节度使的意见，就派人把自己想称帝的意思告诉了各地的节度使。当时只有襄州节度使赵匡凝反对，朱温派人把襄州打了下来，赶走了赵匡凝，从此再也没有人敢公开反对了。

哀帝拼命讨好朱温，还赐给朱温九锡。九锡就是九种礼器，一般只赐给德高望重的大臣，权臣在篡位之前，一般都要先接受九锡的赏赐。朱温明明很想篡位，但他觉得哀帝这样做是在讽刺他，更加生气了，竟不肯接受。不久朱温诬告蒋玄晖和太后私通，将蒋玄晖杀死，又杀了太后和另外几个大臣。

第二年，朱温的手下罗绍威计划除掉牙军，也就是最后一支效忠于皇帝的军队。朱温发兵援助罗绍威，将牙军将士全部杀死，除去了篡位的最后一个障碍。

一年后，朱温终于登上了皇帝的宝座，定国号为梁，灭掉了唐王朝。朱温把儿子们派出去打仗，自己却把儿媳们招进宫里供自己淫乐。最后他的二儿子实在忍受不了禽兽父亲的暴行，发动政变将其杀死。梁朝没过多久也就灭亡了，从此中国陷入分裂局面。

“十三太保”之首李存孝

五代十国是一个兵荒马乱的时代，涌现出很多英勇善战的名将。在民间传说中，这个时

历史关注 花间派产生于唐末五代时期，温庭筠被誉为花间派鼻祖。五代后蜀赵崇祚编录的《花间集》是我国第一部词总集。

期最有名的大将莫过于李存孝了。

当时太原一带是沙陀人李克用的地盘，朱温盘踞在中原地区，巴蜀、江南、岭南等地区也各有各的势力，他们之间相互混战，给老百姓带来很大的痛苦。

李克用为了巩固自己的势力，收了很多养子，把他们全都改姓李，并为了和自己的儿子同辈，将他们全部取名“存”字辈。他的这些养子中最受宠爱的有13个人，人们把这13人称为“十三太保”，他们为李克用打天下立下了汗马功劳。李存孝就是“十三太保”当中的佼佼者。

张浚之入侵太原，潞州士兵发动叛乱，将守将李克恭杀死，献城投降。朱温派张全义攻打泽州，泽州守将李罕之向李克用告急，李克用命李存孝率领5000人前去援救。朱温的部下在泽州城下大骂：“你们仗着李克用的势力长期和我们作对，现在张浚之正在攻打太原，葛从周已经占领了潞州，过不了几天，你们沙陀人连藏身的巢穴都没有了，看你们到时候怎么办！”李存孝听到了这些话后非常生气，选了500骑兵出来，冲到朱温部队阵前高呼：“我就是你们说的找巢穴的沙陀人，不过我找巢穴是为了吃你们的肉，快快叫个胖点的人出来让我吃个够！”当时朱温军队里有个叫邓季筠的人，也以勇猛而闻名，他带领部下出来应战，李存孝亲自舞着槊冲进敌阵，将邓季筠活捉，然后带兵把敌人全部消灭，得到1000匹战马。吓得敌人当天晚上就撤军了，李存孝紧追不舍，俘虏杀伤了1万多人，然后回头攻打潞州。

当时朝廷任命孙揆为昭义节度使，到潞州上任。朝廷已经被朱温控制了，实际上是朱温借朝廷名义想抢潞州。孙揆带了1万多人前来。李存孝打探到这个消息后，带了300骑兵在长子西崖设下了埋伏。孙揆带着军队大摇大摆地走了过来，进入了李存孝的包围圈。李存孝瞅准机会，等到孙揆军队走到跟前的时候，率领伏兵杀出，将敌人横切为两半，一举击破孙揆大军，俘虏了孙揆和护送官韩归范，另外还有500个敌兵也当了俘虏。李存孝乘胜攻打潞州，潞州守将葛从周弃城逃走。李存孝为收复潞州立下头功，本以为会得到重赏，谁知李克用却任命康君立为潞州节度使。李存孝大怒，但他从不违背李克用的命令，只是气得几天没有吃饭。

这一年十月，李存孝将潞州的士兵召集到自己帐下，率领他们将张浚围困在平阳。华州韩建派了300人前来偷袭，李存孝事先得知了这一消息，设下了埋伏，将前来偷袭的人杀了个精光。然后引兵晋州，俘虏了3000敌军，敌人从此以后再也不敢出来找麻烦了。李存孝乘机攻打绛州，将绛州守将张行恭赶跑，张浚、韩建等人听说后也都偷偷溜走了。李存孝于是把晋州也给占领了，被封为汾州刺史。

几年后，邢州节度使安知建投降朱温，李克用很生气，命令李存孝将其平定。在战斗过程中，李存孝和李存信产生矛盾，李存信在李克用面前造谣说李存孝当时望风而逃，根本不想和敌人作战，怀疑李存孝和敌人私下里有勾结。李存孝听说后非常生气，一气之下干脆真的和敌人通信，他认为反正我没有你们也说有，那还不如真有呢。第二年，李克用出兵真定，李存孝和敌将王镕见面，两人谈了很久关于军事方面的事情。李克用

山西平遥彩塑武官像　五代

武官头戴金盔，全身着甲，左手拄剑，右手握拳，一副威武刚猛的神态。

中国大事记	公元937年，徐知诰称帝，国号大齐。即位第三年改姓为李，改国号唐，史称南唐，都金陵。

知道后大发雷霆，打败敌人后马上回军讨伐李存孝。

后来李存孝袭击了李存信的大营，将其打败。李克用亲自带兵征讨李存孝，并在城下挖掘壕沟围城。李存孝率兵出击，让壕沟无法完成。袁奉韬对李存孝说："你唯一怕的人就是李克用，但是他挖好壕沟后就会离开。他手下的人哪个是你的对手？所以就算挖好了也没用。"李存孝听信了他的馊主意，不再出击，结果整座城池都被壕沟围住，李存孝非常被动，军粮也吃光了。李存孝登上城墙请罪，哭着对李克用说："我深受父亲的大恩，如果不是小人在父亲面前进谗言的话，我怎么会做出这样忤逆的事呢？我虽然心胸狭窄，但都是李存信造谣诬陷才落到这个地步的。我只求能见父亲一面，把心里话说出来，死也甘心！"李克用听了之后也觉得很凄然，于是派刘太妃进城慰劳。刘太妃把李存孝从城里带了出来，拉着他跪在地上请罪道："孩儿立过一些功劳，并没有什么大过失，只是被人中伤才会干出这样的蠢事。"李克用斥责李存孝道："你和王镕在信里给我安了这么多罪名，这也是李存信教的？"于是把李存孝带回太原，车裂而死。

李克用虽然杀了李存孝，但心里还是很爱惜他的才能的。李存孝每次遇到强大的敌人，都披上重铠甲，拿上兵器，身边只带两个骑着马的仆人冲锋。跑到敌人阵前的时候再换上仆人骑的马，这样马匹就跑得飞快，在敌阵中冲杀，有万夫不当之勇。李存孝的死对李克用打击很大，好多天都没有出来处理事情。

宠幸伶人的后唐庄宗

李克用临死的时候，交给儿子李存勖三支箭，对他说："这三支箭代表我的三个仇人。第一个是朱温，这就不用我解释了。第二个是刘仁恭，当年我保举他做官，谁知道他居然投靠朱温。第三个是耶律阿保机，他曾经和我结拜为兄弟，不料也投靠了朱温。这三口恶气不出我死不瞑目！你要记住，以后要用这三支箭将这三个人杀死！"李存勖哭着答应了父亲。

李存勖即位后抓紧时间训练军队，很快就练出一支强大的骑兵队伍。时机成熟后，他领兵讨伐朱温，多次将其打败。然后李存勖继续进攻幽州，将刘仁恭父子杀死。最后他回去养精蓄锐了9年，找准机会大败契丹人，把耶律阿保机赶回了老家。这样，他父亲的仇基本上算是给报了。不久，李存勖灭掉了梁朝，自己登基称帝，建立了后唐王朝，他就是后唐庄宗。

后唐庄宗在称帝之前能够吃苦耐劳、励精图治，但当上皇帝后他却好像变了一个人，开始贪图享受起来。后唐庄宗特别喜欢听戏和唱戏，刚登基没几天，他就在宫里组织了一个戏班子。大臣们对此很不满意，纷纷劝阻他。后唐庄宗很不高兴，发了几次脾气以后也就没有人敢反对了。

戏班子组建好之后，后唐庄宗就成天在里面鬼混，后来连朝都懒得上了，把国事都交给大臣们处理。他自己却躲在戏班子里学习唱戏，和那帮伶人称兄道弟，还给自己取了个艺名叫"李天下"。

后唐庄宗最喜欢的一个伶人名叫景进，他经常在后唐庄宗面前说别人坏话，但又装出一副赤心为国的样子，所以后唐庄宗很信任他，对他言听计从。大臣们见景进得宠，都不敢得罪他，很多人还拼命讨好他，以便让他在皇帝面前为自己美言几句。

后唐庄宗决定封两个伶人为刺史，消息传出后反对的人特别多，很多人认为当初跟后唐庄宗一起打仗的功臣还没来得及赏赐，伶人只唱了几天戏就得到厚赏，这样会让人们心寒的。但后唐庄宗却执迷不悟，还是让那两个伶人当了刺史。那两个伶人仗着有皇帝撑腰，在大臣们面前趾高气扬，很多当年和后唐庄宗出生入死的将士们心里别提有多别扭了。大将郭崇韬立过很多的功劳，对朝廷忠心耿耿，就因为得罪了那些伶人，居然全家都惨遭杀害。

大将李嗣源（即后来的后唐明宗李亶）是李克用的养子，也是后唐庄宗南征北战的股肱之

历史关注	五代时期，明州、福州、泉州、广州都是重要的对外贸易港口。

臣，和后唐庄宗称兄道弟，可是就连他也要受那些伶人的气，因为得罪伶人还差点儿送了命。很多人看不下去了，纷纷跑去找他，要他带着大家造反。李嗣源也被后唐庄宗的所作所为伤透了心，他见功高盖世的郭崇韬都被杀，自己迟早小命不保，早就有造反的意思了。这次他见大伙都支持他，干脆一不做二不休，起兵造反。

后唐庄宗一听到李嗣源造反，吓得半死。他赶紧赶回汴京督战，走到半路上就传来汴京失守的消息，而且全国各地都起兵响应李嗣源，这下子他目瞪口呆了。但他还抱有一丝希望，赶紧赶回洛阳，命令郭从谦带兵抵抗。

郭从谦本来也是个伶人，但他品行端正，有正义感，而且曾经认郭崇韬为叔叔。郭崇韬被景进等人害死后，他恨透了这帮人，对后唐庄宗也非常不满。这次得到机会，他马上带领部下造反，直冲内宫。后唐庄宗没有想到郭从谦也背叛了他，在逃跑的路上被流箭射中，丢掉了性命。

唐庄宗击鼓图

画中唐庄宗粉墨登场，与伶人取乐，不思国事，他因玩物丧志最终断送了自己的性命。

儿皇帝石敬瑭

石敬瑭是后唐庄宗手下一员大将，没有发迹的时候他沉默寡言，但熟读兵法，从军后李嗣源很器重他，把女儿嫁给了他。石敬瑭有万夫不当之勇，曾经率领十几个骑兵在敌阵中左冲右突，敌人根本不敢抵挡，最后一个人也没损失就得胜而归。唐庄宗为了表彰他的勇敢，还亲手给他调制乳酥。

李嗣源即位后，石敬瑭被任命为光禄大夫、检校司徒、陕州保义军节度使等官职，此后连连升职，成为后唐举足轻重的大将。

石敬瑭和李嗣源的儿子李从珂一向不和，李从珂篡位后，将石敬瑭逐出了朝廷，任命他为太原留守和节度使。本以为从此可以抑制石敬瑭了，殊不知太原地势险要，可攻可守，士兵强悍，石敬瑭还把洛阳的财物运往太原，将太原作为自己稳固的根据地。这样，石敬瑭渐渐摆脱了李从珂对他的控制。

当时北方少数民族契丹已经逐渐强大起来，首领耶律德光对中原虎视眈眈。石敬瑭知道自己的实力不如李从珂，和部下商量了半天，决定投靠契丹，利用契丹的力量来保护自己，并夺得皇位。

李从珂对石敬瑭一向不满，他听说石敬瑭有所举动后，先发制人，派了几万人马前去攻打晋阳。石敬瑭觉得形势危急，决定立刻向契丹求援。

石敬瑭命桑维翰给契丹写了一封求救信，上面说如果契丹帮助他把后唐军打败的话，他愿意认耶律德光为父亲，并且割让幽州、云州等16个州。石敬瑭不顾民族尊严的行径引起了部将们的反对，刘知远认为这样即丧失国格，又有损中原政权的利益，那

中国大事记　公元938年，石敬瑭上尊号于契丹主及太后，称契丹主为"父皇帝"，自称"儿皇帝。契丹主封其为"英武明义皇帝"。

16个州是中原的屏障，怎么能随便割让呢？可急疯了的石敬瑭哪儿管得了这么多，还是把那封信送了出去。

耶律德光早就对中原垂涎三尺，见石敬瑭开出这么优厚的条件，高兴还来不及呢，亲率5万人马前去援救石敬瑭，很快就打败了后唐军。李从珂调集军队组织第二次进攻，可带兵的赵德钧却贿赂耶律德光，请求立自己做皇帝，和契丹约为兄弟之国。他的条件比石敬瑭的差多了，不过耶律德光觉得赵德钧的实力很强，不是那么好对付的，决定答应赵德钧的请求。石敬瑭知道这一消息后急得和热锅上的蚂蚁一样，赶紧派桑维翰跑到契丹军营前跪下，哭哭啼啼地请求契丹不要和赵德钧合作。耶律德光没有办法，只好撤销和赵德钧合作的打算。

不久，耶律德光册封石敬瑭为皇帝，定国号为晋，并约定双方以后永为父子之邦，石敬瑭将雁门关以北16个州割让给了契丹。石敬瑭比耶律德光大了11岁，可他还是恬不知耻地称呼耶律德光为父亲。

出行图　契丹

图中人物为典型契丹男子形象，留髡发，戴耳环，身着各色长袍，腰系革带，有拿笔砚的，有握短刀的，也有双手捧黑色皮帽的，表现等待出发的情形。

石敬瑭有了契丹做靠山后，就变了一个人，他气势汹汹地率领人马向后唐发起了进攻，后唐军队纷纷望风而降。两国联军一直打到了潞州，赵德钧父子投降。这个时候契丹军队停止前进，石敬瑭率领自己的部队单独南下，借着余威迫使后唐军投降，一直打到了洛阳城下。李从珂见大势已去，只好和太后、皇后等人登上高楼自焚。石敬瑭终于除掉了心腹大患，正式成为中原的皇帝。

石敬瑭对契丹感恩戴德，给契丹上奏章的时候，都自称"儿皇帝"，称耶律德光为"父皇帝"，每年除了要送30万匹丝帛和大批金银外，逢年过节还得送上各种礼品给耶律德光和手下的大臣们。契丹对石敬瑭稍有不满，就派使者来斥责他，可石敬瑭丝毫也不动怒，而是唯唯诺诺，卑躬屈膝地道歉。后晋的使者出使契丹，契丹人都不把他们放在眼里，故意说很多侮辱性的话。而契丹使者出使后晋，却比皇帝还威风，稍有怠慢便大发脾气，指着石敬瑭的鼻子骂。朝廷上下对此非常不满，觉得把中原人的脸都丢尽了。可石敬瑭却满不在乎，照样我行我素。

石敬瑭当了7年儿皇帝，病死了。他的侄子石重贵继承了皇位，在给契丹的奏章中自称"孙"而没有称臣，契丹人认为这是对他们的不敬，于是大举南下侵略中原。由于燕云十六州被割让给了契丹，所以契丹军队入侵中原如入无人之境。但进入中原后，遭到中原军民的顽强抵抗，连续两次都失败了。最后由于内奸的出卖，契丹人还是攻下了洛阳，将石重贵俘虏，后晋从此灭亡了。

虽然契丹人最后还是被赶走了，但那16个州始终都掌握在他们手中，导致日后的中原王朝在和契丹作战的时候无险可守，始终处于被动的局面。

新五代史

《新五代史》原名《五代史记》，共74卷，为北宋欧阳修模仿《春秋》笔法将五代融而为一所撰。全书内容较简要，并补充了不少新史料，为唐以后唯一的私修史书，与《旧五代史》同为研究五代十国历史的主要资料。

中国大事记	公元954年，后周太祖驾崩，柴荣即位，是为后周世宗。柴荣在位期间，实行了一系列富国强兵的改革。

拒绝认父的刘皇后

李存勖的皇后刘氏出身低微，她父亲刘山人靠给人算命治病为生。刘氏五六岁的时候，李克用的部将把她抢走，送进了王宫，在宫里学会了吹笙和唱歌跳舞。15岁的时候，她被李存勖看中，把她带回家做了自己的小妾。刘氏不久给李存勖生了个儿子，得到了李存勖的专宠。

刘山人听说女儿成了李存勖的宠妃，就跑去求见，想父女团圆。可刘氏当时正在和几个妃子争宠，她自己的出身最低微，一直在想办法提高自己的门第。一听说父亲来找她了，大怒说："我离开家的情景现在还依稀记得一点，当时我父亲已经被乱兵杀害了，我哭了一阵后才走的。这个种田的老头是从哪里来的？"她还叫人到宫外去把刘山人痛打了一顿，以打消别人对她的怀疑。

散乐图　五代

图中伎乐服饰华丽，体态丰腴，高盘发髻，各种乐器握于手中，神态各不相同，为研究当时音乐、服饰文化的实物资料。

李存勖当了皇帝后想立刘氏为皇后，但他的原配是韩氏，韩氏和另一个夫人地位都比刘氏高。李存勖觉得立刘氏为后的话不太妥当，就把这事搁置下来了。宰相豆卢革和枢密使郭崇韬猜出了皇帝的意思，上书说应该立刘氏为后。李存勖很高兴，立了刘氏为皇后。

李存勖有个宠妃，长得很漂亮，还生了儿子，刘氏对她恨之入骨。有一次，大臣元行钦在旁边伺候皇帝，李存勖问他："你妻子死了后你续弦没有？我可以帮你做个媒。"刘氏马上指着那个宠妃说："皇上怜悯元行钦，那就把她赐给他吧。"李存勖没办法，就假装答应。

不久，黄河发大水，人民流离失所，朝廷的收入也大大减少，可还是要预征第二年的赋税。老百姓根本没有这个能力预交赋税，哭声震地，但皇帝和皇后还在沉溺于游猎之中。当年十二月，皇帝和皇后跑到白沙打猎。当时正赶上下大雪，保驾的1万士兵全部要当地老百姓提供给养。那些士兵和强盗没什么区别，冲到百姓家里又吃又拿，甚至还把人家房子拆了来生火，连当地官吏都怕得跑到深山里躲了起来。

第二年，宰相请求皇帝拿些财物出来犒赏士兵，皇帝同意了，但刘氏却反对。她说："我们夫妻能得天下，尽管是因为将士们英勇奋战，但也是靠的天命。既然命运是天掌握的，人能拿我们怎么样？"其实刘氏自己积攒的财宝堆积如山，她就是舍不得拿出来而已。宰相苦苦哀求，刘氏生气了，拿出一个脂粉盒，还把小儿子放到皇帝面前，说："现在宫里就这些东西了，你们把我的脂粉盒和儿子卖成钱赏给将士们吧！"宰相吓了一跳，赶紧退出去了。后来赵在礼造反，皇后这个时候才拿出财物来赏赐给将士们，想让他们去平叛。士兵们把财物都扔掉了，大骂："我们的家人都饿死了，现在拿这些东西有什么用！"

李存勖亲征叛军，但跟随的士兵纷纷逃散，李存勖急了，对身边人说："刚才听说蜀国被平定了，得到了50万两金银，我决定全部赏

历史关注 南唐后主李煜被称为“千古词帝”，代表作有《虞美人》《浪淘沙》《乌夜啼》等。

给你们。”他们回答：“陛下赏赐得太晚了，现在得到赏赐的人也不会谢你的。”李存勖听后大哭。他让主管内库的张容哥找出东西来赏赐给将士，张容哥说：“东西都给完了。”将士们大骂：“让我们的皇上落到这个地步，都是你们这些人造成的！”张容哥气愤地说：“明明是皇后吝啬，不愿意把财物拿出来赏赐军队。你们却怪在我头上，如果有什么不测，我说得清楚吗？”他说完后投水自尽。

李存勖受伤后想喝点水，刘氏只让人给他拿了点奶酪，自己也不去看。李存勖死后，刘氏满载金银珠宝准备到太原修建佛寺，自己当尼姑，后来被后唐明宗派人杀死。

后周世宗柴荣

后周世宗柴荣是后周太祖郭威皇后的侄子，郭威没有儿子，他很喜欢年少有志的柴荣，所以收他为养子。郭威登上皇位后，将柴荣内定为自己的继承人，全力培养他。

北汉刘崇听说郭威去世，新登基的后周世宗又是个年轻人，认为进兵中原的时机到来了，于是联合契丹人想入侵中原。后周世宗听说刘崇和契丹人居然不顾道义，趁自己国丧期间兴兵，顿时大怒。他排除众议，决定御驾亲征。当时后周的军队素质并不是很高，后周世宗知道凭借这么一支军队对付刘崇还勉强可以，但要对付身经百战的契丹骑兵可就麻烦了。他下诏招募亡命之徒，知道那些人武艺高强，而且不怕死。他用这个办法招募了不少勇武之人，组成了一支强大的军队。

后周世宗带领部队亲征，在高平遇上了敌军。后周世宗下令出击，刘崇阵势严整，第一次冲锋并没有奏效。后周世宗重新摆列好阵势，发动了第二次猛攻。没多久，大将樊爱能和何徽不战而逃，东面的部队顿时乱了阵脚。后周世宗大怒，命人前去命令两人重新回来指挥作战，谁知道那两个胆小鬼居然说已经失败，不愿意再打了。后周世宗亲自来到东面督战，他身先士卒冲入敌阵，将士们见皇帝都如此勇敢，一个个热血沸腾，把敌人杀得大败。天黑的时候，敌人在江边摆好阵势，阻止周军的攻势，又被周军杀得大败。打了胜仗之后，后周世宗下令追查那些临阵脱逃的人，把他们全部抓起来斩首示众，而那些英勇作战的将士都受到了很优厚的赏赐。

后周世宗回去后推行了一系列改革措施。当时很多人为逃避赋税而出家为僧尼，这给朝廷造成了极大的损失。为了增加赋税、劳动力，扩大兵源，后周世宗下令，从此以后禁止私度僧尼，不准随便兴建寺庙，男子15岁以上，能够背诵佛经100页或读500页，女子13岁以上，能背诵70页或读300页的，经家人准许，向官府申报后，才能剃头出家。而且严禁妖术和毁坏自己身体的行为。僧侣都要登记，如果查出没有登记的僧侣，一律还俗。结果第一年就废除了3万多所不符合规定的寺庙，极大节省了社会财富，为后周经济的发展打下了基础。

后周世宗还重用儒生，让他们制定出新的刑法和礼仪制度，成为日后政法的典范。当时国家缺少流通货币，他下令将全国的铜制佛像销毁，将那些铜用来铸造钱币。他对大臣们说：“我听说佛祖教导人们把人生看成是虚妄的，而把拯救苍生看得最重。如果佛祖还在的话，只要是对世人有利，他连自己身上的肉都肯割下来，更何况这些佛像呢？”后周世宗的话说得很有道理，所以当时的人都没法反驳他。

后周世宗还很喜欢读书，注重提高自身修养。他看到元稹的《均田图》后感叹道：“这就是达到国家大治的根本啊！”于是下诏颁布了均田法，将全国的土地合理地分配给老百姓，推动生产的发展。后周世宗能够虚心接受大臣的正确意见，他虽然杀了很多大臣，但从来没有哪个大臣因为进谏惹怒他而被杀的。

后周世宗很想统一天下，除了征讨南唐之外，他还发动了对北方的战争，收复了大片失地。可惜这么优秀的一个皇帝却短命，在位仅仅6年就去世了。

中国大事记

公元958年，南唐对后周称臣，自称“国主”，去年号。

可悲的才子皇帝李煜

李煜是南唐皇帝李璟的第6个儿子，他5个哥哥都死得早，所以他才能被立为太子。李璟死后，李煜继承了皇位。他成天沉溺于填词作诗，根本不关心国事。当时中原是北宋的天下，李煜害怕北宋的强大，每年都进贡很多金银珠宝，想让北宋放自己一马。雄才大略的赵匡胤哪里会满足于这点小恩小惠？只是他当时的精力都集中在攻打其他政权上面，所以暂时没有动南唐而已。

李煜见赵匡胤对自己不错，也就放下心来，更加无忧无虑地玩乐起来。他很器重一个叫韩熙载的大臣，认为他敢说真话，有政治才能。但实际上韩熙载是个放荡的人，他家里养了几十个小妾，那些小妾经常和他的宾客们勾搭，而韩熙载对此睁只眼闭只眼。李煜觉得这件事影响太坏，降了他的官职，让他到外地任职。韩熙载出发之前把那些小妾都打发走了，独自上路。李煜认为韩熙载知错就改，就改变主意把他留了下来，并恢复了他的职位。谁知道那些小妾又被他招回来了，李煜对此非常失望。

韩熙载以前和李谷是好朋友，一起在北方为官。后唐明宗即位后，韩熙载来到了南方。在临行的时候，李谷来送他，两人话别。韩熙载对李谷说：“江南如果让我当宰相的话，我一定能带兵北上，平定中原。”李谷却说：“中原如果让我当宰相的话，我收复江南和探囊取物一样容易。”李谷在后周时期果然当上了宰相，他率军攻打南唐，收复淮南。而韩熙载却毫无作为，可见这个人没有什么真本事。李煜器重这种人，说明他不善于观察人和用人。

当时南唐有个大将名叫林仁肇，很有军事才能。赵匡胤很忌惮他，认为要进攻南唐，先得除去这个人，于是他施展反间计，陷害林仁肇，李煜本来就没有什么才能，居然相信了这个阴谋，干脆给林仁肇赐了杯毒酒，把他害死了。

林仁肇一死，北宋就再也没有怕的人了，公开准备灭南唐的计划。李煜很害怕，他赶紧派人给赵匡胤送了封信，表示自己愿意取消南唐国号和皇帝称号，改称“江南国主”。

不久，赵匡胤派曹彬和潘美为大将，率领大军攻打南唐，一直打到长江以北，最后被江水挡住了去路。宋军决定搭浮桥过江，这个消息传到金陵后，李煜问大臣们该怎么办，有个大臣说：“从古到今也没听说过搭浮桥过江的，陛下不用担心。”李煜听了之后哈哈大笑，没有放在心上，也没有组织起有效的抵抗。几天后，宋军搭好了浮桥，渡过了长江。南唐各地守军节节败退，宋军很快就打到了金陵城附近。这个时候李煜才着急起来，他派大臣徐铉赶赴东京向赵匡胤求和。徐铉是出了名的有口才，但是赵匡胤又岂是凭口舌就能说服的人呢？徐铉说：“李煜待陛下就像儿子侍奉父亲一样，陛下怎么还要讨伐他呢？”赵匡胤说：“那么父亲和儿子能分家吗？”徐铉还是不死心，苦口婆心地劝说，赵匡胤不耐烦了，斥责道：“你不用再浪费口舌了！我知道李煜没有罪，但是你要知道，我的床边是容不下别人睡着打呼噜的！”

李煜见没有希望求和，于是孤注一掷，调来15万大军，想火攻宋军。谁知道风向不对，反而把自己给烧了，15万人马全军覆没。李煜最后只好开城投降，被俘虏到东京，后来被宋太宗用毒酒杀害了。

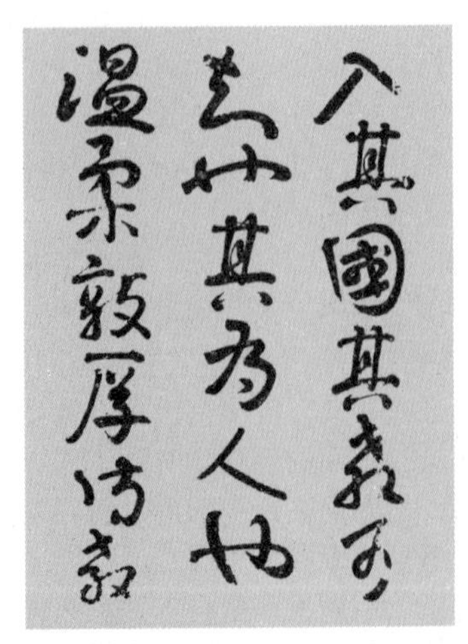

李煜书法

宋史

《宋史》共496卷，撰者署名为元朝宰相脱脱，其实翰林学士欧阳玄出力最多。《宋史》包括本纪47卷、志162卷、表32卷、列传255卷，是二十四史中最庞大的一部官修史书。全书向有繁芜杂乱之称，但仍有许多漏略，总体而言，北宋详细而南宋简略，志和表的价值较高。

中国大事记 | 公元 960 年，赵匡胤在陈桥发动兵变，史称“陈桥兵变”。赵匡胤称帝，建立宋朝。

“陈桥兵变”

赵匡胤是北宋开国皇帝，他本来是后周大将，因为作战英勇而受周世宗的器重。

赵匡胤治军严厉。他父亲也是个将军，有一次他父亲带兵作战，回来时天已经黑了。他父亲在城门外叫门，当时守城的正是赵匡胤，他对父亲说：“虽然我们是父子，但城门开闭关系到国家大事，现在天已经黑了，按规定是不准开门的，所以我不能让您进来。”结果他父亲一直等到第二天天亮后才进城。

周世宗很怕那些掌握兵权的将军会对他不利，经常杀害那些面相奇异的人。有一次他发现了一块小木头，上面写着“点检做天子”五个字。当时担任殿前都点检的是张永德，周世宗就撤了他的职，改任自己信任的赵匡胤为殿前都点检，谁知道正是这个赵匡胤夺去了他的江山。

河南封丘陈桥乡“宋太祖黄袍加身处”碑

周世宗死后，他儿子才 7 岁，朝政大权都控制在赵匡胤手中。正在这个时候，北汉勾结契丹入侵。朝中大臣一听到敌军入侵的消息都慌作一团，只有赵匡胤很镇定，朝廷下令让他带兵抵御。经过一番准备后，赵匡胤领兵出征。刚走到京城外面的陈桥驿就停了下来，驻扎在那里。士兵们纷纷议论道：“皇帝年幼，我们在外面卖命打仗，可不一定能得到赏赐，还不如立赵匡胤为皇帝呢。”五代时期，武将篡位是很平常的事，士兵们有那种想法倒也不奇怪。那些人找到赵匡胤的弟弟赵匡义和谋士赵普，对他们说了这个想法，取得了两人的支持。当天晚上，士兵们发动了兵变，声言要立赵匡胤为天子，有人劝阻也不听。他们围住了赵匡胤的大营，在外面叫嚷。赵匡胤还不知道出了什么事，赶紧披上衣服出来看。那些士兵拿着兵器大喊：“现在军队没有主人，我们要立点检做皇帝！”赵匡胤还没来得及说话，有人就拿了一件只能皇帝穿的黄袍披在了他的身上，大家围着他下拜，称他为万岁，将其扶上了马。这时候赵匡胤才有点明白过来，他对众将士说：“让我当皇帝，那我的话你们能听从吗？”大家齐声回答道：“愿意听从皇上差遣！”赵匡胤说：“我本来是太后和皇上的臣子，所以你们不能欺凌他们；朝中大臣都是我的同僚，你们不能侵犯他们，也不准到处抢劫，一定要严肃军纪！服从我命令的人有赏，违反者格杀勿论！”大家纷纷表示同意。于是赵匡胤带着部下回到了京城，副都指挥使韩通听说发生兵变，赶紧指挥抵抗，结果被赵匡胤手下的王彦升杀死，全家遇害。王彦升因为杀了人，后来虽然立了很多功劳，但一直都没有晋升为大将军。

赵匡胤登上明德门，命令将士们都回军营，自己也回到了官署。不一会儿，宰相范质等人被押了过来，赵匡胤哭着对他们说：“我违背天地，已经弄成这样了，你们看怎么办？”范质等人还没来得及说话，站在旁边的罗彦威手按宝剑大声说道：“现在国中无主，今天一定

历史关注 于公元963年颁布的《宋刑统》是我国历史上第一部刻板印行的法典。

要点检做天子！”范质等人迫于无奈，只好对赵匡胤下拜。第二天，赵匡胤带领群臣上朝，举行完登基大典后，把小皇帝封为郑王，把太后封为周太后，并没有为难他们。后来宋朝的皇帝对柴氏也一直很好，没有做出杀害前朝皇族的事。

赵匡胤当了皇帝后不久，就有两个节度使起兵反对他，他花了很大力气才平定叛乱。为此，他心里很不踏实，觉得让大将掌握兵权对自己很不利。一天，他把一些和自己关系很好的将军请到宫里喝酒，委婉地表示想解除他们的兵权，那些将军见皇帝猜疑他们，吓得赶紧表示交出兵权。史称“杯酒释兵权”。赵匡胤用这个办法解除了将军们的兵权。赵匡胤收回兵权后，也没有为难那些大将，而是赐给他们很多财宝田地，让他们颐养天年。赵匡胤一直执行优待大臣的政策，并将其作为祖训传了下去。整个宋朝统治期间，大臣很少有被杀的，这是赵匡胤立下的规矩。

赵匡胤还很节俭，他看到后蜀皇帝居然用7种珍宝装饰夜壶，气得命人将其打碎，说：“用7种珍宝来装饰夜壶，那又用什么东西装饰餐具呢？像这样，不亡国才怪！”

雪夜访赵普图　明　刘俊

此画描绘的是宋太祖雪夜私访宰相赵普商议统一大计的故事。

半部《论语》治天下

赵普是赵匡胤的好朋友，当年陈桥兵变的时候，赵普也是发起者之一，赵匡胤为了表彰他的功劳，即位后将其任命为右谏议大夫、枢密直学士。

范质等后周宰相被免职后，赵匡胤觉得赵普是个人才，将他任命为宰相。赵匡胤把赵普看成是自己的左右手，什么事都要和他商量后再作决定。

赵普虽然足智多谋，但他没有读过多少书。赵匡胤劝他多读点书，增长见识。于是他每天回到家，都把自己关在房间里埋头苦读，第二天处理政务的时候总是得心应手。他死后，别人打开他的书箱一看，发现里面只有20篇《论语》(《论语》共40篇)，所以后人称赵普是“半部《论语》治天下”。

有一天晚上，天降大雪，赵普听到有人敲门。开门一看，原来是赵匡胤，赶紧把他迎进了屋。赵匡胤说：“我已经约了赵光义了。”过了一会儿，赵光义也来了。赵普在屋子中间铺了两床褥子，3个人就坐在地上谈话。赵匡胤对赵普说：“我想统一全国，但不知道应该先打南方还是北方。”赵普说：“北汉以北是辽国，如果我们先打北汉的话，就会和辽国直接对敌了。再打南方的时候，如果辽国来偷袭，对我们很不利。所以我觉得先打南方，等南方统一后，一个小小的北汉还能跑到天上去？”赵匡胤很高兴地对他说：“你说的话和我想的一模一样，我只是来试探下你的意思而已。”于是定下了先南后北的统一战略。

赵普出身小吏，有的时候对自己的行为不够慎重，渐渐引起了赵匡胤的反感。有一次，吴越王钱镠送了10个坛子给赵普，说是海货。赵普还没有来得及打开，赵匡胤就突然来看

中国大事记　公元961年，宋太祖设宴，谕禁军大将石守信等罢兵权，史称“杯酒释兵权”。

他。赵普赶紧把坛子藏起来，但还是被赵匡胤看到了。赵匡胤问坛子里装的是什么，赵普回答是海货。赵匡胤说:“哦,海货一定是好东西，打开来看看。”打开来一看，里面装的哪是什么海货啊，全是瓜子大小的黄金。赵普慌忙跪下解释，赵匡胤无奈地说：“收下这些东西也没什么，他们以为国家大事都是由你这个书生决定的呢。”

宋太宗即位后，赵普被征召入朝。这时有人告发秦王赵廷美谋反，赵普为了讨好太宗，主动请求让自己查访此事。退朝后他告诉太宗，当年他也参与了立太宗为皇位继承人的计划，太宗看了之后很感动，升了他的官。

赵普不太能管住自己的嘴巴，他和赵匡胤是布衣之交，所以赵匡胤没发迹之前干的见不得人的事他全知道。赵匡胤即位后，赵普还是经常把那些事挂在嘴上。赵匡胤知道后很不高兴，但也不想惩罚他，于是委婉地对他说:“如果在老百姓中就能认出以后的皇帝和宰相的话，那就不用物色人才了。”从此赵普才闭上了嘴。

赵普对人有时候不免刻薄一点，偶尔还会嫉妒人，但他仍然可以坚持以国事为重。他曾经举荐一个人为官，但赵匡胤不喜欢那个人，所以不肯任用。第二天赵普还是坚持上奏，赵匡胤还是不用。第三天还上奏，赵匡胤生气了，把那奏章抓起来撕碎扔在地上。赵普不动声色地把碎片捡起来，回家之后补好，过几天又递给赵匡胤看。赵匡胤被他的执著感动，又觉得那个人其实还是不错的，于是就任用了。还有一次，一个大臣按规矩应该升官的，但赵匡胤很讨厌他，所以不给他升。赵普知道后坚持要给他升官，赵匡胤气冲冲地说：“我就是不提升他，你能拿我怎么样？”赵普回答：“刑罚是用来惩罚坏人的，赏赐是用来赏给功臣和好人的，这些都是通行的道理。况且这个赏赐是国家的赏赐，又不是陛下私人的赏赐，怎么能因为陛下的好恶而有所改变呢？”赵匡胤被他说得哑口无言，转身就走。赵普站起来一直跟着他。赵匡胤进入后宫后，赵普就站在门外不动。赵匡胤拿他没办法，只好升了那个人的官。

宋太宗和赵普感情很深。当他得知赵普重病，心里很忧虑，多次下诏书要赵普好好养病。不久赵普就去世了，太宗得知这一消息后非常震惊，为其流泪。赵普被追封为真定王，真宗年间又被追封为韩王。

杨家将

在中国，提起杨家将，可谓无人不知，无人不晓，他们忠勇的事迹曾经激励了千千万万的人。历史上的杨家将虽然没有小说里写得那么夸张，但对朝廷的忠诚丝毫没有两样。

杨业是太原人氏，自幼就爱打抱不平，练得一身好武艺。20岁时在刘崇手下担任保卫指挥使一职，以骁勇善战著称。太宗北伐的时候，曾听说过他的大名，悬赏捉拿他。北汉投降后，杨业也归顺了北宋。太宗得到杨业后非常高兴，任命他为右领军卫大将军。回师后，太宗知道杨业对边地之事很熟悉，任命他驻守代州，还赏赐给他很多财物。杨业上任后不久就赶上契丹军队入侵，当时杨业手下只有几千人，但他带领部下走小路绕到契丹军背后发动突袭，把契丹军杀了个措手不及。契丹大败，杨业因功被升为云州观察使。从此契丹人只要远远望到写有“杨”字的大旗就望风而逃。很多镇守边疆的将领嫉妒杨业，纷纷上奏说他的坏话。太宗看到这些信后一律封好交给杨业，以示对他的信任。

不久，宋太宗决心收回当初被石敬瑭割让出去的16个州，任命潘美为大将，杨业为副将，率领大军攻打契丹。宋军节节胜利，很快就攻下了4个州。不久，曹彬率领的部队吃了败仗，宋军只好撤退，潘美等人返回代州。

太宗下令宋军把4个州的老百姓都迁回内地，命令潘美等人率军护送。这个时候契丹人出动十几万人马攻陷了寰州，杨业对潘美说：“现在契丹士兵士气正旺，我们士气低落，不能和他们硬拼。再说朝廷只命令我们护送百姓，

历史关注 殿试成为科举考试中的一个程序始于宋太祖赵匡胤。

我们只需事先派人通知当地守将，等大部队离开那天，让云州的百姓先出城，我们去应州，契丹人一定会来攻击我们。趁他们被我们吸引走的时候，再让朔州百姓撤离。再派1000弓箭手在石碣谷埋伏好，让骑兵在中路支援。这样，4个州的百姓才能万无一失地撤走。”监军王侁跳出来反驳道：“我们有几万精兵，根本不用害怕他们！我觉得我们只管带领军队赴雁门关，和他们决一死战就行！”刘文裕也赞成这个意见。杨业说：“不行，现在敌强我弱，这样做肯定失败。”王侁阴阳怪气地说：“将军不是一向号称无敌吗？今天怎么变得如此胆小？该不会是有异心吧？”杨业很生气，对王侁说：“我不是怕死，实在是现在形势对我们不利，我担心让将士们白白送命却没有任何效果。现在您居然说我怕死，那我愿意打头阵。”

临行时，杨业流着眼泪对潘美说：“这次肯定会失败。我本来是投降过来的人，早就该死了。多亏皇上留我一命，还把兵权给我，我一定会效忠皇上的！我并不是不敢出击，实在是想等到有利的时机再为朝廷建功。现在各位都说我逃避敌人，那么我就先死给你们看了。”他指着陈家谷说：“我希望各位在这里布置好伏兵，等到我把敌人引到这里来的时候，立刻出兵救我，否则我和我的部下没有一个人能生还。”

潘美立刻率领部下在谷口摆好了阵势。王侁派人登上瞭望台观望，以为契丹人被击败了，他想争杨业的功劳，率领本部人马离开了谷口。潘美制止不住，就跟着去了。走到半路听到杨业失败的消息，赶紧退走了。杨业率兵从中午一直杀到晚上，好容易才走到谷口，结果发现居然一个人都没有。杨业悲愤万分，拍着胸口大哭。他知道已经没有生还的希望了，于是率领部下拼死作战，身上受了几十处伤，士兵也几乎全部阵亡了，他的儿子杨延玉也死在他面前。杨业亲手杀死了上百个敌兵，战马受了重伤，已经跑不动了，被契丹生擒。契丹人很佩服他的英勇，想招降他。杨业仰天长叹：“皇上待我恩重如山，本来想杀敌立功来报效皇上，不想却被奸臣陷害，导致皇上的军队失败。我还有什么脸面活下去？”于是拒不投降，在契丹军营里绝食。本来杨业就受了重伤，再一绝食，身体迅速衰弱下去，几天后就去世了。

宋太宗得知杨业牺牲的消息后万分震惊，他下诏表彰了杨业的气节和英勇。然后追究失败责任，潘美被连降三级，王侁和刘文裕革职查办，降为平民，最终为杨业申了冤。

杨业并没有什么学问，但他忠诚刚正，有勇有谋，精通兵法，能与士兵同甘共苦。杨业身体很强壮，代州一带冬天非常寒冷，很多人都必须裹上厚厚的衣服，而杨业只披一条棉絮。他身边的士兵都冻得倒在地上，可他却一点冷的意思都没有。当时在陈家谷被契丹包围时，他身边还有100多人，杨业对他们说：“你们都有父母妻儿，没有必要和我一起死。你们赶快找路逃走，以后还能报效朝廷。”大家都感

宋代武士复原图

中国大事记

公元975年，宋军攻破金陵城，李煜奉表投降，南唐亡。

动得哭了起来，没有一个人肯离开。他的部将王贵冲入敌阵，杀敌数十，最后战死，其他的士兵也全部战死，没有一个人活着回来，当时听说这事的人没有不痛哭流涕的。

杨业的几个儿子都被朝廷封官，在日后对契丹的战役中，他的儿子们也立下了赫赫战功。后世根据他们家的事迹改编成杨家将的故事，深受人们的喜爱。

诡计多端的王钦若

王钦若很早就死了父亲，他很得祖父的喜爱。王钦若很聪明，文章也写得很好，18岁那年就写了篇《平晋赋论》献给皇帝，受到了赏识。

宋真宗时期他中了进士，为官期间他的政治才干表露无遗。当时有个负责财政的人说："天下百姓所欠的赋税，从五代到现在，一直没个完。百姓都没法生活了，我将带头负责此事。"还没等他动手，王钦若一夜之间就把这些事统计好，第二天交给皇帝看。宋真宗看了之后大惊："先帝难道不知道这事？"王钦若回答道："先帝当然知道了，但是他要把这事

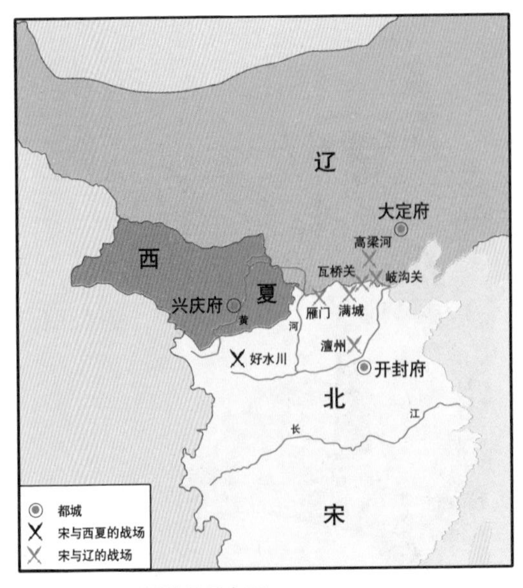

北宋、辽、西夏战场示意图

留给陛下，让陛下用来安抚人心。"结果当天朝廷就减免赋税1000多万两，释放犯人3000多人。由此宋真宗越发器重王钦若，很快就提拔了他。

王钦若虽然很有才干，但是他很贪财，为官并不清廉。当年他担任贡生考试主考官的时候，有个叫任懿的人想通过贿赂让自己通过考试。他找了个和王钦若有交情的惠秦和尚，给了他350两银子让他交给王钦若。当时王钦若不在，银子交给了他妻子。惠秦留下了100两中饱私囊，只给了王钦若妻子250两。任懿凭借行贿很轻松地通过了考试，给任懿充当中间人的另一个人去找他，让他付清余款，结果那封信让别人得到了。于是东窗事发，王钦若差一点被拖下了水。但他一口咬定根本没有这回事，涉案的几个人他都不认识。当时宋真宗还很宠信他，对其有所偏袒，最后王钦若也没有被判罪。

澶渊之战的时候，王钦若和寇准不和，上表请求解除自己宰相的职务。他不久被派去编修《册府元龟》，在编修过程中，皇帝如果有所褒奖的话，他必然把自己的名字写在最上面。如果编修过程中出了错误，皇帝责怪下来，他就把责任全部推到一同编修的杨亿等人名下。

王钦若在枢密院工作的时候，和马知节不和，马知节一向讨厌王钦若，两人时常发生争论。泸州都巡检王怀信上奏平定南蛮有功，但王钦若很久也不作出奖赏他们的决定。马知节知道后很生气，当面指责他，两人在真宗面前争论起来。真宗决定马上对平定南蛮一事论功行赏，因为这件事，王钦若被罢去了枢密使一职。王钦若还喜欢搞迷信活动，他为了拍皇帝马屁，专门在道家的一些书上找了40个姓赵的神仙的事迹，把那些事画在廊庑上。

宋真宗迷信道教也和王钦若有关。真宗去泰山封禅的时候，全国上下都争着进献符瑞，这都是王钦若和丁谓这些人搞的鬼。当时社会上持这样一种看法，如果一个人被过继给了别人，他的生母死后，他不能为生母服丧，而只能给嫡母服丧。这种观念现在看起来很荒谬，

历史关注

宋代实行大面积开荒，许多新型田地都在这一时期出现，例如梯田、淤田、沙田、架田等。

但在当时那个社会是普遍流行的道德标准。宋仁宗的生母和嫡母就不是同一个人，王钦若为了讨好宋仁宗，建议他亲自去拜生母的庙，为生母服丧。这种行为是不符合当时礼仪的，但王钦若为了讨好皇帝，才管不了那么多呢。

王钦若个子矮小，脖子上还长了个瘤子，当时的人都称他为“瘿相”（瘤子又称“瘿”）。他心计过人，每次朝廷要做点什么不好的事的时候，他都会委屈迁就，以讨好皇帝。王钦若得了急病去世后，宋仁宗赐给他五千两白银，还追封他为太师、中书令，谥号文穆，提拔了他家的亲戚20多人，宋朝建立以来宰相受到的恩典没有人能超过他的。后来宋仁宗也发现王钦若实际上是个小人，他对周围人说：“王钦若当了那么久的官，我仔细观察了他的所作所为，现在想起来，他还真是够坏的。”王曾回答道：“王钦若、丁谓、林特、陈彭年、刘承珪这5个人被人们称为‘五鬼’，他们的奸邪可想而知。”

·宋辽澶渊之盟·

北宋景德元年（1004年），辽国皇太后和辽圣宗以收复瓦桥关南十县为名率兵南犯宋境。十一月，抵达重镇澶渊城北，直接威胁宋朝的都城东京开封。北宋朝野人心不定。宰相寇准临危不乱，力请宋真宗亲征澶渊。宋军在澶渊前线射杀了辽军统军使萧挞凛，辽军士气受挫。宋真宗在寇准的催促之下登上澶州北城门楼以示督战，宋军士气大振。两军出现相互对峙的局面。辽军因为折将受挫，表示同意与宋议和。同年十二月，双方达成以下协议：一、宋辽各守疆界，互不侵犯，约为兄弟之国，辽帝称宋帝为兄，宋帝称辽帝为弟。二、宋朝每年给辽绢20万匹，银10万两，称为岁币。三、双方人户不得交侵，对于逃亡越界者，双方都要互相遣送。澶渊之盟是宋辽双方势力均衡条件下的产物。此后宋辽形成了长期并立的形势，宋辽之间不再有大的战事。

奸相丁谓

和王钦若并称“五鬼”的丁谓也是个很有才能的奸臣，他是个建筑学家，在建筑史上留下了许多功绩。不过这人人品实在不好，所以也没落到什么好下场。

丁谓从小就善于写文章，他和孙何是好朋友，两人曾经一起带着自己写的文章去见当时有名的才子，才子看了他们的文章后连连称奇，大加赞赏，认为自从韩愈、柳宗元以来没见过如此优秀的文章。当时的人将他们俩并称为“孙丁”。丁谓在宋太宗时期考中进士，担任了大理评事和饶州通判。他回朝后上书直言茶盐之政的利害，被任命为转运使。他在任期间很能办事，深受皇帝器重。

契丹进犯的时候，真宗率兵前往澶渊迎战，让丁谓担任郓州等州的安抚使。契丹军队进入内地后，百姓惊慌，纷纷奔赴渡口想渡河，而船夫乘机提高运费，不尽快渡人。丁谓找了个死刑犯，把他装扮成船夫的样子，押到黄河边上杀头。那些船夫害怕了，再也不敢提价，百姓们才全部渡过黄河。丁谓把百姓召集起来，让他们装成士兵，沿着黄河敲锣打鼓喊叫，装成是大军开到的样子。契丹人以为宋朝在此设有大部队，于是引兵撤走。从这件事上可以看出丁谓的应变之才。

丁谓为了讨好真宗，盲目纵容真宗的崇道行为。有一次，真宗想在宫内营建玉清宫，很多人谏阻。真宗就此事询问丁谓，丁谓说：“陛下拥有天下的财富，营造一座宫室侍奉上天又算什么？况且这是用来向上天祈求皇子。要是还有人反对，就用这个理由来反驳他。”当时王旦正在起草反对的奏章，真宗告诉他自己是为了求子才造玉清宫，王旦就不敢吭声了。后来真宗想去泰山封禅，但开支很大，还没有最后决定。真宗向丁谓询问经费的事，丁谓说：“国家的总收入还是很富裕的。”丁谓被任命为计度泰山路粮草使，专门负责为封禅泰山筹办

中国大事记 | 公元979年，北汉亡，五代十国的分裂局面自此结束。

经费。丁谓理财能力很强，想尽办法搜刮民脂民膏，为封禅筹集了足够的经费，但也苦了老百姓。

寇准担任宰相的时候，丁谓是他的手下。丁谓全靠寇准才能当上参知政事，所以他侍奉寇准十分恭敬。有一次，大家一起在政事堂吃饭，寇准不小心把汤弄到胡须上了。丁谓看见后立刻站起身来，用袖子慢慢地为他擦拭干净。寇准笑道："参知政事也是朝廷的重臣，怎么替长官擦起胡子来了？"丁谓听了之后非常羞愧，从此对寇准怀恨在心。寇准也从这件事看出丁谓心术不正，很讨厌他。丁谓掌权后多次陷害寇准，真宗打算把寇准贬到江淮一带，丁谓却擅自把寇准贬到条件恶劣的道州去当司马。

丁谓机智过人，几千字的文章，他看一遍就能背诵，那些繁杂的公案，别人看了头疼，他一句话就能指出其中的重点。丁谓善于谈笑，很爱写诗，琴棋书画无一不精，但人品太差，还仗着皇帝的宠幸任意妄为。当初他和李迪有矛盾，丁谓想任用亲信林特，李迪不愿意，两人吵了起来。等到拜见皇帝的时候，李迪就揭露丁谓所行的不法之事，并表示愿意和他一起去御史那里接受审查。真宗罢免了丁谓宰相一职，然后向他问起争吵的情况，丁谓说："不是我要和他争，实在是他先来骂我。希望陛下把我留下。"真宗吩咐给丁谓赐座，左右正要给丁谓摆座，丁谓却对他们说："皇上下诏恢复我宰相职位。"他就是这么桀骜不驯、恃宠而骄。

真宗去世后，朝廷大事都要听太后的意见，经太后批示后才能实行。丁谓居然在太后的批示上动手脚，太后因此很讨厌他，没过多久就免了他的职。丁谓被免职后，经常去他家的女道士刘德妙也被捕。据刘德妙招认，当初丁谓教她说："你做的不过是些巫术，还不如骗别人说是道术，这样更能迷惑人。"丁谓因此被贬为崖州司户参军，朝廷还抄了他的家，抄出不少金银珠宝。丁谓最终被贬到光州，郁郁而终。

"狸猫换太子"的真相

著名京剧《狸猫换太子》的故事，并非史实，史料记载是这样的。

宋真宗即位后一直都没有儿子，他很担心自己死后皇位的继承问题，做梦都想生个儿子。所以当时哪个妃子生了儿子，她就能一步登天。

宋真宗的原配郭皇后死后，他准备立刘氏为皇后，当时很多人认为不合适，但在宋真宗的坚持下还是立了刘氏。刘氏并没有生儿子，所以觉得自己的地位并不稳固。刘皇后身边有个侍女姓李，有一天，宋真宗到刘皇后宫里来，见到了李氏。其实李氏长得并不漂亮，但宋真宗不知道出于什么原因，居然看上了她，和她发生了关系。宋真宗后宫美女如云，他很快就把这个外表平凡的少女给忘记了，但是宫里面负责记录皇帝房事的官员却将此事记录了下来。不久，李氏发现自己居然怀孕了。她非常高兴，认为自己的出头之日就要到了。可她万万没有想到的是，这反而给她带来了终身的不幸。

宋真宗听说李氏怀孕后又高兴又担心，他一点也不关心李氏本人怎么样了，只关心她肚子里的孩子，生怕又是个女儿。有一次李氏在服侍皇帝登高的时候，不小心把头上的玉钗弄掉了。李氏觉得这是个不祥之兆，心里很厌恶。宋真宗是想儿子想疯了的人，遇到什么事都要占卜一下，看有没有生儿子的预兆。他见玉钗掉了下去，心里暗暗琢磨：如果玉钗没有摔坏的话，一定会生个儿子。其实玉钗和他生不生儿子有什么关系？不过是一种心理作用罢了。凑巧的是，那支玉钗居然没有摔坏，宋真宗非常高兴。李氏分娩了，真的生了个儿子。宋真宗当即封李氏为崇阳县君，后来又封她为才人和婉仪。我们可以从中看出，宋真宗对李氏没有什么感情，如果换了是别人给他生个儿子的话，册封个妃子肯定不成问题。可李氏却仅仅是个嫔，说明宋真宗只是把她当成一个生儿子的工具而已。

历史关注

世界上第一部关于制糖术的专著是王灼所著的《糖霜谱》。

· 官僚机构的膨胀 ·

北宋建立以后，为了建立起坚固的统治基础，通过恩荫、科举、进纳、军功等途径，极力地扩大官僚队伍。以恩荫为例，因父、祖一辈官位高，则子孙也可被授予官职，每逢皇帝生辰和三年一次的祭天大典，高官的亲族子弟和门客等都有得官的机会，恩荫之滥，无以复加。宋真宗时，文武百官为9700多人，宋仁宗时增至1.7万人，英宗时则超过了2.4万人。朝廷制度规定，文官三年一迁，武官五年一迁，只要在职期间没有大的过错者，纵然无功也能够照例升迁，因此官员们袭守成规，无所建树，只等按时加官就可以了，整个官场暮气深重。同时，官僚们竞相兼并田地，也给封建农业经济带来了冲击。庞大而腐败的官僚队伍，给朝廷带来了极大的财政负担和社会危机。

小孩子一生下来就被抱去交给刘皇后抚养，刘皇后一直把那个孩子当成自己的亲生骨肉一样看待，小孩倒没有失去母爱。宋真宗死后，那个小孩当上了皇帝，他就是宋仁宗。可怜的李氏却默默地站在嫔妃中间，不敢流露出半点异样神情。宋仁宗也只是把她当成父皇的一个普通嫔妃而已。刘皇后对李氏还算不错，派专人找到李氏的弟弟，给他补了个官职。宋仁宗是李氏所生的这件事很多大臣都知道，只是没有人敢说而已，宋仁宗对这件事却一点都不知道。

李氏很快就在痛苦中死去了，刘太后想用埋葬普通嫔妃的礼仪为其出殡。宰相吕夷简知道内情，他上奏提议葬礼应该隆重些为好。刘太后一听，脸色顿时变了，拉起身边的小皇帝转身就走。过了一会儿才单独出来责备吕夷简道："只不过是宫里面死了一个妃子而已，有什么大不了的事。宰相说了那么多，到底什么意思？"吕夷简说："我既然身为宰相，无论宫内宫外，大小事情我都有权干预。"刘太后生气地说："你是不是打算离间我们母子？"吕夷简不慌不忙地说："太后如果不为自己娘家打算的话，我就不再废话了。如果还想为刘家打算，我觉得葬礼还是隆重点比较好。"刘太后也是个聪明人，她一下子就被点醒了，于是对吕夷简说："死的人是李妃，您说该怎么办？"吕夷简请求用最高级的礼仪为李氏办理丧事，太后同意了。吕夷简又悄悄地对筹备丧事的人说："装殓的时候一定要给她穿上皇太后的服饰，棺材中要填充足够的水银。否则将来出了事可别说我吕夷简没有交代清楚！"管事的人一一照他的吩咐去做了。

刘太后死后，燕王对宋仁宗说："陛下其实是李妃生的，她是被人害死的。"宋仁宗天性仁孝，听了之后号陶大哭，痛不欲生，一连几天没有上朝，还下了一道言语痛切的诏书责备自己。他怀疑是刘太后害死了自己的母亲，但毕竟多年母子情深，他决定先看看再说。宋仁宗以为当年母亲死后肯定是草草埋葬的，他想重新厚葬母亲，于是找到李氏的墓，下令把墓打开。宋仁宗哭着检查母亲的尸体，发现因为棺材里填充了足够的水银，母亲的脸色和活着的时候一样，穿的衣服和皇太后的也相同，根本就不是被人害死的。宋仁宗叹息道："人言真是不可信啊！"他知道李氏能被这样埋葬，肯定是刘太后授意的，从此他对刘太后一家更好了。后来仁宗常常思念母亲，又觉得无法对李家更好，于是把公主嫁给了李氏弟弟的儿子。

"铁脸将军"狄青

西夏王朝建立后，频频出兵骚扰北宋边境。北宋被他们弄得疲于奔命，由于北宋的军队都是分散在各个堡垒里的，总人数虽然多，但各个堡垒里的人却很少。而西夏人每次作战都是集中优势兵力，攻宋军一点，加上战斗力强过宋军，所以很少吃败仗。

皇帝没办法，只好下诏让各地挑选精壮士兵奔赴边境守卫疆土，狄青当时是个小军官，也被派往了前线。狄青每次和西夏人作战之前，都会在脸上戴个铁面具，把头发披散，然后拿

中国大事记 | 公元983年，辽改国号为契丹。

上一根长枪冲入敌阵，左冲右突，十分勇猛。西夏人没有见过这样打仗的宋军，都以为天神下凡，还没交手腿就软了，不是狄青的对手。别的将领老吃败仗，而狄青却总是获胜。他在边境和西夏打了4年仗，大大小小的战役打了25次，受了8次箭伤，但他从来没有害怕过，每次作战仍然身先士卒。狄青有一次在安远和敌人交战，身负重伤，但当西夏人卷土重来的时候，他马上一跃而起，忍住伤痛跨上战马继续杀敌。将士们都被他的精神所感动，纷纷跟着他杀敌。狄青立下了不少战功，西夏人“闻狄色变”。

尹洙担任经略判官的时候，狄青去拜见他。尹洙和狄青交谈了很久，认为他是个奇才，向经略使韩琦和范仲淹推荐说：“这个人有大将之才。”韩琦和范仲淹一见到狄青就十分惊奇，待他非常热情。范仲淹还送了一部《左传》给他，对他说：“身为大将却不知道历史，那只是匹夫之勇。”狄青从此改变了自己的志向，开始发愤读书，逐渐掌握了用兵之道。狄青战功累累，升迁得很快。

宋仁宗听说狄青是员良将，想见见他。正好赶上渭州被侵犯，狄青必须率部迎敌，所以没有能参见皇帝，宋仁宗就命令他画一幅形势图呈交上来。西夏和北宋和好后，狄青调任到其他地方担任重要军职。

狄青是士兵出身，当时为了防止士兵当逃兵，在每个士兵脸上都要刺字。狄青当然也不例外。他经过十几年的打拼，取得了尊贵的地位，可他脸上的字迹还在。很多人觉得这样让他很没面子，皇帝也下令让他用些药把脸上的字迹消除掉。狄青对皇帝说：“陛下是以军功把我提拔上来的，并没有看我的出身门第。我之所以有今天，都是从有这个刺字开始的。我宁可留着它来勉励我的部下，告诉他们，只要为国效忠，他们也能和我一样，所以请允许我保留这些字迹。”皇帝很欣赏他的话，把他提拔为枢密副使（武将不允许担任枢密使，所以枢密副使是北宋武将能够担任的最高官职）。

不久，云南侬智高发动叛乱，率领部下攻下了很多城池，给北宋的统治造成极大威胁，还把广州围了起来。别的将领去征剿了很久，但毫无作用。宋仁宗非常焦虑，这个时候狄青站出来请求让他带兵出征，他说：“我是士兵出身，如果不去打仗的话就没有办法报效国家了。所以请给我一支军队，我一定能剿灭叛军！”皇帝认为他很有勇气，把征讨侬智高的事情交给他全权处理。

西夏王陵

西夏王陵是西夏历代帝王和达官贵戚的埋葬地。陵园内有九座西夏帝王陵墓，近二百座陪葬墓似众星拱月布列其周围。西夏王陵糅合了汉族传统风格与本族特色，气势宏伟，号称塞外戈壁的“金字塔”。

在此之前，宋军几个将领都因为轻敌而战死，极大损害了宋军的名誉和士气。狄青告诫部下，千万不要轻易和叛军交战，一定要听从他的安排。广西当地一个将领陈曙趁狄青未到，擅自率领8000人和叛军交战，结果在昆仑关被叛军杀得大败。狄青知道这事后非常生气，他把陈曙抓了起来，又叫出当时临阵脱逃的30个将领，向他们询问当时的情况，然后把他们拖出去斩首，部下都吓得直哆嗦。

狄青下令全军休息10天，那些跑来侦察的叛军回去说宋

历史关注

类书的编撰在北宋时达到空前的规模，最著名的有百科全书性质的类书《太平御览》、史学类书《册府元龟》等。

军不会马上进攻。谁知道第二天狄青就带领骑兵，乘夜攻下了昆仑关，在归仁铺摆下了阵势。敌人没有想到宋军如此神速，再加上失去了昆仑关这个险要的地势，士气大落，但也没有办法，只好出动全部军队和宋军交战。战事非常激烈，宋军前锋孙节不幸阵亡，叛军士气大振。狄青手执白旗，指挥骑兵从两翼杀出，出其不意，攻入敌阵侧翼，大败叛军，一直追杀了 50 里，杀了数千人。侬智高只好在晚上的时候放了一把火逃走，当时有士兵发现一具尸体身上穿着龙袍，大家都说那是侬智高，想把这个消息上报给朝廷，狄青说："万一是假的怎么办？宁可让侬智高跑了，也不能欺骗朝廷来换取赏赐和功名！"

狄青出发的时候，宋仁宗很担心他的人身安全，说："狄青向来声名显赫，敌人一定怕他。他身边的人一定都得是亲信，即使是小事也不能疏忽，应该防备敌人用卑鄙手段暗害他。"于是派人飞马赶去告诫他。等到得知狄青已经平定叛乱后，宋仁宗对宰相说："赶紧讨论封赏的事，迟了就不足以表示鼓励了。"

狄青为人谨慎周密，不爱多说话，他计划一件事情一定会非常详细，看准时机才会提出来。他带兵打仗之前一定会先整顿军纪，赏罚严明，和士兵同甘共苦，大家都乐于为他效命。狄青还不喜欢贪图功劳，经常把功劳推让给手下的将士。当年推举他的尹洙后来被贬官，死在贬所，狄青尽自己全力周济他的家人。

狄青后来因为嘴唇上的毒疮发作而去世。几十年后，宋神宗考察了近代将帅，认为狄青虽然出身低微，但很有谋略，是一个难得的将才。于是怀念狄青，下令把狄青的画像挂在宫里，厚待了他的后人。

范仲淹改革

范仲淹是北宋名臣，他在北宋大臣中的地位可以从他的谥号"文正"中看出来。一般一个朝代最重要、贡献最大的大臣才能用"文正"作为谥号，可见范仲淹是一个多么优秀的臣子。

岳阳楼

位于湖南省岳阳市洞庭湖畔。始建于唐，宋庆历五年（1045年）重修。因范公《岳阳楼记》"先天下之忧而忧，后天下之乐而乐"的政治情怀而得享盛名。

范仲淹两岁的时候父亲就去世了，母亲带着他改嫁到朱家。范仲淹少年时期在外地求学，昼夜不停地苦读，冬天疲倦到了极点，他就用冷水来洗脸，清醒一下接着学习。他穷得只能靠喝粥来维持生活，这种生活是一般人难以忍受的，但他却坚持了下来，从来没有叫过苦。

功夫不负有心人，范仲淹终于考上了进士，从此出人头地。他没有忘记母亲的养育之恩，当官后第一件事就是把母亲接来侍奉。

应天知府晏殊听说范仲淹很好学，就请他主持教务。范仲淹在任期间，向朝廷递交了万言书，奏章里提出了一系列改革思想，但没有获得朝廷重视。

范仲淹教学一向诲人不倦。来向他请教学问的人很多，他在忙于公务之余，几乎把时间全部放在了教学上面。范仲淹经常用自己的俸禄购买食物，给那些来求学的人吃，结果导致自己的孩子穿不上新衣服。当时士大夫之所以注重品行节操，正是范仲淹的倡导的结果。

西夏入侵以后，宋军连吃败仗。范仲淹请求让自己去边境保卫疆土，于是被派到延州，负责那里的军事。北宋以前规定，不同级别的将领带兵数量也不同，打仗的时候，先由地位

中国大事记　公元986年，宋太宗再次北伐，结果又败，著名的大将杨业阵亡。

《范文正公文集》二十卷

低的军官出征，如果战事不利，再派高级点的去。范仲淹认为："将领不选择合适的人，只按照地位高低来决定出阵先后顺序，这是自取灭亡。"他认真检阅了所辖的官兵，从中精选出1.8万人，把他们分成6部分，交给6个将领统率，分别给予训练。到作战的时候，根据西夏军的形势调遣他们轮流出阵抗敌。

范仲淹苦心经营边防，取得了很大效果，在他的领导下，北宋官兵一改以前萎靡不振的作风，战斗力得到明显提高。范仲淹还重视和少数民族搞好关系，把和西夏人勾结的羌族拉了回来，恩威并施，让他们死心塌地追随北宋，削弱了西夏的力量。

西夏求和后，范仲淹被召回朝廷，升任为枢密副使。当时的副宰相王举正胆子小，不敢得罪人，皇帝对他很失望。谏官欧阳修等人上奏称范仲淹有宰相之才，请求朝廷罢免王举正而改任范仲淹，于是朝廷任命他为参知政事。范仲淹很不高兴地说："这种官职是靠谏官的话就能得到的？"他坚决不肯接受这个官职，请求和韩琦一起到外地去视察边防。

宋仁宗对当时朝廷的种种弊端很不满，他想早日实现天下太平，富国强兵，所以经常向大臣们询问执政策略。范仲淹对别人说："皇上对我，真是非常信任了。不过凡事都有个先后缓急，以前长期积累下来的弊病，并不是一朝一夕就能革除的啊。"宋仁宗听说后，马上给他下了诏书，让他当面奏对。范仲淹觉得推脱不掉了，于是写了一份《答手诏条陈十事》，里面详细地叙述了自己的改革措施。这些改革措施分别是：一、严明官吏升降制度。二、限制随意升官，比如大臣的子弟不能担任清要官职。三、改革科举考试制度，使其更加公平。四、改革地方长官制度。五、均衡公田（官员在任时期归其所有的土地，其收入是俸禄的一部分），尤其要补助那些没有发给公田的官员。六、重视农桑。七、整顿军备，建立府兵制。八、将赦令落实到底，各地官员不得拖延。九、严肃法令。十、减轻徭役。

宋仁宗看到后很高兴，除了建立府兵制一条之外，所有的都颁布下去，命令各地实行。这些改革遭到了保守派的攻击，加上规模过于浩大，执行的官员又有很多借着改革机会徇私舞弊的，所以很多人都指责改革，不停地在宋仁宗面前说范仲淹的坏话。正好这个时候，边境传来警报，范仲淹被调出京城，他一走，反对派就肆无忌惮地攻击他。范仲淹压力非常大，只好主动辞去了宰相一职。没过多久，他的改革措施全部被废除了。

范仲淹对母亲很孝顺，因为母亲生前一直没能摆脱贫困，所以后来他虽然富贵起来，但没有客人时，他一顿饭最多只有一个荤菜。他注重家乡教育，还在家乡设了义庄来救济本宗族贫苦的人。范仲淹喜欢举荐贤才，很多名臣都是他的门生。范仲淹64岁那年去世，他死的时候，羌族首领数百人为他举哀，像死了父亲一样痛哭。宋仁宗也为他的死悲伤了很久，并亲自为他撰写墓碑。范仲淹家教非常好，他的4个儿子日后都成为廉洁贤能的大臣。

铁面无私的包拯

包拯从小就很孝顺，他考中进士后，被任命为建昌知县。但因为父母年老，所以他辞官不去赴任。朝廷授给他别的官职，父母又不想让他离开，所以他又辞掉了。他在家里专心赡养两位老人，一直到他们去世。包拯守孝期满后，还不忍离去，后来在家乡父老的劝说下才一步三回头地走了。

历史关注

沈括所写的《梦溪笔谈》，被英国科技史专家李约瑟称为“中国科技史上的里程碑”和“中国科学史的坐标”。

很久以后，包拯被授予天长知县。有个人跑来告状，说牛的舌头被人割掉了。当时私宰耕牛是犯法的，牛舌头被割掉了牛肯定活不了，牛主人就得背上私宰耕牛的罪名。包拯一眼就看出这是陷害案，他对牛主人说：“你只管回家把牛杀了，把肉卖掉，但不要说是我让你这样做的。”那人搞不懂他是什么意思，心里想：“虽然杀耕牛犯法，却是你知县大人要我杀的，那就不能怪我。”他回家就把耕牛杀掉了。由于不准杀耕牛，大家馋牛肉都馋得不行了，一听说这里有牛肉卖，纷纷跑过来买，很快就把牛肉卖光了。过了几天，一个人来控告牛主人私宰耕牛。包拯说：“偷割牛舌头的人就是你！不然你明知道牛没了舌头活不了，人家杀牛是迫于无奈，你还来告他。这分明就是你为了陷害牛主人而割掉的牛舌头！”那个人听了之后又是吃惊又是佩服，只好低头认罪，从此包拯能断案的名声就传开了。包拯不仅聪明，而且还很廉洁。端州出产的砚台是砚台中的珍品，当地官员普遍假借上贡的名义私自多征收几十倍的砚台送给权贵。包拯到那里上任后，命令工匠们只按照朝廷规定的上贡数量制作砚台，一直到他离任，也没有私带一块砚台回家。

包拯进京当官后，担任了三司户部副使。当时秦、陇一带专门置办造船用的木材，当地官员随意向百姓摊派，中饱私囊。包拯上奏朝廷，停止了这些摊派。契丹在边境集结军队，朝廷派包拯去河北征收军粮，以备战争。包拯建议将漳河地区还有另外几个州用来牧马的土地分给老百姓耕种，这样就不用再另外征收军粮了。

包拯在担任谏官的时候，多次议论和斥责那些权臣，请求朝廷废除一些不正当的恩宠措施。他还建议皇帝要积极纳谏，认清楚那些结党营私的人，不能光凭主观来判断谁好谁坏。他的意见大多都得到了朝廷的采纳。

包拯后来被任命为龙图阁直学士（所以后人称他为“包龙图”）、河北都转运使。几年后，包拯被任命为开封府知府，负责京城各项事宜。包拯为人刚直，那些皇亲国戚都不敢冒犯他，嚣张的行径也收敛了很多。包拯不苟言笑，当时的人都把让包拯开口笑比作黄河水变清，说明让他笑有多难。京城的人都称呼他为“包待制”（包拯曾任天章阁待制），还有句话叫：“关节不到，有阎罗、包老。”以前开封府规定，告状的人必须先把状纸交给小吏，让小吏代为呈上，不准直接交到官府。包拯上任后，为了方便百姓，也为了防止小吏舞弊，命令打开官府正门，让告状的人可以直接到他跟前申诉。

·大学士·

大学士是古代官职，最早出现在唐代。唐代曾先后置弘文馆、昭文馆大学士、集贤院大学士。唐代的大学士一般由宰相兼领，只是一种荣誉称号。宋代也曾仿唐制，搞过一些大学士称号，同样只是一种荣誉称号。明代时，朱元璋怕宰相夺权，不设宰相，但自己政务又忙不过来，开始置一些翰林学士到武英殿、华盖殿、文渊阁、东阁中参与政务，称作殿阁大学士或内阁大学士。大学士官阶很低，仅为五品官职，也没什么职权，只是皇帝顾问而已。仁宗以后，大学士往往兼有尚书、侍郎等重职，握有实权，地位尊崇，称为辅臣，内阁首辅成为事实上的宰相。明朝名相张居正就是以内阁首辅的身份行使相权。清代沿用内阁制，置三殿三阁（保和殿、武英殿、文华殿、体仁阁、文渊阁、东阁）大学士，为正一品，设满、汉头目各一人，相当于宰相；又置协办大学士，为从一品，满、汉各一名，相当于副宰相。汉人一般非翰林出身不授此职，我们所熟知的和珅、纪晓岚、刘墉均曾担任内阁大学士或协办大学士之职。雍正时设军机处，取代内阁成为最高政务决策中心，军机大臣成为事实上的宰相，但军机大臣及内外官员之资望特重者仍授大学士，以示尊崇。另外，明清时的大学士也习称中堂。

中国大事记　1004年，辽大举攻宋，主力进驻澶州。次年，宋辽议和，史称“澶渊之盟”。盟约缔结后，宋、辽之间百余年间不再有大规模的战事。

当时很多权贵私自修筑园林楼榭，侵占了惠民河，水流不下来，下游的庄稼得不到灌溉。包拯得知这一情况后感到很气愤，下令将那些园林楼榭全部拆毁。有个权贵拿着地契过来说那块地是他的，包拯没有权力制止他在那里盖房子。包拯把地契拿来仔细检查，发现那地契是伪造的，顿时大怒，上书把那个人弹劾了。

宋仁宗自己没有儿子，本来按规定他可以在宗室子弟里面挑选出一个合适的当太子，但他始终不肯放弃自己生儿子的希望，一直不立太子。但不立太子的话，万一皇帝有个三长两短，朝廷就会乱掉，所以立太子是当时人们的一块心病。宋仁宗问包拯：“你想让谁为太子？”包拯回答：“我请求皇上立太子是为朝廷着想。陛下却问我想让谁做太子，这不是怀疑我吗？我都70岁的人了，又没有儿子（包拯当时不知道他的小妾已经生了儿子），立谁为太子难道对我有什么好处吗？”宋仁宗很高兴，说：“我会慢慢考虑这事的。”

包拯从来不随意附和别人，他为人严厉正直，非常讨厌那些不正之风。他当官以后就断绝了和亲友们的来往，从不为他们谋取好处。包拯曾说过：“后世子孙做官，如果有犯了贪污罪的，不准进家门，死后也不准进祖坟。不听我话者，不是我的子孙！”包拯在64岁那年去世，谥号“孝肃”。

大科学家沈括

沈括是宋代著名的大科学家，他的《梦溪笔谈》是中国历史上一部重要的记述科学技术的著作，里面记载了中国很多古代发明，活字印刷术就是因为记载在《梦溪笔谈》里面才得以广为人知。

沈括年轻的时候就帮助父亲治理过水患，他主持开凿了很多渠道，将上千顷荒废的土地变成了上好的良田。

沈括考中进士后，被朝廷派去编校书籍，他制定的新规章制度为朝廷节省了很多开支，受到了宋神宗的赞扬。当时负责观测天象的司天监部门的官员大多都是混饭吃的，根本不懂得如何使用仪器。沈括调到这个部门后，制作出了很多观测天象的仪器，并修订了新历法。他还广泛搜集古代的科学书籍，成立了专门的考察科技的部门，为宋代科学技术的进步做出了贡献。

辽和宋朝为边境一处方圆三十里的土地主权争执了很久，始终都没能达成协议。沈括奉命和辽的使者就此事进行谈判。他认真研究了历史文献，发现按照以前和辽签订的划分边境的协议来看，当初两国边境是以古长城为界的，所以那块土地应该归宋朝所有。沈括在御前会议上把这个发现说了出来，宋神宗高兴地说：“其他大臣不懂地理，差点坏了大事。”命令沈括把地图拿给辽使臣看，和对方据理力争，辽使臣在事实面前哑口无言，只好回去复命。宋神宗派沈括出使辽商讨此事，辽宰相杨益戒负责和沈括谈判。沈括事先准备了很多资料证据让随从背下来，在谈判过程中，杨益戒一有疑问，沈括就让随从背诵有关资料。后来每次问都这样回答，杨益戒一点办法都没有。杨益戒见道理上已经输了，强词夺理道：“几里土地都舍不得让，是不是想和我们断交啊？”沈括说：“凡事都得讲道理，现在是你们不讲道理，明明事实已经证明那块土地是我们的，你们还要来争，到底是谁不讲道理？”和辽连续谈判了6次，沈括都不肯出让宋朝利益，辽人见没有办法，再加上自己确实输在道理上，只好把那块土地还给了宋朝。沈括胜利完成任务后启程回宋，沿途搜集了很多地理资料，并把地形画成图带了回来。回来后，将那些资料编写成一部《使契丹图抄》进献给朝廷。沈括这次出使立了大功，被任命为翰林学士。

沈括非常重视勘察地形，有一次，宋神宗派他去定州巡视。沈括怕辽人发现自己的目的，于是假装在那里打猎，实际上却是在勘察地形。他花了20多天的时间才把当地地形弄清楚，并用木屑和蜡制作成一个立体模型。回去后，他让工匠根据他的模型制作出更加精确的

历史关注 宋朝的印刷业分三大系统：国子监所刻的称为监本，民间书坊所刻的称为坊本，士绅家庭自己刻印的属私刻系统。

木制模型。这种模型上有山有水，当地地形一目了然，是一种立体的地图，比画在纸上的要清楚得多。沈括把这个模型献给了宋神宗，宋神宗见后大喜，认为沈括是个天才。

宋神宗对沈括的才能非常赏识，第二年又命令他绘制一份全国地图。沈括接到任务后丝毫不敢怠慢，夜以继日地工作起来。不久，他受人诬陷，被贬到了随州。但沈括并没有放弃他的工作，仍然在非常艰难的环境里继续绘制地图。后来他换了几个地方的官职，每到一地都详细考察当地的地理风貌。他花了 12 年的时间才把这份地图绘制完毕，这是当时最准确，也是最庞大的一份全国地图，取名为《天下州县图》。

沈括不光在地理学上造诣颇高，在天文、历法、音乐、数学等方面也有一定的成就，是一个多才多艺的科学家。当初他在司天监工作的时候，为了观测出北极星的位置，连续工作了 3 个月，每天晚上都用他制作的浑仪观察天象，终于计算出北极星的正确位置。

沈括退休后居住在润州的梦溪园，但他并没有停止他的研究。他把一生的研究成果都写了下来，编写成一本《梦溪笔谈》。这本书不光记载了他本人的研究成果，还记载了当时别人的发明创造，活字印刷术只是其中的一项。书里面另一个大的发现是记载了石油，“石油”这个词就是沈括取的，而且他还大胆预言这种黑色的液体在未来将会有极大的用处。这是世界上第一次有关“石油”的记载。

《梦溪笔谈》书影

沈括在润州住了 8 年，65 岁那年去世。他在宋朝只是一个平凡的官员，但他的名字却随着《梦溪笔谈》被永远载入了科学史史册。

欧阳修整顿文坛

欧阳修 4 岁的时候父亲就去世了，他母亲为了把他抚养成人，立志不改嫁。他母亲亲自教他读书写字，当时他家穷得连纸和笔都买不起，他母亲就用芦管当笔在地上画字教他。虽然条件恶劣，但欧阳修从小就聪明过人，在母亲的悉心教导下，欧阳修成长得很快，成年后就有很高的声望。

当时宋朝的文章还是沿袭五代的风气，文人们只知道盲目修饰雕琢，堆砌词藻，文章内容空洞无物。读书人不知道变革，因循守旧，写出来的文章一点气势都没有，只会无病呻吟。很多人都想扭转这种风气，但是因为力量不够而没有成功。欧阳修一开始也是学习的这种文风，后来他在一家人的废纸篓里翻出一本韩愈的文集，读了之后大受启发。从此苦心研读，学习韩愈的文风，决心要成为韩愈那样的人。

欧阳修考中了进士，开始和尹洙交往。尹洙和欧阳修志同道合，都讨厌当时萎靡的文坛风气。他们俩常在一起写诗论文，议论朝政，把对方当成自己的良师益友。后来欧阳修又和梅尧臣交上了朋友，欧阳修从这些朋友身上吸取了很多优点，文章也越写越好，很快就名满天下。

范仲淹被贬官后，谏官高若讷认为范仲淹是活该。欧阳修知道后愤愤不平，写信责备高若讷居然不知道人间有羞耻之事。高若讷看了信之后很生气，把这封信交给了皇帝，欧阳修因此获罪，被贬为夷陵县令。后来范仲淹想聘请他为自己的书记，欧阳修推辞说：“以前我帮你说话并不是为了自己的私利，所以我觉得最好还是避嫌。”

当时宋仁宗任用了很多优秀的大臣，他还打算增加谏官的数量，起用天下名士，欧阳修

中国大事记 | 1038年，李元昊称皇帝，国号为夏。

《欧阳文忠公文集》书影

就是他考虑的第一个人选。欧阳修议论朝政从来不会有所回护，那些被他批评的小人都很恨他，但宋仁宗却喜欢他敢说真话，对别人说："像欧阳修这样的人，上哪儿去找？"

庆历新政失败后，朝廷里正直的大臣一个接一个地被贬，欧阳修看了很是心痛，上书反对。那些小人对他恨之入骨，就给他罗织了一堆罪名，把他赶出了朝廷，11年后才被重新召回来。宋仁宗看到他头发都花白了，慰劳了他好久，那些小人害怕他再次被起用，就唆使别人假造欧阳修的奏章请求仁宗清洗内侍中为非作歹之人。

这件事激怒了那些宦官，他们纷纷诬陷欧阳修。幸好吴充站出来为欧阳修辩白，宋仁宗才没有把欧阳修赶走。欧阳修出使辽国的时候，辽国皇帝特意让4个大臣为欧阳修掌管宴会，对他说："这种规格的宴会并不符合制度，只是因为是您，我们才破格这样做的。"

嘉祐二年（1057年），欧阳修奉命主持贡举考试。当时的读书人喜欢写稀奇古怪但又没有什么内容的"太学体"。欧阳修很反感这种文风，凡是在卷子上写这种文章的，一律判不合格。考试成绩出来后，那些落榜的读书人在门口等欧阳修出门，他一出门就拦住他的马头放声大骂，连巡逻队都无法制止，欧阳修好不容易才从他们手中逃脱。虽然欧阳修的改革措施遭到了抵触，但此后考试的风气发生了彻底的转变，人们开始学习写作那些词藻朴实无华但内容充实的文章了。

宋仁宗死后，宋英宗即位。宋英宗并不是仁宗的儿子，而是从宗室当中选出来的。宋英宗身体一向不好，有一次他得了病，无法亲自处理朝政，太后就临时垂帘听政。有人制造矛盾，弄得宋英宗和太后之间差点反目成仇。太后觉得很委屈，当着大臣的面哭诉了她和皇帝之间的矛盾。韩琦以皇帝有病来劝解，太后听了之后并没有高兴起来。欧阳修说："太后侍奉仁宗皇帝已经几十年了，您的仁德天下人谁不知道？以前有妃子被仁宗皇帝专宠，您都可以处理得很好。现在母子之间反而还不能宽容吗？"太后的情绪才稍稍缓和了些。过了很久，宋英宗和太后之间的矛盾才化解。

欧阳修在滁州当官的时候，自号"醉翁"，晚年又自号"六一居士"。他虽然经常被流放，但从来没有改变过自己的志向。他被贬到夷陵的时候，闲着无聊，就把以前的旧案子拿出来看，结果看到无数被冤枉的事例。他仰天长叹："一个边远小城尚且如此，天下的冤案又该何其之多啊！"从此他处理刑事案件再也不敢有半点疏忽。

欧阳修的文章浑然天成，文辞简要，分析论证有理有据。他和曾巩、王安石、苏洵、苏轼、苏辙以及唐朝的韩愈和柳宗元8个人合称为"唐宋八大家"，而曾巩等5人都是欧阳修提拔赏识的，所以欧阳修也是宋代有名的伯乐。

欧阳修死后，朝廷追念他的功绩，追赠他太子太师的称号，谥号"文忠"。

王安石改革

王安石是抚州临川人，他少年时期就喜欢读书，记忆力惊人。王安石刚开始写文章的时候还没有引起别人注意，但写成之后，文章精妙得让别人一看就佩服得五体投地。

王安石考中进士后担任了知县。他上任后兴修水利，并在青黄不接的时候借贷粮食给农民，只收取很低的利息，等庄稼收获后再偿还。当地老百姓因此获得了很多便利，官府也增加了不少收入。

当时宋朝制度上的弊端已经暴露无遗，王

> **历史关注**　交子是世界上最早的纸币，发行于北宋仁宗天圣元年（1023年）。

安石决心要改变这种局面，曾经向宋仁宗上万言书，要求改革，这份万言书也成为他日后改革的蓝本。但是宋仁宗刚刚经历了庆历新政的失败，听到“改革”两字就头疼，没有理会王安石。

王安石和韩维关系非常好，宋神宗当时还是颍王，韩维是王府的官员。韩维每次和宋神宗讨论问题，受到称赞时总是说：“这些不是我的见解，而是王安石告诉我的。”王安石这个名字在宋神宗心里扎了根。宋神宗刚即位不久，就把王安石调入朝廷。

一天退朝后，宋神宗把王安石留了下来，宋神宗说：“唐太宗有魏徵辅佐他，刘备有诸葛亮来辅佐，所以他们才有所作为。我觉得魏徵和诸葛亮真是天下少有的奇才。”

王安石回答道：“陛下要成为贤君，一定要有人才来辅佐才行。现在国家那么大，人口那么多，人才并不是没有，但陛下却担心没有人才来辅佐。我觉得主要原因是陛下选择治国之道还不明确，没有让天下人看到陛下的诚意。所以即使有人才，也让小人蒙蔽了。”

宋神宗叹了一口气说：“哪个朝代没有小人呢？即使是尧舜时期，也有三苗、共工、四凶这样的坏蛋啊。”

王安石不慌不忙地说：“正因为尧、舜能够识别这些坏人，所以世人才称颂他们是贤王啊。如果让那些坏人得志的话，当时的贤人怎么能为国家出力呢？”

宋神宗觉得王安石说得很有道理，不久后把王安石提拔为宰相，然后问他：“如果让你把书本知识用在政事上面，你会先用在哪儿呢？”

王安石不假思索地回答道：“改变风俗、确立法度，这是目前的当务之急。”

宋神宗觉得他的话一针见血，下令让王安石主持变法。王安石任命吕惠卿为自己的助手，先后制定出了青苗法、农田水利法、保甲法、募役法、方田均税法等法令，统称新法。又任命40多人为提举官，把他们分派到各地推行新法。

讨论变法的时候，大家都认为行不通，但王安石排除众议，把他们说得哑口无言。其中有句话最有名：“天变不足畏，祖宗不足法，人言不足恤。”反映了他的改革思想。

王安石的新法从本质上来说对朝廷是有利的，但是坏就坏在去执行这些法令的人身上。比如青苗法就是当年他当知县的时候借粮食给农民的措施，本来对农民是有好处的。但是那些贪官强迫农民借粮，即使不需要借粮食的人也必须借，后来更发展到不借出粮食，但收获的时候还要农民出利息，实际上成了盘剥百姓的手段。

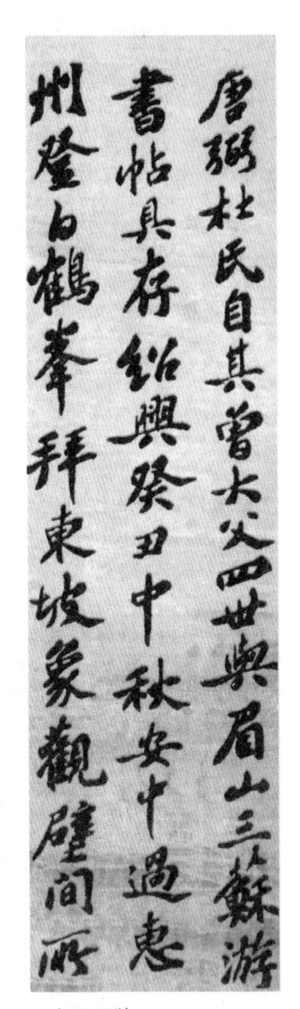
唐彌杜氏自其曾大父四世與眉山三蘇游
書帖具存紹興癸丑中秋安中過惠
州登白鶴峯拜東坡象觀壁間所

王安石尺牍

保甲法也是个例子，保甲法就是把十家归为一甲，十甲为一保，一家人如果有两个儿子，就派一个儿子出来，在农闲的时候接受官府的训练，作为民兵。这样既能节省开支，又增加了朝廷的军事后备力量。但后来发展到不管农忙农闲，都要从每家当中抽走一个壮丁训练，而且一训练就不准回家，直到家人送上贿赂才让走人。这样下去人民怎么忍受得了？所以反对王安石新法的人越来越多，就连宋神宗的母亲和祖母都天天哭着要他废除新法，宋神宗很快就动摇了。几年后，有人以天旱来攻击新

中国大事记　1044年，西夏在经历了三次对宋战争的失败后，与宋朝最后达成协议：取消帝号，名义上向宋称臣。历史上称之为“庆历和议”。

法，宋神宗迫于无奈，只好暂时将王安石免职。虽然后来重新任用了他，但一年后又罢免了他，新法也逐渐被废除掉了。

司马光写《资治通鉴》

司马光和王安石本来是好朋友，但司马光是有名的保守派，王安石变法之后，两人关系就破裂了，等到司马光上台后，他做的第一件事就是把王安石新法全部废除。

司马光小的时候很聪明，有一次他和小朋友们一起玩，有个小孩爬到水缸上，不小心掉进去了。水缸里装满了水，眼看小孩就要被淹死了。别的孩子都吓得乱跑，年仅7岁的司马光却拿了一块石头把水缸砸破，把小孩救了出来。这件事让司马光出了名，很多人还把这事画成图画到处传播。司马光20岁就中了进士，他虽然年轻，但很讨厌奢侈华丽，在朝廷招待新科进士的酒席上，只有他没有戴花。别人告诉他新科进士戴花是朝廷的礼仪，他才勉强戴上了一朵。

庞籍很赏识司马光，任命他到并州当了通判。当时西夏一直在打这个地方的主意，经常蚕食这块土地。庞籍命令司马光调查此事，司马光建议：“修筑两座城堡来制约西夏，并招募百姓来开垦那里的土地，等耕种的多了粮价就降下来了，还不用从远处运粮过来。”庞籍听从了他的计策。后来庞籍因为部下的疏忽而获罪，司马光连续3次上书把罪名揽到自己身上，请求赦免庞籍，但没有得到答复。庞籍去世后，司马光对待庞籍的妻子如同自己的母亲，把他的儿子当成自己的兄弟来照顾。当时的人都认为司马光很讲义气，是个贤明的人。

宋仁宗生了重病，还没有确立继承人，天下人都很担心，但谁都不敢说这事。谏官范镇首先发起了立太子的讨论，司马光接踵而至，并写信给范镇要他坚持下来。后来他又当着宋仁宗的面说：“我当初呈上的三份劝陛下立太子的奏章，希望陛下能够马上施行。”宋仁宗沉默了很久才说：“我能不想选个宗室出来吗？这是忠臣才敢说的话，但一般人不敢跟我说啊。”司马光说：“我说这事的时候，以为肯定没命了，没想到陛下居然能够采纳。”宋仁宗说：“这又不是什么坏事，以前就有过先例的嘛。”司马光退朝后并没有听到皇帝立太子的诏命，又上书劝谏，宋仁宗看了之后非常感动。司马光又联合韩琦等人一起上书催促，很快就立了后来的宋英宗为太子。

宋仁宗死后赐给百官的财物价值100多万两，司马光认为国家本来就不富裕，所以这笔钱不能要。但朝廷没有批准，司马光就把自己得到的那份钱一部分献给公家，一部分给了自己的舅舅，自己没有拿一文钱。

王安石变法后，司马光坚决反对王安石的新法，上书列举了新法的危害。朝廷让他在朝堂上和吕惠卿辩论。司马光把吕惠卿驳得无话可说，吕惠卿恼羞成怒，就用别的事来诋毁司马光。宋神宗看不下去，对吕惠卿说：“相互争论是非，不要扯别的东西。”司马光针对青苗法说：“老百姓把钱借出去吃利息还能盘剥穷人，更何况官府催债，谁敢说个不字？”吕惠卿说：“青苗法规定的是谁愿意借就借，不愿意借也不勉强。”司马光说：“那些百姓只知道借钱的好处，不知道还钱的坏处。当年太宗皇帝实行和粜法的时候，一斗米价值十

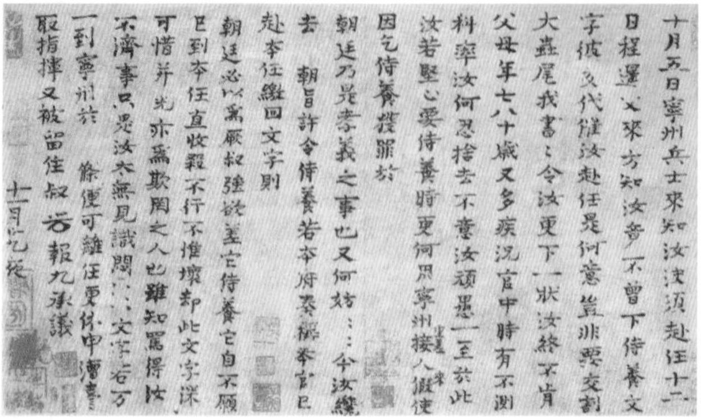

宁州帖卷　北宋　司马光

历史关注	理学产生于北宋时期。狭义理学专指程颢、程颐、朱熹为代表的、以理为最高范畴的学说，即“程朱理学”。

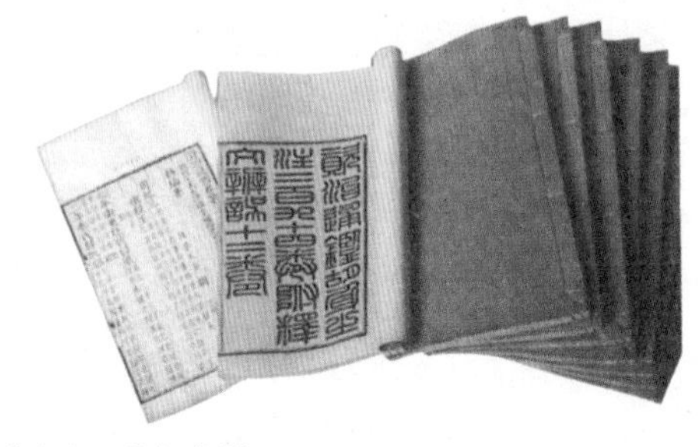

《资治通鉴》书影

钱，百姓都愿意和官府交易。以后物价贵了，和籴法反而成了当地老百姓的负担。我只怕青苗法以后也是一样。”吕惠卿说：“在当地买米，就可以省去东南的漕运，省下的钱就可以供给京城。”司马光说：“东南地区钱少粮多，现在不籴东南的米而要东南的钱，这不是损不足而补有余吗？”有大臣站起来说：“司马光的话是对的。”

司马光知道自己受王安石排斥，干脆闭门写书。司马光精通历史，他决心写一部历史书出来，作为帝王的历史教科书。宋神宗虽然不赞成司马光的政治见解，但对他写书还是很支持的，专门把自己收藏的2400卷书送给司马光，让他参考。司马光花了19年时间才把书稿写完，呈进给宋神宗看。宋神宗看了之后非常满意，将书名定为《资治通鉴》，就是可以当成镜子来看待历史上的经验教训的意思。司马光虽然并没有当宰相，但天下人都认为他才是真正的宰相，连一般的劳苦大众都称他为司马相公。

宋神宗去世后，司马光去奔丧，卫士们远远看到他过来，都为他行礼，说：“这就是司马相公。”百姓们聚众观看，都想一睹真容，把路都堵住了，百姓大喊：“司马相公不要回洛阳了，留下来辅佐天子，让百姓存活吧！”

朝廷见司马光威望很高，就任命他为宰相。司马光上台后，把新法全部废除了。王安石听说自己的新法被废除后，气得说不出话来，很快就病死了。

司马光毕竟岁数太大，身体又不好，很快也病倒了。当时辽和西夏的使者来宋朝，都要问候司马光的身体，还对他们的官吏说：“宋用司马光为宰相，我们可不能轻易惹事啊。”司马光弥留时，已经说不清楚话了，只能有气无力地自言自语，但说的都是朝廷的要事。不久，司马光去世，太皇太后和哲宗亲自去为他哭丧。

文坛奇才苏东坡

苏东坡本名苏轼，是眉州眉山人。他父亲苏洵、弟弟苏辙也都是文学家，母亲也很有才学，苏轼从小就接受了父母良好的教育。

苏东坡成年后参加了欧阳修主持的贡试，欧阳修阅卷的时候看到他写的《刑赏忠厚论》后拍案叫绝，十分欣赏他的才华。可欧阳修觉得这文章很像自己的门生曾巩写的，为了避嫌，他只把这篇文章取为第二。后来苏东坡又在《春秋》对义考试中得到第一名，中了进士。考试完毕后，苏东坡去拜访欧阳修，欧阳修对梅尧臣说：“我应当设法避开这个人，让他高出别人一头（这就是出人头地这句话的由来）。”当时很多人听到这话后都不服气，看到苏东坡的文章后，被他的才气所吸引，不由他们不服。

苏东坡母亲去世后，他回家守孝。守孝期满后，欧阳修认为苏东坡人才难得，就推荐他去秘阁。在考试中，苏东坡考的《六论》，在此以前，《六论》很难出好文章，但苏东坡却写得非常好。考制策，苏东坡被列入了三等，也就是最高等。整个北宋，制策能列为三等的只有两个人，苏东坡就是其中之一。

苏东坡不光有文学天赋，政治才能也是有目共睹的。他在凤翔当官的时候，当地经常遭受西夏的骚扰，百姓生活十分艰苦。他们还要运输木材，从渭水一直到黄河，途中要经过很多关口，被衙吏们敲诈勒索。苏东坡了解了这事的危害以后，就重新制定了政策，让百姓自己选择水工，不用再受衙吏们的骚扰了。

宋英宗很欣赏苏东坡的才能，想破格提拔他入翰林院。宰相韩琦说：“苏轼的才能是大器之才，以后自然会被重用。现在关键是要培

中国大事记　1069 年，王安石开始推行新法，陆续颁布了青苗法、保甲法、募役法等，但遭到保守派的强烈反对。

养他，让天下人对他心服口服之后再录用他，这样就不会有人反对了。如果现在骤然提升他的话，很多人会不以为然，反而害了他。”韩琦建议先面试他一下，宋英宗担心苏东坡不一定能通过，韩琦坚决要求面试，等到他面试通过后再任用。苏东坡知道这件事后说：“韩公真可以算得上用德来爱护人才了。”

王安石推行新法时，苏东坡虽然并不保守，但认为新法还有很多缺陷，上书表示反对。他在担任考官时，用独断专任的典故来出题。王安石知道之后很生气，认为是在讽刺自己。于是让人弹劾苏东坡，苏东坡知道这样下去对自己不利，就请求外放，到杭州当了通判。

杭州因为靠海，水质又咸又苦，唐朝白居易疏通西湖后，使湖水流入漕河，再从漕河把水引入农田，从此才发展了起来。后来年久失修，漕河和西湖水越来越少，只好取钱塘江的潮水。但潮水中淤泥很多，所以每三年就要挖一次水道，成为当地百姓的一大负担。苏东坡带领当地人民开凿了两条河道以通漕运，又修建了很多水利工程，还在西湖修筑了长达 30 里的堤岸。从此西湖的景色越来越美，当地百姓都把那堤岸称为苏堤。

当时新政已经在全国推行，弊病不少。苏东坡在任上常常用变通的方法来方便百姓，百姓靠他才得以安定。

苏东坡后来因为在诗歌中讽谏朝廷，被人抓到把柄，诬告他诽谤朝政，把他关了起来，差点被处死。宋神宗想起了他的才华，没舍得杀他，把他安置在黄州当了团练副使。苏东坡在黄州成天游山玩水，还在东坡造了所房子，自号“东坡居士”，所以后人都叫他苏东坡。

苏东坡的仕途是比较坎坷的，新旧党争期间，他又被贬到了惠州和琼州，都是穷山恶水之地，但他都能处之泰然，在那里著书为乐，怡然自得。苏东坡 66 岁那年在常州去世，高宗时期被追赠为资政殿学士。

花石纲

宋哲宗很年轻就死了，没有留下继承人。朝中大臣经过商讨，决定立哲宗的弟弟赵佶为帝，他就是宋徽宗。

宋徽宗很有文才，但并不懂治国。他最喜欢搜集古人字画和一些古玩，他身边有个宦官名叫童贯，专门替他搜罗此类物品。久而久之，宋徽宗对那些东西不感兴趣了，想换换口味。他觉得字画和古玩太贵，不想花费太多钱财，所以想玩些假山、怪石之类的东西。他觉得这些东西应该不会花费太多钱财，就对身边的人透露了这个意思。

宋徽宗从小生长在荣华富贵当中，不懂得人情世故，他不知道，只要是皇帝喜欢的东西，再便宜，那些奸臣也能玩出花样来。当时的大奸臣蔡京就在江南一带找了个叫朱勔的人为皇帝搜集那些东西。

苏东坡回翰林院图　明　张路

此图表现这样的情节：苏东坡因与王安石政见不和，被贬外官，不久被皇帝诏回任命于翰林院。一日，皇后诏见苏轼，重申对他的信任，论及往事，不觉潸然泪下。之后，皇后派人摘下座椅上的金莲灯为其照明，送其回翰林院。

历史关注

由司马光主编的《资治通鉴》是我国第一部编年体通史，在中国史书中有极重要的地位。

朱勔的父亲朱冲是很狡猾的人，他家本来很穷。朱冲遇到一个高人，送给他一笔钱和一本药书，开始卖起药来，渐渐地发了大财。蔡京路过苏州的时候，想为一座佛寺修建阁楼，但需要很多钱。蔡京知道朱冲很有钱，就找到他想让他出资赞助。朱冲一口答应了下来，没过几天他就把造楼的材料准备好了。蔡京见到后非常惊奇，对朱冲很器重。第二年，蔡京被召回朝廷，他把朱勔带在身边，想办法将他父子二人的名字塞到军籍里面，并让他们当了官。

蔡京得知宋徽宗想玩些奇花异草、假山怪石，就让朱勔给朱冲传话，让他在江南一带多多搜集些珍奇的物件进献。朱冲接到消息后弄了 3 根黄杨木送到京城，宋徽宗看了之后很喜欢。以后每年都增加了很多别的东西进献，刚开始的时候一年也就进贡两三次，每次六七件。但此风愈演愈烈，到了后来，运送奇花异石的船只在淮河和汴河上首尾相接，有人给它取了个名字叫“花石纲”。朝廷还在苏州设立了应奉局，派朱勔担任负责人。朱勔本性贪财，仗着为皇帝挑选花石纲的身份，随意取用公家的钱财，官员们都敢怒不敢言。不久，朱勔又被提升为防御使，江南一带的官员都要靠巴结他才能升官发财。

朱勔为征集花石纲可以说是费尽心思，那些要进贡的东西都是从老百姓家里抢来的，看中了什么东西说抢就抢，根本就不付一文钱。一般的老百姓家里如果有可供观赏的石头或者树木，朱勔知道后就带上士兵闯入人家家里，用封条把东西封上，也不当场拿走，而是让主人好好看管，不准有半点损伤。如果稍有疏忽，马上就给人家加上大不敬的罪名。等到来运走的时候，如果东西比较大，被门挡住，干脆就把人家的墙给拆了，好把东西运出来。当时的老百姓谁家有什么稀奇的东西，人们都说那是不祥之物，宁可砸了也不敢让官府知道。谁家里摊上这事，即使中等人家都会破产，稍微困难点的家庭就要被逼得卖儿卖女来供应官府的敲诈勒索。朱勔等人为了讨宋徽宗欢心，他们看中的东西哪怕是在最危险的地方，也会不惜人力物力把它弄出来。有一次，朱勔弄到一块高达四丈的太湖石，为了运它，动用了几千个民工。由于石头实在太高大了，还得把江上的桥梁、城墙毁掉才能通过。运到京城后，宋徽宗为这块石头取名为“昭功庆成神运石”。有的时候运花石纲的船只不够，朱勔等人就在江上拦截各地运往京城的粮船，把粮食和商品都倒掉，船抢过来运送花石纲。那些船夫也仗势欺人，成为当地一大公害。为了拉船，把当地的士兵全部用来拉纤都还不够。

花石纲的名声越来越臭，朱勔等人的总后台蔡京也有点担心了，他和宋徽宗谈起了这事，希望稍微抑制一下。宋徽宗开始的时候没有想到事情会弄成这样，现在他也对花石纲困扰百姓而感到担忧，下令禁止占用粮船，不准挖别人的坟墓取宝，也不准破坏百姓房屋，更不准

芙蓉锦鸡图　北宋　赵佶　绢本

中国大事记 | 1115 年，女真族的完颜阿骨打称皇帝，国号金。

用封条封别人家的东西，只准朱勔、蔡攸（蔡京的儿子）等 6 人进贡花石纲，从此朱勔的行为才稍微收敛了点。但好景不长，他又开始放纵起来。他为给宋徽宗修建道观，搜刮了无数钱财，当地的官员不但不敢得罪他，还得经常去拜见他。官员为了讨好朱勔，把百姓们害得苦不堪言，方腊起义就是因为朱勔为害过重的缘故。

宋徽宗晚年更加信任朱勔，造成他更加贪婪残暴，连他家的仆人都当了大官，天下人一提起朱勔的名字就咬牙切齿，恨不得吃了他的肉。宋徽宗禅让后，刚即位的钦宗就把朱勔革了职，抄了他的家，后来干脆将他斩首示众。

方腊起义

花石纲闹得百姓苦不堪言，尤其是江南一带，百姓们都生活在水深火热之中。睦州青溪自古出产奇花异石，受花石纲之灾尤其严重。当地有个叫方腊的人，他信奉明教，也就是从波斯传到中国来的摩尼教。他经常在当地发展教徒，还很喜欢打抱不平，在民间的威望很高。

方腊看见花石纲迫害百姓，心里的怒火再也忍不下去了。他边传教边发动百姓，鼓动他们反抗朝廷的暴政，还秘密收容了一批贫穷的无业游民。宣和二年（1120 年）十月，方腊在青溪宣布起义，自称圣公，建立了农民政权，官职高低以头上戴的头巾颜色来区分。方腊起义军打着诛杀朱勔的旗号，赢得了很多农民的支持，一些被朱勔压迫得活不下去的农民纷纷跑来投入起义军的洪流之中。

起义军刚建立的时候，武器还不充足，很多人都是拿着锄头钉耙上阵的。虽然他们的武器装备很差，但是长期积累下来的对贪官污吏的仇恨给了他们力量。那些欺压百姓的衙役虽然装备精良，但根本不会打仗，很快就被起义军杀了个精光，起义军不到十天时间就聚集了几万人马。官府急了，赶紧派人镇压，可那些只会欺负老百姓的官兵根本不是起义军的对手，一上阵看见起义军人数众多，黑压压地看不到边，腿都吓软了，很快就败下阵来，将官也被砍掉了脑袋。起义军没费什么功夫就攻下了青溪县城，不久又攻占了睦州和歙州，向南进军，攻下了衢州，把知州彭汝方杀掉了。接下来方腊挥军北上，把新城等县攻占下来，进逼杭州。杭州知府吓得拔腿就跑，根本没有组织有效的抵抗，杭州守将陈建和赵约被杀。饱受官吏欺凌的起义军将士们不肯放过一个贪官污吏，抓到一个当官的就把他手脚都砍下来，碎割了他，并把内脏都掏出来。虽然有些残忍，但是那些贪官吃人肉喝人血，把老百姓逼得走投无路，受到这种惩罚也是罪有应得。起义军还把贪官抓起来用热油活活煮死，也有用乱箭射死的。

方腊起义的警报很快就到了京城，可是那些奸臣生怕皇帝怪罪下来，居然还瞒着不

·赵佶与瘦金体·

宋徽宗赵佶不仅擅长绘画，而且在书法上也有较高的造诣。

赵佶书法在学薛曜、褚遂良的基础上，创造出独树一帜的“瘦金体”，瘦挺爽利，侧锋如兰竹，与其所画工笔重彩相映成趣。

瘦金书的意思是美其书为金，取富贵义，也以挺劲自诩。

赵佶传世的书法作品很多，楷、行、草各种书法作品皆流于后世，且笔势挺劲飘逸，富有鲜明个性。其中笔法犀利、铁画银钩、飘逸劲特的《秾芳依翠萼诗帖》为大字楷书，是宋徽宗瘦金书的杰作。

但是宋徽宗的书法存在着柔媚轻浮的缺点，这也许是时代和他本人的艺术修养所致，但他首创的瘦金体的独特的艺术个性，为后人竞相仿效。

历史关注	真宗景德年间，在江西新平设官窑，所造进贡瓷器的器底书“景德年制”四字，这就是后来驰名中外的景德镇瓷器。

肯让宋徽宗知道。皇帝不知道，就没办法派大军前去镇压，起义军的势力一天比一天大，江南各地都有人起来造反响应方腊，东南地区已经落入起义军的掌握之中。

发运使陈遘请求朝廷将京城的军队火速调往江南，否则江南局面将无法控制。这种奏章是不能扣留的，这才让沉溺于游乐中的宋徽宗知道了这件事。宋徽宗听说江南暴动，大吃一惊，赶紧派童贯率领15万大军前去镇压，并下诏宣布撤销江南应奉局，贬了朱勔等人的官，取消了花石纲。

武官俑　北宋

这次朝廷派来的军队都是从禁军当中精挑细选出来的精锐部队，和江南地方上的乌合之众不可同日而语，对方腊起义军构成了很大的威胁。宣和三年（1121年）一月，方腊手下大将方士佛率领6万人攻打秀州，秀州守军拼死抵抗，没有被攻破。不久童贯大军杀到，起义军两面受敌，被杀得大败，死伤惨重。为了报复起义军，朝廷将死难义军将士的尸体堆成了5个高台以震慑方腊。方士佛率领残部好不容易才突围，回到杭州坚守不出。二月，童贯分兵两路，水陆并进，包围了杭州城。方腊见敌军声势浩大，加上刚刚吃了败仗，士气低落，于是决定弃城。他把杭州一把火烧个精光，乘夜逃出了杭州，率领余部在青溪的帮源洞躲了起来，准备积攒实力，找机会和官军决一死战。

童贯大军很快就收复了被起义军占领的城池，向青溪逼近。但帮源洞是个很秘密的地方，官军根本无法找到。这时，起义军内部出了奸细，给官军引路。方腊没有想到官军会找到那个地方，猝不及防之下，稍作抵抗便被俘虏。起义军有7万将士被血腥屠杀，方腊也被押往京城杀害。起义军的残部一直坚持斗争，但由于寡不敌众，于第二年三月被朝廷全部镇压，奸臣童贯竟因此被晋升为太师。方腊起义是北宋末年规模最大的一次起义，它沉重地打击了腐朽的北宋王朝，加速了它的灭亡。

陈东领导太学生请愿

金朝在灭了辽后，就把矛头对准了宋朝。他们借口宋朝收留了一个辽的将军，违背了盟约，于是兴兵南下，想一举灭掉北宋王朝。

北宋当时已经非常腐朽了，沿路的官兵根本不堪一击，很快就被金的军队突破防线，直逼东京汴梁。正在寻欢作乐的宋徽宗听到金国军队大举南下的消息后十分害怕。过了好久，他才战战兢兢地问大臣们应该怎么办才好。大臣们平时总是把尽忠报国挂在嘴边，但到了这个时候谁都不敢说话了。宋徽宗又气又急，干脆把皇位传给太子，自己带上两万人马逃到南方避难去了。

即位的是宋钦宗，他一上任就把主张抗金的李纲提拔为兵部侍郎，并下诏讨伐金兵。虽然他做足了表面功夫，但实际上心里也怕得要死。

很快，金兵节节胜利，已经快要攻到东京城下了。宰相白时中和李邦彦两人都劝钦宗逃跑，钦宗也觉得逃跑是个好主意。李纲知道后气得不得了，赶紧求见钦宗，信誓旦旦地保证自己一定能守住东京城，好容易才把钦宗的信心确立起来。

几天后，金兵兵临城下，李纲率领京城守军死守不退，将金兵杀得大败，粉碎了金兵一次又一次的进攻。金兵没想到宋朝京城如此难攻，正一筹莫展的时候，宋朝的求和派唆使钦宗向金兵送上了求和书。金兵元帅宗望提出了非常苛刻的议和条件，但怕死鬼们还是决定接受。李纲知道这个消息后暴跳如雷，他竭力反对议和。而且各地前来救援京城的军队马上就要到了，到时候完全可以来个内外夹击，将金兵一网打尽，根本用不着求和。

果然，没过几天，各地派来支援的军队居

中国大事记　1117 年，宋封大理王段和誉为云南节度使、大理国王。

然来了 20 万人，而金兵只有 6 万。宗望见形势不妙，赶紧命令军队后撤，伺机而动。

前来救援的大将姚平仲性子很急，他不顾老将种师道的意见，非要偷袭金兵大营。结果消息泄露了出去，偷袭不但没有成功，还损失了 1000 多人。援军虽然吃了败仗，但主力并没有受到损失。可白时中、李邦彦那帮怕死鬼却乘机造谣，说援军已经全军覆没，攻击李纲等人坏了大事，鼓动宋钦宗赶紧和金人谈判。糊涂的宋钦宗听信了他们的谣言，把李纲和种师道两人撤了职，并派人前往金营求和。

消息传出去之后，把东京的老百姓肚子都快气炸了。尤其是那些在京城里念书的太学生，年少气盛，又有一腔爱宋热情，早就忍不下这口气了。当时有个叫陈东的太学生，是有名的爱宋志士。金兵刚刚打来的时候，他就带领太学生连续 3 次上书，坚决要求朝廷把蔡京、童贯等 6 个奸臣处斩，钦宗听了他们的话，将 6 个奸臣赶出了朝廷。

这一天，陈东带了几百个太学生到宣德门外请愿，他们把奏章递了上去，要求朝廷恢复李纲和种师道的官职，严惩白时中等求和派。东京城里的军民听说太学生请愿，纷纷赶来援助，一下子聚集了几万人。他们在宣德门外高呼口号，要求朝廷抗击侵略者。正在这个时候，李邦彦刚好从宫里面出来。不用说，他进宫肯定又是唆使宋钦宗投降的。有的人认出了这个奸贼的嘴脸，奔走相告。大家一听这个大官就是李邦彦，气得眼都红了，纷纷冲上前去指着他的鼻子乱骂。很多人还从地上捡起石头瓦片向他扔去。吓得李邦彦掉头就跑，可还是被砸了好几下，他不敢停留，一口气跑回了皇宫。

宋钦宗听说百姓请愿，吓坏了。他生怕百姓闹事，急忙派官员去对群众们说：“这次败仗李纲是有责任的，所以不得已才把他免职。等金兵一退，马上让他复职。”大家一听，让金兵退了才给人家复职，这不明摆着要先投降吗？大伙根本不理那个人，喊声震天动地。陈东率领大家冲进朝堂，拼命地敲“登闻鼓”（有急事上奏的时候用的鼓），把鼓都打破了。

开封府知府赶来调解状况，他还想用官威来吓唬百姓，他虎着一张脸训斥道：“你们怎么能胁迫皇上呢？”

陈东愤怒地回答：“我们用忠义胁迫皇上，总比那些奸臣胁迫皇上卖国好吧！”一边说一边想把知府揪住，知府吓得扭头就跑。

禁卫军将领见局面没法控制，加上他们也很同情请愿的群众，于是进宫劝宋钦宗答应大家的要求。宋钦宗没有办法，只好宣布恢复李纲和种师道的官职。群众们还不放心，正在这时，种师道驾车赶了过来，大家一看果然是他，爆发出一阵雷鸣般的欢呼后才散去。

太学生的请愿运动终于得到了胜利，李纲和种师道复职后，重新整顿了队伍，严肃了军纪。宋军士气高涨，宗望见了之后也很害怕，只好灰溜溜地撤退了。

·太　学·

太学是中国古代的国家最高教育机构。早在西周时期，太学即已出现，当时周王室的太学以南北东西中的方向为序，分别称为“成钧”“上庠”“东序”“瞽宗”和“辟雍”。而作为正式的国家最高教育机构，是汉武帝时期设立的太学。最初太学只设五经博士，置博士弟子50名，专门研习儒家经书。博士弟子有免除赋役的特权，而对于哪些人具备进入太学的资格，在朝廷是由太常负责遴选，在地方则由郡国进行察举。武帝还下令天下郡国设立学校官，与中央太学相应，同时初步建立起地方的教育系统。后来太学的规模不断扩大，汉成帝时太学生已达3000人，王莽时期更是超过万人，东汉顺帝时太学经过大规模扩建，太学生曾多至3万余人。西晋时期，新立国子学，太学与其并存，此后两者或同时存在，或只设其一。唐宋时期，太学隶属于国子监，依然是国家的最高教育机构，在培养政治和文化人才方面长期发挥着重要作用。

历史关注 宋朝政府制定的《广州市舶条法》是我国历史上第一部贸易法。

靖康之变

太学生请愿虽然取得了胜利，但是朝廷里的投降派势力并没有被清除掉。白时中和李邦彦等人在宋钦宗面前说主战派的坏话，很快又动摇了钦宗的心思。

宗望率军撤退后，种师道向朝廷提出建议，趁金兵渡河的时候发动突然攻击，一定能全歼敌人，让他们再也不敢来攻打宋朝。可宋钦宗觉得如果把这支军队消灭，那以后和金朝和谈就不太好谈了。再说太学生请愿一事让他看到了种师道等人的威望，引起了他的猜忌。他担心如果种师道再立大功的话，自己可能就没办法控制了。宋钦宗不但不同意种师道的建议，反而说他想邀功，将他撤了职。

金兵撤退后，宋钦宗和投降派觉得从此可以高枕无忧了，干脆把逃在外面的宋徽宗接了回来，大家一起过太平日子。李纲认为金兵迟早会卷土重来，他多次向朝廷提意见，要求加强京城的防备，防止金兵再次进攻。可他的话没有人能听进去，反而觉得这个人多嘴多舌的，对他更加不满了。

得意的北宋君臣们没有想到宗望虽然已经撤兵，可另一支由宗翰率领的金兵正在攻打太原。消息传来后，宋钦宗派兵前去援救，谁知道援军在半路上中了埋伏，带兵大将不幸战死。宋钦宗觉得李纲挺碍事的，下令让他去河北支援太原城。

很多人都觉得不应该在这个时候把李纲调走，但宋钦宗一意孤行，谁也拦不住。李纲也知道自己受到了排挤，但毕竟是调他去打金人，所以没有推辞。宋钦宗给了他1.2万人的军队，李纲请求朝廷给他军饷300万两，因为他觉得这点人太少，沿途肯定要招兵买马，多带点军饷方便稳定军心，可朝廷只给了他20万两军饷。李纲想多准备下再走，朝廷觉得他是在故意拖延，连连下诏要他快点出发。李纲没有办法，只好出发了。

李纲走到河阳，在那里招兵买马。很多人听说是去打金人，纷纷跑来投军。可朝廷听说他扩大军队，担心他图谋不轨，下令让他解散刚刚招募的士兵，立刻前去太原增援。李纲名义上是河北地区军队的总指挥，但实际上并没有实权，那些将领根本不听他的调度，最后打了个大败仗。

李纲因为自己没有兵权，于是引咎辞职。那些投降派却落井下石，说他平时喊着要抗金，真打起仗来又吃败仗，是个哗众取宠的小人。宋钦宗听信了那些人的谗言，把李纲贬到南方去了。

金人一听李纲被贬走了，高兴坏了，赶紧派宗翰和宗望重新率军向东京发起攻击。这个时候太原已经被攻破，两路大军共同南下，形势已经非常不妙了。各地将领听说金人卷土重来，纷纷带兵前来支援京城。宋钦宗担心他们的到来不利于求和，竟然命令他们全部回去。

听琴图　宋徽宗

中坐着道袍弹琴者为宋徽宗，着红衣者为蔡京。徽宗是才艺出众的文人，可是却不善于治国。赏石评花的生活最终招致民愤，在内忧外患下国破家亡。

宗翰的西路军轻松渡过了黄河，宗望的东路军也攻下了大名，两路大军离京城越来越近了。宋钦宗听到这个消息后差点被吓死，那些贪生怕死的投降派又成天嘀咕除了求和别无他法，最后决定派钦宗的弟弟康王赵构去金营求和。

中国大事记 | 1125 年，辽被金所灭。

赵构走到半路上，害怕被金人扣留，干脆停下不走了。而金人很快就攻到了东京城下。这个时候种师道已经去世，城里再也没有可以用的良将。有个大骗子名叫郭京，他声称只要能让他带领生辰年月符合六甲的人守城，金人就会不攻自破。而当时守卫京城的士兵士气已经低落到了无法想象的地步，李回奉命率领1万骑兵在黄河设防，结果还没有交战人就跑光了。宋钦宗没有办法，居然听信了郭京的鬼话。

郭京在城上行起“六甲”法术，命令所有的守军全部下城，打开宣化门，所有军队出城攻打金兵，结果被杀得大败。郭京谎称下城作法，带领剩下的士兵逃跑了。金兵很快就占领了城池，很多将官率领部下与金兵展开巷战，但根本没有办法阻止金兵入城，最后整个京城还是陷落了。这一年宋钦宗的年号是靖康，所以称为“靖康之变”，北宋王朝就此灭亡了。

李若水骂贼而死

李若水是太学生出身，中进士后担任元城县尉，后因为考试第一而被授予太学博士一职。李邦彦曾经受蔡京排挤，想离职，李若水批评了他这种临阵脱逃的行为。李邦彦掌权后，李若水又多次向他提意见，引起了李邦彦的不满。

奸臣高逑死后，按例皇帝应当为他穿丧服，李若水说：“高逑不过是个幸臣，他在任期间败坏朝政，动摇民心，导致金人入侵，他的罪和童贯等人差不多。他能得善终已经很不错了，追究起来，还得削夺他的官职。现在反而还要为他吊丧，那怎么行！”终于阻止了这件事。

宋钦宗派人去和金人谈判，想用钱赎回被金占去的3个城池，李若水被选为使者之一，到了云中见到金帅宗翰。回来后不久，金兵就南下了，朝廷又派他作为副使出使金。走到河南中牟的时候，守卫黄河的士兵以为金兵杀过来了，惊慌起来。随从们想从小路逃走，李若水说：“士兵们是因为害怕而逃跑，我们怎么能学他们的样子？现在正是为朝廷而死的时候！”他下令再有人敢提逃跑的事立刻斩首，这才把人心稳定了下来。

李若水虽然是作为和谈的使者，但他内心里还是主战的。他出发后接连上奏朝廷，声明议和肯定不会成功，朝廷不要把全部希望都放在议和上面，而是应该及时做好防备，可朝廷并没有听他的。李若水和宗翰没有谈出结果，宗翰下令加紧攻城。不久，京城被金人攻了下来，但金人暂时还没有把两位皇帝抓起来，而是找地方安置了他们。李若水他们回来后，把宗翰的话汇报给了皇帝，皇帝命令右丞相去金营谈判。右丞相回来后说金人要宋徽宗亲自去面谈。宋徽宗说：“我应当去。”第二天就跑到金营去了，整整谈了两天才回来。

一年后，金人再次邀请宋钦宗出城谈判，宋钦宗很为难。李若水认为不会有什么岔子，跟随宋钦宗一起去了。谁知道金人中途改变了主意，逼迫宋钦宗换下皇帝的服饰，李若水悲愤交加，抱着皇帝大哭，大骂金人。金人把他拖了出来，还打伤了他的脸。李若水当场昏死过去，金人留下几十个骑兵严密看守他。

宗翰佩服李若水是条汉子，下令说：“一定要保住李若水的性命！”李若水对金人非常痛恨，他绝食抗议金人不讲信义的行为。金人劝他说：“事情还没有发展到不可收拾的地步，您昨天虽然说了些不太好听的话，但我们宰相并没有生您的气。如果今天您能顺从我们的话，明天就能得到富贵。”李若水长叹一口气道：“天无二日，我李若水难道能够侍奉两个国家的君主吗？”他的仆人也过来劝他说：“大人的父母年纪都很大了，如果您能稍微忍耐下的话，以后还有见到两位老人家的机会啊！”他斥责道：“我已经不能再顾家里面的事了。忠臣侍奉君主，只能一死，绝不能有二心。我父母确实也老了，我怕他们经受不住打击。你如果能回去的话，记得不要急着把我的事告诉他们，让我兄弟和他们慢慢说好了。”

10 天后，宗翰找他商量事情，并问他为

历史关注

“瘦金体”是宋徽宗赵佶创造的书法字体，亦称“瘦金书”或“瘦筋体”，是楷书的一种。

什么不愿意承认别人为帝的原因。李若水大义凛然地回答道：“太上皇为了保全大宋和百姓，已经下了‘罪己诏’，将皇位让给了皇上。而皇帝仁德孝顺，慈爱俭朴，并没有任何过失，怎么能随便废掉他呢？”宗翰指责宋朝失信，李若水说：“如果你认为失信是罪过的话，那好，你的罪过就更加严重了！”他扳起手指头一五一十地数落起宗翰失信的事，一共数了5条出来。宗翰大怒，下令把他拉出去，可他骂得更厉害了。李若水被拉到郊外的祭坛下，对他的仆人说：“我为大宋而死是我的本分，可惜连累了你们啊！”然后又不住口地大骂。金人听不下去了，打破了他的嘴唇，李若水吮着血骂得更加起劲。金人残忍地用刀砍伤了他的脖子，还割掉了他的舌头，李若水还是含含糊糊地痛骂，最后壮烈牺牲，年仅35岁。

李若水死后，一些从北方逃到南方的人说：“金人经常在一起议论，说当初辽亡国的时候，被俘的人不屈而死的有十好几个，可南朝却只有李若水一个人。他被杀害之前，毫不畏惧，还编了一首诗，最后一句是‘抬头问苍天，苍天无言；忠臣为国而死，死有何憾！’”听到的人都为他感到悲伤。

北宋东京瓮城图

东京筑有三道城墙，每道城墙都有护城壕，城门之处设马面战棚。这表明中国古代都城防御能力和筑城技术发展到了一个新的阶段。

宗泽抗金

宗泽从小为人豪爽，他参加进士考试的时候，在朝廷上公开针砭时弊，考官觉得他太没分寸，故意把他放在最后一名录取。宗泽被任命为馆陶县尉，和知县一起巡视黄河堤坝。当时宗泽的大儿子不幸夭折，但他并没有因此而耽误公务。吕惠卿听说这事后赞叹道：“他可以说是为了国家而忘记自己的人。”

宗泽到了好几个地方当官，每到一处都留下了好名声，不过由于他经常直言敢谏，得罪了不少权贵，所以一直不受重用。后来朝廷想派他作为使者和金人和谈，投降派觉得宗泽为人刚直，不会给金人空子钻，就没有让他去，而改派他出任磁州知州。

当时太原已经失守了，被任命在两河地区做官的人全都借故不去上任。宗泽却带了十几个老弱残兵毅然赶赴磁州。他到了磁州后，修缮城墙，囤积粮草，招兵买马，积极准备抗击金兵。金人攻占真定后，想渡过黄河，但又担心宗泽会偷袭他们，就派了几千人马攻打磁州。宗泽见金军来袭，亲自率领部下用神臂弓将敌人射退，然后带兵出城追击，杀伤金军无数，把得来的战利品全部分给了士兵。

京城沦陷后，康王赵构出任大元帅，统制各路抗金义军。宗泽在开德连打了13个胜仗，写信劝赵构号令各路人马会聚京城。他又亲自写信给3个将领，想让他们和自己一道增援京城。可他一腔爱宋热情没有得到回应，那3个人居然认为他发疯了，根本不理睬他。宗泽很生气，带着自己的部下孤军前往救援。他手下的都统陈淬说金军气势正盛，不要轻举妄动。宗泽大怒，想杀了他，幸好部下求情才让陈淬将功折罪。宗泽下令陈淬进军，打败了金军。

宗泽进军到卫南的时候，考虑到自己手下人马不多，必须深入敌后。结果不小心遇到大批金军，他们把宗泽团团围住。他下令说：“今天是进是退都是一死，干脆死中求生！”士

中国大事记	1127年，北宋灭亡，徽、钦二宗被俘，史称“靖康之耻”。同年，康王赵构于南京即帝位，是为宋高宗，史称南宋。

兵们知道不拼命就是死，个个都拼死杀敌，居然把金人打败了。宗泽盘算金军数量是自己的10倍，肯定还会再来，所以天一黑他就带着部队转移了。果然不出他所料，金人随后赶到，发现宗泽已经走了，都大惊失色。从此金人一听到宗泽的名字就害怕，不敢随便和他交战了。

宗泽在黄河以南扎下根来，发展义军的力量，决心收复失地。赵构称帝后（即宋高宗），宗泽前去朝见，流着泪向高宗陈述收复失地的大计。他和李纲一起与高宗对答，李纲十分赞赏他的忠勇。高宗想把他留下，但奸臣黄潜善等人却百般阻挠，最终还是把他打发到外地去了。

河东地区有个叫王善的人，拉起了一支70万人的队伍，想袭击开封城。宗泽独自一人去见他，哭着对他说：“朝廷正当危难之时，假如您这样的人再多上几个，哪里还会有敌患啊！今天是你立功的机会，不能失去啊。”王善被宗泽感动哭了，他说：“我愿意为朝廷效力。”带领部下投靠了宗泽。当时还有好几支人数在数万到数十万不等的起义军，他们都被宗泽说服，成为抗金的重要力量。

金人力量十分强大，随时都有可能再次入侵，但以宋高宗为首的人却根本不加强防备。宗泽渡过黄河召集将领们共同商议御敌大计，他在京城（南京，今河南商丘）周边招募士兵，联系河东、河北一带的起义军，陕西、京东、京西一带的人马都愿意听从宗泽指挥。岳飞当时还只是个小军官，不小心触犯了法令，将要受到处罚。宗泽一见到岳飞就说：“这是个难得的将才啊！”下令释放了他。后来金兵来袭的时候，宗泽给岳飞500名骑兵，让他立功赎罪。岳飞把金兵杀得落花流水，得胜而归，从此岳飞才为世人所知。

宗泽墓

宋高宗被金人的威胁吓破了胆，决定放弃京城，迁都金陵。宗泽坚决反对这种逃跑的策略，他上了很多道奏章，但都被黄潜善等人扣留了。他们不但不体谅宗泽的一腔热情，居然丧心病狂地嘲笑他是疯子。

宗泽虽然被奸臣排挤，但他一腔热情却从来没有冷却过，他率领部下多次击败金人。金人对宗泽又恨又怕，都称他为“宗爷爷”。

宗泽前后向皇帝上了20多道奏章，请求皇帝返回京城，督促抗金。但这些奏章都被黄潜善扣留了下来。宗泽见朝廷里奸臣当道，气得火冒三丈。他已经是70多岁的人了，经不起这种打击，很快就在背上气出了毒疮。部将们都来探望病情，宗泽说：“我因为朝廷有难，成天忧愤交加才弄成今天这个样子。如果你们能够消灭敌人的话，我就是死了也瞑目了。”大家都哭着说：“不敢不尽力！”宗泽叹息道：“出师未捷身先死，长使英雄泪满襟！”第二天，宗泽已经不行了，众将都让他安排后事，宗泽并没有留下任何和家事有关的遗言，他只是怒睁双目，用尽全身力量高呼3声“过河”（即收复黄河以北失地的意思）后与世长辞。宗泽去世的消息传开后，京城人民放声大哭，悲痛欲绝。

宗泽死后，京城人民请求让宗泽的儿子宗颖接替父亲的职务，但朝廷却派了一个叫杜充的人来。杜充所作所为和宗泽完全相反，人们大失所望，纷纷离去。宗颖多次和杜充争辩，但没有作用，于是请假回家守孝。从此义军再也不为朝廷所信用，宗泽苦心经营起的一番事业就这样被毁掉了。

历史关注	四大发明中的活字印刷、火药、指南针都是在两宋时期完成或开始应用的。

岳飞大破兀术

岳飞出生的时候，有一只大鹏在他们家房顶上鸣叫，所以给他取名为飞，字鹏举。岳飞少年时期就很注重气节，家里虽然很穷，但他学习却非常刻苦。岳飞天生神力，能拉开300斤的硬弓。他拜周同为师学习武艺，周同死后，他每个月的初一和十五都会去拜祭。他父亲认为儿子很仗义，对他赞不绝口。

岳飞在宣和四年（1122年）投军，很快就因为作战英勇而被提拔为小军官。金人入侵后，岳飞参加了抗金战争。有一次他带了100个骑兵到黄河边操练，遇到一大群敌人，士兵们都吓呆了。岳飞却说："敌人虽然人多，但不知道我们的虚实，我们应当趁他们还没注意到我们的时候出击。"于是单枪匹马杀入敌阵，斩杀了一员金将，金人狼狈逃窜，从此岳飞出了名。宗泽很欣赏岳飞，对他说："你的勇猛和智谋，古代的良将都超不过你。但是你喜欢野战，这不是万全之计。"送给他阵图，要他好好研究。岳飞说："列阵之后打仗是兵法的常规要求，但要运用精熟，还得靠自己的内心体会。"宗泽很赞赏他的话。

宋高宗即位后，岳飞上奏请求北渡黄河收复失地，但宋高宗却觉得他只是个小军官，居然敢越级上书，不但不听从，反而把他革了职。

岳飞投奔了河北招讨使张所，张所很器重他，让他跟随王彦渡过黄河一起作战。但岳飞和王彦有矛盾，粮食吃光后王彦也不肯借粮给他。岳飞继续北上，在太行山和金兵激战，生擒金将拓跋耶乌。几天后，再次和金人大战，岳飞手持丈八长枪冲入敌阵，刺死敌将黑风大王。岳飞回军后投奔了宗泽，宗泽死后，他就在杜充手下效命。

杜充的部下大多烧杀抢掠，但岳飞的队伍却秋毫无犯。兀术攻打杭州的时候，岳飞在广德阻击他，六战六胜。岳飞行军打仗，即使粮食吃光了，也不准士兵骚扰百姓，士兵们饿着肚子也不敢去问百姓索要粮食吃。金军里面那些被强征去的士兵都说："那是岳爷爷的部队。"纷纷逃出来投奔岳飞。

兀术攻打常州，岳飞四战四胜，把金人一直追到镇江，击败了兀术，清水亭一战，金军尸体排满了15里地。兀术带领部下逃往建康，岳飞在牛头山设下埋伏等待他的到来。天黑后，岳飞派了100人穿上黑衣服混入金军大营骚扰。金人惊乱起来，自相残杀。兀术只好带着士兵转移到龙湾，岳飞率领300骑兵和2000步兵火速进军，大败兀术。兀术逃跑，岳飞乘势收复了建康。

金兵进攻楚州的时候，宋高宗命令张俊去救，但张俊推辞，就改派岳飞去，并下令刘光世增援岳飞。岳飞三战三捷，杀死、俘虏敌将70多人。刘光世不敢进军，岳飞只好孤军奋战，楚州最后还是陷落了。皇帝下令岳飞赶紧回军守卫通州和泰州，并说能守就守，不能守就保护百姓撤退。泰州无险可守，岳飞只好保护百姓渡江，与金兵在南霸桥展开激战，大败敌军。他亲自率领200个骑兵殿后，金兵都不敢靠近他。

岳飞和金人在北方拥立的伪齐政权展开了多年的较量，最后巧施妙计除掉了大汉奸刘豫。他建议趁刘豫被废之际发动进攻，但朝廷没有理他。宋高宗绍兴九年（1139年），南宋和金国签署了和约，岳飞上书表示反对，但没有被朝廷接受。

一年后金人就撕毁了和约，派兀术率领大军南下。宋高宗慌了手脚，派岳飞出兵抵抗，岳飞派出手下将领，让他们分兵把守重镇，自己亲率大军准备进攻中原。不久，他派出的将领纷纷传来捷报，岳飞将主力留下，自己率领轻骑兵驻扎郾城，准备和兀术决一死战。

兀术听说岳飞来了，把手下大将召集起来商议，认为宋军其他人倒不足为惧，只有岳飞这块硬骨头不好啃，他打算引诱岳飞的部队前来，然后集中兵力消灭岳飞。消息传出后，朝廷内外都为岳飞感到担心，宋高宗也下令岳飞要慎重。岳飞说："金人的伎俩已经用光了。"他天天派兵挑战，还大骂兀术。兀术十分生气，

中国大事记　1131 年，南宋正式定都临安。

率领大军进攻郾城。岳飞派儿子岳云出战，对他说："输了的话，我杀你的头！"岳云挥舞银锤杀入敌阵，和敌人交战几十个回合，杀得敌人尸横遍野。

兀术见岳飞很难对付，决定把王牌部队派上。他训练了一支骑兵，都身披重甲，每三人为一组，用牛皮绳串起来，号称拐子马，冲锋的时候三人一起冲，宋军很难抵抗，这次兀术想凭借这一招击败岳飞。岳飞下令步兵手持大刀冲入敌阵，只管埋头砍马蹄。拐子马都是连在一起的，只要一匹马倒地，另外两匹也就没用了，结果拐子马几乎全军覆没。兀术伤心得大哭道："自从参战以来，全靠拐子马取胜，今天全完了！"兀术还不死心，调集兵力卷土重来。岳飞部将王刚率领 50 名骑兵在侦察的时候遇敌，马上投入战斗。王刚斩杀了敌军将领，岳飞望见前方在作战，带领 40 名骑兵前去增援，把这支金人援军打败了。

兀术连吃败仗，老本都快拼光了，只好仓皇逃走。当时形势一片大好，河北一带百姓听说岳飞来了，纷纷揭竿而起，组织起义军响应岳飞。岳飞一直打到离汴梁只有四十五里的朱仙镇，百姓们争先恐后前来犒劳子弟兵。兀术还打算靠强行征兵来抵挡岳飞，但河北一带没有一个人理他。金的将军也有带领部下投降的。岳飞很高兴地对部下说："改日直捣金人老家黄龙府的时候，我再和各位开怀畅饮！"

浙江杭州岳王庙内的岳飞坐像

奸贼秦桧

正在岳飞等人庆贺胜利，准备收复汴梁的时候，朝廷却下令退兵，好不容易建立起来的大好形势毁于一旦。这一切，都是奸臣秦桧干的坏事。

秦桧本来是状元出身，当初金人入侵的时候，他还是主战派，坚决不肯和金人妥协。汴京失守后，秦桧被派到金营谈判，被金人扣留了下来。秦桧后来带领全家老小从金朝逃回南宋。秦桧自称是杀死了监视自己的金人才逃回来的，但很多大臣对此表示怀疑。首先，和秦桧一起被扣留的人一个都没有回来，为什么他就能逃走？另外从金人的地盘到楚地有几千里之远，沿途就没有盘查的？再说他怎么可能带着全家老小一起逃回来？很多人怀疑他是金人派来的奸细，但秦桧的朋友却向高宗极力推荐他，说他又忠心又能干。秦桧和高宗见面的时候，第一句话就是："如果要天下无事，那就南方是南方，北方是北方。"意思就是和金人保持现状，不要再收复失地了。高宗生怕收复失地后，宋徽宗和宋钦宗被放回来，那他的皇位就不保了。秦桧的话算是说在他心坎上了，所以他高兴地说："秦桧质朴忠诚，不是一般人能够比得上的。我得到他以后高兴得都睡不着觉了！"从此对秦桧另眼相看。秦桧得到高宗信任后，专门从事议和一事，以前议和归议和，打仗归打仗，秦桧上台后却是一心议和，连仗都不想打了。

秦桧听说岳飞节节胜利，很快就要收复汴梁了，连忙催促高宗让岳飞收兵，还让其他将领也撤回来，然后以岳飞孤军深入为由，连发 12 道金牌逼其撤退。岳飞只好撤兵，收复的失地又全部被金人占据了。

历史关注 宋代盛产瓷器，以汝窑、官窑、哥窑、钧窑、定窑的产品最为有名，后人统称其为“宋代五大名窑”。

秦桧担心岳飞会反对自己议和，于是请求高宗将韩世忠、张俊和岳飞这几名功劳最大的将领升官，实际上是剥夺了他们的兵权。岳飞是当时各位大将中最年轻的一个，韩世忠和张俊都对他不服。韩世忠为人正直，秦桧知道不能在他身上打主意，于是想办法收买张俊，让他乘机诬告岳飞。

秦桧认为岳飞是他议和的最大障碍，所以极力谋划杀死岳飞。当时的谏议大夫万俟卨和岳飞有私仇，秦桧就指使他弹劾岳飞，还指使了一堆人诬告岳飞和金人有勾结。岳飞气不过，几次上奏章请求罢免自己的职务。秦桧觉得这样还不够，又让张俊威逼利诱岳飞的两个部将王贵和王俊诬告岳飞的爱将张宪企图将兵权还给岳飞，图谋造反。

秦桧派人将岳飞逮捕，岳飞对逮捕他的人说：“皇天在上，可以证明我的心！”秦桧一开始让御史中丞何铸负责审问，岳飞撕开衣裳把后背露给他看，上面刺了4个大字“尽忠报国”，何铸被岳飞的气势吓住了，又确实没有证据，只好判岳飞无罪。秦桧很生气，改让万俟卨审问。万俟卨一口咬定岳飞写信给张宪，让他谎报军情以震动朝廷，乘机收回兵权。还诬陷岳云也写信给张宪，要他采取措施让岳飞回到军中。万俟卨也知道没有这些信，干脆说这些信都被岳飞焚毁了。

当时一些正直的大臣都帮岳飞说话，结果都遭到了秦桧的陷害。宗正卿赵士褭用全家100口人的性命担保岳飞无罪。结果被放逐到建州。平民刘允升也替岳飞申冤，也被关到大理寺害死。

韩世忠对岳飞一案愤愤不平，跑去质问秦桧到底有没有真凭实据。秦桧说：“岳云写信给张宪这事虽然还不太敢确定，但‘莫须有’。”韩世忠大怒：“‘莫须有’3个字怎能让天下人信服！”

岳飞被关了两个月，但还是没有能找到证明他有罪的证据，秦桧干脆一不做二不休，写了张小纸条给狱卒，在一天晚上将岳飞害死了，岳云和张宪也被斩首示众。岳飞的死让金人放

岳王庙内秦桧夫妇铁铸跪像

下了心，欣然和秦桧签下了和约，秦桧从此成为后世百姓唾骂的对象。

秦桧在朝期间嫉贤妒能，排挤忠良，一心只想保住官位，他死后高宗居然还很悲痛，追封他为申王，谥号忠献。宋孝宗即位后，替岳飞平了反，宁宗时期，夺取了秦桧王爵，并把谥号改成谬丑。杭州西湖岳王庙岳飞的塑像前，浇铸了秦桧、秦桧老婆王氏、万俟卨和张俊4个陷害岳飞的坏蛋跪在地上的铁像，受到千万人的唾骂。

王彦组织八字军

金人侵宋朝后，不光有很多爱宋将领起来反抗，很多百姓也加入了抵抗侵略者的队伍，组成了极具战斗力的义军，王彦的八字军就是一支重要的抗金力量。

王彦是上党人氏，自幼喜欢学习兵法，他父亲觉得儿子有才能，就让他去京城当兵。王彦后来担任了清河县尉，跟随种师道两次赴西夏作战，立了不少战功。

金人攻打汴京的时候，王彦毅然离家跑到皇宫，请求皇帝试用他去讨伐金人。当时的河北招讨使张所很看重他的才能，将他提拔为都统制，让他率领岳飞等人渡过黄河，和金兵作战，很快就打了不少胜仗。

金人率领几万人马逼近了王彦的军营，将其团团围住。王彦当时手下只有几千人，寡不敌众，他突围而走，部将们也都失散了。王彦独自跑到西山驻守，派人联络各地抗金义士，打算再次起兵。金人把王彦看作眼中钉肉中刺，

中国大事记 1141年，宋与金达成《绍兴和议》：两国以淮水——大散关为界，宋每年向金进贡银二十五万两，绢二十五万匹。

悬赏捉拿他。王彦担心会有不测，晚上睡觉都要换好几个地方。他的部下为了表明自己绝无二心，纷纷在脸上刺了“赤心报国，誓杀金贼”八个大字。这样，他们就不可能投靠金人，而只能跟随王彦作战了。王彦被他们的行为所感动，从此和他们坦诚相待，同甘共苦。这支八字军战斗力极强，很快就出了名，两河一带群起响应，前来投奔的义军多达十几万人。金人召集部下，让他们去攻打王彦的营寨，那些人都跪下哭着说：“王彦的营寨坚如磐石，不是轻易能攻破的。”金人只好秘密派遣精锐骑兵偷袭王彦的粮道，王彦早就预料到金人会有这一招，事先就埋伏好，等金人进入包围圈后王彦一声令下，士兵们争先恐后地冲了出来，把金兵杀得大败。王彦打败金人后，和宗泽约好了起事的日期。

宋代攀城垣用的云梯模型

这是攻城时用以跨越城墙的设施。

宗泽命令王彦来开会，王彦带了1万多人渡过黄河，金兵只敢尾随其后，根本不敢出击。王彦到了汴京后，把人马交给朝廷，自己只带了随身亲兵前去见皇帝。当时朝廷已经打算和金议和，议和的使者都派出去了。王彦见到黄潜善等求和派后，向他们竭力陈说河北一带的大好形势，希望朝廷能赶快出兵北伐，否则金人喘息过来，把河北的义军消灭掉的话，就没机会了。他和黄潜善等人的主张完全背道而驰，他们暗中阻挠王彦面见高宗，最后也没有见成。

张浚知道王彦很有军事才能，把他招到自己部下，带他一起去宣抚川、陕一带。张浚和金人在富平相持不下，准备大举进攻。走到汉中的时候，他召集部下商议行动方案，王彦认为现在进攻并不妥，但没有得到别人的支持，王彦很失望，请求让自己去金州防守。

当时盗贼蜂起，加上遇到荒年，只有四川没有受灾，那些盗贼都想到四川来分杯羹。盗贼首领桑仲已经打下了淮安、襄阳，又攻下了均州和房州，号称30万大军，想进入金州。桑仲当年是王彦的部下，他给王彦写了封信，请求放行通过。王彦不理睬他，派门立率军阻击桑仲。桑仲部下十分骁勇，门立很快就战死了。有人劝王彦暂时躲避，王彦大声呵斥：“张公正在北边用兵，如果桑仲越过金州再北上的话，张公他们就会腹背受敌，那就完了。谁再敢说躲避的，杀！”金人见王彦人少，更加嚣张了，纷纷冲上来攻打。王彦命令全军出击，很快就把金人击溃了。王彦稍作休整后再次出击，收复房州。桑仲失败后逃回襄阳，又纠集了一批人将邓州攻了下来，然后兵分三路向金州包抄过来。王彦说：“桑仲是看到我们人少才分兵的，所以应该首先击破敌人最强的一路人马，这样其他人就会退走了。”他和金人相持了一个月，大破桑仲，桑仲最后被部下杀死。

兀术入侵中原，张浚命令王彦和吴玠、刘子羽等人在兴元会师。金人从上津杀来，很快就到了洵阳，守将郭进战死。王彦见形势不妙，赶紧退保石泉县。由于金人实力强大，王彦虽然拼死抵抗，但仍然节节败退。几个月后，他在汉阴大败敌将周贵的部队，将金州收复。为了表彰他的功劳，张浚上奏朝廷升他的官。但王彦认为收复的失地本是当初自己丢掉的，并没有什么功劳，拒绝受任。

王彦与金兵作战屡建奇功，但是可惜生不逢时。当时朝廷一心议和，夺走了他的兵权，让他去当地方官，浪费了他的军事才能。王彦在50岁那年去世，临死的时候把财物都分给了兄弟和子侄们。

虞允文书生救宋

虞允文自幼聪明好学，7岁就能写文章。他天性纯孝，母亲死后，他不但要守孝，还得照顾父亲，所以很晚才参加进士考试。考中进

历史关注 宋代我国劳动人民已使用双作活塞风箱鼓风炼铁，这是我国人民在机械工程史上的重要创造。

士后当了几年地方官，被召入朝廷担任了中书舍人。

当时金发生了内乱，完颜亮杀害了金熙宗，自立为帝。完颜亮凶狠残暴，早就有吞并南宋的打算。他表面上和南宋保持良好关系，暗中却在准备南侵。消息传到宋高宗耳边，却没有引起足够的重视。虞允文也认为金迟早会入侵，请求朝廷做好防备，但宋高宗装作没听见。

不久，完颜亮出动60万大军，号称百万，南下侵宋。当时刘锜防守淮东，王权防守淮西。王权是个胆小鬼，一听到金出动了那么多人，吓得没有打就跑了。而刘锜生了重病，回到了扬州。金军很快就攻破了宋军的防线，一直打到了采石。

这个时候宋高宗才害怕起来，他派李显忠接替了王权的职务，又派宰相叶义问前往采石劳军。叶义问才不敢到前线去呢，他知道虞允文不怕死，于是派他去采石犒劳三军将士。

当时防守采石的是王权的败兵，他们刚刚吃了败仗，主帅又逃跑了，而李显忠还没有来，士气非常低落。士兵们三五成群地聚在一起聊天，铠甲都懒得穿。虞允文没有想到事情会是这个样子，他觉得要是等李显忠的话，恐怕已经来不及了。虞允文在爱宋热情的驱使下，把各位将领召集过来，对他们说："现在敌人已经打到我们眼皮底下来了。采石如果失守的话，敌人就会长驱直入。各位深受朝廷厚恩，应该为朝廷效力。现在赏赐的财物和官职委任状都在这里，希望你们能好好立功，到时候不会少了你们的赏赐的。"大家都说："今天这事既然有你做主，我们还怕什么，一定会为宋死战的！"有人悄悄对虞允文说："朝廷是派你来犒赏将士的，没叫你来督战，万一有个什么闪失，你吃罪不起啊。"虞允文斥责道："现在都什么时候了，还说这些！我能眼睁睁看着社稷陷入危机吗？"

虞允文是个书生，而且他手下士兵人数确实也太少了，只有1.8万人。可金兵却有几十万，而且都是大船，宋军只有小船，在水上作战很吃亏。虞允文下令把船分成五队，两队停留在长江东西两侧，一队停留在江面上，剩下两队隐蔽在港口里面，以防不测。刚刚准备好，敌人就发动了进攻。完颜亮挥动旗帜，指挥几百艘战船杀了过来，很快就有70多艘敌船抵达了南岸宋军阵地。宋军抵挡不住，纷纷往后退。虞允文见形势危急，亲自跑到阵中，对大将时俊说："将军的勇敢天下闻名，怎么一打起仗来跟妇女小孩一样了？"时俊很不服气，挥舞双刀杀向敌阵，士兵们在他的激励下也纷纷掉头杀敌。停留在江中间的那队小船也冲了过来，由于船小，所以活动灵活，能够撞击金人的大船，很多敌船就是这样被撞沉的。杀到傍晚的时候，从光州撤下来一批败兵，虞允文让他们拿上战鼓和旗帜，命令他们绕到山后擂鼓摇旗呐喊。金兵以为宋军来了援兵，吓得纷纷逃散。虞允文下令放箭射杀逃走的金军，取得完胜。这一仗杀敌4000，俘虏500多人。完颜亮没想到居然在这里栽了跟头，气得把逃回去的士兵打死了不少。

宋军取得大胜后，虞允文很高兴，设宴犒赏全军将士。但虞允文并没有放松警惕，他预料到敌人明天一定会再来的，所以半夜的时候布置好了伏兵。第二天金人果然卷土重来，虞允文下令伏兵出击，自己带领主力部队迎战，两路夹击，又一次取得大胜，烧掉了300艘

采石矶

在今安徽省马鞍山市。绍兴三十一年（1161年），南宋名臣虞允文在此指挥水军，打败金主完颜亮的南下大军。

中国大事记	1164 年，金兵大规模南下，迫近长江，宋廷被迫与金重新议和，签定和议，史称“隆兴和议”。

敌船。

此时李显忠终于赶到了采石，虞允文向他交代了战况，并请求让自己带兵增援京口。他到京口后整顿军队，修治战具。当时朝廷各路援军都已开到，京口的士兵人数不下 20 万，但战船却很少。虞允文下令有风的时候用大船，没风的时候用小船，还派人造船只。虞允文弄了些车船来，让士兵们踏着车船在江上巡视。金人没有见过这个，一个个都傻了。有人把这事汇报给了完颜亮，完颜亮自作聪明地说：“那些船都是纸做的。”有个部将提醒他不要轻敌，反而被完颜亮打了 50 大板，还扬言要杀了那个部将。结果当天晚上完颜亮就被愤怒的士兵给杀掉了。金人群龙无首，最后乖乖地撤兵了。

韩侂胄北伐

宋光宗是个昏庸无能的皇帝，而且他很怕老婆，他妻子和宋孝宗关系不好，孝宗死后，光宗都不去奔丧。这事在朝廷上下掀起了轩然大波，很多人都觉得光宗不适合当皇帝。赵汝愚当时掌握大权，他觉得嘉王是个合适的人选，

用以破坏城防工事的饿鹘车模型　宋

就联系了高宗皇后的外甥韩侂胄，商量废掉光宗，立嘉王为帝。最后政变成功，嘉王即位，即宋宁宗。

韩侂胄认为自己拥立宁宗有功，喜滋滋地想瓜分胜利果实，但赵汝愚只稍微提升了他的官职，韩侂胄对此非常不满。朱熹看出韩侂胄有野心，多次提醒宁宗对韩侂胄要留点神。韩侂胄知道后大怒，想办法侮辱朱熹，逼他辞官。韩侂胄如此小心眼，所以对赵汝愚的恨意一直都没有减轻。

韩侂胄知道刘强对赵汝愚也很不满，就和他联合起来说赵汝愚的坏话，把赵汝愚的权力一点一点地削弱了。但他并没有满足，问李锐该如何是好，李锐说：“既然赵汝愚是皇室宗亲，那就给他安个谋反的罪名如何？”韩侂胄茅塞顿开，马上命令党羽依计行事。果然，宋宁宗看到弹劾赵汝愚谋反的奏章后，不假思索地把赵汝愚贬到了永州。

韩侂胄当初能见到赵汝愚完全靠徐谊的举荐，他怕徐谊翻出旧账，干脆找了个借口把徐谊也赶出了朝廷。他想，赵汝愚活着一天，对他都是个威胁，谁知道他会不会东山再起，于是命令监视赵汝愚的人百般刁难他，把赵汝愚活活逼死了。

韩侂胄知道自己是裙带关系上台的，才学有限，很多人都会看不起他。再加上支持他的韩皇后病死了，新皇后和他有矛盾，他担心长期这样下去，自己的位子就不保了。当时金已经衰落下来，把精力都集中在对付北方的蒙古部落身上，腾不出空对付南宋。而南宋多年没有经历战乱，国富民强，军费开支问题并不大。所以韩侂胄决定发动北伐，企图通过北伐建立不世功勋，巩固自己的地位。

韩侂胄北伐的想法提出来后，在朝野上下引起了极大反响。很多人都还记得，40 年前的那次北伐最终是以惨败收场的，而且南宋王朝士兵素质低下，又缺少优秀将领，根本没有能够统率全局的良将，所以反对的人特别多。当然，也有很多爱宋人士为此欢欣鼓舞，陆游就是其中一个。韩侂胄知道陆游声望很高，就

历史关注 张择端的传世名作《清明上河图》是一幅描写北宋汴京城一角的现实主义风俗画，有很高的历史价值和艺术水平。

把他调进朝廷。陆游也很高兴，专门准备了北伐的策略和主张。但是嫉贤妒能的韩侂胄怎么可能把大权交到比自己优秀的陆游手上呢？他请陆游来不过是为了提高自己的声望，并不想真正重用陆游。陆游在京城也就是干干编写史书这样的事，根本无法参与北伐的准备工作。像陆游这样有勇有谋，又有一腔爱宋热情的将领都认为北伐是必要的，但是金还很强大，如果不做好充分准备的话，会适得其反。但韩侂胄根本不搭理他，把他扔在了一边。

韩侂胄没有认清楚自己的实力，他任用的大多数将领都不是能征善战之才，他只看到金国的弱点，对自己的弱点却视而不见。开禧二年（1206 年），京洛招讨使郭倪出兵偷袭，攻占了金国重镇泗州。韩侂胄欣喜若狂，越发觉得金国不堪一击，他唆使宋宁宗下诏宣布金的罪状，正式对金宣战。宋军出动了 4 路人马向金发起进攻，但是长期沉溺在享乐之中的宋军根本不是金军的对手。虽然金军在蒙古人面前总是吃败仗，但打宋军还是绰绰有余的。很快，各路大军相继溃败，镇守四川的吴曦又叛变，与金人议和退兵。金军乘胜追击，渡过了淮河，一口气攻下了十几个州，扬言要渡江进军江南，狠狠教训一下南宋。

韩侂胄派郭倪前去抵抗。郭倪熟读兵书，一向以诸葛亮自居。他出发之前把部下一一调度好，认为稳操胜券。他还和负责后勤的将领说："木牛流马都靠你支持了啊。"谁知道宋军根本不堪一击，还没有打几个回合就纷纷溃逃，自相践踏被活活踩死的人比被金人杀了的还多。正在等着好消息的郭倪一听前线溃败，顿时大惊，赶紧对将领们指手画脚，重新调度，妄图挽回败局。可兵败如山倒，这个时候谁还耐烦听他吹牛皮？再说宋军士兵一向缺乏训练，跑起来根本不要命，郭倪见实在没办法，只好混在士兵当中跟着一起逃命。后来追查起失败责任的时候，郭倪竟然号啕大哭，当时的人都戏称他是"带着水的诸葛亮"。

南宋王朝不得不向金求和，而金提出了相当苛刻的条件，除了要南宋割地赔款之外，还要韩侂胄的头颅才肯收兵。韩侂胄虽然对战争失败负有责任，但他当时毕竟是宋军的主帅和朝廷宰相，按理说不能随便杀害，但那些贪生怕死之徒居然向皇帝建议用韩侂胄的人头来买得和平。皇后与韩侂胄早有矛盾，也同意这个意见，于是把韩侂胄骗上朝来，在路上布置人马把他杀害了。

韩侂胄虽然人品不好，北伐也有他个人的目的，但是在当时那个条件下，他能够不苟且偷安，主动北伐，这一点还是值得肯定的。相反，为了换得屈辱的和平而杀害韩侂胄，无论如何都说不过去。当时反对杀害韩侂胄的人有很多，但是都没有得到朝廷的重视。从此以后，南宋朝廷再也没有提出过北伐，南宋也就越来越腐败下去。

"放翁"陆游

陆游是南宋著名诗人，从小就才学出众，29 岁那年参加科举考试，被取为第一名。当时秦桧的孙子也参加了考试，秦桧暗示考官让他的孙子当第一，但考官没有理会，还是让陆游得了第一。这件事惹怒了秦桧，第二年陆游进京，秦桧不让陆游参加考试，还要陷害考官。直到秦桧死后，陆游才当了官。

宋孝宗即位后，一心想改变南宋的屈辱地位，他任命主战派张浚为枢密使。张浚是个爱宋将领，他一上任就决定出兵北伐，并请朝廷发布诏书，陆游就负责起草这份号召中原人民起来反对金朝统治的诏书。陆游从小深受爱宋教育，他一直梦想南宋能够收复中原，但由于奸臣当道，他一直不能实现抱负。这次张浚主张抗金，让陆游看到了希望，他满怀热情地参与到张浚组织的抗金活动中去。

但是张浚才干不足，再加上当时北伐的条件并不成熟，将领们之间又有矛盾，宋军士气低落，很快就被金兵打败，全军溃退。

北伐的失败给主和派打了一针兴奋剂，他们纷纷攻击张浚胡乱用兵，给朝廷造成损失。很多人还无中生有说张浚之所以北伐，全是陆游

中国大事记	1174 年，宋朝停止铸造铁钱，改为铸造铜钱。

陆游祠

怂恿出来的，结果张浚和陆游都被罢了官。而宋孝宗见北伐失败，只好和金人重新签订了屈辱的和约，从此再也不提“北伐”二字了。

10 年后，负责川陕一带军事的王炎听说陆游很有才干，专门聘请他当自己的助手。陆游向王炎提出了进兵的策略，他认为进攻中原必然要先打下长安，而打长安必然要从陇右进军。所以他建议王炎应当积蓄粮食，操练兵马，如果金人来犯就用心防守，金人不来的话就主动进攻。后来吴璘的儿子吴挺接替了父亲的职务，由于少年得志而骄横万分。他把家里的财产都拿来结交宾客，交了一堆坏朋友，经常因为和别人发生一点小摩擦而杀人。王炎拿吴挺一点办法都没有，他问陆游该怎么办。陆游建议让吴玠的儿子吴拱代替吴挺，但王炎认为不妥，他说：“吴拱胆子小，又没有什么智谋，打起仗来一定吃败仗。”陆游说：“吴挺打仗的话，也不见得不会输。就算他能打胜仗，照他那个脾气，有了功劳肯定更骄傲了，到时候更没办法控制他了。”王炎没有听陆游的话，结果后来吴挺的儿子吴曦果然背叛了朝廷，陆游的话才应验。

王炎被调走后，陆游去了成都。当时成都长官是陆游的老朋友范成大，陆游当了他的参议官，两人交情一直很好，在一起也没有上下级的架子。陆游因为长期不能实现抱负，变得很颓废，经常写诗来抒发自己的郁闷心情，当时的人都讽刺他，陆游知道后干脆给自己起了个“放翁”的号。

后来陆游调任为江西常平提举，江西发大水，陆游上奏道：“请朝廷开放义仓，并让各地发放粮食给灾民。”给事中赵汝愚把陆游批评了一番，让他看守祠堂去了。此后几十年内陆游都无所事事，只能把一腔热情倾注在他的诗篇里面，内心一直非常痛苦。

韩侂胄北伐的时候，陆游以为多年的梦想终于可以实现了，他欣然接受韩侂胄的命令，赶回京城投入准备北伐的工作中。但韩侂胄北伐的目的是为了权位，任用陆游也只是利用他的威望，陆游工作了一段时间后发现自己只是个摆设，非常气愤。这次北伐并没有做好准备，加上带兵将领昏庸无能，很快就失败了。韩侂胄也被贪生怕死的南宋君臣杀害，把他的头颅献给了金朝。陆游虽然很看不起韩侂胄，但对于朝廷如此软弱谄媚，他感到万分痛心，没过几年就病倒了。

嘉定二年（1209 年），这位 86 岁的老人终于含恨闭上了双眼，临死的时候，他把儿孙们叫到跟前，留下了他一生的代表作《示儿》：“死去元知万事空，但悲不见九州同。王师北定中原日，家祭无忘告乃翁。”这首诗感动了千千万万的爱宋人士，激励他们为朝廷献身，是中国文学史上一篇重要的诗篇。可惜腐败的南宋王朝不但没有“北定中原”，反而被元朝所灭，陆游最终也没能瞑目。

理学大师朱熹

儒学发展到宋代，出现了理学这种体系，理学家们认为伦理纲常是人的先天之性，而喜怒哀乐是后天的情欲，情欲是阻碍伦理纲常的东西，所以要提倡“存天理，灭人欲”，提倡忠孝仁义。南宋的朱熹就是宋代理学集大成者。

朱熹小时候很聪明，刚会说话的时候，父亲指着天告诉他：“这是天。”朱熹问道：“那天上边是什么呢？”他父亲很惊讶儿子的问题。上学后，老师给他一本《孝经》，他读了后在上面题字道：“不这样做，就不能称其为人。”

历史关注 泉州在南宋晚期成为世界第一大港和海上丝绸之路的起点。

（“不若是，非人也。”）18 岁的时候成为贡生，不久中了进士，担任泉州同安县主簿。他在任的时候挑选了很多优秀人才到学校里学习，天天和他们一起讨论修身养性之道。不久他被朝廷征召，但以有病为借口推辞掉了。

皇帝想奖励和任用廉洁有才之人，有人推荐了朱熹，朝廷想任用他为秘书郎，他极力推辞。3 年后，朱熹被任命为南康军知军，他再次推辞，但没有得到允许，只好去上任。当时南康正逢旱灾，朱熹在当地实行抗灾救民的政策，老百姓才没有饿死。朱熹在当地考察了白鹿洞书院的遗址，后上奏请求恢复原来的样子，重新恢复了白鹿洞书院，由此白鹿洞书院成为中国四大书院之一。

朱熹深受二程学说的影响，很多人就借攻击二程来打击朱熹。陈贾对皇帝说，近来士大夫中有标榜所谓“道学”的，多数是欺世盗名之徒，指的就是朱熹。朱熹一生廉洁，穷得经常问人借钱，但不符合道义的钱财一文不取。朱熹治学的方法是穷究事物之理来推广知识，然后又用在自己身上来检验实际内容。他常说圣贤的理论都分散在古代的典籍之中，而那些书里面的义理又不明白，所以圣人之道才没有人了解。他用一生的精力来研究经典，对经典进行注释，他写了很多注释经典和阐述自己学术思想的书，后来的几个朝代把他为《大学》《论语》《孟子》《中庸》所做的注解作为学校里的必修课程。

王淮罢相后，朱熹被召入朝奏事，有个朋友告诉他说他提倡的东西是皇帝不爱听的，让他不要在皇帝面前说这种话。朱熹说：“我平生所学就是‘正心诚意’四个字，怎么能欺骗君主呢？”见到皇帝后，皇帝说：“好长时间没有看到你了，现在我想请你担任清要的职务，不再用州县的小事来麻烦你了。”第二天就任命朱熹为兵部郎官。兵部侍郎林栗和朱熹讨论学术问题发生了分歧，他就弹劾朱熹说：“朱熹本来没有什么学问，只是剽窃张载和二程的学说，称为‘道学’。他还经常带着一批学生到处走动，模仿孔子和孟子，不肯担任官职，明显是和朝廷作对！”皇帝说：“林栗的话好像过头了。”太常博士叶适弹劾林栗，说他说的话没有一句是对的。侍御史胡晋臣也说他无事生非，把学者说成是朋党，林栗因此被贬为泉州知州。

宁宗即位后，韩侂胄仗着自己拥立有功，很骄傲。朱熹担心他危害社稷，多次和皇上谈到这个问题，因此被免官，赶出了朝廷。赵汝愚执政后，朱熹写信提醒他要多多注意韩侂胄，但赵汝愚认为韩侂胄容易对付，没有把朱熹的话放在心上，最后事实证明朱熹当年说的话是对的。

朱熹离开朝廷后，韩侂胄唆使党羽弹劾门户之学，请求辨别他们的真伪。刘德秀在长沙做官的时候不被理学家张栻的弟子所看重，后来他做了谏官，就攻击理学为“伪学”。太常少卿胡纮说：“近年伪学猖獗，图谋不轨，希望朝廷能够给予限制。”还有人攻击赵汝愚等人是“伪党”，后来发展到干脆说他们是“逆党”。更有甚者说道学和权臣结为死党，企图谋朝篡位，导致攻击“伪学”的行动一天紧过一天，甚至还有人上书要求杀了朱熹。当时那些跟随朱熹的学子都没了容身之地，不愿意同流合污的人纷纷隐居山林，也有一些儒学中的败类为了个人前途而改换门庭，拜他人为师，和朱熹

·朱熹学派遭禁锢·

朱熹学派在南宋时被诬为“伪学”，遭到禁锢。宋孝宗时，朱熹上书批判贪官唐仲友，而他是宰相王淮的亲戚。王淮就使孝宗斥责朱熹学说欺世盗名。宁宗即位后，朱熹上书宁宗提防大臣窃权。宰相由此怀恨在心，不断对宁宗挑拨，发布朱熹的十罪状，使理学书籍遭到焚毁。后有人公然上书要求处死朱熹。宁宗又公布了朱熹伪学逆党名单，致使朱熹的门徒不敢露面。朱熹病逝后，宁宗下诏只许他的门徒参加葬礼。9年后，宁宗定朱熹谥号为“文”，称他为朱文公。这时，朱熹学说才得到政府的肯定。

中国大事记　1178年，西辽承天皇后被部下所杀，仁宗子直鲁古嗣位，改元天禧。

划清了界限。虽然朱熹的学说遭到朝廷内外的反对甚至迫害，但他仍然每天平静地和学生们讨论学术。有人劝他把学生们都解散，省得给人以口实，他笑笑却没有说话。朱熹死的时候，谏官上奏说全国各地的“伪党”约定朱熹下葬那天聚会，为他送葬，希望能加以管束，朝廷采纳了这个意见。

朱熹71岁那年去世，他死后不久，朝廷对“伪学”的态度也慢慢有了转变。韩侂胄死后，朝廷为朱熹恢复了名誉。

文天祥就义

文天祥年少多才，20岁就考中了进士。他在对策的时候以《取法天道，自强不息》为题，洋洋洒洒写了1万多字。宋理宗很欣赏这个才华横溢的年轻人，亲自选他为第一名。

蒙古军队入侵的时候，朝廷下令各地勤王。文天祥接到诏书后泪如雨下，想方设法凑集了1万多人的军队，准备开赴京城。文天祥本来很喜欢奢华，他平时生活非常豪华考究，养了很多歌女。但是朝廷到了危难关头的时候，他就降低了生活标准，把家财全部捐献出来作为军费。他对别人说：“分享别人快乐的时候也应该要分享别人的忧愁，吃人家的饭就要为人家赴汤蹈火。”文天祥率领自己组织的部队到了临安，被任命为平江知府。当时吕师孟掌握兵权，他不但不积极准备抗敌，反而成天玩乐，一心求和，文天祥很看不惯他。

文天祥进入平江后，元军已经攻入常州了。文天祥派部将支援常州，吃了败仗，多数人都战死了。朝廷下令让文天祥回到临安坚守。

临安陷落后，文天祥想办法逃了出来，他和张世杰等人联系上，赶到福州继续组织起义军抵抗。福州陷落后，文天祥在潮阳一带流动作战，多次击败元军。不幸的是，起义军内部出现了奸细，暗中给元军带路，文天祥猝不及防，被俘虏了。

文天祥被押到潮阳后，元军将领张弘范很尊敬他，要他写信招降张世杰，文天祥说：“我不能保卫自己的父母，却让别人背叛父母，这怎么可能！”张弘范还要强迫他，文天祥就写了流传千古的《过零丁洋》一诗给他看，诗中最后一句是“人生自古谁无死，留取丹心照汗青”。张弘范看了之后知道不可能打动他，只好干笑着走开了。

崖山战役结束后，张弘范继续劝降文天祥。文天祥沉浸在痛苦之中，他告诉张弘范：“国家灭亡，当臣子的却不能拯救，本来就死有余辜了。难道我还敢逃避死亡而背叛吗？”张弘范对文天祥的忠诚佩服得五体投地，派人护送他去元朝首都。

文天祥在路上绝食8天，没有死，于是恢复了进食。到了大都后，宾馆的人招待得非常周到，但他并不睡觉，而是一直坐到天亮。忽必烈很佩服文天祥，派人去请他。文天祥说：“大宋都灭亡了，我只有一死报国。如果元朝皇帝能够让我作为道士回故乡的话，那还说得过去。但要我当官，为异朝效命，那是办不到的！”很多人都请求忽必烈释放文天祥，让他当道士去，南宋降臣留梦炎却不同意：“文天祥出去后，肯定会重新号令江南起来造反的。”这件事就算了。文天祥在大都一共被关了3年，忽必烈知道他肯定不会屈服，又爱惜他的才学，就和宰相商量释放他的事，这时有人把文天祥当年在江西起兵的事情说了出来，所以最终没有释放他。

不久，有人自称宋朝皇帝，聚集了人马，想要救出文天祥。在京城里也发现了匿名信，声称在某天以焚烧城墙上的苇草为号，率领士兵起义，请丞相不要再担心。当时元朝丞相阿合马刚被刺杀，忽必烈正处于紧张状态。他怀疑信中所说的丞相是文天祥，把文天祥招到宫中，对他说：“你有什么愿望？”文天祥说：“我身受大宋恩惠，做了宰相，不能再侍奉别的皇帝了。我希望能够赐我一死，这就足够了。”文天祥被拉到刑场的时候，上万百姓前来见他最后一面。文天祥很从容地对旁边人说：“我的事情完成了。”然后向南方叩拜，英勇就义，年仅47岁。

辽史

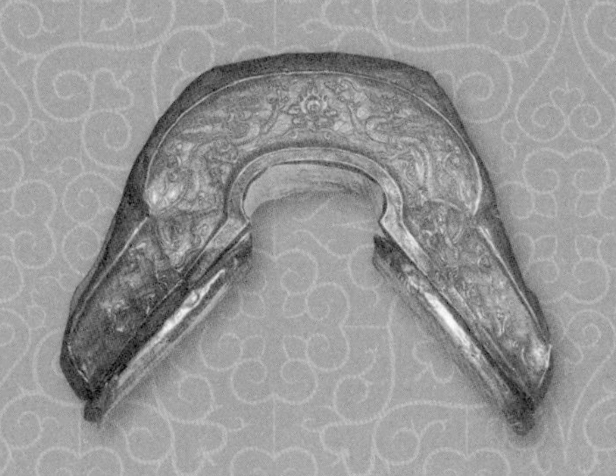

《辽史》共116卷，署名元脱脱撰。记载了辽200多年的史事，也兼叙了辽建立前契丹族和耶律大石所建西辽的历史。全书成书仓促，内容简略，但因记述辽代史事的其他书籍很少，所以仍具有很高的史料价值。

中国大事记

1206年，铁木真被推举为“成吉思汗”，建立政权于漠北，蒙古国成立。

耶律阿保机建辽

契丹是鲜卑人的一支，在辽河一带过着游牧民族的生活，唐朝末年在北方兴起。当时契丹人还没有自己的政权，而是分散成几个部落，每隔3年由各部落首领推选出全族的可汗。当时契丹各部落里面最强大的一个部落是大迭烈部，他们率先推行了农耕制度，边放牧边种地，还学会了冶铁技术，是契丹族中最先进的一个部落。

耶律阿保机被推举为大迭烈部首领后，就开始四处征战。由于他采用了铁制武器，加上学习了很多中原的战术思想，所以在草原上所向无敌，很快就统一了契丹各部落，成为契丹霸主。

耶律阿保机利用唐末中原战乱，将势力扩展进了中原。他先和李克用结拜为兄弟，后来又和朱温结盟，从中捞取了不少好处。

耶律阿保机通过和中原的交流，决定采用中原政治制度。他自立为帝，建立了契丹国。后来契丹改国号为辽，后人也称他辽太祖。耶律阿保机称帝后，把契丹首领的继承制度改成世袭制。由于以前是世选制，本来很多部落首领，包括他的弟弟们都有希望继承他的皇位，可改成世袭制后他们的梦想就破灭了，因此他们对耶律阿保机非常不满。他的几个弟弟发动了反对他的战争，史称“诸弟之乱”。第一次把叛乱镇压下去后，耶律阿保机并没有忍心杀掉亲兄弟们，而是和他们对天盟誓，并没有加以处罚。可第二年，那些人又叛变了。他派弟弟剌葛率兵攻打平州，剌葛攻下平州后并没有收兵，转过头来将矛头对准了耶律阿保机，想强迫他参加改选可汗的大会。耶律阿保机并没有和弟弟开战，而是马上回师，赶在弟弟们的前面举行了改选可汗的仪式。这样候选人实际上就只有他一个，轻松当选。

狩猎图　辽

描绘契丹人在草原上狩猎的情景。

耶律阿保机当选可汗后的第二天，众兄弟都来请罪，再次得到了他的宽恕。可谁知道半年之后，那些人又叛变了。他们拥立剌葛为新可汗，想劫持耶律阿保机参加由他们控制的可汗改选大会。耶律阿保机识破了他们的阴谋，亲自带兵讨伐剌葛。剌葛趁耶律阿保机带兵攻打自己的时候，悄悄派了另一支部队来偷袭阿保机的大营，还夺走了象征可汗权力的旗鼓和象征祖先的神帐。耶律阿保机的妻子有勇有谋，她率领部下拼死抵抗，等援军到来后又追赶敌人，结果仅仅夺回了旗鼓。耶律阿保机整顿好部队后对剌葛发动了进攻，很快就打败了他。但他并没有紧追残敌，因为他知道剌葛的部下不久就会思念家乡，等他们士气低落的时候再出兵，就能事半功倍。果然，一个月后剌葛的部下纷纷逃了回来，耶律阿保机乘机发动进攻，将剌葛活捉。至此，耶律家族的反叛势力一蹶不振，但这几次反叛给契丹人民带来极大的伤害。

然后，他又着手对付其他部落。当时另外几个部落都催促他把可汗之位让出来，耶律阿保机见众怒难犯，就交出了旗鼓，然后对他们说：“我属下有很多汉人，可不可以让我带领他们去治理汉人的地盘？”那些人都同意了。耶律阿保机在自己的地方发现了盐矿，除了自己吃之外，还供应给其他部落。他说：“我把盐拿给你们吃，你们不能白吃，应该来犒劳我啊。”那些人觉得他说得有道理，于是带上酒肉到耶律阿保机那里去，等大家都喝醉的时候，耶律阿保机就把他们杀了。

耶律阿保机把发展经济的重点放在了农业

历史关注 宋、辽、西夏、金在议和后会在接界地点设置一些互市市场，这些市场被称为榷场。

祭祀桌案遗物 辽

契丹人推崇厚葬，墓葬辉煌一时，祭祀物品极为丰盛。此为辽墓中墓棺前的祭祀物品，各式精致的瓷器横陈于桌上，瓷器内摆放着各种食品。这是研究契丹人葬俗的重要资料。

上，他鼓励各部落学习先进的农业生产经验。耶律阿保机还任用了汉族大臣韩延徽，让他帮助契丹人学习先进技术。在韩延徽的影响下，契丹还引进了不少汉族管理经验。契丹是游牧民族出身，擅长放牧牲口，所以耶律阿保机也很重视畜牧业。他推行群牧制度，由朝廷统一管理，大批量放牧。因为大批量放牧马匹的成活率远远高于小批量放牧，而且质量也不可同日而语，这样，契丹骑兵的优势就更加明显了。

耶律阿保机还东征渤海国，将其灭掉，统一了东北地区。但他在回师的路上病死，享年55岁。

辽之汉臣韩延徽

辽能够很快强大起来，并将游牧经济转变为农牧经济，这当然和契丹族人民的努力有莫大的关系，但是很多汉族知识分子在其中也起了很大作用，韩延徽就是其中一位重要人物。

韩延徽是幽州人，从小就聪明伶俐，刘仁恭很看重他。当他被派到契丹出使的时候，他在谈判过程中坚持维护后唐利益，一点也不让步。耶律阿保机生气了，下令扣留了他，想好好教训一下他。

皇后知道后对阿保机说："韩延徽不肯屈服是因为他是唐朝的大臣，说明他很忠诚，你为什么要侮辱忠臣呢？"阿保机觉得妻子的话很有道理，就把韩延徽放了，并和他聊了很久。韩延徽的见识让阿保机大开眼界，于是要求他留在契丹，韩延徽同意了。这并不是因为他怕死，而是当时后唐已经很腐败，快要亡国了。中原动荡不安，韩延徽无路可走，既然遇到了明主，为什么不留下来呢？他欣然接受了阿保机的好意，成了契丹的重要大臣。

当时契丹正在征服党项和室韦，韩延徽出了很多好主意，帮助契丹轻松征服了这些民族与部落。阿保机对韩延徽越来越信任，认为自己找到个好帮手。

韩延徽比较清楚中原发达地区的经济政策和统治方法，他建议阿保机实行改革，修筑城池，招揽汉族难民。汉人有很多特长都是契丹人需要的，他们来后就可以居住在城池里面。对于某些没有家庭的人，韩延徽还帮助他们成家，让他们可以安心地在契丹的土地上繁衍生息。这些汉人来到契丹的土地上，向契丹人展示了新的农业技术，让他们认识到这个世界上还有和放牧不同的生存方法。由于中原战乱频繁，愿意到契丹来居住的汉人非常多，他们给契丹带来了很多先进的东西，为契丹的经济发展作出了很大贡献。韩延徽作为倡导者，应居首功。

除了经济上的帮助之外，韩延徽还帮助阿保机改革政治，建立了很多典章制度。这对缺乏统治经验的阿保机来说是很重要的，至少他不会再像以前那样随便乱杀人，也废除了很多不合理的原始法律。

韩延徽在契丹住了很久，但作为一个汉人，他还是非常怀念自己故乡的。虽然他在契丹生活得很好，但他还是偷偷逃走了。回到后唐后他当了个小官，不过生活并没有安定下来。因为后唐掌权的将领之间矛盾很深，韩延徽夹在中间特别难做。不久他就得罪了一个叫王缄的将领，他怕会遇到麻烦，就跑到老朋友王德明家避难。王德明问他有什么打算，他说："我

中国大事记

1211年，蒙古攻金，在野狐岭（今河北万全西北）会战，蒙古军大破金军40余万人。

还是想回契丹。”王德明觉得他是从契丹跑出来的，回去的话可能不太妥当。韩延徽笑着说：“他们没有我就像没有手一样，我回去的话他们高兴还来不及，肯定没事的。”不久他就回到了契丹。

阿保机很生气，问他为什么要逃，又为什么要回来。韩延徽说：“忘记亲人是不孝，抛弃君主是不忠。我虽然跑掉了，但我的心是忠于陛下的，所以就回来了。”这番话让阿保机很高兴，没有怪罪他，还升了他的官，仍旧让他参与政事。

韩延徽跟随阿保机东征西讨，立了不少功劳。在讨伐渤海的时候，渤海王请求投降，但不久又叛变。韩延徽和其他将领剿灭了渤海王，因功被升为左仆射。阿保机去世后，韩延徽因为失去了一个知己，加上忠君之情，他在葬礼上痛哭不已，让周围的人非常感动。

韩延徽是辽的三朝元老，官越做越大，深得辽皇帝们的信任。他退休后，儿子镇守东平。皇帝特意下旨允许他儿子每年都回去看望父亲。韩延徽78岁那年去世，皇帝听到这个消息后很悲痛，赠官尚书令。为了表彰他的功劳，皇帝下令他的子子孙孙永世为崇文令公，世袭罔替。

辽之中流砥柱耶律休哥

耶律休哥是辽的贵族子弟，少年时期就跟随军队南征北战。辽宋高梁河战役的时候，耶律休哥带领军队前去增援，在高梁河与宋军大部队遭遇。耶律休哥并没有惊慌，他把士兵分为两部，从宋军左右两翼杀去，大获全胜，斩首1万多人。

辽为了报复宋朝攻打燕京，派韩匡嗣和耶律沙讨伐宋朝。耶律休哥跟随韩匡嗣在满城作战，还没开战宋军就请求投降，韩匡嗣准备受降。耶律休哥劝道：“宋军队伍整齐，士气正旺，怎么可能连打都没打就投降呢？所以一定不能放松警惕。”韩匡嗣不听。耶律休哥见主帅不接受自己的意见，就带领本部人马登上高处观察敌情。过了一会儿，宋军发动了进攻。韩匡嗣没有丝毫准备，顿时傻了眼，士兵们也狼狈逃窜，辽军大败。耶律休哥赶紧指挥自己的部队出击，阻挡住了宋军的攻势，挽救了主力部队。耶律休哥因为这次的功劳被封北院大王。

第二年，辽皇帝亲自带兵南下，包围了瓦桥关。宋军前来救援，瓦桥关守将张师乘机突围。耶律休哥率兵阻击，斩杀了张师，把剩下的宋军又赶回了关里。决战之前，皇帝发现耶律休哥的战马和铠甲都是黄色的，在队伍中很显眼，担心宋人会认出他来，所以特地赐给他别的颜色的战马和铠甲。耶律休哥再次击败宋军，杀得宋军尸横遍野，还活捉了几员大将回来。皇帝十分高兴，慰劳他说：“如果人人都像你一样的话，我还担心什么呀！”

辽圣宗即位后，朝政大权落在了萧太后手里。萧太后很器重耶律休哥的才能，命令他总督南方的事务。耶律休哥布置了各地的兵力，在边境发展农业，奖励生产，很快就让边境呈现出一派繁荣的景象。几年后，宋军大举北伐，夺取了辽好几个城池。当时辽大军还没有赶到，耶律休哥手下兵微将寡，不敢出战。但他并不是消极防守，晚上他派出轻骑兵前去骚扰宋军阵地，专门捕杀落单的宋兵。不久，他还派兵切断了宋军的粮道，使宋军很快就因为缺粮而退守白沟。等宋军补充好粮草卷土重来的时候，他还是采取老办法捕杀单个士兵，边打边退。宋军不敢单独行动，只能排列成方阵边挖战壕边前进。等追到辽军的时候，宋军将士早已疲惫不堪了。耶律休哥乘机发动攻击，宋军冒雨而逃，被杀得溃不成军。耶

叠胜金牌 辽

历史关注

“四书”之名始于朱熹，包括《论语》《孟子》《大学》和《中庸》。

律休哥一直追到易州，得知在那里还有几万宋军，正在河边做饭。耶律休哥当机立断，回过头来对他们发动了突袭。这批宋军没有想到会遇到辽军，吓得拔腿就跑，结果一半的人都因自相践踏而死。耶律休哥因功被封为了宋王。

耶律休哥上书说宋朝刚刚打了败仗，国力衰弱，可以乘机南下攻宋，把黄河以北的地区都占领过来，但他的这个建议没有被采纳。后来伐宋的时候，耶律休哥担任了先锋。当时宋将刘廷让率领几万骑兵和李敬源准备会师，扬言要攻打燕京。耶律休哥听说后，派兵扼守住了宋军将要经过的要害地区。萧太后率军赶到，耶律休哥和宋军交战，杀死了李敬源，赶跑了刘廷让。几年后，又一次击败了刘廷让，杀死宋军几万人。

耶律休哥在瓦桥关战役中表现英勇，皇帝授予他于越的称号。他在对宋朝的战役中屡战屡胜，宋军为此很多年都不敢北上。当时宋朝人想让小孩停止啼哭，就吓唬他说：“于越来了！”萧太后非常尊敬耶律休哥，下诏允许他以后入朝的时候不用行跪拜之礼，这在当时是很特殊的恩宠。

耶律休哥认为燕州人民生活穷苦，他在燕州当官的时候就减免了很多赋税和徭役，还抚恤那些老弱孤寡之家。他虽然作战勇敢，但也很重视和平，经常告诫守卫边境的士兵不要侵犯宋朝边境。宋朝百姓的牲口不小心越过边界跑到辽国土地上，他也会派人将其送回去。边境远近的人民都很仰慕他的教化，所以很少发生冲突。耶律休哥去世的那天晚上，天上突然下起了大雨，树木都结冰了，人们认为连老天都在为他的死而落泪。辽圣宗怀念他的功绩，下令在燕京为他立了祠堂。

耶律休哥深谋远虑，料敌如神。他从来都不贪功，每次打了胜仗，都把功劳推让给部下，所以大家都愿意为他效力，作战特别卖力。耶律休哥虽然有名将之称，杀敌无数，但从来没有伤害过无辜。他的两个儿子也继承了父亲的品格，成为辽的重要将领。

耶律乙辛陷害太子

耶律乙辛从小就很聪明，有一次他替家里放羊，一直到太阳下山了还没回来。他父亲很担心，就去找他。看到他正躺在地上睡大觉呢，就把他叫醒了。耶律乙辛很生气，对他父亲说：“为什么要这么快叫醒我？刚才我梦到有人拿着太阳和月亮让我吃，我把月亮吃完了，太阳刚吃下一半你就把我弄醒了！”他父亲觉得儿子似乎天生就有异相，就不让他放羊了。

耶律乙辛长大后风度翩翩，英俊潇洒。他表面上待人很谦和，内心却很狡诈。辽兴宗统治时期，他担任了掌管太保大印的小吏。皇后觉得他神态安详，相貌不凡，很有古代名臣的风范，就委任他为笔砚吏，成为皇帝身边的近臣。他善于溜须拍马，取得了辽兴宗的信任，很快就升任为护卫太保。辽道宗即位后，把他提拔为同知点检司事，经常和他讨论疑难政事。由于他很有政治才干，所以很快就爬上了高位，被封为赵王。

耶律仁先被任命为南院枢密使，当时重元等人图谋不轨，怕耶律仁先坏他们的事，于是提议让他担任西北路招讨使，让他离开京城。辽道宗听信了他们的话，但耶律乙辛反对：“我刚刚参与朝政，还不太熟悉国事。耶律仁先是

·契丹的兴起·

契丹族原是鲜卑族的一支，北朝时从鲜卑族中分离出来，自号为契丹。唐朝时，契丹分裂成八部，各部的首领叫作大人，八部大人又共推一人为部落联盟首领。就在黄河流域军阀混战时，契丹迅速发展。公元907年，在朱温称帝建立后梁时，耶律阿保机被推为部落联盟首领，统一了契丹各部。公元916年，阿保机称帝，建立契丹，并创制契丹文字，辽朝由此开始。阿保机死后，耶律德光继位，公元947年（一说为公元938年）改国号为辽。

中国大事记　1219年，蒙古军队西征中亚的花剌子模。

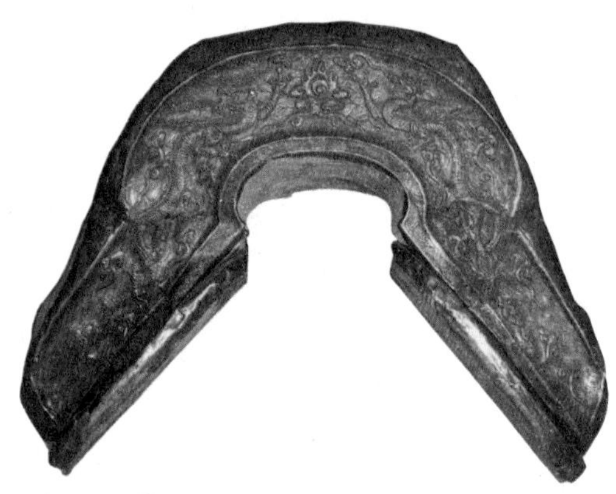
辽鎏金马具饰件
从这精美的饰件，能想见契丹（辽）人骑马征战、游牧的情景。

旧臣，不能让他离开。”耶律仁先在日后平定重元之乱的时候出了很大力，耶律乙辛因此有功，得到重用。耶律乙辛很快就控制了朝政，成为当时最红的权贵。

不久，太子开始参预朝政，分去了耶律乙辛的权力，他不能再为所欲为了。耶律乙辛对此很不满，于是计划陷害皇后。皇后死后，他还是不能任意妄为，又想加害太子。他上奏说：“皇帝身边怎么能缺少皇后呢？”建议皇帝另立个新皇后，从而动摇太子的地位。他竭力称赞他的同伙、驸马都尉萧霞抹的妹妹貌美贤淑，适合当皇后，道宗听信了他的话，就把那个女子立为皇后。很多人都知道耶律乙辛的邪恶目的，林牙官萧岩寿向道宗密奏：“耶律乙辛在太子参与朝政后，心里一直都很不满，我怀疑他有阴谋。”道宗就把耶律乙辛外放到别的地方去了。耶律乙辛对人哭诉道：“我并没有犯错，只是因为皇上听信谗言才把我外放的。”道宗听到他的话后也觉得后悔，反过来把萧岩寿调出了朝廷。道宗召集大臣商议把耶律乙辛调回来的事，那些大臣没有人敢说话，只有耶律撒刺认为不应当把他调回来，但道宗没有听，还是把耶律乙辛调回了朝廷。

当时太子因为母亲被害死，心里一直很郁闷。而耶律乙辛一伙却因为阴谋得逞而欢欣鼓舞，他们在朝中散播谣言，排挤忠良，闹得整个朝廷乌烟瘴气。

耶律乙辛想对付太子，唆使党羽诬告耶律撒刺等人图谋拥立太子。皇帝下令调查此事，没有找到证据就作罢了。耶律乙辛还不死心，他又唆使另一个人对皇帝说：“耶律撒刺的事确实有，我也参加了谋划，本来打算杀了耶律乙辛拥立太子的。但我现在如果不坦白的话，怕日后真相大白就完了。”皇帝相信了耶律乙辛的诬陷，下令将耶律撒刺等人全部处死，耶律乙辛把太子囚禁起来，不久派人把他害死。道宗知道太子去世的消息后非常悲伤，想召回太子的妻子，好好照顾她。耶律乙辛在半路上派人把她杀害以灭口。

耶律乙辛还想杀害皇孙，他趁道宗出城打猎的时候上奏建议将皇孙留在京城，目的是趁皇帝不在，把皇孙害死。道宗正要同意他的意见，有人劝谏道：“陛下如果把皇孙留下的话，皇孙年幼，万一有个什么闪失就麻烦了。所以最好派人加以保护，防止意外。”道宗就把皇孙带在了身边，从此对耶律乙辛产生了怀疑，也了解到耶律乙辛很多见不得人的勾当。道宗出去巡视的时候，发现很多官员都围着耶律乙辛转，心里非常不满，于是把他外放，并削掉了他的王爵。

不久，耶律乙辛因为私自倒卖违禁物品而获罪，按律应当处死。道宗一开始没有杀他，而是打了他一顿后发配远方，后来派人把他勒死了。

金史

《金史》共135卷，署名元脱脱撰。全书记载了金太祖完颜阿骨打到金朝灭亡约120年的史事。在宋、辽、金三史中，《金史》向来被评为简要，其首尾完密，条例整齐，约而不疏，在三史之中，得到的评价最高。

中国大事记

1234 年，金朝在宋、蒙古联合攻击下灭亡。同年，宋理宗意图收复北宋失地，光复中原，但在进攻洛阳时被蒙古军伏击，损失惨重。这次行动标志着宋和蒙古战争的全面爆发。

阿骨打誓不低头

在辽统治区的北方，有一支女真族，他们世世代代受辽统治者的奴役，早就很不满了。女真族比较落后，虽然很想反抗，但缺乏实力，而且女真内部分裂成为大大小小很多部落，一定程度上削弱了女真族的力量。

辽皇帝天祚帝到东北春州游玩，春州是女真的地盘，当地有个风俗，每年春天最早捕到的鱼必须用来祭祀祖先，然后设下酒宴庆祝，这种酒宴被称为“头鱼宴”。天祚帝来的时候，正赶上设头鱼宴，他摆下筵席，请各位酋长喝酒。天祚帝本来就是个昏君，也不懂得收买人心的道理。酒喝到一半的时候，他居然要酋长们起来给他跳舞。那些平时养尊处优的酋长哪里肯受这样的侮辱？但由于惧怕天祚帝，只好含怒站起来为这个昏君跳舞助兴。

但女真族完颜部酋长乌雅束的儿子阿骨打却一动不动，他表情冷漠，一直用仇恨的眼光盯着天祚帝。天祚帝很不高兴，觉得一个小小的酋长之子居然敢不听自己的命令，下令让他跳。可阿骨打就是不起来，别的酋长都怕他得罪了天祚帝，也跑来劝他，阿骨打不管别人怎么劝，打定主意不跳舞。天祚帝看在当天是节日的分上，没有找他的麻烦，却憋了一肚子气，这场头鱼宴也就不欢而散了。

金代的人物砖雕

天祚帝私下对枢密使萧奉先说：“阿骨打这个人太狂傲了，不听我命令不说，居然还敢用那种眼神看着我。我觉得应该找个借口把他杀了，省得留下后患。”萧奉先却说：“阿骨打是个粗人，他懂什么礼节？再说为了这点小事就杀他的话，我怕会伤害女真人的感情，以后对我们的统治不利。况且阿骨打算什么东西，就算他想谋反，又能有什么作为？”天祚帝听了他的话，就没有找阿骨打的麻烦，时间一长，他也就把这事忘掉了。

可阿骨打却没有忘记那天发生的事，他对辽长期欺压女真族早就不满了。通过这次头鱼宴，他看出天祚帝不过是个庸才，而且辽国也越来越腐败，他决心脱离辽的统治，开创一番自己的事业。

不久，乌雅束去世，阿骨打继承了酋长的位子。他积极准备反抗辽的统治，修筑城堡，打造武器，训练军队，很快就拥有了一支强大的女真部队。他利用这支部队逐渐统一了女真各部，壮大了自己的实力。

天祚帝听说阿骨打举动异常，一开始也没有放在心上，只是派使者去责问，另外派了些人马到东北相威胁。阿骨打说：“辽人已经察觉到我们的行动了，不能等他们先采取行动，我们应该先发制人！”他挑选出 2500 人，组成骑兵部队，对辽军队发动突袭。女真军队虽然人少，但训练有素，作战英勇，而辽军队长期缺乏训练，早就不堪一击了。辽将领没有想到女真人会主动进攻，根本没有任何准备，很快就被击溃。天祚帝听说吃了败仗，暴跳如雷，立刻派大军前去镇压，在松花江边遭到袭击，辽士兵望风而逃，阿骨打再次取得大胜。很多女真部落一开始只是在观望，并没有支援阿骨打的意思，看到阿骨打节节胜利，纷纷跑来投奔他。阿骨打从各个部落中精选出强壮士兵，将他们吸收进自己的军队，很快就发展到 1 万人。阿骨打觉得时机已经成熟，于是自立为帝，

> **历史关注**　谋克是金朝军政合一的社会基层组织编制单位，大体上每谋克辖300户。

国号大金。

天祚帝听说阿骨打自立为帝的消息后很生气，但他还没有来得及派兵镇压，阿骨打就率领大军攻打辽重镇黄龙府了。天祚帝赶紧派了 20 万人马前去增援，谁知道这些人都是酒囊饭袋，居然被阿骨打的 1 万骑兵杀得大败，连武器都丢光了。天祚帝被女真人的骁勇善战吓坏了，想和他们议和，但阿骨打不给辽喘息的机会，一口回绝了天祚帝的请求，还要辽投降。

天祚帝大怒，亲自点了 70 万大军，决心以多胜少，灭掉金。正在这个时候，辽发生内乱，天祚帝只好撤兵。阿骨打瞅准机会对撤退的辽兵发动进攻，70 万人一下子就被打垮了，天祚帝好不容易才逃脱。

这个时候，北宋王朝派来使者和金结盟，约好两路夹击，灭掉辽，条件是北宋要收回燕云十六州，阿骨打同意了。

当时辽的 4 座京城已经有 3 座被金人攻了下来，剩下一座燕京留给宋军攻打。谁知道辽军队虽然打不过金人，但打宋军还是绰绰有余，15 万宋军不但没有攻下燕京，反而吃了好几个败仗。宋军统帅童贯没有办法，只好请金人帮忙攻打，花钱把燕京赎了回来。金人看穿了宋朝的腐败，在灭掉辽后没多久，就把矛头对准了北宋。

完颜宗翰灭北宋

完颜宗翰是金宰相完颜撒改的儿子，阿骨打的爱将，17 岁的时候就以勇猛著称。阿骨打称帝，完颜宗翰在里面也有功劳。

虽然辽已经被极大削弱，但宗翰认为如果不给它致命一击的话，以后一定会有后患。他建议尽快灭掉辽，建立金的霸业。阿骨打认为他说得很有道理，于是下令整军备战。阿骨打对宗翰说："你为了西征而提的那些建议都非常合我的心意。虽然你不是皇族，但皇族中那些比你大的人都不如你，所以我才任命你为元帅。你要好好训练军队，耐心等待出兵日期。"

大金得胜陀颂碑

金太祖于此誓师伐辽，所向披靡，大败辽军，赐名"得胜陀"。后来为追念先祖功烈，遂在此地立碑歌颂功德。碑文正面阴刻汉字 815 字，北面阴刻女真文字 1500 余字。它是迄今存世女真文字最多的碑刻，对研究女真历史与女真文字有很大价值。

阿骨打亲自为宗翰斟酒，并脱下自己的外套给他穿上。

半年后，宗翰再次请求道："我们的大军已经停驻了很久了，士兵们都想为国尽忠，战马也很肥壮，应该趁这个机会攻打辽。"大臣们都说天气寒冷，不适合出兵，但阿骨打却同意了宗翰的意见。宗翰率领部队攻打北安州，大败辽军，迫使北安州投降。

宗翰在北安州驻扎了下来，派人到处巡逻，俘虏了辽的护卫。从他口中得知天祚帝正在打猎游乐，身边的人都离心离德，不肯为他卖命，而且西北和西南两路人马都是老弱病残，根本没有战斗力。宗翰向阿骨打报告了这个消息，希望派自己去讨伐，但阿骨打却让他再等等。宗翰眼看大好机会就要失去了，很着急，当即决定出发。他派人转告都统说："皇上虽然没有让我们攻打山西，但是也准许我们见机行事。山西的辽人完全可以打败，一旦失去机会，以后就很难谋取了。我现在已经出兵了，希望您能和我约好会合的地方。"

都统率兵和宗翰会师后，很快就打败了天祚帝，取得了完胜。宗翰回师后，得到了很多赏赐，被升为都统。

中国大事记 | 1271年，元世祖忽必烈改国号为“元”。次年，改中都为大都。

金太宗即位后，授予宗翰独断权。宗翰对宋朝招纳从金叛逃的人的行为很不满，于是上奏道：“当初我们讨伐辽的时候，为了争取宋朝和我们结盟，答应把燕京割让给他们。盟书上明明规定了不能收容对方逃亡的人，可现在宋朝在边境上肆无忌惮地招纳叛逃之人并给予赏赐。我们多次开出逃亡者的名单向童贯索要，但是规定日期都过了还是没有一个人被送回来。我们结盟一年就这个样子，哪里还能指望以后呢？而且宋朝还要让我们割让山西给他们，我请求不要割让。”金太宗采纳了他的意见。

宋朝多次破坏盟约，宗翰等人一再请求讨伐宋朝，于是金大举南侵，宗翰担任了左副元帅，带兵攻打太原。

宗翰很快就包围了太原城，宋朝4万大军前来援救太原，被宗翰打败，死伤1万多人。宗翰见太原防守坚固，估计很难短期内攻下，于是带兵南下，攻打其他城市，很快就打下了很多城池。然后宗翰留下部分军队包围太原，自己回到了山西。

本来金宋已经议和，但金借口宋朝扶持辽残余势力，再次兴兵伐宋。宗翰带兵攻下了太原，一路势如破竹，杀到了汴京城下，和宗望会师。

宋朝约定以黄河为两国界线，请求议和，没有得到同意。没过多久，宗翰攻下了汴京城，迫使宋钦宗投降。金太宗非常高兴，派人慰劳赏赐宗翰等将领。半年后，宗翰率领士兵将汴京洗劫一空，率领大军胜利回朝，还俘虏了宋徽宗和宋钦宗。为了褒奖宗翰的大功，金太宗特地赐给他免罪铁券，准许除了叛逆之罪外，其他任何罪状都不予追究，赏赐非常丰厚。

宗翰知道，在马上可以打天下，却不能在马上治理天下，他请求把占领的北宋土地上有资历和能力的人选拔出来做官，安抚当地的百姓。

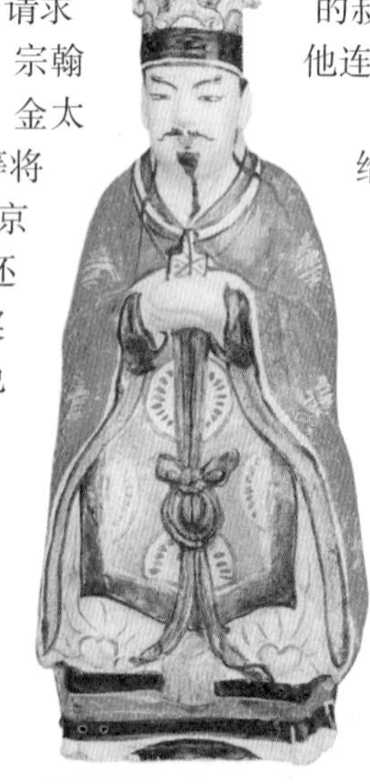
文官坐像　金

南宋赵构派人来和金谈判，暗中却招诱契丹人和汉人。金太宗得到这个消息后很生气，下令讨伐南宋。

宗翰率领大军攻打南宋，一路上战无不胜，攻无不克，但始终慢了一步，让赵构逃走了。虽然没有完成任务，但宗翰还是很受太宗器重。他58岁那年去世，死后备极哀荣。

残暴不仁的完颜亮

金太宗去世后，金熙宗继承了皇位。他的堂兄完颜亮是个野心很大的人，做梦都想当皇帝。完颜亮见金熙宗软弱无能，就发动政变，杀了金熙宗，自立为帝。

完颜亮在称帝之前特别善于伪装自己，把自己打扮成既廉洁又正直的人，但当上皇帝后就露出了本来面目。他生性好色，当皇帝之前却压抑着自己，身边没有几个姬妾，登基后就疯狂地搜罗美女充入后宫。完颜亮嗜色如命，只要是他看上的女子，哪怕是朝中大臣的妻子，他也照抢不误，就连自己家族的女子也不放过。后来的金世宗的妻子就是为了不让完颜亮玷污而自尽的。

完颜亮还很残暴，他上台后把自己的叔叔侄子们几乎全部杀死，不光如此，他连自己的嫡母都没有放过。

完颜亮是小妾大氏生的，从小就抱给了嫡母徒单氏抚养，徒单氏把他当亲生骨肉看待。完颜亮杀害了金熙宗，徒单氏听到这一消息后大惊，说：“皇帝虽然有不对的地方，但做臣子怎么能杀他呢？”她对完颜亮这种行为很不满，完颜亮拜见她的时候，徒单氏没有祝贺他，由此得罪了完颜亮。

完颜亮登基后，将徒单氏立为太后。有一次，徒单太后过生日，完颜亮的生母大氏给太后敬酒，但太后正在和别人说话，让大氏跪了很久。完颜亮大怒，第二天他把当天

历史关注

黄道婆把从海南岛黎族人民那里学到的先进的棉纺织技术带到了江南地区，推动了长江下游一带棉纺织业的发展。

和太后说话的所有女子都打了一顿，大氏劝他不要这样，他也不听，反而和太后的矛盾更深了。

大氏常对完颜亮说："太后一向对我们母子不薄，你不要对不起她。"几年后，大氏病重，她在临终时对完颜亮说："我死后，你一定要像侍奉我一样侍奉太后，否则我死不瞑目。"完颜亮听从了生母的话，将徒单太后接到宫里。他跪在太后面前向她谢罪，太后原谅了他。

完颜亮想南下伐宋，徒单太后竭力反对，完颜亮又开始对她不满了，每次拜见完太后回来，他都会很生气，别人也不知道是为什么。太后身边有个婢女名叫高福娘，是个既淫荡又狠毒的女子。高福娘和完颜亮有奸情，她经常在完颜亮耳边添油加醋地说太后的坏话。久而久之，完颜亮对太后的感情越来越淡薄了。

完颜亮担心太后会对他不利，决定先下手为强，他派点检大怀忠、翰林待制翰论、尚衣局使虎特末等人去杀徒单太后，完颜亮对他们说："你们见到太后的话，就说有圣旨，等她跪下来接旨的时候就干掉她！她身边的人也要全部杀掉，不要留下一个活口。"当时徒单太后正在和宫女们一起玩，大怀忠等人突然冲进来让太后接旨。太后觉得很奇怪，但还是跪下接旨。虎特末从后面狠狠地击打她的后脑，徒单太后挣扎着爬起来，又被击倒在地，一连几次都没有死。一个士兵上来用绸带将她活活勒死了，然后在宫里面焚烧尸体，把骨灰撒到水池里面。

完颜亮喜欢奢侈，但又经常装成一副朴素的样子。他平时都盖破旧的被子，以示自己和人民同甘共苦，还故意让史官看见自己穿有补丁的衣服，想在历史上留个好名声。有时候他到军营里去，和士兵们一起吃陈米饭。他看到别人的车陷进泥潭，就命令卫士去帮别人把车推出来。他自命贤君，让大臣们多多进谏，但那些敢说真话的大臣又会被他害死。

完颜亮和崇义节度使乌带的妻子唐括定哥有奸情，当上皇帝后就把她忘在一边。后来突然想起了这件事，想重新霸占唐括定哥，于是

副元帅印　金

金朝入主中原后，逐渐实行签军和募军制。它所设置的最高军事机构是都元帅，掌握金军事大权。至海陵王时，废除了都元帅府，仿汉制设立枢密院，由皇帝任命枢密使、副使，掌握金军事。

威胁她把乌带杀死。乌带死后，完颜亮把唐括定哥接进宫，封为贵妃。唐括定哥本来和家里的奴仆有奸情，进宫后完颜亮很快就对她腻味了，把她抛在一边，和别的女子寻欢作乐。唐括定哥忍受不住寂寞，就把那个奴仆偷偷接进宫重温旧情。世上没有不透风的墙，完颜亮很快就知道了这件事，他一怒之下就把两人杀死了。

完颜亮一心想吞并南宋，他拼凑了 60 万人的军队，号称百万，南下伐宋，不料在采石被虞允文打败了好几次。生性残暴的他把过错全部推在士兵的身上，动不动就打骂士兵，经常有人被他活活打死。这个时候，金发生政变，金世宗称帝，宣布废掉完颜亮。完颜亮大怒，决心灭掉南宋后再回国讨伐。结果急于求成，把士兵们逼得苦不堪言，激起了兵变，完颜亮在兵变中被愤怒的士兵杀死，结束了他残暴的一生。

昭德皇后宁死不受辱

完颜亮是个好色成性的皇帝，他一生中最大的愿望就是淫遍天下美色。他登基后，只要是漂亮的女子，哪怕是自己的亲侄女或者姑姑，他都不会放过，一律充入后宫。有的时候他为了霸占大臣的妻子，就把大臣派到边疆去做官，然后把独守空房的妻子召进宫，供自己发泄兽

中国大事记 | 1276年，元朝军队兵临临安，宋恭帝奉表请降，南宋灭亡。

欲。当时的许多大臣都敢怒不敢言，那些女子也只能忍辱偷生。不过也有例外，金世宗的皇后乌林答氏就宁死也不受他的侮辱。

乌林答氏自幼聪明好学，貌美有德，还没出嫁的时候就很得家人的尊重。长大后她嫁给了后来的金世宗完颜雍，侍奉公婆既孝顺又恭敬，把丈夫家治理得井井有条。完颜雍的父亲伐宋的时候得到了一条白玉带，是宋朝皇帝用过的宝物。完颜雍的父亲去世后，这条玉带落在了完颜雍的手里。乌林答氏对丈夫说："这种东西不是我们家可以用的，应该把它献给皇帝。"完颜雍觉得她说得很对，于是就献给了金熙宗，得到了金熙宗的赞赏。金熙宗晚年的时候经常喝酒发怒，动不动就杀害宗室大臣，但从来没有猜忌过完颜雍，这全是那条玉带的功劳。

完颜亮篡位后，对宗室也非常猜忌，杀了几百个宗室。乌带诬陷秉德企图拥立完颜雍为帝，害得秉德被完颜亮杀死。正当完颜亮想把屠刀对准完颜雍的时候，乌林答氏劝完颜雍多多进献奇珍异宝来取悦完颜亮。完颜雍也知道命比宝贝值钱，他搜罗了很多罕见的宝贝，把它们都献给了完颜亮。完颜亮得到那些宝贝后非常高兴，认为完颜雍害怕自己，不会造反，从此对他的猜忌之心少了很多。

乌林答氏一点都不妒忌，为了完颜雍能够多生儿子，她常常为他选择婢妾，即使自己生了儿子后也还是这样。一次，乌林答氏生病了，完颜雍在床边日夜照料，几天都不曾离开一步。乌林答氏说："大王对我太好了，知道的人说你在照顾我，不知道的还以为我装病来得到你的专宠呢。"说完这话后觉得不妥，马上又说道："做妻子的最重要的职责是端正家风，我只担心自己的德行不够，不能料理好家事，怎么能学那些妃妾一心只为自己打算呢？"

完颜亮早就听说乌林答氏年轻貌美，一直对她垂涎三尺，找了个机会把完颜雍调到外地，然后让乌林答氏进宫。乌林答氏知道完颜亮打的什么算盘，她暗中考虑：如果自己在家里自杀的话，一定会连累丈夫；但如果不自杀的话，又不甘心当那个恶棍的泄欲工具。于是她决定在前往京城的路途中自杀，只有这样，丈夫才能幸免。她告诉完颜雍："我知道该怎么做，不会连累大王的。"她找来家里的仆人，千叮咛万嘱咐，让他们好好照顾完颜雍。大家见她如此贤德，又想起她以前的好处，全都伤心地哭了起来。

乌林答氏走后，完颜亮派来护送她的人知道她一定不肯就范，担心她会寻短见，对她严加看护。走到离京城还有70里的时候，人们见她一路上不吵不闹，还和大家有说有笑的，认为她可能不害怕见到完颜亮，就放松了警惕。乌林答氏很快就得到了机会，趁大家不注意的时候自尽了。完颜亮怀疑是完颜雍教她这么做的，虽然没有证据，但他心里对完颜雍还是很不满意。

完颜雍得知妻子自尽的消息后悲痛欲绝，但又不敢声张，只好把尸体草草埋葬。等到他即位后，追封乌林答氏为昭德皇后，下令隆重改葬。金世宗对皇后的侄子天锡说："我四五岁的时候就和皇后定了亲。你的祖父把我抱在他的膝盖上说：'我有7个女婿，你这个我年纪最小的女婿一定能光耀我家门楣。'现在我当了皇帝，你祖父的话终于应验了，可惜皇后却再也看不到了。"

乌林答氏的儿子被立为太子，太子生了儿子后，金世宗非常高兴，他对太子说："你终于有了嫡传的继承人了，我实在是太高兴了！这都是皇后给你留下的阴德啊！"太子过生日的时候，金世宗出席了生日宴会。酒喝得正高兴的时候，乌林答氏生的女儿豫国公主站起来跳舞，金世宗看着看着就想起了死去的妻子，伤心地流下了眼泪。他说："这个孩子的母亲昭德皇后，她尽妻子的责任尽到了极点。我之所以不再立皇后，就是因为考虑到她的德行现在没有人能比得上。"

金世宗死后，大臣们将皇后和他合葬在一起。后来有人上奏说阿骨打的谥号里有"昭德"二字，所以乌林答氏谥号应该改一下，于是改谥号为明德皇后，不过习惯上仍称她为昭德皇后。

元史

《元史》共210卷，为明宋濂等撰，记载了元朝自元太祖至元顺帝年间的历史。全书编次多有疏漏、讹误之处，但其成书较早，保存有极丰富的史料，其历史研究价值不可忽视。

中国大事记

1278 年，文天祥兵败被俘，拒绝了元朝的诱降，于 1281 年被杀。

成吉思汗统一蒙古

成吉思汗名叫铁木真。他出生的时候，父亲也速该刚刚打败蒙古塔塔尔部，俘虏了他们的首领铁木真。为了纪念这次胜利，也速该就给儿子取名为铁木真。铁木真还没成年，父亲就带他去一个朋友家给他定亲。回来的路上不小心被塔塔尔人暗算，也速该被毒死了。也速该一死，他的部落就作鸟兽散了。原本依附于也速该的泰赤乌部在离开的时候还带走了很多属于铁木真的牛羊和奴隶。他们害怕铁木真日后找他们算账，就把铁木真抓了起来。后来铁木真带着母亲和弟妹们逃进了深山。

铁木真长大后开始招兵买马，很多他父亲当年的部下都跑来投奔他。泰赤乌部的人觉得首领太残暴，都归顺了铁木真，铁木真的实力逐渐强大了起来。

铁木真治军严厉。有一次，作战之前说好不准抢夺敌人遗弃的财物，免得妨碍追击敌人，谁敢违反就剥夺他的战利品。大获全胜后，有 3 个人违反了纪律。铁木真大怒，下令把他们抢夺来的财物全部分给了别人。

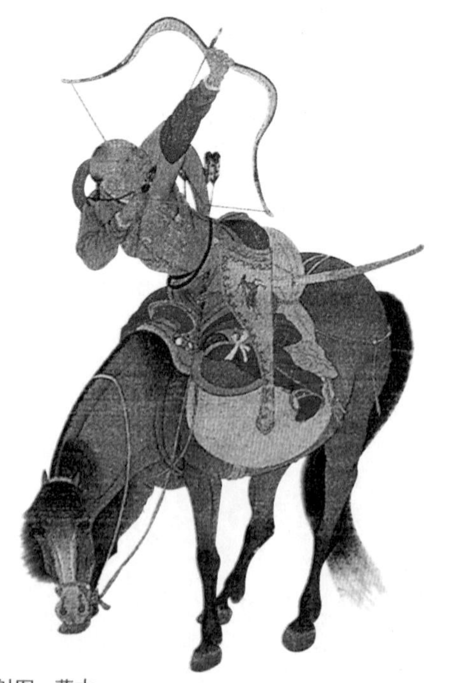

骑射图 蒙古

此图绘箭在弦上蓄势待发的瞬间，表现出蒙古族人的矫健，很有“弯弓射大雕”之势。

由于铁木真治军严厉，又英勇善战，很快就成为蒙古草原上一支强大的势力。铁木真本来和王罕关系很好，还曾经认王罕为义父。但后来双方翻脸，铁木真多次打败王罕。这一次，他又准备进攻王罕了。他派了两个人去王罕那里，假称是另一个蒙古部落首领哈撒儿派来的，说：“我哥哥的太子失踪了，妻子又被大王您俘虏，我现在是无路可走了。希望大王能够念在我们过去要好的分上，收留我和我的部落。”王罕相信了他们的话，派人跟随那两个使者去哈撒儿那里，准备和他结盟。等他们一到，铁木真就以他们为向导，带领军队找到了王罕的大本营，发动突袭，把王罕杀得大败。王罕好不容易才逃了出来，他长叹道：“我被我儿子（指铁木真）害了，今天失败，后悔也来不及了。”王罕后来被乃蛮部落的人所杀。

铁木真消灭王罕后，又准备讨伐乃蛮部落。当时大家都认为正值春天，马匹经过一个冬天后都瘦了不少，最好等到秋天把马匹养肥后再发动攻击也不迟。铁木真的弟弟说：“应该早点办的事就要快点办好，不要以马瘦来推脱。”别里古台也说：“乃蛮部落一直叫嚣要消灭我们，看不起我们，我们更应该一鼓作气消灭他们。他们自以为很强，如果我们对他们发动突袭的话，一定可以胜利！”铁木真听了他们的话后非常高兴，说：“你们有这样的信心，何愁不胜呢？”于是进军攻打乃蛮。

铁木真派虎必来和哲别两人为先锋，先行驻扎下来。乃蛮的太阳汗听说铁木真来袭，亲自调动了全部军队和盟友，兵力非常强大。当时铁木真军中有一匹瘦弱的老马不小心跑到了乃蛮的军营中。太阳汗见了后，对部下说：“铁木真的战马如此瘦弱，我们可以诱敌深入，等他们的战马跑累后，再进攻，这样就能轻松获胜了。”太阳汗的部将火速入赤有勇无谋，他气冲冲地对太阳汗说：“你的父亲当年打仗的

历史关注 成吉思汗颁布的《成吉思汗法典》是世界上第一套应用范围最广泛的成文法典。

时候，一向勇往直前，从来不考虑后面的事。你现在这样拖延，是不是害怕了？如果害怕的话，为什么不让你的妃子们来指挥军队？”火速入赤的话大大激怒了太阳汗，他被怒火烧昏了头，放弃了原先比较好的计划，立刻率军杀了出来，想和铁木真决一死战。当时铁木真的老对手札木合也跟随太阳汗一起出战，他开始把铁木真的军队看得很弱，以为可以轻松获胜。可是打着打着他就觉得不对劲了，于是率领部下偷偷溜出了战场。札木合逃走后，太阳汗的联军实力大受影响，士气也低落了很多。两军一直大战到傍晚，太阳汗战死，其他人见太阳汗死了，也都失去了斗志，被铁木真的军队杀得一败涂地。第二天，残余的敌人全部投降。很多部落见铁木真连草原第一霸主太阳汗都能打败，纷纷跑来归顺了他。不久，铁木真消灭了最后一个大的敌人蔑儿乞部，基本统一了蒙古。

铁木真召开了草原大会，宣布自己为蒙古部落的大汗，大家给他上尊号“成吉思”（意为海），铁木真就成了成吉思汗。

成吉思汗统一蒙古后，先后西征西夏、中亚和南欧等地，还和金朝分庭抗衡，建立了一个庞大的草原帝国。铁木真在攻打西夏的时候身患重病，不久就去世了。

·马上的天下·

蒙古族迁徙、征战均依赖于马匹，马匹在他们的生活中有重要地位，因此蒙古族人被称为“马背上的民族”。他们知道马匹对自己的重要性，所以对其格外爱护。在速不台攻蔑儿乞之前，成吉思汗就对他进行叮嘱“要爱惜乘马……平时行军……马嚼也要摘掉，这样才能爱护战马”，如果有人违此命令，是熟人遣回，不认识的人斩首。成吉思汗对马匹的爱护超乎我们想象。同时，他们用各种织纹装饰马鞍，这样既显出自身的威严与地位，对马本身也起了保护作用。而且，在长期的生活和战争中，蒙古族积累了丰富的驯养马匹的经验，并逐渐形成一套行之有效的规章制度，违者重罚。这样就让他们的马匹永远矫健雄壮，才能让成吉思汗东征西战，雄跨欧亚。

蒙古第一大将木华黎

成吉思汗能够统一蒙古草原，和他手下有一批英勇善战的将领是分不开的。木华黎的父亲是成吉思汗手下的大将，为了保护成吉思汗而战死，所以成吉思汗对木华黎一直很好。木华黎足智多谋，他的手臂特别长，能拉开两石的强弓。他和博尔术、博尔忽、赤老温4个人侍奉成吉思汗，都以勇敢忠心而出名，被称为“四杰”。

木华黎作战勇敢，深受成吉思汗的喜爱。铁木真登上汗位后第一件事就是任命木华黎和博尔术为左、右万户。成吉思汗带领木华黎等人伐金。打到抚州的时候，金兵号称40万人，列好阵势等待交战。木华黎说：“敌众我寡，如果不拼死作战的话，肯定赢不了。”他带领敢死队冲上去，所向披靡。成吉思汗乘机指挥全军一起进攻，大败金兵。木华黎随后带兵攻打居庸关，这个关隘城墙异常坚固，很难攻破。木华黎分兵攻打其他地方，最终取得了胜利。

成吉思汗包围了燕京（今北京），金请求议和，蒙古不同意。成吉思汗命令木华黎率领军队攻打辽东，一路上杀敌无数，先后平定了金国的东京和北京（今辽宁宁城西）。攻打北京的时候，金国守将率领20万人死守，结果被打败，死伤8万多人。木华黎战功赫赫，金人听到他的名字都要吓得发抖。

锦州守将张鲸聚集了十几万人，杀死金国节度使，请求投降蒙古。成吉思汗派木华黎负责收服张鲸，木华黎知道张鲸会谋反，派精兵监视张鲸。张鲸假称有病，计划半路偷偷逃走，监视他的人就把他杀掉了。张鲸的弟弟张致对哥哥被杀非常气愤，发动叛变，占据了很多城市。木华黎率领几万人马讨伐，张致的部队望风而降。木华黎到达兴中后，先派吾也而等人

中国大事记	1280 年，元世祖颁布郭守敬等所修订的《授时历》。《授时历》是当时世界上最先进的历法。

蒙古人攻城图　伊朗　志费尼

攻打溜石山，说："如果现在急攻的话，敌人一定会来增援，这样我再切断他们的后路，就能活捉张致了。"张致果然派侄子张东平率领8000骑兵和3万步兵去增援溜石山。大将蒙古不花派人飞马来报，木华黎赶紧率兵前进，在神水县和敌人相遇。他把手下的士兵分出一半作为步兵，又挑选了几千名弓箭手出来对敌人射箭，张东平和手下1万多人都被打死了。很快，蒙古军队又攻下了开义县，把锦州包围了起来。张致派张太平和高益出城迎战，又吃了败仗。死守了一个多月后，张致受不了了，他把作战失利的责任全部推到部下身上，杀了20多个将领。高益很害怕，将张致抓了起来，出城投降。

木华黎功高盖世，大汗特地下诏封他为太师，赐给他铁券和金印，封他王爵，对他说："你的封爵今后由子孙继承，永不断绝。"还把很多部队的指挥权交给他，说："太行山以北我来想办法，太行山以南就全靠你了。"木华黎从燕州进军，攻下了赵州，在满城驻扎下来，负责河北西路战事的史天倪对他说："目前中原已经大致平定，但是我军所到之处都大肆抢劫，这不是件好事。"木华黎觉得他说的很有道理，下令严禁抢劫，俘获的老百姓也全部放走，各地的百姓都非常高兴，很多地方不战而降。

当时金在黄陵冈囤积了20万人马，派了2万人袭击济南。木华黎听说济南被袭击，仅仅带了500人就击退了他们。为了消灭这支部队，木华黎率领大军进攻黄陵冈，金兵在黄河南岸布阵，准备应战。木华黎说："这次战斗不适合用长兵器，应当用短兵器。"下令骑兵全部下马，拿出弓箭对着敌阵猛射，果然打败了金人。进攻楚丘的时候，城池非常坚固，四周都是水，易守难攻。木华黎命令用草木填塞壕沟，然后带领部下登上城墙，一举攻克。

木华黎攻打延安的时候，金朝主帅出兵3万在城下摆好阵势，蒙古不花率领3000人去侦察，回来汇报说："敌人看我军人少，都很轻敌。明天打仗的时候，应该先假装失败，把敌人引入埋伏圈，这样就能轻松取胜。"木华黎半夜率领大部队在城东两条山谷之间埋伏好。第二天，蒙古不花率部出击，看见金兵就假装害怕逃跑。金兵果然紧紧追赶，进入埋伏圈后，木华黎率领伏兵杀出，杀死金兵7000多人。但最后还是没有能攻下延安，于是移兵攻下了另外两座城池。

木华黎后来又攻打长安和凤翔，虽然取胜，但没有把城池攻下来。第二年他就因病去世了，享年54岁。他临死前最大的遗憾就是没有能够灭掉金。

元朝第一文臣耶律楚材

耶律楚材是辽皇室后裔，他父亲担任过金的尚书右丞。不过在他3岁那年，父亲就去世了，他并没有沾到父亲的光。他母亲很贤惠，从小就教他读书写字，含辛茹苦地把他抚养成人。耶律楚材十分博学，是当时有名的才子。

耶律楚材当官后，被任命为燕京的左右司员外郎。成吉思汗打下燕京后，听说他很有本

历史关注 元世祖于1280年派都实探黄河河源，这是我国历史上第一次大规模考察河源的活动。

事，就召见了他。成吉思汗见耶律楚材相貌堂堂，一脸大胡子，很喜欢他，对他说："你是辽的后人，金和辽有深仇大恨，我可以为你报仇！"耶律楚材说："我虽然是契丹人，但我的父亲在金朝做过官，那么我就是金朝的臣子了。我怎么能以臣子的身份敌视君主呢？"成吉思汗很欣赏他的话，就把他留在了自己身边，为了表示亲近，成吉思汗不直呼他姓名，而称他为吾图撒合里，就是蒙古族语中长胡子的人的意思。

成吉思汗百战百胜，成天忙于东征西讨，抽不出时间来管理中原地区。他的宠臣别迭说："汉人对国家一点好处都没有，我觉得占领汉人的地方后，就应该把他们都杀光，把他们的土地变成牧场。"耶律楚材极力反对这种荒唐的说法，他说："皇上马上要讨伐南方了，一定需要大量军用物资。如果能把我们占领的中原地区的赋税做统一合理的管理的话，一年可以得到税收50万两白银、8万匹布和40多万石粮食。这些东西足够应付军队的开支了，它们都是汉人提供的，怎么能说汉人没用呢？"成吉思汗觉得很有道理，就把这事交给他去办。耶律楚材请求设立燕京等10个地方的课税使，主管官员全部任用读书人。那些读书人为人宽厚，督察严谨，为朝廷提供了大量税收。

成吉思汗到云中地区巡视的时候，当地所设的课税使把账目和收来的财物全部拿来给他看。成吉思汗笑着对耶律楚材说："你跟在我身边之后就能让朝廷有足够的财物用。汉人中有你这样的人吗？"耶律楚材说："汉人当中比我强的人多得很，我这点才干只能勉强为皇上所用。"成吉思汗很欣赏他这种谦虚。窝阔台继承汗位后，耶律楚材继续获得信任，被任命为中书令。

窝阔台南征金朝时，耶律楚材建议免去那些发誓永不再叛的农民死罪，再制作旗帜交给那些来投降的人，让他们回家种田。以后遇到蒙古军队，只要拿出旗帜就不会受到任何骚扰。窝阔台采纳了耶律楚材的意见，很多老百姓就是因为这样才免去一死的。

蒙古原来规定，凡是进攻城池，如果守城的人敢于抵抗，攻下来之后就把守城的人全部杀死。后来蒙古攻打汴梁的时候，大将速不台对窝阔台说："金人长期抗拒，为了攻下汴梁我们死了很多人，我请求攻下来之后把全城的人都杀掉！"耶律楚材听说后，马上对窝阔台说："我们打了这么多年的仗，无非就是为了得到土地和人口。如果屠城的话，那只能得到土地。光有土地没有人，土地有什么用！"窝阔台还在犹豫，耶律楚材又说："汴梁这地方很富裕，居民大多很有才干。如果都杀掉的话，我们什么都得不到。"窝阔台被他说动了，下令只诛杀完颜氏一族，其他人都免死。当时汴梁有100多万人，就因为耶律楚材几句话而保住了性命。

窝阔台非常宠信耶律楚材，有一次在宴会上，他亲自为耶律楚材倒酒，说："我这样信任你是遵从了父亲的遗命。没有你的话，中原就没有今天。我之所以能睡上安稳觉，也全靠你啊！"但是伴君如伴虎，有一次，两个道士在朝中争名夺利，一个诬陷另一个的两个下属是逃犯，于是把那两个人抓起来杀掉了。耶律楚材认为他们这样做不对，把相关人抓起来，窝阔台很生气，把耶律楚材捆了起来，后来又觉得后悔，命令给他松绑。但耶律楚材说："我身为辅国大臣，皇上开始下令把我绑起来，一定是因为我有罪，应当向百官宣布。现在放了我，就说明我没罪。皇上怎么能说抓就抓说放

蒙古军作战图　伊朗　志费尼

中国大事记　1292年，意大利人马可·波罗离开中国，回到威尼斯。后写下了著名的《马可·波罗游记》，对以后新航路的开辟产生了巨大的影响。

就放呢？这样下去，国家大事还怎么处理？”其他人都为他捏了把冷汗，窝阔台却向他道歉道：“我虽然是皇帝，但也不能保证不犯错嘛。”好不容易才让耶律楚材消了气。

耶律楚材死得比较早，死时才55岁。当时窝阔台已经死了，他的皇后执掌了朝政。有人说耶律楚材的坏话，说他长期手握大权，天下的赋税他差不多侵吞了一半。皇后派人前去他家调查，结果在他家只找到十几张七弦琴、一些书画和古玩而已。

元朝创始人忽必烈

忽必烈是成吉思汗小儿子拖雷的第二个儿子，窝阔台死后，他的哥哥蒙哥统治时期，任命忽必烈负责南方的军事。忽必烈重用儒臣，他每到一个地方都会访求当地的贤才。当时汉人虽然被蒙古人看不起，但如果让忽必烈知道哪个汉人有本事的话，他一定会亲自去拜访，将其请到自己府上任职。

忽必烈灭掉大理后，采纳了徐世隆等人的意见，下令部下不准乱杀人，此后他一直遵守这个誓言，很大程度上减轻了人民的抵抗。

蒙哥在攻打合州的时候受了重伤，很快就死了。当时忽必烈正在湖北一带作战，一听到蒙哥逝世的消息，马上和南宋签订和约，跑回去争夺汗位。这个时候，留守的小弟弟阿里不哥已经擅自征兵，企图夺取汗位。忽必烈在一些大臣和王爷的支持下登上了汗位，不久，阿里不哥也在部分大臣的支持下称汗，两派势力发生了严重冲突。忽必烈手中控制了汉地的人力物力和财力，比阿里不哥优势大得多，很快就将其击败。忽必烈以为阿里不哥从此失去了力量，就没有乘胜追击。一年后，阿里不哥卷土重来，在戈壁和忽必烈打了一仗，忽必烈虽然将其击败，但没有抓到他，也没有取得决定性的胜利。10天后，两军再次交战，没有分出胜负。当时两派势均力敌，但支持阿里不哥的察合台家族的首领阿鲁忽突然背叛了阿里不哥，倒向了忽必烈。阿里不哥被迫和阿鲁忽作战，但他不是阿鲁忽的对手，最后只好向忽必烈投降。忽必烈并没有杀他，只是把他囚禁了起来。

忽必烈消除了来自本国的威胁后，就把目光放在了南宋身上。在和阿里不哥作战的时候，一批汉人突然背叛了他，但很快就被镇压了下去。这次叛乱引起了忽必烈对汉人的猜忌，他再也不像以前那样对汉人言听计从，而是采取了一系列措施限制汉人的权力。他废除了汉人诸侯的世袭特权，并削弱汉人将领的兵权，在地方上实行军民分治。另一方面，他开始重用色目人，让他们和汉族官员互相牵制。

忽必烈虽然对汉人抱有疑心，但对于个别汉人他还是很信任的。比如汉人刘秉忠就很受他信任，忽必烈自立为皇帝和改国号为元都是刘秉忠提出来的。忽必烈建立元朝后，被称为元世祖，将大都定为国都。他设立了中书省作为政府的中枢机构，设枢密院主管大部分军务。元朝有个和前代不同的地方就是在各地设立了行中书省这个机构，简称行省，也就是今天“省”这一级行政单位的由来。

为了巩固蒙古贵族的统治，忽必烈还在大多数机构里面设立了达鲁花赤一职，由蒙古人或者色目人担任，是各机构的最高官员，掌握最后裁决的权力。

忽必烈在整顿好内务后，就开始大举入侵南宋，很快就灭掉南宋，统一了中国。

忽必烈把全国人民分成4个等级，第一等级是蒙古人；第二等级是色目人，是西域各国的人；第三等级是汉人，指原来在金朝统治下的各族人民；第四等级是南人，是原来南宋统治下的人民。前两个等级受到优待，而后两个等级则受到歧视。这种政策造成了很大的社会矛盾，

铜火铳　元

历史关注	元朝为维护蒙古贵族在全国的专制统治权，把全国人分为四等：一等蒙古人，二等色目人，三等汉人，四等南人。

为日后元朝的灭亡埋下了伏笔。

忽必烈在位35年，80岁那年去世。他结束了中国长达400多年的南北对峙的局面，是我国历史上出色的政治家。

《授时历》的编撰

郭守敬从小志趣就和别人不一样，他不喜欢玩游戏，而是对计算和工程感兴趣。他祖父和刘秉忠、张文谦等人是好朋友，让郭守敬跟着他们一起学习。

刘秉忠和张文谦担任了忽必烈的幕僚，忽必烈称帝后不久，张文谦向忽必烈推荐郭守敬，说他精通水利，是个难得的人才。忽必烈当时正在广求人才，就催促张文谦赶快带郭守敬来见他。

郭守敬一见到忽必烈就提出了6个建议，他主张重新开通大都（今北京）附近的古运河，用于漕运，另外还要开凿周围好几条运河，可以多灌溉上万顷土地。忽必烈听了郭守敬的建议后很高兴，说："像这样去办事的人，才不算是白吃饭的。"于是任命他为提举诸路河渠一职，专门负责兴修水利一事。

几年后，郭守敬跟随张文谦去以前西夏国的地方任职。当地的中兴州本来有两条古代修建的河渠，周围还有10条古渠道，大大小小的支渠有68道之多。但由于长期战乱，年久失修，已经不能使用了。郭守敬一上任就带领当地百姓修筑堤坝，疏通河道，很快就把这些河渠全部修复了，为当地百姓造了福。

第二年，郭守敬升任为都水监，他上奏说："从中兴州乘船到东胜，只需四天四夜，这一段如果能开凿水道的话，那将节约不少时间。"他还说："金朝的时候，从燕京西面的麻峪村引了卢沟河一条支流出来，称为金口河，它灌溉了周围一大片土地。自从开战以来，当地官员担心出问题，就用大石头把它堵住了。现在如果重新开凿的话，既可以恢复灌溉，又可以用来通航。再在金口西面挖开一条分水渠，尽量深一些宽一些，就可以防止洪水危害京城了。"这些建议都被忽必烈采纳了。

元朝建立后，刘秉忠曾上书提出《大明历》沿用了几百年，已经出现了一定的误差，需要修订新历法，但还没有来得及实施他就去世了。南宋灭亡后，忽必烈想起了刘秉忠的话，就派郭守敬负责天文测量并进行计算。郭守敬认为，历法准确与否，完全取决于测量是否精确。当时用于测量的浑仪是宋代在汴京制作的，而元朝首都在燕京，纬度有差别，加上年久失修，已经不能够准确测量了。郭守敬考察了浑仪的缺点，重新进行了修复。另外，他还制作出更加便于使用的简仪和高表等新式测量工具。

郭守敬认为在不同的地方测量，得到的数据是有偏差的，所以最好多在几个地方设立观测站，这样才能得到最准确的数据。忽必烈同意了他的意见，设置了14个监候官，把他们派往各地进行天文观测。观测站东至高丽，西至滇池，南至海南朱崖，北至铁勒，得到了大量精确的数据。

第二年，新历法编写完成，用了4年时间检验，没有出现误差，说明新历法是很准确的。经后人研究，新历法计算出的地球绕太阳一周的时间，比现在测量的只相差了26秒，和现在公历的周期几乎完全相同，而新历法比公历早了302年，郭守敬也因此成为中国历史上伟大的天文学家之一。新历法正式颁布后被

铜方日晷　元

郭守敬设计制造的天文仪器，现存于南京紫金山天文台。

中国大事记

1315 年，元仁宗下令恢复科举制度，将儒家学说中的程朱理学定为考试的主要内容。从此程朱理学成为大元的官方思想。

命名为《授时历》。虽然新历法已经颁布，但它的计算方法和有关的数据还没有正式定稿，郭守敬就整理了几乎所有资料，将其分门别类，编成了 26 卷的计算方法和数据表。他担任太史令后就把这些资料上交给朝廷，另外他还写了很多天文学著作，也都被官府所收藏。

有人向朝廷上报说从永平行船，经过滦河河道，通过拉纤而上，可以到达开平。还有人说卢沟河（即今永定河）如果经麻峪村行船，可以到达寻麻林。忽必烈被他们说动了心，派郭守敬去做实地调查。郭守敬到了当地后一看，发现那两个地方根本不能通航。不过他提出了新建议，建议在大都开一条新渠，在积水潭汇流，然后从东、南方向出城。沿河修水闸，用于调整河水以通航。忽必烈下令照郭守敬说的去做，新渠道修成后，确实比老渠道方便了许多。以前从陆地上运粮食，不知道要累死多少驴马，而现在从水上运，节约了成本，还提高了运粮速度和效率，忽必烈对郭守敬大加赞赏。

元成宗时期，朝廷准备开凿铁幡竿渠，郭守敬建议把渠道挖成 50 ~ 70 步宽。可人们觉得他的方案耗资巨大，于是削减了 1/3。没想到第二年赶上下大雨，山洪暴发，渠道由于不够宽，蓄水量有限，导致河水冲毁了大批民房，差点把皇帝的行宫都给淹了。元成宗对大臣们说："郭守敬真是神人啊！真后悔当初没有听他的话。"

·三种纪年法·

干支纪年。干支就是天干（甲乙丙丁戊己庚辛壬癸）和地支（子丑寅卯辰巳午未申酉戌亥）的合称。天干和地支循环相配，可配成60组，统称为"六十甲子"。

谥号纪年。齐宣王和鲁隐公均为帝王或诸侯的谥号，这就是帝号纪年。

年号纪年。公元前141年，汉武帝刘彻即位，使用年号"建元"，首创年号纪年。此后历代帝王都仿照他建立自己的年号。

大画家赵子昂

赵子昂名叫赵孟頫，子昂是他的字，他是宋太祖儿子秦王赵德芳的后代。赵子昂从小就很聪明，14 岁的时候因为宗室的身份担任了真州司户参军。南宋灭亡后，他回到故乡隐居下来。

忽必烈派程钜夫去江南寻找人才，结果找到了赵子昂，把他推荐给忽必烈。赵子昂才华横溢，相貌出众，忽必烈看到他后很高兴，给他赐座。有人说赵子昂是宋朝宗室，不能把他放在身边，但忽必烈不听。当时刚刚设立尚书省，忽必烈请赵子昂起草诏书，写成后拿给忽必烈看，忽必烈看了之后很满意，说："把我要说的话都说出来了。"忽必烈想重用赵子昂，但很多人反对，这事就搁了下来。

一年后，赵子昂被任命为兵部郎中。当时驿站归兵部管，负责供应来往使臣的食宿。而那些使臣奢侈浪费，驿站无法满足他们的要求，只好用强制手段向老百姓索要，弄得民怨沸腾。赵子昂针对这一现状向中书省申请增加驿站的经费，减轻了百姓的负担。元朝发行了很多纸币，由于种种原因发行遇到了困难。忽必烈派赵子昂去江南责问当地官员为何怠慢政令，授予他可以拷打官员的权力。赵子昂顺利完成了任务，没有拷打一个人。

忽必烈非常宠爱赵子昂，有一次，赵子昂在皇宫围墙外面行走的时候，由于道路狭窄，不小心掉进了河里。忽必烈知道这事后下令把围墙往里面移了两丈，以防赵子昂再掉进河里。赵子昂为官清廉，虽然官做得很大，但还是很穷，忽必烈下令赐给他五十锭钱贴补家用。

忽必烈有一次问赵子昂他觉得叶李和留梦炎两个人谁优谁劣。赵子昂回答道："留梦炎是我父亲的朋友，他为人忠厚守信，能谋善断，有大臣的器量。叶李读过的书我也读过，他和我差不多。"忽必烈说："那你就认为留梦炎比叶李好了？留梦炎当初是宋朝的状元，一直当

历史关注 “元曲四大家”指的是关汉卿、马致远、郑光祖、白朴。

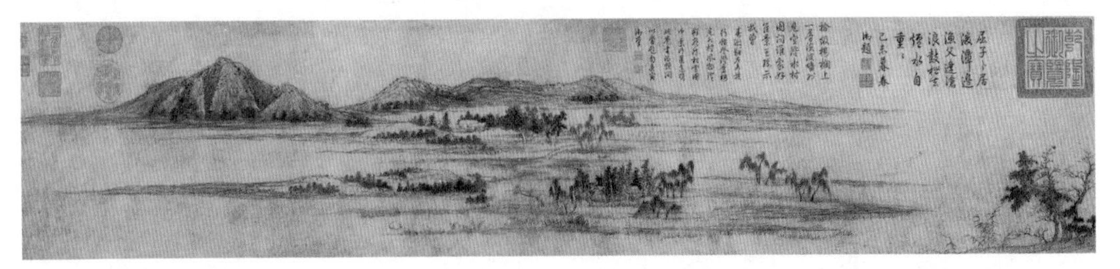

水村图　元　赵子昂　纸本

到了丞相一职。贾似道当权的时候，留梦炎不光不规劝，反而曲意讨好贾似道。叶李当初是个老百姓，却敢冒死向皇帝上书。我看叶李比留梦炎强，我知道你是因为留梦炎是你父亲的朋友，所以不敢说他的不是，但你可以写诗讥讽嘛。”

赵子昂出来后对彻里说：“皇上评论贾似道乱政的时候，批评留梦炎不敢提意见。现在桑哥比贾似道还坏，而我们如果不站出来揭发的话，以后怎么推卸责任？我说话皇上不会听的。但您很得皇上信任，为民除害是君子义不容辞的事，所以希望您能够尽量去做。”彻里对桑哥也很不满，他听完赵子昂的话后就去找忽必烈，在他面前揭发了桑哥的罪行，当时也有很多大臣弹劾桑哥，忽必烈被他们说动了心，下令彻底调查。最后桑哥的罪恶被一一揭发出来，忽必烈就把他杀了。

忽必烈曾经问赵子昂：“你是宋太祖的后代还是宋太宗的后代？”赵子昂回答道：“我是宋太祖的第十一代孙。”忽必烈又问：“那宋太祖的行为你都知道吗？”赵子昂说不了解。忽必烈说：“宋太祖的行为我都了解，有很多值得我学习的地方。”赵子昂觉得自己如果在忽必烈身边待太久的话，一定会被猜忌，于是请求让自己到外地做官。赵子昂到外地做官后，对百姓们很好，留下了断案如神的名声。

元仁宗即位后，把赵子昂召回了京城，对他很好。元仁宗曾和大臣们讨论文学，认为赵子昂可以和李白、苏轼等人媲美，还称赞赵子昂品学兼优，书法和绘画尤其出众，别人都比不了。很多嫉妒他的人在皇帝面前说他坏话，但皇帝都装作没听见。有人上书说赵子昂是宋朝皇室后代，修订国史不应该让他参与其中。皇帝说：“赵子昂是世祖皇帝亲自提拔的，我对他那么好，让他主管修订国史，这是对他的信任。你们这些人啰里啰唆地想干什么呢！”赵子昂有几个月没有上朝，皇帝一问才知道他是因为岁数大了，又怕冷，所以就不怎么出来了，马上下令赐给他貂皮大衣。

赵子昂博学多才，写了不少书。他精通音乐，写了《琴原》和《乐原》。赵子昂的书法也很出名，曾有个天竺的僧人不远万里地来求他的书法，被天竺人视为国宝。赵子昂的画更是古今一绝，尤其是画马，简直惟妙惟肖。杨载认为，赵子昂的才能很大程度上都被他的书画名声给掩盖住了。了解他书画成就的人不了解他文学方面的成就，而了解他文学成就的人，又不了解他的政治才干。赵子昂在69岁那年去世，追封魏国公，谥号文敏。

一心为元却遭猜忌的脱脱

脱脱是蒙古族人，家族世代在元朝为官，出身高贵。他自幼被叔父伯颜抚养，15岁的时候当了太子的侍卫，后来又担任了亲军指挥使。他凭借伯颜的势力青云直上，很快就担任了御史大夫一职。

脱脱虽然被伯颜抚养成人，仕途上也得益于他，但是脱脱看到伯颜在朝廷上为非作歹，知道伯颜迟早有一天会倒霉，所以有意无意地和他保持一定的距离，以免惹祸上身。

脱脱从小就拜吴直方为师，吴直方是有名的学者，脱脱发迹后，把吴直方接到家里当了自己的幕僚。吴直方足智多谋，当时的人都把

中国大事记 1323年，元英宗下令颁布元朝的正式法典——《大元通制》，共2539条。同年，英宗及宰相拜住等人在南坡被铁失刺杀，史称“南坡之变”。

他比作诸葛亮。脱脱有什么事都会先询问吴直方的意见，然后照着去做，没有不成功的。脱脱问吴直方，是否有必要把伯颜赶下台？吴直方回答道：“所谓大义灭亲。虽然伯颜对你有恩，但是你应该为朝廷尽忠，不要考虑亲属关系。”脱脱又说：“但伯颜势力很大，万一不成功怎么办？”吴直方说：“伯颜现在已经是天怒人怨，如果不能扳倒他，那就是天意，大不了一死。死又算什么？即使死了也能博得忠义之名。”脱脱被吴直方的话打动了，就向元顺帝控告伯颜的罪状。

元顺帝是伯颜拥立的，一直对伯颜的骄横非常不满，想找个机会除掉他。两人一拍即合，开始准备扳倒伯颜。

伯颜看出元顺帝对自己很不满，也在想办法对付。一天，他邀请元顺帝和自己一起出城打猎，实际上心怀不轨，想挟持元顺帝。元顺帝觉得去的话有危险，不去的话又会引起伯颜的怀疑。他把脱脱找来，问他的意见如何。脱脱建议元顺帝不要去，但为了安抚伯颜，他建议让太子去。伯颜见皇帝没有上钩，但太子却来了，觉得也没什么问题。他打算拥立太子为皇帝，废掉元顺帝，既然太子来了，提前行动没有关系。谁知道他的如意算盘并没有打好。他们刚一出城，脱脱就把京城里面伯颜的亲信全部抓了起来，再想办法把太子接回京城，让元顺帝下诏书公布伯颜的罪状，将他赶出了朝廷。

脱脱在罢黜伯颜的行动中立了大功，得到了元顺帝的器重，被任命为丞相。他上台后大刀阔斧地推行了改革，主要是为了抵消伯颜专权给国家带来的损害。

伯颜非常讨厌读书人，本来元朝科举就不发达，伯颜上台的时候把科举彻底废除了，很多知识分子丧失了做官的门路，对朝廷很不满。为了获得汉族知识分子的支持，脱脱下令恢复科举考试。伯颜掌权的时候对那些和他政见不合的人实行打击报复，出现了很多冤案。脱脱下令为当年被伯颜害死的人平反，获得了大臣们的支持。

伯颜是个狭隘的民族主义者，他始终担心汉人会造反，所以规定汉人不准养马，也不准收藏兵器，更不准和蒙古人、色目人发生纠纷。在伯颜掌权时期，民族矛盾非常深。脱脱放宽了政策，对汉人采用比较温和的政策，稍微挽回了民心。伯颜还是个很贪婪的人，他搜刮了无数金银财宝，为了满足自己和亲信们的贪欲，发布了很多苛捐杂税，老百姓被害得连饭都吃不饱。脱脱下令免除百姓拖欠的赋税，并取消了很多不得人心的收税项目。脱脱还主持编写了宋、辽、金的国史，为中国史学做出了很大贡献。

但不久，脱脱就因病辞职，昏庸无能的元顺帝任用奸臣哈麻，把朝政弄得一团糟。

4年后，脱脱再次出任丞相，他为了根治水患，下令治理黄河，但操之过急，激起了治河民工的不满，引发了红巾军起义。脱脱把精力都放在镇压起义上面，他鼓励各地地主组织武装力量对抗起义军，自己也带领军队加以剿灭，很快就镇压了芝麻李的起义。张士诚起兵后，脱脱决心一举将其消灭。他率领大军出师，大败张士诚。正在这个节骨眼上，哈麻攻击脱脱专权，图谋不轨，元顺帝害怕脱脱成为第二个伯颜，下令夺去了脱脱的兵权。脱脱只好独自回京，百万大军缺少领导，也纷纷逃散了。不久，脱脱被哈麻毒死，年仅42岁。

明史

《明史》共332卷，加上目录4卷，共336卷，为清张廷玉等撰。《明史》编纂时间之久在二十四史中占第一位，但明朝历史颇为复杂，很多问题并非《明史》所能包括。不过，《明史》仍不失为研究明朝历史的主要参考书。

中国大事记

1351 年，韩山童、刘福通、徐寿辉等聚众起义，以红巾为号，由此拉开了元末“红巾起义”的序幕。

红巾军起义

元朝统治末年，黄河经常闹水灾，朝廷为了消除水患，动用了大批民工兴修水利工程，治理黄河。这本来是一件好事，但那些贪官污吏却任意克扣治河经费，民工连饭都吃不饱，可还得在皮鞭之下拼命劳动，怨气冲天。

当时民间盛行白莲教，有个叫韩山童的人组织了白莲会，吸收了很多贫苦百姓入会，向他们宣传佛祖很快就要派弥勒佛下凡来拯救百姓。百姓已经被官府逼得走投无路，一听到弥勒佛要来拯救他们，当然很高兴，于是纷纷入会。

韩山童见治河工程闹得民怨沸腾，觉得是个好机会。他手下有个叫刘福通的人，对韩山童说，百姓对元朝的统治早就不满了，而对宋朝还有一定感情，所以干脆打着宋朝皇帝后代的旗帜争取群众，一定能取得好效果。韩山童觉得他说得有理，自称自己并不姓韩，而是姓赵，是宋徽宗的后裔，而刘福通则是南宋大将刘光世的后代，老百姓听了之后深信不疑，纷纷拥戴他们。

元末农民起义示意图

韩山童积极准备起义的消息传了出去，让官府知道了。刘福通等人逃到深山里躲了起来，而韩山童没有来得及逃跑，被处死了。刘福通组织部下举行了起义，治河的民工多是白莲会的成员，听到起义的消息后纷纷杀掉河官，前来投奔刘福通。很快刘福通就占领了不少地方，聚集了十多万人。刘福通为了和官兵区别开来，命令每个士兵头上都要裹红巾，所以老百姓把他们称为红巾军。

元朝统治者听说爆发起义，赶紧调兵遣将来镇压。可元朝的军队非常腐败，平时只知道欺负老百姓，一上战场就败下阵来，红巾军一口气打了好几个胜仗。这时，别的地方的老百姓也都纷纷发动起义，徐寿辉在黄州起义，布王三和孟海马在湘水和汉水一带举起义旗，芝麻李在丰、沛一带造反，郭子兴则占领了濠州，这些人都打着红巾军的旗号。

韩山童虽然死了，但他留下个儿子名叫韩林儿，刘福通觉得自己威望并不够，而且当初是以韩山童的名义组织起义的，所以他就找到了韩林儿，将他立为皇帝，称“小明王”，建国号为宋。刘福通排斥异己，独揽大权，红巾军的纪律比元军好不了多少，很快战斗力就下降了。元军抓住机会，在太康一带大败刘福通，刘福通保护韩林儿逃往安丰，逐渐恢复了力量。

刘福通分兵三路夺取地盘，他命令李武和崔德率军攻下商州，准备夺取关中；毛贵等人攻打山东河北一带，准备进攻大都；关先生和破头潘负责配合毛贵攻打大都，转移元军注意力。元军防守非常脆弱，各地又没有组织起有效的抵抗，当官的一听说起义军来了，往往拔腿就跑，所以起义军一路上势如破竹。但刘福通胸无大志，又不懂得约束部下，在外面打仗的将军根本不听从号令，各自为战，所过之处烧杀抢掠，失去了民心。每次攻下城池后又不

历史关注　成书于元末明初的《水浒传》，是中国历史上第一部用白话文写成的章回小说，是中国四大名著之一，作者是施耐庵。

分兵驻守，他们一走，元军就回来占领了。起义军越打越弱，等到元军大帅察罕帖木儿带兵攻打他们时，起义军连战连败，很快就被元军包围。100多天后，起义军的粮食都快吃完了，刘福通束手无策，只好带着韩林儿杀出重围，逃到安丰去了。而起义军内部则自相残杀，势力越来越弱。

此时关先生的部队攻陷大宁，进攻上都，田丰又攻占了保定，本来形势可以有所好转，刘福通却责备攻打关中的李武和崔德二人观望不前，准备治他们的罪，二人一气之下率部投降了元军。元军得以集中力量在北方作战，打败了关先生等人的部队，很快就将其歼灭，然后回过头来攻打刘福通。

刘福通在救援益都的时候吃了败仗，起义军很多优秀将领都阵亡了。此时张士诚被朝廷招安，也来攻打刘福通，他的部将吕珍将安丰团团围住，韩林儿没有办法，只好向朱元璋求援。朱元璋不愿意张士诚强大起来，于是率兵前来增援。可惜晚了一步，吕珍已经攻下了安丰并杀死了刘福通，朱元璋击败吕珍后，派人把韩林儿接走，暗中命令廖永忠在路上将船凿沉，把韩林儿淹死了。

这个时候，其他响应红巾军的部队基本上都被歼灭，徐寿辉被部将陈友谅杀害，郭子兴的部队已经被朱元璋兼并，红巾军从此退出了元末农民战争的舞台。

重八当皇帝

中国历朝所有开国皇帝中，朱元璋可说是出身最低微的一个。朱元璋是濠州钟离人，排行第八，正好又是重字辈，所以没有什么文化的父亲就给他取名重八。朱元璋家里非常贫穷，他从小就以给人放牛为生，但还是吃不饱穿不暖。后来濠州发生旱灾，朱元璋的父母和大哥都饿死了。朱元璋实在没有办法，只好到皇觉寺出家当了个小和尚。

谁知道才过了50天，皇觉寺也断粮了，朱元璋只好被打发出去化缘，其实也就是以和尚的名义要饭而已。没有人知道朱元璋在外要饭的那几年是怎么过的，总之他没有饿死，3年后他又回到了皇觉寺。郭子兴在濠州举行起义，元军把濠州城包围了起来。皇觉寺也被战火摧毁，朱元璋走投无路，干脆横下一条心，跑去投靠郭子兴。

论不必渡海帖　明　朱元璋

郭子兴当时正在招兵买马，他见朱元璋虽然面黄肌瘦，长得也丑，却透着一股机灵劲儿，就任命他当了个十夫长。朱元璋在起义军中，每天都刻苦练习武艺，还学习兵法。他给郭子兴出了不少好主意，给郭子兴留下了很深刻的印象。郭子兴觉得朱元璋日后必有出息，就把自己的养女马氏嫁给了他。这下朱元璋的身份就不同了，成为主帅的干女婿，在军中的地位更高了。

郭子兴和起义军里另外几个首领关系不好，朱元璋多次在中间负责调停。有一次那几个将领居然把郭子兴抓了起来，准备杀害他。朱元璋知道后赶紧跑回来把郭子兴救了出来，从此更受郭子兴的信任。

濠州解围后，朱元璋回到自己村里招募了700人，成为他们的首领。朱元璋觉得起义军的几个首领都不是干大事的人，决定自立门户，把招募来的人交给别人，自己带着徐达等人攻打定远，得到3000降兵。随后又打败元将张知院，接收了他部下2万士兵。半路上遇到李善长，聊得非常投机，将其任命为自己的军师。

朱元璋考虑到自己年轻，威望不高，于是想办法提高自己的威望。有一次，郭子兴让朱元璋统领自己的军队，朱元璋将这个消息秘而

中国大事记

1364年，朱元璋自称吴王，史称西吴政权。

不宣。他和将领们约定第二天议事，等开会的时候，朱元璋和他们讨论问题，他对各种问题的分析都很有条理，那些将领却都说不出话来，这个时候他们才稍微有点佩服他了。朱元璋又决定修筑城墙，限期3天。3天后，朱元璋负责修筑的那段城墙按期完成，而别人的都没有修好。这个时候朱元璋才拿出郭子兴任命他的文书，对将领们说："我奉命统率你们的部队，现在你们都误了工期，该怎么办？"大家都吓得要死，只好跪地求饶，从此谁都不敢看不起朱元璋了。

郭子兴病死后，他儿子郭天叙继承了他的位子，朱元璋成了郭天叙的手下。朱元璋很不服气，说："大丈夫怎么能受别人的控制！"他不听郭天叙的号令，改奉韩林儿为主。

朱元璋积极招兵买马，招揽了常遇春、廖永忠兄弟、俞通海等能征善战的猛将。朱元璋决定攻打集庆，他说："攻打集庆必先攻下采石。采石虽然防守坚固，但我们可以从牛渚那边发动进攻。牛渚面靠大江，是很难防守住的。"于是他先夺取了牛渚，采石也顺利拿下了。

郭天叙等人也来进攻集庆，但没有成功，郭天叙也被杀。他的部队走投无路，投奔了朱元璋。朱元璋乘势攻打集庆，活捉了敌将陈兆先，逼降敌人数万。投降的人都害怕朱元璋会杀他们，朱元璋在他们当中选出500精兵，让他们充当自己的侍卫，自己丝毫不做防备。降兵见朱元璋这么信任他们，都安定了下来。朱元璋把集庆改名为应天府，以此为根据地发展自己的势力。他自任吴王，表面上听从小明王的号令，但不久之后他就把小明王害死了。

随后，朱元璋打败了最强大的陈友谅，最终灭掉了元朝，登上了皇帝的宝座，定国号为明，他就是明太祖。

朱元璋大战陈友谅

陈友谅本来是徐寿辉的部将，但他野心勃勃，杀死了徐寿辉，自称皇帝，定国号为汉，占据了江西、湖广一带的地盘。当时他的实力远远超过朱元璋，成为朱元璋争夺天下的头号对手。

陈友谅见朱元璋打下应天，威胁到了自己的安全，于是联合张士诚一起攻打应天。陈友谅先率军攻下了太平，朱元璋的部将们听说陈友谅来了，都吓坏了，有的说投降，有的说退守钟山，只有刘基不说话。朱元璋把刘基单独留下，问他有没有别的意见。刘基说："那些主张投降和逃跑的人都应该杀头。敌人骄横无比，等他们深入后，我们再埋伏士兵拦截他们，这样就能轻松获胜了。"朱元璋采纳了他的意见。朱元璋向众将们问计，看怎么对付陈友谅攻打应天的大军。有人建议先去收复太平，好牵制敌人，朱元璋不同意，说："陈友谅地处上游，水军数量比我们多10倍，很难收复太平的。"有人建议朱元璋亲自带兵出击，朱元璋也不同意。他决定派胡大海攻打信州以牵制陈友谅，又派部将康茂才写信给陈友谅诈降。康茂才和陈友谅是老交情，他在信中说自己率兵在江东桥等陈友谅，让陈友谅带兵来接应。陈友谅居然相信了，带了几万人前往江东桥。那里早就布置好了埋伏，等陈友谅一进入埋伏圈，众将士就准备冲锋，朱元璋说："快下雨了，大家抓紧时间吃饭，等下雨的时候再打。"不一会，果然下起了大雨。朱元璋命令全军将士冲锋，大败陈友谅，陈友谅好不容易才逃走，但带来的军队几乎都死光了。朱元璋乘胜攻下了太平和安庆，胡大海也打下了信州。

陈友谅吃了个大亏，恼羞成怒，他用心整顿军队，厉兵秣马，决心报仇。经过两年的精心准备，陈友谅率领大军攻打洪都，一口气打下了好多个城池。朱元璋听说陈友谅带领全部人马前来侵犯，赶紧调兵遣将，前去援救洪都。

陈友谅集结了60万人马，兵强马壮，还有大批战船。而朱元璋只有20万人，水军多是些小船，实力远远逊色于陈友谅。但朱元璋很清楚，这是和陈友谅最关键的一战，如果输了的话，就前功尽弃，再也不能争夺天下了。

朱元璋赶到了鄱阳湖，首先派兵堵住了湖口，断了陈友谅的退路。陈友谅听说朱元璋来

历史关注 厂卫制度是明朝的特有，锦衣卫设立于明太祖时，东厂设立于明成祖时，西厂设立于明宪宗时。

了，马上撤兵解围，赶到鄱阳湖迎战。本来他的目的就是引出朱元璋，与其决战，并不是贪图一城一地的得失。当时陈友谅的水军非常强大，大船高达十几丈，连接起来长达几十里。陈友谅对自己的水军很有信心，认为击败朱元璋不成问题。很快，两军在康郎山相遇，陈友谅率先发动攻击。朱元璋见对方来势汹汹，自己也不甘示弱，把军队分成 11 队迎战。徐达率兵抵御对方前锋部队，俞通海用火炮击毁敌船数十艘，但陈友谅的部队也不甘示弱，他们也杀伤了很多朱元璋的将士，双方打了很久，损失都差不多。陈友谅手下猛将张定边见久攻不下，干脆亲自率领一批敢死队直奔朱元璋的指挥船而来。朱元璋大惊失色，慌忙中船又搁浅在沙滩上，只能听天由命。张定边以为可以立下头功了，谁知道常遇春见朱元璋有难，向张定边一箭射去，敢死队见主将中箭，纷纷后退。俞通海也发现情况紧急，赶紧带领船队冲过来援救。由于一下子开来很多船只，湖水涌了过来，搁浅的指挥船也因此脱险。

陈友谅见没有占到什么便宜，于是改用大船攻击。朱元璋的水军普遍都是小船，在对抗中非常吃亏，大家都有点丧失信心了。但朱元璋却毫无惧色，见有的士兵畏缩不前，下令斩杀了十几个临阵退缩的人，这才鼓舞了士气。由于人少船小，朱元璋的军队虽然作战勇猛，但也只能勉强和敌人打成平手。战到下午的时候，刮起了东北风，朱元璋想到可以用火攻的方法击败对手。于是他准备了 7 艘小船，在里面堆满芦苇，芦苇下面放上火药，派敢死队驾驶小船顺着风向陈友谅的大军扑去。接近大船时，敢死队员们点上火，任凭小船冲向敌船。顿时火乘风势，烧红了半边天。陈友谅的大船纷纷起火，水军大乱。朱元璋乘机发动总攻，陈友谅自顾不暇，哪里还能腾出手来对付朱元璋？敌军被烧死淹死的人不计其数，而陈友谅又一次临阵脱逃。不久，双方再次交战，陈友谅大军士气已经低落下来，很快就吃了败仗，不敢再战。朱元璋也不急于进攻，和对方相持了 3 天。陈友谅部下两员大将见他大势已去，

陈友谅墓

陈友谅是与朱元璋争夺天下的有力对手。消灭陈友谅，使朱元璋摆脱了腹背受敌的局面，为朱元璋统一天下扫除了一个巨大障碍。

投降了朱元璋。陈友谅恼羞成怒，下令把俘虏的人全部杀死。朱元璋反其道而行之，把俘虏全部释放，受伤的还帮忙医治。在这种鲜明的对比之下，陈友谅手下的将士离心离德，都不愿意为这个残暴的人卖命了。

没过几天，陈友谅的军粮吃光了，只好组织突围。在突围的时候，被朱元璋事先安排好的守卫湖口的伏兵袭击，陈友谅中箭身亡。朱元璋大获全胜，结束了和陈友谅的战争，成为当时最大的一股军事力量。

鄂国公常遇春

常遇春外表雄伟，力大无穷，手臂特别长，善于射箭。元末大乱的时候，他跟随刘聚当强盗，但他觉得当强盗没有出息，就去投奔了朱元璋。刚开始的时候朱元璋并不重视他，对他说：“你只是因为吃不饱饭才来投奔我的，我怎么能收留你呢？”常遇春再三请求，朱元璋才打算给他个机会。朱元璋攻打牛渚的时候，岸上全是元兵，起义军没有人能冲上去的。常遇春觉得自己表现的时候到了，他手持长矛往岸上刺去。元兵接住了他的长矛，他乘势跳上江岸，大砍大杀。元军很快就溃败了，常遇春立了大功，朱元璋这才发现他是个人才，重用了他。

当时朱元璋部下的家眷都在和州，元朝大

中国大事记 | 1368年，朱元璋称帝，国号明，建都应天府（今江苏南京），年号洪武，朱元璋即为明太祖。

将蛮子海牙偷袭占据了采石，切断了和州和太平之间的联系。朱元璋怕影响军心，立刻率军去攻打元军，派常遇春多设疑兵以分散元军兵力。战斗开始后，常遇春驾驶小船拼命往前冲，把元军的船队分为两截，朱元璋再率领大部队从左右冲锋，大败元军。常遇春在攻打集庆和对陈友谅的战役中也立了大功，还救过朱元璋的命。他虽然不是最早一批跟随朱元璋的将领，但他治军严明，对朱元璋忠心耿耿，屡建奇功，所以很受信任。

当时朱元璋手下最厉害的三员大将分别是邵荣、徐达和常遇春。其中邵荣是老将，特别善于打仗，但他却居功自傲，心有不轨，企图叛变。事情败露后，朱元璋看在邵荣以前的功劳上想免他一死。常遇春却对朱元璋说："大臣企图谋反，还有什么可宽恕的？反正我是绝对不会和他一起活着的。"朱元璋没有办法，只好请邵荣喝酒，流着眼泪把他杀掉了。从此朱元璋更加器重常遇春了。

朱元璋自任吴王后，将常遇春派去攻打武昌。陈友谅的残余势力张必先来增援武昌，常遇春趁对方还没有完全集中的时候出兵打败了他，活捉了张必先。武昌守军士气下降，只好投降。常遇春顺势消灭了陈友谅其他残余势力，让朱元璋非常高兴。

接下来，常遇春又率军攻打张士诚，一连打了好几个胜仗，包围了湖州。张士诚派兵前来增援，常遇春带领少数人马悄悄绕到援兵后面，前后夹击，击败了援兵。常遇春很快攻击破了苏州，张士诚的势力被扫平，常遇春因此功被封为鄂国公。

还没有来得及休息，常遇春又被任命为徐达的副将，两人一起统兵北上灭元。朱元璋告诫常遇春说："率领百万大军和敌人殊死搏斗，没有人能比得上你。我倒不担心你作战有问题，只是怕你轻敌。身为大将，却喜欢和敌人的小兵搏斗，这不是我所期望的。"攻打河南的时候，5万元兵在洛水以北布阵。常遇春单枪匹马冲入敌阵，20多个敌骑拿着长矛一起向他刺去。常遇春一箭就射死了冲在最前面的一个，然后大呼着杀了进去。在他的激励下，士兵无不以一当十，大败元军。

常遇春和徐达攻打太原的时候，元兵救兵来到。常遇春对徐达说："我们骑兵虽然都到齐了，但步兵还没到，如果马上和敌人交战的话我们会吃很大亏的。我觉得晚上去偷袭，效果会好很多。"徐达同意了他的意见。到了晚上，常遇春带着精锐骑兵，悄无声息地赶赴元军大营准备偷袭。当时元军主将还在看书，遇上偷袭急得不知道怎么办才好，最后光着一只脚带了18个骑兵逃跑了。常遇春等人攻下了太原，随后又攻下大同和凤翔，扫平了河北各地。

这时元军大将也速在攻打通州，常遇春奉命回守。他带领9万人从北平出发，在锦州大败江文清，在全宁打败也速。打大兴的时候，他派了1000骑兵分成8路埋伏，等元军撤退的时候，将他们一举擒获。元顺帝见大势已去，就向北逃跑，常遇春没有追上，但缴获了很多战利品。回师的时候常遇春在柳河川不幸暴病身亡，年仅40岁。朱元璋听到常遇春的死讯后大为震惊，悲恸不已。朱元璋统一天下后，在功臣庙给功臣塑像，常遇春排在第二位。

开国第一将徐达

徐达是朱元璋从小玩到大的好朋友，朱元璋回家乡招兵买马，徐达就去投奔了他。朱元璋很看重徐达，当他去定远的时候，只带了几十个人，第一个选中的就是徐达。在跟随朱元璋渡江的时候，徐达和常遇春始终冲在最前面。攻下集庆后，朱元璋让徐达率军攻打镇江，打下来后，因为徐达军纪严明，所以城中平静无事。

张士诚当时也在打江苏的主意，他已经打下了常州，但在攻打镇江的时候吃了徐达的亏。陈友谅也想来占便宜，徐达和常遇春在九华山下给陈友谅一个迎头痛击，光活捉的就有3000人。常遇春说："这些人都能打仗，不杀死他们的话恐怕会留下后患。"徐达却不同意这样做，决定向朱元璋请示。但当天晚上常遇

历史关注 李时珍编撰的《本草纲目》是我国医药宝库中的一份珍贵遗产，被誉为“东方药物巨典”。

春就擅自行动把一半以上的俘虏都活埋了。朱元璋很生气，下令把剩下的俘虏全部放走。从这件事上朱元璋看出徐达有大将之风，开始命令他统率各部。

鄱阳湖大战刚开始的时候，由于陈友谅军队实力远远超过朱元璋，所以很多士兵都对胜利不抱信心，士气很低落。徐达为了鼓舞士气，身先士卒，将陈友谅的前锋部队打败。这场胜利让士兵们看到陈友谅并不是不可战胜的，树立了自信心，最终赢得了胜利。

朱元璋打算讨伐张士诚，李善长建议先休整再去。徐达说：“张士诚这个人喜欢奢侈，为人苛刻，他手下的将领只知道女子和财物，很容易解决掉。在他们军中真正起作用的是那三个谋士，不过他们都是书生，目光短浅。所以我们用大军逼迫他们，一定可以取胜。”他的话打动了朱元璋，被任命为大将军，带领水军 20 万进逼湖州。徐达派兵绕到敌人后方，切断退路，将敌人全部消灭，轻松拿下湖州。张士诚派吕珍率领 6 万人来援救，被徐达杀得大败，吕珍等人全部投降，张士诚也差点被俘虏。徐达和其他将领一起包围了平江，架起了 3 个高台，在上面可以俯视城内的情况，还在台上装了弓弩火筒和大炮，对城里进行轰炸，最后逼降了敌人。张士诚也被俘虏，他部下 25 万将士都被收编。城即将攻破的时候，徐达对常遇春说：“部队进城后，我驻扎在左边，你去右边。”他又下令：“抢劫和拆毁民房的，一律处死。”部队进城后秋毫无犯，没有人抵抗他们。

当时的人一提到名将，首先就想到徐达和常遇春。他们两人才干和勇猛都差不多，都是朱元璋的爱将。常遇春勇猛剽悍，擅长冲锋陷阵，而徐达擅长出谋划策。常遇春打了胜仗后难免滥杀无辜，而徐达的部队从来不伤害老百姓，即使他抓到间谍，也都以恩相待，所以多数人都愿意跟从徐达。朱元璋曾经对将领们说过：“带兵稳重，纪律严明，得胜后最有大将风度的就是徐达，你们都不如他。”在攻打北方的时候，徐达担任了主帅，为平定北方立下汗马功劳。

朱元璋建立明朝后，任命徐达为右丞相和太子少傅。徐达继续为朱元璋南征北战，灭掉了元朝，最终帮助朱元璋统一了天下。

天下安定后，徐达每年春天都会在外统兵，冬末的时候再回京城，回来后就把将印交还朝廷。朱元璋对徐达很好，把他当成布衣时期的兄弟看待，而徐达反而更加谦虚谨慎，深得朱元璋的好感。朱元璋曾经说：“徐大哥功劳那么大，还没有合适的住宅，可以把我当吴王时期的住宅赐给他。”徐达坚决推辞。有一天，朱元璋和徐达一起到那栋房子里去玩，把他灌醉后抬到卧室。徐达醒过来后，吓得赶紧跑了出来，跪下高呼死罪。朱元璋在一旁偷看，心里非常高兴，下令给徐达盖了另外一栋房子。胡惟庸当丞相的时候，想和徐达拉关系，但徐达鄙薄他的为人，不愿和他打交道。胡惟庸怀恨在心，收买了徐达的看门人福寿，让他陷害徐达。徐达知道后也没有追究福寿，只是常常劝朱元璋对胡惟庸多留个心眼，说他不适合掌权。后来胡惟庸果然因为谋逆而被处死，朱元璋因此更加看重徐达。不久，天象发生变化，

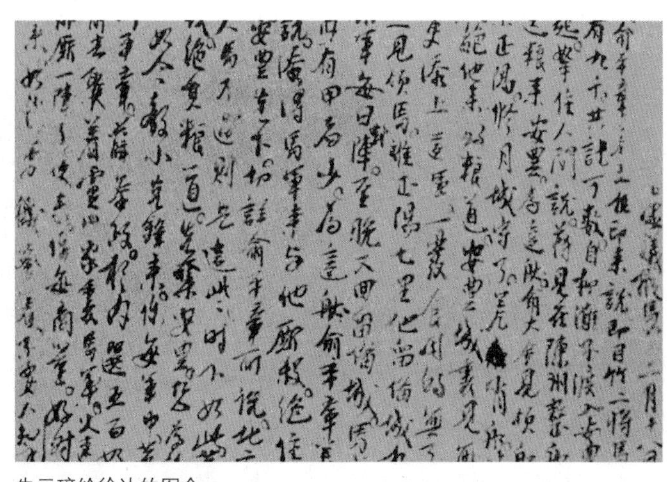
朱元璋给徐达的军令

中国大事记

1370年，明太祖定科举制度，规定三年一举。同时，仿照宋朝经义，规定了“制义”格式，八股文开始大行其道。

·徐达北伐大都·

朱元璋平定江南后，任命徐达为征虏大将军，常遇春为副将军，率25万大军北伐。在北伐的檄文中，朱元璋提出了“驱除胡虏，恢复中华，立纲陈纪，救济斯民”的口号，争取了北方汉族地主的支持。同时也指出蒙古、色目虽然不是汉族，但只要“愿为臣民者”，与汉人同等待遇。朱元璋还制定了“先取山东，撤其屏蔽；旋师河南，断其羽翼”，“然后进兵元都”的正确作战方针。

1367年，徐达、常遇春率北伐军从应天出发，沿大运河北上，势如破竹。次年，北伐军先后攻占山东、河南，击败元将脱因帖木儿，然后挥师北进，经长芦（今河北沧州）、青州，抵达直沽（今天津），攻克通州（今北京通州），元顺帝率后妃、太子仓皇逃往元上都（今内蒙古正蓝旗东北），北伐军占领大都，元朝灭亡。1368年，朱元璋在应天称帝，国号明，是为明太祖。

月亮侵犯上将星座，朱元璋很忌讳这事，对徐达开始不太放心了。徐达在北平生了病，背上长了毒疮。稍微好点后，朱元璋就派徐达的长子徐辉祖代表自己去慰劳他。第二年，徐达就去世了，当时有人传说是朱元璋把他毒死的。

徐达去世后，朱元璋很悲痛，亲自去参加了葬礼，把他列为开国第一功臣。朱元璋曾经称赞他说：“接到命令后立刻出动，完成任务就马上回来。不居功自傲，不贪图女色财宝，处理问题不偏不倚，没有过失。具备这些品德的人只有徐达一人而已。”

朱元璋大杀功臣

朱元璋是个难得的人才，他通过武力起家，自己也能征善战，善于控制下属。但他的长子朱标和他完全不同，是个心肠比较软的人。朱标对儒学很感兴趣，而朱元璋是靠武力夺得天下的，所以他担心朱标日后控制不了那些开国功臣。为此，他做了两手准备。

朱元璋为了教育朱标，派了很多功臣良将辅导教育他，还强调让朱标学习军事，想把他培养成为一个文武双全，有勇有谋的人，日后成为一个合格的君主。但朱标天性仁慈，很难达到朱元璋的要求。

朱元璋见儿子不太适合成为自己这样的人，以后可能控制不了功臣，于是就采取了另一种办法。

那些跟朱元璋打天下的人都很有才干，功劳也很大，朱元璋知道朱标不是他们的对手。虽然他们当中大多数人都没有造反的意思，但朱元璋还是不太放心。朱元璋是白手起家的，为了保住自己的江山，朱元璋不得不拿功臣们开刀，为儿子清除障碍。

丞相胡惟庸心术不正，曾经想谋反，被朱元璋发现后将他杀掉了。胡惟庸在朝中势力很大，很多大臣都和他有交情。朱元璋觉得这是个好机会，于是下令追查胡惟庸的余党。当时朱元璋手下有一个特务机构，叫锦衣卫，专门负责监视大臣们的活动。锦衣卫只听从皇帝一个人的命令，别的部门无权干涉，所以朱元璋才能够了解大臣的一举一动。这次追查胡惟庸的余党，锦衣卫也出了很大力，凡是和胡惟庸稍微有点关系的人都被编成名册上报给朱元璋。最后总共查出了1.5万多人，朱元璋一狠心，居然下令把这些人全部杀掉了。

朱元璋对自己的亲戚们也不放心。朱亮祖是宗室，在统一天下的战斗中立过很多功劳，但他一直横行霸道。在广东当官的时候，经常接受当地土豪的贿赂，打击报复为民做主的县令道同。道同向朱元璋上奏，揭发朱亮祖的罪行。朱亮祖早就得到了消息，恶人先告状，反过来控告道同目无法纪。朱元璋先接到朱亮祖的告状信，下令把道同就地正法。等使者派出去后，他才收到道同的奏章，恍然大悟，马上派人去赦免道同。结果晚了一步，道同在赦免书到来之前就被处死了。朱元璋非常生气，把朱亮祖和他的两个儿子抓了起来，活活鞭打

历史关注 明代黄省曾的《养鱼经》记述了淡水鱼的品种及其养殖方法，是现存最早的淡水养鱼专著。

至死。

胡惟庸案件过了几年后，又有人告发前丞相李善长当年和胡惟庸来往密切。李善长足智多谋，是开国文臣中的第一功臣，还和朱元璋是儿女亲家。当时他已经告老还乡，在他临走的时候，朱元璋赐给他铁券，承诺他日后犯罪的话，可以免死。但这个时候朱元璋已经忘记了当年的承诺，一翻脸把李善长全家70多口人全部杀掉了。然后又追查余党，杀了1万多人。

开国功臣徐达是朱元璋的童年伙伴，朱元璋的天下至少有一半都是他打下来的。但正因为他功劳大又很有才干，朱元璋才对他很不放心。徐达也知道朱元璋的想法，所以在他面前表现得非常谦虚谨慎，生怕触犯朱元璋。朱元璋抓不到徐达的把柄，也不好随便杀他。有一次徐达背上生了毒疮，医生告诫他不能吃鹅肉。朱元璋听说徐达生病，假惺惺地派人前去探望，还送去了一个锦盒给徐达。徐达揭开盖子一看，里面居然是一只蒸鹅！徐达何等聪明，马上就猜出了朱元璋的用意，流着眼泪把那只鹅吃了。不久，徐达病发身亡。但他已经很幸运了，他的家人都没有受到牵连，比李善长好多了。

另外被朱元璋杀害的功臣还有很多，例如和他结为儿女亲家的傅友德被赐死，鄱阳湖大战的功臣廖永忠也被赐死等，很少有功臣幸免。

几年后，大将蓝玉造反，朱元璋再次兴起大狱，一口气又除掉了1万多人。经过这3次大狱后，明朝开国功臣几乎一扫而光，朱家的江山算是巩固下来了。但具有讽刺意义的是，朱元璋辛辛苦苦培养的朱标却早死，真正造反的却是朱元璋最信任的儿子燕王朱棣。

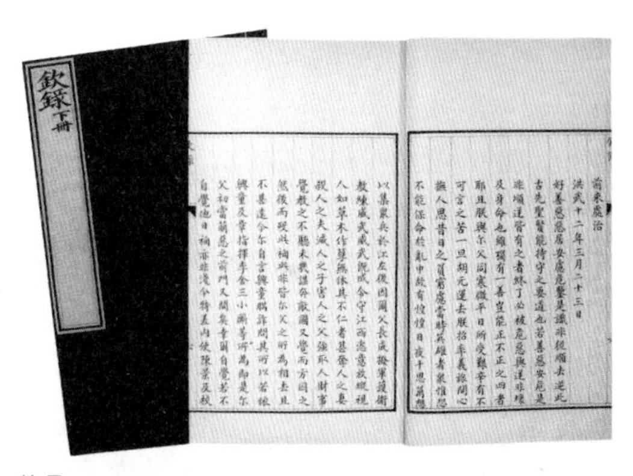

钦录

这本书记载了洪武十一年到洪武三十年（1378~1397年）明太祖朱元璋撰写的敕谕。其中的《昭示奸党录》宣布胡惟庸犯有“窃持国柄，枉法诬贤，操不轨之心，肆奸欺之蔽，嘉言结于众舌，朋比逞于群邪，蠹害政治，谋危社稷，私通日本、蒙古”等罪，株连三族。

刘基求雨

提起朱元璋手下的谋臣，大家都会想到那个传说能呼风唤雨、神机妙算的刘伯温。刘伯温名叫刘基，伯温是他的字。刘基确实是朱元璋手下的第一谋臣，当然，他不可能像传说中那样能掐会算，只是由于他善于分析问题，总能作出正确的结论，给别人留下一个能预知后事的错觉罢了。

刘基是浙江青田人，从小就聪明好学，长大后博通经史，尤其精通天文。朱元璋起兵后，刘基成为他手下的谋士。他为朱元璋出了不少好主意，帮助朱元璋成就了帝王霸业。不过刘基确实精通明阳五行之道，比如鄱阳湖大战的时候，他就算定在金木相克的那天发动进攻会胜利，最后果然打败了陈友谅。其实刘基这样做是为了稳定军心，用迷信来影响士兵的士气，是一种心理战术，但人们都以为他是神仙。

朱元璋当吴王时期，治下有很多冤狱。刘基知道战事紧急，朱元璋可能不会重视冤狱，正好当时赶上大旱，他乘机进言说不下雨正是因为冤狱太多引起的。朱元璋听信了他的话，下令平反冤狱。说来也巧，没过多久天上果然下起了大雨，刘基乘机请求制定法令，避免日后再滥杀无辜。

明朝建立后，开始建立各种规章制度。当时确定各地税款时，规定每亩田的赋税按照宋朝的比例加上五合，也就是半升。但由于刘基功劳很大，朱元璋特地嘱咐他的家乡青田就不要加了。刘基认为，宋朝和元朝都是因为

中国大事记 1375年，明太祖派宦官到河州用丝茶叶与“西番”（即西羌）交易马匹。宦官出使由此开始。

法律太宽纵才失去天下的，他请求整肃纲纪，严格执法。中书省都事李彬犯了贪污罪，刘基负责审判他。李彬和李善长是好朋友，所以李善长请求刘基放李彬一马，但刘基拒绝了。李善长又找到朱元璋说好话，朱元璋同意了，但刘基认为李彬罪无可恕，就借求雨的名义把李彬杀掉了。从此李善长和刘基的关系出现了裂痕。

后来天下大旱，刘基说：“阵亡将士的妻儿没有受到抚恤，那些修筑城墙的工匠死后也没有人埋葬他们，他们的怨气结在一起，所以天不下雨。”这当然是迷信的说法，但刘基这样说的目的也是为朝廷着想，而且他懂得天文，从天象上看确实最近就会下雨。朱元璋采纳了他的意见，但这次却出了岔子，一连十多天都没有下雨。李善长就在朱元璋面前说刘基的坏话，把朱元璋惹怒了。刘基知道出了问题，正好他妻子死了，于是请求让他辞官回乡。朱元璋看在刘基功劳的份上同意了，后来又想召他回来，赏给他很多东西，还想提升他的爵位，刘基都拒绝了。

当初李善长不小心得罪了朱元璋，刘基说：“李善长是有功的老臣，他有能力调和将领之间的关系。”朱元璋说：“李善长好几次想害你，你还帮他说好话！”刘基说：“这就好比给房子安柱子，必须用大木头，如果用小木头的话，房子就会塌掉的。”等到李善长罢相后，朱元璋想让杨宪当丞相。杨宪是刘基的好朋友，可刘基却反对让他当丞相，说：“杨宪有丞相之才，但无丞相的器量。做丞相要心如止水，办事公正，不能有自己的私见。杨宪不是这样的人。”朱元璋问汪广洋如何，刘基说：“他还不如杨宪呢。”又问胡惟庸怎样，刘基认为胡惟庸才能出众，但锋芒太露，反而会坏事。朱元璋说：“其实你最合适当丞相了。”刘基说：“我这个人太嫉恶如仇，又没有耐心做小事，不适合当丞相。天下这么大，丞相之才肯定有，但目前这些人确实没有合适的。”杨宪等人后来果然都因故被杀掉了。

刘基告老还乡后，朱元璋还是对他念念不忘，经常写信去询问天象方面的事。刘基一一作答，说霜雪过后就是春天，现在国家已经建立了，应该用一些宽大的政策。刘基隐居在山中，不和官吏打交道，也不说自己的功劳。青田县令想拜见他，但刘基躲着不见。县令就化装成百姓去找他。刘基把他请进家里，请他吃饭。县令说：“我其实是青田县令。”刘基很吃惊，赶紧说自己只是个老百姓，然后马上搬家走了。刘基这样做就是不想让朱元璋注意他，以免获罪。

虽然刘基处处谨慎，但还是被胡惟庸抓到了把柄。胡惟庸说刘基私自选定了有帝王之气的墓地，心怀不轨。朱元璋虽然没有追究下去，但心里还是有了疙瘩，把刘基的俸禄削夺了。刘基病重的时候，胡惟庸派人来给他医治，吃了药后刘基就觉得有什么东西郁积在肚子里面，感觉像是拳头大小的石头。没过多久刘基就死了，享年65岁。

·厂卫机构·

明代专制集权的强化达到了前所未有的程度。它首创了封建专制制度之下的特务政治。为了监视和控制臣民，保证他们对于皇帝的效忠，明太祖朱元璋在洪武十五年（1382年）于南京设立了一个专门保卫皇帝并从事秘密特务活动的机构——锦衣卫。锦衣卫的长官指挥使，由皇帝的亲信心腹担任，其下设有17个所和南北镇抚司，以及千户、百户、总旗、小旗等属职。它直接向皇帝负责，遇有重大的政治案件，不受普通司法部门的审理，完全由锦衣卫查办。永乐十八年（1420年），明成祖又设立由宦官统领的东厂；西厂是成化十三年（1477年）所设；内行厂是正德初年设置。这些机构的头目，多由司礼监太监担任。厂卫机构用刑十分残酷，有廷杖、立枷等刑名，到魏忠贤当权时又设断脊、堕指、刺心、“琵琶”等酷刑。在厂卫统治之下，冤狱多不胜数，朝野上下人人自危。

历史关注 郑和主持绘制的《航海图》是我国第一部海图。

仁慈的马皇后

马皇后是郭子兴的养女，被郭子兴嫁给了朱元璋。马皇后很仁慈，又爱好书籍，朱元璋的文书都是由她保管的。朱元璋能力出众，郭子兴对他有所怀疑。马皇后想方设法讨好郭子兴的妻子，调解双方的矛盾。朱元璋攻下太平后，马皇后带领将士的女眷们缝衣做鞋，还拿出自己的钱财来犒赏将士。

朱元璋当上皇帝后，马氏被册封为皇后。当初朱元璋因为得罪郭子兴而被关押了起来，连饭都不让吃。马皇后偷了烧饼，揣在怀里偷偷拿给朱元璋吃，结果烧饼太烫，把她皮肤都烫伤了。军队缺粮的时候，她总是把好吃的省下来给朱元璋吃，自己却经常饿着肚子睡觉。朱元璋经常回忆这些事，称赞马皇后贤德。

马皇后管理内宫很辛苦，但一有空就学习古代管理内宫的经验。宋代出了很多贤明的皇后，她就要求女官把宋代管理内宫的方法记录下来，让嫔妃们每天学习。有人说宋朝治国过于宽厚，马皇后说："过于宽厚总比过于严酷要好。"

朱元璋脾气暴躁，经常生一肚子气回宫。马皇后等朱元璋回宫后就婉转劝导，好几次让朱元璋打消了乱杀人的念头。有人控告参军郭景祥的儿子要刺杀父亲，朱元璋大怒，要把他儿子杀掉。马皇后说："郭景祥只有一个儿子，我怕万一是诬告的话，郭景祥就没有后代了。"后来查出果然是诬告。宋濂是太子的老师，他的孙子宋慎被牵连进胡惟庸一案，所以宋濂也要被连坐处死。马皇后劝说道："老百姓家请个老师还能以礼相待，更何况皇帝家？再说宋濂早就退休了，他孙子的事他肯定不知道的。"朱元璋正在气头上，根本听不进去。吃晚饭的时候，马皇后摆出一副悲伤的样子，也不吃酒肉。朱元璋觉得奇怪，问她是怎么回事。马皇后说："我是在为宋先生祈福。"朱元璋非常感动,第二天就宣布赦免宋濂。吴兴富豪沈秀（也就是沈万三）帮助修筑城墙，还请求让他出钱

明太祖马皇后像

马皇后自幼聪明贤惠，心地仁慈，性格坚强，是朱元璋的得力助手。马皇后一生保持俭朴之风，待人宽厚，且常谏于太祖。洪武十五年（1382 年）病逝，太祖心痛不已，未再立后。

犒赏军队。朱元璋很生气，说："一个老百姓竟然要犒赏我的军队，简直是犯上作乱！一定要杀了他！"马皇后说："法律是用来惩治不法之徒的，不是用来惩治不祥之物的。一个百姓居然富到能和国家并肩的程度，对他来说当然不是好事。老天爷自然会降灾给他，不用陛下操刀了。"朱元璋就没有杀沈秀，只把他发配到云南去了。朱元璋曾经下令让重罪犯修筑城墙，马皇后说："罚罪犯做劳役本来没有什么不对，但那些囚犯已经很疲惫了，如果还让他们干重活的话，我担心会死很多人。"朱元璋就下令赦免了他们。

有一天，马皇后问道："现在天下百姓生活安定吗？"朱元璋说："这不是你应该问的事。"马皇后说："陛下是天下人的父亲，我当然就算天下人的母亲了，母亲为什么不能问儿女生活是否安定呢？"遇到灾荒之年，马皇后就带领宫里所有人吃素，还准备饭菜救济灾民。马皇后曾经尝过朝廷供应给大臣的伙食，觉得不好吃，她就劝皇帝要改善伙食，对贤德之士一定要优厚。有一天，朱元璋视察太学回来，马皇后问有多少学生，回答是几千人。马皇后高兴地说："人才这么多啊！他们每个月有国家发的补助，可他们的妻子儿女又怎么办呢？"从此明朝就建立了供应太学生家属衣食的

中国大事记

1378 年，五开蛮吴面儿起义。在镇压过程中，太祖派宦官视察，宦官干预军事由此开始。

制度。

马皇后平时穿得很朴素，衣服很旧了也舍不得换新的。她让人用丝织成被帐送给老弱孤寡，剩余的布料和丝她亲手缝成衣服赏赐给王妃和公主，让她们知道养蚕织布的艰难。大臣的妻子进宫拜见的时候，马皇后对待她们像对待自己亲人一样。

马皇后的家人很早就失散了，朱元璋帮她找到家人后，打算封他们做官。马皇后谢绝道："把官位赐给外戚不是好事。"由于马皇后的坚持，这事就作罢了，但马皇后并非不关心家人，每次说起早逝的父母都会泪流满面。

洪武十五年八月，马皇后患了重病。她对朱元璋说："生死有命，即使是祈祷祭祀也没用的。医生也不能让人起死回生，如果吃了药没有效果的话，我担心陛下会为了我而怪罪医生的。"所以她坚持不吃药，不久她就去世了，享年 51 岁。朱元璋悲痛得大哭，从此不再立皇后。

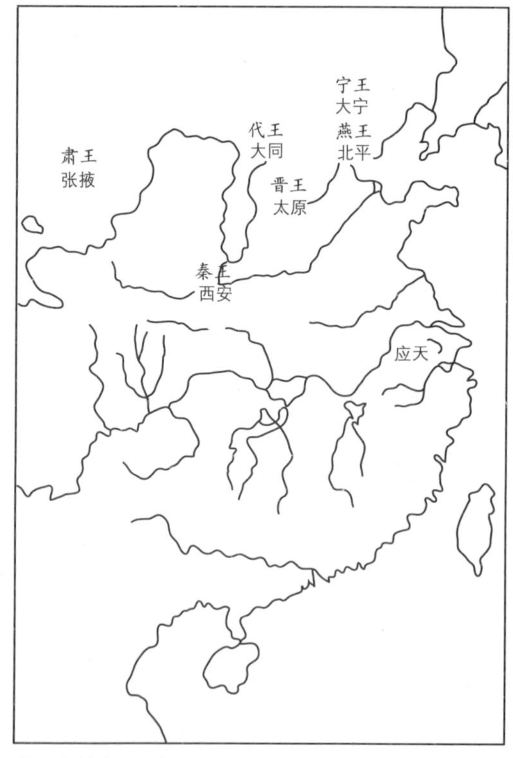

明初分封诸王示意图

靖难之役

朱元璋认为儿子是最忠诚最可靠的人，所以把儿子们分封到全国各地为王，有的王还有自己的军队。朱元璋的如意算盘是如果朝廷里发生什么事的话，那些诸侯王就可以兴兵讨伐，反正怎么着都是朱家的天下，再说太子是大哥，弟弟们也不会反对他的。

但太子朱标居然死在了朱元璋的前面，这下皇位继承人的位置就空了出来，选谁当太子让朱元璋伤透了脑筋。他最喜欢四儿子燕王朱棣，但如果立他为太子的话，老二老三肯定不服。最后他干脆立朱标的儿子朱允炆为皇太孙，认为这样就名正言顺了。朱允炆年少好学，性情宽厚。一天，朱元璋和朱允炆聊天，问他："边境上的事我都交给你叔叔们管了。"没想到朱允炆却说："那如果叔叔们有异心怎么办呢？"朱元璋顿时语塞，他从来没想到过自己儿子会造反。沉默了好大一会儿，他才问道："依你说该怎么办呢？"朱允炆回答道："用德行来争取他们的心，用礼仪来约束他们的行为。如果不起作用的话，就削减他们的封地，再不行的话就兴兵讨伐。"朱元璋觉得没有别的办法了，勉强点了点头。

那些诸侯王平时对朱允炆也不太好，经常以长辈的身份教训他。朱允炆开始考虑日后的问题了，他问侍读黄子澄："叔叔们都手握重兵，我该怎么对付他们呢？"黄子澄用当年汉景帝平定七国之乱的典故来安慰朱允炆，朱允炆才放下心来。

朱元璋去世后，朱允炆登基为帝，年号"建文"，史称建文帝。按照朱元璋的遗诏，他禁止叔叔们进京奔丧，当时朱棣已经从燕京赶到了淮安，也被迫返回。这件事引起了诸侯王的极大不满，都说朝廷中有人挑拨诸侯王和皇帝之间的关系。朱允炆知道后非常不安，他和兵部尚书齐泰还有黄子澄一起商议对策，决定削弱诸侯王的实力，以保证朝廷的优势。他们认为燕王朱棣实力最强，人也最有能力，应该先

历史关注

从1405年到1433年，郑和奉命先后七次下西洋，直达西亚和非洲东岸，在世界航海史上留下了光辉的一页。

除掉他。但黄子澄不同意，他认为朱棣早有准备，不容易除掉，他建议先从别的王爷那里下手，剪除掉燕王的手足，等燕王势单力孤的时候再集中力量对付他，黄子澄的意见得到了大家的赞同。

建文帝认为朱棣的亲弟弟周王的封地在开封，和朱棣靠得很近，很有可能帮助燕王造反，就找了个罪名把他废掉，贬为庶民，打发到云南去了。接着又废掉了代王、岷王、湘王和齐王。朱棣害怕极了，他知道自己的实力还不足以和朝廷对抗，生怕下一个被废掉的人就是他。他韬光养晦，暗中招兵买马，操练军队，准备反戈一击。他在王府下面造了个地下室，专门铸造兵器，为了掩盖敲打的声音，还养了很多鸡鸭，让它们叫个不停。

朱棣经过精心准备后，认为时机已经成熟，但他还不敢马上行动。因为他的3个儿子还在京城里面，如果造反的话，3个儿子的命就没了。他写信给建文帝，说自己生病，请求把儿子们接回去。黄子澄认为，如果把他的儿子送回去，可以起到麻痹朱棣的作用，然后再发动突然袭击，一定能消灭他。建文帝就把那3个堂弟送了回去。

建文帝还派了几个大臣跑到燕王的属地去负责当地的军政事务，实际上是让他们监视朱棣。朱棣为了争取时间，干脆装疯，他一会儿跑到街上大喊大叫，一会儿又抢人东西吃。当时正是六月，天热得跟下火一样，但他却裹着被子坐在火炉前烤火，还一个劲儿地喊冷。那些大臣并没有受他的蒙骗，很快就调查出了内幕，马上派人告诉了建文帝。

建文帝决定对朱棣下手，正当他调兵遣将的时候，有人向朱棣告了密。朱棣马上宣布自己病愈，请官员们来吃饭，在宴席中杀掉了建文帝派去的大臣。随后，他打着“靖难”的旗号正式造反。他造反的理由是消灭朝中奸臣齐泰、黄子澄等人，所以才自称“靖难”。朱棣长期在北方和蒙古人作战，又经过精心准备，军队战斗力很强。

这场战争持续了4年，双方你争我夺，互有攻守。朱棣最终打败了朝廷的主力部队，攻到了南京城下。几天后，守城大将李景隆开城投降，朱棣杀进京城。皇宫上面燃起了熊熊大火，朱棣赶紧派人前去救火，同时命人把守住宫门，不让一个人跑出来。等火势熄灭后，朱棣迫不及待地命人寻找建文帝的尸体，但没有一具尸体像是建文帝的。民间都传说建文帝从地洞里逃走了，后来朱棣宣布找到的尸体其实是皇后的。不过真相到底是怎么回事，没有人能说清楚，这也成了一个千古之谜。

郑和下西洋

明成祖夺取了侄子的皇位后，因为一直没有找到建文帝的尸体，他怀疑建文帝可能逃跑了，担心建文帝如果还活着，对自己的皇位是个很大的威胁，所以秘密派人寻找建文帝的下落。后来他又想，建文帝有可能逃到海外去，那么干脆派人带领一支船队，下海去和其他国家往来一下，一方面宣扬一下大明国威，采购

郑和像

中国大事记　1380，明太祖下令撤中书省，废除丞相，由皇帝亲自掌管六部。至此，中国历史上实行了1600多年的丞相制被废除。

一些中国没有的奇珍异宝，另一方面顺便打听一下建文帝的下落。

他派自己的心腹太监郑和担任船队的领袖，觉得这事交给郑和办很放心。郑和本名叫马三保，他从小就听父亲说起过很多关于外国的事情。后来他被送进宫里做了太监，由于他聪明能干，又忠心，在明成祖争夺皇位的战争中立过大功，明成祖很信任他，给他改了个名字叫郑和，但民间习惯上还是叫他三保太监，也有称三宝太监的。

永乐三年（1405年）六月，郑和率领船队下海，游历西洋地区，这里的西洋不是指的欧洲，而是指我国南海以西的海域。郑和率领的船队十分庞大，有2.7万多人，分乘200多艘大船，这种船在当时来说是世界上最大的，长四十四丈，宽十八丈，可以说是庞然大物了。船队从苏州刘家河出发，经过福建、广东沿海，继续南下。

郑和首次出海，途经占城（今越南南部）、爪哇、旧港（苏门答腊岛东南）、苏门答腊、马六甲、古里、锡兰等国。他每到一国，都会把明成祖的书信交给当地国王，表达友好来意，并送上珍贵的礼物。那些国王看到郑和带领那么庞大的船队，又不是用武力来威胁的，心里很高兴，再加上郑和的态度谦恭，还送上那么多珍贵礼物，那些国王笑得嘴都合不拢了。他们也知道大明朝是个很强大的国家，都乐意和明朝建立友好往来关系，对郑和也非常热情。

船队经过旧港的时候，当地有个海盗头子听说郑和船队带了大批宝物，很是眼红，于是策划要偷袭郑和船队。这个消息被郑和知道后，没把它放心上，认为自己带了2万多人，哪会怕一个小小海盗，于是并没有逃跑，而是设下埋伏，引海盗上钩。晚上的时候那个海盗果然带着手下人来偷袭了，结果遇到早有准备的明朝水军，被杀了个大败，那个贪心的海盗也被俘虏了。

这次出航花了两年多的时间，带回来很多珍贵的礼物，还有各国的使节。郑和向明成祖汇报了这次出海的情况，献上从国外采购来的宝贝，各国使节也纷纷向明成祖进贡特产，明成祖没有想到这次出航居然这么顺利，心里非常开心。

从此以后，明成祖时不时地就派郑和带领船队下海去，后来他已经相信建文帝确实是死了，但他觉得派船队下海一方面可以加强和周边国家的友好往来，建立天朝上国的威严，提高国威声望；另一方面也确实能带回不少中原没有的宝贝，所以他不惜重金，一次次地派郑和下海，前后一共去了7次。郑和船队总共到过30多个国家，最远到达非洲的东海岸。

在出海途中郑和的船队偶尔也会遇到一些国家不怀好意，有一年锡兰国王就贪图郑和船队里的财物，把郑和引诱进来，然后敲诈勒索，还派兵

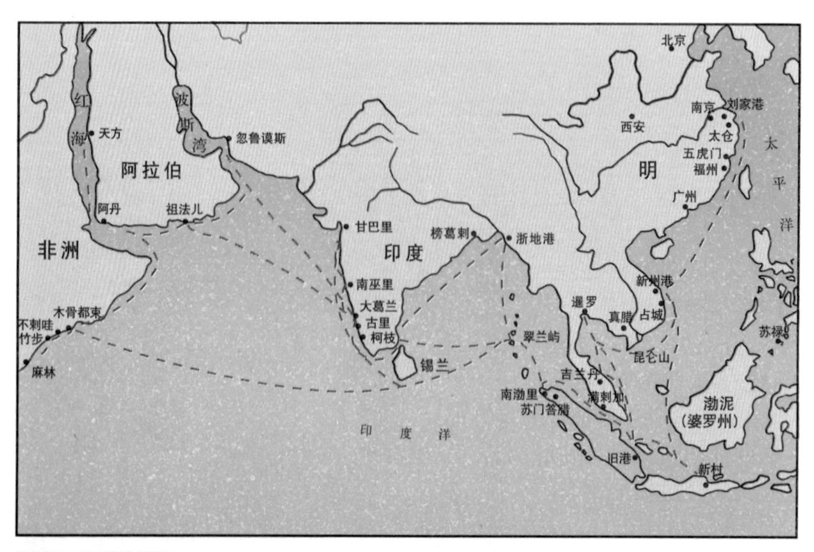

郑和下西洋路线图

历史关注 丞相制度起源于战国，秦国从武王开始设左、右丞相。中国历史上最后一位丞相是胡惟庸。

抢劫郑和的船队。郑和虽然是和平友好的使者，却也不会随便让人欺负，他听说敌人大部分士兵都不在城里，于是率领两千多人突然猛攻锡兰城，活捉了锡兰国王，又打败回来救援的军队。把锡兰国王带回中国后，明成祖没有杀他，而是把他送回了国。

第六次出海回来的时候明成祖已经死了，不到一年时间，即位的明仁宗也死了，刚即位的明宣宗还很小，由祖母和几个大臣掌管朝政，他们认为郑和下西洋的花费实在太大，国家有点吃不消了，于是就停止了航海事业。

土木堡之变

明朝有个叫王振的人，他读过几年书，后来被阉割送进了宫。当时的太监很少有识字的，王振却是个例外，所以明宣宗就让他服侍太子，就是服侍后来的明英宗。

明英宗即位的时候还很年幼，他把王振看作是最知心的人，任命他为帮助皇帝批阅奏章的司礼监。这个职位权力很大，加上明英宗又不管政事，所有事情都交给王振去做。当时有3个德高望重的大臣辅政，他们在的时候，王振还不敢放肆。后来那3个大臣老的老、死的死，王振就开始得意起来。朝中大臣谁都不敢得罪他，有几个大臣就是因为惹王振不高兴，充军的充军，杀头的杀头，很快大家都不敢说话了。

明英宗把王振当老师看待，对他言听计从。文武百官都称呼王振为“翁父”，有的没骨气的大臣为了升官发财，还竭力讨好王振，朝廷上下一片乌烟瘴气。正在这个时候，北方的瓦剌人把目光投向了中原。

瓦剌其实是蒙古的一支，他们表面上臣服于明朝，实际上却厉兵秣马，随时等待进攻明朝的机会。有一年，瓦剌首领也先派了3000名使者到北京进贡马匹。说是进贡，实际上就是和明朝做生意，顺便捞点赏赐。王振发现瓦剌派来的人数不对，认为他们有欺骗的嫌疑，于是把赏赐和马价压低，并谴责了也先。也先很生气，发动了对明朝的攻击。

瓦剌人率先进攻大同，镇守大同的军队反击失败，守将战死。边境的官员赶紧向朝廷告急。明英宗把大臣召集起来开会讨论，王振的家乡蔚州离大同不远，他担心家乡受到瓦剌人的蹂躏，于是竭力鼓动明英宗御驾亲征。兵部尚书邝埜和侍郎于谦认为亲征的条件并不成熟，反对明英宗亲征。但明英宗只相信王振，最终决定亲征。

皇帝亲征，排场当然不能小，他带了100多个文武官员和几十万大军出发。虽然明军人数众多，但由于没有做好充分准备，一路上又遇到瓢泼大雨，军队士气非常低落。有大臣劝明英宗撤退，反被王振大骂了一顿。

几天后，也先主动北撤，想引明军深入。王振不听众人劝阻，贸然下令北上。第二天，他的亲信告诉他这是敌人的计谋，王振才停止了追击，下令撤退。在撤退的途中，瓦剌军突然杀来，负责断后的吴克忠和吴克勤兄弟双双战死。朱勇和薛绶率领3万骑兵前去救援，被敌人包围，两人均战死，全军覆没。这个时候，明军已成惊弓之鸟，应该赶快撤退。但王振却想到这里离蔚州很近，他想在家乡人面前摆摆威风，于是劝明英宗去蔚州住几天。刚走了几十里路，王振觉得不对：这么多人去蔚州，把自己家的土地踩坏了怎么办？又下令往回走。这下子时间全给耽误掉了，让瓦剌人追了上来。

王振带着大军逃往土木堡，很多大臣建议去怀来，因为土木堡根本没有可供防守的城墙，

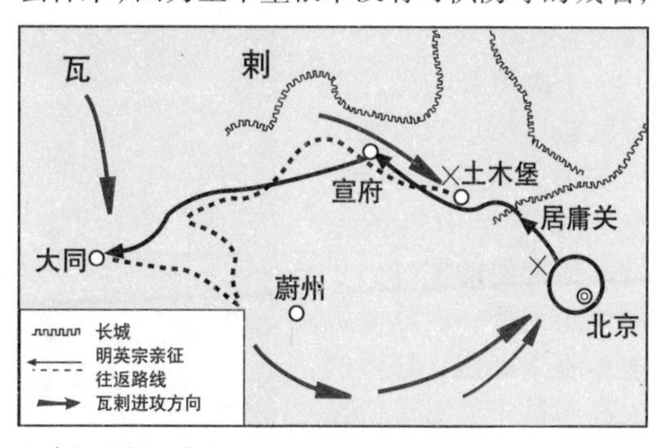

土木堡之役示意图

中国大事记 | 1382 年，明军平定大理，结束了段氏家族统治大理数百年的历史。

万一瓦剌发动进攻，连个依靠都没有。但王振想着还有 1000 多辆辎重车辆还没到，所以非要在土木堡等待。邝埜向明英宗奏请，赶紧前往居庸关，王振大怒说：“你这个穷酸书生懂什么军事？再胡说八道，小心你的小命！”邝埜说：“我是为了社稷着想，为何要用死来威胁我！”王振命令把邝埜赶了出去。

明军经过长途行军，又累又渴，但土木堡并没有水。大家动手挖井，挖了十几米深也没见到有水。土木堡附近有一条河，已经被瓦剌军占领了。这时候瓦剌人把明军围住，明英宗只好派人去求和。也先假装同意议和，准备进一步进攻。

王振听说也先同意议和，很高兴，下令让士兵自己找水喝。士兵们纷纷跳出战壕，朝那条河跑去。瓦剌人突然发动了进攻，明军顿时大乱。禁军将领樊忠按捺不住心中的怒火，他揪住王振的衣领，大骂：“我为天下人除去你这个奸贼！”说完一锤将王振砸死，然后冲向敌阵厮杀，不久中枪身亡。明英宗见大势已去，干脆坐在地上等死，最后被瓦剌人俘虏。几十万明军死伤大半，明朝陷入了建立以来最严重的一次危机当中。

于谦守京城

于谦是浙江钱塘人，7 岁那年有个和尚见到他后觉得很惊讶，对他说：“你这个小孩以后会成为救世的宰相啊！”于谦刻苦好学，很年轻就中了进士，被任命为御史。

于谦声音响亮，很有气势。汉王朱高煦谋反失败，投降的时候，皇帝命令于谦宣读圣旨，指责他的罪过。于谦义正词严、声色俱厉地斥责朱高煦，狂傲的朱高煦被于谦骂得伏在地上直发抖，皇帝见了之后非常满意。

王振得势的时候，于谦由于刚正不阿得罪了他，被陷害入狱。当时山西和河南的官民纷纷上书，请求释放于谦的人数以千计，连诸侯王也为他说好话。王振见众怒难犯，只好把他放了出来。

土木堡之变后，形势非常严峻，于谦当时担任兵部侍郎，由于兵部尚书邝埜战死，所以由他来负责兵部的事务。

为了安定人心，皇太后任命郕王朱祁钰为监国，代理皇帝职权，召集大臣商讨如何对付瓦剌的入侵。有个叫徐有贞的大臣说瓦剌现在兵强马壮，明朝又刚吃了大败仗，硬拼是肯定拼不过的，他说自己观察天象，北京城会遭到大难，所以建议把都城迁到南方去。

于谦一听就生气了，他反驳道：“主张逃跑的都该杀！京城是国家的命根子，要是一跑，国家就完了，大家难道忘了南宋的教训吗？”

他的一番话赢得了大多数人的赞同，反对他的人也慑于他的正气不敢说话了，纷纷推举他负责守城，太后和监国也都安下心来了。尚书王直拉着于谦的手说：“国家现在依靠的是你这样的人才，今天这种情况，就算有 100 个王直又有什么用呢？”

这次守卫京城，于谦知道责任重大，他不敢怠慢，一方面布置防御的兵力和将领，另一方面抓紧捉拿瓦剌奸细，还下令各地将领尽快带兵进京勤王。然后他上书朝廷，建议宣布王振的罪状，捉拿他的同党，以稳定民心，通过

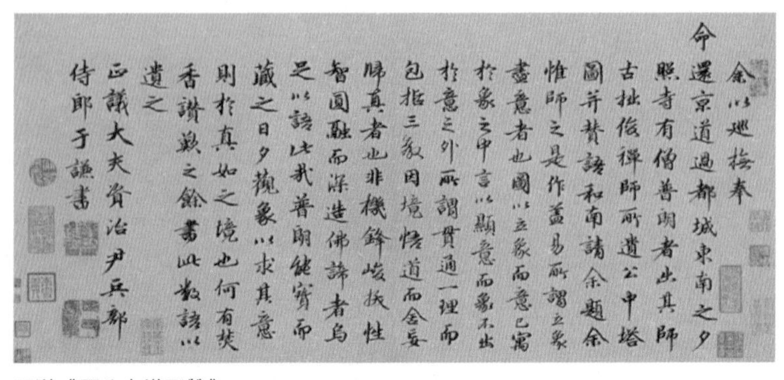

于谦《题公中塔图赞》

历史关注 汤显祖是明代著名的剧作家、文学家，被誉为“东方的莎士比亚”。他的代表作是《牡丹亭》。

这些措施逐渐安定了京城的人心。

也先俘虏了明英宗，觉得很高兴，把明英宗当作人质，挟持着他进犯北京。由于皇帝在他手上，沿途的守军不敢放手进攻，瓦剌军进展神速，很快就打到北京城下。针对这种情况，于谦等人上书，要求监国即位做皇帝，把英宗奉为太上皇，这样就能消除英宗在瓦剌人手上的不良影响了。

正统十四年（1449 年）十月，瓦剌军抵达北京城下，在西直门驻扎下来，准备发动进攻。大将石亨认为瓦剌人兵强，建议把军队撤进城，凭借城墙死守，这样瓦剌见短时间内攻不下来，也许就会主动退兵。于谦拒绝了这个建议，他认为这样就是对瓦剌人示弱，反而会助长瓦剌人的嚣张气焰，应该主动出兵，先杀他们一个下马威。

于谦把各路人马布置在京城各个门外，命令把城门都关起来，表示有进无退的决心。他还下令说如果将领上阵逃跑的，就斩将领，士兵逃跑的，就由后面的士兵就地正法。这样既严明了军纪，又表明了坚决保卫北京城的决心，大大鼓舞了将士们的士气。这时候，各地前来增援的人马也陆续赶到，都驻扎在京城外面，总共有 22 万人之多，更加坚定了大家必胜的信心。

于谦派遣几名骑兵前去诱敌，也先果然中计，派了上万人前来冲锋，结果中了埋伏，死伤惨重，连也先的两个弟弟都丧了命。也先大怒，调遣部队攻打西直门和彰义门，又被击退。当时很多太监受于谦的激励，加上看到瓦剌军败退，一下子冲出好几百人前去追击，结果反而把自己的阵形冲乱了。瓦剌军乘势反攻，打到土城的时候，连老百姓都爬到城墙上向瓦剌军扔石头土块，许多瓦剌将士被砸得头破血流。一连打了 5 天，瓦剌军损失惨重，只好退兵。于谦看到挟持明英宗的队伍走远了，才下令开炮，炸死不少后面的瓦剌士兵，北京保卫战最后以明朝的胜利而告终。也先看到明英宗留着也没用，勒索了一大笔赎身费后就把他放回去了。

明英宗复位后，对于谦当年扶持别人当皇帝不满，再加上被于谦斥责过的徐有贞和石亨背后说坏话，于是给于谦安了个谋反的罪名，把他杀害了。老百姓听说于谦冤死，一个个都痛哭流涕，跟死了亲人一样伤心。

有才无德的徐有贞

徐有贞是害死于谦的罪人之一，但不是每个人都知道他其实也是个很有才华的人，只是他的功名之心盖过了他的才华，所以才在历史上留下了恶名。

徐有贞是宣德年间进士，被授予翰林院编修一职。他聪明机智，足智多谋，精通天文、地理、兵法、水利和阴阳方术等学问。土木堡之变后，徐有贞因为提出迁都而遭到于谦斥责，从此对于谦怀恨在心。

明景帝即位后，徐有贞以监察御史的身份到彰德征兵，瓦剌退兵后，徐有贞回到朝廷。他念念不忘升官的事，为了升官，他送了一条玉带给陈循，还对陈循说：“根据天象显示，你佩带了这条玉带就一定能遇到好事。”不久陈循被封为少保，他很高兴，经常在明景帝面前夸奖徐有贞。当时任免官员基本是于谦说了算，所以徐有贞又求于谦的门客去为自己说好话，想当国子祭酒。于谦认为徐有贞确实很有才能，就在明景帝面前推荐他。可明景帝却说：“你说的那个人就是当初要迁都的徐有贞吧？这个人心术不正，会把国子监的学生教坏的。”徐有贞不知道于谦推荐了他，还以为于谦从中作梗，更恨他了。

两年后，朝廷决定彻底治理黄河，大家都推荐让徐有贞去，皇帝同意了。徐有贞经过实地考察后提出了三种办法：安置水闸、开凿支流和疏通运河。明景帝批准了这些办法，但主管漕运的王竑却以漕道淤塞为由，请求堵住决口。明景帝命令徐有贞照王竑的意见去做。徐有贞认为这样做是不对的，坚决不同意。最后按照他的办法，整个工程胜利完工，徐有贞因此得到了明景帝的奖赏和信任。

中国大事记

1399 年 7 月，燕王朱棣因不满建文帝的削藩政策，起兵造反，号“靖难”，史称“靖难之役”。

几年后，明景帝生了重病，石亨和张軏等人计划拥立被软禁的明英宗。他们把这个计划透露给了太常卿许彬，许彬说：“这可是流芳百世的功业。我老了，起不了什么作用。徐有贞足智多谋，你们可以和他商量。”石亨等人当晚就去找徐有贞，徐有贞听到这事后认为机会来了。当时边境不太平，徐有贞让张軏借口为了防止发生不测，带军队进入皇宫。四更天的时候，石亨打开宫门，把张軏等人放了进去，然后又把门关上，防止别人也进来。石亨和张軏很害怕，问徐有贞是否有把握成功，徐有贞拍着胸脯保证绝对没有问题。到了软禁明英宗的地方后，他们破墙而入，见到英宗后都跪下来请他复位。英宗问了他们的姓名，然后跟他们一起去了东华门，看门的人不让他们进去，他们就从奉天门进了皇宫，登上朝堂。

明景帝还不知道出了什么事，第二天早上，在外面等候的大臣忽然听到宫殿内有吵闹的声音，大家都不知道出了什么事。不一会儿，宫门打开，徐有贞出来宣布：“太上皇已经复位了！”当天徐有贞就被任命为学士，进入了内阁，第二天又加封兵部尚书。徐有贞得势后，就诬陷于谦等人，将他们杀害，就连陈循这些对他有恩的人都不能幸免。徐有贞掌握了大权，朝中上下都对他畏惧不已，而英宗对他很信任，凡是重要的事都交给他处理。

徐有贞虽然很有势力，但他总觉得自己还不如石亨和曹吉祥得宠，就经常在英宗面前说他们的坏话。本来那两个人就没有什么才干，所以英宗很容易就听进去了。石亨和曹吉祥都知道徐有贞说他们坏话，就想尽办法来陷害他。当时英宗经常单独和徐有贞谈话，曹吉祥让小太监偷听他们的谈话内容，然后又把这些内容密告诉英宗。英宗很奇怪地问：“你从哪儿听来的？”曹吉祥说：“是徐有贞告诉我的。陛下和徐有贞谈的话，外面没有不知道。”英宗以为是徐有贞嘴巴不严实，开始疏远他。这个时候，几个御史正打算揭发曹吉祥和石亨的罪行，还没来得及上奏就被石亨他们知道了。石亨和曹吉祥在英宗面前哭诉，说内阁已经被御史操纵了。英宗下令将御史们抓了起来，徐有贞也受到牵连被投进了大牢。但他不久就被放了出来，被任命为广东参政。

石亨等人并没有放过徐有贞，他们制造匿名信辱骂英宗，说是徐有贞让他的门客马士权写的。英宗听信了他们的诬告，就把徐有贞抓了起来，严刑拷打，但没有得到证据，后来大赦的时候就把他放了。石亨最后唆使英宗将他

· 翰林院 ·

翰林院听上去像个学术机构，实际上是个官署，这个官署可以说在其存在的历代都是清贵之所。翰林院初建于唐代，最有学问者方有资格入中，称作翰林官，简称翰林。翰林刚开始只是作为皇帝顾问，后在皇帝身边待多了，权力也逐渐大起来。安史之乱后，翰林学士作为皇帝信得过的近臣，逐渐开始分割宰相之权，乃至后来的宰相经常从翰林学士中挑选。唐后，有时名称小有变动，翰林院这个机构本身为历代所沿设。宋代设学士院，也称翰林学士院。翰林学士充皇帝顾问，宰相多从翰林学士中遴选。明代翰林院虽名义上仅是五品衙门，其权力却发展至顶峰，尤其由翰林学士入值的文渊阁，是明朝的权力中枢机构，其头目内阁首辅则是事实上的宰相。清代翰林院同样是人人想进的清贵之所，翰林不仅升迁较他官容易，而且由于经常主持科举考试，得以收取天下士子为门生，文脉与人脉交织，其影响延至各个领域。因此，翰林院可以说是古代政府中学问与权势都达到顶点的一个机构，翰林也就是传统社会中层次最高的士人群体，能入院者首先是一种荣耀。鉴于翰林院的特殊地位，因此历代能入院者都是当时饱学之儒，年轻后进则至少要进士资格才能入内。明代定制，状元、榜眼、探花可直接入翰林院，其他进士则要经过考察方可入内。

历史关注

王守仁（王阳明）是我国古代著名的哲学家，宋明时期主观唯心主义集大成者，他的学说被称为“心学”。

贬为庶民，流放到外地去了。

石亨等人因谋反被杀后，英宗对别人说：“其实徐有贞也没什么罪，无非是石亨等人想陷害他罢了，还是让他回老家去吧。”但徐有贞当官的心还是没有死，他天天观察星相，做梦也想被召回去，但始终没能如愿，几年后去世。

徐有贞刚出狱的时候，曾对马士权说：“你是个有骨气的人，以后我一定把一个女儿嫁给你！”可等他被放回老家后，马士权去拜访他，希望他能履行当初的诺言，他却不提那件事了。马士权很失望，离他而去，终生也没有提起过这件事，当时的人都因为这事而看不起徐有贞。

王守仁平定叛乱

王守仁是明代儒学大师，他继承和发扬了南宋陆九渊“心即理”的学说，创建了自己的心学体系，是继朱熹之后对理学思想界影响最大的人。王守仁不仅仅是一代理学宗师，他还具备很高的治世才能和军事天赋。

王守仁年少的时候就经常跑到塞外去观察山川的险要形势，考上进士后，王守仁针对西北边境军事提出了 8 条意见，但没有引起朝廷重视。

兵部尚书王琼很喜欢王守仁，把他提拔为右佥都御史，负责巡抚南安府和赣州府。这个时候，因为朝廷剥削太甚，各地人民纷纷起义，官吏们都束手无策，王守仁却用计布置耳目，并命令广东、福建的军队围剿。王守仁灵活运用自己的军事才能，将起义军一一剿灭。当时王守仁率领的都是文官和低级武官，却能立下如此辉煌的战功，很多人都把他当做神仙。朝廷论功行赏，升任他为右副都御史。

江西的宁王一直怀有野心，经过精心准备后发动了叛乱。王守仁听到宁王叛乱的消息，马上赶到吉安府，鼓励大家为朝廷效力。王守仁派出大批间谍，让他们散播谣言，说朝廷已经派遣大军准备进攻宁王老巢南昌。他还写信给宁王的宰相李士实和刘养正，让他们怂恿宁王尽快向东攻打南京，好让朝廷乘虚攻占南昌。这其实是他施的反间计，故意把信的内容泄露出去，让宁王产生怀疑，一直按兵不动。十多天后，宁王探听到根本没有军队来攻打南昌，才知道上了王守仁的当。宁王一怒之下出兵占领了九江和南康，并进逼安庆。

当时各地自发起来反抗宁王的人马纷纷和王守仁会师，有人请求去援救安庆，王守仁听说宁王在南昌只留了很少的守军，说：“现在九江和南康都沦陷了，我们如果越过南昌而去安庆的话，那两个地方的敌人就会切断我们的退路，这样就腹背受敌了。南昌防守空虚，我们如果攻打南昌的话，叛军一定会来救，我们在鄱阳湖上迎击，一定能取胜。”结果南昌兵实在太少了，还没来得及把叛军主力部队吸引过来，就攻破了南昌城。

宁王听说南昌被围，赶紧带领围攻安庆的部队回来援救。王守仁设下伏兵打败了宁王的部队。宁王退守樵舍，把船全部拴在一起，结为方阵，王守仁突然发动进攻，用小船火攻，把宁王的副船烧掉了。宁王急急忙忙组织逃跑，慌乱中自己乘坐的船不小心搁浅，王守仁的部将王冕追上去将其活捉。宁王为了叛乱而精心准备了数十年，本以为可以势如破竹，直捣京城。但他遇上了王守仁，结果叛乱仅持续了 35 天就被平定了。

此时明武宗已经御驾亲征，率领人马抵达了南昌。皇帝身边的太监们大多和宁王有勾结，王守仁以前递上的奏章中就说过：“盯着皇帝位子的人不只是宁王一个人，请求皇上能够罢斥那些小人来挽回天下人的忠心。”那些小人很恨他。宁王叛乱被平定后，他们又开始嫉妒王守仁的功劳，纷纷造谣生事，说王守仁本来和宁王有勾结，只是因为考虑到事情不能成功，所以才讨伐宁王的。明武宗是个贪玩的皇帝，好不容易亲征了一次，一个叛军的影子都没见到，心里也很不高兴。有人怂恿他命令王守仁把宁王送到皇帝那里来，让皇帝过下瘾。王守仁不愿意把宁王交给那些小人，上书请求向皇帝本人献俘，并劝阻皇帝亲征，但没有得到同

中国大事记

1402 年，朱棣攻破南京，建文帝下落不明。同年，朱棣即位，是为明成祖。次年，改年号为“永乐”，改北平为北京。

意。那些小人以为王守仁是个弱书生，让他当众射箭，想让他出丑。谁知道王守仁三发三中，丢尽了那些小人的脸。那些人就想方设法在皇帝面前说他坏话，皇帝不信，说：“王守仁是有道之人,不可能造反！”王守仁为了保住性命，把功劳全部归到皇帝身上，又记了很多皇帝身边宠臣的战功，那些人才没有话说了。

王守仁虽然平定了叛乱，但功劳全部给了别人。不过他是很旷达的人，日后他还平定了好几次叛乱，为明朝江山的巩固立下了汗马功劳。

贪玩误国的明武宗

明武宗是明孝宗的独子，一出生就获得了皇位继承人的地位。明武宗 15 岁即位，他本来聪明好学，但由于身边宦官的不良影响，他开始成天游玩嬉戏，养成了一身坏毛病。他登基后，宠幸刘瑾等 8 个宦官，他们通过唆使明武宗沉溺于玩乐和骑射，控制了朝政，当时的人把他们称为“八虎”。

“八虎”中势力最大的人是刘瑾，哪个大臣得罪了他的话，不是贬官就是杀头，当时的民谣里说：“一个坐皇帝，一个立皇帝；一个朱皇帝，一个刘皇帝。”可见刘瑾是多么骄横跋扈了。很多正直的大臣都上书劝谏明武宗不要再贪玩，要求罢黜他身边的小人。但明武宗根本听不进去，他还在宫中设立商店，对当老板比当皇帝更有兴趣，而“八虎”却变本加厉地紊乱朝政。

刘瑾势力虽大，但他和另外“七虎”之间的关系并不好，尤其和张永更是水火不容。安化王谋反的时候，朝廷派杨一清前去征讨，张永担任监军一职。平定叛乱后，杨一清劝张永想办法除掉刘瑾，得到了张永的首肯。张永弹劾刘瑾图谋造反，明武宗虽然糊涂，但对谋反一事还是不会掉以轻心的，就派张永抄刘瑾的家。张永等人在抄家过程中制造刘瑾谋反的假象，最终让武宗将刘瑾处死。

刘瑾虽然死了，但明武宗并没有吸取半点教训，仍然宠信小人。他没有儿子，就认了很多义子，那些人仗着皇帝的势力到处横行霸道，其中最受明武宗宠信的是江彬和钱宁。

明武宗力大无比，喜欢和老虎搏斗，并经常因此受伤，但没有人敢劝谏。他觉得皇宫不好玩，在宦官的唆使下建了一座专门供他玩乐的豹房，在里面安置了许多玩物和美女，成天在里面鬼混。他非常好色，有个总兵马昂为了巴结他，把自己已经嫁人的妹妹进献了上去，很快就迷住了明武宗，自己也因此成为明武宗的宠臣。马昂是个没有廉耻的小人，明武宗看上了他的爱妾，为了保住自己的官位，他居然把爱妾也献给了皇帝。

明武宗特别喜欢军事，他做梦都想带兵打仗。蒙古小王子入侵边境，明武宗得知这一消息后决定率军亲征，检验自己的军事才能。朝中大臣纷纷反对，明武宗干脆给自己取了个名字叫朱寿，并封自己为威武大将军，以朱寿的名义带兵出征，堵住了大臣们的嘴。明武宗到达边境后，亲自布置战术，命令总兵王勋率领大同的守军出战，自己负责指挥。不久，他率领大军赶赴应州，和官军主力会师。小王子听说皇帝在应州，派遣主力部队加以攻打。明武宗高兴坏了，亲自披挂上阵，率领大军抵御。小王子觉得很难取胜，于是率军退却。明武宗乘胜追击，杀了个痛快。不过为了保护他，许多士兵都无法全力作战，最后杀敌 16 人，明武宗还亲手杀了个对方的士兵，但明军却死了 52 人，伤 500 多人。明武宗有勇无谋，在战斗中多次陷入险境，还差点被俘虏，幸好将士们拼命救护才没有落入敌手。事后，他还命令王勋向朝廷报捷。

第二年，明武宗游兴大发，到密云游玩。当地百姓听说皇帝来了，还以为他又来搜罗美女,吓得早早地就躲了起来。他觉得密云没意思，又任命朱寿，也就是他自己统率大军出征西北，在太原住了下来，当地美女几乎被他搜罗一空。回朝后没几天，他听说南方女子能歌善舞，美貌多才，又动了南下的心思。大臣们终于忍不住了，纷纷劝谏。他恼羞成怒，开始大肆报复，

历史关注 | 编纂于明朝永乐年间的《永乐大典》是中国最著名的一部大型古代典籍。

把100多个大臣抓到诏狱里日夜拷打，一个叫张英的大臣竟然被活活打死，从此以后再也没有人敢多嘴了。

宁王发动叛乱的消息传到京城后，把明武宗乐坏了，马上下令亲征。但就在他下令亲征的那一天，宁王的叛乱就被王守仁平定了。明武宗率领数万大军南下，刚到达涿州，王守仁平定叛乱的奏章递了上来。可他还是继续南征，并多次下令不准王守仁献俘，要他等自己亲自去抓。明武宗到了江南后，对当地的美女大有兴趣，成天淫乐。他对自己没能亲手擒获宁王非常不满，想出了一个很荒唐的主意。他命令王守仁将宁王绑在广场上，自己亲自骑着马向宁王冲去，将其抓获，就认为是自己抓到的，心理得到了极大的满足。一个月后，他在泛舟游玩的时候不小心掉进了水里，虽然被救了上来，但受惊染病，已经无法救治。回到北京后不久，明武宗就去世了。他本来身体很强壮，但由于长期淫乐，掏空了身子，最后不治身亡，可谓咎由自取。明武宗没有留下后代，他死后由堂弟继承了皇位。

严嵩乱天下

严嵩是明孝宗年间进士，他文章写得很好，被选为庶吉士，后来因病回家。他在家乡隐居了10年，成天吟诗作赋，名声很好。病愈后被任命为侍讲，又担任了国子监祭酒。明世宗统治时期，严嵩官拜武英殿大学士，掌管礼部事宜。他一直不回家，在行宫值班，虽然已经年过60，但还是非常勤奋。明世宗很欣赏他，让他解除了礼部的职务，专门在西苑值班，并加太子太傅头衔。

严嵩内心险诈，他觉得内阁大学士翟銮对自己是个障碍，就唆使党羽诬告他，把翟銮排挤出内阁。翟銮走后，严嵩负责对朝廷提出书面意见的事务，掌握了内阁大臣最重要的权力。严嵩根本不让别人插手，接替翟銮入阁的大臣曾叹息道："我名为内阁大学士，实际上只是个旁观者！"

·乡试和会试·

明朝的科举分为乡试和会试两级。子、午、卯、酉之年，在各省省城举行乡试，也叫秋闱，考中者称为举人。辰、戌、丑、未之年，各地举子会集京城举行会试，也叫春闱，考试合格的称作贡士。贡士再经过由皇帝亲自主持的殿试，考试合格者统称进士，分三甲张榜公布：一甲三人，分别是状元、榜眼、探花，赐进士及第；二甲若干人，赐进士出身；三甲若干人，赐同进士出身。所有进士都由朝廷任以官职。朝廷规定，所有的考试命题，一律出自《四书》《五经》，考生的答案限制以宋朝朱熹所作的《四书集注》为依据，不准有自由发挥，文章的格式、用语都有统一的体式，即所谓的"八股文"。明朝的科举制度，实际上不是为国家选拔人才，而是为专制政权选拔奴才，它已经成为文化进步的阻碍。

明世宗希望长生不老，对神仙的事很有兴趣，严嵩就抓住这一点拍马屁，他胡乱捏造些祥瑞来哄明世宗开心，以此巩固了自己的地位。当时倭寇经常到我国沿海地区骚扰，严嵩派亲信赵文华到沿海地区视察，赵文华是严嵩的干儿子，他为了报答严嵩，在当地大肆搜刮财宝，把钱都用来孝敬严嵩。结果沿海的防备越来越差，倭寇更加猖狂了。

严嵩的儿子严世蕃更不是个好东西，特别贪财。他对朝中大臣的收入了如指掌，任何一个职位能贪污的钱数他也非常清楚，所以任命官员的时候，他对每个职位都明码标价，到他家行贿送礼的人多得把路都堵住了。严氏父子给自己家修的住宅非常豪华，占了好几条街，成天在里面饮酒作乐。严世蕃听说南昌有个地方有王气，他就把那块地方占为己有，在那里为自己造了房子。

夏言资格比严嵩老，权力也比严嵩大，对他很不客气，经常排挤严嵩的党羽，严嵩一点办法都没有。不久，夏言决定弹劾严世蕃，严

中国大事记　1421 年，明成祖迁都北京。

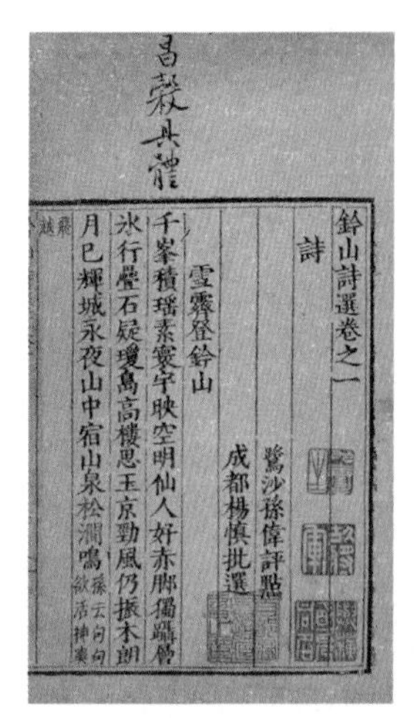
昌穀具體
鈐山詩選卷之一
詩
鷲沙孫偉評點
成都楊慎批選
雪霽登鈐山
千峯積瑤素寰宇映空明仙人好赤脚獨躡層
冰行疊石疑瓊島高樓思玉京勁風仍振木朗
月已輝城永夜山中宿山泉松澗鳴

《钤山诗选》书页　明　严嵩

嵩父子十分害怕，跪在夏言床前大哭，好容易才让夏言放过了他们。严嵩见夏言对自己不利，又听说明世宗的宠臣陆炳不喜欢夏言，就和陆炳结交，共同对付夏言。等到夏言失去明世宗的信任后，他以河套地区被蒙古占领为理由弹劾夏言，最后竟然害死了夏言。

严嵩其实没有什么本事，只会讨好明世宗。明世宗刚愎自用，喜欢掩盖自己的过失，是个很爱面子的人。严嵩就抓住这点想方设法激怒他，以铲除异己。很多大臣都上书弹劾严嵩，但由于他老奸巨猾，加上明世宗昏庸无能，那些大臣都被严嵩残害，很多人都丢掉了性命。

时间一长，明世宗对严嵩专权也渐渐有所不满，开始亲近另一个阁臣徐阶。徐阶为了争权，指使党羽弹劾严嵩，但没有成功。不过那些人没有把徐阶招供出来，严嵩也无可奈何。严嵩虽然很能揣摩明世宗的心思，但毕竟年纪大了，明世宗给他的诏书有很多看不懂的地方，只有严世蕃能一目了然，答复的话语让明世宗很满意。后来严嵩的妻子死了，严世蕃要守丧，不能跟随严嵩上朝，代他答复诏书了。严世蕃的缺阵带给严嵩很大困难，很多诏书他都不能回答，只能派人拿回家让严世蕃代答。这很耽误时间，有好几次宦官在旁边催得很急，严嵩只能自己亲自答复。但他水平有限，往往说不出明世宗的意思，逐渐失去了明世宗对他的宠信。

后来万寿宫失火，严嵩冒冒失失地请明世宗搬到南城暂居。南城是当年明英宗被软禁期间住的地方，明世宗非常忌讳这个，听了严嵩的建议后心里很不舒服。而徐阶负责重新修建的万寿宫让明世宗非常满意，从此徐阶取代了严嵩在明世宗心目中的地位。严嵩害怕了，赶紧请徐阶吃饭，让全家人都出来拜见徐阶，对他说：“我严嵩迟早是个死，我的家人全靠您照顾了。”徐阶对于严嵩的请求不置可否。

道士蓝道行很受明世宗宠信，他受徐阶所托也说严嵩的坏话，让明世宗下了除掉严嵩的决心。御史邹应龙得知这个消息后，主动上书弹劾严嵩。明世宗假惺惺地下旨安慰严嵩，但又说严嵩对严世蕃管教不严，勒令其退休，然后将严世蕃交大理寺问罪。严世蕃获罪后仍然难改恶习，和倭寇勾结图谋不轨。事发后被论罪处死，严嵩全家被罢官为民。

戚继光驱逐倭寇

嘉靖帝统治时期，日本有一批由破产农民、失意武士和商人组成的海盗集团经常到中国沿海地区烧杀抢掠，他们和中国的海盗相勾结，把中国沿海很多城市抢得一干二净，由于其中有很多日本人，所以明朝人把他们称为“倭寇”。

嘉靖三十二年（1553 年），大批倭寇进犯我国沿海地区，接连抢掠了几十个城市，明朝的统治受到了严重威胁，在这种情况下，明朝政府把戚继光调到浙江，命令他负责剿灭倭寇。

戚继光出身军事世家，从小就喜欢学习兵法和武艺，十几岁就练得一身好武艺，17 岁的时候就加入了军队，在战斗中立下不少功劳。这次倭寇入侵，很多人都推荐他去，他也很高兴能为国效力，急忙赶到了浙江。

他到了浙江后，发现当地的军队军纪涣散，训练松弛，根本不能打仗，他决定招募新兵，把原来的部队遣散，提高战斗力。当时浙江人被倭寇害得很惨，早就想杀倭寇报仇，一听说戚继光在招兵打倭寇，大家都纷纷前来报名，很快这支新军就发展到了 4000 人。

戚继光严格训练这批新兵，平时还经常和他们谈话，教育他们要奋勇杀敌，为国为民尽忠。很快这些新兵就被训练成为武艺高强、纪

历史关注

《金瓶梅词话》是中国第一部以家庭日常生活为素材的长篇小说，也是第一部文人独立创作的小说。

律严明的优秀士兵了。

戚继光根据江南水乡的特点，创造了一种叫鸳鸯阵的新阵法。这种阵法以 12 个步兵为一组，最前面一个人是队长，后面两个人拿盾牌，两人拿狼筅（用南方一种大竹子做的兵器），4 个人在盾牌的掩护下拿长枪，再后面是拿火器的，最后一人是伙夫。这种阵形灵活多变，长短兵器之间相互配合，杀伤力强，在集团作战中威力很大。在日后对倭寇的作战中，这种阵形对取胜起了很大的作用。

戚继光像

1561 年，倭寇进犯台州，戚继光率领军队前往台州抵御倭寇，那些倭寇不是鸳鸯阵的对手，被杀得大败，纷纷逃命，躲在船上不敢登陆。戚继光又用大炮轰击，倭寇只好乖乖投降，一共歼灭倭寇 6000 多人。这一战打出了明朝军队的威风，倭寇从此不敢再小看中国军队了。

倭寇见浙江有戚继光把守，是块他们啃不动的硬骨头，就在第二年的时候撇开浙江，专门侵略福建。福建的守军抵挡不住，向朝廷请求援兵。朝廷派戚继光前去支援，戚继光仔细研究了一下，决定先攻打宁德的倭寇。宁德的倭寇很狡猾，他们的大营驻扎在宁德旁边的横屿岛上，那个岛四面环水，如果想步行到岛上去的话，一定会被陷在泥沙里，所以他们气焰很嚣张，认为即使是戚继光，也不能拿他们怎么样。

戚继光哪会被倭寇难住，他侦察好岛周围的地形，探出一条并不深的水道，然后下令每个士兵带一捆干草，在潮落的时候用干草铺地，悄悄地潜入倭寇大营，发动突然袭击，那些倭寇根本就没想到戚继光会杀过来，经过一番激战，2000 多倭寇全部被歼灭。戚继光得胜后没有骄傲，又马上带兵赶赴牛田，走到牛田附近的时候，他命令扎营休息。倭寇以为戚继光确实累坏了，所以放松了警惕，没想到戚继光在当天晚上发动突袭，一连攻破倭寇 60 多个营寨，把他们全部消灭掉了。

倭寇的残余势力又纠集了 1 万多人，把福建仙游包围了 3 天之久，戚继光率领戚家军在城下将他们打败。倭寇赶紧撤军，戚继光指挥部下一路追杀，很多倭寇被赶下悬崖摔死了。逃出的几千名倭寇占据了漳浦蔡丕岭，凭借有

·戚家军与蓬莱水城·

山东蓬莱水城是我国现存最早、最完整的古代水军基地，总面积达27万平方米。明代以前是古登州港，与交州、扬州、广州并称中国古代四大口岸，也是东渡日本、朝鲜的重要港口。明洪武九年（1376年），在此基础上依山麓地形构筑城池，疏浚小海引入海水，用以停泊船舰。其水门、防波堤、平浪台、码头、灯楼等海港建筑和城堞墙、敌台、水闸、护城河等防御性建筑共同构成一个严密的海上军事防御体系，成为当时驻扎水军、停泊船舰、水上操演、出哨巡洋的军事基地。

明朝中期日本武士、商人和海盗经常骚扰沿海地区，是为倭寇。沿海人民饱受威胁，屡遭损害，但倭寇作风剽悍，来去如风。戚继光精选4000余名农民和矿工，训练成一支军纪严明的劲旅，史称“戚家军”。戚家军既能陆战又能海战，巡游东西，转战在东南沿海的海面上。他们作战勇猛，所向披靡，使倭寇闻风丧胆，几无立足之地。戚继光戎马生涯40多年，智勇兼备，多谋善断，练兵有方。指挥戚家军“飚发电举，屡摧大寇”，在东南沿海扫灭倭寇，廓清海疆，成为雄峙大海的不朽军魂，牢固地守卫着中国的沿海边疆。

中国大事记

1449 年，瓦剌太师也先入犯，明英宗率众亲征，在土木堡被俘，史称“土木堡之变”。英宗弟朱祁钰被拥戴为帝，遥尊英宗为太上皇。

戚家祠堂

利地形死守。戚继光把士兵分成 5 队，亲自率领士兵攀上悬崖，倭寇猝不及防，被杀得大败。戚继光很快就消灭了这支倭寇，立下大功。

海瑞刚正不阿

海瑞生性刚直，他是儒学的狂热崇拜者，一生都以儒学的教导来规范自己的言行，从来没有做过一件违反原则的事情。他没有中过进士，只是以举人的身份代理南平县教谕。御史到学宫视察的时候，别人都向御史行跪拜礼，海瑞却只作了个揖，他说：“我如果到御史所在的衙门的话，应当行部属之礼，让我跪拜我没有二话。但学宫是老师教育学生的地方，按规定不能行此大礼。”后来他迁任淳安县令。七品知县年俸只有三十两白银，根本不够用。但海瑞仍然能够安贫乐道，穿布衣、吃粗粮糙米，让仆人种菜，以此来供应饮食。

胡宗宪很有才干，但人品欠佳，他儿子耳濡目染，养成了一身坏毛病。有一次，胡公子路过淳安县，当地驿站负责接待。海瑞曾经吩咐过，不管招待谁，都是四菜一汤，严格执行当年朱元璋定下的标准。胡公子霸道惯了，见驿吏端来的食物居然如此简陋，勃然大怒，认为这是看不起自己，命令手下把驿吏捆上倒挂起来。消息传到海瑞耳朵里，他不慌不忙地说：“以前胡总督巡查的时候，曾经下令各地官员不得铺张浪费，他本人也一向廉洁。而今天这个人身上携带那么多银两，还这么不讲道理。一定不是胡总督的儿子，是坏人冒充的！”他下令把胡公子抓了起来，从他行囊中搜出几千两银子，全部没收。还派人把这个消息告诉给胡宗宪，胡宗宪吃了个哑巴亏。

都御史鄢懋卿是严嵩的干儿子，一向骄横。他路过淳安县的时候，也是因为饭菜简陋而发火。海瑞公开宣称淳安是个小县，容纳不下鄢懋卿的车马。鄢懋卿气坏了，但他知道海瑞不是好惹的，只好忍气吞声地离开。回京后，他指使别人弹劾海瑞，将他贬官。

过了很久，海瑞被提拔为户部尚书。当时明世宗一心想当神仙，成天躲在后宫里和道士鬼混，已经有 20 多年没有上朝了。大臣也不敢提意见，为了保住官位和脑袋，大家纷纷向皇帝进献祥瑞之物。海瑞看不惯明世宗这种荒唐的行为，刚到京城没多久，就递了封石破天惊的奏章。

这封奏章直言不讳地谴责了明世宗的荒唐行为，诚心诚意地希望皇帝能够醒悟过来，把天下治理好。明世宗看到这封奏章后气得把它扔到地上，对左右说：“快把他抓起来，不要

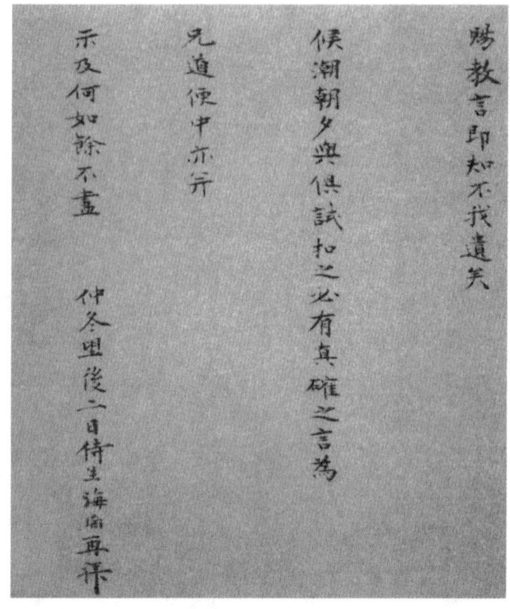
賜教言即知不我遺矣
候潮朝夕與俱試扣之必有真確之言為
兄道便中亦行
示及何如餘不盡
仲冬望後二日侍生海瑞再拜

海瑞《奉别帖》墨迹

历史关注 徐光启《农政全书》卷44中所载的《除蝗疏》系统地记载了蝗虫的生活习性和扑杀方法等，是我国最早的治蝗专著。

让他跑了！”宦官黄锦说："这个人是出了名的傻子。听说他递上奏章后，知道自己犯了死罪，事先就买好了棺材，和家里人诀别，把仆人都赶跑了。现在他正在朝廷里待罪呢，是不会跑的。”明世宗顿时哑口无言。过了一会儿他把海瑞的奏章捡起来重新看了一遍，一天内看了好几次，点头叹息。他下令把海瑞抓进诏狱。两个月后，明世宗去世，明穆宗即位，把海瑞放了出来。

诏狱的官员听说了明世宗的死讯后，认为海瑞不但会被释放，而且还会被重用，就买了很多酒菜来款待海瑞。海瑞以为自己马上要押赴刑场斩首，这酒菜是饯行用的，就尽情吃喝起来。等他吃够了，那个官员才悄悄告诉他明世宗死了。海瑞马上放声大哭，把刚才吃的东西都吐了出来，哭了整整一个晚上。

因为海瑞刚正不阿，经常得罪权臣，所以屡次被贬官。但他名声实在太大，每次都被起用。海瑞死于万历十五年（1587年），他死后，御史王用汲去他家帮忙办理后事，结果在他家只看到用葛布做的帷帐和一些破烂竹器，有的东西破得连穷人都不用了。王用汲越看越感动，他回去后，组织同僚凑钱为海瑞办理丧事。海瑞死前在南京为官，当地百姓听说他的死讯后，自发罢市为其哀悼。海瑞的灵柩用船运回家乡的时候，两岸站满了为他戴孝的百姓，祭奠哭泣的人多得数不胜数。

张居正改革

严嵩专权的时候，徐阶的日子不太好过，当时的人都避之唯恐不及，只有翰林院编修张居正处之泰然，严嵩也很尊重他。严嵩被打倒后，徐阶成为内阁首辅，对张居正非常信任，很快就把他推荐进了内阁。当时内阁大臣徐阶和李春芳都能礼贤下士，只有张居正以宰相自居，对待下属很傲慢。不过他很能处理问题，往往一句话就能道破实质，所以人们虽然怕他，但都尊敬他。

徐阶和高拱不和，他离任后将3个儿子交给张居正，让他加以照顾。高拱却不肯放过徐阶，唆使别人加以弹劾，徐阶的儿子多被治罪。张居正帮徐阶说情，差点就打动了高拱。高拱的门客诬陷张居正收了徐阶的贿赂，张居正脸色大变，对天发誓绝无此事。高拱当场表示道歉，但两人关系从此就疏远了。高拱和太监冯保有矛盾，明穆宗生病期间，张居正拉拢冯保，让他在内廷支持自己。明神宗即位后，冯保借太后的名义赶走了高拱，让张居正当了内阁首辅。

明神宗登基的时候才10岁，张居正除了处理朝政之外，还负责辅导明神宗。他对明神宗很严厉，皇帝对他又怕又敬，将朝政大权全部交给了他处理。

张居正执政以尊崇皇权、考核官吏、赏罚分明、统一号令为主。凡是他决定的事情，往往用最快的速度办理。当时明朝吏治腐败，朝廷上下一片乌烟瘴气，土地集中在大地主大官僚手中，他们想尽办法逃避赋税，导致国家财政匮乏。张居正针对这种情况推行了改革。

此前的首辅们也有过改革的想法。徐阶当首辅的时候，吃住都在内阁，裁减冗员，平反冤狱，改善士兵生活，但没过多久就在内部争斗中黯然退出。高拱的改革措施则是大力任用青年官员，提拔优秀人才。不过他们的改革都没能触动当时社会问题的本质，所以只能是治标不治本。

张居正改革的力度要大大超过前任们，他的改革分为四个方面。首先，他认为权贵们横行不法是阻碍社会进步的一大要素。他决心整顿吏治，打击不法权贵。可贵的是，他执法铁面无私。张居正少年时期深受辽王厚恩，但辽王是出了名的横行不法，张居正毅然废掉了辽王。太监冯保的侄子犯了法，张居正将冯保的侄子革职，并重打40大板，劝说冯保以后要对家人严加管教。张居正还规避了很多规章制度上的漏洞，改革初现成果。

张居正认为，地方豪强和官府两者勾结是众害之源，他率先加强监察，将内阁置于六部之上，对其有监察权，防止玩忽职守。当时朝

中国大事记　1457年，明英宗朱祁镇在将领石亨、太监曹吉祥等的拥护下复位，史称“夺门之变”。

廷的财政主要来自税收，税越来越重，但朝廷的收入却越来越少，原因是逃税避税的都是豪强权贵，官员和他们同流合污，把钱财都揣进了自己的腰包。张居正下令，今后考核官员以钱粮为标准，那些追缴欠税不力的官员一律受罚，这样让那些逃税之人无处藏身。

明朝的赋税制度是向土地所有者征收土地税，按人头派差役。由于土地兼并越来越严重，大地主大官僚们倚仗自己的权势偷税漏税，隐瞒户口。

另外，很多人把土地卖掉，但土地税却仍然保留，这样就造成纳税不均。张居正首先丈量全国土地，从根本上杜绝逃避土地税。为了杜绝人们逃避差役，他干脆把所有赋税和差役全部划归到土地税中，推行了所谓“一条鞭法”的新式征税政策。农民缴税的时候可以把赋税折算成银两，允许被征调的差役出钱雇佣别人代替。这些措施加快了货币流通，促进了商品经济的发展。

张居正的改革措施遭到了很多人的反对，他们攻击张居正违背祖训，并诋毁他的人品。改革开始没几年，张居正的父亲去世了，按例他应该辞职回家守孝。但改革正处于关键时期，明神宗和太后苦苦挽留，张居正被迫夺情留任。反对派们就攻击他违背孝道，禽兽不如，还写了很多谩骂张居正的大字报贴在街上。张居正为了维护自身形象和改革成果，严惩了那些反对派。

张居正对明神宗非常严格，渐渐地，明神宗开始对他产生了不满。明神宗亲政后张居正因病去世，没过多久，明神宗就在首辅张四维的唆使下公布张居正的罪状。抄家的官员把张居正老家的房子全部封锁起来，等到打开的时候，里面已经饿死了10多个人。张居正的长子忍受不了逼赃的严刑拷打，上吊身亡，张家其他人员也都受到了不同程度的惩罚。张居正的改革措施也被废除了，好不容易有点好转的明朝又开始走起了下坡路。

《帝鉴图说》明　张居正

这是张居正专门为明神宗编著的一部书。

魏忠贤陷害东林党

明神宗万历二十三年（1595年），顾宪成被革职，他回到家乡无锡后，在东林书院讲学。顾宪成名气很大，来听他讲学的人非常多，他又喜欢议论朝政，抨击一些当政的大臣。朝廷里也有很多人支持他，但恨他的人却说他们结党营私，把支持顾宪成的人称为“东林党”。

东林党人坚决反对宦官专权，和当时的齐、楚、浙三党水火不容，相攻不已。

明光宗死后，他的妃子李选侍赖在乾清宫不走，东林党领袖左光斗上奏说：“乾清宫是天子才能住的地方，除非是皇后，别的妃子都不能长期居住，李选侍没有资格住在乾清宫。”最后，左光斗和杨涟联合起来将李选侍赶出了乾清宫，维护了明熹宗的地位。至此，东林党在党争中大获全胜，掌握了朝政大权。

但明熹宗并不信任东林党，他只信任魏忠贤。齐、楚、浙三党失势后并不甘心，他们见魏忠贤势力最大，就纷纷投靠他，结成了阉党，在朝中为所欲为。

东林党看不惯阉党的胡作非为，纷纷上书弹劾。天启四年（1624年），杨涟率先上书弹劾魏忠贤，一共列举出他的24条大罪。魏忠贤听说后怕得要死，跑到明熹宗面前哭诉，糊涂的明熹宗当即火冒三丈，下旨斥责杨涟。

当时魏忠贤一手遮天，他出门的时候，排场和皇帝一模一样。阉党官员们拼命奉承他，称他为“九千岁”，皇帝知道后也没有说什么。

不久，东林党人魏大中、黄尊素等70多

历史关注 | 明代的土地兼并始于明宪宗。

依庸堂

"风声雨声读书声声声入耳，家事国事天下事事事关心"，反映了东林党人忧国忧民的情怀。

个官员冒死上书，接连弹劾魏忠贤，但上书如石沉大海，魏忠贤毫发无伤，杨涟和左光斗反而被罢官。

魏忠贤决定反击，他唆使党羽写了《东林点将录》《同志录》等诬陷东林党人的书，制造舆论。第二年，魏忠贤干脆兴起大狱，将杨涟、左光斗、袁化中、魏大中、周朝瑞、顾大章6人逮捕下狱，交给锦衣卫严刑拷打。逮捕左光斗的时候，百姓们都围在马前啼哭，连前来抓他的人都感动得掉下了眼泪。

6人一开始不肯承认阉党的诬陷，但不久又觉得如果被折磨死了的话，那就没有机会再申冤了。他们天真地认为司法部门会秉公执法，所以就被迫做了假口供，以图日后翻案。但魏忠贤早就料到这一招，他假传圣旨，不把案子交给司法部门，而是让东厂审讯，这个时候大家才后悔失算了。

很多正义之士纷纷捐款，凑了很多钱准备送给狱卒，以缓解他们的刑狱。但阉党根本不给他们这个机会，就在凑钱的当天晚上，杨涟等人就被迫害致死。杨涟耳朵里被钉上铁钉，被沉重的麻袋活活压死；左光斗全身都被烙铁烧得稀烂，脸上全是烫伤，左腿膝盖以下的骨头都露了出来，6人全部受尽酷刑惨死。

魏忠贤下令将东林党人全部赶出朝廷，一年后，又大捕东林党。在逮捕苏州的周顺昌时，苏州市民纷纷上街请愿，请求释放周顺昌。魏忠贤的走狗、南京巡抚毛一鹭的轿子被市民们拦住，士兵们急了，把镣铐往地上一扔，吼道："我们是东厂派来的，谁敢阻拦？"市民们大怒，骂道："我们还以为是皇上派来的，原来是东厂的走狗！"大家一起向他们冲去，用石块瓦片狠狠地向他们砸去，揪住他们痛打。毛一鹭见势头不对，早从轿子里面钻了出来，躲在粪坑里才逃过一劫。周顺昌最后还是被抓走了，阉党们追究起这件事，把当时领头的5个人抓了起来，给他们定了死罪。那5个人面无惧色，在刑场上还大骂魏忠贤，围观的群众伤心地掉下了眼泪。

这一次大追捕捕杀了东林党领袖高攀龙、周起元、周顺昌、缪昌期、周宗建、黄尊素、李应升7人。人们把杨涟等6人称为"前六君子"，把高攀龙等7人称为"后七君子"。东林党虽然被阉党血腥镇压了，但阉党并没有猖狂多久，一年后，明思宗登基，将魏忠贤等人处死，为东林党人平反。

袁崇焕抗后金

努尔哈赤建立后金王朝后，多次入侵明朝边境，并在萨尔浒大败明军，辽东局势非常危急。朝廷派了老将熊廷弼前去镇守，但巡抚王化贞妒忌熊廷弼，两人配合得很差。努尔哈赤进攻广宁时，王化贞临阵脱逃，熊廷弼独木难支，只好退回山海关。战后朝廷追究责任，将熊廷弼杀了。

当时明朝缺少将才，好容易有个熊廷弼，却又给杀掉了，兵部很犯愁，找不到合适的人选负责辽东军事。这个时候，兵部主事袁崇焕跑到山海关观察地形，回来后说："让我去吧，只要给我兵马钱粮，我肯定能守住。"朝廷就把希望寄托在了他身上，给了他20万两军费，授予他关外军队的指挥权。

关外经过多年战争已经很荒凉了，大学士孙承宗决定把军队驻守在宁远，命令满桂和袁崇焕前往。袁崇焕在宁远重新修筑城墙，修成

中国大事记

1487 年，朱祐樘即位，是为明孝宗。孝宗在位期间励精图治，社会矛盾有所缓和，统治阶级内部亦较稳定，外患平定，被称为“弘治中兴”。

袁崇焕题写的聚奎塔匾额

了一个坚固的城池，让宁远成为关外的重镇。满桂善于用兵，袁崇焕尽忠职守，两人配合得很好，发誓与宁远城共存亡。他们又关心部下，将士们都乐意为他们效力，边境的形势很快就被扭转了过来。

在这个关键时候，孙承宗却被罢官，接替他的是阉党高第。高第说关外守不住，让所有部队都撤回山海关。袁崇焕不同意，他说：“我负责镇守宁远，宁可死在这里，也坚决不撤走！”高第没办法，只好把其他城池的人撤走，明朝辛辛苦苦铸就的防线毁于一旦。

努尔哈赤认为明军容易对付，就派大军渡过辽河，抵达宁远城下。这个时候宁远城内只有 1 万多人，又没有任何援军，而后金兵多达 13 万。袁崇焕并没有害怕，他把将士们召集起来，亲自咬破手指头写下血书，发誓死守宁远。将士们纷纷请求以死报效朝廷，没有一个人退缩。袁崇焕把城外的房子全部烧掉，将守城的器械全部运到城内，等待后金兵的到来。他还写信给后方的将领，告诉他们，如果发现有从宁远逃回关内的官兵，一律斩首。这样一来，城里的人心安定了下来。

努尔哈赤征战数十年，根本不把小小宁远城放在眼里，他觉得这只不过是他前进路上一颗小钉子罢了，在后金铁蹄下，宁远城的覆灭是迟早的事。可是他想错了，当后金兵举着盾牌攻城的时候，他们遇到了前所未有的抵抗。明朝官兵在袁崇焕的指挥下，用弓箭、石块杀伤了大批后金兵。但后金兵一向能征善战，倒下一批又来一批，形势非常危急。在这紧急关头，袁崇焕动用了西洋大炮，一炮射去，后金兵血肉横飞，倒下一片。后金从来没有见过威力如此之大的武器，吓得纷纷后退。努尔哈赤见宁远城异常坚固，知道很难攻破，下令暂时收兵回营。第二天，后金兵继续猛攻，袁崇焕不慌不忙，看准后金兵人多的地方，下令用炮猛轰。无数后金兵被炸得粉碎，连努尔哈赤也受了重伤，不得不下令撤退。宁远的包围被解除了。努尔哈赤一世英雄，没想到居然在小小宁远栽了跟头，他又气又恨，加上伤势严重，没几天就死了。

袁崇焕虽然是靠打仗起家的，但他清醒地认识到，和后金不能硬拼。努尔哈赤死后，他派使者前去吊唁，顺便观察对方的情况。后金继任者皇太极虽然对袁崇焕恨之入骨，但表面上还是热情招待了明朝使者。袁崇焕想和后金议和，皇太极正在出兵朝鲜，生怕袁崇焕偷袭他，所以同意议和。本来朝廷准许了议和的意见，但后来觉得不合适，又下旨禁止了。袁崇焕认为议和是收复失地的最好办法，极力坚持，但没有被朝廷采纳。

当时驻守锦州的是赵率教，后金征服朝鲜后，又对锦州发动了进攻。赵率教以议和拖延时间，等待援军。袁崇焕认为宁远的兵不能动用，只派了 4000 精锐骑兵绕到后金背后偷袭。后金进攻锦州实际上是想把宁远的军队引出来，真正目的是宁远。袁崇焕没有上当，后金见计谋失败，也就退兵了。魏忠贤等人指责袁崇焕不去援救锦州是失职，所以论功行赏的时候只给他加了一级俸禄而已。很多人为袁崇焕抱不平，但慑于魏忠贤的霸道，都不敢说话。

明思宗即位后，杀掉了魏忠贤，重新任用袁崇焕，还赐给他尚方宝剑。当时辽东大将毛文龙在后金后方组织了一支军队，对牵制后金起了很大作用，但是他和袁崇焕意见不合，有的时候不听从袁崇焕的调遣。袁崇焕为了严肃军纪，用尚方宝剑将他杀了。毛文龙的死给明朝造成了极大损失，他的部将纷纷投降后金，而后金也少了个劲敌，这是袁崇焕犯下的一个错误。

历史关注 珠算和卷尺是由明朝的程大位发明的。他所撰的《算法统宗》是我国古代最完善的珠算经典之作。

皇太极巧施反间计

皇太极和袁崇焕作战屡战屡败，当然不会甘心。他知道宁远城防守严密，自己不是他们的对手，于是决定绕开宁远，率领几十万大军攻打河北，直扑北京城。

袁崇焕赶紧带上祖大寿和何可纲等人率领军队前去阻拦，但已经晚了，皇太极已经抵达北京郊外。明思宗听说后金前来攻打北京，大吃一惊，等他听说袁崇焕赶来后，终于松了一口气，下旨褒奖，命令袁崇焕统领全部援军。

后金军能够打到北京城外并不是袁崇焕的责任，加上他援救及时，还有一定的功劳。但京城里的人却不这样看，魏忠贤的余党纷纷造谣，说袁崇焕纵容敌人，以前就有和后金议和的打算，这次后金入侵，也是他引来的，想凭此威胁朝廷和后金议和。

明思宗虽然很有才干，但生性多疑，这种话听多了心里也七上八下的，对袁崇焕产生了疑心。皇太极是个很狡猾的人，他打探到明思宗对袁崇焕有了怀疑，于是想出了一条反间计。

当时后金俘虏了两个明朝太监，把他们关在军营里。晚上的时候，皇太极让看守他们的士兵悄悄地说后金和袁崇焕有勾结的话，故意让他们听见。然后装作失误，让两个太监偷偷逃走。那两个太监以为探听到了重大消息，气喘吁吁地跑回皇宫向皇帝汇报这个情况。明思宗听说后金人果然是被袁崇焕引来的，大发脾气，下令让袁崇焕火速进宫。袁崇焕不知道发生了什么事，赶紧进宫朝见，皇帝下令把他抓起来关进诏狱。当时祖大寿也在旁边，见袁崇焕被抓，吓得浑身发抖。幸好皇帝没有怀疑他，让他出去了。祖大寿回到军营后越想越寒心，见袁崇焕好心好意赶回来救援，没有赏赐倒不说，反而被抓了起来。祖大寿曾经犯过罪，孙承宗想杀他，但爱惜他的才干，于是悄悄地让袁崇焕将他救走。祖大寿很感激袁崇焕，死心塌地地跟着他南征北战，从来没有过反叛的想法。但这次的事情让他越想越不对劲，他也知道自己和袁崇焕的关系，害怕到时候株连自己，干脆横下一条心，带领部队逃了出去。袁崇焕虽然蒙冤入狱，但他对朝廷仍然忠心耿耿。当他听说祖大寿逃走后，马上写了封信托人交给皇帝。皇帝把那信交给使者去召祖大寿，祖大寿这才重新回来保卫京城。

当年袁崇焕在朝廷里做官的时候，曾经和大学士钱龙锡谈论过想杀毛文龙的情况。后来袁崇焕想和后金议和，钱龙锡写信劝阻。钱龙锡是主持推翻魏忠贤逆党的人，魏忠贤的余党很恨他，一直想抓到他的把柄害死他。这次袁崇焕被抓了起来，那些人决定以擅自主张议和和杀害朝廷命官两大罪名陷害他们。高捷率先上书诬告，其他人随后也递上了诬告信，要求杀袁崇焕的同时把钱龙锡也除掉。

很多人都觉得袁崇焕是被冤枉的，也有人劝阻过皇帝，但皇帝根本不相信他们的话，一意孤行地认定袁崇焕谋反。最后，袁崇焕被判谋反，钱龙锡也被判了死罪。崇祯三年（1630 年）八月，袁崇焕被押赴刑场处死。北

清太宗皇太极像

中国大事记　1616 年，努尔哈赤建国称汗，国号“金”，史称“后金”。

京的老百姓不了解实情，以为袁崇焕真的是个大汉奸，在他被处刑的时候，居然纷纷跑上去咬他的肉。袁崇焕最后被凌迟处死，他的肉也被愤怒的百姓们啃光了。袁崇焕一心一意效忠明朝，却落得个死无全尸的下场，不能不让人扼腕叹息。他的兄弟和妻子被流放到三千里之外，家也被抄了。袁崇焕一心为明，钱财都用来奖赏将士们了，家里没有多余的财产。后来皇太极的阴谋败露后，天下人都认为袁崇焕死得太冤了。

袁崇焕被杀，祖大寿又撤走，虽然后来再度回来，但士气低落，根本无心作战。援军被交给了满桂指挥，满桂虽然很有军事才能，但他缺少独当一面的能力。朝廷匆匆让他上任，他根本没有做好准备，最后在战斗中阵亡。当年袁崇焕误杀了毛文龙，自己又被冤杀，满桂和赵率教战死，祖大寿又无心为朝廷效力，明朝镇守辽东的良将几乎一扫而空，边关的事更加没有人能管理。明朝中了皇太极的反间计，给自己挖好了坟墓，已经注定了灭亡的命运。

闯王李自成

明思宗即位的那一年，陕西一带发生大饥荒，朝廷发下来的救灾粮却被贪官们克扣，很多人实在没有办法活下去了，只好起来造反。米脂县有个叫李自成的农民，他小时候给地主放羊，长大后当了驿站的驿卒，后来犯了法差点被知县处死。他逃走后当了屠户，暂时安定了下来。李自成的舅舅高迎祥自称“闯王”，率领一批饥民起义，李自成投靠了他。李自成在起义军和官兵的战斗中表现英勇，加上他和高迎祥的特殊关系，很快就被提拔成为起义军的高级将领，被人称为“闯将”。

崇祯八年（1635 年）正月，13 家起义军在河南荥阳会师，大家一起商量如何抵挡官军的追剿。当时朝廷已经克服了轻敌思想，组织了大批人马前来围剿，有的人产生了畏惧情绪。李自成站出来大声说道：“就算是只有一个人也得奋力作战，更何况我们有 10 万人！官军是不能拿我们怎么样的。我建议我们应当分散开来，各自定下进攻方向，是输是赢全靠天意了！”大家都被他的热情所打动，纷纷表示同意。

高迎祥和张献忠的部队负责在河南以东展开军事行动，由于朝廷在这一带防守薄弱，起义军一路势如破竹，竟然把凤阳给打了下来。凤阳是朱元璋的老家，祖坟都在那儿。起义军才管不了那么多呢，他们早就对皇帝恨之入骨了，一把火把朱家的祖坟烧个精光。噩耗传到北京城后，皇帝抱头痛哭，将漕运都御史的脑袋砍掉，任命朱大典负责围剿。张献忠抓了一批在皇陵里面负责鼓吹的太监，李自成想把他们要走，但张献忠不给。李自成大怒，就唆使高迎祥和张献忠分裂，跑到西边和罗汝才会合，再次去了陕西。

崇祯十一年（1638 年），官军在梓潼大败起义军，李自成逃到白水一带。在那里他被洪承畴和孙传庭夹击，潼关一战，李自成几乎

李自成雕像

历史关注 明代地理学家徐宏祖的《徐霞客游记》是世界上最早一部记载石灰岩地貌的著作。

全军覆没。最后李自成只带了18个骑兵逃走，跑到商洛山躲了起来。这个时候张献忠已经投降，农民起义陷入低潮期。

张献忠投降只是为了迷惑官军，不久他就重新起兵。李自成听到这个消息后很高兴，从商洛山中跑了出来，重新收罗旧部，准备东山再起。陕西总督郑崇俭派兵把李自成包围了起来，自诩熟读兵书的郑崇俭对部下说："包围敌人一定要留个缺口。"结果李自成就从他留的缺口处逃走了，前去投奔张献忠。张献忠和李自成关系一向不好，他虽然收留了李自成，但想杀了他。李自成得知张献忠不怀好意，偷偷逃跑了。他的力量还很弱小，差一点就被官军抓住，手下很多将领都投降了。当时李自成的心腹大将刘宗敏也想投降，李自成对他说："有人说我可以当皇帝，要不我们来占卜一下，如果结果不吉利，你就拿我的头去投降吧。"刘宗敏同意了，结果占卜了三次，三次都是吉利。刘宗敏回去后把妻子杀了，对李自成说："我宁死也要跟着你干！"李自成率领部下轻装出发，来到河南。当时河南闹饥荒，灾民纷纷加入了李自成的队伍。

李自成能和部下同甘共苦，而和他联盟的罗汝才却生活奢侈，喜好女色，李自成很看不起他。但罗汝才打仗很有一套，两人配合一直很默契。李自成很快就挽回了败局，势力空前壮大。渐渐地，他对罗汝才起了杀机，不久，他找机会将罗汝才杀掉，兼并了罗汝才的部队。

崇祯十七年（1644年）正月初一，李自成在西安称王，国号大顺，其后攻下了山西，三月十三日，军队直逼北京城。明思宗惊恐万分，但一点办法都没有。三月十八日傍晚，太监曹化淳打开城门，百万起义军攻进北京城。明思宗从宫里跑了出来，爬到煤山上，看到京城烽火连天，叹息道："真是苦了百姓啊！"他把几个儿子送到大臣家里，逼皇后自尽，用剑砍杀坤兴公主。第二天清晨，他爬上煤山，在左衣襟上写下遗书，上吊而死，太监王承恩随后自缢。明朝终于灭亡。

吴三桂借清兵

崇祯十七年，李自成建立大顺政权，不久攻入北京，崇祯帝上吊自尽，明王朝灭亡。李自成认为江山已经打下来了，开始骄傲起来，成天躲在皇宫里，他手下的将士们四处抢掠，想多带点钱回老家当大财主，斗志渐渐被磨灭了。他们把明朝的官员们拉出来拷问，逼他们把钱财交出来。其中有个大官叫吴襄，他也被抓起来打了个半死，家产全部被没收了。有人告诉李自成，吴襄有个叫吴三桂的儿子，现任山海关总兵，手下还有数万人马，战斗力很强，对大顺政权是个威胁。如果把他招降了，那么就少了个威胁，而且也壮大了自己的力量。于是李自成命令吴襄给吴三桂写信，让他投降。

吴三桂本来是被派到宁远驻守的，起义军快打到北京的时候，崇祯帝让他赶快回来支援。等他走到山海关，传来北京城被攻占的消息，于是就停了下来。这次收到父亲的信，他很犹豫，他内心里是瞧不起那些农民出身的起义军的，投降他们自己心里肯定不乐意，可不投降的话，大顺军有上百万人，自己一个小小总兵是肯定抵挡不住的，再说还有那么多的家产在北京，所以他决定先去北京看看情况再说。

他正要出发，一个留在北京的家人找上门来，向他哭诉崇祯帝惨死，吴三桂面不改色，口头上敷衍了几句。那家人看他没什么反应，又说："家里全被贼兵抢光了，老爷被他们拉出去打，还关了起来，少爷您看怎么办？"吴三桂这才问道："陈夫人呢？"陈夫人就是陈圆圆，本来是个名妓，被崇祯帝皇后的父亲周奎买了下来，想献给皇帝。但崇祯帝并不好色，没有看上陈圆圆。后来周奎请吴三桂吃饭，在酒席上，吴三桂见到陈圆圆后被她迷得神魂颠倒，干脆厚着脸皮向周奎索要陈圆圆。陈圆圆就这样当上了吴三桂的小妾，吴三桂非常宠爱她，这次他想回北京，多半也是为了能和陈圆圆重新团聚。

那个家人告诉吴三桂，陈圆圆在抄家的时

中国大事记 1618年，努尔哈赤发布“七大恨”的讨明檄文，誓师伐明。

候被李自成的大将刘宗敏抢走了。

他也顾不得回北京打听情况了，马上下令紧守山海关，所有将士全部换上白衣白甲，宣称要为死去的崇祯帝报仇。他也知道自己的兵力不是大顺军的对手，马上派人给关外的清政府写信，说自己愿意投降，只求派兵帮助他对付李自成。

当时清政府掌权的是睿亲王多尔衮，他接到吴三桂的信后非常高兴，认为这是进兵中原、夺取江山的好机会，马上就同意接受吴三桂的投降，并率领大军开赴山海关。

李自成听说吴三桂不肯投降，把吴三桂留在北京的亲人都杀了，然后率领20多万大军杀向山海关。多尔衮知道李自成的军队很厉害，于是命令吴三桂打先锋，他带领清兵埋伏起来，想等他们打得两败俱伤了再出击，捡个大便宜。

战斗开始时，吴三桂带领大军向李自成的部队冲去。李自成兵多，采用两翼冲锋的方式将吴三桂的人马包围起来，吴三桂的部下不愧是久经沙场的精兵，虽然人数上处于劣势，但并没有慌乱，而是拼死突围。双方僵持不下，喊杀声惊天动地。正在这时，突然刮起一阵狂风，顿时天昏地暗。多尔衮抓住时机，下令清兵出击，大顺军受到突然袭击，乱了阵脚，直到风停了之后才发现周围都是留着辫子的清兵。大顺军在吴三桂和清兵两面夹击下死伤惨重，回到北京后已经没多少士兵了。李自成见北京守不住了，于是抓紧时间举行了登基大礼，第二天就逃出了北京城，不久起义军失败。

以吴三桂得名的“定辽大将军”铜炮，是明清兴亡交替的一件实物见证。

而多尔衮则带领清兵开进北京城，过了没多久，多尔衮把顺治帝接来了。老百姓本以为清兵只是来帮个忙就走，会把明朝皇帝的后裔扶上皇位。没想到最后连清朝皇帝都接来了，这才知道从今以后要受清朝的统治了，大家都很愤怒，一个个都骂吴三桂。

·山海关与吴三桂·

山海关地处河北省秦皇岛市山海关区，是建筑史上罕见的杰作。整个关城平面为方形，周围城墙约4千米，城高14米，厚7米。关城与长城交接处的城墙顶宽达15米多，可“十人同行，五马并骑”。城四面均有关门，“东曰镇东，西曰迎恩，南曰望洋，北曰威远”。镇东门上悬有“天下第一关”的巨幅匾额。

1644年，大明王朝气数已尽，明代崇祯末年山海关总兵吴三桂本打算投靠北京李自成的大顺政权，他把山海关交给前来接管的大顺官员，便带领兵马前往北京归顺李自成。快到北京时，吴三桂听说李自成部下大将刘宗敏抢走陈圆圆，于是“冲冠一怒为红颜”，折回山海关，与李自成为敌，向清廷割发称臣，并把山海关拱手相让，清兵入关李自成起义军寡不敌众，撤回北京。山海关大战，决定了明亡后的政治格局。从此，李自成等农民起义军日薄西山，最终归于败亡。而清朝则实现了入主中原的雄图大略。而吴三桂据守军事要塞山海关，手握重兵，在明亡时按兵不动，在归顺李自成时因小失大出尔反尔，在归顺清廷后却又贪心不足图谋造反。吴三桂背弃了君臣大义，唯一始终不变的便是对利益和欲望无休止的追求，私欲遮蔽了他的双眼，使他丧失了方向感，最终可耻地死去。

清史稿

《清史稿》共529卷，修于1914～1927年。《清史稿》未被列入正史，因未经当时政府承认，又是初稿，编纂者并未视为成书，因此只称为《清史稿》。《清史稿》是学习清史的基本参考书，但全书缺点很多，历来不为史学家所重。

中国大事记

1661 年，郑成功收复台湾，赶走了荷兰侵略者。

努尔哈赤起兵

努尔哈赤生于明嘉靖三十八年（1559 年），继母对他不好，努尔哈赤从小就饱尝生活的艰辛。但逆境并没有消磨他的意志，他长大后学了一身本领，而且聪明过人。古勒城主阿太是努尔哈赤伯父的女婿，他受到明朝总兵李成梁的攻击。当时努尔哈赤的祖父和父亲去看望阿太，阿太手下有个叫尼堪外兰的人，他偷偷投靠了明军，骗阿太打开了城门，引明军前来攻陷了古勒城。努尔哈赤的祖父和父亲都死在乱军之中，他和弟弟舒尔哈齐则当了俘虏。李成梁的妻子见他二人一表人才，就偷偷把他们放走了。

努尔哈赤回到部落后，几乎一无所有，只有祖先留下的 13 副盔甲。五城族的龙敦等人借口害怕明军来攻而受到牵连，多次加害努尔哈赤，有一次还打死了他的护卫。有一天夜里，努尔哈赤抓到一个偷袭者，左右都要把他杀了。但努尔哈赤却下令把他放了，说不想让仇恨加深。他派人问明军，说："我的祖父和父亲犯了什么罪？"明军知道自己理亏，把他们的尸体还给了努尔哈赤。他说："尼堪外兰是我的仇人，请你们把他交给我。"但明军没有理睬他。

努尔哈赤 25 岁那年正式起兵报仇。第一次讨伐尼堪外兰的时候，援兵没有及时赶到，让他逃走了。努尔哈赤紧紧追赶，一直追到了明朝的边境上，明军出来反击，尼堪外兰趁机逃走。努尔哈赤虽然没有能够杀掉尼堪外兰，但这一仗树立了自己的威信，很多部落都跑来依附，他的实力壮大了很多。

努尔哈赤经过多年的战争，基本统一了女真各部，登基称帝，定国号为"金"，历史上称为"后金"。

两年后，努尔哈赤下令整顿军备，决定和明朝作对，颁布了所谓"七大恨"：一、明军无故杀害他的祖、父；二、明朝偏袒女真族的叶赫等部，欺负自己的建州部；三、明朝违反双方划定的边界范围，强令努尔哈赤赔偿所杀越境人之命；四、明朝派兵保护叶赫部，干涉女真内政；五、叶赫部得到明朝支持，将许给努尔哈赤的女子转嫁蒙古；六、明朝强迫努尔哈赤退出已经开垦耕种的柴河、三岔、抚安，不让女真人收获当地庄稼；七、明朝守备尚伯芝在建州作威作福。

努尔哈赤还建立了八旗制度，将女真人分为 8 个旗。八旗制度是由牛录制度发展而来的，早在女真没有统一的时候，人们行军打猎是按照部落的次序行动的。每 10 个人设一个首领，称为"牛录额真"，也就是箭主的意思。努尔哈赤把女真人合并起来，规定每 300 人为一个牛录，设一个牛录额真，这里的牛录额真是佐领的意思。牛录额真以下设两个副手，也就是骁骑校。五个牛录组成一个甲喇，首

·八旗制度·

努尔哈赤在统一女真各部的过程中，把原先的"牛录"（一种女真人从事军事和狩猎的小行动集体）改造成为"固山"（汉语"旗"的意思）。到1601年，他已经设立了黄、白、红、蓝四旗，1615年，正式建立了八旗制度。规定每300人立为一牛录，五牛录立一甲喇额真，五甲喇额真立一固山额真（旗）。同时又在旧有的黄、白、红、蓝四旗之外，增加镶黄、镶白、镶红、镶蓝四旗（即是在原来四种颜色的旗帜上镶上不同颜色的边缘，规定黄、白、蓝旗镶红边，红旗镶白边）。皇太极即位以后，又把归附的蒙古族人和汉族人编为蒙古八旗和汉军八旗。以后又将东北少数民族编入布特哈八旗。八旗制度在建立之初，兼有军事、行政和生产三方面的职能。后来受到中原文化的影响，把黄色作为皇帝的专用颜色，因此满族八旗正黄、镶黄两旗就成了天子亲自统帅的两旗，顺治以后，加上正白旗，合称为上三旗，地位要高于另外的下五旗。

历史关注　八旗制度是努尔哈赤在女真牛录制的基础上创立的一种兵民合一的制度。

领为参领。五个甲喇组成一个固山，固山就是旗的意思。刚设立旗的时候只有黄、红、白、蓝四个旗。后来兼并的部落越来越多，四个旗明显不够用了，于是又增加了镶黄、镶红、镶白和镶蓝四个旗，这样，八旗制度正式登上了历史舞台。

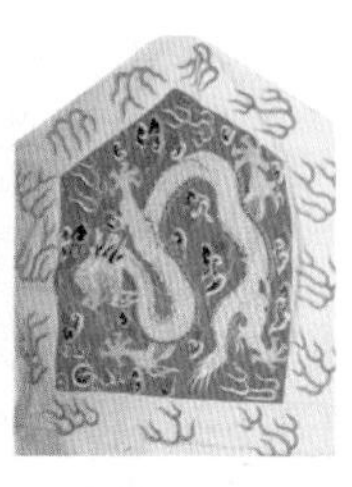

八旗大纛

八旗大纛是八旗军队的八面军旗。1601 年努尔哈赤创建黄、白、红、蓝四旗军队，每旗军队各以本旗色布绣一云龙为本旗旗徽。1615 年，增建镶四旗，旗帜均镶边。

八旗军战斗力非常强，接连打下了东州、抚顺等重要城池。不久，又在萨尔浒歼灭明朝前来讨伐的大军。从此，后金成为明朝最大的敌人。

努尔哈赤赢得萨尔浒大战后，休整了几年，又相继攻陷沈阳、辽阳。

第二年，努尔哈赤又进攻广宁，打败了明朝的援军，攻占了广宁。明朝大将王化贞和熊廷弼因为此役的失败而被杀。努尔哈赤节节胜利，正在志得意满的时候，却在袁崇焕所守的宁远城碰了钉子，怎么攻都攻不下来，死伤惨重，只好退兵。

努尔哈赤回到沈阳后就病倒了，他对儿子们说："我自从 25 岁起兵以来，战无不胜，攻无不克。没想到却被袁崇焕阻挡，实在让人不甘心！"不久，他就病死了，终年 68 岁。

多尔衮辅政

多尔衮是努尔哈赤的第 14 个儿子，因为性格最像父亲，所以努尔哈赤最喜欢他。努尔哈赤临死的时候曾指定多尔衮为自己的继承人，但由于当时多尔衮太小，而手握重兵的皇太极又得到了大多数人的支持，所以多尔衮并没有能登上皇帝宝座。

皇太极虽然从弟弟手上抢到了皇位，但他对多尔衮还是挺不错的。多尔衮和他的同母兄弟阿济格、多铎三人都能征善战，为巩固后金立下了汗马功劳，逐渐控制了八旗中的正白旗和镶白旗。皇太极死后，多尔衮想按照努尔哈赤的遗言让自己继位，但皇太极的长子豪格势力也很大，双方争得很厉害。多尔衮见反对他的人很多，就退让了一步，同意立皇太极的儿子为帝。但他不愿意让年富力强的豪格继位，就挑选了最年幼的福临为帝。福临就是顺治帝。多尔衮立了福临，自任摄政王，控制了朝政。

多尔衮有勇有谋，他和一般的满族贵族不同。他深知今后进兵中原，光靠军队是不够的，毕竟满族人口有限，不可能长期单独统治这么大的国家，所以他对汉族知识分子还是比较尊重的。但没过多久，就发生了一件让他头疼的事。

多尔衮的弟弟多铎勇猛善战，最受多尔衮的喜爱。多铎是个粗人，他看上了大学士范文程的妻子，不管范文程也是朝廷重臣，经常派人到范文程家附近侦察，想伺机抢人。范文程知道汉人在清廷没什么地位，虽然自己官很大，但也惹不起多铎。可多铎派的人天天在附近骚扰，范文程终于受不了了，把这事透露给了多尔衮。多尔衮知道这事后非常生气，马上狠狠处罚了多铎。多铎平时最尊敬多尔衮，被骂得哑口无言，乖乖认罚，再也不敢打范夫人的主意了。

多尔衮这一招很快就把汉族大臣的心揽了过来，从此他们更加死心塌地地为清王朝卖命了。范文程感动之余向朝廷上书，提出了进兵中原的计划。多尔衮觉得有理，于是带领大军向山海关进发。

走到半路上，吴三桂派来的人把他们拦住

中国大事记	1683 年，清朝派施琅进攻台湾，郑克塽投降。1684 年，清朝设置台湾府，使中国重新归于统一。

了。原来明朝已经灭亡，山海关总兵吴三桂的家被抄了个精光，小老婆也被起义军抢走了。吴三桂愤愤不平，又不敢和起义军开战，只好派人去见多尔衮，请求清朝借兵给他。多尔衮正愁山海关兵精粮足难以攻下呢，看到吴三桂主动来降，高兴坏了。他到山海关和吴三桂签订了盟约，帮助吴三桂打败了李自成。

清兵进入北京后，多尔衮把明朝官员全部召集起来，告诉他们自己是来替他们报仇的,不会伤害他们。他还为崇祯皇帝发丧，赢得了民心。多尔衮占领北京后，决定把都城从盛京迁到北京，但遭到了反对。他说："当年太宗皇帝曾经说过，如果打下了北京，就马上迁到那里，以便占领中原。所以迁都势在必行。"几个月后，顺治帝带领文武百官开进了北京城，清朝正式成为统治中原的大帝国，多尔衮立了头功，被封为皇叔摄政王。

多尔衮权力越来越大，国家大事根本不和大臣们商量，他自己一个人说了算。就连皇帝的玉玺，他也给拿到自己家里去了。多尔衮自己已经拥有了两个旗，可他还嫌不够，把正蓝旗也划归自己名下。当时皇帝也只掌握正黄旗和镶黄旗两个旗，多尔衮的势力比皇帝还大了。

多尔衮虽然足智多谋，但他没能改掉清朝贵族的某些恶习。满族人抢占土地是用的圈占法，也就是让人骑上马，在规定的地方跑马，跑完一圈回来,这一圈的土地就归那个人所有。多尔衮入关后还用这个办法划分土地，被圈走的土地上的百姓只能搬家，但什么东西都不准带走。光是在北京，满族贵族就圈走了 1000 多万亩土地。满族人还强迫汉族百姓投靠到自己门下当奴隶，如果谁敢逃走的话，抓到后就处以重刑。这些措施大失人心，但多尔衮根本没有意识到这一点。

多尔衮的骄横引起了顺治帝的不满，他死后，顺治帝抄了他的家，剥夺了他的爵位，一直到乾隆时期才恢复他的名誉。

郑成功收复台湾

郑成功的父亲郑芝龙本来是个海盗，被明朝招安后当上了游击将军。郑成功是郑芝龙和一个日本女子所生的孩子。明朝灭亡后，郑芝龙和弟弟郑鸿逵一起拥立唐王，继续反清斗争。郑芝龙把郑成功引荐给唐王，唐王很喜欢他，赐他姓朱，所以后来人们尊称他为"国姓爷"。清朝大学士洪承畴和郑芝龙是老朋友，郑芝龙被洪承畴劝降，郑成功苦苦劝谏，但还是没用，于是干脆入海，独自反清。

郑成功一心反清，但手下兵少，于是就去南澳招兵，得到了几千人。郑成功奉唐王为主，沿用唐王年号，自称"招讨大将军"。他年轻有为，有勇有谋，和鲁王的部队一起抗清，取得了很多胜利。但由于义军中的内部矛盾，唐王和鲁王的政权纷纷瓦解，郑成功无回天之术，只好积攒实力以图再起。

顺治帝知道郑成功不好对付，命令郑芝龙写信劝郑成功投降。郑成功很看不起卖主求荣的父亲和叔叔们，他表面上答应投降，实际上是想让清朝放松警惕。清政府封他为靖海将军，命令他驻扎在漳州、潮州、惠州和泉州 4 个地方。

郑成功将计就计，在当地设立了自己的政权，遥奉桂王为主，并善待鲁王和明朝宗室。不久，他举起反清义旗，一直把势力延伸到了长江上游。清政府发现郑成功反叛后大怒，调

荷兰侵略者投降图

历史关注 | 我国是世界上最早掌握人工消雹方法的国家。

动兵马前来围剿。但郑成功师出有名，得到了很多百姓的支持，打得清军抱头鼠窜。顺治帝命令郑亲王世子济度为定远大将军，率领大军讨伐郑成功，并把郑芝龙等人抓进了监狱。济度到达泉州后，劝郑成功投降，但郑成功不予理睬。顺治帝急红了眼，威胁说如果不投降就杀了他全家，但郑成功仍然不肯投降。

坚持斗争了几年后，郑成功虽然打了很多胜仗，但毕竟实力有限，渐渐地力不能支，只好放弃江南。当时清政府下令将沿海居民迁入内地，断绝了郑成功的补给来源。郑成功退回厦门后，听说桂王已经逃到了缅甸，现在自己是孤军奋战，形势越来越坏。郑成功没有害怕退缩，他决定攻打台湾，以台湾作为根据地继续反清。

当时台湾被荷兰人强占，荷兰人把台湾当成自己的殖民地，逼迫当地人民为他们做牛做马，疯狂抢掠当地资源，并修筑了几个据点以防范中国军队。台湾岛上有两个城堡，一个叫赤嵌城，一个叫台湾城，都被荷兰人把守着。他们认为这样一来，中国军队就拿他们没办法了。

可郑成功不会被这些困难所吓倒，他带领2.5万名士兵分乘几百艘战船向台湾进军。荷兰人认为鹿耳门水浅，大批船只是无法进来的，所以没有在那里设防。郑成功的船队一到那里，海水就突然涨高了一丈多。船队轻松通过，直入鹿耳门。荷兰人派出了几艘军舰阻拦，西洋火炮确实厉害，一开始击沉了好几艘中国船。但郑成功并没有被吓倒，他命令全体战船围住其中最大的一艘船，对其发动猛攻，很快就将其击沉。荷兰人吓坏了，赶紧放弃了赤嵌城，退守台湾城。

荷兰人以为郑成功和普通的官员一样，都喜欢钱财，他们派人带了10万两白银去见郑成功，对他说只要退兵，钱财是不会少的。郑成功义正词严地对荷兰使者说："台湾的土地本来就是我们的，应该还给我们！至于金银珠宝，你们可以拿走，但要想收买我是不行的。"荷兰人不肯放弃这个宝岛，他们在台湾城里死死抵抗。郑成功将台湾城包围了起来，不让一个人跑掉。一口气围了7个月，荷兰人的粮食和淡水都要用完了，几乎每天都有人病死。最后只剩下100多人，只好请求投降。郑成功终于收复了台湾，他以台湾为根据地，发动当地人民建设宝岛，很快就赢得了宝岛人民的尊重和喜爱。

可惜郑成功的儿子郑经不争气，他和其四弟的乳母私通，这件丑事让郑成功知道了。他派人去杀郑经和他的生母。结果有人造谣说郑成功要把留守厦门的人全部杀掉，所以大家就拥立郑经为主，不听郑成功号令。郑成功当时正在生病，听到这个消息后狂怒而死，终年39岁。

·清设台湾府·

郑成功死后，其子郑经继续坚持抗清，并着力开发经营台湾。但随着时间的推移，清政府统治全国的局势已定，台湾也就失去了它作为抗清据点的意义。郑经死后，后继者已不再坚持抗清立场，但向清廷提出独立要求。

1683年，康熙派施琅率兵攻打台湾并占领了台湾，正式设台湾府。台湾府下辖三县，隶属福建。

康熙帝平三藩

当年清政府入关后，为其打天下的不光是满族贵族，还有很多汉族将领。功劳最大的人有4个：孔有德、吴三桂、尚可喜和耿仲明。清政府为了表彰他们的功劳，将他们封为亲王：孔有德被封为定南王，吴三桂被封为平西王，尚可喜被封为平南王，耿仲明被封为靖南王。孔有德在镇压明朝余党反抗的战斗中阵亡，所以实际上只剩下3个汉族王爷。吴三桂势力最大，占据了云南和贵州，尚可喜驻防广东，耿仲明驻防福建。他们在当地拥兵自重，一年的军费开销占了整个清朝一半以上的财政支出。

中国大事记　1689年，中俄签订《尼布楚条约》，划定了中俄东部边界线。

雄才大略的康熙帝怎么能忍得下这口气。

当然，康熙帝还不敢随便动他们，因为当初入关的时候，顺治帝和他们有过盟约，让他们永守南方，而且绝不猜疑。不过三藩也太骄横了，尤其是吴三桂，他任命的官员比朝廷任命的还多。多年来，云南不但没向中央交过一分钱，反而还要中央负责他们的开支。而且吴三桂等人能征善战，跟随他们的都是身经百战的良将猛士，人数还不少。他们要是造反，朝廷还不一定是对手呢。

康熙帝虽然贵为皇帝，但是他派到云南等地的官员根本没有实权，权力都掌握在那三个藩王手中。长期这样下去，康熙帝心里当然不舒服了。

正好尚可喜觉得自己岁数大了，一直在广东驻守显得力不从心，加上思念故乡，所以请求让儿子尚之信继承王位，自己回辽东养老。康熙帝想借这个机会试探下另外两藩的态度，于是下令批准尚可喜回老家，但不准他儿子继承王位，实际上就是剥夺了平南王的头衔。这一来，吴三桂和靖南王耿精忠（耿仲明之孙）就坐不住了，他们觉得这里面一定有问题。同样的，他们也想试探下康熙帝的态度，于是假惺惺地提出要撤除藩王职位，回家享清福。

康熙帝见三藩主动提出撤藩，心里很高兴，但还拿不定主意，就召集大臣开会商议此事。很多大臣都认为吴三桂等人的请求是假的，他们根本不肯撤藩，如果同意让他们撤藩的话，他们一定会造反的。

康熙帝果断地说："吴三桂等人一向骄横，早就有野心造反，撤不撤藩他都会反的。还不如早点撤藩，先下手为强。"他下诏同意吴三桂等人撤藩。这下可把三藩惹怒了，尤其是吴三桂，他认为清朝能入主中原都是他的功劳。现在一个20岁的小皇帝居然敢触犯他，不想反也不行了。

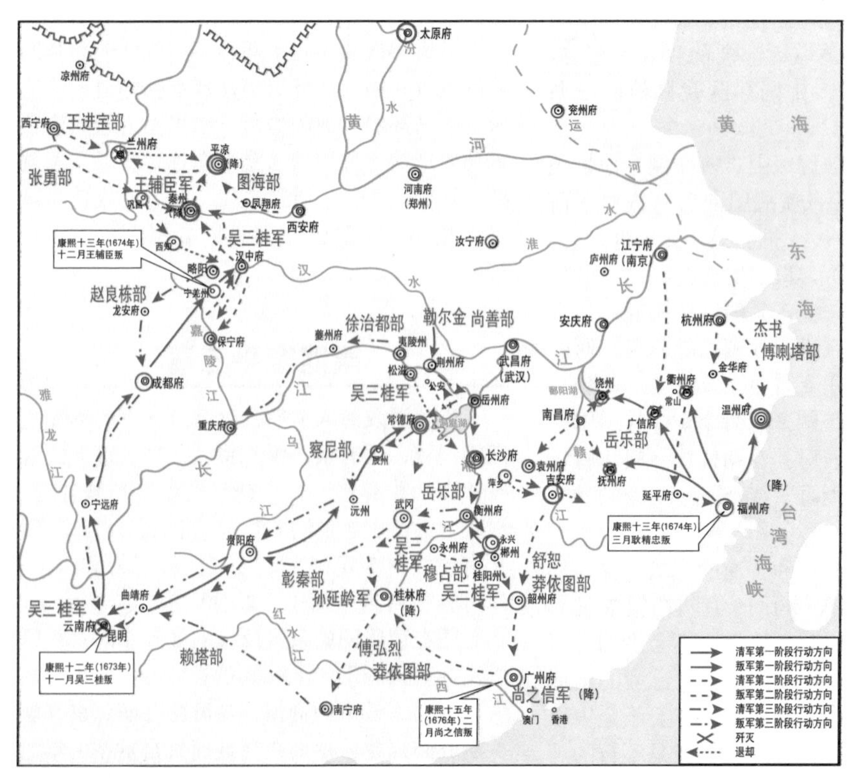

平定三藩叛乱要示意图

吴三桂早就精心准备，他先杀掉了云南巡抚朱国治，贵州提督李本深和巡抚曹申吉被迫投降。然后换上明朝将军的衣甲，到永历帝的墓前痛哭了一把，号称自己要为明朝报仇。不过他好像忘了，永历帝就是他吴三桂亲手勒死的。可人们却没有忘记，所以真正愿意起来响应他的人很少，不过另外两藩倒是

历史关注

《四库全书》是乾隆皇帝亲自组织的中国历史上一部规模最大的丛书，分经、史、子、集四部。

也跟着举起了反旗。

吴三桂造反的消息传到北京城后，康熙帝下令将吴三桂留在北京当人质的儿子吴应熊抓起来，然后调兵遣将讨伐吴三桂。吴三桂的部队久经沙场，手下猛将如云，一开始杀得清军防不胜防，很快就攻下了很多地方，一直打到了湖南一带。

正在这个关键时刻，镇守广西的孙延龄也起兵响应吴三桂，这样一算，中原的一半都落入了叛军之手，清朝陷入了开国以来最大的危机。

康熙帝知道叛军以吴三桂为首，只要打败了他，其他势力不过是乌合之众，很容易对付。所以他一开始就集中力量和吴三桂周旋。

吴三桂虽然以反清为名，实际上还是想自己做皇帝，他以为自己一起兵，各地反清势力都会起来响应他，可是他在清初的劣迹使他恶名昭彰，起来响应的人寥寥无几，而清朝军队很快就掌握了战争的主动权。吴三桂又气又恨，很快就病死了。几年后，清军攻入云南，历时 8 年的战争最终以康熙帝的胜利而告终。

《尼布楚条约》

雅克萨是黑龙江上的交通枢纽，早在顺治七年（1650 年），俄罗斯侵略军就在哈巴罗夫的率领下入侵此地，占领了雅克萨。哈巴罗夫在该地修筑了城堡，将其作为进一步入侵黑龙江的重要据点。这种赤裸裸的侵略行为当然会引起清王朝的重视，再加上东北本来就是满族的发源地，他们怎么会让沙俄的魔掌伸进来呢？很快，沙俄军队就被打败，被赶出了黑龙江。

贼心不死的沙俄并不甘心放弃这片肥美的土地，康熙四年（1665 年），沙俄侵略者趁清政府把注意力都放在内政上面，重新占领了雅克萨。

康熙帝平定三藩之乱后没多久，沙俄人再次在雅克萨修筑城堡，在当地胡作非为，屠杀当地人民，甚至还把小孩烤来吃，当地人民都管他们叫“罗刹”（佛经里的一种妖怪）。康熙帝听说沙俄人如此乱来，气得不得了，亲自赶往盛京，下令准备讨伐沙俄。

俗话说“先礼后兵”，康熙帝也不例外，他先派人送信给雅克萨的俄军首领，让其尽快撤走。但俄国人根本不加理睬，反而还向雅克萨增兵，俨然一副你奈我何的狂妄样子。康熙帝让将军萨布素进兵雅克萨，先不急着用兵，而是将当地的粮食全部撤走，迫使俄军断粮撤兵。但萨布素并没有执行这个命令，康熙帝对他很不满，于是任命都统彭春统领 1.5 万人出征，并侦察了雅克萨的地形，得知俄军不满千人，他收复雅克萨的决心更加坚定了。

彭春率领大军很快就到了雅克萨城下，将其团团围住。在进攻之前，彭春派人给俄军送信，要求俄军主动撤兵，并归还俘虏的中国居民。但俄军仗着城池坚固和武器先进，根本不理彭春。彭春大怒，决定用武力来教训一下俄国人，对雅克萨发起了强攻，不久，一批前来支援的俄国人被清军消灭，雅克萨成为一座孤城。当天晚上，清军在城南修筑了防御工事，装作要从那里进攻，实际上在城东和城西架设了西洋红衣大炮。第二天天一亮开始攻城，红衣大炮威力果然惊人，轰得俄军东躲西藏。雅克萨城内没有防火设施，很快就变成了一片火海。俄国军事长官没有办法，只好投降。康熙帝对战俘非常宽大，他事先就嘱咐彭春不可在敌人投降后还杀害无辜。就这样，在保证不再侵犯中国领土的条件下，俄军战俘被释放了，而且清军还让他们带走财产和武器，负责将 700 多名俄国儿童和妇女遣返俄国。对于不愿意回国的俄国人，清军将他们安置到盛京。雅克萨大捷让康熙非常高兴，重重奖赏了彭春等将士。

但是彭春高兴得太早了，他没有想到沙俄政府会背信弃义。他攻下雅克萨城后，只是将城堡烧毁，并没有割掉当地的庄稼，也没有留兵把守。结果才过了两个月，俄国人卷土重来，重新占领了雅克萨。

中国大事记 | 1713年，康熙帝封班禅呼图克图为“班禅额尔德尼”。

康熙帝在几个月后才知道俄国人重占雅克萨的事，他立即部署第二次征讨雅克萨。这一次他把攻取雅克萨的任务交给了黑龙江当地官兵，指挥权交给了萨布素。不久，萨布素率领2000人赶到雅克萨城，从南北两个方向发起进攻。激战数日后，俄军被击毙百余人，其中包括俄国督军托尔布津。但是由于城墙非常坚固，一时很难攻破，所以清军采取了长期围困的方法。这一招非常管用，俄军粮食储备本来就不够，等围到年底的时候，800多人只剩下了150多人。

俄国人见形势危急，只好派使者赶到北京表示愿意和谈。康熙帝为了表示和谈的诚意，下令可以支援被围困在雅克萨的俄军一些粮食。他派索额图和佟国纲作为谈判大臣前往色楞格斯克，使节团出发前，康熙帝指示，尼布楚、雅克萨、黑龙江流域不管主流支流都是中国领土，不能让给俄国人。使节团走到半路，因为噶尔丹攻打喀尔喀草原，被迫返回。最后将谈判地点定在尼布楚。

索额图等人和俄国使节戈洛文开始了谈判。戈洛文无理纠缠，企图多多割让中国领土，索额图为了打破僵局，提出以尼布楚为界，并把尼布楚给俄国，但戈洛文不接受这个建议。当时负责翻译工作的是欧洲传教士，他们暗中帮戈洛文出谋划策，让中国进一步让步。最后中国做了让步，提出以格尔必齐河为界，这个提议已经突破了康熙帝提出的底线。沙俄同意了这个提议，双方签订了《尼布楚条约》。

康熙帝读书像

清政府此次虽做出很大让步，但收回了雅克萨，将俄国的侵略势力赶出了中国。中国避免了和沙俄的战争，可以腾出手来对付反叛的噶尔丹。

三征噶尔丹

清朝蒙古族分为三部：漠南、漠西和漠北。其中漠南蒙古已经归清政府直接统治，而漠西蒙古势力最强。漠西厄鲁特蒙古准噶尔部首领噶尔丹野心勃勃，一心想仿效成吉思汗，建立一番功业。这时喀尔喀蒙古内部出现不和，噶尔丹乘机攻打喀尔喀，将土谢图汗和喀尔喀宗教领袖哲布尊丹巴逼走。康熙二十九年（1690年），噶尔丹继续发动进攻，美丽的蒙古草原在他的铁蹄下成了人间地狱。

康熙帝命令理藩院尚书阿喇尼和兵部尚书纪尔他布率领6000人尾随噶尔丹，等待援军到达后再发动进攻。但噶尔丹的种种暴行激怒了阿喇尼，他来不及等待援军就贸然出战，结果被打得大败。

噶尔丹见朝廷的军队不是自己对手，气焰更加嚣张，继续向内地发动进攻，一直打到离北京城仅350公里的乌兰布通。康熙帝认为噶尔丹野心太大，决定亲征。他任命二哥福全为抚远大将军，从古北口出兵；五弟常宁为安北大将军，从喜峰口出兵。康熙帝离开北京后不久患了重感冒，不得不取消亲征计划，各路人马由福全指挥。

噶尔丹把军队布置在大红山下，将几万匹骆驼四脚捆住，让它们躺在地上，在背上驮上箱子，再蒙上一层湿毯子，环绕在军队四周，士兵躲在“驼城”后面对清军放枪射箭。但这种小伎俩如何能难倒清军呢？福全一声令下，

历史关注

军机处的设置始于雍正皇帝。

大炮和火枪对准“驼城”的一段集中力量攻击，很快就打开了一个缺口。清军抓住这个机会发动猛烈攻击，蒙古军队纷纷溃逃。噶尔丹的侄儿策妄阿拉布坦早在噶尔丹进入漠北之前就率领5000人逃了回去，这时他趁噶尔丹后方空虚，将其占领。噶尔丹见形势不利，马上派了个藏传佛教僧侣到清军主营求和。福全请示康熙帝，康熙帝发现这是噶尔丹的缓兵之计，下令不准求和，马上发动攻击。但晚了一步，噶尔丹已经率领几千残兵败将逃走了。

乌兰布通的惨败让噶尔丹惊恐不已，他向清政府表示从此以后再也不敢侵犯喀尔喀。但是他贼心不死，为了实现自己的野心，居然暗地里和沙俄相勾结。沙俄一直对中国图谋不轨，现在噶尔丹主动送上门来，当然求之不得。噶尔丹有了沙俄撑腰，底气足了，又开始蠢蠢欲动。

乌兰布通之战两年后，噶尔丹就撕下了面具，杀害清朝使者，并要求清政府遣返漠北蒙古逃难的牧民。3年后，噶尔丹率领3万骑兵，向漠南发动进攻，再次点燃了战火。噶尔丹号称已经向沙俄借到6万鸟枪兵，威胁漠南蒙古各王公。

康熙三十五年（1696年），康熙帝决定再次亲征，分兵三路，他亲率中路军从独石口出发，直扑战略要地克鲁伦。噶尔丹根本不相信康熙帝会亲征，但他从被康熙帝放回的俘虏口中得知皇帝真的来了，惊慌失措，下令撤退。

康熙帝见噶尔丹不战而逃，下令大军全速追击。这个时候，另外两路大军也赶到，形成了对噶尔丹的夹击之势。

东西两路大军会师后继续前进，在昭莫多遭遇噶尔丹的先头部队，双方展开激战，一直打到傍晚仍然不分胜负。噶尔丹见无法攻破清军阵地，就想在晚上逃跑，但是清军早就防着这一招。清军主帅费扬古派出一支部队绕到敌后，发动突袭。噶尔丹受到前后夹击，全军崩溃，只带了几十个骑兵杀出重围。康熙帝为了彻底削弱他，采用了收抚降众的政策，彻底孤立了噶尔丹。策妄阿拉布坦也接受了清政府的册封，噶尔丹犹如丧家之犬，仍坚决不肯接受清政府的招抚。

康熙帝见噶尔丹冥顽不灵，马上发动了第三次亲征。这次亲征极大地震动了蒙古各部，噶尔丹的亲信们也纷纷上书表示愿意归顺。噶尔丹已成孤家寡人，在走投无路的形势下，他只好服毒自杀。

从此清朝控制了阿尔泰山以东的漠北蒙古地区，扫除了蒙古地区一大不安定因素，加强了对蒙古的统治，也让沙俄染指草原的美梦破灭。

年羹尧与雍正帝

雍正帝能登上皇位，年羹尧出了不少力，但没过多久，年羹尧却被迫自杀。

年羹尧是康熙三十九年（1700年）进士，他官运特别好，仅仅9年时间就被提升为四川巡抚。他善于用兵，平定了四川当地很多叛乱。策妄阿拉布坦侵犯西藏的时候，四川提督康泰前去征剿，但走到半路就因为士兵哗变而返回。年羹尧一方面安抚士兵，另一方面密奏康泰不堪任用，请求让自己接替。康熙帝认为他很忠心，同意了他的请求。由于巡抚没有统兵的权力，所以年羹尧被任命为四川总督，兼管巡抚的事情。年羹尧请求让他带兵入西藏，但没有得到同意。一年后，康熙帝命令年羹尧和朝廷的另一支军队在西藏会师。年羹尧带兵入藏，协助朝廷军队平定了西藏叛乱。此后他又多次立下战功，深得康熙帝信任。

雍正帝当时只是个普通的亲王，他见年羹尧功高权重，就想办法拉拢。年羹尧也知道“朝中有人好做官”的道理，早就想找个靠山了。他觉得雍正帝为人不错，又给了自己不少好处，就和雍正帝联系上了，成为拥立雍正帝的核心人物。胤禵被康熙帝派到四川统兵，年羹尧奉雍正帝之命监视胤禵，让雍正帝少了一个有力的竞争对手。

雍正帝即位后，把胤禵调回朝廷，重重赏赐年羹尧，还下诏将西部的一切事务都交给年

中国大事记 | 1759 年，乾隆皇帝派兵平定天山南路的大小和卓叛乱。

雍正帝十二月令行乐轴　清

羹尧办理，并命令云、贵、川的官员都要听命于他。不久，青海罗卜藏丹津发动叛乱，年羹尧被任命为抚远大将军，前往西宁平叛。年羹尧善于用兵，带领将士们对叛军发动突袭，将叛军全部击溃。罗卜藏丹津仅仅率领 200 来人仓皇逃窜，投奔了策妄阿拉布坦。年羹尧从出兵到平叛一共只花了 15 天时间，从此威名远扬。

青海叛乱如此简单就解决了，雍正帝非常开心，晋升年羹尧为一等公，对他恩宠有加。年羹尧仗着皇帝的宠信，加上功劳很大，从此开始骄傲起来。他给各地总督、巡抚下达公文，都直呼官员姓名。进京的时候要总督和巡抚跪着迎接，在京城里面都要人给他清道。亲王大臣去迎接，他都不拜谢，蒙古亲王见到他都要下跪，连驸马也不例外。年羹尧还经常向雍正帝打小报告，被他夸奖的官员很快就能升官，被他弹劾的人没一个能逃脱的。雍正帝用人的时候也经常和他商量，征求他的意见，对他言听计从。君臣之间相互信任，从古到今都很少像他们这样的。

雍正帝甚至还称年羹尧为自己的恩人，要求子孙后代必须记住年羹尧的功劳，谁要是违背这点的话就不是大清的臣民。他还经常送礼物给年羹尧，对他家人也非常关心，甚至对年羹尧说："我如果不是一个好皇帝的话，就不能像现在这样厚待你。你如果不是一个好大臣的话，就不能报答我对你的知遇之恩。希望我们俩能成为千古榜样人物。"

年羹尧恃宠而娇，朝廷派来的御前侍卫本来是代表皇帝的，年羹尧却把他们当成奴仆使唤。迎接圣旨应该行三跪九叩大礼，但年羹尧有两次接旨的时候连跪都没有跪。

还有一次，他出钱刻印了一部书进献给雍正帝。雍正帝打算给那本书写篇序言，还没写，年羹尧就自己写了一篇要雍正帝认可。他在雍正帝面前比较随意，严重伤害了雍正帝的威严和自尊心。

雍正三年（1725 年）的时候，天空中出现了"五星联珠"的奇景，年羹尧为此专门上奏表示庆祝。但他把"朝乾夕惕"误写成"夕惕朝乾"，雍正帝看后大怒，斥责年羹尧故意把词写颠倒。从此雍正帝对年羹尧的宠爱减弱了下来。后来他说年羹尧用人不当，让岳钟琪接替了年羹尧的职务。墙倒众人推，大臣们见年羹尧倒霉，纷纷上书告发他的种种劣迹。雍正帝看了那些奏章后大发脾气，把年羹尧的官职全部罢免，下令年羹尧自杀，年羹尧 15 岁以上的儿子全部流放，年家彻底倒台。

《四库全书》

清朝经过康熙、雍正两朝的统治后，政治经济有了很大发展。但是清朝皇帝是非常敏感的，总是害怕汉人会反对他们的统治，所以他们采用了软硬两种办法。软的一种就是开博学鸿儒科，招收汉族里面的名士，授予官职，让他们编写对自己统治有利的书籍。硬方法就是大兴文字狱，对于那些在书里面写了反清内容的文人，清政府一个都不放过，哪怕人都死了也不行。比如翰林戴名世在他的《南山集》中对明朝有同情的言论，还用了南明的年号。康熙帝就下令将他关进大牢，判了死罪。不光是这样，戴名世的亲属还有刻印这部书的人，甚至买书、写序言的都没有被放过，杀头的杀头，流放的流放，一共有 300 多人被牵连了进来。真正因为写反书而造反的整个清朝其实只有一

历史关注　《红楼梦》成书于1784年，作者曹雪芹。它是一部具有高度思想性和高度艺术性的伟大作品。

例，绝大多数文字狱都是冤案。比如翰林徐骏在一首诗里写了一句“清风不识字，何故乱翻书？”这本来是一首很平常的诗，明眼人一看就明白是咏风的。可清朝统治者偏偏说他用“清风”影射“清朝”，讽刺清朝统治者没文化，徐骏就这样丢掉了性命。

乾隆帝即位后就更不得了了，他在位时期，文字狱和受害者的数量远远超过了前面两朝。但是乾隆帝也很清楚，光靠文字狱来实行文化专制是不行的，民间还有很多藏书，万一那里面有反清的内容就麻烦了。

乾隆帝很爱读书，他有一个想法，就是搜集天下所有的图书，来编辑一部规模空前庞大的丛书。这样既可以笼络知识分子，显示自己重视文化，不是什么蛮夷之君，又可以借此机会审查一下民间藏书，把不利于清朝统治的内容统统删去。

乾隆三十八年（1773 年），皇帝亲自下令正式设立四库全书馆。古代中国把图书分为 4 个大类，分别是经、史、子、集。经部就是指的儒家经典著作和研究文字音律的书；史部就是历史、地理等著作；子部是诸子百家和科学方面的书；集部是文学方面的书。这四大类图书集中起来，就称为《四库全书》。乾隆帝派了很多皇亲国戚和大学士担任这部书的编纂工作，当然多数只是挂了个名。不过里面确实也有很多著名学者，比如戴震、姚鼐和纪晓岚等。

要编纂这么庞大的一部丛书，没书可不行，虽然皇宫里收集了很多书籍，但还是不太够。乾隆帝下令，让各地上交图书，并给予奖励。很多人闻风而动，争先恐后地将家里收藏的图书进献给朝廷，两年时间就上交了两万多种图书。

书搜集起来后，乾隆帝让官员们对其一一审查，凡是发现有对清朝不利的内容，一律删除、涂改，甚至销毁。比如明朝中后期官员上奏的奏章里面有很多对满族人不利的话，还有的说努尔哈赤接受过明朝的封赏，这些内容乾隆帝都觉得很不体面，下令把这类书籍一律销毁。另外在宋朝人的书里有很多反对辽、金、元的内容，这些内容很容易让人联想到反清，所以又有一批珍贵图书被扔进了火堆。当然，也不是每种这样的书都被销毁，编纂官们也负责涂抹修改其中违禁的词句，有些书虽然保存了下来，但已经被改得面目全非。据不完全统计，在编纂《四库全书》的过程中，被销毁的图书至少有 3000 种。

四库全书楠木匣　清

四库全书馆的官员们花了 10 年时间才把这部书编纂完毕，乾隆看了之后非常满意。下令将这部书抄成 7 份，分别保存在 7 个地方（其中有 3 份毁于战乱）。这部书的规模是空前庞大的，里面收藏了 3461 种图书，共 79309 卷，3 亿多字，是古代中国规模最大的一部丛书。这部书的编纂对保存我国文化典籍做出了很大贡献，不过在编纂过程中也销毁了很多珍贵图书，其中很多书就此失传了，确实也造成了很大损失。

“和珅跌倒，嘉庆吃饱”

和珅是满族正红旗钮祜禄氏人，小时候很穷，但由于他是旗人，所以在乾隆三十七年（1772 年）继承了祖上传下来的三等轻车都尉一职。不久迁为三等侍卫，总算能混上口饭吃。他善于溜须拍马，没过几年就当上了御前侍卫兼副都统，成为皇帝身边的近侍。和珅年轻英俊，嘴巴又甜，做事还勤快，很快赢得了乾隆帝的信任。第二年他就被任命为户部侍郎、军机大臣兼内务府大臣，还兼了步军统领和崇文

中国大事记

1771 年，漠西蒙古土尔扈特部在渥巴锡的率领下，历经艰险，万里跋涉，终于回到祖国。

门监督总理行营事务等肥差，捞了不少油水。

乾隆四十五年（1780 年），云南总督李侍尧贪污案被揭发了出来，乾隆帝让和珅负责查办。和珅看出皇帝确实要处罚李侍尧，就把云南那边违法乱纪的事全揭露了出来。乾隆帝觉得和珅很能干，提拔他为户部尚书，主管全国财务，还把自己最喜欢的女儿和孝公主嫁给了和珅的儿子丰绅殷德。

两年后，御史钱沣弹劾山东巡抚国泰和布政使于易简贪污腐败，皇帝派和珅和刘墉去查办。国泰等人之前给了和珅不少好处，所以和珅一方面表示一定认真审理，另一方面赶紧派人给国泰送信，让他做好准备。等他们到山东的银库查访时，看到里面的银子都在，而且一点差错都没有。钱沣发现这些银子都是新的，库房也很干净，一定是刚刚整理过。所以第二天他和刘墉突然杀了个回马枪，回到银库把上面的银子搬掉，发现下面银子的包装和上面的不同，而且还有钱庄的标记。最后查明银库早就被国泰等人贪污一空，为了应付检查，他们从钱庄里借了钱，企图蒙混过关。国泰等人只能低头认罪，和珅也救不了他们。回到京城后和珅反而以功臣面貌出现，获得了皇帝的赞赏。

和珅像

御史曹锡宝发现和珅的家奴刘全的住宅逾制，准备上书弹劾。乾隆帝知道他想弹劾和珅，只是不好明言，所以以和珅的家人作为突破口，就派人询问曹锡宝，让他直说和珅的过错，但都没有确实的证据。而和珅早就得到消息，让刘全把逾制的住宅拆掉。朝廷派来检查的人看到没有逾制的房子，就如实上报。曹锡宝没有扳倒和绅，反而以诬告罪被革掉了官衔。

乾隆帝八十大寿的时候，内阁学士尹壮图上奏说各省府库空虚，请派人检查。乾隆帝问和珅派谁去检查比较好，和珅当然知道那些钱都到了谁的腰包，不过他也拿了很多好处，所以就请皇帝派尹壮图去检查，侍郎庆成作为监督。庆成本就是和珅一伙的，当然知道和珅让他去的用意。他一路上故意耽误时间，给各省补足空缺的时间。等到达目的地后，那些官员早就做好手脚了，开库一查，一点问题都没有。尹壮图知道自己中计，但没有证据，只好吃哑巴亏，被罢了官。

和珅执政 20 余年，在官场上春风得意，谁得罪他都没有好下场。和珅还特别贪婪，搜刮了无数钱财，只瞒着乾隆帝一个人。

乾隆帝死后，嘉庆帝开始亲政，马上下令逮捕和珅，宣布了 20 条大罪。嘉庆帝考虑和绅是老臣，不想让他当众被杀，于是下令让他上吊自杀。

嘉庆帝下令查抄和珅家产，最后查出来的数字把天下人都吓了一跳。和珅家的房屋很多都是用皇宫才能用的木材修建的，他给自己造的坟墓也是仿照皇家陵园的规格，被人们称为“和陵”。他家的金银珠宝多得数都数不过来，把和珅的所有财产加在一起折合成白银，竟然多达 8 亿两，相当于清政府 10 年的财政总收入。和珅死后，这些财产都被送到宫里了，所以民间有句话说得好：“和珅跌倒，嘉庆吃饱。”

历史关注

乾隆年间，四大徽班进京，经过不断的融合和发展，孕育出一个新的剧种——京剧。京剧被称为我国的“国粹”。

虎门销烟

乾隆末年，中国已经从繁荣走向衰弱，而西方资本主义国家正在大搞工业革命，迫切需要广大的市场和原料产地，当然更需要资本。英国人以为中国有4亿人，市场应该非常广阔，可是他们想错了。中国当时处于自给自足的自然经济时代，除了个别富人之外，没有人对英国的钟表、洋布、玻璃等东西感兴趣。相反，中国的丝绸、陶瓷、茶叶在西方特别受欢迎，所以很长一段时期，西方不但赚不到中国人的钱，反而要拿出大笔银子来交换中国的产品。英国人觉得长期这样下去对他们不利，就开始进行罪恶的鸦片贸易。

鸦片是从罂粟的汁液中提取的一种毒品，初期服用可以振奋精神，但上瘾后就很难戒除，长期吸食鸦片还会给人体造成很大的伤害。在英国本土，早就禁止贩卖和吸食鸦片了，但为了赚中国人的钱，罪恶的鸦片贩子在英国政府的默许下向中国走私鸦片。到了道光帝时期，鸦片已经成为中国社会的一大公害。很多有见识的官员都站出来疾呼消灭鸦片，其中林则徐是最坚定的一个。

林则徐在任湖广总督的时候就禁止过鸦片，并取得了一定的效果。他根据自己禁烟的经验向道光帝上书，列举了鸦片的种种危害，请求让自己负责禁烟。道光帝被他的奏章感动，决定派林则徐为钦差大臣，到广东查办鸦片走私。

当时广东是鸦片走私的中心地带，因为清政府只开放了广州一个通商口岸，外国人只能和广州13家官办洋行交易，当然，鸦片也在其中。那些官商为了钱什么都不顾了，虽然明知鸦片是违禁之物，但仍然帮助英国人销售鸦片。林则徐一到广州就下令严禁鸦片买卖，并通告英国驻华商务代表义律，下令通缉大鸦片贩子颠地。

义律一向认为中国官员办事是“新官上任三把火”，他一方面借故拖延，另一方面派人给林则徐行贿。谁知道林则徐根本不吃他那一套，还把行贿的抓了起来，警告义律，如果还不交出鸦片的话，别怪中国政府不客气！

义律召集鸦片贩子开会，商讨如何对付林则徐。有人提出个建议，说林则徐好歹也是个钦差大臣，奉旨前来查禁鸦片，如果没有一点成果在皇帝面前也交不了差。干脆象征性地给他点鸦片，让他能交差就行了，这样损失也不大。义律觉得这是个好办法，于是给林则徐送去1000多箱鸦片，说已经把所有鸦片交来了。林则徐不相信英国人只有这么点鸦片，英国人既然敬酒不吃吃罚酒，那就没办法了。林则徐下令把英国商馆封锁起来，严禁任何人出入。

商馆的水和食物都靠从外面运进来，现在一封锁，里面的日子就不好过了。没几天鸦片贩子们就受不了了，只好向林则徐低头投降，交出了所有鸦片。林则徐派人一清点，一共有

广州海战图　清

这幅英国凹版图画中，一艘中国战船因被英国战舰“奈米西斯”号开炮击中而烧毁。此战发生于1841年1月，地点在珠江三角洲亚森湾，在两个小时的作战中，11艘中国战船被击沉，500名船员阵亡，而英军只有几人受伤。“奈米西斯”号是英国的第一艘铁甲战舰。在这样的战舰面前，中国海军的木船不堪一击。

中国大事记 1839年，林则徐虎门销烟，次年，第一次鸦片战争爆发。鸦片战争是中国近代史的开端。

虎门销烟池纪念碑　清

22000多箱！要是流入中国市场，不知道要残害多少中国人。

这么多鸦片该怎么处理呢？有人建议用火烧，但林则徐否定了这个意见。当年他在湖广禁烟的时候用过火烧法，事后发现鸦片经火烧后有一部分可以渗入泥土里面，大烟鬼们可以把泥土挖出来提炼，还是能得到鸦片。他想出个更好的办法。

1839年6月3日，林则徐率领文武官员来到了广州虎门海滩。他早就命令提督关天培在海滩上挖了两个大池子，每个池子都有个洞通向大海。林则徐一声令下，销烟开始。士兵们把箱子打开，取出里面的鸦片，一劈两半，把它们和盐还有生石灰搅拌在一起，然后倒入水池。生石灰遇水会发热，和鸦片产生化学作用，这样鸦片就成了一堆废渣。等销毁一批鸦片后，就把事先挖好的洞打开，让废水流入大海。围观的百姓们发出一阵又一阵的欢呼，喊声震天动地。

销毁鸦片一共花了20多天时间，2万多箱鸦片全部被销毁。虎门销烟大长了中国人的威风，狠狠打击了英国鸦片贩子的嚣张气焰。但英国人不会就此善罢甘休，不久，他们就发动了罪恶的鸦片战争。

一筹莫展的咸丰帝

咸丰帝是道光帝的第4个儿子，他和弟弟奕䜣在道光帝心目中的地位不相上下。道光帝一直很头疼到底立谁为继承人，咸丰帝虽然才能稍微欠缺点，但他比奕䜣大；奕䜣天资聪颖，很得道光帝宠爱，他一直下不了决心。咸丰帝的老师杜受田认为咸丰帝的优势在于仁厚孝顺，而奕䜣的优势是聪明伶俐，所以咸丰帝应该充分发挥自己的优势，而不要和奕䜣斗智。一天，道光帝带着众皇子去郊外打猎，这是皇子们在父亲面前好好表现自己的好机会。论骑射功夫咸丰帝远远不如奕䜣，杜受田嘱咐咸丰帝到时候不要射杀任何动物，并教他怎么在道光帝面前解释。结果那天咸丰帝一箭不发，还命令自己的手下不要放箭，奕䜣却满载而归。道光帝问咸丰帝为什么不射箭，咸丰帝回答："现在是春天，正当万物繁衍的季节，我实在不忍心杀害生灵。"道光帝生性仁慈，咸丰帝这番话很对他的胃口，认为咸丰帝今后一定能成为一个仁厚的皇帝，暗暗下了立咸丰帝为储君的决心。

咸丰帝刚即位没多久就爆发了洪秀全领导的金田起义。当时的人谁都没想到这次小小的暴动会成为清朝历史上最大的危机之一，而且当时中国正受西方列强的挑衅，随时都有重新爆发战争的可能。咸丰帝从小就读圣贤书，可书上哪里有讲如何应付这种状况的办法？魏源曾经写过一本《海国图志》，提出了"师夷长技以制夷"的思想。虽然魏源的思想还有很多局限性，但如果照他的话去做的话，应该还是有一定作用的。何况第一次鸦片战争过后，中国有将近20年的和平时间，如果能够转变思想学习西方的长处的话，中国也许会是另外一个样子。但道光帝没有做到，咸丰帝更没有做到，一次战争的失败并没有敲醒沉睡的中国，清朝还是一如既往地做着"天朝上国"的美梦。咸丰帝不是没有读过《海国图志》，但他读后没有发表任何感想，更没有任何改革措施，任

历史关注 《南京条约》是中国近代史上与外国签订的第一个不平等条约。

凭时间白白被浪费掉。

太平天国的势力越来越大，咸丰帝拼命试图镇压，但派去的人都是酒囊饭袋，根本起不了任何作用，唯一能起作用的林则徐却死在了半路上。咸丰帝经过一段时间的勤奋，却没有看到任何结果，渐渐地，他懈怠了下来。

咸丰帝面对这样一副烂摊子束手无策，干脆破罐子破摔，放弃了努力。这个被父亲寄予厚望的青年开始纵情声色，沉溺于淫欲之中。他即位的第二年就下令挑选秀女入宫，清朝皇帝选妃子和其他朝代不同，并不在民间选美女，而是在旗人当中（含蒙古八旗和汉军八旗）挑选。旗人女子到一定岁数后必须入宫让皇帝挑选，没有选中的可以回家，如果没有当过秀女、让皇帝挑选过的话是不准嫁人的。这种制度对老百姓当然很有好处，用不着在皇帝选宫女的时候带着女儿东躲西藏。咸丰帝在位期间挑选了好几次秀女，其中最受宠爱的是一名叫叶赫那拉·兰儿的女子，也就是日后臭名远扬的慈禧太后。咸丰帝还违背祖制，选汉族女子入宫，这在当时是不可想象的越轨行为。他从这些汉族女子中选出4个美女，让她们居住在圆明园。之所以不让她们住在皇宫，当然是因为怕别人说他违背祖制。咸丰帝成天和这些女子寻乐，健康状况一落千丈，更没有时间处理国事了。

圆明园九州清晏图　清

1856年，英法联军对中国发动了第二次鸦片战争，清军节节败退。咸丰帝不去思考如何抵抗，而是委曲求和，大片土地失陷。1860年，英法联军攻陷北京，放火烧了圆明园。咸丰帝这个时候才紧张起来，赶紧带上妃子们逃往热河避暑山庄。

“辛酉政变”

咸丰帝逃到热河后，把六弟奕䜣留在北京城和英法联军谈判。奕䜣为了早点达成和谈，对侵略者有求必应，最后签订了《北京条约》，出卖了大量国家主权利益。

不过咸丰帝还没来得及高兴，就在次年死在了热河，只留下了一个儿子，也就是叶赫那拉氏所生的载淳。载淳当年才6岁，不可能处理朝政。咸丰帝只好选了肃顺等8个大臣辅佐他。为了防止辅政大臣专权，咸丰帝还赐给正宫皇后钮祜禄氏和叶赫那拉氏印章，凡是朝廷颁布的谕旨，一律要加盖这两枚印章才能生效。咸丰帝很清楚叶赫那拉氏的野心，而且她还是载淳的生母，如果她专权的话很难有人能对付。所以咸丰帝还留了道密旨给钮祜禄氏，让她能够牵制叶赫那拉氏。

咸丰帝一死，载淳就即位了，他就是同治帝。钮祜禄氏晋封皇太后，徽号慈安，又将叶赫那拉氏封为皇太后，徽号慈禧。由于慈安住在避暑山庄的东暖阁，而慈禧住在西暖阁，所以一般把她们两人称为东太后和西太后。

8个辅政大臣里面独独缺少奕䜣的名字，这让人们非常惊讶，因为奕䜣的才干和地位是有目共睹的，再说他是咸丰帝的亲弟弟，让他摄政是理所应当的事。奕䜣对咸丰帝没有把他列入辅政大臣非常不满，开始和留在京城的大臣们联合起来反对肃顺等人。

肃顺等人仗着自己是辅政大臣，骄横跋扈，他们根本没有把太后和同治帝放在眼里。性格懦弱的慈安倒是没什么，但野心勃勃的慈禧对此却非常不满，她决心要挽回这个不利局面。

当年八月初一，奕䜣从北京赶到热河吊唁

中国大事记 | 1851 年，太平天国运动爆发。

慈禧太后像

咸丰帝，在咸丰帝灵前哭得死去活来，博得很多人的好感。祭礼完毕后，奕䜣入宫朝见两位太后，她们在奕䜣面前哭诉肃顺等人飞扬跋扈，不把她们放在眼里的种种劣迹。奕䜣当即表示，热河是肃顺的地盘，要动手就一定得等到回北京后，而且越快越好。但是太后却怕英法联军会从中作梗，奕䜣拍着胸脯表示绝对没有问题。因为肃顺等人对洋人态度一向不好，侵略者们早就想把他们赶下台而扶植新的代理人了，奕䜣在谈判中的表现让洋人大加赞赏，所以洋人会站在奕䜣一边的。一切布置完毕，奕䜣就赶回了北京。

奕䜣走后不久，山东道监察御史董元醇提出让太后垂帘听政、选择亲王辅政等公开和八大臣唱反调的建议。他的奏章让两宫太后看了之后非常满意，第二天，两宫太后就抱着小皇帝面见八大臣，要他们讨论董元醇的奏章。八大臣当然不会赞成董元醇的建议了，他们纷纷强烈反对，声称自己只听命于皇帝，不听命于太后。当时场面一片混乱，同治帝吓得哭了起来，太后们也都气得说不出话来。八大臣退朝后写了一道批驳董元醇的奏章，但太后不肯盖章，八大臣威胁不盖章他们就罢工，两宫太后只好屈服。

八大臣赢得了首轮交锋，更加得意了。而太后们则看清了他们的真实面目，尤其是心胸狭窄的慈禧，更是对他们恨之入骨。当时清朝的两支嫡系部队分别掌握在僧格林沁和胜保的手中，两人和肃顺有矛盾，所以在奕䜣的劝说下都站在了太后一边。军事实力最强的曾国藩在这场斗争中并没有表态，他只是静观其变，虽然肃顺曾经来拉拢他，但是曾国藩丝毫不为所动。太后派的实力已经占了上风，肃顺等人并没有看到这一点，他们太相信皇帝遗诏的威力了，再加上奕䜣一直对他们很尊敬，很快就把八大臣的警惕心消除一空。

不久，太后返回了京城。这个时候肃顺还没有回京，他是八大臣的主心骨，他的缺席让其他 7 个人无所适从。当天太后就下了谕旨将八大臣抓了起来，分别关押在宗人府和监狱里面。太后下令将肃顺斩首示众，端华和载垣赐死，其他几人发配边疆。就这样，太后派取得了胜利，奕䜣也夺取了大权。当时太后和奕䜣都是 20 多岁的年轻人，人们都给予他们很高的期望，希望他们能够带领中国富强起来。可谁也没有想到，正是这几个年轻人，尤其是慈禧，把中国带入了更加痛苦的深渊。由于政变发生在干支纪年中的辛酉年，所以称这次政变为“辛酉政变”。

“天京事变”

1851 年 1 月 14 日，洪秀全在广西桂平金田村发动起义，建立了太平天国。洪秀全本来是个书生，他接受了基督教的思想，创立了拜上帝会，决心推翻腐败的清政府，还人间以太平。洪秀全宣称自己是上帝的二儿子，耶稣的弟弟。他的部下杨秀清自称能让上帝附身，经常“代天父宣言”，分走洪秀全的权力。为了抑制杨秀清的势力，另一个信徒冯云山则自称

历史关注 林则徐是近代中国“开眼看世界第一人”。由他组织编译的《四洲志》是我国近代第一部比较系统地介绍西方地理的书。

耶稣附身。

太平天国运动发展迅猛，很快就从广西打到了南京。在攻下永安后，洪秀全正式封王，自称天王，杨秀清、萧朝贵、冯云山、韦昌辉、石达开五人分别为东、西、南、北、翼王，东王以下各王受杨秀清节制。后来萧朝贵和冯云山战死，太平天国实际上就剩下4个王。

攻下南京后，洪秀全成天躲在宫里享乐，杨秀清掌握了军政大权，其他诸王也都沉溺于奢侈的生活中。杨秀清觉得洪秀全无德无能，没资格坐在自己头上，所以他经常借口上帝附身，当众责打洪秀全，让洪秀全愤怒不已，但又不敢反抗。当时清军包围南京的江南大营已经被攻破，杨秀清觉得胜利在望，自己功劳又那么大，所以就策划自立为王。他让洪秀全到自己府上，借上帝的名义要洪秀全封他为万岁。洪秀全假装答应，说自己要先回宫准备一下，随后就把统治权交给杨秀清。杨秀清不知是计，就同意了。

洪秀全知道韦昌辉和杨秀清之间有矛盾，就派人把韦昌辉找来，暗中嘱咐韦昌辉除掉杨秀清。韦昌辉当年和杨秀清平起平坐，自从封王后就成了杨秀清的部下，早就对他不满了，所以和洪秀全一拍即合，做好充分准备后赶到了东王府。杨秀清见到韦昌辉后很高兴，告诉他洪秀全准备把王位传给自己。韦昌辉装作很高兴的样子向杨秀清表示祝贺，杨秀清请他喝酒。酒喝到一半，韦昌辉趁杨秀清不注意，抽出佩刀向他刺去。杨秀清胸口被刺穿，当场死去。旁边的人都吓呆了，韦昌辉大呼：“东王谋反，我奉天王之命除掉反贼！”说完拿出洪秀全写的密旨给大家看。韦昌辉把杨秀清全家杀死，杨秀清的部下为了保命，要么和韦昌辉的人死战，要么偷偷逃出城。洪秀全也没想到韦昌辉会杀那么多人，弄得现在局面无法收拾。他妻子对他说：“除恶不尽，必留后患。”出了个坏主意，让洪秀全假装责罚韦昌辉杀人太多，该打板子，借此向东王的部下表示歉意。等他们来看韦昌辉受刑的时候，再发动突然袭击，将他们全部消灭。洪秀全同意了，结果来观看的人非常多，很多根本就不是东王的部下。但洪秀全事先埋伏好的士兵才管不了那么多，见人就杀。杨秀清的部下差不多都被杀光了，还牵连了很多无辜，最后被杀的多达数万人。

这个时候石达开在湖北作战，听说发生内乱后赶紧跑了回来。石达开以为大屠杀是韦昌辉干的，找到他责备。韦昌辉杀红了眼，一听石达开骂他，就想杀石达开。石达开赶紧逃了出来，从城墙上吊绳子逃走了，韦昌辉干脆把石达开的家人全部杀光。石达开能征善战，对

洪秀全塑像

·《资政新篇》·

1859年，洪秀全的族弟洪仁玕来到天京（今南京），向天王提出了新的改革计划《资政新篇》。《资政新篇》首先提出“审势”“立法”的思想，详细阐述了当时西方国家的历史和现状，指出当时世界上最先进的国家是英、美、法，强调了它们政教体制的“善法”。同时，一些国家昧于大势，守旧不变，因而国势衰颓，挨打受欺。在分析大势的基础上，洪仁玕系统提出了整饬政治、加强中央集权和学习西方发展资本主义的具体内容和方法。《资政新篇》的主张，具有鲜明的资本主义色彩，符合当时中国社会的发展趋势。

中国大事记

1898年，以康有为为首的改良主义者通过光绪皇帝进行一系列资产阶级政治改革，史称“戊戌变法”。

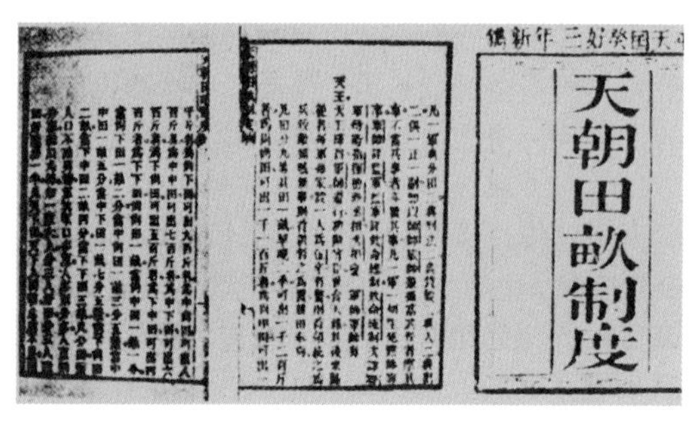
天朝田畝制度

《天朝田亩制度》

太平天国定都天京后，为巩固政权，1853年颁布了以解决农民土地问题为中心，包括政治、经济、军事、文教和社会生活各方面内容的纲领性文件《天朝田亩制度》，提出了平分土地、平均分配生活资料的方案，建立兵农合一的军政制度，试图实现“无处不均匀，无人不饱暖”的绝对平均理想社会，带有明显的乌托邦的空想性质。

太平天国忠心耿耿，威望很高，洪秀全责备韦昌辉做得太过分了。韦昌辉很不服气，仗着自己立了大功，干脆率领部下围攻天王府。韦昌辉的倒行逆施激怒了广大太平军将士，他很快就被打败，逃走的时候被抓住处死。洪秀全把韦昌辉的人头送到石达开那里，哄他回南京主持大事。石达开回来后，有人觉得他也不是好惹的，就劝洪秀全解除他的兵权，免得出现第二个杨秀清。洪秀全经过这次事变后对外姓人产生了怀疑，所以就要石达开留在南京，还封自己两个庸碌无能的哥哥为王，让他们牵制石达开。石达开很害怕，部下对他说：“翼王深得人心，为什么要受人控制？中原打不下来，还可以去四川当刘备嘛。”石达开听了部下的话，就跑到安徽，联合陈玉成和李秀成和他一起出走，但两人没有同意，石达开只好带上10万精兵出走，最后在四川被全部歼灭。

天京事变和石达开出走大大削弱了太平天国的实力，人们对它的信心也受到打击，从此太平天国再也没有恢复事变之前的元气。

曾国藩组织湘军

曾国藩出生于湖南双峰县一个农民家庭。他祖父是个普通的农民，但嫉恶如仇，处事精明，对曾国藩影响很大。他父亲是个秀才，从小就悉心教导他，让他掌握了儒家经典。他28岁那年考中了同进士，顺利进入了翰林院。

咸丰二年（1852年），曾国藩被朝廷派到江西主持乡试，走到半路就传来母亲去世的消息，曾国藩只好回家奔丧。就在这段时间，太平天国运动兴起。当时清朝的军队是由八旗兵和绿营兵组成的，八旗兵早已腐朽不堪，绿营兵也好不到哪儿去。对付太平军的主要是绿营兵，这些腐败的军队在太平军面前不堪一击，太平军一时横扫南方。清政府下令各地兴办团练武装，想用当年扑灭白莲教起义的方法消灭太平军。曾国藩虽然还在为母守孝，但一向以维护清政府统治为己任的他仍然响应朝廷的号召，担任了湖南团练大臣。

曾国藩仿效戚继光当年的方法，招募了一批精壮农民，认真加以训练。和别人不同的是，他任命的将领都是书生。一开始招募的人并不多，只有500来人，号称“湘勇”，但就是这500人却成为清朝历史上战斗力最强的军队的先驱。曾国藩礼贤下士，即使对方地位很低，他也彬彬有礼，所以手下聚集了不少人才。曾国藩害怕当地人民响应太平军，所以镇压起那些敢于起来反抗的人是毫不留情的。短短一个月的时间，他就捕杀了200多人，留下个“曾剃头”的外号。很多人对他的残忍无情很不满意，也看不起他那支由农民组成的军队。终于有一天，正规军和湘勇爆发了冲突，曾国藩很生气，找到湖南巡抚申诉，但巡抚正好就是反对他的人之一，根本没有理他。曾国藩没有办法，只好带领手下搬到别的地方，不和正规军打交道。有人问他为什么要忍让，他说：“现在国难当头，我怎么能把私人恩怨放在皇上的恩德之上呢？”

部将郭嵩焘和江忠源建议，由于太平军多在东南一带活动，而那些地方河流特别多，所以一定要练水军。曾国藩采纳了这个建议，想方设法凑了一笔钱造了一批战船，又招募了1万多人，日夜训练。曾国藩的部队基本上是以家族为单位的，往往一个营里的官兵都是一家人，这样便于管理。他的军饷大多是自己筹集

历史关注　中国第一所国立综合性大学是成立于1898年的京师大学堂，即北京大学的前身。

的，打了胜仗之后默许士兵抢劫战利品，只有打胜仗才能抢东西，所以士兵们打起仗来都很勇猛。曾国藩觉得这支军队已经初具规模，想试试身手了。

没过多久，太平军进攻湖南，曾国藩摩拳擦掌，准备大干一场。他率领大军东下，谁知道刚一出军就遇上大风，损失了几十艘战船。陆军不久也吃了败仗，曾国藩的水军主力在靖港被太平军打得全军覆没。曾国藩又羞又气，当场投水自杀，幸好被部下救了起来。湘军大将塔齐布在湘潭打了个大胜仗，这才给他挽回了面子。等他回去后，被湖南当地官员嘲笑讽刺，闹了个大红脸。不过曾国藩不是那种轻易认输的人，他从这次失败中吸取了教训，决定一切从头开始。他重新整顿了军队，攻下了岳州和武昌，朝廷任命他为湖北巡抚，实际上官职不升不降。曾国藩为人一向谨慎，他率领水军东下攻打江西，在田家镇大破太平军。还没来得及庆祝这场大胜，曾国藩的水军就被引入鄱阳湖，太平军把出口堵住，关起门打狗，曾国藩的旗舰也被击中起火，他跳入水中才捡了一条命。但这一仗的失败不影响大局，所以朝廷没有治他的罪。

曾国藩还花大钱为湘军配备了新式武器，他弟弟曾国荃也很有才能，成为镇压太平军的主要领导者。曾国藩为了让弟弟攻下南京，派左宗棠进攻浙江，李鸿章进攻苏南，牵制太平军的援军。曾国荃则率领湘军主力拼命攻打南京，足足攻了半年多才把南京城打了下来，镇压了太平天国运动。

曾国藩将理学看得非常重，他一生兢兢业业，治家律己非常严谨，但他并不是保守的人，而是洋务运动的推动者，对晚清政局影响很大。

李鸿章入阁

和曾国藩一样，李鸿章也是靠镇压太平军起家的，但他的官运比曾国藩要好多了，虽然其生前死后人们对他的争议非常大，不过谁也不能否认他在近代史上的地位。

李鸿章是曾国藩的学生，少年得志，很早就中了进士。太平天国起义爆发后，安徽团练大臣吕贤基请他担任自己的助手，他同意了。太平军打到安徽后，李鸿章率军抵抗，先后收复了不少失地，引起了很多人的注意。

曾国藩的军队攻下安庆后，准备进攻南京，但江苏一带缺少统帅，曾国藩觉得李鸿章是个人才，就推荐了他。朝廷下令李鸿章调任江苏，负责那边的战事。李鸿章觉得湘军的编制很有学习的价值，所以他仿效湘军招募了7000人，组成了淮军。当时长江沿线都被太平军控制，李鸿章没办法从水路运兵。他一狠心，掏出20多万两银子向洋人租借了8艘轮船，把军队运到了上海。当时淮军刚成立不久，装备还不齐全，外国人嘲笑他们穿得破破烂烂的。李鸿章说：“军队是用来打仗的，衣服好不好看不要紧。等我们打过仗后你们再笑也不迟。”

当时外国人也帮助清政府镇压太平军，美国人华尔招募了几千外国兵，号称“洋枪队”，他们主要负责上海南部地区的防务，也打了一些胜仗，但这支部队不久就被太平军打败了。李鸿章听说洋枪队战败，赶紧率领淮军前去援

·湘军和淮军·

为了镇压太平天国起义，清政府准许地方组织团练。湖南湘乡大官僚曾国藩趁机组织了湘军（最初称湘勇），专力从事镇压太平天国的活动。湘军有陆军和水师，大小将领多是曾国藩的亲戚、朋友、学生和同乡，相当于曾氏的私人武装。同时，曾国藩的门生李鸿章也在安徽组织淮军。湘军和淮军与外国反动势力一起联合绞杀了太平天国运动，并且制造出了一个虚假而且昙花一现的“同治中兴”的局面。此后，曾氏裁撤湘军，李鸿章则继续扩大淮军，并派袁世凯训练新式陆军。淮军派生了以后的北洋军阀。

中国大事记　1905 年 9 月 2 日，清政府下诏废除延续 1300 余年的科举制度。

救，在淞江打败了太平军。外国人看到淮军作战如此勇敢，都高声喝彩，淮军从此名声大振。

当时南京是由曾国荃负责攻打，但曾国荃力量有限，打了很久都没有打下来。朝廷急了，命令李鸿章前去支援。李鸿章知道自己如果去的话，会有和曾国荃抢功劳的嫌疑，再加上他认为南京很快就能攻破，所以就借口拖延时间。不久南京果然被攻破了，李鸿章得到消息后赶紧调兵遣将，收拾残余的太平军势力。李鸿章因功被任命为武英殿大学士，又改任文华殿大学士。

清朝没有宰相一职，行使宰相权力的是军机处，军机大臣一般挂着大学士的头衔，人们就把大学士看作是宰相。李鸿章和曾国藩都是大学士，朝野上下都对他们寄予厚望，他们的声望也远远高过军机处的其他大臣。李鸿章想学习西方列强富强的方法，中国第一次向外国派遣留学生就是在李鸿章和曾国藩的极力推动下进行的。后来清朝建立海军，主要军官都是从留学生中选拔出来的。

李鸿章在执政的时候一向能力排众议，坚持自己的原则。他一心研究外国的各种先进东西，只要听说外国出现了新式武器，他一定会想办法买来。但是后来慈禧太后为了修颐和园给自己过生日，把大批金钱都挪用了，所以到了后期李鸿章也没办法继续研究国外的新式武器了。

李鸿章

李鸿章是洋务运动的倡导者和推动者之一。他开办了中国早期培养翻译人才的广方言馆，还兴办了机器制造局、轮船招商局、漠河金矿等。他还铺设铁路、电线，购买铁甲战舰，选派武官去德国学习近代军事技术。这些都是前所未有的举措，表明他是个能够接受新鲜事物的人，也很有魄力。

李鸿章一心一意筹划海防，花了很多钱购买战舰和整顿装备，他创建的北洋舰队是当时亚洲第一大舰队。外国人都很尊敬他，认为他督造的几个军港没有十万人马攻不下来。但李鸿章也有弱点，他把北洋海军看作是自己的政治资本，不肯轻易动用。加上海军经费被慈禧挪用去享乐，导致海军在相当长的一段时间内缺乏维护和更新。中日甲午战争中，北洋海军只能龟缩在海军基地里面，最后全军覆没，中国也输掉了这场战争。

李鸿章被任命为议和大臣，前往日本。日本人的反华情绪很浓，李鸿章刚到日本不久就遇刺，面部受了伤。日本仗着是战胜国，提出了很多无理要求。李鸿章为了结束战争，只能出卖国家利益，最后签订了丧权辱国的《马关条约》。

义和团运动爆发后，八国联军入侵中国，李鸿章又一次担任了议和大臣。他一上任就派兵剿灭了义和团，然后和八国联军谈判，签订了《辛丑条约》。李鸿章因为签订了好几个卖国条约，一时间成为众矢之的，名声大降，最后操劳过度，吐血而死。

镇南关大捷

19 世纪后期，法国在和英国争夺加拿大和印度失败后，开始把目光投向了远东地区。它首先看中的就是越南，1883 年，法国侵略军突然攻占越南首都顺化，强迫越南成为法国的被保护国。越南多次派使者向清政府求援。

历史关注

《聊斋志异》是中国短篇文言小说的巅峰之作，“写鬼写妖高人一等”，作者是蒲松龄。

清政府早就被西方列强打怕了，但又驳不开面子，于是下令派遣军队援助越南，但又不许他们主动出击。同年十二月，法国军队向驻扎在越南山西的清朝军队发动突然袭击，中法战争爆发。

第二年七月，法国海军突袭中国福建水师，由于指挥官的懦弱无能和清政府的退让政策，这支舰队很快就被歼灭了。直到这个时候，清政府才被迫向法国宣战。

在越南的中国军队由于缺少后援，加上武器装备落后，很快就失败了。法国军队占领越南后，继续进犯中国广西边境。两广总督张之洞深感缺乏人才，特地向朝廷推荐已经退休的广西提督冯子材带兵抵抗法国侵略者。

冯子材曾经跟随向荣和张国梁参加过镇压太平天国的战争。他作战非常勇敢，有一次他一天之内攻破太平军 70 多个营垒，张国梁拍着他的肩膀说：“你勇敢得让我自愧不如啊！”冯子材立了很多战功，被封为副将。中法战争爆发时他已经 70 多岁了，早已告老还乡。当张之洞邀请冯子材出山的时候，他一开始谢绝了。但经不住张之洞频频邀请，最终答应出山，和两个儿子组织了一支军队开赴越南前线。他虽然因为苏元春资历不如自己官却比自己大而不满，但听说谅山镇南关情况不妙时，马上赶了过去。防守镇南关的清军不战而退，法军已经占领了镇南关。法军非常得意，干脆把镇南关一把火烧掉，然后撤退了。

冯子材赶到镇南关后，命令士兵在周围修筑一道长墙，集中部队在此防守，防止法军从镇南关进入中国。法军知道冯子材不好对付，事先放出风声说某天会进攻。冯子材料定法军一定会提前来，所以决定抢在敌人进攻之前发起攻击。当时大家都不想打，冯子材据理力争，亲自率领军队奇袭法军营地，取得胜利。

法国人没想到冯子材竟然敢来进攻，下令兵分三路，包抄镇南关。冯子材对将士们说：“法国人如果这次还打进来的话，我们还有什么脸面去见两广的父老乡亲？”将士们士气大振，发誓绝不让法军通过镇南关。法国人仗着武器先进，先用大炮猛轰了一阵，把长墙炸了好几个缺口出来，然后派非洲雇佣军和当地的教匪轮流攻击，想冲出个缺口。冯子材率领部下痛击敌人，没让他们占到便宜。第二天法军又扑了上来，冯子材用大旗指挥各路将领抵抗，下令临阵脱逃者格杀勿论。法军大炮又轰开了几个缺口，一些法国人已经爬进了长墙。冯子材见形势危急，大喝一声，手持长矛跳出长墙和敌人展开肉搏战。他的两个儿子也跟随父亲冲上去。将士们见 70 多岁的冯子材如此英勇，顿时热血沸腾，纷纷冲出去和敌人展开殊死搏斗，附近的百姓也拿着锄头钉耙前来助阵杀敌。法军近战能力差，渐渐抵挡不住，纷纷向后退。清军在冯子材的带领下越杀越勇，很快就把法国人赶跑了，取得了镇南关大捷。法军死伤 1000 多人，几十个军官丧了命。两天后，冯子材乘胜攻下了文渊，接着收复了好几个城池，把法军打得大败。

越南百姓早就不堪忍受法军的暴行了，听说冯子材来了，全都跑出来迎接，争着慰问。越南人还自发组织了很多民团，打着冯子材的旗号痛击法国侵略者，很多人主动跑来为清军带路、提供粮食。正当清军节节胜利的时候，朝廷竟然发来停止追击的诏书。冯子材万分悲愤，但也只能听从命令。原来腐败的清政府害

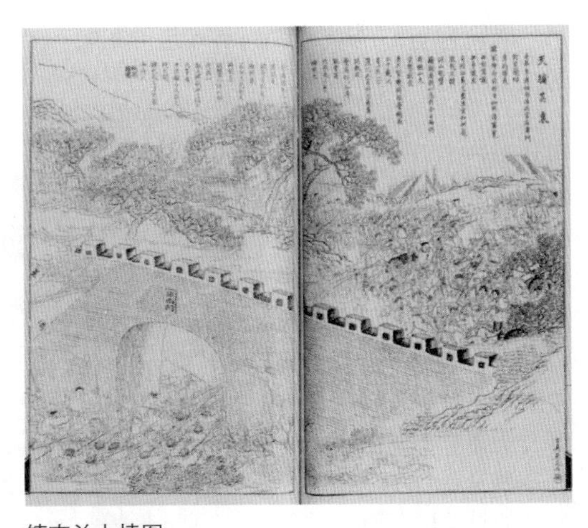

镇南关大捷图

点石斋画报，光绪末年上海东亚社石印本。

中国大事记 | 1911 年，辛亥革命爆发，清朝被推翻，从此结束了中国两千多年的封建帝制。

怕法国会乘机报复，难得打个胜仗，就想借着这个机会和法国人议和。当时法国的日子也不好过，前线连吃败仗，士气低落，内阁也因为这事倒台。他们一听到清政府想议和，高兴还来不及，马上同意了。清政府为了求和，不惜继续出卖国家利益，虽然是战胜国，但得到的却是战败国的待遇，和法国签订了丧权辱国的《中法新约》，把大量国家利益出卖给了法国人。全国上下一片骂声，但也只能接受现实。冯子材含恨从越南撤军，走的那天，越南百姓哭着来给他们送行。越南最终也没能逃脱法国的魔掌，清军撤走后不久，法国人就回来占领了越南，把它作为自己的殖民地。

黄海大战

1894 年，朝鲜爆发东学党起义，朝鲜政府请求清政府帮忙镇压，日本则抓住这个机会主动派兵入朝。不久起义被镇压了下去，朝鲜政府要求中日两国撤兵，清政府也表示要和日本同时撤兵。而日本政府决心扩大事端，继续向朝鲜增兵，不久就在丰岛海域突袭向牙山运兵的中国运兵船，两国正式开战。

当时的清政府拥有亚洲第一的北洋舰队，海上实力强过日本。但是由于海军军费被挪用给慈禧太后修建颐和园，导致海军装备陈旧，弹药不足。而日本向西方购买了当时最先进的军舰，在质量上高于北洋舰队。

在朝鲜和日军作战的清军节节败退，日本很快就占领了朝鲜全境。所以清政府命令北洋舰队负责运送援兵去朝鲜。日本早就把北洋舰队视为眼中钉、肉中刺，一心寻找机会和它决战。不久，北洋舰队在鸭绿江口大东沟海面遭遇日本舰队。当时日本舰队为了迷惑清军，悬挂的是美国国旗，等靠近之后突然换上日本国旗对清军发起了进攻。

“定远”号铁甲舰　清

北洋舰队奋起反抗，双方你来我往，捉对厮杀，海面上炮火连天。由于日本突袭在先，所以排好了有利队形，而清军猝不及防，队形相当不利。日本军舰所用的炮弹是一种最新式的穿甲弹，当这种炮弹击中目标的时候并不会马上爆炸，而是钻进钢板里之后才爆炸，对战舰摧毁力非常大。而清军用的还是老式炮弹，弹头一接触硬物即爆炸，虽然杀伤力也不小，但对战舰损害却微乎其微。正是由于这些原因，战斗一开始北洋舰队就落入下风，很快，“超勇”和“扬威”两艘小型战舰就被击沉。

北洋舰队的旗舰是大型铁甲舰定远号，提督丁汝昌指挥各舰阻击日军，不料因为军舰年久失修，一炮打去反而把自己的甲板震裂了。丁汝昌从甲板上掉下来受了伤，定远的军旗也被敌人打落。北洋舰队没有了帅旗，士气大落，顿时陷入慌乱之中。

正在这个危急关头，“致远”号管带邓世昌急忙将自己军舰的旗帜挂了起来，代替“定远”号指挥战斗。在邓世昌的指挥下，清军逐渐扭转了劣势。但是邓世昌的英勇举动却引来了日本军舰的疯狂进攻，它们死死围住“致远”号，对其展开猛烈炮轰。此时一些贪生怕死的清军将领不敢继续战斗下去了，“济远”号管带方伯谦率先掉头逃跑。邓世昌见“济远”逃跑，气得破口大骂。但败类的胆怯只能衬托出英雄的高大，邓世昌等爱国官兵仍然在不利的情势下和日本舰队厮杀在一起。

历史关注　素有“万园之园”之称的圆明园在1860年10月遭到英法联军的洗劫和焚毁。

邓世昌所指挥的“致远”号虽然不是最先进的战舰，但作战最为英勇，和日本主力舰“吉野”号杀在了一起。“吉野”是日本舰队中最先进的战舰，速度快，火力猛，和“致远”号正好棋逢对手。但正当战斗进行到最激烈的时候，“致远”号的炮弹却用光了。邓世昌见吉野号嚣张的样子，气得两眼喷火。“致远”号上的官兵见炮弹用光了，都开始慌乱起来。邓世昌大呼道：“今天只有为国而死了！但是即使我们死了，也不能让我们大清海军的军威受到影响！没有炮弹，我们还有这艘船。‘吉野’是日本的主力舰，我们把它撞沉的话，就一定能摧毁敌人的士气！这就是我们报国的方式！”大家被他的精神所激励，都安定了下来。邓世昌下令全速向“吉野”号冲去，想撞沉它。“吉野”号上的人没想到邓世昌居然这么勇敢，吓得不知所措。但另一艘敌舰向“致远”号发射了鱼雷，将其击中，船沉了下去。邓世昌和全舰 250 名官兵都掉进了大海。丁汝昌见邓世昌落水，赶紧驾驶“定远”号去救。但邓世昌拒绝上船，还扔掉了别人给他的救生圈，自溺而亡。“致远”号上的官兵也没有一个逃跑求生的，全部壮烈牺牲。“定远”号上的将士们在邓世昌的激励下向敌舰展开了猛攻，将日军旗舰“松岛”号打成重伤，不得不退出了战场。

黄海海战北洋舰队损失了 4 艘军舰，虽然损失惨重，但主力尚存。可李鸿章生怕他辛苦打造的舰队再次受到重创，竟然让他们停留在军港里不许出战。最后这些军舰都成了日军的活靶子，全军覆没。清政府输掉了甲午战争，被迫签订了《马关条约》，将台湾岛割让给了日本。

戊戌变法

甲午战争的失败让热血的中国人气愤不已，尤其当《马关条约》的内容传到国内的时候，人们愤慨万分。在北京城参加科举考试的举人们在康有为和梁启超的率领下集体向朝廷递交请愿书，请求拒绝议和，实行变法，这就是著名的“公车上书”。

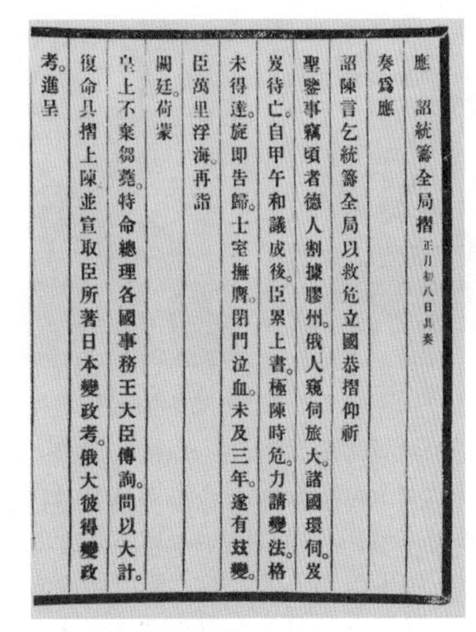
應　詔統籌全局摺 正月初八日具奏
奏爲應
詔陳言乞統籌全局以救危立國恭摺仰祈
聖鑒事竊頃者德人割據膠州。俄人窺伺旅大。諸國環伺。岌
岌待亡。自甲午和議成後。臣累上書。極陳時危。力請變法。格
未得達。旋即告歸。士宅撫膺。閉門泣血。未及三年。遂有玆變。
臣萬里浮海。再詣
闕廷。荷蒙
皇上不棄芻蕘。特命總理各國事務王大臣傳詢。問以大計。
復命具摺上陳並宣取臣所著日本變政考。俄大彼得變政
考。進呈

《应诏统筹全局折》

康有为指导戊戌变法的纲领性文件

光绪帝虽然身为封建统治者，但他的思想在当时还算比较开明的。他对西方的文化和政治制度很感兴趣，对中国的弱小感到非常不满。不过权力都掌握在慈禧太后手中，这个权欲狂死死抓住大权，根本不让已经成年的光绪帝掌握权力。但这种深宫里的内幕并非是外人所能知道的，在别人眼里，光绪帝仍然是皇帝，是国家的最高统治者。

康有为认为要变法就要得到光绪帝的认可，所以公车上书失败后，他再次单独向光绪帝上书，请求变法。光绪帝读到上书后感觉非常满意，下令将其保存起来以便随时阅读。康有为见上书引起了皇帝重视，经过精心准备后再次上书，请求光绪帝设立制度局以讨论新的国家制度，并设立法律局等机构推行新政。他的思想是将中国变为君主立宪制的资本主义国家。不久，他成立了保国会，大力宣传维新思想，很多朝廷重臣都成了会员。

光绪帝亲自接见康有为，向他咨询变法事宜。康有为说：“现在外国纷纷入侵，国家随时都有可能灭亡。如果不赶快维新变法的话，中国就不能强大。要变法就必须从全局出发，

中国大事记	1912年2月12日，清宣统帝正式下诏退位。自此之后，中国脱离了帝制而转入了民主革命时期。

梁启超旧照

康有为旧照

各个方面都要改革。”光绪帝很赞成他的想法，却叹气说：“无奈我身边总是有人牵制啊！”康有为说：“就皇上现有的权力就可以推行变法了。不过大臣们大多守旧，所以应该多多提拔地位较低但有能力有魄力的官员，让人心站在陛下这边。这样别人就无法反对了。”光绪帝认为他说的很对，将康有为任命为总理衙门章京上行走。这是个小官，但可以随时上奏议事。不久光绪帝又提拔杨锐、林旭、刘光第和谭嗣同等人参预新政，维新变法正式启动。

变法内容涉及各个方面，如改革科举、废除八股、开设京师大学堂和译书局、改书院为学校、允许百姓上书言事等，裁减了一大批臃肿机构，并考虑把国都迁往南方。

这些措施触动了保守派的利益，他们纷纷上书表示强烈反对。地方上的官员也阳奉阴违，除了湖南的陈宝箴之外，各地官员都没有把新政当回事。

此时慈禧太后站了出来，保守的她多次阻碍光绪帝裁撤那些无用的大臣。光绪帝没有办法，只能经常向慈禧请示，谭嗣同说：“我这才知道皇上原来一点权力都没有。”当时兵权都掌握在慈禧的亲信荣禄手中，唯一有可能和他对抗的是北洋军首脑袁世凯。袁世凯假装支持维新，所以维新派都把他当成自己人。谭嗣同听说慈禧即将展开废黜新法和光绪帝的阴谋，情急之下找到袁世凯。两面三刀的袁世凯佯装答应，等谭嗣同一走，他马上就向荣禄告了密。

慈禧马上采取措施，宣布重新垂帘听政，废除了所有新政，把光绪帝软禁起来。维新派一无权二无兵，依靠的只是一个没有实权的光绪帝，等光绪帝被软禁后，他们一点办法都没有了。慈禧对维新派展开了血腥的报复行动，谭嗣同首先得到消息，赶紧前去通知康有为和梁启超逃走。清朝的维新变法得到了一些外国人的支持，康、梁二人在他们的帮助下逃走。他们劝谭嗣同和他们一起走，谭嗣同大义凛然地说：“没有起来行动的人就不能计划将来，没有敢于牺牲自己的人，就不能报答皇上的大恩。”有朋友表示可以帮他逃走，谭嗣同说：“各国变法没有不流血的，而中国还没有因为变法而流血的人。有的话，就从我开始吧！”他说什么也不走，最后被清政府逮捕。不久他和刘光第、林旭、康广仁、杨深秀、杨锐6人被公开杀害。谭嗣同在临刑时大呼：“有心杀贼，无力回天。死得其所，快哉快哉！”康广仁也大笑道：“中国的富强之日就要到来了！”他们6人被人尊称为“戊戌六君子”。

变法维新仅仅进行了103天就失败了，所以被称为“百日维新”，当年是戊戌年，所以又称“戊戌变法”。

宣统退位

1908年，软禁中的光绪帝突然去世。就在他去世的当天，病床上的慈禧把醇亲王载沣叫到跟前，宣布立他的长子溥仪为皇帝。

第二天，慈禧太后就死了。没过多久溥仪正式即位，举行了登基大典。当时溥仪才3岁，只能让载沣抱着他坐在龙椅上。大典仪式复杂隆重，溥仪很快就被吓得大哭起来，载沣觉得这样隆重的典礼上皇帝却又哭又闹，实在有点不像话。他只好哄儿子：“就快完了，马上就可以回老家了。”在场的大臣们听到这话后都惊呆了，在这种场合下说如此不吉利的话，大家都觉得不是好兆头。

当时以孙中山为首的资产阶级革命派早就在国内外展开了轰轰烈烈的推翻清王朝的革命运动，并发动了多次反清起义。虽然起义大都失败了，不过革命派并没有灰心丧气，他们坚

历史关注 李宝嘉《官场现形记》、吴沃尧《二十年目睹之怪现状》、刘鹗《老残游记》、曾朴《孽海花》并称“晚清四大谴责小说”。

信革命总有一天能成功。

慈禧在世的时候为了缓和国内矛盾，推行了所谓的“新政”，其实就是把当年戊戌变法那一套改头换面一下。本来这次变法取得了一定的成果，对巩固清政府的统治起到了一定的作用，但清政府不肯交出政权，搞出一个不伦不类的皇族内阁。这种做法不但让革命派无法接受，而且把朝中的汉族大臣也得罪光了，很多主张立宪的大臣也倒向了革命派一边。

1911年，为了应付新政带来的财政问题，清政府竟然下令将四川铁路的修筑权收归国有。当年四川人民为了不让路权流入外国人之手，纷纷出钱购买铁路股票，好不容易才把路权收了回来，而清政府却把路权从他们手中抢走，而且毫无补偿，简直就是赤裸裸的抢劫。四川人民愤怒了，展开了保卫路权的行动。清政府不但不给出合理解释，反而下令血腥镇压。四川人民忍无可忍，只能发动起义。当时驻扎在湖北的新军大多都被调往四川镇压保路运动，导致湖北防守空虚，给了革命党机会。

驻守武昌的新军多数深受革命党影响，早就准备起义了。1911年10月9日，革命党人孙武等人在汉口租界制造炸弹的时候不慎发生了爆炸，前来搜查的巡捕搜出了起义用的文告和起义者名单，起义被迫提前举行。10月10日晚上，武昌新军工程营班长熊秉坤带领士兵冲进军火库抢夺武器。炮兵和步兵也随之起义，占领了总督衙门，接着占领了武昌。汉口和汉阳的新军也跟着起义，武汉三镇很快就落入了革命党的手中。第二天，新军成立军政府，推选黎元洪为都督，宣布成立中华民国。武昌起义不久，各省纷纷响应，南方各省大多宣布独立。

这个时候，清政府不得不起用袁世凯挽回局面。谁知道袁世凯早就和革命政府有来往，他心里想的不是挽回败局，而是如何篡夺大权。当时革命党领袖孙中山一心推翻腐败的清政府，他本人是不愿意让袁世凯掌握大权的。但是很多人都不想打仗，认为能推翻清政府就足够了，把权力让给袁世凯也无关紧要。孙中山为了保卫革命果实，表示可以让出大总统一职。

当时控制清朝政权的是宣统帝的养母隆裕太后，她是光绪帝的皇后，对宣统帝毫无感情可言。但她害怕革命推翻自己的统治，所以对袁世凯言听计从。

袁世凯借口革命党势力过大，自己无法扑灭，建议宣统帝退位，自己可以保证皇族的生活和安全。太后只好接受了这个意见。1912年2月12日，宣统帝下诏宣布退位，清王朝终于走下了历史舞台。革命政府给出了非常优厚的条件，同意清皇室留在故宫，每年提供400万生活费用，保护皇帝的私人财产和人身安全等等。辛亥革命虽然推翻了清王朝，但没过多久，根据协议，大总统之位让给了袁世凯，革命果实最后被这个野心家夺走。中国从此进入了一个混乱的时代。

幼年溥仪旧照